Tanja Kinkel
VENUSWURF

Tanja Kinkel

VENUS WURF

Roman

KNAUR

Einen Stammbaum der Julisch-Claudischen Kaiserdynastie,
Karten des Römischen Reiches und Roms zu Zeiten des Augustus und
Wissenswertes über die Hintergründe von Tanja Kinkels *Venuswurf*
finden Sie ab Seite 475.

Besuchen Sie uns im Internet:
www.venuswurf.de
www.knaur.de

Besuchen Sie Tanja Kinkel im Internet:
www.tanja-kinkel.de

Die Folie des Schutzumschlags sowie die Einschweißfolie sind
PE-Folien und biologisch abbaubar.
Dieses Buch wurde auf chlor- und säurefreiem Papier gedruckt.

Umschlaggestaltung: ZERO Werbeagentur, München
Umschlagabbildung: FinePic, Zero Artwork
Satz: Ventura Publisher im Verlag
Druck und Bindung: Ebner und Spiegel, Ulm
Printed in Germany
ISBN-13: 978-3-426-66210-6
ISBN-10: 3-426-66210-8

44 vor Christus	Ermordung Caesars; die Verschwörer wollen die Republik retten, die sie von Caesars angeblichem Streben nach der Königskrone gefährdet sehen.
43 vor Christus	Caesars Erbe Octavian, Feldherr Marcus Antonius und General Aemilius Lepidus schließen sich zum 2. Triumvirat zusammen. Nachdem die republikanische Opposition ausgeschaltet worden ist, beginnt der Kampf zwischen den drei Machthabern.
38 vor Christus	Caesar erfährt durch den Senat posthum Vergöttlichung; dies macht auch seinen Adoptivsohn Octavian zu einem Menschen göttlicher Abstammung. Er lässt sich von seiner zweiten Frau Scribonia scheiden, der Mutter seines einzigen leiblichen Kindes Julia, und heiratet Livia Drusilla.
36 vor Christus	Lepidus wird entmachtet, das Reich aufgeteilt in die Osthälfte (unter der Gewalt von Antonius) und die Westhälfte mit Rom (unter der Gewalt von Octavian).
32 vor Christus	Offener Konflikt zwischen Octavian und Antonius, der Cleopatra geheiratet hat. Auf Octavians Geheiß erklärt der römische Senat der ägyptischen Herrscherin den Krieg.

31 vor Christus	Schlacht von Actium (Griechenland). Marcus Vipsanius Agrippa besiegt die römisch-ägyptische Flotte des Antonius. Eroberung Ägyptens. Ein Jahr später sterben Cleopatra und Antonius.
29 vor Christus	Octavian lässt sich zum Konsul wählen.
27 vor Christus	Der Senat verleiht Octavian den Ehrennamen Augustus *(der Erhabene)*. Seine Sonderstellung kommt in der Bezeichnung *Princeps* – Erster Bürger – zum Ausdruck. Die Republik besteht nur noch pro forma.
18 vor Christus	Augustus' Tochter Julia, verheiratet mit Marcus Vipsanius Agrippa, bringt ihr viertes Kind zur Welt: Julilla.
12 vor Christus	Augustus wird zum *Pontifex Maximus* ernannt.
2 vor Christus	Augustus klagt seine Tochter Julia des Ehebruchs und der sittlichen Verderbnis an; sie wird auf die Insel Pandataria verbannt.
7 nach Christus	Augustus' Enkel Postumus wird auf die Insel Planasia verbannt.

I.
SUBURA

I.

Es war laut, das fiel ihr als Erstes auf. Ungeheuer laut. Zu Beginn ihrer Reise hatten die anderen miteinander geschwatzt, bis ihre Stimmen in Dunkelheit, Erschöpfung und Angst versickerten. Die Nacht war immer noch nicht vorbei, aber mittlerweile hörten sie von allen Seiten Geräusche. Von Rädern, die kein Loch und keinen Stein auf der Straße ausließen. Von Fuhrwerk um Fuhrwerk, das hinter ihnen, vor ihnen oder neben ihnen von Rindern, Eseln oder Menschen gezogen wurde. Flüche, Knirschen und Scharren, das sie nicht einordnen konnten. In ihren Dörfern hatte es selbst an Erntetagen nicht so viel Lärm gegeben, und ganz gewiss nicht in der Nacht.

»Heb mich hoch!«, forderte Tertia, nachdem sie sich vergeblich auf die Zehenspitzen gestellt hatte, um durch die Spalten des Verschlags zu spähen, und berührte den Mann, der an ihrer Seite kauerte, mit dem Ellbogen. »Wir müssen in der Stadt sein. Ich will die Stadt sehen!«

Selbst sitzend war er noch größer als sie. »Warum?«, fragte er dumpf. »Hast du es so eilig, verkauft zu werden?«

»Ich werde nicht verkauft«, sagte Tertia scharf. »Ich werde gerettet.«

Er schnaubte verächtlich und beachtete sie nicht weiter. Dafür äußerte sich die einzige andere Person, die aus dem gleichen Dorf wie Tertia stammte. »Du hast Glück, dass deine Eltern dich nicht schon längst losgeworden sind«, sagte Fausta verächtlich.

»Das sind nicht meine Eltern«, erwiderte Tertia in einem hohen Singsang. »Sie haben mich als Kind gefunden, wie Romulus und Remus. In Wirklichkeit bin ich die Tochter eines griechischen Königs, und er wird in der Stadt sein, um mich zu retten.« Ihre Geschichte hatte zu Beginn der Reise einige der anderen zum Lachen gebracht, aber mittlerweile nicht mehr.

»König der Missgeburten, meinst du wohl«, sagte Fausta. Dann versank sie wieder in dem gleichen dumpfen Schweigen, das der Rest der Gefangenen sich teilte.

Es roch nach Schweiß, nach Angst und Pisse, und trotz ihrer Aufregung spürte Tertia, wie ihr Magen sich zusammenkrampfte. Aber sie wusste auch, dass die anderen sie zwingen würden, in ihrem Erbrochenen zu sitzen, nicht einmal aus Bosheit, sondern weil sonst kein Platz in dem engen Verschlag war. Der Händler hatte dafür gesorgt, dass sein Karren an allen Seiten von hohen Wänden begrenzt wurde, für den Fall, dass jemand an Flucht dachte. Es gab noch nicht einmal die Möglichkeit, den Kopf darüber in die frische Luft zu strecken. Also versuchte sie alles, um sich zu beherrschen. Und dabei auch einen Gedanken zu unterdrücken: dass sie sich ihr neues Leben anders vorgestellt hatte.

Inmitten von Lärm und Gestank zählte sie an den Fingern ihre wichtigsten Zahlen ab: Drei mal fünf, so alt war sie. Drei Kühe, die sich ihr Vater für das Geld kaufen konnte, das er für sie bekommen hatte. So viel Geld, wie sein Bruder in zwei Jahren in der Legion verdiente, hatte er zu Tertias Mutter gesagt. Auf eine dritte Drei brachte sie es nicht, denn sie war nur zwei Fuß und einen Spann hoch. Mit vier Jahren war sie nicht mehr weiter gewachsen. Tertia hatte sich schon lange damit abgefunden, dass sie nie größer werden würde. Und sie wusste, dass Fausta Recht hatte: Es war ein Glück, dass man sie damals nicht einfach aussetzte. Ein Mädchen, das ein Zwerg war, konnte nur ein unnützer Esser bleiben, den nie jemand heiratete und der noch nicht einmal richtig auf dem Hof zupacken würde. Aber was Fausta nicht wusste, war, dass es keinen Grund gab, Tertia zu bedauern. O nein.

Das Mädchen presste die Finger ihrer linken Hand in den geöffneten Teller ihrer rechten, einmal, zweimal, dreimal, viermal, und hörte schließlich auf. Die Summe, die ihr Vater erhalten hatte, überstieg den Preis der drei Kühe um ein Vielfaches; solche Zahlen hatte sie nie gelernt, weil in ihrer Familie nie jemand so viel von etwas besessen hatte. Ganz bestimmt brachte es ihre Eltern über den Winter, mindestens das. Und das war ein großes Glück. Es gab mehr und mehr freie Bauern, die ihre Schulden einfach nicht mehr begleichen konnten, vor allem, weil die Güter in der Umgebung mittlerweile fast alle reichen Leuten aus der Stadt gehörten, die Sklaven hatten, um sie zu bewirtschaften. Tertia, die klein genug war, um fast überall ein Versteck zu finden und all die Gespräche zu belauschen, die sie nicht hören sollte, verstand lange nicht, warum ihre Eltern nicht taten, was doch auf der Hand lag.

»Ziehen wir doch in die Stadt!«, platzte sie eines Tages heraus, als sie mit ihrer Mutter die Ziege melkte. Ihre Mutter wusste, dass sie nicht die nächste Ortschaft meinte. In Latium gab es nur eine Stadt, die wirklich zählte. Sie schaute Tertia mit großen Augen an und schwieg.

»Dort gibt es Getreidespenden für die Armen«, fuhr Tertia fort. »Jeder sagt das.«

»Dein Vater wird seinen Hof nie verlassen, sein Dinkelfeld, seine Erbsen und seinen Kohl«, stellte ihre Mutter traurig fest.

Tertia hielt das für dumm. Sie begriff nicht, was an dem Hof, der nichts als Arbeit und Hunger bedeutete, so besonders sein sollte. Vor allem, als der Vater schließlich ihre letzte

Kuh und die letzte Ziege verkaufen musste und ihnen damit auch noch die Grundlage für Käse und Quark genommen wurde.

Im Dorf hatte es nur eine Person gegeben, die schon einmal in der Stadt gewesen war, die blinde Caeca. Vier Jahre nach Tertias Geburt war sie mit einem großen Wagenzug in die Gegend gekommen und zurückgelassen worden. Als ein Zeichen der Götter, wie die Frömmeren im Dorf meinten; weil die Herrschaft eine Dienerin nicht mehr ernähren wollte, die ihr Augenlicht verloren hatte, sagten die Böswilligeren. Caeca selbst behauptete, eine Priesterin zu sein, und versuchte, sich nützlich zu machen, indem sie für jedermann Segenssprüche sprach und die Rituale durchführte. Die Älteren im Dorf hatten zunächst ihre Zweifel; gewiss, sagten sie, wäre eine Priesterin immer versorgt worden, doch konnte man sich bei Caeca wirklich sicher sein, dass sie dieses hohe Amt zu Recht einnahm? Caeca unternahm nie einen Versuch, sich zu rechtfertigen. Das taten bald andere für sie. Tertia vergaß nie, welchen Schutz eine Behauptung bot, die man nicht beweisen musste.

Ganz egal, was der Rest des Dorfes dachte, für Tertia war Caeca von Anfang an eine Heldin. In ihrer Kindheit hatte sie jedes Mal, wenn die anderen Kinder sie jagten, bei Caeca Unterschlupf gefunden, das erste Mal, als die Dorfbewohner noch nicht sicher waren, ob sie die blinde Frau durchfüttern sollten. Danach hatte Tertia ihren Vater bestürmt, und er hatte sich schließlich auf die Seite derer gestellt, die Caeca für ein Geschenk der Götter hielten, was diese Gruppe in die Lage versetzte, die andere zu überstimmen.

Caecas Geschichten von der märchenhaften Stadt waren unendlich besser und schöner als die alltägliche Plackerei. Getreide gab es dort umsonst, ein Geschenk des gütigen Augustus Caesar an die Armen, und nur prunkvolle Häuser aus Stein. In der Stadt gab es sogar andere Zwerge; Caeca schwor, dass sie früher, vor ihrer Erblindung, mit eigenen Augen eine Zwergin erblickt hatte. Die Menschen scherzten und lachten den ganzen Tag miteinander, statt sich gegenseitig anzugrunzen, niemand nannte einen anderen eine Missgeburt, und Wortwitz war mehr gefragt als Muskelkraft. Für Tertia, die bereits Übung darin hatte, sich mit Worten zu verteidigen, und nun zunehmend lernte, Caeca Dinge zu beschreiben, welche die alte Frau nicht sehen konnte, klang das mehr als erstrebenswert. Die Stadt wurde alles, wovon sie träumte, und nach Caecas Tod kam sie einer Besessenheit gleich. Tertia war bereit, alles zu tun, um dem Schweigen zu entkommen, in das sie seit dem Verlust der Freundin zurückgefallen war.

Es hatte eine Weile gedauert, bis es ihr bewusst wurde, aber Caeca hatte ihr mehr geschenkt als Geschichten. Tertia war sich allerdings nicht ganz sicher, ob dieses Geschenk gut oder schlecht für sie war: Caeca hatte eine andere Sprache gesprochen als die Leute im Dorf. Wenn man sich beim Brunnen oder auf den Feldern begegnete, dann war eine Unterhaltung wie das einsame Zirpen einer Grille, mit nur wenigen, immer gleichen Tönen. In den Stunden aber, die sie mit Caeca verbracht hatte, waren die Worte geflogen wie das vielfältige, vielstimmige Summen eines ganzen Bienenschwarms. Und nun gab es niemanden mehr, der Caecas Sprache verstand, nicht im Dorf. Dort machte man sich sogar über Tertias Sprechweise lustig, die sie von ihrer einzigen Freundin übernommen hatte, und sie musste sich Mühe geben, um wieder wie alle anderen zu klingen. In der Stadt dagegen gab es nur solche Menschen wie Caeca, davon war sie überzeugt.

Sollte Fausta ruhig glauben, dass Tertias Eltern sie verkauft hatten, um den Hof behalten zu können, so wie es ihr selbst ergangen war. Tertia wusste es besser. Nach der schlechten Ernte des letzten Jahres, als sogar die Eicheln und Bucheckern nicht mehr genügten, um das Brot zu strecken, und sie stattdessen zu Lupinenkernen und Baumrinde greifen mussten, war die Stadt alles geworden, wovon Tertia sprach. Im Dorf gab es für sie keine Zukunft. Niemand heiratete eine Zwergin, und alleine konnte sie das Feld, das ihrem Vater gehörte, nicht bewirtschaften. Ihre Mutter musste dem Vater erzählt haben, wie Tertia sich nach der Stadt sehnte. Und er hatte einfach den besten Weg gefunden, um seiner Tochter diesen Wunsch zu erfüllen. Ihre Eltern liebten sie. *Deswegen* hatte der Vater sie verkauft. Nicht aus Missachtung, sondern aus Liebe.

Caeca hatte ihr prophezeit, dass sie in der Stadt ihr Glück fände. Und das malte Tertia sich aus, wieder und wieder, während die Räder des Fuhrwerks über Pflastersteine holperten, die immer ebenmäßiger wurden. Im Übrigen konnte es wirklich sein, dass sie ein Findelkind war. Noch nie hatte es in der Familie einen Zwerg gegeben. Ein Zwerg zu sein war etwas Verachtenswertes, ein Unglück, das die anderen Dorfbewohner dazu brachte, Tertias Eltern zu bemitleiden oder sich lustig über sie zu machen. Tertia hatte ihre frühe Kindheit damit verbracht, sich ihres Daseins zu schämen. Erst Caecas Geschichten hatten ihr das Gefühl gegeben, etwas wert zu sein. So wie im Dorf war es nicht überall. Weit, weit weg gab es bestimmt ein Königreich, das nur von Zwergen bewohnt wurde, und es musste der Stadt tributpflichtig sein, denn das war die ganze Welt. Ein Gesandter konnte auf dem Weg dorthin … Sie versank in ihrer zweitliebsten Fantasie.

Als das Fuhrwerk endlich zum Stehen kam und der Verschlag geöffnet wurde, hielt Tertia den Atem an und kniff die Augen zusammen. Mittlerweile zeigte sich die erste, blasse Morgenröte am Himmel. Tertia konnte viele andere Fuhrwerke erkennen. Und Menschen, jede Menge Menschen, die vorbeiliefen, rannten, stolperten, schlenderten.

»Raus mit euch«, rief der Händler, klang jedoch weniger mürrisch als erleichtert. Er hatte ihnen gesagt, dass innerhalb der Stadt von Sonnenaufgang bis zwei Stunden vor Sonnenuntergang keine Fuhrwerke fahren durften, seit der göttliche Julius, Gaius Julius Caesar, das vor über fünfzig Jahren so angeordnet hatte. Wenn sie die Stadtgrenzen nicht rechtzeitig erreicht hätten, dann wäre es für ihn notwendig gewesen, einen weiteren Tag für den Unterhalt seiner Ware aufzukommen.

»Ich bin noch nicht lange in dem Geschäft«, hatte er vertraulich zu Fausta gesagt, an der er offenbar Gefallen fand, und ihr wohlgefällig über den Hintern gestrichen. »Ich war selbst ein ehrlicher Bauer, früher, aber man muss leben.«

Fausta war zurückgezuckt, als sich ihr der Händler näherte, und hatte dann, als Tertia ihr eine Grimasse schnitt, das Heulen angefangen. Die beiden Mädchen waren gleich alt, und als Kinder hatten sie ein paar Mal zusammen gespielt, bis es offensichtlich wurde, dass Tertia nicht mehr wuchs. Für Tertia war es bedeutungslos gewesen, dass ihre Spielgefährtin ein Gesicht wie eine Ziege hatte, aber Fausta hatte angefangen, mit den anderen Spottverse auf sie zu singen. Nun waren sie beide in der gleichen Lage, aber Fausta benahm sich, als hätte sie das nicht verdient. Sie war dumm.

Es war schwer, zwischen all den hastenden Beinen und Bäuchen hindurchzublicken und mehr von der Umgebung zu erkennen, nachdem sie alle herausgeklettert waren, doch schließlich gelang es Tertia, als sie den Kopf weit genug in den Nacken legte. Ihr blieb der Mund offen stehen.

Steinern und bunt türmte sich an einem Ende des Platzes ein Haus auf, wie sie noch keines gesehen hatte, rund, mit

Säulen und Stufen davor. Nichts Kleines und Hölzernes war an dem Gebäude, und selbst das Haus des reichsten Bauern im Dorf hätte ein paar Mal hineingepasst; im ersten Moment dachte Tertia, sie würde einen Blick direkt in den Olymp werfen. Gewiss lebten die Götter in solchen Gebäuden. Dann wanderte ihr Blick vom Dach und den Säulen etwas tiefer, zu all den Stufen, auf denen es wimmelte, fluchte und schimpfte. Ihr wurden die vielen Menschen bewusst, die hier die Nacht verbracht haben mussten; so viele, wie an einem Erntetag im Dorf zusammenkamen. Keiner von ihnen trug etwas anderes als alte und abgerissene Tuniken, und wenn sie die Augen zusammenkniff, konnte sie Geschwüre und Beulen bei vielen von ihnen erkennen. An diesen Menschen war nichts Göttliches. Einigen von ihnen fehlte ein Arm oder ein Bein. Im blassen Licht des Morgens wirkten sie wie Traumgebilde; im Dorf hatte es nie so viele Krüppel und Bettler gegeben, und hier beachtete sie kaum einer von den anderen Menschen, die mit Talglichtern in der Hand über den Platz rannten oder sich um Raum für ihr Fuhrwerk zankten. Die übrigen Gebäude, die Tertia ausmachen konnte, schienen aus Holz zu sein, aber das war auch alles, was sie mit den Katen daheim gemeinsam hatten.

»Lauf nicht weg«, warnte der Händler, als sie geblendet ein paar Schritte auf das riesige Steinhaus zu machte.

»Ich wollte nur …«

»Kleines, ich hab dich nicht hergebracht, damit du in Tempeln betest«, sagte er sachlich und nicht unfreundlich. »Das kannst du machen, wenn dein neuer Herr es erlaubt.«

Tempel. Im Dorf gab es eine heilige Quelle, aber keinen Tempel. Also hatte Tertias erster Eindruck sie nicht völlig getrogen. Natürlich mussten in so einem Haus die Götter wohnen.

Was der Händler über das Weglaufen gesagt hatte, brachte

Tertia auf einen neuen Gedanken. Bei so vielen Menschen holte er sie nie ein, wenn sie tatsächlich losrannte. Sie konnte zwischen den Beinen hindurchschlüpfen; er konnte das nicht. Sie konnte sich verstecken, an Orten, wo sonst kein Mensch hineinpasste.

»Ich habe Hunger«, sagte Fausta leise neben ihr, und das erinnerte Tertia daran, dass auch ihr der Magen knurrte, vor allem jetzt, wo man wieder etwas anderes als die stickige Luft des Verschlags riechen konnte und ihr nicht mehr übel war. Erneut legte sie den Kopf zurück und spähte zu den Bettlern auf den Tempelstufen hinüber. Es sah nicht so aus, als ob ihnen jemand zu essen gab. Frei zu sein hatte also auch Nachteile, dachte Tertia und erinnerte sich an den Hunger daheim. Die Bettler starrten zurück, und als Tertia sich bewusst wurde, dass die Blicke ihr galten, als sei sie ein Hund mit zwei Köpfen, wurde sie unruhig. Schließlich war das hier die Stadt, nicht das Dorf, und die Leute sollten andere Zwerge gesehen haben, so wie Caeca es versprochen hatte. Oder etwa nicht?

Der Händler stemmte die Arme in die Hüften und musterte seine fünf Sklaven. Tertia holte tief Luft und stieß hervor: »Wir sehen bestimmt alle viel gesünder und kräftiger aus, wenn wir gegessen haben!«

»Das hoffe ich«, entgegnete der Mann, dem ihr Vater sie verkauft hatte, trocken, aber er winkte einen der zwischen den Fuhrwerken herumlaufenden und mit Körben beladenen Sklaven heran, und sie bekamen alle ein Stück von dem Brot, das er für ein As erwarb. Wie sie es daheim getan hatte, kaute Tertia eine halbe Ewigkeit daran, um den Hunger wenigstens etwas zu vertreiben. Es half wenig, was auch daran lag, dass es irgendwo in der Nähe nach frischem Fisch roch. Außerdem kaufte sich der Händler selbst etwas Käse, ehe er begann, sich ausgiebig mit dem Inhaber des nächsten Fuhrwerks zu unterhalten. Der scharfe Duft ließ Tertia das

Wasser im Munde zusammenlaufen, doch es hatte keinen Sinn, den Händler um ein Stück zu bitten. Und auch, was sie von dem Gespräch belauschen konnte, klang nicht sehr ermutigend: Der Einzelhandel sei einfach nicht mehr das, was er einmal gewesen wäre, weil die Legionen ganze Barbarendörfer als Billigsklaven mitbrächten. Es gäbe sogar ein paar besserwisserische Anwälte, die sich durch Prozesse einen Namen machen wollten und darum immer öfter darauf hinwiesen, dass Italiker frei geboren seien und überhaupt nicht verkauft werden dürften. Ihr Beharren darauf, dass man nur als Sklave geboren werden oder durch Krieg und zur Bestrafung dazu gemacht werden dürfe, löste bei dem anderen Fuhrwerksbesitzer die Bemerkung aus, seiner Ansicht nach wären Anwälte ohnehin Menschen, deren Unkenntnis des Gesetzes nicht bestraft, sondern belohnt wurde; ihretwegen musste man neuerdings jedes Mal einen Zeugen dafür bemühen, dass der Vater der Familie, dessen Gewalt über seine Angehörigen jedes andere Gesetz übertraf, dem Verkauf zugestimmt hatte.

»Wenn ich das Geld nicht wieder reinkriege, das ich für die fünf hier ausgegeben habe, wird mir nichts anderes übrig bleiben, als sie zu ertränken«, sinnierte der Händler.

»Für das Ding da«, meinte der andere und nickte in Tertias Richtung, »wirst du allemal dein Geld bekommen. Zwerge sind selten. Die anderen …«

Tertia hatte genug gehört. Sowenig sie Fausta ausstehen konnte, ertränkt zu werden war ein Schicksal, das keiner verdiente. Außerdem fühlte sie sich ein klein wenig für das andere Mädchen verantwortlich. Zu jeder anderen Familie im Dorf gehörten viele Kinder, doch Tertias Geschwister waren alle kurz nach ihrer Geburt gestorben. Bei vieren war sie alt genug gewesen, um es zu erleben, und seitdem wurde sie das Gefühl nicht los, dass sie etwas dagegen hätte tun müssen. Fausta war nicht ihre Schwester, aber doch ein

Teil ihrer Kindheit. Vielleicht war dies die Gelegenheit, ihre Schuld wieder gutzumachen.

Tertia zupfte Fausta am unteren Rand ihrer zerknitterten Tunika und gestikulierte so unauffällig wie möglich, um ihr klar zu machen, dass sie fortlaufen sollte, ohne es laut auszusprechen. Mittlerweile war die Sonne zur Gänze aufgegangen und umgab Faustas krauses Haar und ihr verweintes, fleckiges Gesicht mit einem hellen Glanz. Das Mädchen schüttelte stumm, aber bestimmt den Kopf und brach erneut in Tränen aus.

Vielleicht, dachte Tertia, *glaubt sie nur nicht, dass der Händler wirklich mit ihr machen kann, was immer er will.* Diesen Fehler würde sie selbst nicht begehen. Mit einem jähen Entschluss kroch sie zwischen die Räder des Fuhrwerks.

Der Boden hier war aus Erde, festgetretener Erde mit Steinchen und Abfall, der an ihren Beinen und Armen kratzte, als sie sich so flach wie möglich machte und mühsam voranzog. Sie tauchte auf der anderen Seite des Karrens wieder auf, wurde von einem Paar Beinen grob zu Boden gestoßen, rappelte sich hoch – und rannte los.

∾

Lycus konnte sich bessere Tage vorstellen. Früh aufzustehen, nur um seinem Patron kurz nach Sonnenaufgang seine Aufwartung machen zu können, war sein Schicksal als Freigelassener, ganz gleich, wie lange sein Sklavendasein schon zurücklag. Trotzdem war es an manchen Tagen eine Qual, zusammen mit einer Schar weiterer Klienten schon zur ersten Stunde im Vestibulum des ehrenwerten Lucius Aemilius Paullus herumzustehen, vor allem, wenn man am Abend zuvor unerfreuliche geschäftliche Neuigkeiten erhalten und daraufhin etwas zu viel Wein aus Setia getrunken hatte.

Lycus hätte gerne mit seinem Patron unter vier Augen über diese Nachrichten gesprochen und wollte die morgendliche Aufwartung zumindest dazu nutzen, um eine Unterredung zu erbitten, aber Aemilius hatte ihn heute geflissentlich übersehen. Zufall oder Absicht?

Während er auf das Forum Boarium zusteuerte und dort mehr und mehr Bekannte traf, versuchte Lycus, sich seine Grübeleien nicht anmerken zu lassen. Unter den Freigelassenen seines ehemaligen Herrn war er einer der erfolgreichsten: Er war stolzer Besitzer einer Garküche, einer Töpferei, eines Bordells, zweier Mietshäuser, einer Gauklertruppe und noch dazu an einem der Theater beteiligt. Gewiss, die meisten dieser Besitztümer waren nicht eben dazu geeignet, ihm einen guten Ruf zu verschaffen, aber sie waren äußert einträglich, und Aemilius hatte sich noch nie beschwert, wenn er die jährlichen Abgaben erhielt, die sein Freigelassener ihm schuldete. Nur in der letzten Zeit lief alles schief.

Lycus hielt es mit dem Grundsatz, nie mehr Steuern zu zahlen, als unbedingt nötig war. Deswegen hatte er sein Bordell nie offiziell registrieren lassen. Es befand sich im gleichen Gebäude wie die Garküche, und soweit es das Auge des Gesetzes betraf, arbeitete jedermann dort ausschließlich am Herd oder zählte zu der Gauklertruppe. Jahrelang war das gut gegangen, aber nun hatte man Lycus mitgeteilt, er sei wegen illegaler Zuhälterei angezeigt worden. Und das nur, weil ein übereifriger Beamter sich einen Namen machen wollte! Die Bestechungssummen, die verlangt wurden, um die Sache zu glätten, waren horrend – es sei denn, der Patron ließ sich überzeugen, seinen Einfluss geltend zu machen. Aemilius war mit einer Enkelin des Herrschers vermählt. Kein noch so ehrgeiziger Beamter übersah so etwas.

Andererseits musste Lycus vorsichtig mit der Anzahl von Gefallen sein, um die er seinen Patron bat, denn er brauchte

Aemilius' Hilfe auch noch in anderen Angelegenheiten. Das Theater, an dem er beteiligt war, hatte Einbußen erlitten, seit in der Nähe eine Gladiatorenschule eröffnet worden war. Lycus hatte dem Besitzer, der von allen nur »der Pompejaner« genannt wurde, vorgeschlagen, sich zu beiderseitigem Gewinn zusammenzutun, aber der hatte ihm die kalte Schulter gezeigt und überdies vorgegeben, selbst von allerhöchster Stelle protegiert zu werden.

Bei seinem dritten Ärgernis konnte ihm auch Aemilius nicht helfen: Einer der Kunden des Bordells war in der gestrigen Nacht handgreiflich geworden, hatte seinem Mädchen das Gesicht und die linke Brust aufgeschlitzt und sich überdies geweigert, zu bezahlen, wohl wissend, dass Lycus nur Schadensersatz wegen Sachbeschädigung fordern konnte, selbst wenn er vor dem Gesetz zugab, ein Bordell zu unterhalten. Natürlich verfügte Lycus über ein paar große und kräftige Sklaven, die in derartigen Fällen eingreifen sollten, aber der Mann konnte besser mit einem Messer umgehen, als sich das für Bordellkunden schickte, und hatte einem der Sklaven noch eine schwere Bauchwunde beigebracht, ehe er entwaffnet werden konnte. Das bedeutete Ausgaben, Ausgaben, Ausgaben.

Huren mit Narben waren alltäglich, vor allem, wenn es sich um Barbarinnen handelte, die man über große Strecken nach Rom gebracht hatte. Ob von Peitschen, Fußfesseln oder Stöcken, irgendwelche Narben hatten sie alle. Manchmal war das sogar gut für das Geschäft; es gab Männer, die eine Narbe auf dem Rücken, dem Hintern oder um das Fußgelenk, das ohnehin nur Dirnen mit bunten Ketten schmückten, als besonders anregend empfanden. Aber Narben im Gesicht waren etwas anderes. Narben im Gesicht waren abstoßend, nicht reizvoll.

Da das Mädchen eine seiner besten Dirnen war und immer die zehn Kunden pro Nacht schaffte, die er verlangte, hatte Lycus sie zu dem Aeskulap-Tempel auf der Tiberinsel bringen lassen. Dort war man erfahren darin, verletzte Sklaven wieder zusammenzuflicken, aber es würde trotzdem dauern, bis Sosia wieder arbeiten konnte, und dann würde ihr vernarbtes Gesicht einige Kunden gewiss abstoßen. Um den Leibwächter mit der Bauchwunde war es ganz und gar geschehen. Kurzum, Lycus musste ein paar neue Sklaven kaufen, und angesichts der Bestechungssummen, die ihm drohten, wenn Aemilius ihm nicht half, machte ihn diese Aussicht alles andere als glücklich. Gewiss, vor Kurzem hatte er zwei Tänzerinnen aus seiner Gauklertruppe mit Gewinn an einen Ritter verkauft, aber da er sie ersetzen und den Ersatz erst neu anlernen lassen musste, war das Geld dafür schon verplant gewesen. Nun kamen nichts als weitere Ausgaben auf ihn zu.

Er hatte beschlossen, auf dem alten Forum Boarium mit der Suche anzufangen, wo es Billigware gab, nicht so exotische Sklaven wie vor dem Tempel des Castor und Pollux, für die man Unsummen ausgeben musste. Aber hier bestand eben auch die Gefahr, nichts Geeignetes zu finden.

»Warum so ein langes Gesicht, Aemilius Lycus?«, unterbrach eine trockene Stimme seine Gedanken. »Der Tag ist so schön!«

Da er den Sprecher bereits am Tonfall erkannte, machte sich Lycus, der wie alle Freigelassenen den Namen seines alten Herrn angenommen hatte, nicht die Mühe, hastig ein Lächeln aufzusetzen. »Wie man es nimmt, Naso«, entgegnete er achselzuckend und nickte dem hageren Mann zu, der ihn gegrüßt hatte. Sie kannten einander, seit Lycus' Theatertruppe die *Medea* des Dichters aufgeführt hatte; überdies waren sie sich ein paar Mal im Haus seines Patrons begegnet.

Im Allgemeinen hielt sich Lycus lieber an die Komödien von Plautus, der seit Jahrhunderten tot und daher nicht in der Lage war, Entgelt zu fordern, aber Ovidius Naso war als

Schriftsteller sehr in Mode. Sein Buch über die Liebeskunst war das bestverkaufte Buch der letzten acht Jahre. Er hatte Lycus und seinen Mitteilhabern mehr zahlungskräftige Besucher aus dem Patrizierstand in das Theater gebracht als jemals zuvor. Man musste dem Mann auch anrechnen, dass er sich nicht zu schade war, auf offener Straße mit Lycus zu reden, etwas, wozu sich sehr viele der Edlen, mit denen Lycus sonst beruflich zu tun hatte, gewiss nicht bequemten.

»Da die Musen wieder mit mir sprechen«, sagte Ovidius, »ist es ein sehr guter Tag für mich.«

Der selbstverliebte Ton, den der Dichter anschlug, war nicht nach Lycus' Geschmack. *Aber was soll's,* dachte er. *Es gibt Investitionen, die sich lohnen.* »Sie diktieren dir nicht zufällig etwas, das ich …«, begann er, wurde jedoch jäh unterbrochen, als von links etwas gegen ihn prallte, das er zunächst für ein Kind hielt. Gleichzeitig hörte er wütendes Geschrei.

Die Jahre in Freiheit und ein gewisser Wohlstand, auf den er stolz war, hatten Lycus einen Bauch eingebracht, aber auf die Worte »Halt, Halt!« reagierte er noch so geschwind wie eh und je. Als sich das Kind wieder aufrappelte, griff er zu, hielt es fest und fasste es dabei genauer ins Auge. Erstaunt fiel ihm auf, dass dieses winzige Geschöpf ausgesprochen unkindliche, weibliche Formen besaß und ein nicht unschönes Antlitz, das die unfertige Weiche eines Kindergesichts bereits verloren hatte. Die schwarzen Haare waren lang genug, um einer erwachsenen Frau Ehre zu machen. Sie wehrte sich und versuchte, ihn zu beißen, doch Lycus hatte viele Erfahrungen mit arbeitsunwilligen Mädchen, die wesentlich größer waren, und wusste, wie man dergleichen vermied. Der Griff, mit dem er die Zwergin hielt, wurde eisern.

»Lass sie doch atmen«, sagte Ovidius, der sie interessiert beobachtete, als sich ihre Wangen purpurn färbten. »Sie erstickt dir noch.«

23

Inzwischen war der Rufer aufgetaucht, schnaufend und selbst hochrot im Gesicht. Ein Bauer aus der Provinz, der im Handel herumpfuscht, entschied Lycus, der selbst sein Leben als Lycos aus Athen begonnen hatte und dazu neigte, die Italer außerhalb von Rom samt und sonders als Barbaren zu sehen.

Der Mann erklärte wortreich, die Kleine sei sein Eigentum, und setzte zu weiteren Argumenten an, als sie ihn unterbrach. »Ich gehöre ihm nicht«, erklärte sie mit einer Stimme, die für so ein kleines Ding erstaunlich durchdringend war und weit trug. Sie musste wohl Übung darin haben, sich gegen Geschrei durchzusetzen. »Ich bin eine Prinzessin und von Seeräubern geraubt worden. Aber wenn meine Untertanen mich finden, werden sie alle, die mir wehgetan haben, ans Kreuz schlagen, aufhängen oder köpfen. Und diejenigen, die mir helfen, werden sie belohnen«, verkündete sie voll inbrünstiger Überzeugung. Die Tatsache, dass sie eine eigenartige Mischung aus ordentlichem Latein und sabinischem Dialekt sprach, ruinierte den Effekt natürlich, aber Lycus konnte das Potenzial erkennen und wurde nachdenklich.

Ovidius lächelte amüsiert. »Wie lautet dein Name, hochedle Fremde?«, fragte er, was den Händler davon abhielt, ihr die Ohrfeige zu verabreichen, für die er die Hand schon erhoben hatte. Lycus nutzte die Gelegenheit und teilte dem Provinzler mit, für eine Sklavin, die schon vor dem Verkauf ihre ungebärdige Natur so deutlich gezeigt habe, werde er sicher nicht viel erhalten, aber er, Lycus, sei ein Mann mit mitleidvollem Herzen.

»Tertia«, sagte die Kleine misstrauisch. Sie spürte offenbar, dass Ovidius sie nicht ernst nahm.

»Die Dritte?«, sagte der Dichter. »Das ist ein schlechter Name, den nur einfallslose Bauern ihren Töchtern geben. Nein, du hältst mich zum Narren. Dein Name lautet …

Andromeda. Alle gefangenen Prinzessinnen sollten Andromeda heißen.«

»Du hältst mich wohl für dumm!«, polterte der Händler gleichzeitig.»So eine Missgeburt ist eine Seltenheit. Dafür zahlen sie hier in der Stadt mindestens tausend Denare, das weiß ich genau.«

Der Bauer hatte mehr Recht, als er wissen konnte. Zwerge waren an sich bereits ungeheuer selten; Lycus hatte in seinem Leben nur drei gesehen, und er lebte seit Jahrzehnten in Rom. Zwerge, die keinen gedrungenen Oberkörper, keinen zu großen Kopf und zu kurze Beine besaßen, sondern stattdessen wie gewöhnliche Menschen gewachsen waren, nur in einer viel kleineren Größe – von solchen Kreaturen hatte er nur gehört, bis er das Mädchen heute vor sich sah.

Während sich Lycus in den Handel mit dem Provinzler stürzte, nahm er aus den Augenwinkeln wahr, dass sein zukünftiges Eigentum keine Anstalten mehr machte davonzulaufen, weil es mit Ovidius schwatzte. Er fand das gleichzeitig erstaunlich, beruhigend und jämmerlich. Nach seiner beträchtlichen Erfahrung, sowohl als Sklave als auch als Freigelassener, erreichte nur eine Art von Mensch die Freiheit, ganz gleich, ob durch die Gunst des Herrn oder durch das Weglaufen: die Art, die sich durch nichts und niemanden von ihrem Ziel ablenken ließ. Trotzdem würde er die Zwergin das Halsband mit der Bronzescheibe tragen lassen, das einen fluchtverdächtigen Sklaven kennzeichnete. Es konnte nicht schaden, vorsichtig zu sein.

Schließlich verständigte er sich mit dem unerfahrenen Händler auf siebenhundert Denare.»Zweitausendachthundert Sesterzen«, jammerte Lycus laut, während sich seine Stimmung in Wahrheit immens gebessert hatte. Das war noch nicht einmal ein Zehntel des tatsächlichen Werts. Solche Momente waren es, die ihn immer wieder dazu brachten, selbst auf den Markt zu gehen, statt einen seiner Sklaven zu schicken. Vor seiner Freilassung war er der beste Händler gewesen, den Aemilius Paullus je besessen hatte, und er genoss es, sein größtes Talent auch in eigener Sache auszuüben. Er war so zufrieden mit sich, dass er dem Mädchen noch ein paar Worte mit Ovidius gönnte, ehe er sich daranmachte, Ersatz für seinen Rauswerfer und seine verwundete Dirne zu besorgen. Wenn er Glück hatte, dann war der Bauer nicht der letzte dumme Händler gewesen, dem er heute begegnete. Schließlich waren die achttausend Sesterzen, die man üblicherweise für eine hübsche Sklavin zahlen musste, eine stattliche Summe, und es fiel ihm schwer, sich von seinem hart verdienten Geld zu trennen, wenn es sich vermeiden ließ.

Notfalls konnte er natürlich auch die Zwergin in seinem Bordell einsetzen, aber die Mehrzahl seiner Kunden war nicht an Kindern und Missgeburten interessiert. Bisher hatte man in seinem Haus nur erwachsene Kost bekommen, und er war stolz darauf. Die Kleine lohnte sich an anderer Stelle bestimmt mehr.

»Kannst du auf den Händen stehen und singen?«, fragte er die Zwergin, während er in Gedanken noch einmal die Kosten und möglichen Erträge durchging.

»Hat mir nie jemand beigebracht«, erwiderte sie und blickte mit einem Mal erleichtert drein, als habe sie andere Fragen befürchtet. »Aber ich kann es lernen. Ich lerne sehr schnell!«

»Hm. Wie war noch mal dein Name?«

»Andromeda.«

Ovidius lächelte, und Lycus nickte zufrieden. Niemand, der ein Sklave wurde, behielt seinen alten Namen, und wenn man dazu da war, die Menschen zu unterhalten, dann war ein Aufsehen erregender Name besser als ein schlichter.

»Dann leb wohl, Prinzessin«, sagte Ovidius. »Ich wünsche dir Glück und ein langes Leben in Rom.«

»Glück und ein langes Leben, hoch-ed-ler Fremder«, erwiderte sie, seine Formulierung wiederholend, und obwohl man den sabinischen Dialekt in ihrer Stimme bei dem Wort *Leben* noch hörte, war der Rest richtig ausgesprochen, als hätte sie den Gruß hier in der Stadt gelernt. Zumindest war sie nicht dumm. Bei Huren hatte Lycus nichts gegen Dummheit, im Gegenteil, dann machten sie ihm keinen Ärger, aber seine Mimen brauchten eine gute Auffassungsgabe.

»Warte noch, Naso«, sagte er rasch. Ihm war eingefallen, dass sein Patron auch der Gönner des Dichters war, wenngleich Lycus vor Aemilius' Heirat freigelassen worden war und daher die Enkelin des Princeps bisher nur aus der Ferne gesehen hatte. »Wenn du Aemilius Paullus oder seiner Gemahlin begegnen solltest, dann wäre ich dir dankbar, wenn du meine Neuerwerbung nicht erwähnst. Es … kann sein, dass ich eine Überraschung plane.«

Ovidius versprach es und fügte hinzu, er sei selbst heute Morgen hier, um für eine Überraschung zu sorgen. »Die Herrin Julilla lebt seit der Verbannung ihres Bruders viel zu zurückgezogen«, sagte er. »Das darf nicht so weitergehen. Es verstößt gegen die Natur, wenn sich ständig Wolken vor die Sonne drängen.«

Daran, dass Aemilius Paullus und seine Gemahlin Vipsania Julilla vielleicht deswegen weniger Klienten empfingen, weil ihr Bruder verbannt worden war, hatte Lycus noch gar nicht gedacht. Da eine solche Erklärung nichts mit ihm zu tun hatte, erleichterte ihn sofort ein wenig, bis ihm bewusst wurde, was für Nachteile sie barg: Wenn der Name seines Patrons das Auge des Gesetzes einschüchtern sollte, dann durften er und seine Frau nicht bei Augustus in Ungnade stehen.

»Gewiss doch«, stimmte er hastig zu. »Sie ist die Enkelin des Princeps, und Rom kann sich über jedes Mitglied der julischen Familie freuen, das …« Ihm fiel ein, wie viele Mitglieder der julischen Familie entweder verbannt worden oder durch eine merkwürdige Häufung von Krankheiten und Unfällen gestorben waren, und er verstummte. Natürlich kümmerte es Lycus nicht, was in der Familie des Princeps vorging, solange der Mann seiner Enkelin nur in der Lage war, Einfluss für seine Klienten auszuüben. »Was für eine Überraschung hast du denn im Auge?«, fragte er ernüchtert.

»Muscheln«, sagte Ovidius und ließ nicht erkennen, ob er Lycus' wechselndes Mienenspiel richtig deutete. Lycus war versucht zu fragen, ob ein Angehöriger des römischen Ritterstands für solche Gänge nicht seinen Koch schicken konnte. »Aus Nubien«, fügte Ovidius hinzu. »Man soll das Rauschen des Meers in ihnen hören können.«

Lycus zuckte die Achseln. Muscheln zu etwas anderem als zum Essen zu kaufen, hielt er für überflüssig, doch es war nicht sein Geld, das auf diese Weise verschwendet wurde. Er verabschiedete sich von Naso, schnappte sich das Mädchen und machte sich daran, endlich Ersatz für seine beiden Sklaven zu suchen.

Schnell zeigte sich, dass unter den angebotenen Frauen keine war, für deren Dienste ein Mann freiwillig Geld bezahlen würde – zumindest keiner, der in Lycus' Bordell verkehrte. Dafür hatte er Glück, was einen Rauswerfer betraf: Der junge Erbe eines Möbelherstellers, den die Würfelleidenschaft in den Ruin getrieben hatte, war dabei, seinen Hausrat zu versteigern, und hatte es dabei viel zu eilig, um auf angemessene Preise zu achten. Lycus erwarb einen starken und gut aussehenden Jungen namens Blandus, der nicht allzu klug wirkte und daher hoffentlich die Finger von den Einnahmen ließ. Das Leben eines Geschäftsmanns in Rom war hart, wenn man nicht den richtigen Blick für sein Eigentum hatte.

~

Andromeda wusste nicht, was sie von dem Mann halten sollte, der sie gekauft hatte. Caecas Beschreibung von einem edlen Senator entsprach er gewiss nicht. Aber er sah gut genährt aus, und dass er in der Lage war, sich gleich zwei Sklaven zu kaufen, bewies ihr, dass man bei ihm nicht hungern würde. Das war das Wichtigste.

Bis er seine Angelegenheiten beendet hatte, schwirrte ihr der Kopf von all den Menschen. Inzwischen hatte sie es längst aufgegeben zu zählen; auf diesem Platz allein waren mehr, als ihr gesamtes Dorf barg. Caeca hatte ihr davon erzählt, aber sie hatte es sich nicht vorstellen können, nicht wirklich.

Es war auch nicht so, dass es sich einfach nur um mehr Menschen handelte, als sie gewohnt war. Nichts an all diesen Leuten war einheitlich; wenn die Bewohner ihres Dorfes wie Körner an derselben Ähre waren, dann gab es hier nichts als bunt zusammengewürfeltes Herbstlaub, das vom Wind aus Versehen in die gleiche Ecke getrieben worden war. Neben den abgerissenen Gestalten auf den Tempelstufen gab es Menschen wie Lycus, deren satte Körper in Gewändern frei von Flicken oder Rissen steckten, es gab Fremde wie sie, die sich verwirrt umschauten, und viel, viel mehr, die sich mit Ellbogen den Weg bahnten und genau zu wissen schienen, wohin sie unterwegs waren. Der Geruch von Schweiß, wenn sie an einem vorbeiliefen, war vertraut, aber oft genug wurde er vermischt und gar überdeckt von süßlichen Gerüchen, als hätten sich die Betreffenden in Blumen gewälzt, kurz bevor diese verrotteten. Geschwätz und Geschelte von allen Seiten erfüllten ihre Ohren, und es kam ihr wie ein Wunder vor, dass Lycus bei seinen Verhandlungen verstehen konnte, was die anderen zu ihm sagten. Dabei sprach kaum einer in der langsamen, schleppenden Tonart der Leute im Dorf, doch die Stadtmenschen klangen auch nicht gleicher, als sie aussahen. Jeder Dritte schien die Worte, die ihm aus dem Mund flossen, anders zu betonen.

Sie beobachtete die Sklaven, die zum Kauf angeboten wurden, um genauer zu wissen, was sie selbst erwartete. Angepriesen wurden sie ähnlich wie der Käse und die Fleischstücke, die es an einigen Ständen gab, aber nur wenige der Sklaven wirkten unsicher oder eingeschüchtert, während mögliche Käufer sie musterten. Die meisten erschienen ihr gleichmütig oder resigniert, es sei denn, dass einer der besser gekleideten Menschen sie ins Auge fasste; dann stellten sie sich in Positur und setzten ein Lächeln auf.

Als ihr neuer Besitzer Aemilius Lycus sich schließlich mit ihr und dem jungen Mann in Bewegung setzte, wurde Andromeda ein weiterer Umstand bewusst, den sie sich nie hatte vorstellen können: Keiner dieser Menschen kannte sie. Selbst ihr neuer Besitzer und der andere Sklave, den sie neugierig musterte, waren nichts als Fremde.

Im Dorf war sie hin und wieder von anderen Kindern gejagt worden, aber jeder wusste, wer sie war und wie sie aussah. Hier gab es nur Fremde, die sie anstarrten, offen und neugierig, manche sogar feindselig. Oder, was noch viel häufiger vorkam: Leute, die sie einfach übersahen und zur Seite stießen, wenn sie sich an der kleinen Gruppe vorbeidrängten. Lycus behielt sie und den anderen Sklaven zwar die meiste Zeit dicht bei sich, doch als sie an einem riesigen Torbogen aus Stein vorbeikamen, groß und gewaltig, mit Gestalten, die in ihn eingehämmert waren, blieb sie unwillkürlich stehen – und wurde gleich darauf umgeworfen. Der Mann, der von hinten in sie hineingelaufen war, schien dies gar nicht zu bemerken, doch sie stürzte zu Boden, schlug hart mit den Knien auf und zuckte zusammen, als ihr jemand schmerzhaft auf ein Bein trat. Zum ersten Mal wurde ihr klar, dass sie in dieser von Menschen berstenden Stadt schlicht und einfach zertrampelt werden konnte, nicht, weil ihr jemand Böses wollte, sondern weil es so unendlich viele gab, die sie bei ihrer Größe leicht übersahen. Sie rappelte sich hoch und schrie erschrocken auf, als sie eine Ladung Eisenstangen auf sich herabstürzen sah, weil der Sklave, der sie getragen hatte, bei ihrem Anblick stolperte. Im letzten Moment packte die Hand ihres neuen Besitzers zu und zog sie unsanft zur Seite.

»Du kriegst ein Halsband«, schnaubte Lycus ungehalten. »Noch ein Weglaufen kann ich mir nicht leisten.«

»Aber ich wollte gar nicht ...«

Er hörte ihr nicht zu. Der andere neue Sklave erhielt den Auftrag, sie an die Hand zu nehmen. Blandus hatte viel längere Beine als sie, und er riss ihr fast den Arm aus der Schulter, weil er sie um ihr Handgelenk gepackt hielt. Andromeda kam rasch ins Schwitzen, als sie versuchte, so schnell wie er zu laufen. Die Angst, die sie gepackt hatte, als sie auf dem Boden lag, wich dem hastigen Ringen um den nächsten Atemzug.

Bald gab es keine wuchtigen Gebilde aus Stein mehr, die sie ablenkten. Die Straßen, durch die sie nun gingen, wurden immer enger, aber die Leute wurden nicht weniger. Aus den Augenwinkeln sah sie unzählige Häuser aus Holz, immer noch viel größer als alles daheim. Das Geschrei von Verkäufern, die ihre Waren anpriesen, gellte ihr so laut in den Ohren, wie sie es auf dem kleinen Marktplatz ihres Dorfes nie gehört hatte.

Der Boden unter ihren Füßen war inzwischen auch nicht mehr aus Stein, sondern aus festgetretenem, staubigem Boden und hin und wieder etwas Weichem, in das ihre bloßen Fußsohlen traten, während sie weitergezerrt wurde.

Vor einem Haus, das wieder aus Steinen bestand, aus kleinen, merkwürdig gleichmäßigen, roten Steinen, blieb Lycus schließlich stehen. Andromeda vergaß die Erschöpfung und die nagende Angst, noch einmal zu stürzen und diesmal wirklich zertrampelt zu werden, als sie den wunderbaren

Geruch von Essen bemerkte, der aus jeder Ritze zu strömen schien. *Was für ein Glück,* dachte sie. Caeca hatte erzählt, dass es Orte gab, an denen Mahlzeiten für Fremde bereitet werden, Herbergen. Lycus mochte kein edler Senator und kein Gesandter aus dem Reich der Zwerge sein, aber wenn ihm so eine Herberge gehörte, war er ein Besitzer, bei dem man bestimmt ein gutes Leben führte.

Vor dem Haus stand ein Holzpfahl mit einer Schnitzerei, die drei Fische mit länglichen Schnäbeln zeigte. Der junge Mann, der auf dem ganzen Weg nur mürrisch dreingeschaut und geschwiegen hatte, machte auf einmal ein entsetztes Gesicht. »Herr«, sagte er zu Lycus, »ich bin ein Haushaltssklave. Ich kann rechnen und aufwarten. Gewiss kann ich dir in deinem Haushalt nützlicher sein als in …«

Er brach ab, als sein Besitzer streng den Kopf schüttelte.

»Mein Junge«, entgegnete Lycus, »ich war selbst Haushaltssklave, in einem viel besseren Haushalt, und wenn ich jemals etwas derart Dummes gesagt hätte, dann wäre ich nicht lange dort geblieben. Habe ich dich um deine Meinung gefragt? Du hast Glück, dass ich dich nicht wegen deines Verstands gekauft habe.« Er stieß sie beide zum Eingang hin. »Ich habe nicht den ganzen Tag Zeit. Zeit ist Geld. Und ich erwarte, dass ihr mir welches einbringt. Untätige Sklaven verursachen nur Kosten. Also los.«

Andromeda fiel gerade noch auf, dass die Fenster des Gebäudes in den oberen Stockwerken gegen die morgendliche Sonne dicht abgeschottet waren. Dann traten sie durch die Tür, und die plötzliche Dunkelheit verschluckte sie.

~

Das dämmrige Dunkel im Inneren des gewaltigen Tempels auf dem Marsfeld, der den olympischen Göttern geweiht war, sorgte dafür, dass man eine Weile brauchte, um alle

Einzelheiten zu erkennen. Es gab nur eine Lichtquelle, den fahlen Sonnenschein des Spätherbsts, der durch die offene Spitze des riesigen, halbkugelförmigen Dachs fiel und einen hellen Fleck auf den Boden malte.

Ovidius Naso wusste nicht, ob die junge Frau, die ihrer Sänfte entstiegen war und nun hoch erhobenen Hauptes den Vorsaal mit seinen acht Granitsäulen durchquerte, überhaupt etwas von der Pracht um sie herum wahrnahm. Schließlich war das Pantheon ihr nur zu gut bekannt; ihr Vater, Marcus Vipsanius Agrippa, hatte es erbauen lassen, und auch die einfachen Römer hatten längst aufgehört, über das Wunder der gigantischen Kuppel mit ihren verschiedenen Gesteinsarten zu staunen.

Ovidius hatte gewusst, dass sie heute hierher kam; dennoch wartete er einen Moment, bevor er auf sie zuging. Sie trug die schwere Stola einer verheirateten Frau, was sie früher so gut wie nie getan hatte, und das blonde Haar wurde dadurch so versteckt wie die Figur. Ihr reines, klares Profil aber war so fein geschnitten wie die vulkanischen Lapilli, mit denen ihr Vater seine Kuppel vollendet hatte, und machte sie selbst in dieser Kleidung unverwechselbar.

Ihm fiel das amüsante Mädchen ein, das Lycus heute Morgen in die Arme gelaufen war, die kleine Zwergin mit ihrem dreckverschmierten Gesicht und dem energischen Bestehen darauf, eine Königstochter zu sein. In Rom gab es keine Könige mehr, und es würde sie nie mehr geben, aber die Frau, die er hier vor sich sah, kam einer Prinzessin nahe.

Als sie ihm ihren Kopf zuwandte, wusste er, dass sie ihn im Schatten der Wände entdeckt hatte. Doch dann überraschte sie ihn. Statt darauf zu warten, dass er zu ihr kam und sie als Erster begrüßte, wie es sich für einen Dichter ziemte, der seiner Patronin die Aufwartung machte, kam sie auf ihn zu. Die Absätze ihrer kleinen Stiefel klapperten leise auf dem Boden, kaum lauter als der Flügelschlag der Vögel, die sich immer wieder in die Kuppel des Tempels verirrten und nicht sofort wieder hinausfanden.

»Sei gegrüßt, Publius Ovidius«, sagte Vipsania Julilla mit ihrer klaren, sehr präzisen Stimme, erreichte den hellen Fleck, den die Herbstsonne zwischen ihn und sie gestellt hatte, und trat aus der Sicherheit der Schatten ins Licht.

II.

Sie wohnte jetzt in einem Haus aus Steinen. Das war
es, was sie sich täglich voller Stolz und Staunen sagte.
Die meisten anderen Häuser in dem Viertel – das, wie
man ihr erklärte, Subura genannt wurde – waren aus Holz,
aber nicht das von Lycus. Und dabei lebte er selbst gar nicht
hier.

»Er residiert auf dem Esquilin«, sagte der alte Mann, mit
dem sie sich am meisten unterhielt, und lachte, ein raues,
meckerndes Lachen, wie es ein Leben voller Wein hinterließ.
»Nicht so hoch, wie er gerne möchte, aber immerhin.«

Sein Name war Arellius, und er war der einzige Bewohner
des Hauses, der sich selbst gehörte. Was genau er hier tat,
fand Andromeda erst nach einiger Zeit heraus. Die Tätigkeit
der übrigen Bewohner begriff sie dagegen sehr schnell, auch
wenn sie noch nie ein solches Haus gesehen hatte.

Es bestand aus mehreren Stockwerken und war so groß,
dass sie es nicht ganz sehen konnte, selbst wenn sie sich auf
der Straße auf den Boden legte, was sie nicht mehr als einmal
versuchte; es gab zu viele Leute, die einen in ihrer morgendlichen Hast übersahen. Ständig Stufen hinauf- und herunter-
klettern zu müssen, um in dem Haus irgendwo hin zu gelangen, war eine Stadteigenart, auf die Andromeda gerne hätte
verzichten können. Vor dem Tempel hatte sie der Anblick
einer Treppe beeindruckt. In diesem Haus vermutete sie
manchmal, dass Stufen erfunden worden waren, um kleine
Menschen ständig zum Schwitzen zu bringen.

Es war immer genug Wasser im Haus dank eines Brunnens im Innenhof, gespeist von etwas, das Arellius als »die öffentliche Wasserleitung, die wir Agrippa zu verdanken haben«, bezeichnete. Der Unterschied zu ihrem Dorf, in dem es nur eine einzige Quelle gab, hätte nicht größer sein können. Im Erdgeschoss befand sich die große Küche mit einem Herd, der den ihrer Mutter winzig aussehen ließ, und vielen Kesseln, in denen ständig Suppen gerührt wurden. Andromeda verbrannte sich beinahe die Nase, als sie versuchte, in einen hineinzuschauen. All das Essen hätte daheim eine Woche lang für das ganze Dorf genügt, aber hier wurde es verkauft, am Eingang oder von den Sklaven, die es in kleineren Kesseln durch die Gegend trugen.

An ihrem ersten Tag schlüpfte sie in die Küche, sooft man sie ließ, und atmete mit geschlossenen Augen all die verschiedenen Düfte in sich hinein: frisch gebackenes Brot, warm und in der Nase kitzelnd wie Strohhalme an guten Tagen. Was für ein Wunder, ständig frisches Brot zur Verfügung zu haben! Und Fische, jede Menge Fische, gebraten, gekocht, gesalzen. Der würzige, scharfe Geruch ließ ihre Knie schwach vor Hunger werden, bis sie zum ersten Mal mit den anderen zu essen bekam. Sie konnte nicht verstehen, warum viele der Frauen aus dem Haus ein wenig begeistertes Gesicht dabei machten oder gar Grimassen zogen.

Auch nachdem sie zum ersten Mal seit Jahren richtig satt geworden war, drückte sich Andromeda in den Ecken der Garküche herum und schnupperte. Selbst der satte, schwere Geruch von verbranntem Olivenöl schien ihr der Inbegriff von Reichtum. Öl hatte es daheim nur an den Festtagen gegeben, und in diesem Haus glänzte jeder am ganzen Leib, als hätte er seine Haut damit bestrichen. Die Stadt, die wunderbare Stadt, hatte ihr Versprechen von vollen Mägen für ihre Einwohner erfüllt! Zu hören, dass Lycus' Garküche nur eine von vielen innerhalb des Viertels war, verdrehte ihr den Kopf.

»Jeder will etwas Warmes, vor allem jetzt, wo der Herbst uns nichts als kalte Tage bringt«, erklärte Arellius, »und in den Mietshäusern hat fast keiner einen eigenen Herd. Für Holzhäuser sind sie sowieso verboten, wegen all der Brände, die es schon gab.« Er zwinkerte ihr zu. »Aber Lycus hat ja eine Menge heißer Angebote.«

Andromeda begriff schnell, dass nicht die Rede von den Suppen oder dem Glühwein war, der gerade in diesem kalten Herbst zu den beliebtesten Waren der Garküche gehörte und in der ganzen Stadt Abnehmer fand. Gemeint war die andere Ware des Hauses, die im ersten Stock. In den Kammern dort stand immer nur ein Bett, anders als im zweiten Stock, wo sich mehrere Frauen ein Zimmer teilten. Und im ersten Stock wurde auch nicht geschlafen. Durch die Vorhänge, die jede der Kammern vom Flur trennten, hörte Andromeda die eindeutigen Geräusche so deutlich wie daheim in ihrer kleinen Hütte. Nein, deutlicher, denn ihre Eltern waren immer leise gewesen, und der Vater hatte nie so viel dabei geredet. Wenn man Andromeda zwischendurch mit frischem Wasser oder gelegentlich auch mit einer Frucht hineinschickte, konnte sie nie viel sehen; es war sehr stickig und rußig in den Zimmern, fast so sehr wie in der Küche, und es roch auch fast genauso stark. Nur waren die Düfte hier anders, so süß und schwer wie überreife Früchte, was an den Salben lag, mit denen die Dirnen sich einrieben.

Die Frauen in diesem Haus unterschieden sich von allen, die Andromeda bisher gekannt hatte, jedenfalls diejenigen, die nicht in der Küche arbeiteten. Im Vergleich zu den Frauen im Dorf erschienen sie ihr zunächst allesamt herausgeputzt wie Fürstinnen. Eine Zwergin war zu ihrer geheimen Enttäuschung nicht darunter; im Gegenteil, bei ihrer Ankunft gab es fast so viele neugierige Blicke wie auf dem Markt.

Einige der Frauen waren dunkelhäutiger als selbst die ältesten Leute im Dorf, die ihr Leben lang im Sommer auf den Feldern gearbeitet hatten, und das, obwohl sie jung waren und selten das Haus verließen. Ihre Stimmen klangen, als trügen sie etwas von dem Rauch in sich, der aus der Küche nach oben quoll. Meistens waren sie so schwer zu verstehen, als hätten sie Steine im Mund. Andere Mädchen hatten eine unglaublich helle Haut und Haar, so gelb wie Stroh oder rot wie die Farben, die sie sich ins Gesicht rieben, und ihre Sprechweise klang wie das nächtliche Geklapper von Rädern auf dem Pflaster. Kaum eine von ihnen war in Rom geboren oder auch nur in Italia. Die meisten waren als Beutegut aus fernen Provinzen hierher gekommen.

Wenn sie nicht gerade zu tun hatten und keine Besucher im Haus waren, standen die Frauen vor dem Eingang zu ihrer Arbeitskammer oder saßen auf kleinen Schemeln, in kurzen Männertuniken, die mehr enthüllten, als sie verbargen, die Gesichter mit bunten Farben geschminkt, die nach jedem Besuch hastig nachgezogen werden mussten, Kettchen um die Fußgelenke, die wie das Band um Andromedas Hals aus Bronze waren, aus Holzperlen oder Muschelteilchen bestanden. Sobald ein Mann in Sichtweite kam, der nicht zum Haus gehörte, zauberten die Frauen sofort ein Lächeln hervor, ganz gleich, wie erschöpft sie im Lauf einer Nacht wurden, schwenkten auffordernd die Hüften oder taten so, als wäre an ihren Fußkettchen etwas zu richten, um so ihren Hintern und die Brüste gleichzeitig zur Schau zu stellen.

»Nur nicht schüchtern, Kleiner«, gurrte eine Frau, die so alt wie Andromedas Mutter aussah, als ein junger Mann, kaum dem Knabenalter entwachsen, mit einem halb verlegenen, halb gierigen Grinsen die Treppe hochstieg und als Erstes in ihre Richtung sah. Sie beugte sich vor und ließ, ohne ihre Augen vom Gesicht des Jungen zu lassen, ihre Finger träge um die Brustwarzen kreisen, die sich deutlich durch den dünnen Stoff der Tunika abzeichneten. »Eine von denen ist größer als die andere«, murmelte sie. »Wenn du rausfindest, welche, Jungchen, dann lasse ich dir was vom Preis nach.«

»Das sagt sie jedem«, warf eine andere ein, die ebenfalls gerade keinen Besucher hatte und an ihrem Türrahmen lehnte. Sie war jünger, mit kleinen Brüsten und einem kirschförmigen, immer etwas aufgebissen wirkenden Mund. »Aber in dem weichen Gewabbel ist alles gleich. Da kommst du nie auf deine Kosten. Bei mir dagegen ...« Mit der einen Hand hielt sie ihm eine Haselnuss entgegen, mit der anderen hob sie ihre Tunika. Dann ließ sie die Nuss zwischen ihre Hinterbacken gleiten. »... ist alles hart!« Man hörte ein vernehmliches Knacken. Sie ließ ihre Tunika wieder fallen – und streckte dem Mann eine zerdrückte Nussschale entgegen, während ihre Zunge über die Lippen strich. »Alles.«

Anfangs beobachtete Andromeda das Ganze fasziniert und lange genug, um dem Trick auf die Spur zu kommen, der mit Fingerknacken und einem schnellen Austausch zu tun hatte. Gefragt hatte sie bei solchen Gelegenheiten zuerst ebenfalls, aber herausgefunden, dass die Dirnen einem nie genau das erzählten, was man wissen wollte, und dafür jede Menge Dinge, nach denen man gar nicht gefragt hatte.

»Lycus muss mehr Honig einkaufen«, sagte die üppige Dirne erschöpft, als sie gegen Morgengrauen in eines der Zimmer im zweiten Stock kam, wo die Frauen schliefen.

In den ersten Nächten, die Andromeda in Rom verbrachte, konnte sie wegen des ungeheuerlichen Lärms der Straßen keine Ruhe finden, also wanderte sie bis in den Morgen von Raum zu Raum und versuchte, nicht daran zu denken, dass sie ihre Eltern nie wieder sehen würde. Manchmal dachte sie, dass dieses Gefühl sie umbringen würde, so schnürte es ihr den Hals zu. Am Tage gab es so viel zu sehen, zu entdecken und zu lernen, dass sie ihren Kummer vergessen konnte, doch in den frühen Morgenstunden, wenn selbst das Bordell langsam zur Ruhe kam, kehrte das schmerzende Gefühl wie eine Motte zurück, die sie wieder und wieder umflatterte.

Als die Frau sich wegen des Honigs beschwerte, saß Andromeda in eine Ecke gekauert und fragte sich unwillkürlich, ob die Üppige auch noch von Hunger geplagt wurde, doch wie sich herausstellte, ging es um etwas anderes.

»Mein Mund ist ganz aufgesprungen. Welcher Kerl will schon einen geblasen bekommen, wenn die Haut sich anfühlt wie ein Bimsstein!«

»Von dir sowieso bald keiner mehr«, stichelte eine andere. »Komm schon, sei ehrlich. Die Göttermutter kannst du nicht mehr lange spielen. Dann geht es ab in die Küche.«

»Werden wir ja sehen! Ich habe mich nie für was Besseres gehalten und herumgetönt, dass ich eine Mimin wäre, keine Hure. Nein, ich weiß, was ich kann, und das kann ich noch gut.« Sie griff nach einem Töpfchen, in dem sich eine weiße, fettige Substanz befand, und begann, sich Mund und Brüste damit einzureiben. Dabei schmatzte sie ein paar Mal missbilligend mit den Lippen. »Ist einfach nicht das Gleiche wie Honig und Eselsmilch.«

»Du träumst, wenn du meinst, dass uns Lycus jemals Eselsmilch gibt. Macht der nie.«

»Hört auf, die ganze Zeit auf Lycus herumzuhacken«, sagte eine Dritte schläfrig. Sie war dabei, sich das Haar auszukämmen. Ganz gleich, wie müde die Frauen waren, sie nahmen sich immer die Zeit, ihre Haare zu richten. »Eine Frau ohne gute Frisur ist wie ein Soldat ohne Waffen«, hatte eine von ihnen auf Andromedas Frage hin gesagt. »Wenn mich jemand als seine persönliche Geliebte freikauft, dann muss er mir als Erstes eine gute *Tonstrix* besorgen, damit sie sich um meine Frisur kümmert.«

Andromeda erinnerte sich noch gut, wie ihr Vater einen hölzernen Kamm geschnitzt hatte, wie die Hände ihrer Mutter damit einmal im Monat durch ihr Haar geglitten waren. Sie zuckte zusammen. *Meine Eltern haben nur mein Bestes gewollt*, sagte sie sich zum hundertsten Mal. Gewiss, ein solches Haus war bestimmt nicht das, worauf sie für ihre Tochter gehofft hatten, aber wenigstens gab es hier zu essen.

»Hier gibt es immer was zu essen«, fuhr die Frau fort, als teile sie Andromedas Gedanken. Der fremdländische Akzent, mit dem sie sprach, wurde stärker. »Und einen Platz zum Schlafen, dem einen keiner wegnimmt. Bei uns daheim gibt es jetzt nur noch Ruinen, und die Soldaten zahlen auch nicht, wenn sie einen hernehmen.«

»Soldaten sind gute Kunden«, wandte eine andere ein, doch die Frau mit dem Kamm spie auf den Boden.

»Schweine. Schweine, die dir den Mann umbringen, das Dach über dem Kopf abbrennen und dich dann noch der Reihe nach vögeln. Wenn's dir nicht so gegangen ist, dann hast du Glück gehabt.«

Andromedas Onkel war bei den Legionen. Sie hatte ihn nur selten gesehen, doch in der Familie war man stolz darauf, dass er das Reich gegen die Barbaren verteidigte. Anders hatte sie noch nie von Soldaten sprechen hören. Sie schaute verstört zu der Frau mit ihrem Kamm.

»Sicher hast du hier einen vollen Bauch. Aber wenn du meinst, dass ich noch hier bin, wenn ich alt genug für die Küche oder die Töpferei bin, dann täuschst du dich«, sagte die Frau entschieden, die mit der Stichelei begonnen hatte und mit Abstand die bestgekleidete und hübscheste unter den Anwesenden war. »Mach dich nur lustig, aber ich bin keine Hure. Ich bin Mimin. Ich sitze nicht in diesem Haus fest. Mich kauft mal ein Senator frei, oder wenigstens ein Ritter.«

»Du träumst, Myrtis«, entgegnete die üppige Dirne gähnend, »und auch ich will jetzt schlafen.«

Bisher hatte noch keine Frau Andromeda angeboten, ein Bett mit ihr zu teilen, und eine freie Schlafstelle hatte sie auch nicht gefunden. Was ihr blieb, war eins der verräucherten Zimmer im ersten Stock, wenn die letzten Männer verschwunden waren. Also verließ sie den Raum wieder und setzte sich auf die Treppenstufen.

Treppen. Stockwerke. Auch das war völlig neu für sie. Plötzlich wurde sie sich bewusst, wie hoch sie sich über der Erde befand, und ihr wurde schwindlig. Hastig lehnte sie sich gegen die Wand und hoffte, dass die Sonne bald aufging.

Im Laufe der ersten Woche fand Andromeda heraus, dass der Flur des ersten Stockwerks noch andere Attraktionen zu bieten hatte. Über den Vorhängen und zwischen den einzelnen Zimmern gab es etwas, das als *Bilder* bezeichnet wurde. Etwas, was sie noch nie gesehen hatte. Stiere, brauner als braun, auf rotem Grund. Blaue Vögel, die sie nicht kannte. Und Menschen, die bleich und blass schlangen und sprangen. Andromeda hielt sich an den Vorhängen fest und versuchte hochzuklettern, um mehr zu sehen, doch sie stürzte jedes Mal wieder hinunter.

Auf diese Weise fiel sie Arellius zum ersten Mal auf, der sich gerade etwas zu essen geholt hatte und dabei war, die Treppen emporzusteigen. Er lachte.

Andromeda rappelte sich grimmig auf. »Heb mich hoch«, forderte sie. »Ich will mehr von den Bildern sehen.«

Abrupt hörte er auf zu lachen. »Hm«, brummte er und betrachtete sie. Dann zuckte er mit den Achseln, setzte seine Schale ab und tat zu ihrer Überraschung, was sie verlangte. Später entdeckte sie, warum ihr diese Bitte sein Wohlwollen eingebracht hatte.

»Arellius hat hier alles gemalt«, erklärte Myrtis, die Frau, die auch zu den Mimen der Gauklertruppe gehörte und in deren Raum man sie schließlich untergebracht hatte. »Deswegen darf er hier umsonst wohnen. Wenn du mich fragst, hat Lycus da ein gutes Geschäft gemacht. Früher dachte ich ja, Arellius will sich nur wichtig machen mit seinem Gerede von den alten Tagen, als er berühmt war, aber dann hatten wir einen Auftritt beim Gastmahl eines Senators auf dem Palatin, und dort gab es genau so eine Venus an der Wand wie in Zimmer vier. Die gleiche Nase. Die Namen über den Türen hat er auch geschrieben.«

»Ich kann nicht lesen«, sagte Andromeda, der die Zeichen aufgefallen waren, ohne dass sie wusste, was diese bedeuteten.

»Musst du auch nicht«, entgegnete Myrtis und grinste. »Die sind für die Kerle da, die lesen können, damit sie wissen, was sie erwartet: die Süße, die Ersehnte, die Jungfräuliche, die Fesselnde, die Reiterin, die Peitsche und so weiter.«

»Ich war mal die Jungfräuliche«, sagte eine der Sklavinnen aus der Garküche, die Andromeda bei der morgendlichen Mahlzeit immer einen Schlag Dinkelbrei mehr gab und ihr beigebracht hatte, mit einem Löffel umzugehen, als das Mädchen nach ihrem Namen fragte, um sich richtig bedanken zu können. »Glaubt man nicht, wenn man mich jetzt sieht, wie? Aber ich heiße immer noch so. Parthenope.«

Ihr Haar war grau, und wenn sie sprach, sah man, dass die meisten Zähne fehlten. Die Hände waren so ausgelaugt und abgewirtschaftet, dass sie wie Habichtsklauen wirkten, und ihre Brüste hingen schlaff herunter.

»Das ist die Zukunft, wenn man im ersten Stock kein Geld mehr verdienen kann«, fuhr Parthenope fort, als Andromeda nicht wusste, was sie erwidern sollte. »Lycus verschwendet nichts.« Sie schnitt eine Grimasse. »Der Kerl ist so geizig, dass wir das Weizenmehl für das Brot immer nur aus der ersten Siebung bekommen, noch dazu mit Kleie versetzt. Ein paar von meinen Zähnen, die habe ich mir an dem harten Zeug ausgebissen. Die Eier wollte ich ihm abschneiden damals.«

»Ihr dürft Weizenmehl für das Brot verwenden?«, fragte Andromeda ehrfürchtig. »Deswegen schmeckt es so gut! Unser Brot daheim war immer aus Dinkel. Und was ist falsch daran, Kleie mit einzubacken? Das muss man doch.«

»Kleines, mit Kleie füttert man hier in Rom die Hunde«, sagte Parthenope kopfschüttelnd. »Da, nimm noch was. Du bist die dankbarste Esserin, die wir im Haus haben, und du beschwerst dich nie. Das ist eine echte Erholung. Dir macht ja noch nicht mal der Garum-Gestank was aus.«

Andromeda verteilte den Dinkelbrei mit der Zunge in ihrem Mund, um ihn noch möglichst lange zu schmecken. Ihre Mutter hatte sich immer gefreut, wenn genügend Kleie da war, und Andromeda im Herbst ins Unterholz geschickt, um Eicheln, Lupinen und Eckern für das Brot zu sammeln, und Brennnesseln, Schafgarbe, Rosmarin und Wildkräuter für das Gemüse. Noch am Tag bevor sie verkauft worden war, hatte sie das getan. Sie erinnerte sich, wie ihre Mutter die Eicheln zerstampfte und in den Dinkelteig rieb, damit er noch etwas gestreckt wurde und ihnen durch den Winter half, und biss sich auf die Lippen.

»Welchen Gestank meinst du?«, fragte sie schnell, um nicht an ihre Eltern zu denken.

Parthenope rollte die Augen und wies mit dem Kinn auf einen der Kessel, der über dem Feuer stand und in dem ständig einer der Küchensklaven rührte. »Er könnte es sich doch leisten, sein Garum in Amphoren zu kaufen und es von der Küste her liefern zu lassen, wie es sonst jeder macht«, sagte sie ärgerlich. »Jeder Mensch weiß, dass gescheites Garum seine Zeit braucht, mindestens zwei Monate in der Sonne, damit der Fisch zerfällt und die richtige Würze erhält, aber nein, er lässt uns hier die eingesalzenen Fischinnereien zerkochen, bis sie durch ein Sieb gehen, und wir müssen alle den Gestank aushalten!«

Diesmal verzichtete Andromeda darauf zu erwähnen, dass es in ihrem Dorf überhaupt kein Garum gab. Sie hatte es erst in der Stadt kennen gelernt, wo jeder sein Brot in diese Tinktur tauchte oder seine Mahlzeit damit bestrich. Es schmeckte köstlich.

»Früher hat mir der Geruch immer wieder Kunden vertrieben«, sagte Parthenope. »Da muss man schon Titten wie Suavis haben, um das bei den Männern wettzumachen. Du hast Glück, dass Lycus dich Myrtis und Mopsus zugeteilt hat. Wenn du es in die Gauklertruppe schaffst, kommst du hier oft genug raus, um auch mal was anderes zu riechen.«

∾

Myrtis und Mopsus brachten ihr die Kunststücke bei, für die sie Lycus erworben hatte. Sprünge und Rollen waren nicht so leicht, wie Mopsus sie aussehen ließ; außerdem war selbst er, das kleinste Mitglied der Truppe, um vieles größer als sie, und das machte einen Unterschied, wenn sie ihn nachahmte. Er ließ sie mit Handständen vor einer Wand beginnen, was nur am Anfang einfach war; bald verlangte er von ihr, immer länger auf ihren Händen stehen zu bleiben, um die Kraft ihrer Arme zu stärken. Andromeda musste lernen, dass all die Suche nach Wildkräutern und die Kletterei auf Bäume daheim, um die ersten reifen Äpfel für ihre Familie zu finden oder sich vor den Kindern zu verstecken, sie nicht so kräftig gemacht hatten, wie sie bisher glaubte. Immerhin war sie beweglich genug, um nicht bei allen Übungen, die Mopsus von ihr verlangte, gleich zu versagen – und wenn sie versagte, dann versuchte sie mit doppeltem Eifer, es beim nächsten

Mal richtig zu machen, selbst wenn es ihr viele blaue Flecken einbrachte. Ehe sie gelernt hatte, den Kindern im Dorf auszuweichen, waren es schlimmere Blessuren gewesen.

Auf einem Bein stehen zu bleiben, um ihr Gleichgewicht zu halten, war etwas, das ihr schließlich über längere Zeit gelang, selbst wenn ihr Myrtis gleichzeitig einen Holzball für jede Hand gab, die sie hochhalten musste. Als Andromeda dies schließlich selbst mit einem Teller auf dem Kopf schaffte, klopfte ihr Mopsus anerkennend auf den Rücken und eröffnete ihr gleichzeitig, an ihren Purzelbäumen müsse sie noch viel arbeiten, bis es annehmbare Kunststücke seien.

»Als Gaukler bist du immer Anfänger und Fortgeschrittener zugleich«, sagte er, während er selbst mit Keulen übte, die er nacheinander in die Luft beförderte und wieder auffing. Als Andromeda ihn zum ersten Mal dabei beobachtet hatte, war ihr Staunen so groß gewesen, dass sie sofort von ihrem Handstand auf den Boden fiel. Seitdem machte sie so einen Fehler nicht mehr. »Und denk daran, Tage, an denen du nicht sechs Stunden lang übst, sind verschwendete Tage. Mir ist gleich, wem du hier sonst noch hinterherräumen musst. Lycus will, dass du von uns lernst, und das geht nur durch üben, üben, üben.«

Nach einiger Zeit merkte Andromeda, dass ihr Mopsus' Übungen immer leichter fielen. Was Myrtis ihr zeigte, stellte sich als viel schwieriger heraus.

Myrtis war eine Mimin. Sie konnte wildfremde Menschen nachahmen, die auf der Straße spazieren gingen, und wenn sie einen alten Mann spielte, dann bewegte sie sich wie ein alter Mann. Wenn sie tanzte, konnte man sofort sehen, ob sie ein Mensch sein sollte oder ein Tier, ob sie ein schüchternes Mädchen war, das vor einem Ungeheuer floh, oder eine alte Frau, die sich einen jungen Gladiator gemietet hatte.

»Sie ist nicht schlecht«, kommentierte Arellius, als Andromeda begeistert von Myrtis schwärmte, »für eine Truppe wie diese. Aber ihr fehlt der Funke des Besonderen, und deswegen wird sie nie den Mut haben, sich von Lycus freizukaufen. Ich habe Cytheris noch erlebt. *Das* war eine Mimin!« Andromeda hatte keine Ahnung, wer Cytheris war. Offenbar konnte man das an ihrem Gesichtsausdruck ablesen, denn Arellius seufzte.

»Ach, die Vergänglichkeit des Ruhms. Als ich ein Knabe war«, sagte er wehmütig, »kannte jeder in Rom Cytheris. Bis Marcus Antonius der Ägypterin verfiel, war sie seine berühmteste Geliebte, und ... oh ... Du weißt auch nicht, wer Marcus Antonius war, oder?«

Andromedas Gesicht brannte. Sie kannte die Namen der Götter; sie wusste, dass Augustus herrschte, wie er es ihr ganzes Leben getan hatte, und einiges mehr. Im Dorf hatte sie sich immer für klüger als die meisten anderen halten dürfen und Caeca für die Quelle der Weisheit, aber hier kam sie sich dümmer als die Kühe vor. Ständig neue Wörter und Namen lernen zu müssen war noch das Wenigste.

»Ich bin eine Prinzessin aus der Fremde«, sagte sie rasch. »Ich kann das gar nicht wissen.«

»Du bist ein leeres Gefäß voller Unwissenheit«, entgegnete Arellius trocken. »Aber ein leeres Gefäß lässt sich füllen.« Und dann fügte er noch hinzu, er langweile sich genug, um seine Zeit damit zu verschwenden.

»Wenn du dich langweilst, warum malst du dann nicht?«, fragte Andromeda patzig.

Arellius' zerklüftetes Gesicht, das über ihr ragte wie eines der nassen Tücher, die vom Wind gebeutelt und getrocknet wurden, wenn man sie zwischen den riesigen Häusern aufhängte, fiel in sich zusammen. Wortlos hob er seine Hände, und Andromeda bemerkte zum ersten Mal, dass sie zitterten.

»Tut mir Leid«, murmelte sie reuig.

Arellius zuckte mit den Achseln und verschwand für den Rest des Nachmittags mit einem Weinkrug in sein Zimmer. Doch am nächsten Morgen, noch während sie die Übungen machte, die Myrtis ihr gezeigt hatte, rief er nach ihr und begann, sie ebenfalls zu unterrichten, hauptsächlich durch ein Gemisch von Erzählungen, die sich nicht deutlicher von denen Caecas hätten unterscheiden können. Arellius sprach nicht von immer vollen Mägen und Scherzen, sondern von Straßenschlachten und aufgespießten Köpfen auf dem Forum. Als Andromeda entsetzt fragte, wie Augustus Caesar das zulassen konnte, erfuhr sie zum ersten Mal, dass Rom nicht immer von diesem Mann regiert worden war. Es hatte eine Republik und jahrelange Kriege gegeben, in denen Römer gegen Römer kämpften, nicht gegen Barbaren wie jetzt, bis ein kurzer Frieden unter dem Onkel des Augustus eingetreten war. »Der göttliche Julius«, sagte Arellius, »Gaius Julius Caesar«, und schilderte ihr dessen Aufstieg bis zu seiner Ermordung, den erneuten Bürgerkrieg und den Anbruch des neuen Zeitalters nach der Schlacht von Actium, als aus Caesars Großneffen Octavius der Princeps wurde, Augustus Caesar.

~

Arellius' Bereitwilligkeit, Zeit mit Andromeda zu verbringen, erwies sich als ein ungeheurer Glücksfall, denn zwei Wochen später, kurz vor den Saturnalien, traf eine Frau mit einer feuerroten, frischen Narbe quer über dem Gesicht ein und wurde von allen lebhaft begrüßt. Sie hieß Sosia, war Myrtis' frühere Zimmergefährtin – und sagte sofort, dass sie Andromeda nicht im Raum dulden würde.

»Lycus will, dass du ihr das Singen beibringst«, sagte Myrtis. »Er möchte, dass sie so bald wie möglich auftreten kann.«

»Dann werde ich es ihr beibringen«, erwiderte die Narbengesichtige.»Aber ich muss das Ding doch nicht Tag und Nacht um mich haben, oder?«

Andromeda verstand nicht ganz, warum Sosia sie so verabscheute, und das vom ersten Blick an. Niemand sonst in dem Haus hatte es getan. Manchen war sie gleichgültig, manche lachten über sie, mit anderen hatte sie Freundschaft geschlossen. Doch niemand hatte ihr Feindseligkeit entgegengebracht, bis Sosia zurückgekehrt war.

Schon bei der ersten Gesangsstunde spürte sie Sosias harte Finger mit den scharfen Nägeln im Gesicht.»Sie haben mich auf der Tiberinsel zusammen mit den Krüppeln und Missgeburten untergebracht«, zischte sie,»aber da hat wenigstens niemand mein Gehör beleidigt.«

Nach einiger Zeit fiel Andromeda auf, dass Sosia nicht unüberlegt zuschlug; die Schläge waren nie heftig genug, um sie zu Boden zu werfen, was bei ihrer Größe leicht gewesen wäre. Sie waren nur heftig genug, um wehzutun.

»Das Mädchen hat Angst«, konstatierte Arellius, als Andromeda mit verschwollenem Gesicht und ebenso wütend wie gekränkt bei ihm auftauchte.»Und sie ist eifersüchtig auf dich. Weißt du, warum sie überhaupt singen kann? Sie war früher ein Teil der Gauklertruppe, aber dann hat sie zu viel Vergnügen am Essen gefunden. Mopsus konnte sie bald nicht mehr stemmen.«

Die Truppe bestand derzeit aus Mopsus, Myrtis, zwei Flötenbläserinnen, die Zwillinge waren, und einem Hornbläser, der gelegentlich auch sang. Zwei weitere Mitglieder, eine Sängerin und eine Tänzerin, waren kurz vor Andromedas Ankunft in Rom von einem Ritter gekauft worden, was die verbliebenen Gaukler neidisch seufzen ließ, wenn sie es erwähnten. Jeder von ihnen legte Wert darauf, etwas Besseres als die übrigen Dirnen und Sklaven zu sein.»Wir kommen nicht nur mit den Kerlen von der Straße zusammen«, pflegte Myrtis zu sagen, »wir sind Künstler und werden entsprechend bezahlt.« Das löste zwar gelegentlich Spott von Seiten der anderen Frauen aus, doch die Kleider, die Myrtis und die Flötenbläserinnen trugen, waren hübscher und neuer, und Mopsus wurde in der Garküche immer vor den Rauswerfern bedient.

»Aber sie hätte doch weiterhin Handstände, Sprünge und Räder vorführen können«, wunderte sich Andromeda.

»Die Hauptattraktion hier im Haus zu sein kam Sosia eben leichter vor«, fuhr Arellius fort. »Du musst wissen, sie stammt aus Syrien, und sie war immer stolz darauf, ihren Hintern so zittern lassen zu können, dass selbst Eunuchen bei diesem Anblick mit dem Massieren ihres Schwanzes anfingen. Aber das war, bevor ihr jemand das Gesicht aufgeschlitzt hat. Wenn sie jetzt niemand mehr will, so wie sie aussieht, schickt Lycus sie im besten Fall in die Küche. Er kann sie aber auch an eine der Mühlen oder Ziegeleien auf dem Land verkaufen, und da hat sie Glück, wenn sie in sechs Jahren noch am Leben ist.« Arellius seufzte. »Wenn man immer schwach gewesen ist und dann auch noch Angst bekommt, lässt man das an den noch Schwächeren aus.«

Andromeda dachte bei sich, dass es Sosia nur recht geschähe. Dann fiel ihr ein, dass sie selbst Angst davor hatte, auf die Straße gesetzt zu werden, seit sie herausgefunden hatte, dass es mitnichten Getreidespenden für jeden Armen gab, sondern nur für erwachsene freie Männer.

»Glaubst du, das macht er?«, fragte sie ernüchtert.

»Lycus ist nicht so reich, dass er nicht auf sein Einkommen achten müsste«, erwiderte Arellius, ohne die Frage direkt zu beantworten, und kniff Andromeda in eine geschwollene Wange. »Aber zuerst würde er sie sicher in die Küche stecken oder sie putzen lassen.«

»Wie Parthenope.«

»Wie wer?«
»Parthenope! Du musst sie doch kennen«, sagte Andromeda erstaunt. »Sie arbeitet in der Küche, und sie sagt, früher war sie eines der Mädchen aus dem ersten Stock.«
»Es hat immer wieder eine Parthenope gegeben«, sagte Arellius nüchtern. »Ich bin ein alter Mann. Es ist schwer, sich an alle zu erinnern. Mach kein solches Gesicht, Winzling. Du wirst ihm Geld einbringen, keine Sorge, und vielleicht auch das, was er sich erhofft.«

Es lag Andromeda auf der Zunge zu fragen, was genau das war, doch sie ließ es, als ihr eine dringendere Frage einfiel. »Und wo soll ich jetzt schlafen?«

Heimlich befürchtete sie, dass man sie auf Dauer in eine der Arbeitskammern stecken würde. Es war schon so laut genug im zweiten Stock, aber dort unten würde sie überhaupt nicht mehr schlafen können. Zu Beginn hatten die Geräusche aus den Kammern sie wenigstens neugierig gemacht, weil die Huren sich anders als ihre Mutter nie bemühten, still zu sein, und es offensichtlich für ihre Pflicht hielten, jedem Besucher zu versichern, er sei der Größte und seine Männlichkeit von Priapus gesegnet. Die Beschreibungen, die sie dabei gebrauchten, erweiterten Andromedas Wortschatz genauso schnell, wie es Arellius mit seinen Geschichten tat. Aber mittlerweile hatte sie alles gehört, gesehen und erfahren, was es herauszufinden gab, und es war nur noch störender Lärm. Außerdem sorgten die Dämpfe von der Garküche im Erdgeschoss und die Kerzen, die ständig brennen mussten, dafür, dass die Luft immer schlecht war. Früher hatte sie es nicht für möglich gehalten, doch inzwischen wusste sie, dass man selbst an Essensgerüchen übersatt werden konnte. Und die Kammern waren klein, wirklich klein, und bis in die frühen Morgenstunden belegt. Auch wenn ihre Neugier sich nicht längst in der Alltäglichkeit gelegt hätte, wäre ständige Müdigkeit die Sache nicht wert gewesen. Schließlich hatte sie nach Rom gehen wollen, um ein besseres Leben zu finden.

»Hm ... bei mir ist noch eine Ecke frei«, sagte Arellius und musterte sie. »Aber bevor ich dich in meinem Zimmer schlafen lasse, machen wir einen Besuch in den Bädern.« Er erzählte ihr, dass es über zweihundert Badeanstalten in Rom gäbe, nicht mitgerechnet die Thermen, welche vom großen Agrippa gestiftet worden seien. Andromeda konnte mit der Zahl wenig anfangen und sah ihren Lehrer hilflos an. Arellius runzelte die Stirn, versuchte dann aber geduldig, ihr die Zahlwörter hundert und tausend zu verdeutlichen.

Das Beste am Leben über einer Garküche war immer noch, nicht mehr hungern zu müssen. In dieser Hinsicht war die Stadt ganz, wie Caeca es versprochen hatte, zumindest, wenn man dem Besitzer der Garküche gehörte. Doch ansonsten wusste Andromeda nicht, ob einige der Dinge, die von den Städtern als Vorzug gepriesen wurden, wirklich besser als das Leben auf dem Lande waren. Auf jeden Fall waren sie unheimlich, und anders.

Sich Arme und Beine zu waschen, war für Andromeda nie ein Problem gewesen; sie brauchte nicht viel Wasser. Aber was die Städter hier unter »baden« verstanden, war etwas völlig anderes.

Ein Viertel-As Eintritt war selbst für die Armen erschwinglich, und da Kinder überhaupt kein Eintrittsgeld zahlen mussten, riet Arellius Andromeda, sich als kleines Mädchen auszugeben.

Es war ihr peinlich. Sie hatte die anderen Frauen seit ihrer Ankunft in der Stadt schon mehrfach zu Bädern begleitet, doch dabei war ihr immer die Aufgabe zugeteilt worden, auf die Kleider aufzupassen, die im Vorraum abgelegt wurden, ohne selbst je den Rest der Badeanstalt zu sehen. Nicht, dass ein Aufpassen nicht notwendig gewesen wäre: Andromeda beobachtete mehrfach Diebe, die sich unbeaufsichtigte Kleider unter den Nagel rissen. Die übrigen Sklaven, die ebenfalls Kleider zu bewachen hatten und das Gleiche sahen, zeigten keine Reaktion, also gab Andromeda es ebenfalls auf, Alarm zu schlagen. Es waren keine Kleider dabei gewesen, die man ihr anvertraut hatte.

»Ich habe nur die eine Tunika«, sagte sie zu Arellius. »Und bevor ich nicht anfange, Lycus Geld einzubringen, glaube ich nicht, dass er mir eine neue kauft. Was soll ich machen, wenn mir jemand meine stiehlt?«

Arellius zuckte die Achseln. »Nackt herumlaufen«, sagte er mit einem schwachen Lächeln. »Das wird ihn schon überzeugen, dass er sich die Ausgabe leisten sollte. Aber ich glaube nicht, dass der kleine Fetzen, den du da trägst, für irgendjemanden stehlenswert sein wird.«

Andromeda spürte wieder, wie sie rot wurde. »Aber ich bin kein Kind mehr«, sagte sie leise. »Und das sehen dann alle.« Sie war sich bewusst, dass ihre geringe Größe einen gewissen Schutz für sie darstellte. Wenn sie nackt herumliefe, nähmen die Besucher des Hauses der Drei Delphine sicher an, sie stünde ihnen ebenfalls zur Verfügung. »Ich kann nicht nackt herumlaufen.«

»Man kann alles, wenn man nur will«, entgegnete er unbeeindruckt.

Sie war versucht, ihn zu fragen, warum er dann nicht in einer Villa auf dem Esquilin lebte, als ein reicher und allseits geachteter Mann, aber sie unterließ es – zum einen, weil es für sie immer noch das drohende Gespenst einer Unterkunft in den Arbeitsräumen gab, und zum anderen, weil sie nicht wollte, dass er sich wieder einen Nachmittag lang betrank.

Trotzdem spürte sie einen Stich. Ein Teil von ihr war erleichtert, dass niemand in dem Ziegelsteinhaus sie als eine Frau ansah; wenn sie größer gewachsen wäre, dann hätte Lycus sicher nicht eine Sekunde gezögert, sie als Dirne zu vermieten. Aber es war unmöglich, ständig zu hören, wie andere sich paarten, und sich nicht zu fragen, wie sich das anfühlte. Andromeda glaubte nicht, dass sie es jemals herausfinden würde, und das Gefühl begann langsam, aber stetig an ihr zu nagen, auch wenn die Gespräche im zweiten Stock nur zu deutlich machten, dass das lautstark gespendete Lob im ersten Stock kein Maßstab für die Begeisterung unter den Frauen war.

»Jeder Kerl will hören, dass er ein Geschenk der Götter ist und einen in den Olymp entführen kann«, sagte Parthenope einmal achselzuckend zu ihr, als sie Wasser für Myrtis holte. »Wenn man nicht so tut, zahlen sie schlechter.«

»Und in Wirklichkeit hat es dir nie Spaß gemacht?«

»Mehr als das Garum zu bereiten und Dreck aufzuwischen allemal«, entgegnete Parthenope grinsend. Dann fügte sie ernster hinzu: »Bei denen, die für die Nacht bezahlt haben? Ab und zu. Aber das kommt alle Jahre einmal vor, es sei denn, du hast einen Kundenkreis außerhalb des Hauses, wie Myrtis und die anderen Musikerinnen aus der Gauklertruppe. Wichtig ist, sich einen Trick einfallen zu lassen, der nur dein eigener ist, damit sie wiederkommen, und zwar zu dir, nicht zu einer anderen. Ich war immer diejenige mit dem Unschuldsblick und dem süßen *O Herr, du bist der Erste, bei dem ich es für Geld tue, dabei bist du so gut, dass ich bezahlen müsste* ... Nichts als Gerede, und das geht natürlich nur, solange man jung ist.«

»Was die Missgeburt wissen will, ist, ob es *ihr* je Spaß machen wird«, unterbrach Sosia sie boshaft. Sie stand im Eingang der Küche, mit einem Krug in der Hand, um sich ebenfalls Wasser zu holen. Obwohl Sosia die Nacht in einem der Arbeitsräume verbracht hatte, waren ihre Augen nicht verquollen. Jeder hatte bemerkt, dass in der letzten Nacht höchstens drei Männer zu ihr gekommen waren, dabei waren bei dem Preis, auf den sie mittlerweile heruntergehen musste, mehr als zehn Besucher notwendig, damit es sich für Lycus lohnte. Niemand wagte, sie darauf anzusprechen.

»Darauf würde ich an deiner Stelle nicht hoffen, du kleines Scheusal. Lycus hat bisher noch keine Kinder vermietet, aber wenn die Zeiten schlecht für seinen Beutel sind und ihm sonst nichts einfällt, was er mit dir anstellen kann, dann bietet er dich den Kerlen an, die auf so etwas scharf sind. Und glaub mir, die werden sich nicht damit aufhalten, dir die Brüstchen zu streicheln. Die werden sich eher daran stören, dass du überhaupt welche hast. Sollte mich wundern, wenn du dann nicht jedes Mal heulst.«

»Lycus hat nichts dergleichen vor«, sagte Parthenope rasch. »Mach dir keine Sorgen, Kleine. Außerdem, Vögeln ist wie Baden. Manchmal heiß, manchmal kalt, aber man gewöhnt sich an alles.«

Man gewöhnt sich an alles schien ohnehin jedermanns Wahlspruch zu sein. Es war auch das Einzige, was Andromeda je von dem Gerede der Africanerinnen verstehen konnte, die sich von den anderen Frauen absonderten. Die beiden warteten stets aufeinander, ganz gleich, welche von beiden am frühen Morgen nach getaner Arbeit zuerst nach oben kam. Anders als die übrigen Dirnen wetteiferten sie nie miteinander, und die leisen, lullenden Laute ihrer eigenen Sprache klangen nicht so, als würfen sie sich gegenseitig Spitzen an den Kopf. Sie bürsteten einander die Haare, und wenn eine von beiden weinte, strich ihr die andere die Tränen aus dem Gesicht und hielt sie fest in ihren Armen. Verglichen mit dem Getöse im ersten Stock kam Andromeda das Verhalten der beiden seltsam anrührend und beneidenswert vor. Aber auch davon schloss sie ihre Größe mit Sicherheit aus. Die beiden Africanerinnen mochten weit von ihrer Heimat entfernt sein, doch sie hatten einander. Andromedas Familie war für immer fort, und in ihr Dorf, in dem es nach Caecas Tod nur Hunger, Sprachlosigkeit und Missachtung für sie gegeben hatte, wollte sie ohnehin nicht zurück. Aber einen anderen Zwerg gab es offenbar selbst hier in Rom nicht.

Man gewöhnt sich an alles.

∼

Das Gebäude, zu dem Andromeda mit Arellius ging, hatte getrennte Bäder für Männer und Frauen. Arellius sagte ihr, sie würde im Inneren eine Wasseruhr vorfinden, und er erwarte, sie in zwei Stunden wieder vor dem Gebäude zu treffen. »Das ist eine kurze Zeit für den Besuch einer Badeanstalt«, schloss er, »aber einen längeren Ausgang erlaubt Lycus dir noch nicht.«

Gleichzeitig mit ihnen traf eine Sänfte vor der Badeanstalt ein. Andromeda, die noch nicht oft Sänften gesehen hatte – und die wenigen nur aus der Ferne –, riss die Augen auf, um alles genau zu beobachten. Myrtis hatte ihr gesagt, dass man als Mimin nie genug Material haben konnte. Die Sänftenträger wirkten so stark wie die Wächter, die Lycus beschäftigte, aber sie trugen wesentlich bessere Tuniken, und sie waren alle sehr groß. Zwei von ihnen hatten so hellblondes Haar, wie sie es nur bei einer von Myrtis' Perücken gesehen hatte.

An einem der Holzpfosten der Sänfte war ein weißblauer Wimpel befestigt. Andromeda zupfte Arellius, der Anstalten machte, sich zu entfernen, am Saum seiner Tunika und fragte, was das zu bedeuten hatte.

»Die Farben der Fabier«, murmelte der Alte mit einem ausdruckslosen Gesicht.

»Wer sind die Fabier?«

»Als die Republik noch jung war, dienten ihr die Fabier bereits, genau wie die Claudier, die Cornelier und«, er machte eine kaum merkbare Pause, »die Julier. Es sind die großen Familien unserer Stadt. Wie Lycus es ausdrücken würde: Sie scheißen sogar Geschichte.«

Der Mann, der aus der Sänfte stieg, hatte eine Glatze mit einem eisgrauen Haarring, aber seine Haut war jünger und straffer als die von Arellius. Er bewegte sich ruhig und bestimmt, bis er zufällig in ihre Richtung schaute. Einen Moment lang rührte er sich nicht. Dann wandte er sich um und teilte seinen Sklaven mit, er habe es sich anders überlegt. »Es wird besser sein, die Agrippa-Thermen zu besuchen«, sagte er mit erhobener Stimme, »wenn man sieht, was für ein Pöbel sich hier breit macht.«

Andromeda legte den Kopf schief, um Arellius' Gesicht besser erkennen zu können, aber er wandte den Kopf ab. Sie streckte ihren Arm hoch, um seine Hand zu drücken, doch wenn er es bemerkte, dann ignorierte er die Geste. Stattdessen wiederholte er »In zwei Stunden« und verschwand im Eingang zu den Männerbädern.

»Abgemacht«, sagte sie und fühlte sich einmal mehr in einem Land, in dem sie nur die Hälfte verstand.

»Wirst deinen Vater schon wieder finden, Kleines«, sagte die Wächterin freundlich, die sie beobachtet haben musste, als Andromeda beunruhigt und verstört das Bad betrat, die Arme vor dem Körper gekreuzt, die Hände um die Schultern geschlungen. Andromeda nickte stumm und stellte fest, dass tatsächlich niemand von ihr das Viertel-As Eintrittsgeld haben wollte, das ihr Arellius für alle Fälle gegeben hatte.

Wo sich das Apodyterium befand – der Raum, in dem man sich auszog und die Kleider aufbewahrt wurden –, wusste sie: gleich links von dem großen Tor. Trotzdem blieb sie einen Augenblick stehen, um den großen Innenhof in sich aufzunehmen. Der Boden gleißte ihr hell mit bunten Farben entgegen, wie es bei den Wänden in Lycus' Haus der Fall war, aber die frische, kühle Luft hätte nicht unterschiedlicher von den dämmrigen, dumpfen und rußigen Düften bei

Lycus sein können. Sie atmete einmal tief durch, dann bog sie zum Apodyterium ab.

Andromeda suchte eine Ecke, um sich auszuziehen, und schielte dabei auf die Sklavinnen, die auf die Rückkehr ihrer Eigentümer warteten. Sie sah hagere Beine, schlanke Beine, schwabbelige Beine und Füße, bei denen die abgelaufenen Sandalen wie zweite Sohlen wirkten; Füße, die in der Regel bereits viel verschrumpelter und älter als die dazugehörigen Beine wirkten. Vorsichtig ließ sie ihre Augen etwas höher gleiten. Natürlich trug keine der Frauen ein Purpurband am Saum; so etwas gab es nur bei der Stola, die ehrbaren, verheirateten und vor allem gut gestellten Frauen zustand. Aber dem Leinen der Tuniken konnte man ansehen, wie reich der Haushalt war, dem die Trägerin entstammte.

Andromeda faltete ihre eigene, abgegriffene Tunika aus Schafswolle und ihre Brustbinde sorgfältig zusammen, steckte sich Arellius' Münze in den Mund zwischen Zähnen und Wange, fasste sich ein Herz und lief zu dem Fußpaar mit den neuesten Sandalen und der hellsten Tunika hinüber.

»Könntest du auch auf mein Kleid ein Auge haben?«, fragte sie so ehrerbietig wie möglich, während das Metall der Münze gegen ihre Wange kratzte. »Das wäre sehr großzügig von dir.«

Von oben kam, getragen von einem zwitschernden Akzent, die niederschmetternde Antwort: »Wenn du glaubst, ich lasse zu, dass dieser dreckige Fetzen auch nur in die Nähe des Gewandes meiner Herrin kommt, dann täuschst du dich, du Balg. Soll sie sich Flöhe einhandeln?«

Gedemütigt und wütend, wie sie sich fühlte, rutschte Andromeda die Antwort heraus, ehe sie es unterdrücken konnte. »Wenn deine Herrin so ist wie du, dann dürfte sonst kaum was in ihre Nähe kommen, das sie nicht dafür bezahlt, also wäre sie sicher für die Flöhe dankbar!«

Scharfe Fingernägel fuhren auf sie hernieder, aber nach

einem Vormittag mit Sosia und Wochen voller Übungen mit Mopsus schaffte Andromeda es spielend, sich wegzuducken. Sie hörte das Gelächter der anderen Sklavinnen und begriff, dass man mit ihr lachte, nicht über sie. Das war ein gutes Gefühl.

»Warte, du …«, rief die unfreundliche Kuh. Andromeda lief in die Richtung des lautesten Gelächters und suchte hinter zwei üppigen, weißen Schenkeln Schutz, die im Rhythmus des Lachens zitterten und wippten. Wie eine Störchin stakste ihre neue Feindin ihr hinterher.

»Lass die Kleine«, sagte die fette, gutmütige Stimme, die zu den weißen Schenkeln gehörte, gelassen.

Andromeda fühlte das Bronzeamulett, das sie um den Hals trug und nicht ablegen durfte, an ihrer Haut kleben, und fragte sich auf einmal, was geschähe, wenn die Störchin sie so zurichtete, dass sie wie Sosia zusammengeflickt werden musste. Wahrscheinlich machte es für Lycus keinen Unterschied. Schließlich wollte er sie ja nicht als Schönheit zur Schau stellen.

»Das Ding kommt mir besser nicht noch mal unter die Augen«, drohte die Störchin, aber sie zog sich zurück.

Andromeda kroch hinter der Dicken hervor und machte ein paar Schritte, um über den gewaltigen, wogenden Busen hinweg auf das Gesicht ihrer Retterin schauen zu können. Es stellte sich als übersät mit Sommersprossen und gekrönt von graubraunen Locken heraus.

»Na, wer hat dich denn … hm. Hm …« Überraschung und vielleicht ein Hauch von Ekel malten Falten in die üppigen Wangen. Offenbar war der Frau jetzt erst aufgefallen, dass es sich bei Andromeda nicht um ein Kind handelte. *Bring sie zum Lachen*, pflegte Myrtis zu sagen, *bring sie zum Lachen, ganz gleich, wie.* Andromeda ließ ihr Kleiderbündel fallen, sank mit Schwung und hoch erhobenen Händen auf die Knie, in die Stellung, die Mopsus die »Schutzflehende«

genannt hatte. Ihre Stimme imitierte Arellius' formelle, geschliffene Aussprache, so gut sie konnte. »O Schirmerin unschuldiger Verfolgter!«, rief sie, »Mögen die Götter deine Wohltat lohnen! Und wenn sie es nicht tun«, fügte sie hinzu, »dann weiß ich eine Garküche, wo dich eine himmlische Mahlzeit umsonst erwartet.«

Die Mundwinkel der Dicken zuckten nach oben, und sie gluckste erneut. »Wäre immerhin eine Abwechslung, wo ich doch für meine Herrschaft backe«, sagte sie. »Nun verschwinde schon, Knirps. Ich werde auf deine Fetzen aufpassen.«

Nachdem sich Andromeda nach dem Namen ihrer Retterin erkundigt hatte, der Crassa aus dem Haushalt der Meteller lautete, hastete sie, einen weiten Bogen um die immer noch rachsüchtig blitzende Störchin schlagend, aus dem Apodyterium.

Draußen war es noch recht frisch für einen Frühlingstag, aber der Steinboden hatte sich unter der Sonne aufgewärmt. Andromeda rannte über den Hof, ein wenig ratlos, was sie als Nächstes tun sollte. So weit war sie bisher noch nie gekommen. Als sie eine kleine Gruppe über den Hof spazieren sah, beschloss sie, sich ihnen anzuschließen und sie nachzuahmen. Die anderen Frauen, die rege miteinander plauderten, hinterließen kleine, feuchte Fußabdrücke auf dem Boden, als hätten sie bereits gebadet, doch sie machten keine Anstalten, auch nur in die Nähe des Umkleideraums zu gehen. Stattdessen betraten sie über eine Treppe, die zum Glück niedrigere Stufen als die des Hauses in der Subura hatte, einen Raum, aus dem es dampfte. Andromeda blinzelte. Die Stufen führten in ein riesiges, von Steinbänken eingerahmtes Becken. Vorsichtig ging sie den Frauen nach und behielt im Auge, wie weit das Wasser ihnen reichte. Es war ihr nie in den Sinn gekommen, dass die Becken so groß und vor allen Dingen so tief sein konnten. Im Dorf hatte man Wasser aus Quellen bezogen. Niemand konnte schwimmen. Wenn sie standen, reichte das Wasser der kleinsten der Frauen bis knapp an die Hüften und der größten bis knapp über die Knie. *Das*, dachte Andromeda, *lässt sich riskieren.* Sie betrat die erste Stufe, die unter Wasser lag – und zog entsetzt ihren Fuß wieder hoch. So heißes Wasser hatte sie noch nie erlebt, es sei denn in der Küche! Verwirrt schaute sie sich um. Niemand sonst schien etwas Außergewöhnliches daran zu finden.

Andromeda versuchte es noch einmal, langsamer. Es war immer noch sehr heiß, aber der erste Schrecken war verklungen. Ihr zweiter Fuß gesellte sich gerade vorsichtig dem ersten hinzu, als von hinten jemand unwillig rief:»Nun mach schon«, und ihr einen Stoß gab.

Das heiße Wasser schloss sich über ihr, und einen Moment lang dachte Andromeda, jemand zöge ihr bei lebendigem Leib die Haut ab. Dann überwältigte die Angst, nicht mehr atmen zu können, alles andere, und sie schlug blindlings um sich, was sie endlich an die Wasseroberfläche brachte. Luft, gesegnete Luft, füllte ihre Kehle, und sie schrie.

~

»Nun, du siehst jetzt zwar einigermaßen sauber aus«, sagte Arellius missbilligend, »aber ich verstehe wirklich nicht, warum du so etwas Einfaches wie den Besuch einer Badeanstalt nicht hinter dich bringen kannst, ohne hinausgeworfen zu werden. Du hast Glück, dass es so viele Bäder gibt. Das hier lässt dich bestimmt nicht mehr hinein.«

»Ich will auch gar nicht mehr in ein Bad«, entgegnete Andromeda trotzig, obwohl es ihr sehr peinlich war. »Ich dachte, ich ertrinke!«

»Bäder, Weine und Venus«, sagte Arellius belustigt. »Sie machen unser Leben aus, auch wenn sie unseren Körper ruinieren. Natürlich willst du noch einmal in ein Bad. Aber ob ich dich noch einmal mitnehme, du kleine Barbarin, das muss ich mir ernsthaft überlegen.«

Auf dem Rückweg ließ er sich weiter über die Vorzüge von Bädern aus, und darüber, dass nur unwissende Fremde diese Wohltat der Zivilisation nicht zu schätzen wüssten. »Und Bauern«, fügte er hinzu. »Natürlich teilt uns unser gepriesener Princeps alle paar Jahre mit, wir müssten den Vorfahren wieder ähnlicher werden, aber ich habe noch nicht beobachtet, dass er je den Versuch gemacht hat, wie ein Bauer zu leben. Wer will das schon?«

Niemand, dachte Andromeda, aber ihr Widerspruchsgeist fand, dass sie dieses prahlerische Gerede nicht unangefochten lassen sollte, vor allem nicht, weil sie glaubte, dass Arellius gewiss überhaupt keine Ahnung davon hatte, wie die Bauern lebten. Das Leben einer Zwergin konnte er sich bestimmt genauso wenig vorstellen. Angestarrt oder übersehen zu werden. Bei Hunden darauf achten zu müssen, dass sie einem nicht das Gesicht ableckten. Nur abgerissene Kinderkleider tragen zu können. Von Treppen bis zu Löffeln alles zu groß vorzufinden. Davon wusste Arellius nichts. Nur würde er ihr auf eine solche Bemerkung gewiss lediglich entgegnen, dass er mehr darüber wisse als sie von dem Benehmen in der Stadt, ihrer Ungeschicklichkeit im Bad nach zu urteilen. Damit hatte er vermutlich Recht, doch das ließ sich ändern.

Mehrere der Frauen, die Lycus gehörten, träumten davon, eines Tages auf einen Kunden zu stoßen, der so zufrieden war, dass er sie für seinen ausschließlichen Besitz kaufte. Andromeda hatte diesen sehr beliebten Traum auf ihre eigene Größe abgeändert: Sie konnte als Mimin so gut werden, dass eine reiche Familie sie Lycus abkaufte. Sie verbrachte nicht den Rest ihres Lebens hier in der Subura, genauso wenig, wie sie in ihrem Dorf geblieben war, o nein! Aber auch, wenn sie einen guten Eigentümer fand, würde sie nicht über Bauern spotten, so wie Arellius es jetzt tat.

»Woher willst du wissen, dass der Princeps nicht wie ein Bauer lebt? Du hast ihn überhaupt noch nie gesehen«, sagte sie kämpferisch. »Oder willst du behaupten, der große Augustus selbst hätte jemals bei dir ein Bild bestellt?«

Arellius blieb abrupt stehen. »Geh in sein Haus auf dem Palatin«, stieß er zwischen zusammengebissenen Zähnen hervor, »und sieh selbst. Dann bezahle für die Anmaßung mit dem Leben, denn du musst wissen, er verabscheut Krüppel und Missgeburten.«

Andromeda starrte ihn an. Ihre Haut zog sich zusammen, als ob das heiße Wasser sie wirklich hätte verschwinden lassen. Der Wind, der von den Hügeln herunterkam, blies ihr in den Rücken und tat weh.

»Mach kein solches Gesicht«, sagte Arellius endlich.

»Tu ich nicht«, entgegnete sie.

»Unser Zusammenleben wird eine ständige Prüfung der Götter sein«, sagte er resignierend.

Andromeda dachte etwas Ähnliches, als sie sich sein Zimmer vergegenwärtigte: Auf dem Boden lagen ständig Kohlestückchen und rote Erde, überall standen Wachstafeln und Holztafeln herum, weil Arellius, wenn er etwas getrunken hatte oder einfach nur entschlossen war, seine zitternden Finger zu ignorieren, hin und wieder doch noch etwas zeichnete oder malte. An manchen Tagen war es ein Wunder, dass er sich – wenn auch schwankend – aufrecht halten konnte. Sie musste sich dann jedenfalls in Acht nehmen, dass er nicht ausrutschte und auf sie stürzte. Obendrein schnarchte er; manchmal konnte man ihn selbst in den anderen Zimmern noch hören. Trotzdem, Arellius' Zimmer war der größte Einzelraum im Haus der Drei Delphine, und vielleicht konnte sie ihn überzeugen, ihr hin und wieder sein Kissen zu überlassen.

»Ich werde mich der Prüfung stellen«, verkündete sie ernst, und nach einem Moment, in dem er ein verblüfftes Gesicht machte, brach er in Gelächter aus.

III.

Zu Andromedas unangenehmsten Pflichten gehörte es, die Nachttöpfe aus jedermanns Zimmer zu holen und in den großen Bottich unter dem Treppenverschlag zu leeren, der einmal in der Woche von einem Gerber abgeholt wurde. Inzwischen wusste sie, dass es in Rom möglich war, öffentliche Orte zu besuchen, um sich zu erleichtern, und dass von dort alles in die Cloaca Maxima floss. Angeblich hatten die Reichen sogar ihren eigenen Anschluss, aber nicht die Häuser in der Subura. Auch nicht, wenn sie einem wohlhabenden Mann gehörten wie das Haus der Drei Delphine.

Ihre Aufgabe brachte Andromeda erstmals dazu, sich an dem allgemeinen Geschimpfe über Lycus' Geiz zu beteiligen, denn sie hatte dabei immer Angst, in den Bottich zu fallen. Insgeheim hoffte sie, diese Aufgabe loszuwerden, wenn sie erst einmal gezeigt hatte, dass sie Geld verdienen konnte, zumal Sosia anfing, ihr deswegen den Spitznamen Pinkelliese zu geben. Als einer von Lycus' Sklaven, der für die Garküchen Speisen austrug und abends den Rauswerfer spielte, sie so anredete, um ihr mitzuteilen, dass Parthenope nach ihr suchte, wäre sie am liebsten gestorben. Was die Angelegenheit noch schlimmer machte, war, dass es sich dabei um den jungen Mann handelte, der mit ihr gemeinsam gekauft worden war, Blandus. Der bei Weitem ansehnlichste von Lycus' männlichen Sklaven.

»Lecker«, kommentierte Parthenope eines Tages und ließ

ihren Blick wohlgefällig über den muskulösen Oberkörper und die kräftigen Schenkel des Jünglings wandern, als er das Tragebrett mit mehreren dampfenden Schüsseln darauf entgegennahm, um seine Runde als Straßenverkäufer zu beginnen. »Für den hätte ich es in den alten Tagen glatt umsonst getan.«

»Hättest du nicht«, gab Myrtis zurück, die in der Küche war, um sich etwas Olivenöl für ihr Haar zu holen. »Du hättest einen Kerl gefunden, der dafür bezahlt, es mit dir *und* Blandus zu tun.«

Parthenope lachte und meinte, da habe Myrtis vermutlich Recht.

»Denkt ihr, er hat meinen Namen einfach vergessen?«, fragte Andromeda und stellte fest, dass sie Blandus ebenfalls hinterherstarrte.

Parthenope, die ihren Blick bemerkte, grinste. »Immerhin weiß er, dass du hier die Pisstöpfe ausleerst. Das ist mehr, als mancher meiner Kunden früher über mich gewusst hat.«

Myrtis kniff Andromeda in die Wangen. »Vergiss deine Übungen nicht«, sagte sie. »Blandus anstarren kannst du immer noch.«

Sie errötete. Im Haus der Drei Delphine kannte jeder, bis auf Arellius, eigentlich nur drei Themen: Kunden und ihre Gewohnheiten, besonders wenn sie etwas mehr Geld hatten. Den eigenen Körper. Und die Ungerechtigkeit, die darin lag, dass einige der Frauen mehr verdienten als andere. Das hatte allmählich seine Auswirkungen auf sie. Nachts, wenn Arellius schnarchte, maß sie manchmal ihre eigenen Brüste und fühlte sich im Vergleich zu den üppigen, großen Frauen noch viel kleiner, als sie es ohnehin schon tat. Aber bisher hatte sie sich noch nie über die Körper der männlichen Sklaven Gedanken gemacht.

Andromeda lief in den zweiten Stock, in einen der Schlafräume, der um diese Zeit leer war, und begann folgsam damit, Kniebeugen und andere Übungen zu machen. Eigentlich war an Blandus nichts Besonderes. Gewiss, er hatte starke, schön proportionierte Arme. Und ein sonniges Lächeln. Und seine Stimme war auch nicht übel, wenn er sie nicht gerade mit diesem gemeinen Spitznamen rief. Aber abgesehen davon war er so alltäglich wie Krähen in ihrem heimatlichen Dorf. Es war nur zu dumm, dass er ihren schönen, selbst gewählten Namen offenbar nicht kannte.

Andromeda beschloss, Lycus bei seinem nächsten Besuch im Haus darum zu bitten, sie von dem Nachttopfleeren zu entbinden, und überlegte sich die ganze Zeit die passenden Worte, besonders, wenn sie weitere Nachttöpfe abholen musste.

»Das würde ich an deiner Stelle nicht tun«, sagte Sosia, als könne sie Gedanken lesen, während sie mit der Zehenspitze ihren Nachttopf in Andromedas Richtung stieß, gerade so, dass er nicht umkippte, aber doch genügend Urin über den Rand schwappte, um sicherzustellen, dass Andromeda ihn auf die Finger bekam.

»Was?«, fragte Andromeda mit steinerner Miene.

»Dich bei Lycus über mich beschweren. Bis jetzt bist du nur ein unnützer Esser, mein Kind, und selbst, wenn ich nicht mehr mit den gleichen Kunden rechnen kann wie früher, bringe ich ihm immer noch mehr Geld ein als du. Wenn sich all die Ausbildung für dich nicht lohnt, dann findest du dich in der nächsten Weberei wieder, und da wirst du nur nach gewebter Elle ernährt. Oder er verkauft dich außerhalb der Stadt, in die Minen. In den engen Schächten können sie kleine Missgeburten bestimmt brauchen, so, wie ihnen die Kinder wegsterben.«

Obwohl Andromeda ihr Bestes tat, um es sich nicht anmerken zu lassen, schauderte sie bei Sosias Worten. Dass es

Feldsklaven nicht unbedingt gut ging, wusste sie bereits; die freien Bauern litten schließlich nicht zuletzt deswegen so unter der Armut, weil sie kaum mit all der Arbeit, die auf den großen Gütern von Sklaven gemacht wurden, in Wettbewerb treten konnten. Aber von den Sklaven, die in die ferneren Provinzen geschickt wurden, hatte sie erst in Rom erfahren. Für alle Huren und Haussklaven war es ein ständiger Trost, sich zu sagen, dass sie es selbst an schlechten Tagen viel, viel besser hatten als die Sklaven in den Steinbrüchen oder gar die Minensklaven, die gerade so viel zu essen bekamen, dass sie nicht verhungerten, und selten älter als dreißig wurden.

»Und jetzt bring das Zeug weg!«, sagte Sosia, die Andromeda genau beobachtet hatte, zufrieden.

Andromeda war versucht, ihr den Inhalt des Topfs über den Kopf zu gießen. Doch erst gestern waren sie auf dem Weg zurück von der Badeanstalt an einem Sklaven vorbeigekommen, der von seinem Herrn durch die Straße geprügelt wurde. Bevor sie das riskierte, musste es die Sache schon wert sein, und Sosias Niedertracht war es nicht.

Als sie mit dem Nachttopf schon beim Vorhang angelangt war, der den Raum vom Flur trennte, rief Sosia sie zurück. »Warte«, sagte sie. »Ich muss dir noch etwas mitgeben. Heute hatte ich schon einen Kunden.« Damit fuhr sie sich mit der linken Hand in die Scheide und zog etwas heraus, das in dem flackernden Licht der Kerze wie ein zusammengepresstes Stück Wolle aussah.

»Ich brauche neue Wolle und Honig für den nächsten Kunden«, sagte Sosia mit zuckersüßer Stimme. »Hol mir welche aus der Küche. Das hier kannst du mitnehmen.«

»Wozu brauchst du das?«, fragte Andromeda unwillkürlich, abgestoßen und neugierig zugleich, was sogar ihren Ärger über diesen neusten Demütigungsversuch schwächte.

»Damit ich keine Kinder bekomme, du Bauerntrampel«,

erwiderte Sosia gelangweilt. Auf gar keinen Fall schwanger zu werden war etwas, dass allen Frauen im Haus der Drei Delphine als eisernes Gebot galt. Lycus war kein grausamer Herr; er schlug niemanden ohne triftigen Grund, und wenn einer der Kunden auf die Idee kam, seine Hure zu verletzen, wie es bei Sosia geschehen war, dann hatte Lycus den Rauswerfern klare Befehle erteilt. Doch genauso deutlich hatte er gesagt, dass er nicht gewillt war, Kleinkinder durchzufüttern, ganz zu schweigen davon, den wochenlangen Verdienstausfall durch Schwangerschaft hinzunehmen. Andromeda hatte öfter Gespräche darüber belauscht, dass sich reiche Frauen vielleicht Tränke mit Rosmarin, Majoran, Rinde von der Weißpappel oder Schafgarbe leisten konnten, weil im Fall eines Versagens genug Geld da war, um für ein unwillkommenes Kind zu sorgen, eine Dirne jedoch unfeinere, aber sicherere Methoden benötigte. »Honig und Harz am richtigen Ort, etwas Wolle dazu, und der Schreihals bleibt fort«, hatte Myrtis gescherzt. Doch bis jetzt war Andromeda nicht bewusst gewesen, wie und wo diese Hilfsmittel tatsächlich eingesetzt wurden. Mit einem Mal sah sie eine Möglichkeit, sich zu rächen.

Wortlos und mit ausdrucksloser Miene nahm sie die durchtränkte Wolle entgegen, was sie dazu zwang, den Nachttopf nur mit einer Hand zu tragen und noch etwas mehr Urin über ihre Finger zu verschütten. Sie warf die alte Wolle zu den übrigen Abfällen in der Küche, leerte den Nachttopf in den großen Bottich unter dem Treppenverschlag und kehrte in die Küche zurück. Anschließend machte sie einen Abstecher in Arellius' Zimmer, ehe sie zu Sosia ging. Wortlos reichte sie ihr die neue Wolle und ein Töpfchen, das nach Honig roch.

Etwa eine halbe Stunde später hörte man Sosia so laut schreien, dass sie sogar den Lärm aus der Garküche übertönte.

»Erkläre mir noch einmal, was es mit deinen Farben auf sich hat«, bat Andromeda Arellius, der gerade erst in das Haus zurückgekommen war, ihr auf der Treppe begegnete und wie alle anderen Besucher und Bewohner bei Sosias Schrei zusammenzuckte.

»Warum?«, fragte Arellius verwundert, während im ersten Stock Füße trappelten.

»Weil ich glaube, dass dein Bleiweiß sich nicht so gut mit Honig verträgt«, sagte Andromeda unschuldig. »Besonders, wenn noch etwas Essig dazugemischt wird.«

Selbstverständlich forderte Sosia Andromedas sofortige Bestrafung. Lycus wurde an diesem Tag nicht erwartet, und niemand kam es in den Sinn, ihn wegen einer solchen Kleinigkeit zu behelligen, also lag die Verantwortung bei Mopsus. Da Andromeda leugnete und Arellius sie nicht verriet, entschied Mopsus, von einem Versehen in der Küche auszugehen. Sosia hatte sich auch dort seit ihrer Rückkehr nicht beliebter gemacht.

»Aber es wird Zeit, dass du zeigst, was du gelernt hast«, sagte er später zu Andromeda. »Zu viele freie Stunden schaffen nur dumme Gedanken, wie?«

Auf diese Weise kam eine neue Pflicht auf Andromeda zu.

≈

Lycus legte großen Wert darauf, dass niemand aus seinen Unternehmungen in der Subura sich in seinem Haus auf dem Esquilin blicken ließ. Seine Ehefrau, Aemilia Optata, hatte sich speziell den Anblick der Dirnen streng verbeten.

»Weil sie selbst einmal eine war, wenn du mich fragst«, sagte Myrtis zu Andromeda. »Kein Mensch wird von seinen

Eltern *die Ersehnte* genannt. Optata heißt man, wenn man eine von uns ist.«

Ob dem nun so war oder nicht, Optata besuchte wie alle Bewohner Roms gerne den Circus, und ein viel beschäftigter Mann wie ihr Gatte stand für solche Unternehmungen nicht immer zur Verfügung. Andererseits schickte es sich für eine ehrbare Ehefrau nicht, alleine zu gehen. Optata standen natürlich Leibwächter und Träger zur Seite, dazu die Sklavinnen, die sie aus ihrem eigenen Haushalt mit sich führte. Sie hatten die Aufgabe, ihr in der Hitze Luft zuzufächeln und das Haar zu richten, wenn sie ihrem Temperament die Zügel schießen ließ und es sich löste.»Aber eine vermögende Frau von Stand«, erklärte Mopsus Andromeda,»kann sich noch mehr leisten – zum Beispiel eigene Unterhaltung in den Pausen. Bevor wir dich Geld bei fremden Leuten verdienen lassen, will Lycus, dass du bei seiner Frau übst.«

Als Arellius davon hörte, lachte er lauthals und meinte, Lycus sei ein gerissener Hund.»Optata liegt ihm schon seit Ewigkeiten damit in den Ohren, dass er ihr ein paar eigene Spaßmacher kaufen soll, aber dazu ist unser Lycus zu geizig. Sklaven, die nur etwas kosten, ohne ihm Geld einzubringen, sind ihm ein Gräuel. Und für dich erhält er auf diese Weise ganz umsonst noch etwas zusätzliche Ausbildung, mein Landmädchen. Man kann über Optata sagen, was man will, sie war immer schlagfertig, und wenn du das von ihr lernst, dann kannst du dich auch bei allen Gesellschaften blicken lassen.«

»Stimmt es, dass sie früher eine … hm, eine … Angestellte von Lycus war?«, fragte Andromeda neugierig.

»Sie ist eine Freigelassene wie er«, entgegnete Arellius mit einem übertrieben geheimnisvollen Gesicht,»und mehr verrate ich nicht. Aber erweise ihr so viel Respekt, als sei sie die Gemahlin des Augustus. Sie kann eine böse Feindin sein.«

Der Dienst bei Optata begann schon am nächsten Morgen, nachdem sie ihre ersten Übungen mit Mopsus gemacht hatte. Zu diesem Zeitpunkt schliefen die meisten im Haus der Drei Delphine noch, doch Andromeda machte die erfreuliche Entdeckung, dass auch Blandus mit ihr kam, um für Optata den Leibwächter zu spielen.

»Das wird wohl ein weiter Weg«, sagte sie, um ein Gespräch anzufangen, und fiel in einen Laufschritt, um nicht von Blandus und seinen weit ausschreitenden Beinen abgehängt zu werden.

»Was glaubst du denn, wo wir hingehen, zum Palatin? Pah! Die Subura grenzt direkt an den Esquilin«, entgegnete Blandus kurz angebunden. Er musste sie für ein dummes Ding vom Land halten, dachte Andromeda geknickt, und sagte sich dann, dass es nicht ihr Fehler war, dass sie von Rom nicht mehr als die Umgebung des Bordells und den Weg zum Bad kannte. Aber wenn sie dergleichen laut äußerte, würde er sie noch dazu als streitsüchtig ansehen.

Sie nagte an ihrer Unterlippe, um sich etwas Besseres einfallen zu lassen, und blickte zur Seite. Noch waren die meisten Häuser, an denen sie vorbeihastete, aus Holz. Die Ausnahmen aus Stein, die schließlich immer zahlreicher wurden, je weiter sie das Herz der Subura hinter sich ließen, hatten Wände, die mit Zeichen und Bildern bemalt worden waren. Es fiel Andromeda schwer, Einzelheiten auszumachen, während sie dem großen Mann hinterherhastete, und sie wollte sich nicht noch einmal blamieren, indem sie nach etwas fragte, also meinte sie stattdessen: »Lycus muss wirklich viel auf dich halten.«

Der junge Mann grunzte verächtlich.

»Wo er dir doch seine Gemahlin anvertraut.«

»Der ist nur zu geizig, die Haussklaven um einen Leibwächter für seine Frau zu vermehren. Das habe ich mir

72

ganz anders vorgestellt, früher. Ich bin als Sklave für den Haushalt eines Ritters ausgebildet worden! In einem Bordell zu arbeiten, das ist ja fast so schlimm, wie Feldsklave zu sein.«

Andromeda dachte daran, wie ihr freier Vater sich auf dem Feld abgerackert hatte, und daran, dass es für Sklaven noch viel schlimmer sein musste. Blandus hatte nicht die geringste Ahnung von dem, was es bedeutete, auf dem Feld zu arbeiten. Er hatte in seinem Leben nie gehungert. Ärger stieg in ihr auf, doch sie versuchte, ihn zu unterdrücken. Immerhin war es das erste Mal, dass Blandus sie mehr als eines Satzes würdigte. Im Schein der Morgensonne, so ganz anders als das ständige Dämmerlicht im Haus, sah sein hübsches Gesicht sogar noch besser aus.

»Ist die ehrenwerte Optata …«

»Hör zu, Pinkelliese«, schnitt er ihr das Wort ab, »mir langt es, dass ich das Gegackere von euch Weibern den ganzen Nachmittag und die Nacht hören muss. Tu mir einen Gefallen und halte den Mund.«

Ihr Gesicht brannte, und sie versuchte vergeblich, sich nicht zurückgestoßen vorzukommen, fortgeworfen wie Abfall. Natürlich war es nicht so, dass sie gehofft hatte, er fände sie anziehend. Sie war eine Zwergin, und er war ein großer Mann, dem sogar die älteren Frauen im Haus der Drei Delphine mit Wohlgefallen hinterherblickten. Selbstverständlich hatte sie von nichts dergleichen geträumt, in den Morgenstunden, wenn es endlich ruhiger im Haus und auf den Straßen wurde und sie immer noch nicht einschlafen konnte. *Niemals* hatte sie das getan.

Es war ungerecht, von den Göttern mit einer so kleinen Gestalt gestraft worden zu sein!

Am Fuß des Esquilin wartete Optata auf sie, in einer kleinen Sänfte, die einmal bessere Tage gesehen hatte, mit vier

Trägern und zwei Sklavinnen. Eine rümpfte bei Blandus' Anblick die Nase, die andere zwinkerte ihm zu. Beide starrten Andromeda neugierig an, die nach dem schnellen Fußmarsch erschöpft und verschwitzt war und sich plötzlich nichts so sehr wünschte, wie eins der Bäder besuchen zu können, deren Vorzüge sie langsam zu schätzen lernte. Von Optata war hinter den Vorhängen der Sänfte nichts zu sehen, aber nachdem Blandus sie formell begrüßt und erwähnt hatte, die Zwergin sei hier, hörte man ihre Stimme klar und deutlich, selbst in dem Straßenlärm, der nur verglichen mit dem Getöse der Nacht gedämpft war.

»Das wurde aber auch Zeit. Wenn die besten Plätze im Circus vergeben sind, weiß ich, wer die Schuld daran trägt.«

Blandus versetzte Andromeda einen kleinen Klaps, und sie beeilte sich, ihrerseits die ehrenwerte Optata zu begrüßen und zu versichern, sie stünde zu deren Verfügung.

»Fügsamkeit ist ja gut und schön, aber nicht eben unterhaltend«, sagte Optatas Stimme unbeeindruckt. »Ich will hoffen, dass du mehr zu bieten hast. Klein sein und großäugig in der Gegend herumzustarren, das kann jeder Straßenköter.«

Scharfzüngigkeit gab es im Haus der Drei Delphine zur Genüge, aber was Optata erwartete, war gewiss kein Austausch von Beleidigungen. Andromeda nahm alles, was sie von Arellius, Myrtis und Mopsus gelernt hatte, befeuchtete ihre Lippen und versuchte, eine Antwort zu zimmern, die man als schlagfertig bezeichnen konnte.

»Aber Köter können nicht singen. Da müsstest du dir zusätzlich einen Vogel kaufen, Herrin.« Noch während sie sprach, wusste sie, dass die Erwiderung nicht witzig und gewandt genug war.

Optata schlug den Vorhang der Sänfte zurück. Ihr Gesicht war geschminkt, nicht so stark wie das der Frauen im Haus der Drei Delphine, wenn sie ihre Kunden empfingen, aber der blaue Glimmerstaub auf den Augenlidern war deutlich erkennbar. Ihr Haar war rot gefärbt, oder sie trug eine Perücke; jedenfalls war ihre olivfarbene Haut zu dunkel, um die Farbe der Locken natürlichen Ursprungs sein zu lassen. Sie kam Andromeda nur wenig älter als Myrtis vor, doch gemessen an Lycus war es sehr gut möglich, dass sie Optatas Alter damit wesentlich unterschätzte.

Optata schnalzte missbilligend mit der Zunge. »Das war nicht hoffnungslos«, sagte sie, »doch Eindruck schinden kann ich mit dir so nicht, *Nana*. Wenn jemand dir etwas von *Kötern* erzählt, dann machst du daraus ein Wortspiel mit *Ködern*. Und diese ... diese Sprache, die du sprichst, ist das seltsamste Gemisch aus Großmutterlatein und gestriegelten Stadtphrasen, das mir je begegnet ist. Entscheide dich für eins davon, und tu es bald.« Damit lehnte sie sich in ihre Sänfte zurück und befahl, man möge nun endlich zum Circus aufbrechen. Die Sklavinnen setzten sich in Bewegung, und Andromeda tat ihr Bestes, um Schritt zu halten.

Vom Circus Maximus hatte sie seit ihrer Ankunft in Rom natürlich ständig gehört, war jedoch noch nie mitgenommen worden. Wagenrennen und Tierhetzen fanden dort statt und an drei Wochen im Jahr Gladiatorenkämpfe. Anders als im Theater war es Frauen hier gestattet, überall Teil des Publikums zu sein, nicht nur in der letzten Reihe, und laut Arellius war das für die männlichen Besucher einer der wichtigsten Gründe, um den Circus zu besuchen.

Der Circus Maximus lag zwischen dem Palatin und dem Aventin, was ihn sowohl für die Reichen als auch die Armen Roms bequem erreichbar machte. Obwohl man ihn noch nicht sehen konnte, fiel es Optatas Sänftenträgern zunehmend schwerer, sich in dem immer dichteren Gedränge einen Weg zu bahnen; gegen die Gruppen, welche die größeren Sänften begleiteten, konnten sie sich unmöglich durchsetzen. An diesen großen Sänften war nichts Abgenutztes oder Bescheidenes. Sie glichen denjenigen der Fabier, die Andromeda vor den Bädern gesehen hatte.

»Das habe ich befürchtet«, sagte die Sklavin, die Blandus vorher zugezwinkert hatte, und seufzte. »Heute soll es Nashörner geben, und das sieht man nicht alle Tage. Da kommt natürlich jeder.«

»Was sind Nashörner?«, erkundigte sich Andromeda neugierig.

»Wirst du noch sehen. Falls wir nicht zerquetscht werden.«

»Wenn du zerquetscht wirst, bist du selber schuld, weil du dich übersehen lässt«, rief Optata Andromeda aus ihrer Sänfte heraus zu. »Dafür hat Lycus dich nicht gekauft.«

Zumindest stand nun fest, dass niemand einen Finger rühren würde, um ihr zu helfen, und da das Geschiebe und Gedränge immer dichter wurde, war die Möglichkeit, dass sie von den großen Menschen auf den Boden gestoßen und einfach überrannt wurde, sehr wahrscheinlich. Ein jäher Groll auf all die Normalgewachsenen wallte in Andromeda auf, auf die Großen, die ihre Überlegenheit für so selbstverständlich nahmen.

Jupiter hilft denen, die sich selbst helfen, pflegte Myrtis zu sagen. Andromeda holte tief Luft, dachte an ihre Lektionen und schrie lauthals: »Platz für die wunderbare Herrin Optata und ihr Gefolge aus Alleskönnern!« Ihre Stimme war zwar durchdringend, wenn sie wollte, doch im Vergleich mit dem Gebrüll um sie herum ging sie hoffnungslos unter. Allerdings nahm sich Andromeda nicht die Zeit, um darauf zu achten, ob man sie gehört hatte. Stattdessen begann sie mit der einfachsten Übung, die ihr Mopsus und Myrtis beigebracht hatten: Purzelbäume zu schlagen. Sie stieß mit ihren Füßen gegen einen Hintern, und gegen noch einen, und noch einen, aber sie schaute nicht auf, um zu sehen, wer das gewesen war. Stattdessen machte sie einfach weiter und hörte, wie die geistesgegenwärtigen Sklavinnen Optatas ihr zuklatschten. Nach einem weiteren Purzelbaum, der schon fast ein Salto wurde, begann sie mit Grimassenschneiden und Tanzschritten, immer in die Richtung, in der sie unterwegs gewesen waren, bis jemand sie am Hals packte und einen Moment wie einen jungen Hund hochhielt. Die Umstehenden lachten.

»Das langt«, knurrte Blandus, und sie hätte in den Boden sinken mögen.

Aus einer anderen Sänfte, die ein wenig größer als die Optatas war, rief eine weibliche Stimme: »Optata, meine Gute, hat dir Lycus wirklich eine Zwergin besorgt? Ist er krank? So viel Großzügigkeit kann doch nicht normal sein.«

»Mein Lycus macht mir gerne Kleinigkeiten zum Geschenk, Lavinia«, schallte es aus Optatas Sänfte zurück. »Bei seiner Ausstattung hat er keine anderen *groß*zügigen Geschenke nötig, was man natürlich nicht von jedermanns Gatten behaupten kann.«

In der näheren Umgebung der beiden Sänften löste diese Bemerkung Gejohle aus. Andromeda begann zu verstehen, was Arellius mit »schlagfertig« gemeint hatte.

Endlich kam der Circus in Sichtweite. Andromeda hatte ihn sich rund vorgestellt, nicht so lang gezogen. Und vor allen Dingen nicht so riesig! Es musste das größte Bauwerk auf der Welt sein. Allein die Breite schätzte sie auf fünfhundert Fuß – stolz darauf, dank Arellius' Unterricht inzwischen wie selbstverständlich mit solchen astronomischen Zahlen umgehen zu können –, und wie lang er war, konnte sie wegen des gewaltigen Ausmaßes und der Menschenmassen um sie herum überhaupt nicht sehen.

»Du brauchst fast eine Stunde, um außen herum zu gehen«, sagte eine der Sklavinnen, als Andromeda sich vor Staunen nicht mehr rührte.

Als sie schließlich die Sänften mit den Trägern in der Via Sacra zurücklassen mussten, um überhaupt noch vorwärts zu kommen, hatten sich Optata und Lavinia, die offenbar sowohl ihre Feindin als auch beste Freundin war, zusammengetan. Vereint erreichten sie, durch den Einsatz der Ellbogen ihrer Leibwächter, den Haupteingang, der aus einem Bogen aus Stein mit einem großen Tor bestand. Rechts und links davon zogen sich im untersten von drei Stockwerken des Gebäudes Schatten spendende Arkaden hin, die laut Optatas Fächerträgerin zum Flanieren vor Beginn der Vorstellungen und in den Pausen einluden. Andromeda konnte in ihnen Läden und Tavernen erkennen und fragte sich, ob dies auch an den beiden viel längeren Seiten des Circus so war.

Wie in der Subura liefen überall Verkäufer umher, die Obst und heiße Würstchen anboten; es gab auch Huren, die sich aufreizend in den Hüften wiegten, und Wahrsager, von denen einer, der so tat, als sei er blind, Andromeda für einen schmerzlichen Moment an Caeca erinnerte. Sie schaute lange genug in seine Richtung, um Optata fast aus den Augen zu verlieren, was ihr einen Ohrenstüber einbrachte, als sie Lycus' Gattin wieder einholte.

Nachdem sie das Tor passiert hatten, merkte Andromeda, dass auf den Sitzreihen in diesem Bereich des Circus überhaupt niemand saß. Die über drei Stockwerke gehenden Sitztribünen waren völlig leer; alles drängte zum anderen Ende hin, das noch in weiter Entfernung lag.

»Hier lohnt es sich nur bei den Wagenrennen am Nachmittag zu sitzen«, sagte Optatas Sklavin zu Andromeda. »An dieser Stelle ist der Wendeplatz um das Mittelschiff herum für die Wagen mit den vier Pferden viel zu eng, im Gegensatz zu drüben, wo sie viermal so viel Platz haben. Aber dafür siehst du hier die tollsten Unfälle bei den Rennen«, schloss sie mit blitzenden, erwartungsfrohen Augen.

Das Circusinnere kam Andromeda wie ein Webschiffchen vor. Sie waren an einem schmalen Ende angekommen und mussten noch weit bis zum gegenüberliegenden Ende laufen, nicht auf der großen Sandfläche, sondern auf den unbesetzten Plätzen. Während Optata und Lavinia mit ihren Bediensteten die Treppen erstiegen, hörte Andromeda – die wieder einmal allen Grund hatte, über für Zwerge viel zu hohe Stufen zu fluchen – die andere Frau hinterlistig fragen: »Wünschst du dir nicht gerade jetzt, noch eine Sklavin zu sein, meine Teure? Dann könntest du auf den unteren Steinreihen neben deiner Herrin sitzen, bei all den anderen von Senatorenrang, statt dir mit unsereins Spreißel in den Hintern zu wetzen. Von der besseren Sicht ganz zu schweigen.«

»Aber dann müsste ich auf deine Gesellschaft verzichten, Liebste«, entgegnete Optata zuckersüß. »Dein Titus wird es schließlich nie auch nur in den Ritterrang bringen, bei seinen Schulden, nicht wahr?«

Andromeda quetschte sich an zwei dicken Männern vorbei, die sie unverhohlen begafften, und bemerkte, je höher sie kamen, wie aus dem Stein der Treppen Holz wurde.

Es dauerte lange, sehr lange, bis sie zu der hinteren Hälfte des Circus kamen, in Höhe des anderen Wendeplatzes, wo die Menschen sich niederließen und zusammenrückten wie Erbsen in einem Fass. Erst als Optata einen Platz gefunden hatte und ihre Sklavinnen eilfertig die mitgebrachten Kissen auslegten, konnte Andromeda sich gefahrlos umdrehen, um ihre Umgebung in Augenschein zu nehmen. Sie kletterte auf die Bank neben Optata, stellte sich auf die

Zehenspitzen und versuchte zu erkennen, wo genau sie sich befand. Die lang gezogene, durch das »Mittelschiff«, wie Optatas Sklavin es genannt hatte, in zwei Bahnen geteilte Sandfläche wurde durch das gigantische Bauwerk umrahmt. Der Sand war von den vorderen Steinreihen, wo offenbar nur die Edlen Roms sitzen durften, durch einen kleinen Bach getrennt. Wie ihr Arellius später erklärte, handelte es sich um ein künstliches Gewässer, Kanal genannt, das von dem göttlichen Julius zum Schutz der Zuschauer angelegt worden war.

Vor ihr lag der größte freie Platz im Circus; auf der anderen Seite konnte sie zwar noch Menschen sehen, aber kaum mehr als ihre Umrisse erkennen. Hier fanden die Vorführungen statt. Links von ihr, dem großen Eingangstor gegenüber, gab es nebeneinander zwölf große Holztore mit darüber liegenden, überdachten Tribünen, die wie kleine Häuschen wirkten und von zwei Türmen flankiert wurden. Rechts von ihr fing, genau in der Mitte der Sandfläche, eine Aufschüttung an, das »Mittelschiff«. Diese Erhöhung besaß tatsächlich, ganz wie ein Schiff, mehrere Masten. Andromeda konnte außerdem Götterfiguren darauf erkennen und zwei große Gestelle an beiden Enden. Auf dem Gestell am Eingang hatte sie sieben Eier aufgebaut gesehen; hier bei ihnen am anderen Ende lagen darauf sieben Delphine, die Andromeda teilweise den Blick auf die andere Circusseite versperrten. Trotzdem war dort drüben, in der Mitte der Zuschauertribünen, ein Tempel nicht zu übersehen, dessen zwei Stockwerke die umliegenden Sitzreihen überragten.

»Die Delphine sind für die Wagenrennen später am Tag«, erklärte die freundlichere der Sklavinnen, als sie fragte. »Damit die Zuschauer wissen, in welcher Runde sich die Gespanne befinden. Jedes Mal, wenn sie die Pina umrundet haben und hier wieder umdrehen, wird am Eingang ein Ei und hier ein Delphin herabgenommen.«

»So lange bleiben wir nicht«, sagte Optata, die bei dem Wort *Delphin* eine leichte Grimasse gezogen hatte. »Mädchen, du bist nicht zum Gaffen hier, sondern zum Begafftwerden. Bleib ruhig weiter stehen, aber erspar es mir, Erklärungen zu hören, die ich schon kenne.«

So viel zu ihrem Wunsch, mehr über diese atemberaubende Umgebung zu erfahren. Wozu mochte die seltsame, riesige, viereckige Säule mit der scharfen Spitze in der genauen Mitte des Mittelschiffs dienen? Und was war das für ein Tempel?

In der Hoffnung, es möge diesmal das Richtige sein, entgegnete Andromeda hastig: »Aber Herrin, gibt es bei einer Frau eurer Erfahrung denn überhaupt noch etwas, das euch unbekannt ist?«

Optata kniff die Augen zusammen, doch sie äußerte nichts Missbilligendes. »Nicht viel«, sagte sie nur.

»Das will ich meinen«, kicherte Lavinia neben ihr.

Ein Mann, der in der Sitzreihe hinter ihnen saß und beide mit Namen begrüßt hatte, sagte bedeutungsvoll: »Auch ein kleiner Fleck kann die Aussicht versperren. Gerade werden die Bären hereingetrieben.«

Eilig kletterte Andromeda von der Sitzreihe herunter. Das löste ein verächtliches Schnauben von Optata aus, das ganz bestimmt ein Zeichen von Unzufriedenheit war. Ein Blick in die gespannten Gesichter von Lavinia und ihren Sklaven, die alle in ihre Richtung und nicht auf die Arena schauten, verriet, weswegen: Als Optatas Zwergin war Andromeda eindeutig ein Teil ihres Haushalts, und wenn sie zur Seite geschoben wurde, dann verlor ihre Herrin Ansehen. Es war nichts anderes, als wenn die Frauen im Haus der Drei Delphine sorgsam darauf achteten, wer in der Garküche als Erstes bedient wurde.

Andromedas Herz hämmerte. Sie wusste genau, was Optata von ihr erwartete, aber der Mann war in Reichweite, um sie zu verprügeln, und so eng, wie sich hier jeder an den anderen drückte, gab es keine Möglichkeit, um ihm auszuweichen. Doch Optata war die Ehefrau von Lycus, und Lycus konnte sie jederzeit weiterverkaufen. Vielleicht sogar in die Minen, vor denen jeder so viel Angst hatte!

»Bist du sicher, dass die Bären dort unten sind, Herr?«, fragte sie und tat so, als nehme sie ihn genauer in Augenschein. »Ich bin sicher, einer von ihnen hat sich nach hier oben verlaufen.«

Seine Hand zuckte, und sie hoffte, sich trotz der Enge noch schnell genug ducken zu können. Dann warf er den Kopf zurück und lachte. Optata und einige andere stimmten in sein Gelächter ein, und Andromeda fiel ein Stein vom Herzen. Während das Gelächter verebbte, kletterte sie schnell wieder auf die Bank zwischen Optata und Lavinia.

Die nächsten zwei Stunden verbrachte Andromeda damit, sich weiter an witzigen Bemerkungen zu versuchen und auf gar keinen Fall zuzulassen, dass ihr schlecht wurde. Es lag nicht daran, dass sie ansehen musste, wie Tiere starben; ihr Vater hatte Fallen gelegt, um Hasen zu fangen, und das Schwein, das oft genug im Haus gewesen war, hatte er selbst geschlachtet. Die Schreie hatten ihr damals Angst gemacht und sie zum Weinen gebracht, doch gegessen hatte sie das Fleisch hinterher trotzdem.

Aber dort unten, in dem endlosen Sand, starben unendlich viele Tiere, mehr, als sie jemals zuvor auf einen Haufen gesehen hatte. Zuerst waren es Bären, Rehe und Hirsche, die von Jägern mit Speeren erlegt wurden. Danach kamen noch mehr Bären und Stiere, die von Männern mit Peitschen und Spießen aufeinander gehetzt wurden. Stiere kannte sie, und von Bären hatte sie gehört. Aber die wenigen Stiere im Dorf waren sehr wertvoll, weil sie die Kühe deckten und für neue Kälber sorgten. Hier gab es sie, nur damit sie getötet wurden. Als der erste Bär, selbst blutig von den Hörnern des Stiers, mit seinen Pranken die Kehle seines Gegners aufriss und das Rind zusammenbrach, fragte Andromeda sich, was wohl mit dem Fleisch geschähe, das daheim so bitter gebraucht worden wäre. Hier wurde der Kadaver einfach von Pferden fortgezogen, ohne weiter beachtet zu werden.

Danach gab es das Ereignis, auf das offenbar die meisten der Anwesenden gewartet hatten. Sogar Blandus verlor seinen mürrischen Gesichtsausdruck und schaute mit einem erwartungsvollen Grinsen auf die große Sandfläche. Zwei riesige, graue Tiere mit dicken, gefährlich spitzen Hörnern mitten auf der Stirn wurden auf den Platz vor ihnen getrieben und von der anderen Seite vier Stiere, die ganz anders aussahen als die vorigen, mit gedrehten Hörnern und dunkelgrauer, fast schwarzer Haut.

Andromeda war sicher gewesen, dass sie nichts mehr überraschen konnte; zu überwältigend schien ihr der Circus, die riesige Menschenmenge, das Gewirr aus Gerüchen und Geräuschen, die verschwenderische Vielfalt der Tiere, die nur zum Vergnügen getötet wurden. Doch nun ertappte sie sich dabei, wie sie mit offenem Mund diese eindrucksvollen Tiere anstarrte, die ihr wie Ungeheuer aus bösen Träumen vorkamen und doch von überall her bejubelt wurden, als seien es strahlende Helden.

»Ich setzte auf die Nashörner«, sagte Optata.

Ihre Freundin lachte. »Meine Gute, du hast africanische Büffel noch nicht kämpfen sehen. Die sind viel schneller zu reizen und längst nicht so träge wie unsere hier. Hundert Sesterzen auf die Büffel!«

Diesmal wurde Andromeda selbst von dem Eifer erfasst, den die anderen Zuschauer zeigten – zuerst, weil sie nicht wollte, dass Optata verlor und ihre schlechte Laune an ihr ausließ, doch dann, weil das Aufeinanderprallen der exotischen Büffel und der riesigen, grauen Berge aus Muskeln tatsächlich etwas ungeheuer Gewaltiges ausstrahlte und sie ebenfalls wissen wollte, wer sich durchsetzte. Andromeda merkte mit einem Schaudern, wie sie mitzufiebern begann, sich wie alle anderen laut schreiend nach vorne beugte und die Nashörner anfeuerte.

Erst als die Nashörner gewonnen hatten, die überlebenden Tiere zurück in die Gänge getrieben und eine Pause ausgerufen wurde, merkte Andromeda, dass es nicht mehr nur nach dem Schweiß von vielen Menschen roch, sondern auch nach dem Blut, das dort unten vergossen wurde. Das Schwein fiel ihr wieder ein, und wie es geschrien hatte. Ihr Vater hatte an dem Abend genauso gerochen, obwohl er sich bemühte, Hände und Arme zu reinigen.

»Pausen sind so langweilig, wenn es keine Tierdressuren zwischen den Kämpfen zu sehen gibt«, sagte Optata. »*Nana*, weißt du keine Rätsel für uns?«

»Was hat Wurzeln und ist kein Baum?«, sagte Andromeda, ohne nachzudenken; es war ein Rätsel, das Caeca sie noch gelehrt hatte.

»Gras?«, fragte Lavinia.

Optata selbst schnaubte verächtlich. »Zähne«, sagte sie. »Etwas Besseres, *Nana*.«

Bis die Sonne am höchsten stand, kam es Andromeda so vor, als hätte sie Stunden und ganze Tage nur damit verbracht, Blut und Wasser zu schwitzen. Die einzige Zeit, in der sie nicht gezwungen gewesen war, ihren Verstand wie eine Klinge zu gebrauchen, war, als Optata und ihre Freundin Lavinia sich damit vergnügten, einige der edlen Senatoren und deren Gattinnen auszumachen, die in den Steinhäuschen über den zwölf Toren zu ihrer Linken saßen.

»Kann das Nonius Asprenas sein? Läuft gegen den nicht gerade ein Prozess wegen Giftmords?«

Optata machte eine wegwerfende Handbewegung. »Sein Ankläger ist Cassius Severus, und jeder weiß, dass der Princeps nie zulassen wird, dass so ein Emporkömmling einen seiner Freunde ins Unglück stürzt.«

»Oh, weiß das jeder? Wann bist du denn je zu einer Feier eingeladen worden, bei der auch nur ein Mitglied der edlen Familien zugegen war?«

»Du wärest überrascht«, entgegnete Optata scharf, nannte aber keine spezifischen Ereignisse. Stattdessen kniff sie die Augen zusammen und bemühte sich, direkt über die Sandfläche auf die zweistöckige, säulenumrahmte Stelle zu starren, die Andromeda für einen Tempel gehalten hatte. »Der Princeps und seine Familie sind immer noch nicht hier«, verkündete sie enttäuscht. »Keine Julier, keine Claudier – ich hoffe, das wird morgen anders.«

»Cornelia ist da, die Schwester von Lentulus«, sagte Lavinia und wies auf die linke Seite. »Neben Pollios Neffen. Glaubst du, die beiden haben …«

»Der junge Pollio ist doch nur noch auf die Muränen scharf, die er von seinem Onkel geerbt hat«, gab Optata zurück. »Der kriegt ihn doch seit Jahren nicht mehr hoch.«

Beide lachten, bis Lavinia sich wieder beruhigte und sagte: »Ihr wohnt doch auch auf dem Esquilin. Stimmt es, dass der alte Vedius Pollio für seine Muränen gewisse … Fütterungsmethoden hatte? Und dass sie deswegen so gut schmeckten?« Ihre Stimme klang halb schaudernd, halb kehlig vor Erwartung.

»Ich habe keine Ahnung.« Optata machte ein ausdrucksloses Gesicht. Gleichzeitig versetzte sie Andromeda einen kleinen Kniff, was diese nicht verstand.

Nach dem zweiten Höhepunkt des Tages, dem Kampf zweier Löwen mit zwei riesigen Bären aus dem fernen Germanien, verabschiedete sich Optata von ihrer Bekannten und verkündete, den Nachmittag im Bad verbringen zu wollen; heute war ihr nicht danach, die Verbrecher zu sehen, die über Mittag den Tieren vorgeworfen wurden, und für später waren keine ihrer Favoriten bei den Wagenrennen angesagt.

Erst, als sie den Circus hinter sich gelassen hatte und wieder in ihrer Sänfte saß, sagte sie zu Andromeda: »Eine gute Abschlussbemerkung deinerseits wäre es gewesen, wenn du auf Lavinias Frage, ob die Bäder denn wirklich besser als ein Nachmittag mit Pferderennen seien, geantwortet hättest: *Was die Ersehnenswerte ersehnt, ist ersehenswert.* An den Wortspielen müssen wir noch arbeiten. Aber Lycus hat sein Geld nicht gänzlich verschwendet, als er dich gekauft hat, und mit etwas Glück wirst du noch genug lernen, um uns keine Schande zu machen, wenn er …«

Sie runzelte die Stirn, fuhr aber nicht fort.

»Entschuldige, Herrin …«, begann Andromeda schließlich und wurde sofort wieder von Optata unterbrochen.

»Entschuldigungen sind ein bewährtes Mittel, um das letzte Wort zu behalten – und das steht mir zu. Vergiss das nicht, *Nana.*«

~

Von diesem Tag an hatte Andromeda Optata zur Verfügung zu stehen, wann immer die Gemahlin ihres Besitzers den Wunsch nach Begleitung äußerte. So wie sie mit Mopsus ihren Körper ertüchtigte und mit Myrtis ihre Mimik verfeinerte, so waren die Stunden mit Optata eine anstrengende Lektion für ihren Geist und ihren Wortwitz. Doch soviel sie auch zu lernen meinte, manches – wie der Kniff, als von Vedius Pollios Muränen die Rede gewesen war – blieben ihr rätselhaft.

Es war erschöpfend, Optata quer durch die Stadt zu folgen, zu Geschäften mit Stoffen, Schmuck und Perücken, mit ihr die Bäder zu besuchen und dabei auch in den schwersten Dämpfen immer geistesgegenwärtig sein zu müssen, oder wieder und wieder gegen den Lärm im Circus anzubrüllen, während die Menge tobte und der Gestank nach Blut und Ausscheidungen bis zu den oberen Reihen drang. Die Pferderennen am Nachmittag waren insofern leichter, als Optata dann fast nur auf die Rennbahn starrte und nicht unterhalten werden wollte, aber hin und wieder forderte sie Andromeda auf zu raten, wer heute durch einen Unfall aus dem Rennen scheiden würde, und dafür gab es keine Regeln, die man lernen konnte. Da die Wagenlenker und Reiter keine Sklaven, sondern frei waren, verstand Andromeda im Grunde nicht, warum sie überhaupt so versessen darauf waren, sich auf diese Weise den Hals zu brechen. Wenn sie jemals freigelassen wurde, dann würde sie mit ihrer Zeit etwas Besseres anfangen!

Hin und wieder gerieten Optata und ihre Freundinnen außer sich, wenn sie auf der anderen Seite der Arena, im Schatten der Säulen, Mitglieder der Familie des Augustus auszumachen glaubten. Andromeda konnte nie mehr als Umrisse von Gestalten erkennen und verstand die Aufregung nicht. Dennoch war ihr bewusst, dass sie eine Menge von Optata lernte. Caeca, Arellius, Myrtis, selbst Sosia hatten ihr eine Menge Wörter und Begriffe geschenkt, wie nassen Ton; Optata forderte von ihr, dass sie den Ton formte. Als sie zum ersten Mal ein Wortspiel machte, ohne darüber nachzudenken, war sie sehr stolz auf sich. Leider war die Gelegenheit denkbar schlecht gewählt: Es geschah während einer Übungsstunde mit Mopsus, der Verkleinerungsformen seines Namens, die auf sein Gewicht anspielten, nicht schätzte.

»Wir sind für einen Begräbniszug angeheuert«, teilte er ihr hinterher ungehalten mit. »Geh mit Myrtis zum Geschäft des Buchhändlers Brutus im Argiletum, dort erfährst du Näheres.« Er kniff die Augen zusammen. »Nur, damit es keine Missverständnisse gibt: Wenn du deine Sache schlecht machst, besteht kein Grund mehr, dich nicht Sosia zu überlassen, mit einem Lederriemen in ihrer Hand. Für den Begräbniszug werden wir bezahlt. Es geht also nicht darum, die Frau des Herrn bei Laune zu halten. Was du auch nicht mehr tun wirst, wenn du hier versagst.«

»Ich werde meine Sache gut machen«, entgegnete Andromeda hastig. »Bestimmt!« Doch in ihrem Magen rumorte es, was nicht an der Aussicht lag, von Sosia durchgeprügelt zu werden. Jetzt, wo es ernst wurde, fragte sie sich, wie sie je geglaubt haben konnte, vor vielen, vielen Leuten als Mimin aufzutreten, wenn es keine Ablenkung durch das Geschehen im Circus gab, die sicherstellte, dass nur wenige sie bemerkten. Sie wünschte, die Erde täte sich auf, um sie zu verschlucken.

»Das wird nur ein kleiner Begräbniszug werden«, sagte Myrtis beruhigend, während sie nach Süden marschierten, wo zwischen Subura und den großen Foren das Argiletum lag. Andromeda musste sehr schnell gehen, um mit Myrtis Schritt zu halten, aber daran hatte sie sich in den letzten Wochen, auf den unzähligen kräfteraubenden Wegen zu Optata, gewöhnt.

Nachdem sie trotz des züchtigen gelben Wollmantels, den sie trug, zum dritten Mal angepöbelt worden war, schimpfte Myrtis über den Geiz von Lycus. »Wenn ich erst einmal freigelassen bin, werde ich mir eine Sänfte leisten«, sagte sie. »Gerade für geschäftliche Gänge. Das macht doch einen viel besseren Eindruck.«

»Warum dürfen eigentlich tagsüber keine Wagen durch die Stadt fahren, aber Sänften überallhin getragen werden?«, erkundigte sich Andromeda.

»Angeblich war es in der alten Republik tagsüber fast unmöglich, von einer Straßenseite auf die andere zu kommen, so viele Fuhrwerke waren durch Rom unterwegs. Deswegen hat der göttliche Julius, als er Diktator wurde, allem, was sich auf Rädern bewegt, tagsüber die Fahrt durch die Stadt verboten.«

»Und jetzt fahren sie die ganze Nacht. Ist das so viel besser?«

»Bei den groben Pflastersteinen und dem Gebrüll der Fuhrknechte kann ich nur sagen, dass es gut für unsereins ist«, antwortete Myrtis spitzbübisch, »weil es dafür sorgt, dass nachts niemand schläft. Und ohne ihre Nachtruhe sind Roms Männer dankbar für jede Art der Unterhaltung.«

Nicht für jede Art, dachte Andromeda, die es aufgegeben hatte, mit Blandus ins Gespräch kommen zu wollen. Vielleicht, sagte sie sich mit einem Aufflammen von Bosheit, die in Sosias Feuern geschürt und in denen von Optata geschmiedet worden war, sollte sie froh darüber sein, denn sein gutes Aussehen schien nicht mit einem großen Wortschatz einherzugehen, ganz wie bei einigen der Mädchen im Haus.

Trotzdem hatte sie einen Topf fallen lassen, als sie ihn in inniger Umarmung mit Suavis sah. Natürlich nur, weil sie so überrascht gewesen war. *Nur* deswegen. Und die Ohrfeige, die ihr die Bescherung auf dem Boden eingebracht hatte, war wenigstens eine gute Ablenkung gewesen.

»Ich muss dich etwas fragen«, sagte sie unvermittelt zu Myrtis. »Jeder im Haus redet immer darüber, wie der Herr unnütze Geldausgaben hasst. Aber bis jetzt war ich doch eine für ihn, oder? Ich meine, ich habe im Haus beim Aufräumen mitgeholfen und seine Frau unterhalten, aber er hat den Preis für fünf Kühe für mich bezahlt! Verdient er denn mit der Gauklertruppe genug, damit es sich lohnt, mich erworben zu haben, wenn ich mithelfe?«

»Hmm …«, entgegnete Myrtis nachdenklich. »Wir sind

Künstler, und wir werden entsprechend gut bezahlt. Viel besser als Huren. Aber das ist nicht der einzige Gewinn, den er aus unseren Auftritten zieht. Hat Optata nicht häufig über die großen Familien gesprochen, wenn du mit ihr im Circus warst?«

»Schon, aber …«

»Wenn Lycus in seiner Truppe Mimen hat, die wirklich gut sind«, fuhr Myrtis fort, »werden sie in immer wichtigere Häuser eingeladen. Von den Sulpiciern, den Corneliern; wenn sie viel Glück haben, den Fabiern. Und sollten sie Fortuna endgültig für sich erobern, zu den Juliern und den Claudiern. Das ist uns zwar noch nicht passiert, aber es ist ein Traum. In jedem Fall wollen sich diese Herrschaften stets bei ihren Festmählern übertreffen, vor allem, wenn sie über keine großen Ahnen verfügen, aber genügend Geld. Das bedeutet Aufträge für Händler, die erlesene, seltene Waren nach Rom bringen können, aber der Transportweg ist lang, und rechtzeitig zu wissen, was sich wessen Koch ausgedacht hat, worüber gesprochen und wonach demnächst gefragt wird, kann einen entscheidenden Unterschied machen. Und Lycus hat eine Beteiligung bei einem solchen Händler.«

»Oh.«

»Letztes Jahr hatte ich einmal das Glück, bei einem Fest der Dame Terentilla aufzutreten. Weil ich Lycus erzählen konnte, dass dort Pistazien und Mandeln besonders gewürdigt wurden, hat er sich eine goldene Nase verdient. Was die alte Terentilla favorisiert, ist noch immer zur großen Mode geworden. Nicht, dass unsereins viel davon hat. Manches von dem Zeug, das bei den Edlen auf den Tisch kommt, schmeckt scheußlich, das kannst du mir glauben. Niemand würde was davon essen, wenn es nicht so teuer wäre.«

Andromeda ließ den Gedanken auf sich wirken. Also wurde von ihnen erwartet, dass sie in fremden Häusern …

spionierten? Nein, sie sollten nur nach besonderen Speisen fragen. Eine harmlose, einträgliche Sache, und da sie leidenschaftlich gerne aß, würde es ein Spaß für sie sein.

»Hat Optata mich deswegen gekniffen, wenn von Vedius Pollio und seinen Muränen die Rede war?«

Myrtis wurde weiß im Gesicht. »Vedius Pollio war ein Schwein«, zischte sie. »Er ließ sich zum Tode Verurteilte für seinen Muränenteich kommen. Und wenn ihm die nicht reichten, fütterte er die lieben Tierchen mit Sklaven. Sein Neffe, der junge Pollio, prahlt jetzt noch damit – ich habe ihn selbst mal gehört!«

Das genügte, um jähes Schweigen zwischen ihnen einkehren zu lassen. Einmal mehr wurde Andromeda bewusst, dass sie Glück gehabt hatte. Statt Lycus hätte sie auch jemand wie Pollio kaufen können, und sie gab sich nicht der Illusion hin, dass irgendjemand sie vor dem Schicksal, als Muränenfutter zu enden, geschützt hätte. Bis sich ihr Magen wieder beruhigte, dauerte es eine Weile.

Mittlerweile roch es immer weniger nach Garküchen. Trotzdem lag etwas Vertrautes in der Luft. Andromeda schnupperte, bis es ihr einfiel: So ähnlich rochen die Farben, die Arellius in seinem Zimmer aufbewahrte. Soweit sie an den Menschen vorbeischauen konnte, die sich durch die Straßen drängten, kam es von den Türpfosten, an denen mit Zeichen bedeckte Blätter hingen und rot gefärbte, längliche Lederrollen.

»Das sind keine Bilder«, sagte Andromeda verdutzt zu Myrtis.

Die schüttelte wie selbstverständlich den Kopf. »Das sind Verzeichnisse der Bücher, die hier verkauft werden.«

»Kannst du etwa lesen?«, fragte Andromeda ehrfürchtig.

»Ich hab's mir beibringen lassen«, entgegnete Myrtis. »Wenn ich meinen Freibrief erhalte, will ich sicher sein, was drinsteht.«

Die meisten Türen standen einladend offen, doch Myrtis blieb vor einer stehen, die geschlossen war. An ihr hing ein schwarzer Kranz. *Gefärbt mit dem Ruß aus verbranntem Harz,* dachte Andromeda und freute sich, dass sie es erkannt hatte. Sie beschloss, Arellius zu erzählen, dass seine Lektionen Früchte trugen.

»Keine Verkäufe mehr heute«, kam eine Stimme aus dem Inneren, nachdem Myrtis geklopft hatte.

»Man hat uns gesagt, wir sollten hierher kommen, um die Einzelheiten für den Begräbniszug zu regeln.«

Ein knirschendes Rutschen erklang, dann hörte Andromeda Schritte, die sich der Tür näherten. Als ihnen aufgemacht wurde, riss sie die Augen auf. Der Mann, der nun vor ihnen stand, trug etwas, das nichts anderes als die Toga sein konnte, von der Arellius immer wieder sprach. Auf den Straßen und im Haus war ihr bisher noch nie jemand begegnet, der sich die Mühe gemacht oder das Recht dazu gehabt hätte, und die Senatoren im Circus waren viel zu weit entfernt gewesen, um Einzelheiten ausmachen zu können. Nur freie römische Bürger durften die Toga tragen, das wusste sie, doch Arellius hatte ihr auf eine Frage hin mitgeteilt, man könne sie kaum ohne Hilfe anlegen, und im Übrigen habe er Besseres zu tun, als den lieben langen Tag mit dem richtigen Faltenwurf zu kämpfen.

Der dunkelhaarige, müde aussehende Mann vor ihnen dagegen, der noch nicht einmal graue Haare hatte, war offensichtlich anderer Ansicht. Sein linker Arm war gänzlich in die Falten aus weißer Wolle gehüllt; Andromeda konnte kaum die Fingerspitzen erkennen, die herausragten und an seinem rechten Schlüsselbein ruhten. Als er den anderen Arm, mit dem er ihnen geöffnet hatte, sinken ließ, hätte Andromeda um ein Haar gehustet, denn die Bewegung wirbelte ihr Staub entgegen, der sie in der Nase kitzelte. Er starrte auf sie herab.

»Das ist sie?«

Myrtis nickte.

»Meine Tochter war noch ein Kind«, sagte der Mann, nachdem er sich als Brutus, der Buchhändler, vorgestellt hatte. »Deswegen wäre es ... unangemessen, sie von einem erwachsenen Mimen verkörpern zu lassen. Aber ich will nicht, dass sie durch Stümperei entehrt wird. Ihre Mutter ...« Er seufzte, und Myrtis beeilte sich, ihm zu versichern, seine Tochter werde von einer begabten Mimin verkörpert. Das Rumoren in Andromedas Magen machte sich wieder bemerkbar, zusammen mit einem merkwürdigen, stechenden Gefühl, das sie nach einiger Zeit als Neid erkannte. Ihre Eltern würden sie nie wieder sehen; trotzdem bezweifelte sie, dass sich jemand daheim die Mühe gemacht hätte, irgendeine Art von Gedenkfeier für sie zu veranstalten. Wenn sie gestorben wäre, dann hätte man sie nur schleunigst und in aller Stille verbrannt. Es war dumm, sich trotzdem hin und wieder nach der erbärmlichen Hütte und dem erbärmlichen Dorf zu sehnen, und sie wusste nicht, warum sie es tat.

Begräbniszüge, so hatte Myrtis sie gelehrt, waren nicht die einträglichsten Verdienstmöglichkeiten für Gaukler, wenn es nach dem reinen Lohn ging, aber sie konnten zu weiteren Aufträgen führen, weil immer eine Reihe Leute zusahen, ganz gleich, ob sie nun zu der Familie oder den Freunden gehörten oder nur neugierig waren. Der Mime, der in der Lage war, einen Toten so darzustellen, dass Auftraggeber wie Schaulustige etwas davon hatten, machte seine Sache richtig.

Bisher hatte sie nur gefürchtet zu versagen, weil das eine Demütigung mit sich brächte, von der Aussicht, durchgeprügelt zu werden, ganz zu schweigen. Nun starrte sie auf die Beine des Mannes unter seiner Toga, auf die braune Haut mit ihren gekräuselten Härchen, hörte das Seufzen und die Stimme von oben etwas darüber erzählen, wie seine

Gemahlin den Tod ihrer Tochter immer noch nicht glauben wollte, und dass er deswegen die Gaukler nicht in seinem Haus habe empfangen können. Plötzlich wünschte Andromeda sich verzweifelt, gut zu sein. Menschen, die ihre Kinder so vermissten, sollten nicht weiter verletzt werden.

»Ich habe eines von ihren Kleidern hier«, sagte der Buchhändler und zog aus der verborgenen Mulde seines linken Armes eine kleine, blaue Tunika hervor, die mit Bronzespangen zusammengehalten wurde. Er hielt sie einen Moment hoch, als wolle er seine Wange damit streicheln, und ließ sie dann abrupt wieder sinken. Ein Teil von Andromeda wünschte sich, er wäre ihr Vater. Ein anderer Teil fragte sich, ob sie die Tunika behalten durfte, weil ihre eigene immer verschlissener wurde, und wie viele Kleider das tote Mädchen gehabt haben mochte. Sie schämte sich, doch nicht genug, um sich das Kleid nicht mehr zu wünschen.

»Wie …«, begann sie, räusperte sich und begann noch einmal: »Wie trug sie ihre Haare? Und kannst du mir etwas über ihren Gang verraten?«

Brutus schaute überrascht auf sie herunter. »Sie sprang immer fröhlich umher«, murmelte er hilflos. »Sie … sie war ein Kind.«

Das war nicht sehr hilfreich. Andromeda schaute zu Myrtis empor, die keine Anstalten machte, ihr beizustehen, und stattdessen abwartend die Hände ineinander verschränkte.

»Sie trug ihr Haar in Zöpfen um den Kopf geflochten«, sagte Brutus schließlich, sichtlich um seine Beherrschung kämpfend.

Da sie nicht glaubte, dass die verhätschelte Tochter eines begüterten Bürgers ihr Haar allein geflochten hatte, brachte das Andromeda auf die Idee, die Sklavinnen des Haushalts auszufragen, bis ihr wieder einfiel, dass Brutus die Gaukler ausdrücklich nicht im eigenen Haus hatte sehen wollen.

»Es schimmerte rot im Sonnenschein«, fuhr der Buchhändler fort. »Sie … sie war immer gerne an der Sonne, bis zum Schluss.«

»Woran ist sie gestorben?«, fragte Andromeda leise.

»An einem Fieber«, sagte er düster.

Später kehrte Andromeda ratlos ins Haus der Drei Delphine zurück. Sie wusste nicht, was sie tun sollte. Das Kleid zu tragen, eine Maske und eine rote Perücke, das war einfach, auch wenn die Perücke für sie sicher zu groß war und für das eine Begräbnis wohl nicht zurechtgeschnitten werden durfte, was bedeutete, dass man sie ausstopfen musste. Sie konnte auch »umherspringen«. Aber genügte das? Bis in ihre Fingerspitzen spürte sie, dass es nicht genügte.

»Kennst du den Buchhändler Brutus und seine Familie?«, fragte sie Arellius niedergeschlagen.

»Nun, er ist kein Sprössling der großen Iunii Bruti«, erwiderte Arellius ein wenig von oben herab. »Diese Familie ist mit dem Bürgerkrieg erloschen. Und er ist auch als Verleger ein Neuankömmling. Wenn Ovidius Naso nicht seine *Liebeskunst* bei ihm veröffentlicht hätte, dann wäre er völlig unbekannt. Dorus und die Sosii, das waren die großen Verleger zu meiner Zeit.«

»Was ist ein Verleger?«

Er erklärte ihr, dass viele der Buchhändler, wenn sie wirklich Geld verdienen wollten, nicht nur Schriftrollen verkauften, sondern auch abschreiben ließen, vor allem, wenn es sich um neue Werke handelte, deren Dichter mit ihnen handelseinig geworden war. »Was ein Dichter ist, weißt du wohl auch nicht.«

»Doch«, sagte sie heftig. »Ich bin sogar einmal einem begegnet.«

Sie verschwieg, dass sie damals tatsächlich keine Ahnung gehabt hatte, was der Fremde, der ihr den Namen geschenkt hatte, damit meinte, als er sich Dichter nannte.

95

Arellius zog eine halb ungläubige, halb belustigte Miene. Dann meinte er: »Ich will nichts gegen den jungen Brutus gesagt haben, selbst wenn er ein *homo novus* ist, ein Emporkömmling. Immerhin setzt er auf Neues, statt zum hundertsten Mal die *Aeneis* abschreiben zu lassen oder die Oden des Horatius. Man kann Gallus bei ihm kaufen, Perilla oder eben Ovidius.«

Bei sich dachte Andromeda, wenn sie Geld hätte, dann gäbe sie es bestimmt nicht für Schriftrollen aus. Sie würde sich neue Kleider kaufen und einen Bettkasten zimmern lassen, passend für ihre Größe, mit Lederriemen bespannt, auf die man eine richtige Matratze legen konnte, so wie Arellius sie besaß, mit Wolle gefüllt, nicht mit Stroh, wie es bei den Unterlagen in den Arbeitszimmern der Fall war. Aber wenn sie schon bei ihrer ersten Darstellung enttäuschte, dann würde sie niemals eigenes Geld besitzen.

»Und über seine Tochter weißt du nichts?«

Arellius schüttelte den Kopf. Der Abend war angebrochen, was bedeutete, dass es im Haus allmählich immer betriebsamer und lauter wurde. Er schlug mit einer Hand nach der Mücke, die um das Talglicht, das auf seinem Fensterrahmen stand, flatterte, und sagte: »Aber das ist auch gar nicht wichtig. Glaubst du wirklich, dass er sich eine richtige Erinnerung wünscht? Niemand wünscht sich die Wirklichkeit, mein Kind. Lass dir das von einem sagen, der den Fehler gemacht hat, etwas zu viel Wirklichkeit darzustellen. Ein schöner, allgemeiner Traum ohne genaue Züge, das ist es, was die Menschen sich wünschen.«

Das war mehr, als er je über seine Vergangenheit erzählt hatte, und klang anders als die üblichen *Ich-war-einmal-groß*-Prahlereien.

»Wen hast du gemalt?«, fragte Andromeda behutsam.

»Göttinnen«, erwiderte er und starrte auf das Talglicht. »Aber die Gestalten, die ich ihnen gab, waren die von Sterblichen, und das führte am Ende dazu, dass der Gott, der auf dem Palatin wohnt und keine Erinnerung mehr wünscht an gewisse Sterbliche, sie zerstören ließ. Sie sind zerfallen in die Farben, aus denen sie einmal entstanden sind.«

Er stand auf und ging zu dem Kasten, den er neben seinem Bett aufbewahrte, eine aus dunklem Holz geschnitzte Truhe. Als er den Deckel aufklappte, konnte Andromeda viele einzelne Kästchen erkennen, in denen sich weitere Farben befanden, nicht achtlos verstreut wie die anderen im Raum, sondern sorgsam abgesiebt und voneinander getrennt.

»Syrischrot«, fuhr Arellius fort und ließ seine zitternde Hand über die Fächer gleiten, ohne sie zu berühren. In seiner Stimme lag eine Zärtlichkeit, die sie noch nie gehört hatte. »Damit werden die Kapitelüberschriften in Büchern geschrieben. Es wird an den Küsten des Roten Meeres in Syrien gesammelt, dort, wo die Phoiniker wohnen. Und hier, Zinnober aus Spanien. Drachenblut aus Libyen. Weißt du, wie Drachenblut entsteht? Wenn Drachen Elefanten umschlingen, dann stürzen diese wilden Tiere und begraben dabei die Drachen unter sich, und ihr vergossenes Blut durchtränkt die Erde. Das alles sind Rottöne, die man braucht, um das Fleisch einer Frau richtig zu malen. Eine so weite Reise haben sie gemacht, bis hierher, um dann wieder zu nichts zu zerfallen.«

Auf dem Palatin gab es eine Statue des Apollo, das wusste Andromeda, doch der Rest von Arellius' Worten ergab für sie kaum einen Sinn, und so neugierig sie war, so konnte sie sich es doch nicht leisten, jetzt darüber nachzugrübeln.

»Ich glaube nicht, dass Brutus seine Tochter als Göttin sehen will«, sagte sie pragmatisch.

Mit einem Ruck klappte Arellius den Deckel seiner Truhe wieder zu. »Die meisten Väter wollen das«, sagte er nüchtern. »Und sie verzeihen es nicht, wenn sich diese Töchter dann als Sterbliche entpuppen. Vielleicht hatte das Mädchen Glück, dass es bei ihr nie so weit gekommen ist.«

»Wie kannst du so etwas sagen?«, rief Andromeda empört. »Kein Kind hat Glück, wenn es stirbt!« Es begann, in ihr zu gären. Zu genau erinnerte sie sich daran, wie viele Dorfbewohner mit unverhohlen abschätzigen Blicken auf ihre Mutter getuschelt hatten, es wäre besser gewesen, wenn man Tertia ausgesetzt hätte oder wenn sie bei der Geburt gestorben wäre, das hätte ihren Eltern einiges erspart. Über das kleine tote Mädchen hatte gewiss niemand so geredet, und das sollte auch nicht geschehen.

»Du bist noch jung«, sagte Arellius.

»Wenn ich tausend Jahre alt wäre, würde ich trotzdem keinem Kind den Tod wünschen«, gab sie wütend zurück. »Und wenn ich je ein Kind habe und es verloren geht, dann ginge ich über den Rand der Welt hinaus, um es wieder zu finden, bevor ich es in der Unterwelt lasse!«

In dem schwachen Licht der Sterne, das von draußen hereinfiel, und im schwachen Schein des Talglichts war es schwer zu erkennen, doch es schien ihr, als verengten sich Arellius' Augen.

»Arme kleine Proserpina. Dich hat nie eine Ceres gesucht, nicht wahr?«

»Ich weiß nicht, wovon du sprichst.«

Er gab einen Laut von sich, eine Mischung aus Seufzer und belustigtem Schnauben. »Als Pluto, der Gott der Unterwelt, Proserpina von den Feldern raubte, da suchte ihre Mutter Ceres sie Tag und Nacht, ein Jahr lang. Ein Jahr, in dem alles verdorrte und bar wurde, denn Ceres hütet die Fruchtbarkeit des Landes.«

»Hat ihre Mutter sie wieder gefunden?«, fragte Andromeda und konnte die Sehnsucht in ihrer Stimme hören, obwohl sie sich dafür verachtete.

»Am Ende schon. Aber Proserpina hatte schon von den Früchten des Todes gekostet, und so muss sie nun immer ein halbes Jahr lang bei Pluto bleiben. Wenn sie die Unterwelt dann wieder verlässt, kehrt der Frühling auf die Welt zurück.« Er erzählte die Geschichte mit einem kleinen, spöttischen Unterton, nicht so, als ob er sie glaubte. Doch das kümmerte Andromeda nicht. Noch während er sprach, war ihr der rettende Einfall gekommen. Bei seinen letzten Worten sprang sie auf, warf ihre Arme hoch und umarmte ihn, wobei sie kaum über seine Hüften hinwegkam.

»Das ist es!«, rief sie. »Danke!«

IV.

Der Esquilin, hieß es, sei im Kleinen ein Bild von Rom selbst, mehr als einer der anderen sieben Hügel. Die Gärten und Villen der Reichen befanden sich auf seiner Spitze, aber sie machten nicht einmal eines der drei Stadtteile aus, die sich hier befanden. Auf mittlerer Höhe siedelte, was wohlhabend oder auch nur begütert genug genannt werden konnte, um nicht zu den Armen zu zählen. Diese lebten am Fuß des Esquilin, in einer Gegend, die sumpfig gewesen war, bis man sie trockengelegt hatte, und die in die Subura überging.

Jenseits der alten Mauer am Rande des Esquilin residierten die Toten. Früher hatte man hier nicht nur die Grabmäler der Bürger finden können, sondern auch die Massengräber der Sklaven und Armen, die niemanden hatten, der sie verbrannte und ihrer Urne eine letzte Heimstätte gab. Maecenas, ein inzwischen verstorbener Freund des Augustus, hatte das zu einer Schande erklärt und Gärten über diesem Teil des Friedhofs anlegen lassen.

Der Begräbniszug für die Tochter des Buchhändlers Brutus, dessen Familie zwar nicht arm war, sich jedoch nie eines der großen Grabmäler an der Via Appia hätte leisten können, erregte zunächst nicht viel Aufmerksamkeit. Nur drei Musiker schritten voran; zwei spielten die Flöte, der dritte blies in sein Horn. Mehr Aufwand war für ein kleines Kind nicht ziemlich, und das traurige Lied, das sie spielten, wurde in den unteren Bezirken von dem alltäglichen Lärm fast übertönt.

Nach ihnen kamen fünf Klageweiber. Unter den Menschen, die doch stehen geblieben waren, um zu sehen, um wessen Begräbniszug es sich handelte, konnte man eine ältere Frau ärgerlich sagen hören, Claudia hätte ihr erzählen müssen, dass es einen Auftrag gäbe, dann hätte sie sich ebenfalls etwas Geld verdient; die bissige Antwort ihrer Nachbarin wurde von dem lauten Stöhnen und Weinen der Klageweiber übertönt. Keine der Frauen, die sich an Brust und Arme schlugen und sich die Haare rauften, hatte das tote Kind gekannt; das wäre geschmacklos gewesen und hätte den Buchhändler Brutus als Geizhals ausgewiesen, der sich weigerte, Geld für sein einziges Kind auszugeben.

»Weißt du noch, der Zug von Lucius Caesar?«, fragte ein Mann, der neugierig genug war, um zuzuschauen. »Zwanzig Klageweiber!«

»Nun, das hier ist nicht der Enkel des Augustus«, kommentierte ein anderer nüchtern. Die Frau neben ihm lachte, was ihr missbilligende Blicke eintrug. »Aber es ist doch wahr«, sagte sie hastig, »dass es *Enkel* und *Enkel* gibt: Wenn sein Bruder Postumus Agrippa auf dieser Insel stirbt, wird es bestimmt überhaupt keine Klageweiber geben. Der wird Glück haben, wenn eine seiner Schwestern seine Asche in ihrem Grabmal unterbringt.«

»Wer sagt, dass er dort sterben wird? Vielleicht verzeiht ihm Augustus am Ende doch. Immerhin ist Postumus sein letzter männlicher Nachkomme«, gab der Mann zu bedenken. »Sonst bleibt ihm nur noch sein Stiefsohn, und jeder weiß doch, dass der Princeps Tiberius verabscheut.«

»Der Princeps hat auch seiner Tochter nie verziehen …«, begann die Frau hitzig, doch diesmal brachte sie ein allgemeines Zischen zum Schweigen. Ob es aus Respekt vor dem Begräbniszug oder vor den Familienangelegenheiten des Augustus geschah, ließ sich nicht ausmachen.

Das Weinen und Stöhnen der Klageweiber entfernte sich und wurde schwächer, als der nächste Teil der Prozession eintraf.

Die Mimin, die eine blaue Kindertunika und eine rote Perücke trug, war so klein, dass sie jeder zuerst für ein Kind hielt. Ihr Gesicht war unter der Maske nicht zu erkennen. Doch ein Kind für einen Begräbniszug anzustellen wäre sehr unüblich gewesen. In jedem Fall war das, was sie tat, ungewöhnlich.

Nur wenige der Umstehenden, die den Zug vom Haus des Brutus an begleitet hatten, wussten, dass die Tochter des Buchhändlers an einem Fieber gestorben war. Bei älteren Toten spielten die Mimen für gewöhnlich durch ihre Darstellung auf Eigenarten, Schwächen, Stärken des Verstorbenen und auf die Todesart an, doch bei einem kleinen Mädchen, das noch nicht einmal einen sonderlich ungewöhnlichen Tod gestorben war, erwartete niemand mehr als einige Sprünge und Nicken in alle Richtungen.

Was die Mimin tat, war, sich zu bücken, immer wieder, und bewundernd etwas vom Boden aufzuheben, was sich als Blume herausstellte, die sie aus ihrer Tunika hervorgeholt haben musste. Dann tanzte ein zweiter Mime herbei, mit einer blauen Perücke und einer schwarzen Maske, die von allen, die schon einmal im Theater gewesen waren, sofort erkannt wurde: Ganz eindeutig sollte das Pluto sein, der Herr der Unterwelt. Er fasste die Kleine um die Taille und hob sie hoch. Sie wehrte sich, doch nicht durch das Strampeln eines Kindes, sondern durch ein kunstvolles Drehen, das sie zu einem Teil des Tanzes werden ließ.

Schließlich schritten beide gemeinsam weiter, bis die dritte Mimin, die bisher den Mantel, den sie trug, über den Kopf geschlagen hatte, ihren Umhang sinken ließ. Ihre goldgelbe Maske und das blumengeschmückte Haar ließ es eindeutig sein, wen sie darstellen sollte: Ceres, die Göttin der Felder.

Das Gewand indes, das sie trug, war leuchtend rot, bis auf einige schwarze Zeichen. Selbst diejenigen, die nicht lesen konnten, nahmen an, dass die Frau nicht nur Ceres verkörperte, sondern auch die Eltern der Verstorbenen, den Buchhändler Brutus und seine Gemahlin.

Die blau gewandete Kleine tanzte zwischen ihr und dem König der Unterwelt hin und her, die Hände so sehnsüchtig ausgestreckt, dass einigen der Zuschauer Tränen in die Augen traten. Schließlich fanden sich alle drei Mimen zu einem Kreis zusammen und gingen einige Schritte gemeinsam einher; dann ließen sich die beiden größeren Gestalten zurückfallen, und die Darstellung begann von vorne.

Die Bahre mit der Leiche, die folgte, wurde von dem beifälligen Gemurmel der Zuschauer begleitet. Sie war über und über mit Blumen bedeckt, und es fiel schwer, nicht zu hoffen, dass der kleine, starre Körper sich erheben und zu seinen Eltern zurückkehren möge wie Proserpina zu Ceres. Das Sterben von Kindern war etwas, das früher oder später jede Familie traf, und die Erinnerungen, die von dem Begräbniszug wachgerufen wurden, machten es manchen leicht, in das Stöhnen der Klageweiber einzustimmen.

Andere blieben kritisch. »Es ist lächerlich, dass ein Buchhändler seine Tochter als Proserpina darstellen lässt«, nörgelte ein älterer Senator, dessen Sänfte auf das Vorbeiziehen der Prozession warten musste, ehe sie weitergetragen werden konnte. »Dergleichen steht ihm einfach nicht zu.« Er fasste die Trauergesellschaft ins Auge, die der Bahre folgte: Brutus und seine Gemahlin, die Angehörigen ihres Haushalts und einige Freunde. Bis auf die Sklaven der Familie trug jeder Mann die für feierliche Angelegenheiten vorgeschriebene Toga, die jedoch bei allen verdächtig neu wirkte. Der Senator rümpfte die Nase. »Zu meiner Zeit war jeder freie Römer stolz darauf, seine Toga tragen zu dürfen, statt wie ein Freigelassener herumzurennen.«

»Und ich dachte, zu deiner Zeit«, erwiderte sein Enkel, der mit ihm in der Sänfte lag, da er die Aufgabe hatte, den alten Herrn zu begleiten, »wäre so oft Krieg gewesen, dass keiner von euch je aus den Rüstungen herauskam.«

Der Senator versetzte ihm einen Klaps auf den Hinterkopf, klang aber nur leicht verärgert, nicht ernsthaft erzürnt. »Wir hatten Besseres zu tun, als uns auf dem Marsfeld von den Mädchen bewundern zu lassen, das ist wahr.«

»Das ist es doch, was ich gesagt habe«, gab der junge Mann mit einem Augenzwinkern zurück. »Ihr wart nicht auf dem Marsfeld, sondern auf dem Feld des Mars tätig.« Sein Wortspiel brachte ihm ein kurzes Schnauben ein. Er hätte noch nachgesetzt, doch dann machte er eine Entdeckung und deutete auf einen der Angehörigen des Trauerzugs, der Brutus half, seine schluchzende Gemahlin zu stützen. »Da ist Ovidius Naso«, sagte er aufgeregt.

»Ja und?«, fragte sein Großvater ungehalten.

»Vielleicht kann ich ihn dazu bewegen, meine Gedichte zu lesen! Er ist mein größtes Vorbild!«, erklärte der Junge feurig.

»Wenn der Mann auch nur einen Funken Anstand hat, was ich bei seinem Geschreibsel bezweifle, dann wird er es dir übel nehmen, wenn du ihn beim Begräbnis eines Kindes mit deinen Nichtigkeiten behelligst«, gab der Senator kategorisch zurück, und da der Trauerzug endlich vorbeigezogen war, bedeutete er seinen Sänftenträgern, weiter zu marschieren.

～

Ehe die Prozession losging, war ihr weich in den Knien gewesen; danach hatte sie keine Zeit mehr gehabt nachzudenken. Es galt, das kleine Spiel immer wieder und wieder vorzuführen, ohne aufzuhören, sich dabei fortzubewegen und nicht nachzulassen. Nun war Andromedas Gesicht unter der Maske mit Schweiß bedeckt, und sie spürte, wie ihre eigene Tunika, die sie unter dem blauen Kleid trug, überall an ihrem Körper klebte, vor allem jetzt, da der Zug zum Stehen gekommen war und der Scheiterhaufen darauf wartete, von Brutus entzündet zu werden. Vielleicht hätte sie ihr eigenes Gewand doch nicht anziehen sollen? Aber an diesem Morgen hatte ein kalter Wind geweht, und außerdem hoffte sie immer noch darauf, dass man ihr das blaue Kleid ließ; deswegen wollte sie es so gut wie möglich erhalten.

Andromeda stellte sich auf die Zehenspitzen und schaute zu der Familie des Buchhändlers hinüber, die um den Scheiterhaufen stand. Brutus selbst war im Tempel der Venus Libitina verschwunden, um, wie es Gesetz war, die Tote registrieren zu lassen; das hatte ihr Myrtis schon vorher erklärt, als sie gemeinsam die Prozession durchgesprochen hatten. Die meisten der Angehörigen und Haushaltsmitglieder hielten einander an den Händen oder hatten dem Nächststehenden einen Arm um die Schulter gelegt. Das tote Mädchen war unter den Blumen kaum zu sehen. Es war ein seltsamer Gedanke, sie verkörpert zu haben, ohne ihr Gesicht zu kennen.

Langsam nahm Andromeda die Maske ab, hielt sie in der Rechten und fuhr sich mit der Linken über ihr eigenes Gesicht. Sie wusste, wie sie aussah, auch wenn der erste Spiegel, den sie je erblickt hatte, ein verkratzter Bronzespiegel in Myrtis' und Sosias Zimmer gewesen war. Ihre Nase war nicht lang und gerade wie die der Frauen auf den Gemälden im Bordell und in der Badeanstalt, oder wie die von Myrtis, sondern klein und nach oben strebend. Ihr Gesicht war breit und voller Grübchen. Sie kniff sich in die Backen und wünschte sich, Myrtis' hohe Wangenknochen zu haben. Wenn sie einmal starb, dann trug derjenige, der sie spielte, bestimmt eine ausgestopfte Maske statt einer ausgestopften Perücke.

Die Mutter des toten Mädchens brach erneut in Tränen aus, als ihr Gatte aus dem Tempel zurückkehrte, und Andromeda zuckte schuldbewusst zusammen. Es war nicht recht, so nahe bei Trauernden an alle möglichen Dinge zu denken, die nichts mit Trauer zu tun hatten. Dann jedoch sagte sie sich, dass sie das ihre getan hatte und es diese Leute nicht kümmerte, ob sie oder irgendein anderes Mitglied der Gauklertruppe lebte oder starb.

»Glaubst du, sie waren zufrieden?«, fragte eines der Klageweiber Myrtis, und Andromeda war froh, dass jemand anderes es ausgesprochen hatte. Myrtis zuckte die Achseln. Man hatte alle Mitglieder der Prozession, die für den Begräbniszug angeheuert worden waren, natürlich schon im Voraus bezahlt, oder vielmehr Lycus, der das Geld eingestrichen hatte. Aber wenn die Familie wirklich zufrieden war, dann konnte man auf etwas zusätzliches Entgelt hoffen.

»Also, ich habe mein Bestes gegeben«, sagte das Klageweib unschlüssig.

Andromeda blickte erneut in Richtung der Trauernden. Jeden Augenblick würde Brutus nun die Fackel in die aufgeschichteten Holzstöße stoßen und das Mädchen verbrennen lassen. Einem plötzlichen Entschluss folgend lief sie los, zu der Familie hinüber. Myrtis rief sie halblaut zurück, doch Andromeda hörte nicht darauf. Die großen Gestalten in ihren gesäumten und gewichtigen Kleidern schauten auf sie herunter. Aus der Ferne roch sie einen merkwürdig süßlichen Rauch. Dies war nicht die einzige Verbrennung, die heute hier stattfand.

»Ich möchte gerne ihr Gesicht sehen«, sagte sie und

versuchte, das leichte Zittern in ihrer Stimme weder zu unterdrücken noch dramatisch zu verstärken, wie Myrtis es ihr erst vor einigen Tagen beigebracht hatte. Brutus' gerunzelte Stirn schien sich ein wenig zu glätten, doch er machte keine Anstalten, seine Erlaubnis zu geben oder sie abzuweisen. Dann sagte seine Gemahlin überraschend: »Aber natürlich.« Ihre Stimme zitterte, aber die Worte waren klar verständlich. Der Mann neben ihr, der Andromeda vage bekannt vorkam, bis ihr wieder einfiel, dass sie ihn am Tag ihrer Ankunft in Rom gesehen hatte, bückte sich und hob sie hoch.

Da lag das Kind, anders, als sie es sich vorgestellt hatte. Es sah kein bisschen aus wie der Buchhändler oder wie Andromeda selbst. Die Haare waren tatsächlich rötlich, aber jemand hatte sie zurückgekämmt und in einen Knoten gebunden, und das Gesicht war so schmal und klein, dass sie es mit ihren beiden Händen hätte abdecken können. Andromeda zog die Blume, die sie für ihre Darstellung benutzt hatte, zwischen der blauen und der unteren Tunika hervor und legte sie, ein wenig schüchtern, zu den vielen Blumen auf der Bahre. Es war ein kleines, weißblättriges Ding, das mittlerweile schon sehr geknickt aussah und zwischen all den üppigen blauen und roten Blüten sehr schäbig wirkte. Andromeda biss sich auf die Lippen.

Ihr Helfer stellte sie wieder auf den Boden, und sie bedankte sich. »Gern geschehen, Proserpina«, erwiderte er. An seine Stimme erinnerte sie sich viel besser als an sein Gesicht, weil sie dunkel und voll war und ihr einen neuen Namen gegeben hatte. Aber jetzt war nicht die Zeit, um alte Bekanntschaften zu erneuern. Andromeda rannte zurück zu den anderen angeheuerten Mitgliedern des Trauerzugs. Hinter ihr fing der Scheiterhaufen für die Tochter des Buchhändlers Feuer.

Myrtis, die ihre Maske inzwischen ebenfalls abgenommen

hatte, warf ihr einen eisigen Blick zu. Mopsus trug seine Maske noch, und der schwarz klaffende Mund war nicht beruhigender als Myrtis' Miene. Die Einzigen, die inmitten des ungehaltenen Schweigens der Gaukler etwas sagten, waren die Klageweiber. Sie tuschelten kurz miteinander, dann gingen sie alle fünf weit genug weg, um klar zu machen, dass sie nicht zu der gleichen Truppe gehörten.

Ein Windstoß trieb den beißenden Rauch in Andromedas Richtung, und ihre Augen brannten. Um nicht über Dinge nachzugrübeln, an die sie noch früh genug denken musste, begann sie, die Grabmäler zu betrachten, jedes für eine Familie, die sie nicht kannte. Dann schaute sie zu den Olivenbäumen hinüber, die den Beginn der Gärten des Maecenas kennzeichneten, und erinnerte sich daran, was sie gehört hatte – dass man dort früher die Ärmsten der Armen zusammen mit Tierkadavern in ein Massengrab geworfen hatte.

Wenn ich sterbe, dachte Andromeda, *wenn ich jetzt sterbe, wohin bringt man mich dann?*

Eine Gestalt löste sich von den Trauernden, und sie erkannte, dass es sich um ihren Namensgeber handelte. Er kam auf die Gaukler zu, und sie hörte Myrtis neben sich einen erleichterten Seufzer ausstoßen. Einen Moment später verstand Andromeda den Grund: Der Mann hielt ein paar Geldstücke in den Händen.

»Das habt ihr gut gemacht«, sagte er freundlich an sie alle gewandt und verteilte die Münzen. Zwei Asse für jeden; dafür bekam man einen Laib Brot und einen Krug billigen Wein. Als er Andromeda die Geldstücke in die Hand drückte, fragte er: »Und wie geht es dir in der Stadt aller Städte, Prinzessin? Hast du schon Angehörige deines fernen Königreichs gefunden?«

Einerseits freute Andromeda sich, dass er sie wiedererkannt hatte, andererseits wusste sie nicht, ob der Spott gutmütig oder höhnisch gemeint war. Also besann sie sich auf etwas, das Arellius einmal gesagt hatte, und imitierte die gedehnte städtische Sprechweise des Malers so gut wie möglich, als sie entgegnete: »Ach, die Stadt aller Städte ist Alexandria. Rom verblasst dagegen. Ich werde wohl dahin gehen müssen.« Sie war froh, dass sie nicht über den langen Namen stolperte, *A-le-xand-ri-a*, den Arellius fast so sehnsüchtig wie die Namen seiner Farben ausgesprochen hatte.

Ihr Gegenüber zog eine Augenbraue hoch und wiederholte den Namen ohne jede Schwierigkeit: »Alexandria? Und was weißt du über Alexandria, *Nana*?«

Nana bedeutete Zwergin, und es klang aus seinem Mund nicht wie ein Schimpfwort, aber es hatte ihr trotzdem besser gefallen, als er sie mit »Königstochter« angeredet hatte.

»Ich weiß viele Dinge«, gab sie schnell zurück und lieh sich noch mehr von Arellius aus. »Weißt du, wie Drachenblut entsteht? Wenn Drachen Elefanten umschlingen, dann stürzen diese wilden Tiere und begraben dabei die Drachen unter sich, und ihr vergossenes Blut durchtränkt die Erde.«

Seine Mundwinkel zuckten. »Ich glaube, Lycus hat einen Glücksgriff getan«, sagte er, während er sich Mopsus zuwandte. »Übermorgen finden die Liberalia statt. Ich werde in meinem Haus ein kleines Fest geben. Seid alle zur neunten Stunde dort, und es wird euer Schaden nicht sein.«

∼

Auf dem Rückweg schlug Myrtis vor, das Geld gleich auszugeben und sich erst ein Bad und dann, wenn noch etwas übrig blieb, ein Mahl zu leisten.

»Ich dachte, du sparst auf deinen Freibrief?«, fragte Andromeda verwundert.

»Heute kommt Lycus, und er weiß, dass wir diesen Auftrag hatten. Du wirst ihm das Geld geben müssen, wenn du es dann noch hast.«

»Aber er braucht doch sicher nicht ...«

»Er steckt in Schwierigkeiten mit dem Gesetz. Das macht ihn geizig ... noch geiziger als sonst. Aber nur zu, behalt das Geld und gib es ihm. Geschieht dir recht, nach dem, was du heute aufs Spiel gesetzt hast. Das hätte uns alle den Lohn kosten können! So dumm hast du dich nicht mehr benommen, seit du bei Daphne und ihrem Kunden hereingeplatzt bist.«

»Und doch ist es der Lohn meiner Dummheit, den deine schlauen Hände halten«, sagte Andromeda trotzig, weil sie nicht die Absicht hatte, sich zu entschuldigen. Schließlich war alles gut gegangen. Das Ereignis, auf das Myrtis anspielte, tat ihr auch nicht Leid; Daphne hatte geweint und geschrien, und Andromeda hatte nicht gewusst, dass es sich um ein Spiel handelte, weil Daphnes Kunde sich als Romulus fühlen wollte, der eine Sabinerin entführte. Wenn jemand um Hilfe rief, dann hörte man nicht einfach weg, ganz gleich, was die Stadtmenschen darüber dachten. »Und außerdem: Was soll ich im Bad? Noch hat mir niemand das Schwimmen beigebracht.«

»Wer hat denn von Schwimmen gesprochen?«

Die Badeanstalt, die sich Myrtis, Mopsus und die Musiker aussuchten, war etwas kleiner als die, in der Andromeda das letzte Mal gewesen war, und es war schon am Eingang deutlich, dass die gesetzliche Vorschrift, die das gemeinsame Baden der Geschlechter verbot, hier ignoriert wurde. Nach dem Augenzwinkern zu urteilen, das Myrtis erntete, als sie die Eingangspforte durchschritten und ihren Eintritt bezahlten, rechnete man wohl sogar damit, dass möglicherweise mehr als nur gemeinsam gebadet wurde.

Immerhin gab es einen Sklaven der Anstalt, der – wenn

auch gegen Bezahlung – auf die Kleider, Masken und Instrumente achtete, und diesmal brauchte Andromeda sich nicht auf gut Glück jemandem anzuschließen. Außerdem war es ein herrliches Gefühl, endlich die Perücke loszuwerden und den Kopf wieder frei zu haben.

Die anderen gingen zuerst in einen Raum, der sich Frigidarium nannte. Das Wasser dort war eiskalt, aber nach dem stundenlangen Herumtanzen und dem langen Marsch durch die Stadt machte es Spaß, sich kurz abzukühlen. Das Becken war auch nicht zu tief, so dass Andromeda sicher stehen konnte. Sie tauchte ein-, zwei-, dreimal hinein, wie sie es bei den anderen sah, und kletterte dann hastig wieder hinaus. Mopsus und der Hornbläser wurden von den Frauen geneckt, weil das kalte Wasser, wie Myrtis sich ausdrückte, »ihr bestes Teil ganz erbärmlich schrumpfen ließ«. Überhaupt waren in diesem Teil des Bades kaum Männer zu sehen, und Andromeda fragte sich, ob es deswegen im Bordell ständig warm sein musste.

»Ich kann die Herkuleskeule unter allen Verhältnissen schwingen, wann immer ich will«, sagte Mopsus würdevoll.

»Meinst du nicht eher die damaszenische Dörrpflaume?«, entgegnete Myrtis mit einem Blick nach unten. Mopsus schlug nach ihr, aber ohne Wucht, und die Bewegung verebbte in dem kalten Wasser.

Andromeda lachte mit den anderen und überließ sich dem angenehmen Gefühl, gleichrangiger Teil einer Gruppe zu sein, die sie nicht mehr als Neuling oder Kind sah, bis sie selbst einen flüchtigen Blick auf das verspottete Organ warf und ihr ein verstörender Gedanke kam. Mopsus war ein kleiner Mann, verglichen mit Blandus oder Arellius oder den meisten Männern, die man auf Roms Straßen sah. Aber verglichen mit ihr war er immer noch groß, und das galt auch für sein Gemächt. Wenn sie sich vorstellte, irgendwann einmal doch mit einem Mann zu schlafen … Es konnte nicht anders als schmerzhaft sein, wie ein Tau, das durch ein Nadelöhr gepresst wird. Und vielleicht würde das Nadelöhr dabei zerstört werden. Ernüchternd und fröstelnd versuchte sie, lieber an ihren heutigen Erfolg zu denken, doch es dauerte eine Wcile, bis sie sich wieder auf die Scherze der anderen einlassen konnte.

Nach dem Frigidarium brannte Andromeda die Haut, doch das ging bald vorbei, da als Nächstes ein Raum an der Reihe war, in dem man auf Sitzbänken saß, die von unten mit heißem Dampf beheizt wurden, und schwitzte. Hier liefen zwei Angestellte der Badeanstalt herum und boten ihre Dienste als Enthaarer an. Die Flötenbläserin, die nur »die Jüngere« genannt wurde, um sie von ihrer Zwillingsschwester zu unterscheiden, willigte ein. Myrtis schüttelte den Kopf und verwies auf ihre makellos enthaarten Beine und Achselhöhlen. »Aber unsere Zwergin hat es nötig«, sagte sie und wies auf Andromeda.

Nachdem ein erstes Schaben und Zupfen die gesamte Prozedur als äußerst schmerzhaft erwies, war Andromeda versucht, die Leute in der Stadt für verrückt zu erklären. Was sollte daran Spaß machen, und warum dafür Geld ausgeben?

»Weil man nie weiß, was kommt«, sagte Myrtis träge. Offenbar grollte sie ihr nicht mehr.

»Oder wer«, fügte die Flötenbläserin hinzu und kicherte.

»Wohl gesprochen«, meinte einer der fremden Männer, die mit ihnen im Schwitzbad saßen, und begutachtete Myrtis und die Flötenbläserin unverhohlen, doch er begleitete sie nicht zurück in das Frigidarium.

Erst im Tepidarium, einem Raum, dessen Becken mit lauwarmem Wasser gefüllt war, trafen sie ihn wieder. Diesmal war das Becken so tief, dass Andromeda sich am Rand festhielt und darauf achtete, sich nicht zu weit von den sicheren Stufen zu entfernen. Die Decke über ihnen war mit vielen kleinen, bunten Steinen verziert, die gemeinsam ein Bild ergaben, was man, wie sie von Arellius gelernt hatte, Mosaik nannte.

»Verdienen Maler eigentlich viel, Myrtis?«, fragte sie unvermittelt.

Die Mimin zuckte die Achseln und näherte sich mit träge kreisenden Armen dem Mann aus dem Schwitzbad, der sie nicht aus den Augen ließ. »Wunderbar, wie so ein Bad die Lebensgeister wieder stärkt«, sagte sie mit kehliger Stimme und einem schrägen Blick nach unten.

Der Mann lachte. »Meine ... Schultern sind noch etwas verspannt«, bemerkte er.

»Dabei kann ich dir helfen«, gurrte Myrtis.

Andromedas Augen wurden rund. Sie hatte immer angenommen, dass Myrtis außerhalb des Bordells nur als Mimin und nicht als Dirne arbeitete. Die Flötenbläserin, die ein wenig hin und her geschwommen und dann zu Andromeda an den Rand gekommen war, umkreiste mit einem Finger ihrer linken Hand den Mittelfinger ihrer rechten. Nach einigem Überlegen begriff Andromeda, als sie auf die Hand des Mannes sah, die träge im Wasser trieb, während Myrtis hinter ihn glitt. Er trug nicht den eisernen Ring eines freien Bürgers, auch nicht den schmalen goldenen Ring eines Ritters, wie ihn der Dichter heute bei der Beerdigung gehabt hatte, sondern den breiten, goldenen Ring eines Senators.

Die Flötenbläserin machte auch Anstalten, sich den beiden zu nähern, und Andromeda war unschlüssig, was sie tun sollte. Nach all den Wochen glaubte sie kaum, dass es etwas gab, das sie noch nicht gehört hätte, aber es zu sehen, im klaren Tageslicht statt in dem matten Schein einer Kerze und durch den Spalt eines Vorhanges, war eine andere Angelegenheit. Außerdem war ihr wirr im Kopf. Sie freute sich, dass alles gut gegangen war und sie einen neuen Auftrag ergattern konnten, aber sie wusste selbst nicht, warum genau sie das tote Mädchen hatte sehen müssen. Aus Mitleid? Um die Eltern günstig zu stimmen? Oder nur, um sicherzugehen, dass sie nichts mit dem Kind gemeinsam hatte? Sie verscheuchte die Gedanken, so gut es ging. Immerhin sorgte all das Wasser dafür, dass der Rauch nicht mehr an ihr klebte, der süßliche Geruch verbrannten Fleischs, der über der riesigen Begräbnisstätte gehangen hatte. Vielleicht war Myrtis auch deswegen so erpicht darauf, heute noch ein Geschäft mit dem Senator zu machen. Das mochte ihre Art sein, den Hauch des Todes loszuwerden. Oder vielleicht lag es einfach nur daran, dass Lycus in Schwierigkeiten steckte: Einen wirklich reichen Gönner zu finden war eine Möglichkeit, um an einen Freibrief zu kommen oder wenigstens den Besitzer zu wechseln, das hatte Andromeda schon öfter von den Frauen gehört.

Sie entschied, dass sie weder Lust hatte, Myrtis bei der Arbeit zu beobachten, noch weiter im Wasser zu bleiben. Ihre Haut war schon ganz rot. Langsam kletterte sie hinaus.

An der frischen Luft, wo mehrere Leute Ball spielten, schaute sie eine Weile zu, bis die Flötenspielerin auftauchte. Offenbar war der Senator an ihr nicht interessiert.

»Manche Leute haben Glück«, sagte sie neidisch. »Er weiß eben nicht, wie gut ich die Flöte spiele.«

»Aber wird Myrtis denn ihren Lohn nicht ebenfalls an Lycus abgeben müssen, ganz gleich, wie viel sie von ihm bekommt?«

»Nicht, wenn sie es schafft, dass der Senator sie für die ganze Nacht behält. Dann kann sie für sich einen Teil herausschlagen, und außerdem schläft sie besser. Du glaubst doch nicht, dass einer von denen sich die Finger in unseren Kammern dreckig machen will. Nein, wenn er mehr von ihr möchte als nur eine schnelle Ablenkung, dann wird er sie zu sich nach Hause bestellen.«

Mit einem Mal kam Andromeda ein merkwürdiger Gedanke.

»Der Mann, der uns im Namen des Buchhändlers noch Geld gegeben hat, vorhin«, sagte sie zögernd.

»Der Dichter«, nickte die Flötenbläserin.

»Kennst du ihn?«

Die Frau lachte. »Wie man jemanden von Gesellschaften her eben so kennt«, sagte sie. »Ich habe auf Feiern gespielt, auf denen er zugegen war. Naso ist sein Name, Publius Ovidius Naso. Ich kann zwar nicht lesen, aber die Lieder, die er schreibt, singen sie überall auf den Straßen, und wenn ein Senator sich gewitzt und prickelnd vorkommen will, schlägt er dir bestimmt ein Zitat von Ovidius um die Ohren. Mittlerweile kann ich auch ein paar auswendig. Warte ...«

Sie schloss die Augen, dann deklamierte sie: »*Bist du eher klein, dann reite mit ihm durch die Nacht, denn das ist dein Vorteil, die Schweren können das nicht, / Weißt du, dass deine Schenkel formvollendete Kunst sind, dann lege sie ihm zart auf die Schulter, hast du ein schönes Gesicht, sollst auf dem Rücken du liegen, ist dein Rücken vollendet und schön, soll man ihn bitte auch sehn.*« Mit einem wohligen Seufzer lehnte sie sich zurück. »Gar nicht so dumm für einen Mann. Sein für unsereins einträglichster Rat lautet: *Eine Pflicht braucht mir keine Geliebte zu erfüllen.*«

Andromeda sah sie fragend an.

Die Flötenspielerin lachte. »Die meisten Kerle sind sich zwar im Klaren, dass ihre Ehefrauen und ihre Sklavinnen nur ihre Pflicht tun, aber sie bilden sich ein, Huren tun es aus purer Leidenschaft. Geld spielt natürlich überhaupt keine Rolle. Wir lassen sie in dem Glauben und kassieren.«

»Als er gesagt hat, es würde unser Schaden nicht sein – was hat er damit gemeint?«

Ihr nasses Haar klatschte ihr an die Schulter, als die Flötenbläserin es kurz durchwühlte.

»Was sind wir doch für ein eitler Fratz«, sagte sie. »Der will nur unterhalten und zum Lachen gebracht werden. Ganz ehrlich, auf andere Weise machen *dir* höchstens Männer ein Angebot, die eigentlich Kinder wollen, bei deiner Größe, und soweit ich weiß, gehört er nicht zu der Sorte. Mich oder Myrtis hat er auch nicht lang genug angeschaut, um mehr als unser Spiel zu wollen. Aber wer weiß, vielleicht lässt sich das ändern …«, schloss sie und zwinkerte Andromeda zu.

Die Vorstellung, dass es Männer gab, die Kinder wollten, und wohl nicht zur Adoption, war ekelhaft genug, um Andromeda von allem anderen abzulenken, was die Worte der Flötenspielerin in ihr auslösten. Sie versuchte schnell, wieder an schöne Dinge zu denken: Der Buchhändler und seine Frau waren zufrieden gewesen. Sie hatte nicht versagt! Und es gab einen neuen Auftrag. Dann fiel ihr noch etwas ein: »Glaubst du, ich muss das blaue Kleid zurückgeben?«

⁓

Die Liberalia waren ein Straßenfest, und Lycus war hin- und hergerissen, ob er seine Gauklertruppe an einem solchen Tag für eine private Feierlichkeit freigeben sollte, wenn sie nicht gerade in einem wirklich reichen Haus stattfand. Andererseits hatte sich Aemilius Paullus immer noch einem Gespräch unter vier Augen verweigert. In einer Woche lief die Frist ab, die man ihm für eine offizielle Registrierung der Garküche *Haus der Drei Delphine* als Bordell gesetzt hatte, und dann kamen Steuern und nochmals Steuern auf ihn zu.

»Mag sein, dass mein Patron zu den Gästen bei Ovidius Naso gehört«, sagte Lycus grübelnd zu Arellius, während sie über einem Krug seines besseren Falerners zusammensaßen. »Ich habe Naso in letzter Zeit öfter bei Aemilius gesehen, und er wurde vorgelassen. Wenn ich Aemilius bei einer Feier treffe, zu der wir beide als Gäste geladen wurden, dann kann er mir nicht länger ausweichen.«

»Nein, aber er kann dir schlicht und einfach absagen. Im Übrigen kann ich mich nicht erinnern, gehört zu haben, dass du eingeladen worden bist, mein Freund«, erwiderte Arellius trocken.

Lycus machte eine abschätzige Handbewegung und wies darauf hin, dass seine Truppe eingeladen worden war. »Wenn ich ihnen gestatte, mich um die Einkünfte zu bringen, die an einem Tag wie den Liberalia bei Straßenauftritten möglich sind, dann habe ich ein Recht darauf, ihre Arbeit zu überwachen.«

»Lycus«, sagte Arellius ernst, »ist dir nie in den Sinn gekommen, dass Aemilius einen Grund hat, gerade jetzt seinen Namen nicht mit deinen Geschäften in Verbindung bringen zu wollen?«

»Was ist jetzt anders als in den vergangenen Jahren?«, fragte Lycus gereizt.

»Dein Patron ist mit Postumus' Schwester verheiratet. Was ist, wenn er fürchtet, dass Postumus nicht das letzte Familienmitglied war, das in Ungnade fällt?«

Unbehaglich kratzte sich Lycus am Hals und erinnerte sich, dass Ovidius Naso etwas Ähnliches zu ihm gesagt hatte. »Da bist du voreingenommen, mein Guter«, entgegnete er, aber konnte sich nicht völlig der Möglichkeit verschließen, dass Arellius Recht hatte. Er dachte an die Zeiten, als sein alter Freund einer der erfolgreichsten Männer Roms gewesen war und er selbst noch ein Sklave. Der Arellius früherer Tage wäre ob einer solchen Unterstellung aufgebraust.

Jetzt hob er nur noch die Schultern und starrte etwas tiefer in seinen Becher. »Vielleicht.« Dann schaute er wieder auf, und ein dünnes Lächeln spielte um seinen Mund. »Aber du weißt ja, was man sagt, Lycus: Wen der Blitz trifft und nicht tötet, der ist heilig, und die Götter sprechen aus ihm.«

»Ich werde vorsichtig sein und mich erst noch einmal umhören«, meinte Lycus nach einer Weile. »Aber wenn Aemilius auf dem Fest sein sollte, und wenn ich nichts herausfinde, was dagegen spricht, dann wäre es dumm, ihm meine Bitte nicht vorzutragen.«

Arellius parodierte den Gruß eines Gladiators in der Arena. »Wir, die wir längst untergegangen sind, grüßen dich.«

»Beim Herkules«, stöhnte Lycus, »das erinnert mich an den Pompejaner. Der Kerl wagt es doch tatsächlich, zu fordern, meine Mädchen sollten seine Gladiatoren umsonst bedienen, wenn ich nicht so viel Unruhe auf der Straße haben will, dass es die Gäste abschreckt. Verstehst du jetzt, warum ich meinen Patron brauche?«

»Was du brauchst, sind mehr Wächter oder eine andere Gladiatorenschule als Schutz. Aber das kostet eben noch mehr Geld, und wer weiß, vielleicht käme das mit den Mädchen letztendlich billiger für dich.«

»Ganz bestimmt nicht. Seit nur noch der Princeps und seine Familie Gladiatorenspiele veranstalten dürfen, kämpfen die Kerle bloß drei Wochen im Jahr. Den Rest der Zeit lungern sie dann hier herum und hindern meine Mädchen am Verdienen.«

»Manche Leute halten Gladiatorenschweiß für ein Aphrodisiakum«, sagte Arellius. »Jedenfalls werden Fläschchen mit dem Zeug verkauft. Am Ende machst du mit den Kerlen noch ein Geschäft.«

»Den Schweiß verkaufe ich schon«, entgegnete Lycus unbeeindruckt. »Und zwar meinen eigenen. Dazu brauche ich keine vögelnden Gladiatoren.«

∿

Am Morgen vor den Liberalia begannen bei Sosia die monatlichen Blutungen, und die allgemeine Laune im Haus der Drei Delphine wurde gereizter denn je, denn jede der Frauen, die dort lebte, wusste, dass sie ihr bald nachfolgen würde.

»Es ist der Fluch der Göttin Ceres«, sagte Parthenope zu Andromeda. »Frauen, die im gleichen Haus leben, bluten an den gleichen Tagen.«

Als das zum ersten Mal nach ihrer Ankunft in Rom geschehen war, hatte Andromeda noch angenommen, Lycus müsste dann das Bordell schließen, aber eine derartige Vermutung brachte nur alle zum Lachen.

»Es gibt eine Menge Dinge, die du für einen Mann tun kannst, ohne seinen Docht in deiner Spalte zu kühlen«, sagte Myrtis. »Wohlgemerkt, ich bin Mimin. Ich habe das nicht nötig an solchen Tagen. Aber die anderen schon.«

Bis zum Abend hatten die Blutungen in der Tat auch bei den anderen eingesetzt, nur bei den Älteren wie Parthenope nicht, die ohnehin nicht mehr regelmäßig das Mondopfer brachten. Die Stofffetzen und Wollknäuel der Frauen aufzusammeln und ihnen neue zu bringen war immer noch Andromedas Aufgabe. Sie hatte gehofft, dass sie nun, nach ihrem ersten Auftritt, von derlei Pflichten befreit wurde, doch die bloße Anfrage trug ihr lediglich eine Ohrfeige und den Hinweis ein, dazu habe ein mickriger Auftrag noch längst nicht genügend Geld eingebracht.

Um Mitternacht plagten auch sie die kurzen, aber heftigen Bauchschmerzen, die bei ihr immer zu Beginn der Blutungen standen. Sie roch das Blut und den Schweiß an sich selbst und war genauso gereizt wie all die anderen. Warum die Göttin Ceres nicht zwei Tage mit den Blutungen hatte warten können, wusste sie nicht. Auf dem Fest durfte sie sich auf gar keinen Fall etwas anmerken lassen. Darum stahl sie sich in das Zimmer von Myrtis und Sosia, um eine von Myrtis'

Salben auszuborgen. Zu fragen vergaß sie dabei, was später für eine weitere Ohrfeige sorgte, aber immerhin überdeckte der schwere Geruch der Salbe den des Bluts.

»Lassen wir es gut sein«, sagte Mopsus philosophisch, der das Zusammenleben mit zahlreichen Frauen und alle seine Misslichkeiten gewohnt war, als der neue Tag anbrach. »Heute sind Liberalia, und wir haben einen Auftrag. Das allein zählt!«

Es fiel Andromeda schwer, nicht alle paar Schritte staunend stehen zu bleiben. Überall sah man kleine Prozessionen hölzerne Phalli durch die Straßen tragen, zu Ehren des Liber, Vater Freiheit, des Feldgottes, der die Fruchtbarkeit auf die Felder brachte. Das war etwas, das sie aus ihrem alten Leben noch kannte. Doch hier, in der Stadt, gab es einen Brauch, der ihr neu war und sie in Aufregung versetzte: An Liberalia wurden überall in den Straßen von alten Frauen Honigkuchen verkauft, und der Duft war mehr als verführerisch. Dazu kam, dass der Tag der Liberalia von vielen Familien genutzt wurde, um ihre Söhne zum ersten Mal die Toga anlegen zu lassen und sie in die Welt der Männer einzuführen. Ein beträchtlicher Teil von ihnen kam dabei durch die Subura, und nur Geizhälse versäumten es, zu Ehren ihrer Söhne Honigkuchen für die Armen zu kaufen und sie verteilen zu lassen. Wenn Lycus sie nicht so genau im Auge behielte, dann wäre nichts leichter gewesen, als ein paar Kunststücke auf der Straße zu machen und ebenfalls Honigkuchen zu bekommen. Warum war er nur dabei?

»Die werden uns in Nasos Haushalt schon nicht verhungern lassen«, flüsterte Mopsus, der ihren Blick sah, was ihre Hoffnung begrub, dass Lycus ihr ein paar Honigkuchen kaufte. Es war schon die neunte Stunde, und sie hatten alle seit dem morgendlichen Dinkelbrei nichts mehr gegessen. Aber Lycus wirkte unruhig, zupfte mehrmals an der Filzkappe, die er für den Festtag trug und die ihn als einen Freigelassenen auswies, und trieb sie vorwärts, hoch auf den Caelius.

Es war ein schöner Tag mit kaum mehr als ein paar Wolken, die am Himmel aufgezogen waren. Als der Leibwächter, den sich Lycus für alle Fälle mitgenommen hatte, Andromeda in einem Anfall von guter Laune auf seine Schultern setzte, konnte sie bis zum Palatin hinübersehen, wo kein Gebäude mehr aus Holz war und der Tempel der Großen Mutter mit dem des Apollo wetteiferte, und in der Ferne ein Blinken des Tibers erhaschen.

Das Haus, vor dem sie schließlich ankamen, war nicht groß, kleiner als das Haus der Drei Delphine, und aus Backstein. Einige Sänften standen davor, und Lycus fluchte unterdrückt, vermutlich, weil die Sänften bewiesen, dass schon einige der Gäste da waren und sie zu spät eintrafen. Andromeda erkannte den weißblauen Wimpel an einer der Sänften und erinnerte sich daran, wie der Besitzer Arellius ausgewichen war.

»Nirgendwo der Wimpel der Aemilier«, murmelte Lycus. »Vielleicht später.«

Der Pförtner, der sie in Empfang nahm, wusste zwar sofort, wer sie waren, da sein Herr ihm die Gauklertruppe angekündigt hatte, schien jedoch unschlüssig, wie er Lycus einordnen sollte. Er murmelte etwas davon, dass es eigentlich noch zu früh für Schnorrer sei.

»Ich bin ein Gast«, donnerte Lycus ungehalten, und sein Leibwächter wölbte die Brust heraus. Der Pförtner zuckte die Achseln und meinte, der Herr und die Herrin seien im Triclinium bei den übrigen Gästen.

»Dann ist es eine Familienfeier?«, fragte Myrtis und überprüfte, ob die Spangen, die ihre Tunika an den Schultern zusammenhielten, fest saßen. Bei Feiern der anderen Sorte waren, wie sie Andromeda später erklärt hatte, keine weiblichen Gäste anwesend, nur Tänzerinnen. »Ich wusste nicht, dass dein Herr einen Sohn hat.«

»Hat er nicht. Aber seine Tochter verlässt die Stadt morgen mit ihrem Mann. Der junge Decius wird die rechte Hand des Statthalters von Libyen«, prahlte der Pförtner. »Eine wirklich gute Partie war das. Und nun schaut, dass ihr euch in der Küche meldet. Der Honigwein wird schon gereicht, und für den zweiten Gang rechnet der Herr mit euch.«

Andromeda wusste nicht, weswegen, aber sie hatte sich Ovidius Naso nicht als verheirateten Mann vorgestellt, geschweige denn als einen Mann mit einer erwachsenen Tochter. In der Küche, wo sie von dem Haushaltsvorsteher, den Köchen und ihren Gehilfinnen in Empfang genommen wurden, gingen die Überraschungen weiter, denn gleichzeitig mit ihnen tappte ein Kleinkind herein, das nicht sofort wieder hinausgeworfen wurde. Es stellte sich als der Enkel des Hausherrn heraus und wurde umgehend geherzt und mit Honigkuchen gefüttert.

»Die junge Herrin war schon mal verheiratet«, sagte eine Unterköchin vertraulich zu Mopsus, der sie damit gewonnen hatte, dass er den Duft der Saucen, der die Küche durchzog, aus vollem Halse lobte. »Wenn du mich fragst, sie hätte ruhig noch etwas länger warten sollen, aber was will man machen bei den neuen Gesetzen?«

»Welchen Gesetzen?«, fragte Andromeda, die sich bemühte, nicht zu neidisch auf die Krümel zu starren, die überall um den Mund des Kindes klebten.

Die Köchin rollte die Augen. »Aus der Provinz, wie? Die Ehegesetze natürlich. Eine Frau aus gutem Haus, die unter fünfzig Jahren ist und sich scheiden lässt oder Witwe wird, muss innerhalb von achtzehn Monaten wieder heiraten. Das weiß doch jedes Kind. Unserem Herrn geht es nicht schlecht, aber die Gebühren, die er für die junge Herrin hätte zahlen müssen, wenn sie ledig geblieben wäre, die hätten es in sich gehabt.«

»Ich bin nicht aus der Provinz, sondern aus einem fernen Land«, sagte Andromeda reflexhaft. Myrtis lachte ihr träges, kehliges Lachen, und die Köchin warf der Mimin einen misstrauischen Blick zu.

»Das ist eine ordentliche Gesellschaft«, sagte sie. »Wir haben hohe Gäste hier. Also schaut zu, dass ihr alle die Kleider anbehaltet.« Etwas freundlicher setzte sie, an Andromeda gewandt, hinzu: »Ich würd's ja gern glauben, Kleine, aber gerade eben hast du mich im schönsten Stadtlatein bequäkt. Da kenn ich mich aus.«

»Liegt an dem Kerl, der mir Latein beigebracht hat«, sagte Andromeda, ohne zu zögern. Es war nicht so, dass sie ernsthaft erwartete, die Köchin ließe sich überzeugen; die Geschichte gehörte einfach zu ihr wie ihr neuer Name, wie all die Sprünge und Rollen und Handstände, die Mopsus sie gelehrt hatte, und die Bruchstücke von Wissen, die sie von Arellius aufschnappte. »Pass auf«, sagte sie, »ich singe dir ein Lied aus meinem Land, wenn du mir etwas von dem Kuchen und dem Wein da gibst.«

Die Köchin sagte nicht ja, aber auch nicht nein, also stürzte sich Andromeda in die Tonübungen, mit denen Sosia sie gepiesackt hatte: »Ma ma ma, mi mi mi, do di da, li fa so, ma mi doooo!«, sang sie und klatschte dabei rhythmisch in die Hände.

Auf dem Gesicht der Köchin malte sich ein Grinsen. »Schon gut«, sagte sie und drückte Andromeda einen der Kuchen, der die Form eines Phallus hatte, in die Hand. »Aber beeil dich. Der Herr hat gesagt, ihr sollt mit dem Thunfisch und den gehackten Eiern zusammen hineinkommen.«

»Wer sind denn die hohen Gäste?«, erkundigte sich Mopsus. »Abgesehen von der jungen Herrin und ihrem Gemahl, versteht sich.«

»Der ehemalige Konsul Paullus Fabius Maximus und seine Gemahlin, die Herrin Marcia«, sagte die Köchin gewichtig. »Die Herrin Marcia ist eine Base des Princeps, und unsere Herrin kennt sie von Kind auf.«

Nachdem ihr eigener Hunger gestillt war, bot Andromeda den Rest ihres Kuchens Myrtis an, die den Kopf schüttelte und mit dem Finger auf ihre sorgfältig geschminkten Lippen wies. Sie hatte drei Stunden für ihr Gesicht aufgewandt und das Purpurschneckenrot dabei fast aufgebraucht. Ihre Wimpern und Augenbrauen waren pechschwarz von Asche und Antimonpuder, und sie hatte beides in einem Säckchen dabei, für den späteren Teil des Abends, wenn das schweißtreibende Tanzen eine Erneuerung nötig machte. Kein Grund, jetzt schon damit anzufangen.

Sie unterhielten sich noch ein Weilchen mit der Köchin, die ihnen sogar etwas von dem Honigwein, der zu den Vorspeisen gereicht worden war, kredenzte, und erfuhren, dass die Herrin selbst eine Fabia aus einem Seitenzweig der Familie war, dass die Köchin aus ihrem Haushalt stammte und dass man dort die Ehe mit einem Schriftsteller, der nie ein anderes öffentliches Amt als das eines Zivilrichters bekleidet hatte und nicht zu dem von dem großen Maecenas geförderten Kreis gehörte, ursprünglich gar nicht gern sah. »Aber dann hat sich der edle Fabius Maximus für den Herrn eingesetzt, und alles nahm ein gutes Ende«, schloss die Köchin zufrieden.

Myrtis, für die die Familienverhältnisse von Nasos Gemahlin offenbar von keinem Interesse waren, hatte sich in der Küche umgeschaut, was Andromeda mit einem Schlag wieder daran erinnerte, was Myrtis über die zweite Art und Weise gesagt hatte, wie die Gauklertruppe Lycus Geld einbrachte. Die Mimin deutete auf die dunklen, geschrumpelten Früchte, die in einer Schale auf einem wartenden Tablett ruhten. »Das sieht mir vertraut aus. Dörrpflaumen aus Damaskus, hm?« Die übrigen Mitglieder der Truppe, die sich an die Neckerei im Bad erinnerten, verbissen sich mit Mühe ein Grinsen, was die Unterköchin bemerkte und falsch deutete.

»Das hier ist der Haushalt eines römischen Ritters«, sagte sie spitz, »nicht der eines neureichen Senators. Bei uns gibt es keinen ausländischen Schnickschnack, sondern ordentliche italische Kost. Keine Dörrpflaumen aus Damaskus, Pfaueneier für zwanzig Sesterzen das Stück oder mit Feigen gemästete Gänse für achthundert Sesterzen – wenn wir für so was das Geld rauswürfen, dann wäre der Herr binnen Kurzem verarmt!«

»Natürlich«, sagte Myrtis begütigend. »Ich wollte nicht ...«

Doch die Köchin, einmal in Fahrt gekommen, schnitt ihr das Wort ab. »Natürlich gibt es Angeber, die meinen, für abwechslungsreiche Gänge müsste man alle Ecken des Reichs leer räumen, aber wir haben so etwas nicht nötig. Trüffeln, getrocknete Quitten und Aprikosen, das sind die Zutaten, die mein Essen zum Ambrosia für die Götter machen, und sie kommen vom Landgut der Familie unserer Herrin, nicht aus irgendwelchen ausländischen Provinzen!«

Da sie genau diese Art von Auskünften einholen sollten, warf Andromeda Myrtis unwillkürlich einen bewundernden Blick zu. Ein Gespräch so lenken zu können musste ihr in Zukunft auch gelingen.

Inzwischen war ein anderer der Köche aufmerksam geworden und nickte. »Neulich hat selbst der Haushaltsvorsteher der Herrin Terentilla wissen wollen, wo wir unsere Schnecken herkriegen. Reine Faulheit und Angeberei, wenn ihr mich fragt. Ich mäste meine Schnecken sechs Tage vorher mit Milch, bevor ich sie schmore, und dann schmecken sie besser als die teuerste brindisische Auster. Aber dazu muss man natürlich bereit sein, sich im eigenen Land umzuschauen und sich die Hände selbst dreckig zu machen!«

Schnecken zu essen, statt zu befürchten, dass sie einem die Ernte ruinierten, war Andromeda noch nie eingefallen. Von Trüffeln hatte sie gehört, weil Myrtis und Mopsus hin und wieder von den Gastmählern in den Häusern schwärmten, in denen sie auftraten, aber die Vorstellung, welche zu essen, war so abwegig wie die, das Ambrosia der Götter zu sich zu nehmen, von dem die Köchin gesprochen hatte. Andromeda dachte daran, wie ihr die Garküche nach ihrer Ankunft in Rom als eine endlose, üppige Quelle von Essen erschienen war. Auf einmal klang es so, als ob die Speisen, die im Haus der Drei Delphine angeboten wurden, einfach und schlicht waren. Trotzdem schauderte es sie bei der Vorstellung, Milch an Schnecken zu verschwenden.

»Deine Schnecken sind herrlich«, sagte die Unterköchin, »aber du solltest endlich auf mich hören, was die Siebenschläfer betrifft. Bei den Fabiern …«

Nur bei Lycus' Truppe lösten diese Worte kein Stöhnen oder Lachen aus. Offenkundig war allen anderen in der Küche nur zu bekannt, wohin das Gespräch nun führte.

»… wussten wir schon, wie man latinische Siebenschläfer zubereitet.«

Der Koch blies die Backen auf. »Bleib bei den Vorspeisen. Ich werde auf keinen Fall zulassen, dass du mir meine Siebenschläfer ruinierst, finde dich endlich damit ab. Nur, weil man sich bei den alten Herrschaften den Magen verdorben hat, muss das nicht auch im Haushalt von Ovidius Naso geschehen.«

»Nichts wird ruiniert! Siebenschläfer müssen zuerst im Ofen gebraten und dann mit Honig bestrichen und mit Mohn bestreut werden. Einfach, aber wirkungsvoll, und Ceres selbst könnte sich kein besseres Mahl wünschen.«

»Man kann die latinische Einfachheit auch übertreiben, meine Gute. Wie der Herr immer zu sagen pflegt, die Zeit der Vorfahren ist vorüber. Siebenschläfer müssen zuerst entbeint werden. Dann kann man sie mit fein gehacktem Schweinefleisch füllen, diese Verbindung ist …«

»… magenverderbend!«

»… ein Hochgenuss, vor allem, wenn man Pinienkerne und Garum als Würze hinzufügt, bevor man sie zunäht. Dann erst darf man sie braten. Aber Frauen werden die höheren Ebenen der Kochkunst nie verstehen.«

Zweifellos wäre die Streiterei noch eine Weile weitergegangen, doch gerade als sich Gaukler wie Haussklaven erwartungsvoll zurücklehnten, wurde lauthals nach dem nächsten Gang verlangt.

Die Musikanten liefen den Sklaven mit den Tischplatten als Erste hinterher, denn ihre Aufgabe war es, für die angemessene Begleitung zu sorgen. Als sie das Schellen der Bronzeklappern hörten, folgte der Rest. Andromeda schickte ein Stoßgebet an die Götter. Diesmal gab es keine Straße, wo bereits um die nächste Ecke neue Zuschauer warteten, sondern einen Raum voller Menschen und wenig Platz.

Das Triclinium stellte sich als ein Zimmer heraus, in dem drei große Liegen und einige Stühle um einen rechteckigen Tisch gruppiert waren, auf dem die halb geleerten Teller mit den Vorspeisen standen. Aus den Augenwinkeln erkannte Andromeda, dass Lycus auf einem der Stühle saß und ein verdrossenes Gesicht machte, während die anderen nur von Frauen in Anspruch genommen wurden.

Auf der mittleren Liege lagerte der Mann mit dem eisgrauen Haar, der Arellius vor der Badeanstalt geschnitten hatte und Paullus Fabius Maximus sein musste, und neben ihm ein junger Mann, der zu der Frauengruppe hinüberschaute und offenbar die zukünftige rechte Hand des Statthalters von Libyen war, Ovidius' Schwiegersohn, der zweite Ehrengast. Ovidius Naso selbst ruhte auf der Liege, von der man den Eingang überblicken konnte, und machte gerade

Anstalten, den Auftritt der Gaukler mit einem freundlichen Applaus zu begrüßen, als ihm einer seiner Haushaltssklaven etwas ins Ohr flüsterte. Er erhob sich und verschwand, während Andromeda gerade ihr erstes Rad schlug. Sie versuchte, es nicht persönlich zu nehmen.

Mopsus hatte sie bereits einmal durch die Luft fliegen und von Myrtis auffangen lassen, als Ovidius mit einer Frau wiederkehrte, was die Gäste, die bis dahin gelegentlich Beifall gespendet und sich ansonsten ruhig unterhalten hatten, plötzlich zum Schweigen brachte. Andromeda rappelte sich vom Boden auf, noch etwas außer Atem, und schaute in die gleiche Richtung wie der Rest der Gesellschaft.

Die junge Frau neben Ovidius trug eine purpurgesäumte Stola, doch das tat die grauhaarige Dame, die jetzt von ihrem Stuhl aufstand, ebenfalls; alle weiblichen Gäste hier waren von Rang. Aber was der neue Gast unter der Stola trug, war ungewöhnlich.

»Seide aus Kos«, sagte Myrtis später neidisch. »Für so ein Kleid kriegst du sechs Sklaven auf dem Forum Boarium.« Für den Moment dachte Andromeda nur, der rosige fließende Stoff, der viel von der Figur der Frau erkennen ließ, sähe viel weicher aus als selbst das gute Leinen, aus dem Myrtis' Festgewand bestand. Die Spangen, die den Stoff an den Schultern festhielten, schienen aus reinem Gold zu sein, genau wie die Armreife, die sich um ihr linkes Handgelenk und den rechten Oberarm wanden. Das lockige Haar der Frau war blond und zu einer komplizierten Frisur aufgesteckt, die sich in drei Wellen teilte.

»Da wir alle meine Tochter für lange Zeit nicht mehr sehen werden«, sagte Ovidius Naso in das allgemeine Schweigen hinein, »ist Vipsania Julilla erschienen, um ihren Abschied zu verschönern.«

Die grauhaarige Frau und Fabius Maximus wechselten einen Blick, während die übrigen Gäste ihr Gespräch wieder aufnahmen, dann ging sie in Begleitung von zwei einander ähnelnden gepflegten Damen mit braunem Haar, die mutmaßlich die Hausherrin Fabia und deren Tochter waren, dem Neuankömmling entgegen. Andromeda fiel auf, dass Lycus auf einmal über das ganze Gesicht strahlte und hoch aufgerichtet auf seinem Stuhl saß, statt weiter mürrisch darauf herumzulungern.

»Wer ist das?«, fragte sie den Hornbläser, der gerade eine Pause machte, während Myrtis mit ihrem Einzeltanz begann, der nur von Flötenspiel begleitet wurde.

»Die ältere der Enkelinnen des Princeps«, erwiderte er.

»Ja und? Seine Base ist doch auch hier.«

»Aber im Gegensatz zur Herrin Marcia hat sie sich auf keiner Gesellschaft mehr blicken lassen, seit ihr Bruder verbannt wurde. Außerdem ist sie ohne Begleitung ihres Gemahls hier. Und ... sie sieht aus wie ihre Mutter«, sagte er. »Aber nun sei still. Wir sind nicht hier, um zu klatschen.«

Vipsania Julilla wechselte einige Worte mit den drei Frauen, die sich zu ihrer Begrüßung erhoben hatten, und ging dann zu dem Tisch hinüber. Im Gegensatz zu allen anderen weiblichen Gästen setzte sie sich nicht auf einen der Stühle, sondern gesellte sich zu Ovidius auf die erste Liege. Die Miene der grauhaarigen Marcia gefror. Fabia schaute ausdruckslos drein, ihre Tochter ein wenig neidisch, während alle drei sich wieder auf ihre Stühle setzten.

»Es tut mir Leid«, sagte Vipsania Julilla klar und deutlich mit einer Stimme, die über das Getuschel der restlichen Gesellschaft hin zu hören war. »Ich habe heute den ganzen Tag bei der Schicksalsgöttin auf dem Palatin verbringen müssen. Mein Rücken schmerzt.«

Eine seltsame Spannung aus Neugier, Betroffenheit und Furcht hing in der Luft. Die Musik setzte wieder ein. Myrtis begann wieder zu tanzen, sehr gut sogar, aber niemand schaute zu ihr hin. In gewisser Weise erinnerte es Andromeda daran, wie sie sich gefühlt hatte, als sie im lauwarmen Wasserbecken des Bades gestanden hatte, nur von Wasser umgeben. Jede Bewegung, die sie machte, eine Hand immer an den Beckenrand geklammert, war so schleppend gewesen und hatte erst Widerstand fortstoßen müssen. Wenn das den restlichen Nachmittag und Abend so weiterging, dann wurde er eine einzige Qual.

Unterhalte sie. Bring sie zum Lachen, flüsterte es in ihr. Dazu bist du hier.

Als Myrtis eine kurze Pause einlegte, holte Andromeda tief Luft, dann machte sie einen Satz auf die erste Liege zu, so, dass sie auf ihren Knien vor Vipsania Julilla landete. Ihre Haut brannte, und sie wusste, dass sie sich die Knie genügend aufgeschürft hatte, um zu bluten.

»In meiner Heimat«, sagte sie so laut wie möglich, »gibt es zwei verschiedene Arten, eine Frau zu behandeln, der ihr Rücken schmerzt.«

»Wirklich?«, sagte Vipsania Julilla gedehnt. Aus der Nähe konnte Andromeda erkennen, dass sie grüne Augen hatte, und ihr Haar sah nicht so aus, als sei es gefärbt. Ihr Kinn lag auf eine ihrer Hände gestützt, und an der Zartheit ihrer Handfläche erkannte man, dass sie noch nie in ihrem Leben etwas Härteres als einen Schreibgriffel gehalten haben konnte. Einen Herzschlag lang war Andromeda versucht zu erwidern: *Nein, weil eine Frau in den Dörfern weiterarbeiten muss, ganz gleich, welche Schmerzen sie hat.* Dann fing sie sich wieder.

»Sie kann ihr Bett mit einer Matratze voller verlorener Träume ausstopfen lassen«, erklärte sie dramatisch und reihte Sprüche aneinander, die sie in den Drei Delphinen, in den Bädern und auf der Straße gehört hatte, als seien es Perlen an einer Kette, »denn jede Frau hat verlorene Träume. Oder sie kann«, fuhr sie fort, ohne die dramatische Tonart zu wechseln, ohne eine Miene zu verziehen und gewiss, dass die kühle Schönheit auf der Liege, Ovidius, der sie nachdenklich musterte, und die übrigen Gäste mehr Ernstes erwarteten, »sich einen Mann suchen, dem es nichts ausmacht, unten zu liegen.«

Sie hörte ihr eigenes Herz in die erneute Stille hinein hämmern. Dann lachte Vipsania Julilla aus vollem Hals, und mehr als ein Dutzend Stimmen, männlich wie weiblich, stimmten mit ein. Andromeda verbot sich, die Augen von Vipsania Julilla abzuwenden, um nachzuschauen, ob auch Fabius Maximus und Marcia lachten.

»Mein Freund, sie hat deine Anleitungen gelesen«, sagte die Enkelin des Augustus zu ihrem Gastgeber, »gib es zu. Wo hast du sie her?«

Von der anderen Seite des Raumes rief es: »Sie gehört zu meiner Truppe.«

»Ich komme«, begann Andromeda und wollte fortfahren *aus einem fremden Land,* doch als sie Lycus' Stimme hörte, änderte sie abrupt ihre Absicht. Vielleicht war es der Honigwein von vorhin, vielleicht war es das Gefühl, dass mehr als die alte Geschichte notwendig war, um dieses Geschöpf aus einer anderen Welt zu unterhalten und die Gesellschaft weiter daran zu hindern, in das angespannte Lauern zurückzufallen, aber sie griff nach dem nächsten Einfall, wie sie bei ihrer ersten Badeerfahrung nach Luft geschnappt hatte. »Ich komme von Vater Liber, der keine langen Gesichter sehen mag an seinem Tag, und so hat er mich heute Morgen aus dem Tiber gezogen, frisch und neu.«

»Du bist recht wortgewandt für ein Wesen, das erst ein paar Stunden alt ist«, sagte Vipsania Julilla.

»Ich bin so alt wie meine Zunge und ein bisschen älter als meine Zähne.«

Diesmal war das Gelächter von den übrigen Liegen und Stühlen wohlwollend; dann rief die Hausherrin nach dem nächsten Gang, und die Gäste begannen, sich wieder zu unterhalten. Die Spannung schien endgültig aus dem Raum verschwunden zu sein, den bald ein vertrauter Geruch füllte: Fleischgeschnetzeltes mit Früchteteilchen, wie es in der Garküche an Festtagen auch verkauft wurde, kam auf den Tisch, doch so liebevoll bereitet, wie es im Haus der Drei Delphine schon aus Zeitgründen nie möglich gewesen wäre.

»Ein Neugeborenes«, sagte Ovidius Naso, und Andromeda bildete sich ein, Dankbarkeit in seinen braunen Augen zu lesen, »sollte einen Wunsch frei haben. Was wünschst du dir?«

So etwas hatte sie noch nie jemand gefragt. Natürlich wusste sie, dass er keinen wirklichen, großen Wunsch meinte. Er dachte wahrscheinlich an Geld, oder an so etwas wie die Feigen, die nun gereicht wurden. Vielleicht sogar an ein Kleid. Was er wohl täte, wenn sie ihn bäte, sie freizukaufen? Lachen, vermutlich. Außerdem war das nicht ihr Wunsch. Als freie Frau würde Lycus sie nicht mehr als Mitglied der Gauklertruppe halten, und was sie früher, in ihrem alten Leben gelernt hatte, konnte ihr hier in der Stadt auch nicht nützen, um Geld zu verdienen. Sie würde verhungern. Nein, ihre Freiheit wollte sie nicht. Was er ihr sonst geben konnte, musste sie wahrscheinlich an Lycus weiterreichen. Und am Ende hatte sie sich geirrt, und es war noch nicht einmal eine ernst gemeinte Frage gewesen. Besser, weiter zu scherzen.

»Was wünscht sich jeder Kleine?«, fragte Andromeda zurück und hob die Hände. »Größer zu sein!«

Vipsania Julilla lächelte, doch diesmal blieben ihre Augen ernst, während sie sich eine der Feigen nahm. »Größe kann eine vergiftete Frucht sein«, sagte sie. »Wie ist dein Name, *Nana*?«

»Andromeda.«

»Die Königstochter, die von ihren Eltern einem Ungeheuer zum Fraß vorgeworfen wurde«, sagte Vipsania Julilla nachdenklich. Andromeda war entsetzt. Unwillkürlich schaute sie zu Ovidius Naso hinüber. Das war nicht das, was er ihr an jenem ersten Tag über ihren Namen erzählt hatte! »Aber sie wurde gerettet«, sagte der Dichter ernst. »Und am Ende war es das Ungeheuer, das zu Stein erstarrte.«

»Was für ein Jammer, dass wir nicht mehr im Zeitalter der Wunder leben«, warf sein Schwiegersohn von seinem Platz neben Paullus Fabius Maximus aus ein. »Ich kenne eine Menge Leute, denen es gut täte, in Stein verwandelt zu werden!«

»Wer nicht?«, meinte Fabius Maximus mit einer leichten Grimasse, und jeder, der ihm zuhörte, grinste zustimmend, obwohl es Andromeda so vorkam, als habe Fabius bei seiner Bemerkung ganz leicht in Vipsania Julillas Richtung genickt.

Die junge Frau schluckte den Rest ihrer Feige hinunter und sagte: »Ich kenne einen Mann, der sich rühmt, eine Stadt aus Holz in eine Stadt aus Stein verwandelt zu haben, und er hat sicher Recht damit. Aber was er nie erwähnt, ist, dass er dabei sein eigenes Herz ebenfalls in Stein verwandelt hat. Als du neulich die Geschichte von Midas vortrugst, Publius Ovidius, musste ich daran denken. Es gibt diese Menschen, die alles erstarren lassen, was sie anrühren, doch nicht in Gold, sondern in Stein.«

Das Gesicht des alten Konsuls wurde fahl. »Er ist der größte Mann unseres Zeitalters, größer noch als der göttliche Julius«, sagte er kalt. »Du weißt nicht, was du sprichst, du törichtes Kind.«

»Von Geschichten«, sagte Ovidius beschwichtigend. »Wir sprechen hier nur von Geschichten. Geschichten und Fantasien, zur Unterhaltung der Menschen gesponnen, nichts anderes.«

Fabius Maximus starrte weiterhin Vipsania Julilla an. »Es ist nur schade, dass sich die jungen Leute so wenig der Geschichte bewusst sind. In meiner Jugend herrschte Krieg, nichts als Bürgerkrieg, und so war es schon für meinen Vater. Ein Mann hat dem ein Ende gemacht und uns Frieden und Wohlstand geschenkt! Einer!«

»Falls du meinen verstorbenen Vater meinst«, sagte Vipsania Julilla sehr sanft, »Marcus Vipsanius Agrippa, den Mann, der die Schlacht bei Actium gewonnen, die Wasser- und Getreideversorgung Roms gesichert, dem Reich über Jahrzehnte selbstlosen Dienstes den Frieden erhalten und Augustus das Geld gegeben hat, um die Stadt aus Stein zu bezahlen, dann danke ich dir.« Sie nahm den Becher, den man ihr eingeschenkt und den sie bisher noch nicht angerührt hatte, vom Tisch und hob ihn Fabius entgegen. »Auf Agrippa«, sagte sie und verschüttete ein wenig von dem Wein, ehe sie trank, als Zeichen des Respekts für die Toten.

Andromeda verstand nicht alles, was sich zwischen Julilla und den übrigen Gästen, vor allem Fabius abspielte, aber dass dieser vorhin nicht von Agrippa gesprochen hatte, sondern von Julillas Großvater, Augustus Caesar, das konnte sich selbst das Mädchen vom Lande, wie sie die Köchin vorhin erst wieder genannt hatte, zusammenreimen. Was bedeutete, dass mit dem »Mann aus Stein« ebenfalls Augustus gemeint gewesen sein musste. Von Agrippa wusste sie nur, dass er der beste Freund des Herrschers gewesen war und Arellius ihn einmal als »einen Mann von schlichtem Geschmack« bezeichnet hatte. Offenbar war Fabius nicht gewillt, etwas Schlechtes über ihn zu sagen oder die Verdienste, die Vipsania Julilla gerade genannt hatte, zu bestreiten, denn er schwieg zu ihrer Bemerkung.

»Du solltest auch deine eigenen Verdienste nicht zu gering halten, Paullus Fabius«, fuhr sie in einem versöhnlichen Tonfall fort. »Hat das nicht immer die Größe Roms ausgemacht? Dass der Staat auf viele seiner Söhne bauen konnte, nicht nur auf einen? Ich kann mich erinnern, wie mein Vater sagte, du wärest einer der besten Administratoren, die es je gab.«

Es war erstaunlich zu beobachten, wie sich Fabius' Miene während ihrer Äußerungen veränderte. Die tadelnde Abwehr schmolz zusehends dahin und machte einer verlegenen Freude Platz.»Nun ja«, sagte er.»Ich möchte nur, dass der Respekt gegenüber ... der Geschichte ... gewahrt bleibt.« Julilla lächelte ihn an.»Aber du bist noch keine Geschichte, Paullus Fabius. Du bist Gegenwart.«

»Nun schmeichelst du mir, Julilla«, sagte Fabius, doch auch er lächelte. Seine Gemahlin tat es nicht.

»Es war eine sachliche Feststellung.«

»Du bist wahrlich die Tochter deiner ... Eltern«, sagte Marcia spitz, und erneut kehrte ein Moment des Schweigens in die Gesellschaft ein.

»Agrippa war ein großer Mann«, sagte Lycus' Stimme aus unmittelbarer Nähe. Andromeda schaute auf und sah, dass ihr Besitzer von seinem Stuhl aufgestanden und zu ihnen hinübergekommen war. Er hielt seine Filzkappe in seinen Händen und klang demütig statt befehlend, was für sie völlig neu war. Mit einem Mal wurde ihr bewusst, dass sie immer noch kniete und ihre Knie schmerzten. Vorsichtig streckte sie die Beine aus, erst eines, dann das andere. Ja, sie waren aufgeschürft. Vielleicht konnte sie später in die Küche schlüpfen und die Köchin um etwas Wasser bitten.

»Seine Familie ist eine Zierde Roms, für die wir alle dankbar sind«, fuhr Lycus fort und knetete die Kappe in seinen Fingern.

Vipsania Julilla hob eine Augenbraue.»Als das einzige Mitglied seiner Familie, das sich noch in Rom befindet, danke ich dir, Bürger«, sagte sie spöttisch.

Das war hochmütig, dachte Andromeda. Lycus wollte Julilla schmeicheln, so viel war offensichtlich, doch es gab keinen Grund, ihn spüren zu lassen, wie plump die Schmeichelei war. Auf der Stirn ihres Besitzers standen feine Schweißperlen. Einem Teil von ihr tat er Leid. Der andere Teil erinnerte sich an die angedrohte Prügel für den Fall eines Versagens und fand die Situation ausgesprochen befriedigend, bis ihr bewusst wurde, dass er seine schlechte Laune wahrscheinlich später an ihnen allen ausließ, wenn er mit seinem Anliegen keinen Erfolg hatte.

»Herrin«, sagte er, »du wirst mich nicht erkennen, denn ich wurde im Jahr vor deiner Heirat vom edlen Lucius Aemilius, deinem erlauchten Gemahl, freigelassen, und ich bin seither nur einer von vielen Klienten deines ruhmvollen Hauses, aber …«

»Das ist nicht die Zeit für Bitten«, unterbrach ihn Ovidius mit gerunzelter Stirn und stand auf.

»… ich möchte dir ein Geschenk machen«, schloss Lycus hastig.

»Das ist großzügig von dir«, sagte Vipsania Julilla, immer noch spöttisch, aber nicht abweisend. Dann seufzte sie. »Also gut, was hast du für ein Anliegen? Ich kann kein Geschenk annehmen, auch von einem Klienten nicht, wenn ich nicht weiß, worum es geht.«

»Freigelassene Emporkömmlinge! Einer aufdringlicher als der andere«, kommentierte der junge Decius in keineswegs gesenktem Tonfall an Paullus Fabius gewandt.

»Es geht um eine Rechtsstreitigkeit«, murmelte Lycus. »Zwischen dem … dem zuständigen Aedilen und mir. Er lenkt gewiss ein, wenn, nun …«

»Geht es um Mord oder Diebstahl?«, fragte Julilla ernst.

Lycus schüttelte eifrig den Kopf.

»Dann werde ich meinen Gemahl bitten, dass er sich für dich einsetzt«, sagte sie knapp.

»War da nicht gerade eben von einem Geschenk die Rede?«, fragte Decius boshaft.

»Selbstverständlich«, sagte Lycus, beugte sich vor – und zog Andromeda an dem Band mit der Bronzescheibe um ihren Hals vom Boden hoch. Es würgte sie, bis sie verstand, was er wollte, und folgsam nach oben schnellte. »Herrin, wenn dieses Mitglied meiner Gauklertruppe deinen Gefallen gefunden hat, sei sie dein.«

Andromedas Mund öffnete sich in ungläubigem Staunen. Vipsania Julilla warf einen Blick auf das Bronzeband um ihren Hals und meinte:»Sie bleibt wohl nirgendwo sehr lange?«

»Doch, doch«, erklärte Lycus beruhigend. »Das war eine reine Vorsichtsmaßnahme. Ich wollte es ihr ohnehin wieder abnehmen. Sie ist ein gutes Mädchen.«

»Das mag sein, aber ich habe schon einen Zwerg.«

Wieder fühlte Andromeda sich wie im Bad, nur diesmal wie in dem Becken mit heißem Wasser. Sie konnte kaum atmen, und ihr war es, als häute man sie. Vor jedermann wie ein Stück Kuchen angeboten und abgelehnt zu werden, war bis auf die Knochen demütigend. Außerdem machte sich gewiss nachher jeder über sie lustig, weil die Enkelin des Princeps sie nicht hatte haben wollen. Sie kniff die Augen zusammen, um den Moment nicht länger erleben zu müssen. Lycus' Hand an ihrem Hals verkrampfte sich.

»Andererseits«, fuhr Vipsania Julilla fort,»ist mein Zwerg ein Mann, und es gibt Gelegenheiten, bei denen seine Gesellschaft nicht passend ist. Ich denke also, ich werde dein Geschenk annehmen, Bürger. Wie lautet dein Name?«

»Aemilius Lycus, Herrin«, entgegnete er, und seine Hand fiel von Andromedas Hals herab.

»Lass mir ihren Kaufbrief zukommen. Ich nehme sie gleich mit, aber ich möchte nicht, dass sie dieses Ding weiter trägt«, sagte Julilla bestimmt und wies auf das Bronzeband. »Das würde ein schlechtes Licht auf meinen Haushalt werfen. Publius Ovidius, sieh zu, dass man es ihr sofort entfernt.«

Wie betäubt nahm Andromeda wahr, dass einer von Ovidius' Haushaltssklaven sie in die Küche zurückführte und ihr dort mit einer Zange das Band aufbrach. Es fiel klirrend zu Boden. Unwillkürlich bückte sie sich und hob es auf. Ihre Finger schlossen sich um die Bronze, fest genug, um sie einen schneidenden Schmerz spüren zu lassen. Andromeda nahm ihn fast erleichtert zur Kenntnis; er zeigte ihr, dass sie nicht träumte. Nie hätte sie erwartet, dass eine so schwerwiegende Veränderung in ihrem Leben so schnell und beiläufig geschehen würde.

»Nur damit du es weißt«, sagte Myrtis, die ihr in die Küche gefolgt war, »es ist keine Belohnung, dass Lycus dich verschenkt hat. Du hast Talent, aber du kannst kein Teil einer Truppe sein. Du musst dich immer in den Vordergrund drängen, das hast du gerade erst wieder bewiesen. Während *meines* Tanzes.«

Andromeda blinzelte. Von Sosia war sie solche Worte gewohnt, aber Myrtis hatte sie für ihre Freundin gehalten.

»Genau genommen tust du mir Leid, trotz deiner Angeberei«, setzte Myrtis hinzu. »Du hast sie ja heute gehört, deine neue Herrin. Wenn sie so weitermacht, geschieht mit ihr das Gleiche wie mit ihrer Mutter.«

»Was ist mit ihrer Mutter geschehen?«

»Sie wurde auf eine Insel verbannt«, sagte Myrtis hart. »Und vorher hat man jeden einzelnen ihrer Sklaven gefoltert, wie das Gesetz es anordnet, wenn ein Sklave vernommen wird. Diejenigen, die danach nicht Selbstmord begangen haben, sind hingerichtet worden.«

～

Das Haus des Ovidius unterschied sich völlig von dem der Drei Delphine und dem Haus, das Lycus und Optata bewohnten. Es war nicht so hoch, doch es schien viel mehr

Raum im Inneren zu geben, schon weil sich hier nicht so viele Menschen befanden. Bisher hatte Andromeda keine Zeit gehabt, sich umzuschauen, doch nun, nach Myrtis' Vorwurf, hatte sie es nicht eilig, ins Triclinium zurückzukehren.

Sie wanderte durch das Atrium, schaute zum Himmel auf und stellte fest, dass sich dort mehr und mehr Wolken zusammendrängten. Trotzdem fielen einige Sonnenstrahlen durch die Säulen hindurch auf die überdachten Wände und ließen dort das gemalte Grün der Schlingpflanzen und Bäume aufleuchten. Es war eine Flusslandschaft, mit einem Vogelschwarm, der sich gerade vom Wasser in die Lüfte erhob. Sie hatte keine Vögel mehr aus der Nähe gesehen, seit sie in die Stadt gekommen war, und berührte die gelben Köpfe mit den roten Schnäbeln, die sich unter den Fingern ihrer rechten Hand kühl anfühlten, während ihre linke immer noch das geöffnete Bronzeband umklammert hielt, das ihr in die Haut schnitt. Arellius hätte ihr zweifellos den Namen der Farben verraten können, die hier verwendet worden waren. Arellius, der einmal für die Großen und Reichen gearbeitet hatte – und dem am Ende doch nur ein Zimmer in der Subura geblieben war.

»Ein eigenes Landhaus können wir uns nicht leisten«, sagte die Stimme des Hausherrn hinter ihr, »also hat sich meine Gemahlin gewünscht, dass uns ein Maler das Land in die Stadt trägt.« Als sie sich umdrehte, entdeckte Andromeda, dass er eine Schriftrolle in der Hand hielt, die er offenbar gerade aus einem der anderen Räume geholt hatte. Er lächelte auf sie herab.

»Warum das lange Gesicht, Proserpina? Es sind Liberalia, und Vater Liber hat seine Macht bewiesen, denn du bist gerade frei von der Unterwelt geworden und wirst in den Olymp einziehen.«

Er lebte selbst in einem Haus, das ihr wie das Heim eines Gottes vorkommen müsste, wenn sie direkt von ihrem Dorf hierher gekommen wäre. Jetzt, nach all den Monaten in der Stadt, kam es ihr immer noch wie ein schöner, ruhiger Traum vor. Hier konnte man sein eigenes Wort verstehen, ohne schreien zu müssen, obwohl es nur noch eine Stunde bis zum Sonnenuntergang war. *Von der Unterwelt weiß er ganz und gar nichts,* dachte Andromeda.

»Aber im Olymp gibt es Götter, die einen in Stein verwandeln und in kleine Einzelteile zerbrechen, wenn sie wollen«, erwiderte sie, ehe sie es sich versah. Seine Miene wurde ernst, und sie wurde sich bewusst, dass sie keine Ahnung hatte, ob sie sich mit dieser Äußerung gerade eine Strafe verdient hatte. Alles, was die Menschen hier sagten, hatte eine doppelte und dreifache Bedeutung, und wenn es eine Grenze zwischen einem Scherz und einer Unverschämtheit gab, dann war es schwer, sie rechtzeitig zu finden. Besonders, wenn sie nicht scherzte.

»Die gibt es«, sagte Ovidius. »Aber hast du dir nicht gewünscht, größer zu werden? Wenn man die Würfel nicht in die Hand nimmt, dann gelingt einem der Venuswurf nie, und man bleibt bei den Vierbeinern.«

In der Garküche hatte sie genügend Würfelspieler begeistert bei dem höchsten Wurf »Venus!« rufen und noch viel häufiger bei dem niedrigsten »Hund!« fluchen hören, um zu wissen, worauf er sich bezog. Aber er hatte gut reden; er war ein freier römischer Bürger, und noch dazu aus dem Ritterstand. Es gab Dinge, die ihm nie passierten.

Sie schaute auf den geöffneten Reif, den sie in der linken Hand hielt. Hunde trugen ganz ähnliche Halsbänder. Sie dachte an Sosias scharfe Finger, an die Nachttöpfe, die sie hatte leeren müssen, an das restliche Geld, das Lycus sich hatte aushändigen lassen, an den ständigen Lärm. Und vielleicht hatte Myrtis auch gelogen oder übertrieben. Mit einem Ruck entschloss sie sich, offen zu sein.

»Was ist mit der Mutter der edlen Vipsania Julilla geschehen«, fragte sie leise, »und mit ihren Sklaven? Stimmt es, dass sie alle gefoltert wurden und dann hingerichtet?«

Einen Moment lang musterte der Mann sie schweigend. »Komm mit«, sagte er schließlich und führte sie in einen kleinen Raum, der sie an die Buchhandlung des Brutus erinnerte, so voller Schriftrollen war er. Eine Büste stand ebenfalls dort, ein Frauenkopf, dessen Farben schon etwas verblasst waren. Man sah gerade noch, dass die Haare unter dem Helm golden sein sollten und die Augen blau. Es musste die Göttin Minerva sein; nur sie war gerüstet wie ein Mann.

»Wenn du auf dem Palatin lebst«, sagte Ovidius, »dann erwähne nie, niemals die Herrin Julia, es sei denn, jemand anders tut das zuerst. Es bringt nur Kummer mit sich, und es könnte in der Tat gefährlich sein, je nachdem, mit wem du sprichst. Um deine Frage zu beantworten: Ihr Vater hat sie verbannt, auf die Insel Pandataria, und ja, soweit ich weiß, wurden ihre Sklaven vorher vernommen und gefoltert, wie es das Gesetz verlangt. Aber gestorben ist nur eine von ihnen, Phoebe, ihre Amme. Sie hat sich erhängt, weil sie nicht gegen ihre Herrin aussagen wollte. Der Princeps soll damals gesagt haben, er wünschte, er sei Phoebes Vater.«

Das war noch schlimmer als Arellius' Bemerkung, am Ende habe Brutus' Tochter Glück gehabt. Das Gemisch aus Erwartung und Furcht, aus Kummer und Freude wurde hinweggespült von der Empörung, die sie packte. »Er hat sich gewünscht, seine Tochter hätte sich umgebracht?«

»Für Jupiter gelten nicht die gleichen Gesetze wie für die Menschen«, sagte Ovidius, und die Trauer, die in seiner Stimme lag, machte aus dem abgedroschenen alten Sprichwort etwas Wahres.

»Aber … aber warum? Was hat sie getan?«

»Die Ehegesetze unseres Princeps«, entgegnete er, »machen es strafbar, die Ehe zu brechen. Das wurde ihr vorgeworfen.«

Obwohl sie immer noch wütend und ängstlich zugleich war, entging ihr die Formulierung nicht. *Das wurde ihr vorgeworfen* hieß nicht notwendigerweise *das hat sie getan.* »Warum erzählst du mir das alles?«, fragte Andromeda, von einem plötzlichen Misstrauen gepackt. »Ich bin nur ein Teil der Unterhaltung bei deiner Feier. Warum bist du so nett zu mir und beantwortest meine Fragen?« Das Lächeln kehrte in sein Gesicht zurück. »Vielleicht stand ich an dem Tag, an dem wir uns begegnet sind, vor einer Entscheidung, und du warst ein gutes Omen, Libera«, sagte er, und sie wusste nicht, ob sie geschmeichelt oder verärgert war, dass er ihr nach Andromeda und Proserpina schon wieder einen neuen Namen gab. »Gute Omina muss man pflegen. – Vielleicht möchte ich nicht, dass du meinem heutigen Gast unabsichtlich Kummer machst. Vielleicht hoffe ich, dass du mir auch einmal einen Gefallen erweisen wirst, dort oben auf dem Palatin.« Er deutete auf das Halsband, das sie noch immer in der Hand hielt. »Es sei denn, du ziehst es vor, in die Unterwelt zurückzukehren. Das könntest du, weißt du. Vipsania Julilla ist nicht kleinlich. Sie wird nicht darauf bestehen, dich mitzunehmen, wenn du dich zu sehr fürchtest, und ich bin sicher, Aemilius Lycus wird dich wieder aufnehmen. Aber bedenke dies: Du wirst nicht nur Teil ihres Haushalts sein, wenn du mit ihr auf den Palatin gehst. Du wirst zu den vier oder fünf Sklaven gehören, mit denen sie täglich spricht. Es gibt bestimmt keine Sklaven und nur wenige Freie, die dich darum nicht beneideten. Wenn du den Mut dafür aufbringst.«

Was er sagte, erinnerte Andromeda an die Spiele, die sie beobachtet, doch nie geteilt hatte, und bei denen die anderen, immer größer werdenden Kinder sich gegenseitig »Trau dich doch« oder »Du traust dich eh nicht« zugerufen hatten. Und nun schien sich dieser Lockruf zum ersten Mal an sie zu richten. Myrtis mochte ihr Angeberei vorgeworfen haben, aber das änderte nichts daran, dass die schöne, hochmütige Enkelin des Princeps unleugbar Gefallen an ihr gefunden hatte. Vipsania Julilla war bestimmt großzügig, nicht geizig wie Lycus. Es konnte ein gutes Leben werden, ohne Nachttöpfe, Sosia oder Männer, die ab der neunten Stunde des Tags in den ersten Stock liefen und nichts dabei fanden, einen die Treppe hinunterzustoßen, wenn man das Unglück hatte, ihnen im Weg zu sein.

Wenn sie darüber nachdachte, wie Lycus darauf bestanden hatte, seine Truppe zu begleiten, und wie schnell er sein Geschenk angeboten hatte, dann erschien es Andromeda möglich, dass er sie von Anfang an mit dem Hintergedanken gekauft hatte, sie eines Tages Julilla zu präsentieren. Das würde jedenfalls besser erklären, warum er den Preis für fünf Kühe gezahlt hatte, als es mögliche Auskünfte über Gerichte an den Tafeln der Reichen taten. Und wenn dem so war, dann glaubte sie kaum, dass Lycus glücklich darüber sein würde, falls sein Geschenk sich selbstständig machte. Andromeda dachte an Parthenope in der Küche und an die Zukunft, die im Haus der Drei Delphine auf diejenigen wartete, die es nicht verließen.

»Ich glaube, ich versuche es mit dem Venuswurf«, sagte Andromeda langsam und ließ das Bronzeband fallen.

»Eine gute Wahl«, erwiderte Ovidius. »Und sehr passend. Der Princeps selbst ist ein begeisterter Würfelspieler, und Venus ist die Ahnin der Julier.«

»Wirklich?«, fragte sie staunend, denn ihr war noch nie jemand begegnet, der Nachkomme einer Göttin war.

»Das ist etwas, was du deine neue Herrin ruhig fragen kannst«, sagte er neckend. »Aber lass uns jetzt in das Triclinium zurückkehren. Ich muss mich um meine Gäste kümmern, und du …«

»Ich weiß«, sagte Andromeda. »Ich bin zur Unterhaltung da.« Es gab noch viele Kunststücke, die sie vorführen konnte, und die meisten hingen vom Zusammenspiel mit den anderen ab. Schuldbewusst wurde ihr klar, dass sie durch ihre lange Abwesenheit das geplante Programm völlig durcheinander gebracht hatte. *Selbstsüchtig*, flüsterte Myrtis' Stimme in ihr.

Sie würde es ihnen zeigen. Ganz gleich, ob sie zum letzten Mal miteinander tanzten und sprangen, sie würde ihnen zeigen, dass sie sehr wohl ein Teil der Truppe sein konnte, dass sie sich durchaus nicht in den Vordergrund drängen musste.

Jetzt, wo du hast, was du willst, kommentierte die gleiche spöttische Stimme. *Wohl bekomme es dir.*

V.

Zu dem Zeitpunkt, als Vipsania Julilla das Haus von Ovidius Naso verließ, war die schwüle Luft in einen leichten Regenguss umgeschlagen, was die anderen Gäste dazu brachte, noch etwas zu warten. Andromeda taten die Sänftenträger Leid, und die Fackelträger, die der Sänfte voranlaufen mussten, denn nach Einbruch der Dunkelheit war in Rom niemand, der etwas zu verlieren hatte, ohne eine solche Begleitung unterwegs; selbst die Armen hatten in der Regel ein Talglicht bei sich. Dann wurde ihr bewusst, dass sie ebenfalls durch den Regen laufen musste, und sie stöhnte leise.

Zu ihrer großen Erleichterung schob sich Vipsania Julillas Hand zwischen den dichten Vorhängen der Sänfte hindurch und winkte sie zu sich. So schnell sie konnte, kletterte Andromeda hinein und fiel sofort auf den Rücken, als die Träger ihre Last gemeinsam emporhoben.

Der Regen war noch nicht stark genug, um durch das fest gespannte Leinen des Baldachins und die schweren Vorhänge in das Innere der Sänfte zu dringen. Andromeda hörte ihn nur ganz schwach. Die Unterlage, auf die sie gestürzt war, fühlte sich ungeheuer weich an. *So muss man auf den Wolken im Himmel liegen,* dachte sie und gab sich einen Moment den ungewohnten Empfindungen hin, dem gleichmäßigen Schaukeln der Sänfte, den gedämpften Geräuschen, der seidigen Weichheit, dem leichten, kostbaren Duft – bis ihr wieder einfiel, dass sie nicht alleine war.

Der Schein der Fackeln genügte kaum, um in der Dunkelheit etwas sehen zu können, doch als sie neben sich tastete, berührte sie die Füße ihrer neuen Herrin.

»Zieh mir die Sandalen aus«, sagte Julilla, »es wird noch ein langer Weg.«

Die weichen Lederriemen hätten auf dem Feld keinen Tag gehalten. Sie waren mit kleinen, länglichen Steinen bestickt, die Andromeda vorhin im Haus des Ovidius weiß glimmen gesehen hatte. Es mussten Perlen sein. Falsche Perlen gab es im Haus der Drei Delphine öfter, und Arellius half den Frauen gelegentlich, ihren Schmuck mit angemalten kleinen Holzkugeln aufzubessern, doch echte Perlen hatte sie noch nie berührt. Andromeda krümmte die Zehen und stellte sich ihre eigenen Füße vor, die auch nach den Besuchen in der Badeanstalt hart und fast schwarz waren, weil ihre Eltern ihr schon seit Jahren keine Schuhe mehr gemacht hatten. Im Haus der Drei Delphine borgten sich die Frauen zwar untereinander Schuhwerk, aber alle waren viel zu groß, um für sie infrage zu kommen. Sie fragte sich, ob sie je Sandalen tragen würde, gewöhnliche Sandalen, denn perlenbestickte waren bestimmt nur den Nachkommen der Götter angemessen.

In der Sänfte roch es nach Krokus und Lavendel, sogar die Schuhe rochen danach, und Andromeda brauchte eine Weile, bis sie begriff, dass es Vipsania Julilla war, die diesen Duft verströmte. Myrtis verwendete hin und wieder parfümierte Salben, aber nur selten; sie waren sehr teuer und lohnten nicht, pflegte sie zu sagen, wenn man nur einen Nachmittag voller Straßenkunststücke erwarten konnte. Aber das waren andere Düfte gewesen, viel süßer und aufdringlicher.

Andromeda wusste nicht, was von ihr erwartet wurde. Sollte sie schweigen und Julilla ihren Gedanken überlassen? Oder weiter versuchen, sie zu unterhalten? Einfach drauflosschwatzen, im Wettbewerb mit den immer dichter und lauter werdenden Regentropfen? Von draußen drangen die

Rufe der Fackelträger zu ihnen, die der Sänfte ihrer Herrin einen Weg bahnten, und der Straßenlärm, doch im Vergleich zu anderen Nächten war er gedämpft, weil viele Menschen lieber das Ende des Regens abwarten wollten, bevor sie sich wieder auf die Straße wagten. Andromeda fragte sich, ob der Regen stark genug war, um die Fackeln auszulöschen. Sie stellte sich eine der Straßenbanden vor, die solche Gelegenheiten nutzten und die Sänften der Reichen überfielen, und schauderte unwillkürlich.

»Verrate mir eines«, sagte Julilla. »Was genau erwartet dieser Freigelassene von meinem Gemahl, dass er es für nötig hielt, dich zu verschenken?«

Das konnte sie ehrlich beantworten. »Ich weiß es nicht genau, aber im Haus meinten alle, er hätte Schwierigkeiten mit dem Magistrat.« Weil sie das Gefühl hatte, dass diese magere Auskunft nicht genügte, setzte sie, um einen scherzhaften Tonfall bemüht, hinzu: »Vielleicht will er ein Wunder? Ovidius Naso hat gesagt, dass deine Familie von der Göttin Venus abstammt, Herrin, und wer, wenn nicht sie, ist für sein Geschäft zuständig?«

»Sein Geschäft? Warte … Er ist doch nicht …«

Gerade, als sie sich verwünschte, weil sie das Falsche gesagt hatte, hörte sie Julilla leise lachen.

»Ein Bordellbesitzer, wahrhaftig! Nun, das bedeutet immerhin, dass du nicht für unsere Atropos von der Ochsenkopfstraße spionierst. Ich dachte schon, sie hätte die ganze Vorstellung heute inszeniert.«

Bei Tageslicht oder besserer Beleuchtung hätte Andromeda sich stärker in der Gewalt gehabt, aber die weichen Kissen, mit denen die Sänfte ausgepolstert war, das Gefühl, gemeinsam von der Welt abgeschnitten zu sein, und die Dunkelheit, in der sie kaum die Umrisse von Vipsania Julillas Gestalt ausmachen konnte und ganz bestimmt keine Gesichtszüge, all das trug dazu bei, dass sie sich mehr und mehr in ein Gespräch hineinfallen ließ, statt daran zu denken, in welcher Stellung sie sich befand.

»Wer ist Atropos?«, platzte sie heraus.

»Eine der Schicksalsgöttinnen«, entgegnete Julilla, und ihre Stimme klirrte wie die Absätze ihrer gestiefelten Sänftenträger auf dem Pflaster der Straße. »Sie, die unsere Schicksalsfäden in der Hand hält und sie durchtrennt. Sie lebt mit meinem Großvater in seinem Haus in der Ochsenkopfstraße, dort auf dem Palatin. Er ist seit Jahrzehnten mit ihr verheiratet. Du wirst sie kennen lernen. Sie wird dich bemerken, denn früher oder später bemerkt sie jeden. Wenn sie es tut, dann erzähle ihr alles, was sie wissen möchte. Du willst doch nicht, dass dein Lebensfaden vor seiner Zeit zerrissen wird, nicht wahr?«

Es war unmöglich zu sagen, ob das eine Drohung oder eine Warnung sein sollte. Immerhin wusste Andromeda jetzt, von wem ihre neue Herrin eigentlich redete. In der Subura standen ein Torbogen und ein Brunnen, den die Gemahlin des Princeps dem Volk gestiftet hatte: Livia Drusilla. Die Figuren auf dem Torbogen zeigten sie mit ihrem Gatten und ihrem Sohn Tiberius, dem Stiefsohn des Princeps, wie Arellius Andromeda erklärt hatte, als sie ihn nach den einzelnen Gestalten fragte. Und auch er hatte damals erwähnt, dass Livia Drusilla seiner Meinung nach am besten mit einer Schere dargestellt werden sollte, ohne das näher zu erläutern.

»Ich glaube nicht«, erwiderte sie schließlich, »dass ich je etwas zu sagen haben werde, was die Götter kümmert. Dazu bin ich zu klein und meine Stimme zu leise.«

»Aber mit deinem Verstand scheint alles in Ordnung zu sein«, gab Julilla zurück. »Nun, wir werden sehen.«

»Warum hast du mich als Dienerin angenommen, Herrin, wenn du dachtest, ich sei eine Spionin?«, fragte Andromeda kühn und wartete auf einen Verweis oder die Erklärung, Julilla habe Mitleid mit ihr gehabt.

»Weil ich noch nicht entschieden habe, wessen Spionin du bist«, sagte die Enkelin des Princeps stattdessen. »Anderer Leute Spione sollte man besser in Reichweite behalten, wo man sie beobachten und sicherstellen kann, was sie weitermelden … und wenn du wirklich in niemandes Dienst stehen solltest, wer weiß, dann wirst du am Ende meine Spionin.«

Anders als die Fragen nach besonderen Gerichten und Kochkünsten war dies bestimmt kein Spaß, und die Geschichte über die gefolterten Sklaven von Julillas Mutter machte die Aussicht auf eine solche Laufbahn alles andere als verlockend. Andromeda räusperte sich und zählte stumm bis zehn, dann entgegnete sie: »Ich kann tanzen, singen und fremde Leute nachahmen, wie sie gehen und stehen. Ich kann Kühe und Ziegen melken und Syrischrot von Sinope unterscheiden, auch wenn ich bei den anderen Farben noch nicht weit gekommen bin. Ich kann ein Wort verdrehen und wenden wie eine Kuhhaut, die gegerbt wird, und Menschen wütend auf mich machen, oder ich kann sie zum Lachen bringen, und manchmal gerät mir beides durcheinander. Aber ich glaube nicht, dass ich spionieren kann.«

Die Sänfte legte sich schräg, was zeigte, dass es wieder bergauf ging, und Andromeda, die sich nicht rechtzeitig an einem Pfosten festgehalten hatte, rutschte ein Stück hinunter. Statt nur Julillas Füße spürte sie nun die Beine und Hüften der Frau neben sich. Einen Herzschlag lang erinnerte sie sich, wie ihre Mutter sie vor Jahren, als ihre Eltern noch glaubten, sie würde irgendwann wieder anfangen zu wachsen, gehalten hatte, wie sie einmal in ihren Armen eingeschlafen war. Dann griff Julilla nach ihren Schultern, und die halbe Erinnerung, durch das Dunkel und die Wärme eines anderen Körpers heraufbeschworen, zerstob in dem festen, fremden Griff.

»Du wirst sein, was ich aus dir mache, *Nana*«, sagte Julilla.

»Und glaub mir, ich habe das Formen von Menschen von zwei wahren Meistern gelernt.«

Andromeda hielt still. Ihre Gedanken stürmten hierhin und dahin und verfingen sich in dem Dunkel und der Feuchtigkeit, die nun allmählich durch Dach und Vorhänge der Sänfte drang. Unwillkürlich kauerte sie sich zusammen und schmiegte sich dadurch noch etwas mehr in die Hände hinein, die sie hielten.

»Meiner Mutter hättest du Leid getan, und sie hätte dich gleich gekauft und freigelassen«, murmelte Julilla. »Sie hatte einmal eine freigelassene Zwergin mit deinem Namen, wusstest du das? Deswegen dachte ich, dass Livia dich zu mir geschickt hat … Ja, meine Mutter hätte dir geholfen. Und jeder meiner Brüder. Aber Gaius und Lucius sind tot, und Postumus ist verbannt, genau wie meine Mutter. Wenn du eines Tages Livia Bericht erstattest, kannst du ihr sagen, ich hätte ihre Lektion gelernt. Gutmütigkeit bringt einem in dieser Welt nichts als Elend.«

Konnte sie eine weitere Frage wagen? Jetzt kam es auch nicht mehr darauf an. »Was ist mit der Zwergin geschehen?«, fragte Andromeda. »Ist sie auch gefoltert worden?«

»Nur Sklaven werden gefoltert, um Aussagen zu erzwingen«, erklärte Julilla gedankenverloren. »Nein, sie war frei und lebte im Haushalt meiner Großmutter. Als Scribonia vom Princeps die Erlaubnis erhielt, bei meiner Mutter zu leben, ging sie mit ihr. Das ist der Lohn der Güte, Andromeda. Eine öde Insel im Meer.«

Ein Ruck ging durch die Sänfte. Offenbar waren sie am Ziel angelangt und wurden abgesetzt. Julilla löste ihre Hände von Andromedas Schulter.

»Besser als eine Insula in der Subura«, gab Andromeda zurück, ehe die Vorhänge zurückgeschlagen wurden. Es war ein Wortspiel mit dem Ausdruck für ein Mietshaus, an das sie nicht wirklich glaubte, aber die ganze merkwürdige Unterhaltung schien mehr und mehr zu einem Tauziehen geworden zu sein, bei dem es keine Regeln gab. Oder zu einem Würfelspiel, und Ovidius hatte Recht: Wenn es nichts mehr zu verlieren gab, konnte man genauso gut alles auf einen Wurf setzen. »Aber da du weder die eine noch die andere Insel je erlebt hast, kannst du mir da gewiss nicht zustimmen, Herrin.«

»Zieh mir meine Schuhe wieder an«, entgegnete Julilla ausdruckslos. »Wir sind da.«

Sklaven aus dem Haus liefen mit einem Wollumhang herbei, um Vipsania Julilla zu schützen, und der Stoß aus Wind und Regen, der Andromeda empfing, als sie aus der Sänfte hinauskletterte, schwemmte die Merkwürdigkeit der letzten Stunde fort. Was sich vor ihnen aufwölbte, im rauchigen Schein der einzigen Fackel, die vom Regen noch nicht ausgelöscht worden war, stellte sich als der Haupteingang eines Anwesens heraus, das zwar größer war als das des Ovidius, aber längst nicht so groß, wie es Andromeda erwartet hatte. Vielleicht wirkte es in der nassen Dunkelheit auch nur kleiner.

Sie lief hinter Julilla her in das trockene Asyl des Vestibulums hinein, in dem genügend Öllampen brannten, um sie kurz die Augen zusammenkneifen zu lassen, und hörte, wie Julilla sich erkundigte, wie der Zustand ihres Gemahls sei.

»Das Fieber des Herrn ist noch nicht gebrochen, doch er schläft«, erwiderte ein großer Mann von etwa vierzig Jahren, der den Sänftenträgern ein paar Anweisungen gegeben hatte und bestimmt der Hausverwalter war. Julilla schob die Sklavinnen, die sich immer noch bemühten, sie abzutrocknen, zur Seite.

»Ich werde nach ihm sehen«, sagte sie und wies dann mit dem Kinn in Andromedas Richtung. »Das ist Andromeda. Gebt ihr einen Platz zum Schlafen, und weist sie in den

Haushalt ein.« Ihre grünen Augen wirkten im Schimmer der Lampen goldgefleckt. »Bringt sie bei Conopas unter, das ist am besten.« Damit verließ sie das Vestibulum, noch immer mit zwei Sklavinnen im Gefolge.

Der große Mann starrte auf Andromeda herab. Sie spürte jeden einzelnen Flecken ihres feuchten Kleides, das an ihrer Haut klebte, und wünschte sich unwillkürlich, ihr böte ebenfalls jemand einen Umhang oder sonst etwas Trockenes an.

»Noch eine«, sagte der Mann resignierend.

Sie verstand erst, was er meinte, als sie herausfand, was »bei Conopas« bedeutete.

～

Die Räume, in denen die Sklaven schliefen, waren sehr groß; im Vorbeigehen meinte sie, etwa zwanzig Gestalten in einem Zimmer auszumachen, und nachdem sie bereits zehn solche Räume gezählt hatte, wurde ihr klar, dass es hier mehr Sklaven gab als Bauern in ihrem Heimatdorf. Das ganze Haus war für die Liberalia mit frischen Zweigen und Frühlingsblumen gefüllt worden, und daher rochen die Räume viel besser als die im Haus der Drei Delphine oder bei Optata. Bis auf den Raum, in den man sie führte.

Er war sehr klein, wie die Arbeitsräume der Dirnen. Der Gestank von verschüttetem Wein, von Betrunkenen und ihrem Schweiß war ihr nur allzu bekannt. Immerhin stand ein Bett darin, ein wirkliches Bett, so groß, wie Arellius es gehabt hatte. Auf dem Bett lag jemand, laut schnarchend. Die Gestalt war nicht größer als sie selbst. *Ein Kind?*, fragte sich Andromeda erstaunt.

»Conopas sollte eigentlich den Herrn unterhalten und von seiner Krankheit ablenken«, sagte die Frau, die sie hierher geführt hatte, säuerlich. »Aber stattdessen hat er die Abwesenheit der Herrin ausgenutzt, um sich auf den Straßen herumzutreiben und die Liberalia zu feiern. Wenn es nicht angefangen hätte zu regnen, wäre er jetzt noch draußen. Ich hoffe, du bist etwas pflichtbewusster.«

Ich habe schon einen Zwerg, hatte Julilla zu Lycus gesagt. Bei allem anderen, das vorgefallen war, hatte Andromeda es völlig vergessen. Sie murmelte irgendetwas Zustimmendes, und die Frau ließ sie allein. In ihrem Magen flatterte etwas und wurde zu einem Klumpen, der sich in ihre Kehle hinaufdrängte. Wenn man von Kindern einmal absah, war sie noch nie jemandem begegnet, der so groß war wie sie. In den Geschichten, die sie für sich spann, hatte es ein Land der Zwerge gegeben, dessen Gesandtem sie in Rom begegnen würde und der sie sofort als eine Königstochter erkennen müsste. Natürlich war sie inzwischen eigentlich zu alt für solche Fantasien, aber manchmal holte sie sich immer noch die eine oder andere Vorstellung zurück, wie einen schützenden Mantel. Der Gesandte aus dem Reich der Zwerge war immer ein edler Mann mit gerader Nase, stolzem Kinn und aufrechtem Gang gewesen – nicht ein schnarchender Betrunkener!

Heute ist ein Festtag, sagte sie sich und dachte an Arellius und seine gelegentlichen weinschweren Nachmittage. Dieser Conopas konnte sich trotz seines momentanen Rauschs als Mann ganz wie Arellius herausstellen, klug und hilfsbereit. Vorsichtig machte sie ein paar Schritte auf das Bett zu. Das Schnarchen wurde lauter. In dem dämmrigen Licht, das vom Gang her in den Raum fiel, konnte sie eine gedrungene Gestalt mit leichtem Bauchansatz erkennen, die auf dem Rücken lag, mit einem Arm, der über den Bettrand in Richtung Boden herabhing, aber mehr nicht. Sie beugte sich über das Bettgestell, um wenigstens die Gesichtszüge näher ausmachen zu können.

Im nächsten Moment hörte das Schnarchen auf, und sie fand sich in einem Klammergriff wieder. Der Arm, der gerade noch herabgehangen hatte, schnürte ihr beinahe den Hals zu. »Wer bist du, und was willst du?«, flüsterte eine harsche Stimme.

Es war der Tropfen, der das Fass zum Überlaufen brachte. Andromeda war erschöpft, sie war müde, ihre Kleid war nass, ihr schönes neues blaues Kleid befand sich außer Reichweite, die Menschen, die sie für ihre Freunde gehalten hatte, wollten ihr übel, und sie wusste nicht, ob ihre neue Herrin wirklich die Nachfahrin einer Göttin oder eine Hexe war. Andromeda machte noch nicht einmal den Versuch zu antworten: Sie biss, kratzte und trat den Zorn heraus, der sich in ihr aufgestaut hatte wie der Schutt aus Tonscherben und Abfällen hinter der Garküche, den sie jeden Tag mehrfach hatte sehen müssen und nicht hatte sehen wollen. Das Salz von Schweiß und Blut drang in ihren Mund und mischte sich mit dem ihrer eigenen Tränen.

Es war ein erniedrigend kurzer Kampf. All das stundenlange Üben mit Mopsus und Myrtis, das sie geschmeidig machen und ihr Stärke hätte geben sollen, verschwand in dem Schlund aus blinder, heiß glühender Wut und Enttäuschung, und sie konnte noch nicht einmal genau sagen, wem das alles galt. Doch der Mann, mit dem sie rang, hatte sehr genaue Vorstellungen von dem, was er wollte, betrunken oder nicht. Er wusste offenbar sehr genau, wie man einen sich wild wehrenden Gegner am Boden hielt, und sie kam sich vor wie eines der Tiere aus dem Circus Maximus, das von einem Nashorn in den Sand gedrückt wurde.

Als er sie zum zweiten Mal fragte, »Wer bist du?«, mit einer Stimme, in der Trunkenheit, Verärgerung und Schlaf sich mit einem Akzent vereinten, den sie noch nie gehört hatte, lag sie auf dem Bauch, beide Arme auf den Rücken gedreht und festgehalten, und ihr wundgescheuertes Gesicht war gegen den Boden des Zimmers gepresst, der unnatürlich warm war.

»Tertia«, stieß sie hervor und hätte sich am liebsten die Lippen blutig gebissen. Sie hatte den Namen seit dem Tag ihrer Ankunft in Rom nicht mehr ausgesprochen. Es war nicht länger der ihre.

»Die dritte Ruhestörung? Die dritte Diebin von links? Das dritte Miststück, das unbedingt durchgeprügelt werden will? Was?«

Die Beleidigungen gaben ihr ein Stück ihrer Selbstbeherrschung zurück, und ihr Verstand, den der Ausbruch an Erschöpfung, Trauer und Groll verschüttet hatte, kam wieder frei.

»Das Drittletzte, was du je siehst, wenn du mich nicht loslässt«, gab sie erbittert zurück und log, wie sie es meistens tat, wenn die Dinge neu und verwirrend waren. »Die edle Vipsania Julilla braucht dich nicht mehr, jetzt, wo sie mich hat. Du sollst mir dein Zimmer überlassen, Conopasolus«, schloss sie und gebrauchte seinen Namen absichtlich in einer Form, die »kleiner Conopas« bedeutete und das Herablassendste war, was ihr ohne nachzudenken einfiel.

Er lockerte seinen Griff ein wenig, hielt sie aber immer noch auf den Boden gedrückt. »Du hast Glück, dass du noch lebst«, sagte er und klang merkwürdigerweise erleichtert. »Jetzt halt dein Maul und lass mich schlafen, Tertiulla.«

Als sie sich nicht rührte, ließ er sie los, stand auf und warf sich mit einem leichten Grunzen auf seine Schlafstätte. Er glaubte ihr nicht, was bedeutete, dass sein eigener Stand bei Julilla fest genug war, um auf eine solche Schwindelei hereinzufallen. Das hätte sie sich denken können: Sklaven, die befürchten mussten, verkauft oder umgebracht zu werden, zogen nicht einfach durch die Straßen, um die Liberalia zu feiern, wenn sie eigentlich ihren Herrn unterhalten sollten.

Vorsichtig zog sie ihre Arme an und presste ihre Handflächen auf den Boden. Es lag nicht an dem Kampf und nicht an ihrem wunden Gesicht: Er war tatsächlich unnatürlich warm, nicht ganz so warm wie die Bänke im Schwitzraum der Badeanstalt, aber warm genug, um sie begreifen zu lassen, dass er ebenfalls beheizt wurde. Sie hatte Optata einmal davon reden hören, dass die Reichen sich Häuser mit beheizten Böden leisten konnten, und bei sich gedacht, dass nur die Götter im Olymp so lebten.

Ein lang gezogener Schnarchlaut, der sich nur als der erste von vielen erwies, zeigte ihr, dass Conopas wieder eingeschlafen war oder zumindest so tat. Jetzt, wo sie die Möglichkeit hatte nachzudenken, fand sie es noch seltsamer und unnatürlicher als die Heizung, dass ein betrunkener Schläfer so schnell aufgewacht sein sollte. Eine Erinnerung nagte und zupfte an ihr, bis ihr eine Idee kam, die ihr den Atem stocken ließ.

Der jüngere Bruder ihres Vaters hatte sich schon Jahre nicht mehr im Dorf blicken lassen. Er war Soldat und diente bei einer der Legionen, die in Germanien standen. Wahrscheinlich kehrte er nie zurück. Wenn seine Dienstjahre vorbei waren, hoffte er auf ein Stück Land, wie es Veteranen zustand. Aber als seine Legion noch in Gallia Narbonensis stationiert gewesen war, kam er zum Begräbnis seines Vaters, ihres Großvaters, nach Hause. Einmal hatte sie ihn wecken müssen. Und so wie Conopas gerade war der Onkel damals wach geworden, übergangslos, sofort bereit aufzuspringen und anzugreifen.

Vielleicht lag es an den Dingen, die Julilla in der Sänfte gesagt hatte, oder daran, dass der Zorn, den sie herausgespien und gebissen hatte, sie in einer Verfassung zurückließ, in der ihr alles schärfer und klarer bewusst zu sein schien als zuvor. Andromeda wusste nicht viel über das Heer, aber sie war sicher, dass Zwerge niemals als Soldaten angenommen und ausgebildet würden. Freie Zwerge nicht, und Sklaven schon gar nicht. Ihr Onkel hatte erzählt, wie sich ein Unfreier in seine Einheit eingeschlichen hatte, unter Angabe eines falschen Namens, und nach Entdeckung der Wahrheit hingerichtet worden war. Trotzdem hatte Conopas sich benommen wie ihr Onkel, den man die sofortige Bereitschaft zum Kämpfen und Töten gelehrt hatte. Wie konnte das möglich sein? Das Heer war nicht die einzige Schule für solche Fertigkeiten. Sie dachte an die lärmenden Gladiatoren, die in der letzten Zeit immer öfter bei den Drei Delphinen aufgetaucht waren. Aber ein Zwerg als Gladiator?

Andromeda dachte an Worte im Dunkeln, Spione und das, was man verlieren konnte, wenn man bei einem Wurf alles setzte, während die Wärme des Bodens und die Anstrengung des langen Tages sie schläfrig genug machten, um in ein traumloses Nichts hinüberzugleiten.

≈

Ihr Nacken war steif, und etwas kitzelte sie in der Nase. Es dauerte eine Weile, bis sie merkte, was es war: Jemand blies ihr Luft auf den Fleck zwischen Nase und Oberlippe.

»Lass mich in Ruhe, Arellius«, murmelte sie schlaftrunken und drehte sich auf die andere Seite. Nach einem Augenblick ging das Blasen von vorn los, und ihr fiel wieder ein, wo sie war. Verwirrt öffnete sie die Augen.

Über ihr schwebte ein Gesicht, das sie in ihrem Leben noch nicht gesehen hatte. Es kam Andromeda vor wie aus vielen Gesichtern zusammengewürfelt: Der Schädel war hoch und oval, die Augenbrauen dicht und so buschig, dass sie ineinander wuchsen, die Nase lang und gekrümmt wie ein Vogelschnabel, und das Kinn klein und spitzig wie bei einer Frau. Dass die Haare rot waren, nicht von Hennapulver und Asche, wie sie es bei Sosia gesehen hatte, sondern rot bis in die Wurzeln, und die Augen von einem so hellen Blau, dass es fast grau wirkte, machte ihn vollends hässlich und bemerkenswert zugleich.

Er betrachtete sie mit geschürzten schmalen Lippen und blies ein weiteres Mal, ehe er sagte:»Guten Morgen, Drittelchen. Ich muss schon sagen, im Dunkeln haben sich deine Titten größer angefühlt, aber was nicht ist, kann ja noch werden, wie?«

Auf der Seite liegend konnte man nicht richtig zu einer Ohrfeige ausholen, aber er deutete die Art, wie sie ihren Ellbogen nach hinten zog, richtig, packte ihre Hände und drückte ihre Arme und Schultern zurück auf den Boden. Mopsus, der zwar ein kleiner Mann war, jedoch kein Zwerg, und fähig, sie oder eine normal große Frau auf den Schultern zu tragen, zeigte die gleiche Art von müheloser Stärke.

Als Conopas sich über sie beugte, wurde Andromeda zum ersten Mal bewusst, dass er genauso groß war wie sie, und doch ein erwachsener Mann. Es war nichts Kindliches an dem harten Körper, der sich gegen ihren drückte. Ihre eigenen Arme und Beine wirkten mit einem Mal nicht mehr kurz.

»Das hatten wir schon mal«, sagte Conopas nüchtern. »Du verlierst, dreifaches Dummchen.«

»Mein Name ist Andromeda«, sagte sie, und für einen kurzen Moment tauchte der Gedanke in ihr auf, Julilla zu bitten, sie zu Lycus zurückzuschicken. In all den Wochen in einem Bordell mit einem Band um den Hals hatte sie sich nie vor mehr als einer Tracht Prügel gefürchtet. Aber hier hing eine Vergangenheit, von der ihr nur Bruchstücke bekannt waren, wie ein hungriger Schatten über allem und stellte eine Drohung für die Zukunft dar. Julilla selbst war beunruhigend und rätselhaft und erinnerte sie an das Feuer, das sie als kleines Mädchen hatte anfassen wollen, bis sie lernte, dass man sich dabei verbrannte. Und man hatte sie mit einem beleidigenden, hinterhältigen, brutalen Mann zusammengesperrt.

»Letzte Nacht hast du etwas anderes behauptet, Drittel«, entgegnete er ungerührt.

»Letzte Nacht hatte ich einen sturzbetrunkenen Widerling am Hals, Conopacus«, gab sie zurück und änderte seinen Namen, so dass er dem Wort für *Umnachtung* glich. »Da sagt man alles Mögliche.«

»Wenn du mich hier tatsächlich ersetzen willst, musst du dir mehr einfallen lassen. Wer ist Arellius?«

Es gab eigentlich keinen Grund, ihm nicht wahrheitsgemäß zu antworten, aber sie brachte es nicht fertig. »Ein sehr reizbarer Exgladiator, der mich ausgesprochen gern hat«, antwortete sie und hoffte, er kaufte ihr die Selbstsicherheit ab. »Kann ich jetzt aufstehen? Der Boden ist inzwischen kalt. Wahrscheinlich hat jemand vergessen, das Feuer zu schüren.«

Conopas betrachtete sie noch einen Moment, dann ließ er sie los und rollte sich zur Seite. »Die Heizung reicht nicht bis in die Sklavenquartiere«, sagte er, und der Akzent, den er hatte, kratzte ein wenig stärker, »aber mein Zimmer liegt direkt neben der Bibliothek des Herrn. Mach dir keine zu großen Hoffnungen auf eine ewig warme Unterkunft; jetzt, wo der Frühling da ist, wird ohnehin nicht mehr häufig geheizt werden.«

Während sie hastig aufstand, kniff er sie in den Hintern.

»Wärme muss man nützen, solange sie da ist. Schau zu, dass du etwas mehr Fleisch auf die Knochen kriegst, sonst wird das nichts mit uns beiden. Du bist ja mager wie ein halbwüchsiges Gör.«

»Ich werde die Herrin bitten, mich bei den anderen Sklavinnen schlafen zu lassen«, sagte Andromeda hochmütig und spürte, wie ihr Röte in die Wangen schoss. Sie ärgerte sich darüber. Aber weder in ihrem Dorf noch im Haus der Drei Delphine hatte jemals ein Mann Interesse an ihr und ihrem Körper gezeigt – weder im Scherz noch ernsthaft, und schon gar nicht von einem solch prüfenden Kneifen unterstützt. Sie schüttelte, wütend über sich selbst, den Kopf. Ja, Conopas war so groß wie sie, und er war ein Mann. Ein ausgesprochen unangenehmer Mann. Nur das zählte.

Sie erinnerte sich daran, dass Julilla ausdrücklich befohlen hatte, sie hierher zu bringen. Am Ende beabsichtigte ihre neue Herrin wirklich, sie beide zusammen ... unwillkürlich zog sie eine Grimasse.

Conopas kniff die Augen zusammen, dann lachte er. »Bei Numas Eiern«, sagte er. »Du bist noch ein halbwüchsiges Gör, wie? Na ja, macht nichts, das gibt sich schon. Aber wenn du meinst, dass die Herrin nicht vorhat, mehr teure kleine Zwerge ganz umsonst zu bekommen, dann vergiss es. Sie ist nicht dumm, und sie weiß, dass dem Herrn mal glatte fünfzigtausend Sesterzen für mich geboten wurden. Also schau zu, dass du dich gut mit mir stellst, und benimm dich nicht dümmer als nötig, dann werden wir es schon miteinander aushalten.«

Für kurze Zeit vielleicht, dachte sie. Sie erinnerte sich wieder an die Vermutungen, die sie in der Nacht angestellt hatte, und das Gerede über Spione. Aber diesmal sagte sie nichts laut. Wenn sie ihre Kunststücke übten, hatten Mopsus und Myrtis immer betont, wie wichtig es war, ein Kunststück zurückzuhalten, von dem der Zuschauer keine Ahnung hatte.

II.
PALATIN

I.

Das Haus des edlen Aemilius Paullus und seiner Gemahlin Vipsania Julilla war eines der ältesten Patrizierhäuser auf dem Palatin. Es besaß keine Fenster zur Straßenseite; die alten Zypressen, die den Eingang umrahmten, verstärkten den trügerischen Eindruck von ländlicher Schlichtheit inmitten der Großstadt und taten das ihre, um den Lärm, der von den Bezirken unterhalb des Palatin empordrang, zurückzuhalten. Früher hatte es Julillas Vater gehört, Marcus Agrippa, und davor einem der vielen Senatoren, die in den blutigen Jahren des letzten Bürgerkriegs das Pech hatten, der falschen Partei anzugehören.

Die prunkvolle Ausstattung im Inneren des Hauses ließ allerdings wenig von seiner Vergangenheit spüren. Der sorgfältig gepflegte Garten inmitten des Atriums, die Olivenbäume, der Fischteich, die frei laufenden, großen Vögel, die Pfauen hießen, die marmorne Neptunstatue, all das wirkte so friedlich, als hinge ein ewiger Schlaf über dem Anwesen.

Jeder der Räume im Inneren war ausgelegt mit Teppichen, makedonischen Teppichen, wie die Haussklaven stolz betonten, und die schwarz polierten Stühle mit ihren hohen, geschwungenen Rücken waren ebenfalls griechisch. Lediglich im Zimmer der Herrin gab es die weidengeflochtenen Sessel, die Andromeda aus der Subura kannte und insgeheim wesentlich bequemer fand, wenn sie Momente nutzte, in denen sie allein war, um darauf zu sitzen.

Von der Küche aus gab es einen schmalen Aufgang zum

Dach. Als Julillas Papagei sich dorthin verflog und nicht wieder zwischen den Ziegeln hervorkommen wollte, wurde Andromeda hinter ihm hergeschickt. Es gelang ihr, den Vogel mit seiner Lieblingsspeise zu sich zu locken, doch was ihr vor allem im Gedächtnis blieb, war die Aussicht, die sich ihr dort oben bot. Zum ersten Mal sah sie Rom in seiner ganzen Pracht.

Da waren die übrigen Patrizierhäuser auf dem Palatin und der gleißend helle Apollotempel, in dessen Schatten der Princeps selbst lebte. Weiter unten befand sich das Forum, das Arellius als Herz der Welt bezeichnet hatte, mit dem roten, wuchtigen Senatsgebäude, dem Haus der Vestalinnen und den vielen Menschen, die ihr wimmelnd wie die Ameisen vorkamen. Blickte man in die andere Richtung, dann ragte einem der Kapitolshügel entgegen, dessen Tempel die des Palatins und des Forums klein aussehen ließen. Jupiter selbst hatte dort seinen Wohnsitz.

Jenseits des Kapitols schlängelte sich der Tiber durch die Stadt, mit Werften, Booten und Brücken und den Gärten der Reichen. Wenn Andromeda sich anstrengte, konnte sie sogar den Rindsmarkt ausmachen, auf dem sie verkauft worden war und der an den Tiber grenzte.

In all den Monaten, die sie nun schon in der Stadt lebte, bei all den Menschenmassen, die sich durch die Subura drängten, hatte ihre Vorstellung diese ungeheure Größe bisher nicht fassen können. Ihr ganzes Dorf hätte mehrfach auf den Palatin gepasst.

Es gab auch andere Gründe außer der Aussicht oder der Notwendigkeit, Haustiere ihrer Herrin wieder einzufangen, um auf das Dach zu klettern: Nur dort war Andromeda ganz sicher, allein zu sein, alleine mit dem Himmel über sich. Manchmal half ihr das sehr.

Natürlich war sie dankbar, der Subura entkommen zu sein. Ovidius hatte nicht gelogen: Sie durfte nun im Olymp leben. Es gab keine Nachttöpfe mehr in einen riesigen Bottich zu entleeren; ein Lucius Aemilius Paullus konnte sich eine eigene Latrine leisten. Gleich am ersten Tag ließ Julilla sie neu einkleiden und ihr sogar Schuhe anfertigen, richtige Schuhe, nicht die weichen Sandalen, die man nur innerhalb des Hauses tragen konnte, sondern Schuhe mit den festen Sohlen und dem geschlossenen Teil über den Zehen, mit denen die Menschen durch die Stadt liefen. Niemand drohte ihr Prügel an. Hin und wieder rief Julilla sie bereits um die dritte Stunde zu sich, was bedeutete, dass sie am Frühstück teilnehmen durfte und statt des alltäglichen Dinkelbreis frisches Brot, Käse und Oliven zu essen bekam. Doch auch sonst gab es immer reichlich zu essen; der Vorsteher des Haushalts, Stichus, legte Wert darauf, dass jeder Einzelne seiner Untergebenen satt und wohlgenährt wirkte. »Es ist schließlich etwas ganz Besonderes, in einem Haus mit der Enkelin des Augustus zu leben, und das soll man uns ansehen«, pflegte er stolz zu sagen. »Es ist unsere Pflicht, die Würde und den Wohlstand des Hauses zu repräsentieren.« So wie er dachte der ganze Haushalt. Natürlich gab es hin und wieder Zankereien zwischen den einzelnen Sklaven und Freigelassenen, doch insgesamt lebte sie jetzt in einem Haus, dessen Dienerschaft glücklich, zufrieden und dem Herrn wie der Herrin nicht aus Angst, sondern Überzeugung ergeben war.

Sie brauchte fast eine Woche, um jedem Mitglied der Dienerschaft auch nur einmal zu begegnen. Im Haus der Drei Delphine hatten die Sklaven, die in der Küche arbeiteten, gleichzeitig auch im Haus zu putzen und zu schrubben. Bei Ovidius hatte es dagegen einen Koch und drei Unterköchinnen gegeben, was Andromeda wie ein ungeheurer Luxus vorgekommen war. Im Haushalt der Aemilier gab es nun sogar einen Sklaven, der lediglich für das Geflügel zuständig war und nichts anderes tat, als die verschiedensten Arten von

Vögeln zuzubereiten. Wenn es nur Fisch und andere Arten von Fleisch zu essen gab, musste er dabei nicht helfen. Und hätte das vermutlich auch als unter seiner Würde empfunden. Da Andromeda nach ihren Erfahrungen bei Lycus als Erstes die Küchensklaven aufgesucht hatte, um sie sich gewogen zu machen, hörte sie einiges darüber.

»Was sind meine Pflichten?«, fragte Andromeda Stichus an ihrem ersten Tag auf dem Palatin. Er musterte sie verwundert und ein wenig argwöhnisch, als frage er sich, ob sie ihren Verstand ganz beieinander hatte.

»Du hast die Herrin zu unterhalten, wann immer sie es wünscht.«

»Gewiss, und außerdem?«

»Nichts außerdem«, sagte Stichus pikiert. »Glaubst du etwa, ein Haushalt wie dieser könne es sich nicht leisten, genügend Sklaven für jede Aufgabe zu beschäftigen?«

Da Julilla gewiss nicht den ganzen Tag über unterhalten werden wollte, dehnte sich auf einmal ein riesiges Feld freier Zeit vor Andromeda aus, mehr als sie selbst in ihrer Kindheit gehabt hatte, wo sie nicht immer zu Caeca laufen konnte, wenn sie wollte, sondern ihren Eltern zur Hand gehen musste. Sie traute ihren Ohren nicht und strahlte über das ganze Gesicht, bis ihr wieder einfiel, dass sie nicht als einzige Zwergin im Haushalt der Aemilier lebte. Auf die Gefahr hin, Stichus in seiner Meinung über ihre Dummheit zu bestätigen, fragte sie leise: »Wäre es möglich, dass ich ein Bett in einem der Sklavenquartiere bekomme?«

Stichus runzelte die Stirn, und an seiner Miene konnte sie ablesen, dass er sie für einen undankbaren Wurm hielt. »Als wir das letzte Mal einen Zwerg in einem der üblichen Schlafräume unterbrachten, gab es nichts als Ärger. Sei froh, dass du ein Zimmer hast, das du nur mit Conopas teilen musst. Im Übrigen lauten so die Anweisungen der Herrin.«

»Das klingt wie ein gutes Leben«, sagte Arellius zynisch, als sie zum ersten Mal die Erlaubnis hatte, sich länger vom Haus zu entfernen, und auf eigene Faust den Weg in die Subura zurückfand, obwohl sie fast zwei Stunden dafür benötigte. »Oder machen wir jetzt schon die Erfahrung, dass ein gefüllter Bauch nicht alles ist?«

Sie hätte sagen können, dass sie ihn vermisste mit seinen Geschichten und Prahlereien, und Myrtis, obwohl die immer noch ärgerlich auf sie war, und Mopsus. Stattdessen entgegnete Andromeda: »Vielleicht will ich gar nicht, dass mein Bauch so voll wird.«

Arellius runzelte die Stirn. Dann nahm er ihr den Beutel aus der Hand, den sie sich gerade in der Küche hatte füllen lassen. Sein Gesicht veränderte sich, als er den Inhalt erkannte: Wolle und kleine Fläschchen mit Harz und Honig.

Sie war auf die Fensterbank geklettert und hatte sich dorthin gesetzt, so dass er ihr in die Augen schauen konnte, ohne sich zu bücken, als er ihr prüfend unter das Kinn griff.

»Tut mir Leid, meine Kleine«, sagte er.

Sie wollte nicht mit ihm darüber sprechen; sie wusste nicht, wie sie überhaupt darüber sprechen sollte. Stattdessen bat sie ihn, ihr endlich zu erklären, was es mit den Familienverhältnissen des Princeps auf sich hatte. »Ich kann dort nicht halb blind durch die Gegend stolpern, wenn jeder andere die Augen weit offen hat«, sagte sie und starrte auf die Bartstoppeln an Arellius' Kinn, auf die dunklen Weinflecken inmitten des schmutzig-weißen Haars. Wenn seine Hände zu sehr zitterten, konnte er sich nicht selbst rasieren, aber er hätte eines der Mädchen um Hilfe bitten oder, wie er es öfter tat, einen der *Balnea*-Dienste in Anspruch nehmen können. Es war nicht richtig, dass er sich so gehen ließ.

»Und mich hältst du für einen Sehenden?«

»Du hast ihn gekannt. Du hast den Princeps einmal gekannt.

Das hast du jedenfalls behauptet. Und ich glaube, du hast auch seine Tochter gekannt.«

»Leicht ist der Abstieg in den Avernus«, sagte Arellius und klang, als zitierte er etwas, »aber zurückzukehren zum Licht, das ist Mühe, das ist Qual.« Sie konnte die roten, entzündeten Adern in seinen alten Augen erkennen. Dann ließ er sie los, doch sie legte ihre eigene Hand auf seine Wange, ehe er sich zurückziehen konnte. Die Bartstoppeln kratzten.

»Bitte«, sagte sie beschwörend.

»Ich hätte wissen müssen, dass du das größte Epos unserer Zeit nicht erkennst«, sagte er rau und resignierend, »trotz meiner Bemühungen, dich wenigstens ein bisschen weiterzubilden. Hat deine Herrin dich schon einmal in das Haus an der Ochsenkopfstraße mitgenommen?«

Andromeda schüttelte den Kopf.

»Wenn sie es tut, dann versprich mir, dass du dir die Argonauten anschaust. Das schönste Wandtafelgemälde, das ich kenne. Kein anderer als der große Kydias hat es gemalt, und der Redner Hortensius, dem das Haus des Princeps einst gehörte, bezahlte hundertvierundvierzigtausend Sesterzen dafür. Wie viel hast du gekostet? Wenn ich mich recht erinnere, dann hat Lycus geprahlt, dass er keine dreitausend für dich ausgeben musste.«

»Arellius!«, protestierte sie, ungeduldig und verletzt, weil er schon wieder auswich.

»Sie sagte einmal zu mir, Kydias müsse mit den Modellen für Jason und Herkules geschlafen haben, so, wie er ihre Hintern betonte. Rings um uns waren Senatoren und sogar einige Konsuln, und ein paar Künstler, die besten und erfolgreichsten Maler Roms, denen der Princeps einen Blick auf einige der berühmtesten Werke in seinem Haus gewährte. Er selbst war ebenfalls zugegen. Wir standen da, voller Ehrfurcht, der Princeps hatte gerade eine kleine Rede darüber gehalten, wie der Geist von Kunst und Kultur, der einst in Hellas zu Hause gewesen sei, nun in Rom lebte, und dann machte sie diese Bemerkung, und ich konnte nicht anders, ich musste lachen. Jeder lachte, selbst ihr Vater. So war sie. Er hat sie vergöttert, damals.«

Arellius gab ihr ihren Beutel zurück und wandte sich ab. Er begann, die kleinen Tafelgemälde, die in einer Ecke seines Zimmers standen, durchzugehen, eines nach dem anderen. Von ihrer Fensterbank aus konnte Andromeda keine Einzelheiten erkennen; es flirrte gelb, grün, blau und rot an ihr vorbei, während seine Finger, nicht im Geringsten mehr zitternd, suchten und zählten.

»Aber ich glaube nicht, dass er ihr je verziehen hat, dass sie kein Sohn war. So viel Unglück, das kam, weil Julia kein Sohn war. Das fing schon vor ihrer Geburt an. Es war eine andere Welt, die jemand, der so jung ist wie du, sich kaum vorstellen kann. Der Princeps war ein junger Mann damals, und sein Name lautete noch Gaius Julius Octavianus. Marcus Antonius war noch am Leben und mächtig im Osten. Niemand wusste, wer von ihnen der Erste Mann Roms werden würde, aber die Jahrzehnte voller Bürgerkrieg ließen alle nur hoffen, dass es bald entschieden würde. Octavianus versicherte seinen Anhängern, er würde die guten alten Sitten einführen, nicht so wie Antonius mit seiner Vielweiberei ... und dann stellte sich heraus, dass er selbst nicht nur eine, sondern zwei schwangere Frauen zur Hand hatte, und nur eine seine Ehefrau war.«

»Scribonia«, vergewisserte sich Andromeda, die sich an den Namen von Julillas Großmutter erinnern konnte. »Scribonia war seine erste Frau.«

Arellius nickte. »Die andere war ebenfalls verheiratet, aber nicht mit ihm. Der Skandal hätte sich vielleicht in Grenzen halten lassen, wenn Octavianus seine Geliebte sofort geheiratet hätte, denn, verstehst du, sie war keine Ausländerin, kein einfaches Mädchen, nein, sie entstammte einer der ältesten Familien Roms. Sie war eine Claudierin, nicht nur durch Heirat, sondern schon von Geburt.«

»Livia Drusilla«, sagte Andromeda, und Arellius nickte, ohne zu ihr zu schauen.

»Aber unser Princeps konnte sich eben nicht sicher sein, welche der beiden Frauen einen Sohn zur Welt brachte, und so wartete er ab. Daher wurde Livias Sohn Drusus als ein Claudier geboren, und alles, was Scribonia für die Julier zur Welt brachte, war ein Mädchen, Julia. Octavianus nahm ihr die Tochter und ließ sich umgehend scheiden, um Livia zu heiraten. Aber es gab nie gemeinsame Kinder für die beiden, nur Livias Söhne aus ihrer ersten Ehe, Tiberius und Drusus.«

»Aber war der Princeps nicht der Vater von Drusus?«, fragte Andromeda erstaunt.

»Selbst wenn Drusus in Wirklichkeit der Sohn des Princeps war, dann konnte das nie anerkannt werden, denn es hätte Livia als Ehebrecherin gebrandmarkt. Und inzwischen ist Drusus tot.«

»Was wurde aus Julia?«

Arellius seufzte und hielt inne. Er hatte gefunden, was er suchte, nahm die kleine Holztafel und brachte sie zum Licht, das durch das enge Fenster fiel. Es war kein Raum für Andromeda, um zur Seite zu rutschen, daher legte er es ihr auf den Schoß. Das lackierte Holz zeigte ein Gesicht, das sie sofort erkannte. Fast hätte es Julilla gehören können, doch eben nicht völlig: Die blonden Haare, nach hinten gerafft und aufgesteckt, hatten einen Stich ins Rötliche, der bei Julilla fehlte, die Augen waren braun, nicht grün, und der großzügige Mund lächelte, was Julilla sehr selten tat.

»Die meisten Bilder und Statuen, die sie darstellten, sind zerstört worden«, sagte Arellius. »Aber es gab einmal sehr viele. Nachdem aus Octavianus Augustus wurde und es allen klar war, dass die Republik nicht neu entstehen würde, brauchte er natürlich einen Nachfolger. Zuerst hatte er seinen Neffen Marcellus im Auge und verheiratete Julia mit ihm, obwohl die beiden fast noch Kinder waren. Dann starb Marcellus, ohne vorher einen Erben gezeugt zu haben, und Julia wurde mit Marcus Agrippa verheiratet.«

»Dem großen Agrippa«, wiederholte Andromeda unwillkürlich die ehrfürchtige Formulierung, die sie in den letzten Wochen immer wieder gehört hatte.

»Der Antonius bei Actium besiegt hatte«, fügte Arellius hinzu, »dem ehemals besten Freund und der rechten Hand ihres Vaters. Die ersten beiden Söhne, die Julia Agrippa schenkte, beanspruchte Augustus sofort für sich und adoptierte sie. Für Julia und Agrippa blieben die beiden Töchter, deine Herrin Julilla und Agrippina, die später mit dem jungen Germanicus verheiratet wurde und ihn auf seinen Feldzügen begleitete, wie man hört. Julia war wieder schwanger, als Agrippa starb, und sein letzter Sohn wurde nach seinem Tod geboren. Wie es die Sitte gebietet, nannte man den Jungen deswegen Postumus.«

»Das ist der, der letztes Jahr verbannt wurde, nicht wahr?«

Arellius nickte. »Und bevor du fragst, darüber weiß ich nichts. Es ist schon viele Jahre her, dass ich eines der Häuser des Palatins betreten durfte. Aber es gab eine Zeit, in der ich dort aus und ein ging, o ja. Du musst wissen, der Princeps war nicht der einzige Erbe, der von dem Dictator, dem göttlichen Julius, in dessen Testament eingesetzt wurde. Einer der im Testament genannten Miterben war Quintus Pedius, der Enkel des ehemaligen Konsuls und Freund des Dictators, doch Quintus Pedius war von Geburt an stumm. Der Princeps erklärte, das mache ihn ungeeignet für eine politische Laufbahn, und ließ ihn stattdessen zum Maler ausbilden. Ich war einer der Jungen, die mit Pedius ausgebildet wurden, beim gleichen Lehrmeister. Wir wurden Freunde. Er starb früh, doch nicht, ehe er mich bei den großen Familien eingeführt hatte. Als der Princeps Julia nach Agrippas

Tod mit Tiberius verheiratete, war ich es, den sie beauftragte, ihre Villa in Tusculum mit neuen Gemälden zu schmücken.« Er lächelte. »Ich erinnere mich noch, wie sie damals zum ersten Mal mit mir sprach: *Ich bin mit Tiberius aufgewachsen, ich kenne ihn*, sagte sie. *Er hat einen fürchterlichen Geschmack. In Rom muss ich vielleicht mit lauter Knabenbildern von Parrhasios an den Wänden leben, aber nicht hier.* Ich malte ein Urteil des Paris für sie, und Aeneas und Dido. Es war eine gute Zeit für mich, aber sie näherte sich rasch ihrem Ende.«

Er verstummte, und Andromeda biss sich auf die Lippen. »Ich habe Gerede auf der Straße gehört«, sagte sie. »Heißt es nicht, dass der Princeps Tiberius verabscheut? Warum hat er dann seine Tochter mit ihm verheiratet?«

»Tiberius ist Livias Sohn, und sie hat von Anfang an darauf gedrängt. Verstehst du, Julia war nie nur die Tochter des Princeps. Mit ihr verheiratet zu werden bedeutete, als Nachfolger für Augustus die erste Wahl zu sein. *Wie eine Trophäe, die mein Vater an seine besten Generäle vergibt*, sagte sie einmal zu mir. Denn das war der wichtigste Grund.«

»Das ist furchtbar!«

»Augustus ist ein großer Staatsmann, und trotz allem, was geschehen ist, wirst du mich nie etwas anderes sagen hören. Er hat uns einig und stark gemacht. Vielleicht ist er wirklich der neue Aeneas, der wiedergeborene Romulus, ich weiß es nicht. Doch ihm fehlt die Gabe seines Großonkels, des göttlichen Julius, zum Führen eines Heeres. Deswegen brauchte er Agrippa, später Tiberius, und jetzt den jungen Germanicus. Aber der Princeps ist in einer Zeit groß geworden, in der gute Generäle sich zu Herren Roms machten, einer nach dem anderen. Er hat das nie vergessen. Mehr als einen guten General zur Hand zu haben ist eine Möglichkeit, das zu verhindern; die Nachfolge durch eine Ehe mit seiner Tochter in Aussicht zu stellen eine andere.«

»Du hast doch vorhin erzählt, dass er zwei von ihren Söhnen adoptiert hat«, unterbrach Andromeda. »Hat er damit nicht schon eine Entscheidung darüber getroffen, wer ihn beerbt?«

»Gaius und Lucius haben die Verbannung ihrer Mutter nicht lange überlebt.«

In der Bibliothek des Herrn, neben der Conopas' Zimmer lag, standen die Masken seiner Ahnen und einige Porträtbüsten. Drei davon zeigten keine alten Gesichter, sondern junge Männer. Das mussten Julillas Brüder sein, die beiden Toten und der Verbannte. Andromeda fröstelte.

»Der eine starb an einem Fieber, und der andere durch einen Bootsunfall«, sagte Arellius. »So heißt es jedenfalls.«

»Was meinst du damit, *so heißt es jedenfalls?*«

»Livia gilt als eine sehr … entschlossene Frau«, entgegnete Arellius und beließ es dabei. »Ich weiß nicht, ob Julia es je erfahren hat«, fuhr er fort. »Ich weiß nicht, ob sie überhaupt Briefe und Nachrichten erhält in ihrer Verbannung, und manchmal hoffe ich, dass sie es nicht tut. Auf diese Weise bleiben ihre Kinder am Leben für sie, gesund und in Ehren.«

Eine Frage ließ sich nicht länger aufschieben.

»Hast du sie geliebt?«, sagte Andromeda behutsam. »Ovidius Naso hat erzählt, sie sei wegen Ehebruchs verbannt worden. Ist das der Grund, warum du …«

Ihre Frage klang in dem Straßenlärm der Subura aus, der auch zu dieser frühen Stunde in das Haus drang, in der dumpfen Luft mit den Gerüchen verbrannten Öls von der Garküche unter ihnen, von altem Wein und Farben. Arellius breitete die Arme aus. »Warum der größte Maler Roms auf seine alten Tage in einem solchen Palast haust? O nein. Der Princeps beschuldigte eine ganze Reihe von Männern, mit Julia geschlafen zu haben, aber Tod, Selbstmord oder Verbannung kam nur für Senatoren und Ritter in Frage. Nicht für einen bescheidenen Maler, der niemals einen Purpurstreifen auf seiner Toga trug, so erfolgreich er auch war. Nein, mein Fehler war … künstlerischer Natur«, entgegnete er und verzog den Mund zu einem schiefen Lächeln, das seine Augen nicht erreichte. »Die Griechen werfen uns Römern oft genug vor, dass wir nichts Neues in die Kunst eingebracht hätten, und missachten dabei ganz, dass wir nicht länger damit zufrieden waren, Menschen darzustellen, wie sie sein sollten, und Götter in ihrer immergleichen Schönheit. Nein, uns kommt es auf Wahrhaftigkeit an, zumindest jenen unter uns, die nicht zufrieden sind, einfach nur die Alten nachzuahmen. Ich habe meine Göttinnen so gemalt, dass sie lebenden Frauen glichen, nicht Träumen aus der Vergangenheit. So mancher edle Herr fand es äußerst schmeichelhaft, seine Gattin oder Geliebte als Venus oder Helena dargestellt zu sehen. Bis man mich genau wie jeden Mann, der mit Julia mehr als drei Worte gewechselt hatte, verhörte. Ich machte den Fehler, nichts Belastendes zu sagen. Das Verhör war noch keinen Tag vorüber, als das Gerücht die Runde machte, ich hätte mit jeder Frau, die ich je gemalt habe, geschlafen. Gerüchte sind Lügen mit Widerhaken. Erinnerst du dich an den Mann vor dem Bad? Einer meiner alten Auftraggeber.«

Er trat einen Schritt vom Fenster zurück.

»Vor dir siehst du den neuen Paris«, sagte er und stellte sein eingefallenes Profil zur Schau. Mit einem beißenden Spott, der sich selbst am meisten galt, fuhr er fort: »Ich muss sagen, manchmal finde ich die Vorstellung immer noch schmeichelhaft. Aber leider wurde dadurch jeder einzelne meiner früheren Auftraggeber ein rachsüchtiger Menelaos, und mein Leben war ruiniert. Lass dir das eine Lektion über die Gefahren der menschlichen Eitelkeit sein, mein Kind. Hätte ich ewig die gleichen Gesichter gemalt wie meine Vorgänger und nie versucht, die Schönheit der Lebenden darzustellen, wäre mir das nie passiert.«

Andromeda wusste nicht, ob sie ihm uneingeschränkt Glauben schenken sollte. Inzwischen lernte sie mehr und mehr, auf das Ungesagte zu achten, und er hatte es sorgfältig vermieden, ihre Frage nach seinen Empfindungen für die verbannte Julia zu bejahen oder zu verneinen.

»Wenn ihr eigener Vater sie verstoßen hat, muss sie doch schuldig gewesen sein«, sagte sie, absichtlich provozierend. »Du hast behauptet, er hätte sie vergöttert. Eltern schicken ihre Kinder nicht ins Unglück, wenn sie nicht einen wichtigen Grund haben.«

»Einen Grund wie einen angemessenen Preis?«, fragte er zurück, und die Anspielung auf die Tat ihrer eigenen Eltern tat weh. »Wer bin ich, um die Weisheit und Gerechtigkeit unseres Princeps infrage zu stellen, zumal einem Mitglied des Haushalts seiner Enkelin gegenüber. Er ist ihr Vater und der Vater unseres Vaterlands, und in dieser Eigenschaft hat er gehandelt. Mehr kann ich dir dazu nicht sagen.«

Mit einem jähen Griff nahm er ihr das kleine Bild wieder fort, so rasch, dass ein Splitter ihre Haut einriss und dort zurückblieb.

»Einen Rat lass mich dir aber noch erteilen«, sagte er, während er sein Gemälde wieder unter den anderen Tafeln verstaute. »Gehorche deiner Herrin, doch vermeide es nach Möglichkeit, dein Herz an sie zu hängen. Die Julier haben alle eine Gabe, musst du wissen, denn sie sind die Nachkommen der Venus. Wenn sie es wirklich wünschen, können sie Liebe in jedem Wesen erwecken, sei es Mann, Frau oder Kind. Aber nur wenige von ihnen sind in der Lage, selbst zu lieben.«

»Oh, keine Sorge. In dem Haus dort oben gibt es nichts, was man lieben kann«, gab Andromeda zurück, bitterer als es ihre Absicht gewesen war, und um das zu überdecken, setzte sie schnell hinzu: »Du hast vorhin gesagt, ein Mann namens Hortensius hätte hundertvierundvierzigtausend

Sesterzen für ein Bild bezahlt. Gab es so etwas nur einmal, oder öfter?«

Wenn ihn der plötzliche Themawechsel verwirrte, so ließ Arellius sich das nicht anmerken. »Es ist mitnichten die höchste Summe, die in Rom für ein Bild gezahlt wurde. Timomachos hat für den göttlichen Julius eine Medea und einen Ajax gemalt, für die der Dictator achtzig Talente bezahlte. Er hat sie dem Venustempel im Forum gestiftet, und du kannst sie dort sehen. Timomachos hat mich und Quintus Pedius unterrichtet, und er war sehr stolz auf diese Bilder, vor allem auf die Medea. Wir mussten sie mehrfach abzeichnen, mit Kohle und in Wachs.«

Das Rechnen war immer noch nicht ihre Stärke, aber das musste es nicht sein, um zu begreifen, dass solche Summen Schwindel erregend waren. Eine Sesterze waren vier Asse, und an manchen Tagen konnten Dirnen wie Sosia, die durch ihre Narben an Schönheit eingebüßt hatte, nur zwei Asse pro Besucher verdienen. Zwei Asse reichten höchstens für zwei Fladenbrote. Ein Talent waren vierundzwanzigtausend Sesterzen, so hatte man es ihr erklärt. Andromeda hatte in ihrem Leben nie Gelegenheit gehabt, bei Geld auch nur bis fünfzig zu zählen, und die Summe von achtzig Talenten war zu Schwindel erregend, um sich darunter etwas Konkretes vorstellen zu können. Nur eines begriff sie sofort: Ihr ganzes Dorf hätte von einem einzigen Bild Jahrzehnte leben können.

»Gibt es auch Malerinnen?«

Arellius rieb sich das Kinn. »Hin und wieder. Es gab Timarete aus Ephesos und Eirene aus Eleusis. Hier in Rom gab es Iaia aus Kyzikos, die nie geheiratet hat und sowohl mit dem Pinsel als auch mit dem Brenngriffel auf Elfenbein malte. Niemand besaß in der Malerei eine schnellere Hand, und mein alter Meister behauptete, deswegen seien viele ihrer Bilder zu oberflächlich, aber ich habe in Neapolis das

Bild einer alten Frau von Iaia gesehen, das mich zutiefst erschütterte. Danach wusste ich, dass ich nach der Natur malen wollte. Aber nun verrate mir, worauf du hinauswillst. So etwas hast du mich doch in all der Zeit, die wir hier in diesem edlen Gemäuer miteinander verbracht haben, nie gefragt.«

»Wenn ich je eine Freigelassene werde«, sagte Andromeda, »dann muss ich Geld verdienen. Ich habe nur ein paar Monate Ausbildung als Gauklerin, mehr nicht, und auch wenn Myrtis denkt, ich gebe an, weiß ich doch genau, dass ich Glück gehabt habe und nicht gut genug bin, um auf der Straße davon leben zu können. Außerdem kann es doch sein, dass ich zu alt bin, wenn ich den Freibrief bekomme. Aber wenn du mir das Malen beibringst, dann …«

Sie hörte auf zu sprechen und sah Arellius erstaunt an. Ihr Freund hatte die Backen aufgeblasen wie ein rotgesichtiger Frosch, sein Bauch bewegte sich auf und nieder. Er bemühte sich offensichtlich, nicht lauthals zu lachen, doch schließlich verlor er den Kampf. Sein Gelächter verdrängte für eine Weile sogar den Straßenlärm.

»Malen ist nicht etwas, das du einfach lernen kannst, so wie das Schreiben oder das Herumspringen, du kleine Krämerseele«, ächzte er, als er wieder zu Atem kam. »Dazu braucht man Begabung.«

»Nun, du weißt ja nicht, ob ich welche habe, wenn du mich nicht unterrichtest«, sagte Andromeda schnippisch und fühlte sich verraten. Als ihr Freund hätte er eigentlich glauben müssen, dass sie begabt war, bis sich das Gegenteil herausstellte, fand sie. Außerdem war ihr die Sache ernst. Wenn es ihr gelang, Julilla davon zu überzeugen, sie freizulassen, musste sie sich keine Sorgen mehr um Verhöre mit Folterungen machen – aber dann brauchte sie eine Einkunftsmöglichkeit.

»Hm … Ich glaube, ich bringe dir lieber erst einmal bei, wie man liest, und lasse dich Buchstaben abzeichnen.«

Andromeda konnte nicht verhindern, dass ihr Gesicht starr wurde. »Ich kann jetzt lesen und schreiben«, sagte sie. »Conopas hat es mich gelehrt.«

~

»Lass mich raten«, hatte Conopas zu ihr gesagt, als er sie mit hochrotem Gesicht hinter der Neptunstatue kauernd fand, »du hast die Herrin gefragt, ob sie dich nicht anderswo unterbringen kann, und sie hat dir mitgeteilt, dass du von mir zu lernen hast.«

»Du brauchst nicht zu raten«, entgegnete Andromeda tonlos. »Du hast gelauscht. Ich habe deine Fußspitzen gesehen.«

Er zuckte die Achseln. »Vielleicht. Aber wahr ist es trotzdem, und die erste Lektion kriegst du von mir ganz umsonst, Drittel: Mach das Beste daraus. Wir haben nicht gerade eine große Auswahl, du und ich. Als es das erste Mal jemand mit mir getrieben hat, war's ein Kerl, der eigentlich ein Kind wollte, und mein Hintern brannte noch Wochen danach. Du bist eine Frau; bei dir wird's nie anders sein, wenn du was von den normal Großen möchtest. Bei mir hast du andere Möglichkeiten, wenn du sie nutzt. Aber wenn du dich steif wie ein Brett machst, dann wird's dir jedes Mal wehtun.«

»Ich kenne dich kaum, ich kann dich nicht ausstehen, und ich traue dir nicht«, gab sie heftig zurück. »Wie soll es mir da Spaß machen, mit dir zu schlafen? Da hätte ich ja gleich bei den Drei Delphinen bleiben können. Die Frauen dort werden wenigstens dafür bezahlt!«

Seine Augen weiteten sich, und sein hässliches Gesicht zeigte einen so übertriebenen Ausdruck der Verwunderung, dass sie unter anderen Umständen gelacht hätte. Sie ahnte, dass er genau wusste, was er tat, schließlich hatte Myrtis ihr ähnliche Grimassen beigebracht. Dann pfiff er und streckte den Mittel- und den kleinen Finger seiner rechten Hand empor, wie die Männer es taten, wenn sie sich über einen Hahnrei lustig machten.

»Also hat sie dich in einem Bordell aufgelesen«, stellte er fest.

Hinsichtlich Julilla waren Andromedas Empfindungen in diesem Moment alles andere als wohlwollend, doch sie wollte keine Lüge im Raum stehen lassen.

»Nein«, sagte sie. »Aber meinem früheren Besitzer gehört eins. Er hat mich für seine Gauklertruppe gekauft, und er ist zu geizig, um nicht alle im gleichen Haus unterzubringen.«

»Die Geschichte mit der Jungfrau aus dem Bordell ist ein so abgedroschener Witz, dass ich ihn nirgendwo erzählen kann, ohne mir Prügel einzuhandeln«, gab Conopas feixend zurück, »also muss sie stimmen. Fein. Wenn du dich besser dabei fühlst, ich kann dich auch bezahlen. Es gibt doch bestimmt etwas, was du willst.«

»Von dir?«, fragte sie abschätzig. »Das, was du kannst, kann ich schon lange.« Das stimmte vermutlich nicht, vor allem, wenn sie Recht mit ihren Vermutungen in Bezug auf seine Vergangenheit hatte, aber das brauchte er nicht zu wissen.

Conopas stemmte die Arme in die Seiten und überraschte sie. »Kannst du lesen und schreiben?«

»Nein«, gab sie zurück, zum ersten Mal weniger gekränkt als neugierig.

»Ich wüsste da eine Methode, um es dir beizubringen«, sagte er.

Seine Methode begann mit Olivenöl und Honig aus der Vorratskammer. An diesem Abend zog er Andromeda ihre Tunika aus, tupfte seinen Finger in das Schälchen mit dem Öl und zog drei Striche auf ihren Bauch, zwei längs, einen quer. Dann spürte sie seine raue Zunge, die das Öl ableckte. Zwei schräge Striche längs, einen quer. Er schaute zu ihr auf und grinste sie an. »A«, sagte er und malte das gleiche Zeichen mit Honig auf ihre Oberschenkel. Bis er sie aufforderte, den Buchstaben auf seiner eigenen Haut nachzuzeichnen, zitterte sie am ganzen Körper, und kaum noch aus Furcht.

Das Merkwürdigste war, dass sie auf diese Weise wirklich Lesen und Schreiben lernte. Als eine der anderen Sklavinnen sie einmal dabei ertappte, Buchstaben in den sandigen Boden des Gartens zu zeichnen, wurde Andromeda purpurrot. An ihrer Abneigung gegenüber Conopas änderte das Ganze allerdings nichts. Sie konnte nie vergessen, dass sie im Grunde keine Wahl hatte. Er dagegen hätte eine Wahl gehabt. Er hätte sich darum bemühen können, zuerst ihre Zuneigung zu gewinnen, oder doch zumindest ihre Freundschaft. So kannte sie nun den Geschmack seiner Haut weit besser als ihn selbst, und was sie von ihm wusste, brachte ihn ihr nicht näher.

Conopas war ein Iberer, doch schon als Kind an einen makedonischen Kaufmann verkauft worden, der ihn nach Italia brachte. Das behauptete er jedenfalls. Manche seiner Redewendungen hätten Lycus erröten lassen, aber er benahm sich, als stehe er weit über ihr. Nach dem Kampf in der ersten Nacht war er nicht mehr grob zu ihr, aber er ließ keinen Zweifel daran, dass er ihre Einwilligung nicht brauchte, um mit ihr zu schlafen.

»Weißt du, wie man sich bei einer Normalgroßen abmühen muss, bis sie es mit einem Zwerg tut?«, fragte er einmal offen. »Mit Buchstaben kommt man da nicht aus. Bevor du hier aufgekreuzt bist, habe ich gelebt wie Tantalus, jedenfalls, seit ich in diesem Haushalt hier gelandet bin.« Genauso gut hätte er sagen können, dass ihm die Olivenpresse im Haus den Kauf von Olivenöl auf dem Markt ersparte.

»Und wenn du so groß wie Herkules wärst«, erwiderte sie wütend, »müsstest du trotzdem dafür bezahlen, so hässlich wie du bist.«

»Unvergesslich, meinst du wohl«, antwortete er ungerührt und umkreiste mit einem Daumen träge ihre linke Brustwarze. »Jedenfalls beherrschst du das Schreiben schon sehr gut, Drittelchen. Ich glaube, wir werden zu den Musikinstrumenten übergehen.«

»Du bist kein Musiker«, sagte sie überzeugt und dachte an die Musikanten, die Lycus gehörten und täglich übten. »Du kannst ja noch nicht einmal singen«, setzte sie hinzu, weil sie selbst immerhin das konnte und für Julilla bereits das Lied von den zwei Reichen zum Besten gegeben hatte.

Er rutschte etwas tiefer. »Von Singen war auch nicht die Rede. Ich dachte da eher ans Hornblasen und Flötespielen.«

~

»Conopas … irgendwoher kenne ich den Namen«, sagte Arellius nachdenklich, als Andromeda ihm mitteilte, sie könne jetzt lesen und schreiben. Er musste ihre Miene bemerkt haben, denn er fragte sie nicht, warum sie ihre neuen Kenntnisse nicht stolz machten, und dafür war sie ihm dankbar.

»Er ist ein *Nanus* wie ich«, sagte sie, »und schon Jahre in Julillas Haushalt. Vielleicht bist du ihm dort einmal über den Weg gelaufen.«

Arellius schüttelte den Kopf. »Ich habe die kleine Julilla kaum gekannt, und der junge Aemilius hat mir auch nie Aufträge erteilt. Nein, das kann es nicht sein. Hm … Conopas … dem Namen nach könnte er ein Thraker sein.«

»Er behauptet, er wäre ein Iberer.«

»Das meine ich nicht. Hast du denn nie … ah, natürlich.

Optata hat sich vermutlich nicht die Mühe gemacht, dir je zu erklären, was in der Arena vor sich geht.«

»Sie mag Tierhatzen und Pferderennen am liebsten«, stellte Andromeda richtig. »Aber was hat das mit Conopas zu tun?«

»Thraker, Gallier, so bezeichnet man verschiedene Gladiatoren nach ihrer bevorzugten Kampfart, nicht nach ihrer Herkunft. Wen kümmert es schon, wo sie wirklich herkommen? Sie erhalten ihre Namen von ihren Besitzern, und meistens entspricht er ihren Rollen im Kampf. Vielleicht hat dein Conopas früher in der Arena gekämpft.«

Sie verzog das Gesicht. »Er ist nicht *mein* Conopas. Aber … ich habe mich das auch schon gefragt. Ich dachte nur, ich müsste mich irren. Dann wäre er bestimmt tot, oder? Niemand in unserer Größe kann lange gegen einen Normalgroßen kämpfen und gewinnen.«

»Du weißt nicht, was ein Zwerg mit einem Netz und einem Dreizack ausrichtet«, entgegnete Arellius ernst. »Ich habe einmal gesehen, wie … hm … Vielleicht war das sogar … nein, ich kann mich nicht mehr auf den Namen besinnen. Aber wenn er ein Gladiator war, dann finde ich es umso überraschender, dass er dich Lesen und Schreiben lehren konnte. Es ist nicht gerade das, was Gladiatoren lernen.«

»Was lernen Gladiatoren?«, fragte Andromeda, weil sie nicht über ihre Lektionen sprechen wollte. »Außer zu kämpfen, meine ich.«

Arellius schenkte ihr ein schwaches Lächeln. »Um offen zu sein, ich habe keine Ahnung. Vielleicht solltest du einen der Kerle fragen, die sich seit Neuestem umsonst hier herumtreiben dürfen. Lycus ist nicht gerade glücklich darüber, aber wenn du mich fragst, wird sich das bald legen. Erfolglose Gladiatoren sterben, und erfolgreiche Gladiatoren merken schnell, dass sie keine Bordelle nötig haben, weil sich viele der edlen Damen und Herren darum reißen, in den Genuss von so viel Muskeln und Geschmeidigkeit zu kommen. Mach dir keine Sorgen, in Verlegenheit bringst du keinen von denen mit Fragen. Der Gladiator, der an Bescheidenheit leidet, ist mir noch nicht über den Weg gelaufen. Neulich prahlte einer herum, er könne unseren Mädchen hier noch einige Kniffe beibringen.«

»Es ist nicht weiter wichtig«, entgegnete Andromeda schnell. »Sag, bringst du mir das Malen bei? Wenigstens bis du siehst, ob ich begabt bin oder nicht?«

Er fuhr ihr über das Haar, das sie mittlerweile immer geflochten und am Hinterkopf aufgesteckt trug, nachdem Stichus ihr loses Haar mit einem verächtlichen Blick gestraft und etwas von *Würde des Hauses* gesagt hatte.

»Wie oft kannst du hierher kommen?«, fragte er.

Andromeda spürte, wie ein strahlendes Lächeln ihr Gesicht überzog. »Ich weiß es nicht«, sagte sie vorsichtig. »Einmal, vielleicht zweimal die Woche, wenn ich die Erlaubnis erhalte. Wird … wird das reichen?«

»Erwarte dir nicht zu viel«, warnte Arellius. »Du kannst vielleicht lernen, einen geraden Strich zu ziehen und die Farben zu mischen, aber wenn die Musen dir nicht gewogen sind, wird dir das so wenig nützen wie ein paar Worte in einer Sprache, die du nicht beherrschst.«

Was Arellius nicht verstand, war, dass eine gerade Linie zu ziehen der Hoffnungsfaden war, den Andromeda brauchte. Sie kam sich wie ein Webschiffchen vor, das einmal von diesem und einmal von jenem hierhin und dorthin geführt wurde – von Lycus, von Julilla, von Conopas. Es war an der Zeit, zumindest zu versuchen, selbst einen Teil des Gewebes zu bestimmen.

~

Julilla konnte weben, was Andromeda überraschte. Sie hatte geglaubt, dass reiche Frauen aus guter Familie dergleichen ihren Sklavinnen überließen, oder alle Stoffe, die sie brauchten, einfach kauften.

»Nun, die meisten tun es«, sagte die *Tonstrix*, die Sklavin, die Julilla jeden Morgen frisierte, naserümpfend. »Und die Herrin natürlich auch. Aber ihr Großvater hat darauf bestanden, dass alle Frauen aus seiner Familie weben, als Vorbild, um die alten Sitten in Rom wieder populär zu machen. Trotzdem hat sie es kaum getan, bis du-weißt-schon-was geschehen ist, und nun ist es für sie eine Notwendigkeit. Selbst gewebte Kleider sind das Einzige, was auf die Inseln nachgeschickt werden darf ... auf beide.«

Es geschah gewöhnlich während dieser Webstunden oder während des Frisierens, dass Julilla wünschte unterhalten zu werden, und kaum während der Mahlzeit, die sie alleine mit ihrem Gemahl einnahm, dem Frühstück. Daher dauerte es eine Weile, ehe Andromeda den Herrn richtig zu Gesicht bekam. Lucius Aemilius Paullus war wie der Dichter Ovidius eine eher hagere Gestalt, und, nachdem er sich von seiner Erkältung erholt hatte, sehr oft auf dem Marsfeld, um Wagenrennen zu fahren, oder in den Bädern. Er sammelte Ringe und alte etruskische Skulpturen und verbrachte daher viel Zeit mit Schmuckhändlern. Der Ton, in dem er und Julilla miteinander sprachen, war zuneigungsvoll und meistens freundlich, aber kaum leidenschaftlich. Sie waren manchmal in der Lage, die Sätze des anderen zu beenden, doch Aemilius fragte nie, wohin Julilla unterwegs war, wenn sie das Haus verließ. Andromeda kamen sie mehr wie Geschwister vor als wie ein Paar. Als sie sehr vorsichtig eine Bemerkung in dieser Richtung machte, lachte die Tonstrix.

»Fast«, sagte sie. »Die beiden sind Vetter und Base. Die Mutter des Herrn war die Tochter der Herrin Scribonia aus deren Ehe mit Cornelius, ehe sie den erhabenen Augustus heiratete. Es war der Herrin Scribonia eine große Freude, die verschiedenen Teile ihrer Familie auf diese Weise wieder zusammenzubringen.«

Die Verwandtschaftsverhältnisse von edlen Familien waren dazu geeignet, einem Kopfschmerzen zu bereiten, entschied Andromeda. »Wie kommt es, dass du so viel über diese Angelegenheiten weißt?«, fragte sie neugierig.

»Ich bin schon länger bei der Familie als irgendjemand sonst«, erwiderte die Tonstrix und klang sehr stolz. »Ich habe die Herrin Julilla und ihre Geschwister aufwachsen sehen, und mit der Herrin Julia bin ich selbst aufgewachsen.«

Andromeda musterte sie. Die Tonstrix war eine Frau in mittleren Jahren, die ihre Kunst auch auf ihr eigenes Haar anwendete, das dunkel war, nur wenige graue Strähnen aufwies und gewöhnlich zu mehreren Rollen aufgesteckt wurde. Wie die übrigen Mitglieder des Haushalts trug sie saubere, passende Tuniken, nichts, das wirkte, als sei es geflickt oder geborgt worden. Genau das machte ihre Geschichte für Andromeda so unwahrscheinlich; jemand, der die Ziehschwester von Julillas Mutter gewesen war, sollte sich deutlicher von den anderen unterscheiden – und wäre doch gewiss keine Sklavin mehr. Doch man machte sich keine Freunde in einer neuen Umgebung, wenn man den Leuten, die mit einem sprachen, Lügen unterstellte, also versuchte sie, nicht ungläubig dreinzuschauen. Stattdessen fragte sie zögernd: »Warst du … bist du dann auch gefoltert worden?«

Die Tonstrix wandte ihr Gesicht ab. »Die Herrin Julilla war bereits verheiratet, als das geschah«, sagte sie. »Ich war ein Teil ihres Haushalts, nicht desjenigen der Herrin Julia.« Etwas Gebrochenes lag in der Stimme der Tonstrix. Wenn sie nicht wirklich Trauer empfand, dann war sie eine so gute Mimin wie Myrtis.

Hastig brachte Andromeda das Gespräch auf ein anderes Thema und erkundigte sich, ob die Tonstrix ihr beibringen könnte, wie man sich das Haar flocht, etwas, das ihre Mutter nicht getan hatte, weil sie es bei einer Zwergin für unnötig hielt. Die Tonstrix ging dankbar auf die Ablenkung ein. Sie schwatzten noch eine Weile miteinander, bis Julilla die Tonstrix zu sich rufen ließ.

~

Das Anwesen der Aemilier wirkte trotz all der vielen Sklaven nie überfüllt, und man konnte kaum die Schritte von sandalenbewehrten Füßen auf dem Boden hören. All die Vorhänge, Möbelstücke, Büsten und Statuen fingen den Lärm der Stadt, der bis auf den Palatin drang, auf und ließen ihn zu einem sanften Echo werden oder, vor allem mittags, ganz und gar verklingen. Manchmal waren die Flügelschläge von Julillas Papagei lauter, wenn er wieder aus dem Käfig gelassen wurde und durch das Hauptgebäude fliegen durfte.

Vor ihrer Ankunft auf dem Palatin hatte Andromeda noch nie einen zahmen Vogel erlebt, geschweige denn einen mit so bunten Farben, der noch dazu Wörter nachsprechen konnte. In ihrem Dorf wurden Vögel mit Netzen oder Ruten eingefangen, um im Kochtopf zu landen, und in der Subura gab es sie auch nur gerupft und dazu bestimmt, in alle Einzelteile zerlegt zu werden. Vor dem Circus Maximus hatte sie einige Händler gesehen, die Drosseln in Käfigen verkauften, doch sie war immer davon ausgegangen, dass auch diese zum Essen bestimmt waren. Einen Vogel zu füttern und zu halten, nur, weil man ihn schön oder belustigend fand, war etwas, das nur einem göttergleichen Wesen ohne Sorgen einfallen konnte.

Der Papagei beschäftigte sie, und Andromeda wusste nicht ganz, weswegen, bis sie Julilla dabei beobachtete, wie sie dem Vogel ein neues blaues Band um die Klaue wand. Unwillkürlich berührte Andromeda ihr eigenes Haar, das dieser Tage von einem neuen Band der gleichen Farbe zurückgehalten wurde, und fragte sich, wo der Unterschied zwischen ihr und dem Vogel lag.

Als Andromeda eines Tages in der Küche auf den Sklaven wartete, den sie um ein paar Körner für den Papagei bitten konnte, machte sie eine Entdeckung.

Julilla trank gegen Mittag meist nur etwas Fruchtwein und aß erst bei der großen Mahlzeit zur neunten Stunde etwas. Der Fruchtwein wurde nun, da der Frühling die Wärme zurückgebracht hatte, für sie mit zu Eis verdichtetem Schnee gekühlt, etwas, das Andromeda jedes Mal, wenn sie es beobachtete, den Atem verschlug. Laut den anderen Sklaven kam das Eis in der Nacht aus einer Gegend, die man »die Alpen« nannte, nach Rom, in Kisten und abgedeckt mit Stroh, und wurde in Höhlen tief unter den Hügeln gelagert. Wo sich diese »Alpen« befanden, musste ihr ebenfalls erklärt werden, und einmal mehr sagte Andromeda sich, dass sie sich tatsächlich auf dem Olymp befand. Nur Götter konnten Dinge über so weite Entfernungen herbeibringen lassen.

Als sie in der Küche beobachtete, wie eine weitere Kiste aufgebrochen wurde, blieb Andromeda stehen, um das Wunder noch einmal zu beobachten. Draußen war es inzwischen warm genug, um an den Bäumen, die auf dem Palatin wuchsen, erste Blüten ausbrechen zu lassen, und hier gab es noch Schnee!

Die Sklavin, die Julilla den Fruchtwein zu bringen hatte, benutzte einen Löffel, um den Schnee in den Becher zu füllen, doch was Andromeda von ihrem großäugigen Staunen ablenkte, war, dass die Frau vorher noch etwas anderes in einen Mörser streute, um es zu zerstampfen und dann ebenfalls in den Becher zu geben. Sie erkannte die Kräuter auf Anhieb. Dass man einen Fruchtwein mit Rosmarin und Schafgarbe würzte, kam ihr merkwürdig vor, aber auch nicht seltsamer, als Eis von den Alpen bringen zu lassen oder sich einen Vogel aus dem fernen Africa zu halten. Es waren die Launen einer Nachfahrin der Götter.

Erst, als sie ihr ursprüngliches Vorhaben erfüllt hatte und mit den Körnern für den Papagei in der Hand die Küche verließ, fiel Andromeda wieder ein, wo sie schon einmal von einem Trank aus Rosmarin und Schafgarbe gehört hatte. In einer Umgebung, die mit den Göttern nichts zu tun hatte.

»Möchte die Herrin Julilla keine Kinder bekommen?«, fragte sie die Tonstrix bei ihrer nächsten Begegnung. Diese blickte sie verwundert an.

»Wo denkst du hin, natürlich möchte sie das! Die Aemilier brauchen einen Erben. Und ihre eigene Familie, die Julier, ebenfalls. Ihre Schwester Agrippina hat schließlich bisher nur Töchter geboren.«

»Warum lässt sie sich dann Tränke bereiten, die eine Schwangerschaft verhindern sollen?«, platzte Andromeda heraus.

Die Tonstrix schüttelte den Kopf und tätschelte Andromeda die Wange wie einem vorlauten Kind. »Sie tut nichts dergleichen.«

Vielleicht ist es ein Irrtum, dachte Andromeda. *Vielleicht ist es nur so, dass der Fruchtwein mit diesen Kräutern gewürzt werden soll. Oder die Tonstrix weiß nichts über die Absichten unserer Herrin.* Andromeda war neu hier; es gab bestimmt immer noch viele Regeln in diesem Haushalt, die sie nicht verstand.

»Wie kommst du nur auf den Gedanken?«, fragte die Tonstrix. »Sollte das ein Scherz sein?«

Ein Scherz. Dazu war sie da. Um zu unterhalten. Seit dem Abend in der Sänfte hatte Julilla das Wort »Spionin« Andromeda gegenüber nicht mehr ausgesprochen. Es hätte beinahe ein merkwürdiger Traum gewesen sein können. Aber nur zum Unterhalten hatte Julilla bereits Conopas. Parthenope fiel ihr ein, wie sie darauf bestand, dass man etwas haben müsse, was die anderen nicht hatten. Dass man sich auszeichnen müsse auf eine Art, die den anderen nicht zur Verfügung stand. Vielleicht war die ganze Angelegenheit auch eine merkwürdige Prüfung.

»Nein«, entgegnete Andromeda und bat darum, gleich mit der Herrin sprechen zu dürfen.

Julilla hörte sich Andromedas Erklärung hinsichtlich der Kräuter an. Ihre linke Hand, in der sie eine Buchrolle hielt, verkrampfte sich, doch ihr Gesicht blieb ruhig.

Als sich ihre Finger wieder öffneten, ordnete sie an, dass die betreffende Sklavin zu ihr gebracht werden sollte. Erst in diesem Moment wurde Andromeda bewusst, dass hier mehr auf dem Spiel stand, als sich vor ihrer neuen Herrin auszuzeichnen. Sie hatte nicht überlegt, was aus der Sklavin, deren Namen sie noch nicht einmal kannte, wurde, wenn es sich nicht um eine Prüfung handelte. Es war nicht so, dass sie sich verantwortlich für eine Frau fühlte, die merkwürdige Tränke mischte, doch sie wünschte ihr auch nichts Böses.

Du drängst dich vor, flüsterte Myrtis' Stimme in ihr, während Optata darauf bestand, dass eine Zwergin zu behalten sich nur lohnte, wenn sie sich auszeichnete.

»Du musst ein gutes Gedächtnis haben«, sagte Julilla, und Andromeda konnte nicht entscheiden, ob es eine prüfende, beifällige oder zweifelnde Bemerkung war. Ihre Unruhe wuchs, und sie griff nach den Worten, wie Optata es erwartet hätte, um sie als eine dornige Hecke von Verdrehungen um sich herum zu bauen.

»Besser als ein gutes Gedenken. Das bekommt man nur, wenn man tot ist, und wäre ich tot, wie könnte ich dann gut von irgendjemandem denken?«

»Mach dir keine Sorgen«, sagte Julilla unerwarteterweise.
»Du hast das Richtige getan.« Sie musste bemerkt haben,
was in Andromeda vorging. Dass sie sich die Mühe machte,
ihre Zwergin zu beruhigen, war unerwartet, und Andromeda spürte ein Aufflackern von Dankbarkeit, das nichts mit
einem vollen Magen und dem Vorzug, im Olymp wohnen
zu dürfen, zu tun hatte. Im Haus der Drei Delphine hätte
sich gewiss niemand Gedanken über ihre Gefühle gemacht;
stattdessen wäre sie mit Sicherheit geneckt worden.
Gleichzeitig wurde ihr immer klarer, dass dies keine Angelegenheit zum Scherzen war. Wenn jemand Julilla gegen
ihren Willen daran hindern wollte, ein Kind zu bekommen,
dann musste dem ein Ende gesetzt werden. Ja, gewiss hatte
sie das Richtige getan.

»Und was, glaubst du, wird nun mit Charis geschehen?«,
fragte Julilla, die sie beobachtete. Charis musste die schuldige Sklavin sein. Die Frage verunsicherte Andromeda erneut.
Nach Julillas beruhigenden Worten hatte sie angenommen,
dass die Sklavin geprügelt werden würde, wie sie selbst verprügelt worden war, wenn sie im Haus der Drei Delphine
etwas zerbrochen hatte, und sagte das zögernd.

Julilla schüttelte den Kopf. »Das ist keine Strafe, die irgendjemand abhielte, es ihr gleichzutun. Was, wenn der
nächste Sklave, der sich von Livias Gold beeindrucken lässt,
keine Schafgarbe nimmt, sondern Gift?«

Es lag eine unerbittliche Logik in ihren Worten, die Andromeda die Kehle zuschnürte. Sie dachte an die Geschichte
von Pollio und seinen Muränen und war sich mit einem Mal
völlig sicher, dass Julilla Charis hinrichten lassen würde.
Warum hatte sie diese Möglichkeit nicht vorher in Erwä-
gung gezogen?

Sie ist nicht unschuldig, sagte sie sich, aber bei der Vorstellung, dafür verantwortlich zu sein, dass Charis umkam,
wuchs Übelkeit in ihr.

»Da du mich gewarnt hast«, sagte Julilla ruhig, »werde ich dir die Wahl der Strafe überlassen. Aber denk daran, es muss etwas sein, das abschreckt. Enttäusche mich nicht.«

Andromeda biss sich auf die Lippen. Alles hatte sie erwartet, nur das nicht! Nun hatte sie zwar die Möglichkeit, Charis vor dem Tod zu retten, doch es war anders als in der Arena, wo eine Begnadigung auch Freiheit bedeutete.

Eine Strafe.

Etwas, das für Julilla schlimm genug klang, aber Charis nicht das Leben kostete.

Auf einmal schien die Zeit rasend schnell zu vergehen; Andromeda konnte bereits Schritte auf dem Gang hören, als sie sich einen Ruck gab und hastig ihren Vorschlag flüsterte.

Ihre Herrin nickte, und zu ihrer eigenen Überraschung spürte Andromeda, wie sie ein tiefes Gefühl von Dankbarkeit empfand, obwohl sich auch Furcht hinzumischte. Wer würde eine milde Strafe für sie vorschlagen, wenn Julilla jemals von ihrer Zwergin enttäuscht würde?

Die Sklavin Charis wurde von Stichus hereingeführt und machte ein sehr verwundertes Gesicht, als Julilla sie fragte, ob sie sich in einen anderen Haushalt wünsche.

»Nein, Herrin, ich bin sehr glücklich hier.«

»Nun, das tut mir Leid, Charis, denn du wirst nicht mehr lange hier bleiben. Ich bin zu dem Schluss gekommen, dass jemand mit deinen Talenten besser anderswo aufgehoben ist. Der Freigelassene Aemilius Lycus hat mir vor einigen Wochen ein Geschenk gemacht, und mir scheint, ich sollte die Geste erwidern. Ich rate dir, in deiner neuen Tätigkeit nicht schwanger zu werden, doch das sollte kein Problem für dich sein, nicht wahr?«

Charis wurde weiß im Gesicht und warf sich auf die Knie, während Julilla sie ignorierte und begann, die Buchrolle glatt zu streichen, die sie vorhin unabsichtlich zerknittert hatte. Andromeda fühlte sich elend. Bestimmt war Charis schuldig, doch Julilla hatte ihr überhaupt nicht die Möglichkeit gegeben, sich zu erklären. Stattdessen wurde Charis einfach in die Unterwelt der Subura verbannt, mit nicht mehr Überlegung, als es Julilla kostete, die Hand zu heben.

»Ich habe … Herrin, lass nicht … die Herrin Livia hat es mir befohlen, und was kann ich da …«

Julilla schien das Flehen ihrer Sklavin nicht zu hören und ließ durch nichts erkennen, ob sie sich deren Anwesenheit überhaupt noch bewusst war. Das Unbehagen in Andromeda wuchs und weitete sich zu einem nagenden Schuldgefühl aus, während Stichus Charis am Arm packte und aus dem Raum schleifte. Sie dachte an die kleinen, engen Arbeitsräume im ersten Stock, an den ständigen Lärm, an die fremden Männer, die Charis nun jede Nacht über sich ergehen lassen musste. Und es war Andromedas Schuld. Sie hatte den Vorschlag gemacht.

Nein, sagte sie sich hastig. *Es ist Charis' Schuld. Wenn Charis nicht die Kräuter gemischt hätte, dann wäre das nicht passiert.* Außerdem ging es den Dirnen im Haus der Drei Delphine wirklich besser als so manch anderen, das hatten sie selbst zu Andromeda gesagt.

Der Gedanke half nicht. Sie fühlte sich nicht als Lebensretterin, obwohl sie wusste, dass es viel schlimmer hätte kommen können, wenn Julilla ihr nicht das Geschenk einer Wahl für Charis gemacht hätte. Sie räusperte sich und wollte Julilla um die Erlaubnis bitten zu gehen, doch die Herrin kam ihr zuvor.

»Ich schätze es nicht, wenn man mich hintergeht«, sagte sie. »Vergiss das nie.«

»Dazu habe ich mein gutes Gedächtnis«, murmelte Andromeda und bildete sich ein, Charis noch schluchzen zu hören, obwohl Stichus sie inzwischen mit Sicherheit weit von der Bibliothek fortgebracht hatte.

Zu ihrer Überraschung schenkte Julilla ihr ein Lächeln. Es

zauberte Grübchen auf ihre Wangen, tauchte die kühle, gemessene Schönheit ihres Gesichts in Wärme und veränderte den Ausdruck ihrer Augen wie ein Sonnenstrahl, der auf einen kühlen See trifft. »Aufmerksamkeit und Treue schätze ich dagegen sehr«, sagte sie, griff in ihr Haar, das die Tonstrix an diesem Tag zu einer einzigen, länglichen Rolle aufgesteckt hatte, und zog eine silberne Haarspange heraus, die sie Andromeda reichte. »Für dich«, fuhr sie fort. Ihr befreites Haar fiel ihr auf die Schultern, und zum ersten Mal verstand Andromeda, was mit der Anziehungskraft der Julier gemeint war. Ihr schlechtes Gewissen schrumpfte im Glanz des ersten Geschenks, das ihr je jemand gemacht hatte. Sie wünschte immer noch, Charis hätte ganz einfach eine Tracht Prügel bekommen, nicht mehr, doch sie spürte auch, wie sie Julillas Lächeln erwiderte, während sich ihre Hand um die silberne Spange schloss.

~

Um die Mittagszeit war der Circus Maximus nur zur Hälfte gefüllt. Das große Segel, mit dem ein Teil der Zuschauerreihen überspannt war, hielt die ärgste Sonnenhitze fern, doch die Tierhatzen des Morgens waren vorüber, und für die Wagenrennen des Nachmittags war es noch zu früh. Öffentliche Gladiatorenkämpfe fanden nach dem Quinquatrus-Fest im März, wenn sie in Gedenken an den Tod des göttlichen Julius veranstaltet wurden, ohnehin für Monate nicht mehr statt. Daher waren die Mittagsstunden die beste Zeit, um dem Circus einen Besuch abzustatten, wenn man ein ernsthaftes Gespräch im Sinn hatte. Das Einzige, was um die Mittagszeit stattfand, war die Hinrichtung von zum Tode Verurteilten, und Arellius hatte nicht vor, sich damit den Tag zu verderben.

»Ein feiger Haufen heute«, kommentierte der Mann, den

er besuchte, ein Bärenzähmer, der gerade seine Tiere fütterte. Er war früher Gladiator gewesen, erfolgreich und klug genug, um zu überleben und aufzuhören, bevor sein Beruf ihn umbrachte. »Aber was will man anderes erwarten? Die armen Schweine wissen schließlich, dass selbst derjenige, der überlebt, am Schluss draufgeht.«

»Da sind Gladiatoren eben anders«, stimmte Arellius zu. In früheren, glücklicheren Zeiten hatte er es genossen, sich die Wettkämpfe in der Arena anzusehen, doch was sich um die Mittagszeit abspielte, hatte ihn nie gereizt. Die zur Hinrichtung bestimmten Gefangenen, die man in den Circus trieb, hatten keinerlei Kampferfahrung und erhielten weder Schilde noch Helme, noch irgendeine Art von Rüstungen. Sie bekamen lediglich Schwerter und den Auftrag, einander abzuschlachten. Der letzte Überlebende hatte dann das Recht, Selbstmord zu begehen, wenn er nicht darauf warten wollte, dass ihm ein anderer die Kehle durchstieß.

Der Bärenzähmer spie aus. »Überhaupt keinen Vergleich gibt es da. Der Princeps sollte mehr öffentliche Spiele gestatten. Je eine Woche in drei Monaten eines Jahres, ich bitte dich! Unsere Jungen geraten in der übrigen Zeit ganz aus der Übung, so wenig, wie sie jetzt zu tun haben.«

»Und dann möchten sie umsonst von Dirnen verwöhnt werden und schlagen zahlende Kunden zusammen«, sagte Arellius mit einem Grinsen. »Mein Freund Lycus hat den Pompejaner und seine Schule am Hals. Der würde sich bestimmt auch mehr Kämpfe im Jahr wünschen, damit die Gladiatoren ernsthaft beschäftigt sind.«

Die Fleischstücke, die der Bärenzähmer seinen Tieren aus einem Eimer zuwarf, verströmten noch den Geruch frischen Blutes. An diesem Morgen waren genügend Auerochsen gestorben.

»Die Kerle des Pompejaners sind nicht übel«, sagte er. »Lassen sich natürlich nicht vergleichen mit den Kämpfern früherer Tage. Kannst du dich noch an den Thraker Andros erinnern? Das war ein Zauberer mit dem Krummschwert, beim Herkules!«

Von der Arena her drangen die entsetzten, schrillen Schreie der Verurteilten und das Zischen und Buhen der Menge. Nur Mörder wurden zu dieser Art des Todes verurteilt. Arellius hatte einmal den von den Furien heimgesuchten Muttermörder Orestes gemalt und dabei versucht, das nachzuempfinden, was der Gepeinigte erdulden musste. Manchmal suchten ihn diese Schatten immer noch heim.

Sein heutiger Circusbesuch hatte jedoch einen guten Grund, und das Gespräch mit dem Bärenzähmer verlief ganz so, wie er gehofft hatte. »Ja, Andros war ein Mann! Aber hat es da nicht noch einen Thraker gegeben, der ihm überlegen war, einen Zwerg?«

Der Bärenzähmer hielt mit dem Füttern inne, starrte Arellius an, setzte den Eimer mit den Fleischstücken ab und stemmte die Hände auf die Hüften. »Das war kein Thraker, du alter Tor, das war ein Netzkämpfer. Jedenfalls wenn du den gleichen kleinen Mistkerl meinst, an den ich denke. Der tödlichste *Retiarius,* der mir je untergekommen ist.«

»Jetzt, wo du es sagst, erinnere ich mich«, stimmte Arellius zu und fühlte Sorge in sich aufsteigen. Er hatte nicht geglaubt, dass er Andromeda vermissen würde; sie war eine Ablenkung von seinem täglichen Einerlei gewesen, ein besserer Zeitvertreib als die Weinkrüge, das war alles. Aber in den Wochen, seit sie die Subura verlassen hatte, stellte er fest, dass sie ihm fehlte. Er fragte sich, wie es ihr auf dem Palatin erging. Was sie ihm bei ihren Besuchen erzählte, klang zum größten Teil danach, als habe das Mädchen sein Glück gefunden – bis auf den Zwerg. »Hat er nicht auch Sergiolus besiegt?«

Der Bärenzähmer blies die Backen auf. »Das hat er. Aber wieso die Schiedsrichter das anerkannt haben, weiß ich nicht.

Schön, der Kleine war gut mit dem Netz, aber was er mit Sergiolus gemacht hat, war keine Kampfkunst. Ich war nahe genug, um alles zu hören. Übles Gerede, ganz übles Gerede. Irgendwie hat der kleine Leisetreter rausgekriegt, dass Sergiolus etwas mit einer Senatorsgattin hatte, und er redete davon, was der Senator mit ihr und Sergiolus machen würde, wenn sie jemand anzeigte. Das war's, was Sergiolus aus dem Rhythmus gebracht hat. Dann hat er dem armen Kerl auch noch Sand in die Augen geworfen.«

»Wenn ich mich recht erinnere, hat das Publikum Sergiolus aber nicht begnadigt.«

»Der Zwerg war gut darin, sich bei der Menge Liebkind zu machen«, murmelte der Bärenzähmer. »Er hatte einen Kampfrekord von sechzehn Siegen, fünf Unentschieden und drei Begnadigungen durch das Publikum. Es hat sich einfach gelohnt, auf ihn zu wetten. Deswegen mochten sie ihn. Unter uns anderen war er für seine messerscharfe Zunge bekannt, und er hat nur Unfrieden gestiftet, weil ihm das zupass kam. Aber da draußen, da hat er die Rolle des kleinen, aufrechten Kämpfers gespielt, der kaum gegen die großen Feinde bestehen kann. Gerissen und tödlich, das war er. Bah.«

»Hatte er denn überhaupt keine Freunde hier?«

»Nicht mehr, nachdem er seine ersten Gegner dazu überredet hat, ihn eine Zeit lang zu schonen, um den Leuten etwas zu bieten, weil er so klein und hilflos war, und ihnen dann ein Messer in den Bauch verpasste, wenn sie auf sein Netz und den Dreizack achteten. Die Zugelosten von außerhalb kannten ihn ja nicht.«

»Und wer hat ihn dann am Ende getötet?«, fragte Arellius und stellte sich unwissend.

Der Bärenzähmer griff wieder nach seinem Eimer und warf das nächste Stück Fleisch in den Käfig zu den Tieren.

»Gar keiner. Hätte geschehen sollen, und wir hatten auch

alles in die Wege geleitet. Wir haben einen Tauben aufgetrieben. Taube Kämpfer leben meistens nicht lange, weil sie nicht schnell genug sind, aber bei dem war ein Tauber genau richtig. Du hättest sehen sollen, wie der geredet und geredet hat, und sein Gegner hat kein Wort gehört. Nur hat der Princeps ihn dann begnadigt und seiner Enkelin zugeschanzt. Wohl bekomm's ihr, sag ich da nur.«

Auf dem gesamten Weg zurück in das Haus der Drei Delphine überlegte sich Arellius, ob es sinnvoll war, Andromeda bei ihrem nächsten Besuch zu erzählen, was er herausgefunden hatte. Am Ende entschied er sich dagegen. Es würde ihr schlimmstenfalls Angst machen und ihr bestenfalls nicht helfen. Ein Gefühl der Ohnmacht überfiel ihn, und er wünschte sich, dass ihm das Mädchen gleichgültig wäre.

In der Garküche ließ er sich etwas Falerner geben und erfuhr, dass es seit heute eine neue Dirne im Haus gab, was unter anderem nach sich zog, dass Sosia ihr Lager im zweiten Stock mit einer dritten Frau teilen musste.

»So eine verzärtelte Hausklavin«, sagte die Narbengesichtige erbittert, während ihr Parthenope einen Wasserkrug reichte. »Und wem haben wir das zu verdanken? Der Pinkelliese, dem widerlichen Balg! Jedenfalls heult die Neue jedem die Ohren darüber voll. Wetten, dass sie das nur getan hat, um sich an mir zu rächen?«

Arellius schüttelte den Kopf, nahm seinen Falerner entgegen und ging in sein Zimmer im zweiten Stockwerk. Wie es schien, brauchte er sich um Andromeda doch keine Sorgen zu machen. Er wusste nicht, warum ihn das traurig stimmte, und auch sein alter Gefährte, der Wein, machte ihn nicht klüger.

»Du bist nun schon viele Wochen hier«, sagte Julilla, während sie am Webstuhl saß. Ihre Schultern waren angespannt, und die gerade Linie ihres Halses wirkte starr. Die Hand, mit der sie das Schiffchen führte, tat das heute nicht ruhig und einem Rhythmus folgend, sondern ruckartig und heftig; Julilla war so sehr in Groll gekleidet wie in die schimmernde gelbe Seide, aus der die Tunika bestand, die sie trug. Nur ihre Stimme klang trügerisch gelassen. »Was hast du gelernt?«

»Lesen und Schreiben«, erwiderte Andromeda und war froh, dass sie diesmal nicht mehr errötete.

»Nur das?«

Offensichtlich wollte Julilla eine Gauklerinnenantwort, keine wirkliche. Sie konnte unmöglich eine ehrliche Antwort wollen; das wäre entweder zu grausam oder zu freundlich für sie gewesen.

Andromeda breitete die Arme aus, wie die geschäftige Tonstrix es tat, wenn sie entsetzt über den Zustand von Julillas Haar war, und imitierte ihren Tonfall. »Oh, was für ein Wirrwarr! Ich habe gelernt, wie Locke neben Locke ein Ganzes ergibt, selbst wenn nur ein rotes Schleierband sie zusammenhält.« Da ein roter Schleier das war, was eine Braut bei ihrer Hochzeit trug, war das eine Anspielung auf Julillas Ehe. Deren Gesicht ließ sich nicht entnehmen, ob sie belustigt oder verärgert war, also fuhr Andromeda fort, während sie wie einer der Händler, die Julillas Sänfte umschwirrten, wenn sie das Haus verließ, beide Handflächen aneinander rieb: »Und was für ein Angebot! Da bekommt jemand eine Hand voll Indigo geschenkt, aber es könnte ja auch nur mit Waid getränkte Ringkreide sein. Andere Leute würden vielleicht das Indigo auf Kohlen brennen, um es zu überprüfen, aber hier habe ich gelernt, dass man die Hand voll am besten mit dem echten Indigo mischt, das man schon hat. Was dabei herauskommt, ist vielleicht nicht mehr, was es früher mal war, aber auf jeden Fall ist es richtig blau.«

Sie hielt inne, um Atem zu schöpfen. Damit hatte sie sich sehr weit vorgewagt, aber nicht so weit, dass Julilla nicht so tun könnte, als verstünde sie nicht, wovon die Rede war. Auch für Andromeda war es immer noch möglich abzuleugnen, dass sie gerade über die Art gesprochen hatte, wie sie an Conopas ausgehändigt worden war wie ein passender Schuh.

»Das Mischen von Farben ist nicht meine Stärke«, entgegnete Julilla, »aber ich habe gehört, dass manchmal erst am Schluss offenbar wird, was der Maler damit beabsichtigt hat. Wenn man die Geduld hat, darauf zu warten. Immerhin freut es mich zu hören, dass du deine Zeit nicht verschwendest.«

Andromeda kniete nieder, wie es die Bettler taten. Wie Charis es getan hatte … doch daran wollte sie jetzt nicht denken. »Mit Zeit ist es wie mit Geld: Man muss erst mehr davon haben, bevor man es verschwenden kann.«

»Du bekommst in dieser Woche nicht frei«, gab Julilla ungerührt zurück. »Ich brauche dich hier. Morgen liest Ovidius aus seinem neuen Werk. Das ist der erste große Empfang, den ich in diesem Jahr ausrichte.«

»Dann hoffe ich, dass mir so kurzfristig genügend Grillen einfallen, um deine Gäste zu unterhalten, Herrin«, sagte Andromeda, und die Enttäuschung ließ die Worte in ihrem Mund stachlig und spitz werden.

»Von meinen Gästen war nicht die Rede«, sagte Julilla, setzte jedoch nichts hinzu. Ihr Schweigen machte deutlich, dass Andromeda dieses Rätsel selbst lösen sollte.

II.

Inzwischen näherte sich der Monat Aprilis seinem Ende. Für Julillas Empfang war der Boden des Tricliniums nicht nur geputzt und geschrubbt, sondern auch mit Blüten und Blumen ausgelegt worden, die der Hausverwalter Stichus auf dem Forum Boarium erstehen ließ. Einer seiner Einkäufer rannte den ganzen Weg zum Palatin zurück, weil es eine unerwartete Gelegenheit gab und nur Stichus entscheiden konnte, ob die dafür notwendige Summe ausgegeben werden sollte.

»Eine korsische Meerbarbe mit fünf Pfund Gewicht«, sagte der Junge atemlos. »Und sie lebt noch! Aber der Händler will zwölftausend Sesterzen dafür haben!«

»Dafür gibt es zwanzig Kühe«, antwortete Stichus ungehalten, doch insgeheim war er dankbar. Seit der Verbannung ihres Bruders Postumus Agrippa hatte Julilla sehr zurückgezogen gelebt, und es hatte ihm und seinem Beauftragten nicht nur Neugier, sondern auch Spott und einen gewissen Verlust von Ansehen bei den Händlern eingebracht. Nicht, dass er seine Einkäufe selbst erledigte; dafür teilte er seine Leute ein. Anders als sein Vorgänger aus Aemilius' Junggesellenjahren, Lycus, hatte er es nicht nötig, sich in jede kleine Feilscherei selbst zu stürzen, doch es war sein Name, der von den Händlern gewürdigt oder missachtet wurde. So große Meerbarben gab es nicht alle Tage, und wenn man sie ihm als Erstem anbot, dann sprach das dafür, dass sein Ruf noch hoch genug stand.

Der oberste Koch und er hatten eine Liste von all den Dingen zusammengestellt, die für das Gastmahl, mit dem die Herrin Julilla wieder in die Gesellschaft zurückkehren wollte, notwendig waren, um es wirklich denkwürdig zu machen, und er ging sie noch einmal hastig mit dem Jungen durch, während er im Kopf die Kosten überschlug.

»Die Austern aus Brindisi haben wir bekommen«, berichtete der Einkäufer, »aber bei den ägyptischen Feigen sind uns die Leute von Florus zuvorgekommen. Dafür haben wir Datteln aus Jericho.«

Florus war der Hausvorsteher des edlen Gnaeus Falco und Stichus' ärgster Feind. Wenn sich seine Leute auf dem Forum Boarium herumtrieben, war Eile geboten. Zum Glück hatte sich Stichus die Granatäpfel aus Karthago direkt liefern lassen, und die fünfzig weiblichen Drosseln waren auch schon aus dem Landgut der Herrin eingetroffen. Dabei hatte der oberste Koch darauf bestanden, sie höchstpersönlich auf ihr Geschlecht zu überprüfen. Schließlich wurde der Feinschmecker Mucius Piso erwartet, und der hatte seinen berüchtigten Spott bereits einmal über den Toren ergossen, der sich männliche Drosseln hatte andrehen lassen.

»Na schön«, sagte Stichus und siegelte eine Wachstafel mit dem Ring der Aemilier, eine Befugnis, die nur er als Haushaltsvorsteher hatte. Schließlich konnte man bei all den Dieben keine zwölftausend Sesterzen auf den Markt mitnehmen, aber mit einer gesiegelten Wachstafel war der Händler in der Lage, sie sich später abzuholen. »Und nun lauf!«

Der Junge war schon fast aus dem Zimmer, als Stichus nicht widerstehen konnte und ihm hinterherrief, er und die anderen sollten auf keinen Fall ohne die umbrischen Hahnenkämme und Kapaunhoden zurückkehren. Er wusste, dass der oberste Koch sich sonst die Pulsadern öffnete. Schließlich hatte er das Essen wochenlang geplant, bis zur kleinsten Zutat.

Um die Euter von Säuen zu bekommen, die noch nicht geferkelt hatten, und die Lebern von Schweinen, die mit Feigen gemästet und so lange mit Honigwein abgefüllt wurden, bis sie daran starben, hatten gleich zwei der Landgüter ihrer Herrin bemüht werden müssen. Nun auch noch eine korsische Meerbarbe zur Verfügung zu haben stellte eine gewaltige Herausforderung dar, doch um solche Herausforderungen zu meistern, waren der Koch und seine Unterköche schließlich da. Der Anblick, den die außergewöhnlich große Barbe bot, wenn sie starb, wenn ihre grauen Schuppen sich rot wie der Sonnenuntergang färbten, würde die Gäste entzücken. So etwas war über die Maßen selten, weil die Barbe dafür natürlich noch am Leben sein musste, und die meisten in dieser Größe bereits auf dem Weg nach Rom starben.

Stichus gab jedem Angehörigen des Haushalts seine Anweisungen zwei- und dreimal und kümmerte sich nicht um die Grimassen, mit denen man ihm begegnete. »Denkt alle daran«, sagte er später bei einer weiteren großen Ansprache zu seinen Untergebenen, »es soll kein Gast dieses Haus verlassen, der nicht gespürt hat, dass die Herrin und der Herr alles taten, um ihn glücklich zu machen.«

Der Neuerwerb der Herrin, die Zwergin, schaute zu Boden und scharrte mit ihren Füßen in den frisch verstreuten Binsen. Conopas stand neben ihr und machte ein sehr ernstes Gesicht, was Stichus so lange zufrieden stimmte, bis er merkte, dass Conopas ihn parodierte, bis hin zu dem kleinen Finger seiner linken Hand, der bei ihm in solchen Situationen immer ungeduldig auf den Oberschenkel klopfte.

»Das sollten besonders diejenigen unter uns nicht vergessen, deren Dasein keinen anderen Zweck hat, als *arbeitenden* Menschen zum Zeitvertreib zu dienen«, schloss er mit einem strafenden Blick.

»Nicht jeder von uns kann Hausverwalter werden«,

kommentierte Conopas, »nur weil er andere Leute zu Tode langweilt.«

Manchmal fragte sich Stichus, warum die Herrin Conopas nicht schon längst weiterverkauft hatte, jetzt, wo sie eine Zwergin besaß. Gewiss, es verschaffte Ansehen, eine Seltenheit wie einen Zwerg zu besitzen, und er erfüllte den Zweck, sie und den Herrn zum Lachen zu bringen, oft genug, doch das tat ihr Neuerwerb, die Kleine, genauso. Soweit es Stichus betraf, machte Andromeda Conopas überflüssig, und er hoffte, dass es die Herrin bald genauso sah. Sollte es dazu kommen, würde er den Tag mit einem guten Falerner feiern, und er wäre gewiss nicht der Einzige im Haus. Niemand liebte scharfzüngige Missgeburten, die sich so lautstark für etwas Besseres hielten.

Doch davon würde er sich jetzt nicht ablenken lassen. Es galt, ein Fest auszurichten! Solange der edle Germanicus und Agrippina, die Schwester der Herrin, der Hauptstadt fernblieben, war dies das bedeutendste Haus im Römischen Reich nach dem des Princeps. Der Haushalt des Tiberius zählte nicht; jeder wusste, dass dessen Herr aus seiner Verbannung auf Rhodos nur noch mürrischer, ungeselliger und seltsamer zurückgekehrt war, als er ohnehin schon gewesen war, ehe der Princeps ihn nach dem Scheitern von Tiberius' Ehe mit Julia dorthin geschickt hatte. Nein, ein Fest im Haus von Aemilius Paullus und Vipsania Julilla musste widerspiegeln, dass hier einmal das gesellschaftliche Herz des Reichs geschlagen hatte und nun wieder erwachte.

»Ein letztes Gefecht, wie? Wenn du mich fragst«, hatte ihm sein alter Rivale Florus hämisch zugeflüstert, als sie sich im Vestibulum des angesehensten Geldhauses von Rom begegneten, weil Stichus für das Fest mehr Münzen benötigte, als er im Wohnsitz der Aemilier hatte, »dann sollte deine Herrin sich damit abfinden, dass sie erledigt ist. Die alte Hexe auf dem Palatin hat sich durchgesetzt. Tiberius wird der nächste Caesar, und der kann deine Herrin so wenig ausstehen wie ihre Mutter. Sie sollte sich besser jetzt schon einen Ort für ihre Verbannung aussuchen.« In gespielter Überraschung hatte der eingebildete Kerl dann die Hände zusammengeschlagen und gerufen: »Aber höre ich nicht, dass sie sich gerade eine große Villa in Baiae hat bauen lassen? Nun verstehe ich, weswegen. Dürfte trotzdem zu nahe an Rom sein für den Geschmack des Warzengesichts.«

»Meine Herrin trägt das Blut des göttlichen Julius in sich«, hatte Stichus würdevoll erwidert, »den so mancher Tor des Öfteren für geschlagen hielt, nur um sich anschließend sehr unangenehm überrascht zu finden.«

»Aber am Ende war es der göttliche Julius, der überrascht wurde. Im Senat, mit einem Haufen Dolche, wie?«

Schon der Beginn des Festes zeigte, dass sich Stichus' sorgfältige Planung so gut wie früher bewährte. Für jeden der eintreffenden Gäste wurde ein Schälchen bereitgehalten, um sich die Finger zu netzen, und die Sandalen wurden ihnen schnell und diskret entfernt. Wegen einer Neuerung der Herrin Julilla hatte er sich Sorgen gemacht: Sie hatte vier statt drei Liegen angeordnet, und dafür keine Stühle, was bedeutete, dass die Frauen neben den Männern liegen würden, statt bei den Kindern zu sitzen, was sonst nur bei Familienmahlzeiten möglich war.

»Ich erwarte keine Kinder«, hatte sie erklärt, »und es wird Zeit, diese törichte alte Sitte abzuschaffen. Wir säubern uns ja auch nicht mehr mit Bimsstein die Haut, nur weil die Vorfahren das so gemacht haben.«

Auch die Gäste, die sie geladen hatte, schienen keinen Anstoß an dieser Neuerung zu nehmen. Die üppige Dame Terentilla, deren Frisur im hellsten Rot leuchtete, obwohl sie die Großmutter der Herrin Julilla hätte sein können, klopfte ihm sogar gutmütig auf die Schulter, als Stichus sie zur vorderen der Sitzliegen geleitete.

»Jupiter segne dich, mein Junge. Was für eine Wohltat für meine alten Knochen.« Ihre Augen wanderten beifällig an ihm auf und ab. »Was für ein Jammer, dass Julilla dich nicht verkaufen will«, murmelte sie.

Stichus war geschmeichelt und entsetzt zugleich, obwohl er schon seit einiger Zeit zu den Freigelassenen des Hauses zählte. Der Appetit der Dame Terentilla war berüchtigt; sie galt als eines der letzten Relikte des alten, schamlosen Rom der Bürgerkriegszeit, und sie machte keinen Hehl daraus, sich diesen Ruf verdient zu haben. Er musste an Conopas denken, der bei ihrem Anblick einmal davon sprach, dass ihre Sklavinnen sicher zwei Stunden mit dem Abschminken zu tun hätten, um ihr wahres Alter wieder hervorscheinen zu lassen, und gab ihm insgeheim Recht. Man munkelte, der einzige Grund, warum die strengen Gesetze des Princeps sie nicht berührten, sei, dass sie längst ihre Erinnerungen geschrieben habe, die sicher an einem unbekannten Ort verwahrt wurden und einige besonders saftige Briefe des jungen Octavius an sie enthielten, nebst eines Berichts über ihre Affäre mit ihm. Ob das nur Klatsch war oder nicht, wusste gewiss nur der Princeps. Tatsache blieb, dass Terentilla sich in sechs Ehen, von denen vier in Witwenschaft endeten, ein märchenhaftes Vermögen angehäuft hatte und einen Teil davon auf ihre alten Tage unter anderem vergnügt für besonders gut aussehende Sklaven beiderlei Geschlechts ausgab. Wenn es an Stichus gewesen wäre, hätte sie nicht auf der Gästeliste dieses ersten Empfangs gestanden, doch Terentilla war nicht nur bei gut aussehenden Sklaven freigebig; sie war es auch bei Dichtern. Da das Fest dem Zweck dienen sollte, ein neues Werk von Ovidius Naso vorzustellen, begriff er, warum Julilla die skandalöse Frau eingeladen hatte.

Der Dichter selbst kam in Begleitung des Buchhändlers

Brutus, doch ohne seine Ehefrau, was ein leichtes Umarrangieren der Plätze nötig machte. Insgeheim fand Stichus, die Dame Fabia hätte entweder rechtzeitig absagen oder zur Lesung ihres Gatten erscheinen sollen; eine so kurzfristige Absage mochte zu allerlei Klatsch führen.

Zum Glück schienen alle Anwesenden nach dem, was er hörte, während er zwischen Vestibulum, Triclinium und Küche hin und her lief, aber Besseres zu tun zu haben, als über Fabias Abwesenheit zu reden. Man sprach über die neuesten Gemmen, die Aemilius Paullus erworben hatte, die legendäre Sammlung von Citrusholztischen, die nur Besucher der edlen Livia Drusilla zu Gesicht bekamen, und die letzten Spiele. Einige der Gäste beobachteten Conopas dabei, wie er mit zwei Stäben jonglierte, doch die meisten waren damit beschäftigt, Ovidius über sein neues Werk auszuhorchen.

»Ich will doch hoffen«, sagte der edle Messala, als gerade der Honigwein für die Begrüßung ausgeschenkt wurde, »dass du endlich auf meinen Rat gehört und dich ernsthafteren Themen zugewendet hast, Publius Ovidius. Venus ist eine mächtige Göttin, gewiss, doch immer nur Liebesgeschichten zu verfassen ist eines römischen Dichters nicht würdig.«

»Sprich für dich selbst«, fiel ihm Terentilla ins Wort. »Wenn sich noch so ein junger Schreiberling einbildet, er müsste die troischen Heroen auferstehen lassen, nur um unserem Vergilius nachzueifern, werde ich schreiend auf die Straße laufen und die Kinder erschrecken. Da lese ich zehnmal lieber die *Liebeskunst* unseres Naso.«

»Wer wollte das bezweifeln, Herrin«, meinte der unerträgliche Conopas lauthals, und Stichus erstarrte. Doch die Bemerkung löste nur Gelächter aus, am meisten von Terentilla.

»Jeder Dichter«, sagte sie mit einem Augenzwinkern, »der

jungen Männern nützliche Hinweise gibt wie den, sich Zeit bei der Liebe zu lassen, statt allein ans Ziel zu hetzen, sollte für seine Verdienste um die römische Frauenwelt einen Lorbeerkranz erhalten. Das nenne ich Einsatz fürs Vaterland, meine Guten.«

»Nein, ich muss auf ernsthaften Themen bestehen«, sagte Messala und gestikulierte so heftig, dass er etwas von seinem Honigwein verschüttete. Stichus wischte es sofort auf; eigentlich wäre das Aufgabe einer der Dienerinnen gewesen, aber er hielt nichts davon, untätig herumzustehen, wenn ein einfacher Handgriff das Problem lösen konnte. »Ein Dichter heute hat wichtigere Aufgaben, als nur Erato zuzuhören. Es gibt andere Musen.«

»Und was ist die Aufgabe eines Dichters heute?«, warf Julilla ein. »Worüber sollte er schreiben? Es kann nicht immer nur die Vergangenheit sein, da gebe ich Terentilla Recht. Aber sosehr uns die Poesie über die Liebe zerstreut, so gibt es doch Stunden, in der wir ihrer überdrüssig werden.«

»Der Liebe überdrüssig?«, fragte Ovidius. »Das kommt darauf an, was man als Liebe bestimmt. Sie ist, gerade in ihrer direkten Umkehrung, alles.«

Das verstand Stichus nicht, und außerdem musste er noch einmal in der Küche nach dem Rechten sehen. Die neue Zwergin lief hinter ihm her, und weil er im Grunde ein höflicher Mensch war, der wirklich darauf hoffte, dass sie Conopas bald ersetzte, wartete er einige Momente, damit sie neben ihm gehen konnte. »Fehlt dir etwas?«

»Nein, nein«, sagte sie, »ich muss nur etwas nachschauen.«

In der Küche kniete sie sich vor der Feuerstelle nieder und zog mit einem Finger Aschestreifen auf den Boden. Er erkannte, dass es Buchstaben waren, da er als Verwalter oft genug Listen durchgehen musste. Was sie damit bezweckte, den Namen der Stadt auf den Boden zu schreiben, war ihm allerdings nicht klar.

»Ich wusste es«, sagte sie triumphierend.

»Wie man Leute bei der Arbeit stört?«, fragte einer der Köche ungnädig.

»Die Umkehrung von Liebe«, sagte das Mädchen und lächelte, »ist Rom. Nur weiß ich nicht, was er damit meint ... Wir werden sehen.«

»Du sprichst ungereimtes Zeug«, entgegnete der Koch, und Stichus musste ihm Recht geben. »Geh lieber zu den Gästen zurück«, riet er der Zwergin um des Friedens in der Küche willen. »Aber säubere dir vorher die Finger.«

Amor.

Roma.

Es war nur eine Kleinigkeit, aber ein Spiel mit Buchstaben, nicht mit dem gesprochenen Wort, und früher hätte sie es nicht verstanden; es versetzte Andromeda in gute Stimmung, dass sie es nun konnte. Sie suchte nach einer Wasserschale, um sich wie befohlen die Finger zu säubern, doch die Küche war so voll mit den seltsamen Speisen, die später hinausgetragen werden sollten, dass es ihr schwer fiel, nicht stehen zu bleiben und alles anzustaunen.

»Unsere Herrin ist schließlich die Tochter Agrippas«, sagte eine der Unterköchinnen gewichtig, als sie sich erkundigte, warum die Früchte auf den Platten, die als erster Gang bereitgestellt wurden, alle in der Form von Booten geschnitten worden waren. »Er war der Liebling Neptuns und Sieger der größten Seeschlacht, die es je gab!«

»Aber was sind das für Früchte?«, fragte Andromeda, die auf die grünen und roten Schiffe starrte, die sogar Masten und Segel hatten, wobei die Segel aus Fruchtschalen bestanden. Sie stellte sich auf die Zehenspitzen und sah, dass im Inneren der kleinen Boote mit Schinken umhüllte Feigen lagen und Dörrpflaumen, bei deren Anblick sie unwillkürlich an Myrtis denken und grinsen musste. Dazu gab es

Granatäpfel, deren Anlieferung sie beobachtet hatte, und Datteln, wie sie Optata gerne vormittags im Circus verspeiste.

»Das sind Melonen.«

Eine Reihe von Sklaven kam herein, um die Platten zu holen, auf denen die Melonenschiffchen standen. Auch sie waren für das Gastmahl zurechtgemacht worden: Statt einer Tunika trugen sie nur einen Lendenschurz, und ihre nackten Oberkörper glänzten vor Öl.

»Wie Galeerensklaven«, wisperte die Unterköchin. »Und nun mach, dass du zurück ins Triclinium kommst, bevor Stichus dich dort vermisst.«

Im Triclinium lagen inzwischen alle Gäste bequem auf einer der Liegen und knabberten an dem Gebäck, das zu Beginn jeder großen Mahlzeit gereicht wurde. Die Platten mit den Melonen, die von den Sklaven wie Sänften gestemmt wurden, lösten ein beifälliges Gemurmel aus. Ovidius hatte sich auf dem Ehrenplatz auf der mittleren Liege niedergelassen und winkte sie zu sich.

»Wie geht es dir auf dem Palatin, Robigo?«, fragte er, und sie musste lächeln – nicht nur, weil er ihr schon wieder einen anderen Namen gab, sondern weil sie diesmal sofort etwas damit anfangen konnte. Robigo war die Göttin des Getreiderostes, des Rostbrands, der ihr Vater öfter die Eingeweide eines Schafes geopfert hatte, um seine Ernte zu retten. Ihr neues Kleid war rostfarben, und Robigos Feiertag war heute, am fünfundzwanzigsten Tag des Monats; nicht, dass es den Stadtleuten etwas bedeutete.

»Es *geht* nicht«, erwiderte sie und ahmte die ausufernden Gebärden der Dame Terentilla nach, »es träufelt, es plätschert, es stürzt! Langwierige Handlungen wie Gehen unterstehen sich nicht, in einem so großartigen Haus wie dem diesen stattzufinden!«

Er erwiderte ihr Lächeln. Dabei dachte sie einmal mehr,

dass er ein nettes Gesicht hatte. Die Nase war etwas zu lang, was seiner Familie wohl ihren Beinamen eingebracht hatte, aber er trug nicht die Zeichen von Niederlage und Verlust in seinen Zügen wie Arellius; seine Haut war straff und glatt, bis auf die winzigen Fältchen um seine Augen, jetzt, wo er lächelte. Stirn, Wangenknochen und Kinn passten zueinander, anders als bei Conopas. – Warum musste sie nur in diesem Moment an ihren größten Feind denken, wenn sie einem so viel angenehmeren Mann gegenüberstand?

»Und du, was bist du in diesem reißenden Fluss von Eifrigkeit?«, fragte er weiter. »Ein Schiff, das seinen Kurs steuert, oder ein Bündel Holz, das zufällig hineingefallen ist und hierhin und dorthin gespült wird?«

Einen Herzschlag lang war Andromeda versucht, ihm ernsthaft zu antworten. Dann besann sie sich wieder darauf, wo sie war. Und *was* sie war. Außerdem spürte sie, dass Julilla sie beobachtete. Und dass Conopas es tat, konnte sie sogar sehen: Er lümmelte zwischen der ersten und der zweiten Sitzliege und schaute zu ihr und Ovidius herüber, während er an einer der schinkenumrollten Feigen kaute, die ihm offensichtlich jemand gegeben hatte. Terentilla stellte ihm eine Frage, und er antwortete darauf etwas, das sie zum Lachen brachte, doch er hörte nicht auf, zu Andromeda herüberzublicken. Nein, dies war nicht die Zeit für ernsthafte Antworten.

»Ein Fisch«, sagte sie, hob die Arme in die Höhe, presste die Handflächen aufeinander und blies die Backen auf, um das Bild zu verstärken. »Ein Fisch, der schwimmt und getrieben wird, beides zur gleichen Zeit.«

»Fische finden ihren Weg zum Meer, eines Tages«, sagte Ovidius, und es lag weder Spott noch Leichtherzigkeit in seiner Stimme. Aber er war ein geehrter Gast im zweitbedeutendsten Haus des Reichs, und sie war ein Teil der Unterhaltung; das waren zwei Ufer eines Flusses, über den es gewiss keine Brücken gab.

Andromeda gab der Versuchung nach und drehte ihren Kopf ein wenig zur Seite. Julilla war augenscheinlich in ein Gespräch mit Terentilla vertieft, doch ihre Herrin beobachtete sie tatsächlich. Nicht missbilligend oder erfreut; abwartend. Als ihr grüner Blick sich mit Andromedas schwarzem kreuzte, machte Julilla eine kaum merkliche Kinnbewegung hin zu Conopas. Dann lächelte sie in Terentillas Richtung und fuhr mit dem Gespräch fort, als habe sie nie an etwas anderes gedacht.

»Wer weiß«, sagte Andromeda zu Ovidius. Sie hatte das gleiche Gefühl wie vorhin bei seiner Bemerkung über umgekehrte Liebe: Die Lösung des Rätsels lag in ihrer Hand, so wie ein Faden in einem verwirrten Wollknäuel, und sie musste nur daran ziehen, um es zu glätten. *Nicht zur Unterhaltung der Gäste,* hatte Julilla gesagt. Und sie hatte angedeutet, dass es einen Grund für die Sache mit Conopas gab. Julilla hatte sie zu Anfang verdächtigt, eine Spionin zu sein, und dann, nach der Angelegenheit mit Charis, nicht mehr. Wenn Julilla Conopas ebenfalls verdächtigte, dann wollte sie vielleicht, dass …

In den Drei Delphinen gab es einen Ausdruck, der den berühmten Ausspruch des göttlichen Julius parodierte: »Die Asse sind gefallen«, sagten die Frauen, wenn ein Kunde sich nach einigem Hin und Her endlich für eine von ihnen entschied. Seit Andromeda diese Redewendung das erste Mal gehört hatte, war für sie der Moment von Erkenntnis immer das harte, klare Klingen einer Münze auf Stein gewesen. Ovidius' nächste Worte gingen in dem kleinen, hallenden Echo unter, das nur sie hören konnte. Es war natürlich durchaus möglich, dass sie sich irrte. Allerdings gab es nur eine Möglichkeit, um das herauszufinden.

Der nächste Gang wurde hereingetragen, eine kleine Bootsflotte aus Silbergefäßen, die mit Austern und Muscheln gefüllt und mit einer Sauce übergossen waren, die nach Garum, Honig und Kümmel roch. Andromeda gab sich einen Ruck, entschuldigte sich bei Ovidius, schlenderte zu Conopas hinüber und kauerte sich neben ihn.

»Das sieht nach einer kümmerlichen Mahlzeit aus«, flüsterte sie und schaute auf das Stück Melone, das er inzwischen in der Hand hielt. »Hast du nicht mehr … Appetit?«

Conopas hielt mit dem Kauen inne. Seine roten, buschigen Augenbrauen schossen in die Höhe. »Warum?«, fragte er. »Hat der Vielschreiber dir seinen Hauptgang angeboten, damit er auch weiter dünn genug aussieht, um Förderern das Geld aus dem Beutel zu locken?« Er sprach leise genug, um von der Gesellschaft, die sich über ihre Köpfe hinweg unterhielt, nicht gehört zu werden, also war es keine Bemerkung, die irgendjemand amüsieren sollte. Ohne es zu bemerken, zog Andromeda die Zehen an und presste sie gegen ihre Fußballen, wie sie es bei harten Entscheidungen öfter tat. Wenn sie Recht damit hatte, was von ihr erwartet wurde, dann war es gleichzeitig aufregend und entwürdigend.

Aber welche Würde hatte sie noch zu verlieren?

»Nein«, erwiderte sie gedehnt – und beugte sich blitzschnell über seine rechte Hand, die das verbliebene Melonenstück hielt. Sie erfasste es mit den Zähnen und schluckte es hinunter, während sie seinen Daumen und Zeigefinger in ihrem Mund gefangen hielt. Langsam, sehr langsam, zog sie sich wieder zurück.

»Den Hauptgang wollte eigentlich ich dir anbieten.« Sie musste die kehlige Art, in der Myrtis so etwas gesagt hätte, noch nicht einmal imitieren, weil ihre Stimme belegt vor Anspannung war.

Die Verblüffung in Conopas' Zügen wäre unter anderen Umständen komisch gewesen. Noch kein einziges Mal war sie diejenige gewesen, die eine ihrer Begegnungen forciert hatte.

»Sollten wir hier nicht *arbeitende* Menschen unterhalten?«, fragte er mit einem Blick auf den geschäftigen Stichus, der gerade die Lieferung des Silberschiffs dirigierte und darauf achtete, dass den Gästen in der richtigen Reihenfolge serviert wurde. Doch seine Mundwinkel zuckten, während er das sagte, und er ließ seine rechte Hand über ihr Knie hinaufwandern.

»Wir sind arbeitende Menschen. Wir unterhalten einander«, gab sie zurück. »Oder hast du Angst?«

»Komm mit«, sagte er, und sie stahlen sich aus dem Triclinium in den Garten des Atriums, wo drei angemalte Holzschiffe bereitstanden, die beim besten Willen nicht in die Küche passten, ohne jedermann den Weg zu versperren. Conopas pfiff durch die Zähne. »Bei Jupiter, das sind Agrippas Galeeren. Nicht schlecht. Da hat jemand tatsächlich mal ein echtes Schiff betreten.«

Mehrere der Sklaven legten gerade sehr sorgfältig Platten mit Schweinsköpfen in das erste Schiff. »Den mit der gebratenen Leber im Inneren links«, zischte einer von ihnen, »und den mit den gekochten Eutern rechts, nicht umgekehrt.«

Andromeda wollte in Richtung der Bibliothek und des kleinen Zimmers daneben verschwinden, doch Conopas hielt sie zurück.

»Tut mir Leid wegen des Misstrauens, mein Schatz«, sagte er, und in seine Stimme mischte sich Drängen und Spott zugleich, »aber ich muss doch wissen, ob es dir um mich geht – oder darum, dass wir die Lesung verpassen. Auch wenn du mich auf diese Weise zwingst, dir Dinge zu zeigen, die dich nichts angehen.«

Unbeholfen, das war sie! Viel zu leicht zu durchschauen! Andromeda biss die Zähne zusammen und versuchte, sich nichts anmerken zu lassen. Er führte sie an dem zweiten Boot vorbei, in dem ein großer, bunter Holzkapaun mit einem Schwanz aus echten Federn stand, der auf dem Bootsboden nach einer Schüssel pickte, die nach gekochtem Hühnerfleisch roch. Vor dem dritten Boot blieb er einen Moment lang stehen, und Andromeda fragte sich, ob er am Ende beabsichtigte hineinzuklettern. Sie waren beide klein, doch nicht klein genug, um übersehen zu werden, wenn man die Boote erst in das Triclinium trug. Außerdem lag bereits ein Gebilde darin, das wie ein seltsames Tier mit Schwanz und trompetenförmigem Schnabel aussah. Der Geruch von Garum und Fisch, den es ausströmte, war unverkennbar, und sie vermutete, dass es sich aufklappen ließ und weitere Schüsseln barg.

Conopas ging weiter zu einer Ecke des den Garten umgebenden Gangs, wo es eine lose Steinplatte gab. Ohne große Mühen löste er diese aus ihrer Fassung. »Einer der Einstiege in die Heizung«, sagte er. »Was für ein Glück, dass es inzwischen zu warm ist, um sie weiter zu benutzen, wie?«

Die Hohlräume unter den wichtigsten Zimmern des Hauses, durch die heiße Luft gelenkt werden konnte, waren rußig und stickig, aber Stimmen leiteten sie hervorragend weiter. Das geschäftige Treiben in der Küche mischte sich mit dem Gerede aus dem Triclinium, das lauter wurde, je weiter Andromeda Conopas hinterherkroch. Unter anderen Umständen wäre sie begeistert ob dieser Entdeckung gewesen.

»Bei der Auswahl deiner Lager wird dich niemals jemand eine Liebeskunst schreiben lassen«, sagte sie und hustete. Er hielt ihr die Hand auf den Mund.

»Schschsch. Niemand darf uns hören.«

Über ihnen verkündete Julillas Stimme, nun sei es an der Zeit, dass Publius Ovidius Naso aus seinem neuen Werk vortrüge. Andromeda biss in Conopas' Hand, leicht genug, um klar zu machen, dass es kein Kampfversuch sein sollte. Gut, sie hatte ihn nicht fortlocken können. Aber zumindest sollte es ihr möglich sein, ihn so weit abzulenken, dass er genauso gut einen Stundenmarsch vom Triclinium entfernt sein könnte. *Du bist schlau, Conopas,* dachte sie, *aber ich bin eine gute Schülerin.* Als er sie losließ, drehte sie sich zu ihm um und ließ ihre Hände unter seine Tunika gleiten. »Das kommt darauf an«, wisperte sie ihm zu, »ob du das durchhältst, Conostrepens.«

Seinen Namen zu »Schreihals« umgeformt zu finden machte ihm offenbar nichts aus, doch die Herausforderung nahm er an. Im Dunkeln spürte sie seine Zähne an ihrem Ohrläppchen. »Tu dein Bestes, Drittelchen.«

»Das letzte Geschlecht ist von hartem Eisen«, sagte Ovidius' Stimme über ihr, volltönend, und gleichzeitig hörte sie Conopas' stetig schneller werdende Atemzüge. Ruß, Schweiß, nichts als zerdrückte Kleider zwischen ihnen. *Vielleicht war ich wirklich schon in der Unterwelt,* dachte sie, während sie Finger, Lippen und jedes bisschen Wendigkeit einsetzte, das sie besaß, *aber ich musste in den Olymp kommen, um zu lernen, wie man eine Hure ist.* Mit einem Mal erwachte die Bitterkeit mit nie gekannter Stärke in Andromeda. Sie wünschte sich, Conopas würde tatsächlich schreien. So laut, dass es die Gesellschaft dort oben hörte und dachte, es wären die Lemuren der Verstorbenen.

»… Betrug und allerlei Ränke, Hinterlist und Gewalt und die frevle Begier nach Besitztum …«

Vielleicht spürte er, was sie dachte. Vielleicht war er aber auch nur an einem Wettbewerb interessiert? Jedenfalls lösten sich seine Finger von ihrem Rücken und begannen einen Tanz auf jedem Fleckchen Haut, das er finden konnte, ohne sie zu unterbrechen. Ihr fiel wieder ein, was Arellius über Gladiatoren und ihre Beliebtheit gesagt hatte. Keine Frage, wo Conopas all das gelernt hatte, was er ihr beibrachte. Ihr eigener Atem beschleunigte sich.

»Also lebt man vom Raub: nicht trauen sich Wirte und Gäste, nicht der Schwager dem Eidam, auch Bruderliebe ist selten. Gatte und Gattin, sie trachten nach wechselseitigem Morde; für Stiefkinder mischen die Mütter entsetzliche Gifte …«

»Was?«, keuchte Conopas, und sie presste hastig ihre Lippen auf seine. Das hatte sie noch nie getan; seit ihrer Kindheit hatte sie niemanden mehr geküsst. Es war ein seltsames Gefühl, und es wurde immer eigenartiger, weil er zum ersten Mal etwas Ungeschicktes tat. Conopas hatte ihr Dinge gezeigt, die sie sich trotz ihrer gelegentlichen Neugier während all der Botengänge im Bordell vorher nicht ausmalen konnte, aber als er ihren Mund auf seinem spürte, erstarrte er. Einen Moment lang hielten sie beide inne. Dann küsste er sie, auf eine unbeholfene, scheue Weise, als habe er das noch nie getan.

»... Gerechtigkeit liegt zertreten, und die Letzte der Götter hat die blutige Erde verlassen.«

Er löste sich von ihr und stöhnte leise. Irgendwie war ihr der Zorn abhanden gekommen, und es enttäuschte sie nicht mehr, dass er doch nicht geschrien hatte. Oben herrschte betretenes Schweigen, nachdem Ovidius mit seiner Lesung zu Ende gekommen war.

»Und dieses eiserne Zeitalter?«, fragte ein Mann, den Andromeda nicht erkannte, betreten.

»Ist jetzt«, sagte die kühle, feste Stimme von Vipsania Julilla.

～

Das Haus auf dem Palatin hatte ein eigenes Badezimmer mit einem quadratischen Kaltwasserbecken und zwei einander gegenüberliegenden Warmwasserbecken in Bogenform. Eine gewöhnlich große Frau wie Julilla musste in ihnen zwar die Knie anziehen, doch die kleinen Becken hatten den Vorteil, dass es nicht so lange dauerte, sie über die Kesselanlage neben der Küche mit heißem Wasser zu füllen.

Es war bereits Mitternacht, gegen Ende der zweiten Nachtwache, als die letzten Gäste fort waren, was nicht bedeutete, dass der Haushalt bereits zur Ruhe kam. Der für die Reinigung verantwortliche Teil der Sklaven lag auf den Knien und säuberte das Triclinium von den Überbleibseln des Festes; Julillas Befehl, Wasser für ihr Bad zu erwärmen, bedeutete, dass nun außerdem noch einmal Feuer geschürt werden musste. Es gehörte nicht zu Andromedas Aufgaben, sich an Aufräumarbeiten zu beteiligen. Bisher hatte sie es trotzdem getan; im Haus der Drei Delphine waren ihr oft solche Aufgaben zugeteilt worden. Aber was während des Empfangs geschehen war, hielt sie noch immer in einem eigenartigen Zustand.

Als Julilla sie zu sich rufen ließ, in das Badezimmer, wurde ihr bewusst, dass sie sich nur unzureichend gereinigt hatte: Ihr Gesicht, die Arme und die Beine waren noch immer deutlich verrußt und verdreckt von dem Kriechen in den Heizungshohlräumen, und sie war sicher, dass der Geruch an ihrem Körper ein Übriges verriet. Und doch: Als sie in sich hineinhorchte, stellte Andromeda fest, dass sie sich nicht schämte. Das war genau so gut Julillas Werk wie das von Conopas und ihr selbst.

Eine kurze Zeit lang hatte ihr Vater einen Hund besessen, um seine Herde zu schützen, bis von einer Herde keine Rede mehr sein konnte. In dieser Zeit war der Hund öfter im Haus gewesen, und wenn er dort in eine Ecke pisste, hatte Andromedas Mutter ihn mit der Nase hineingestoßen, bis das Tier verstand und sich nur noch außerhalb des Hauses erleichterte. Während Julilla sie musterte, wurde Andromeda das Bild von dem Hund nicht mehr los. Sie widerstand dem Impuls, laut etwas wie »Da, riech nur, böses Tier!« zu rufen. Vermutlich hätte es ihrer Herrin ohnehin nur ein Lächeln abgerungen.

Julilla saß in dem Becken mit dem heißen Wasser und wirkte so gelassen und entspannt, als habe sie alle Zeit der Welt. »Ich werde morgen meinen Großvater besuchen«, informierte sie Andromeda schließlich, »und du und Conopas, ihr werdet mich begleiten.«

»Werden wir das?«

Sie hatte nicht so herausfordernd und beißend klingen wollen, aber das übliche »Ja, Herrin« kam ihr einfach nicht über die Lippen, nicht heute Nacht. Einmal ausgesprochen, standen die Worte zwischen ihnen. Julilla ließ das Schweigen lange genug andauern, dass Andromeda sich fragte, was in diesem Haushalt die Strafe für nicht belustigende Unverschämtheiten war.

Das blondes Haar und die Augenbrauen Julillas wirkten durch das Wasser dunkler, wie sehr staubiges Gold, die Lippen dagegen ohne Schminke sehr viel blasser, als sie wieder sprach. »Bring mir ein Handtuch«, sagte sie leise.

Das Tuch lag, sorgfältig gefaltet, auf dem einzigen Möbelstück im Raum, einem kleinen Schemel. Es war aus blau gefärbtem Leinen, und Julillas Haut zeichnete sich sehr hell dagegen ab, als sie sich damit umhüllte.

»Das Wasser wird noch eine Weile heiß sein«, sagte sie zu Andromeda. »Es steht dir zur Verfügung.«

Nachdem sie den Raum verlassen hatte, blieb Andromeda noch eine Weile reglos. Dann zuckte sie die Achseln, entkleidete sich, und stieg in das heiße Wasser. Es war ihr nicht klar, was die Geste bedeuten sollte: eine Belohnung für geleistete Dienste, einen Verweis, eine Entschuldigung? Wahrscheinlich nichts davon; reiche und edle Leute wie Julilla hörten nur das, was sie hören wollten. Aber wenn Andromeda etwas gelernt hatte, dann zu nehmen, was das Leben ihr bot.

Im Vergleich zu den Badeanstalten glich das Warmwasserbecken einem Trog – einem Trog aus reinem Silber –, was aber für ihre Größe immer noch verschwenderisch groß war. Das Wasser reichte Andromeda bis zum Hals. Zurücksinkend überließ sie sich der Wärme, die allmählich in ihr aufstieg. Das kalte Gefühl des Benutztwerdens und

Benutzens schmolz etwas, bis auf einen harten Kern, der sie daran erinnerte, wie lächerlich leicht sie zu kaufen war. Außerdem begann sich ein nervöses Gefühl in ihrem Magen zu regen: Ganz gleich, wie reich, edel und mächtig die Leute waren, denen sie bisher begegnet war, mit Julillas Großvater ließen sie sich nicht vergleichen. Er war Augustus, so ewig und erhaben über den Rest der Sterblichen wie seine Statuen, die sie überall in Rom gesehen hatte. Und es hieß, er möge keine Missgeburten.

Andromeda holte Luft und tauchte ihren Kopf in das warme Wasser, um den Schmutz auch von ihrem Gesicht verschwinden zu spüren. Seit ihrer ersten Badeerfahrung hatte sie die Angst vor dem Untergehen längst verloren. Es lag nicht daran, dass die Größe des Beckens sie beruhigte. Für einen Moment stellte sie sich einfach vor, wie es wäre, unter Wasser zu bleiben, sich langsam aufzulösen in der Hitze. Wie sich die Glieder erweichten, die Knochen zerdehnten, die Nägel die Härte verlören. Ihre Haare, Finger, Beine und Füße würden zu nichts als Wasser werden ... Mit einem gewissen Bedauern tauchte sie wieder auf. Ihre Lippen brannten; sie berührte ihren Mund mit den Fingerspitzen.

Als sie aus dem Wasser stieg, stellte sie fest, dass sie nach dem Krokusöl roch, das für Julilla in das Becken gegossen worden war.

III.

Laut Arellius war der Apollotempel, in dessen Schatten
das ehemalige Haus des Hortensius stand, das der
Princeps schon vor Jahrzehnten zu seinem Heim gemacht hatte, im Vergleich zu den Tempeln Alexandrias oder
Athens eher bescheiden. Für Andromeda war er überwältigend.

Sie verrenkte sich den Kopf, um die dreistöckige Pracht
aus Marmor richtig würdigen zu können, und übersah dabei
beinahe das kleinere Anwesen daneben, das ihr noch vor ein
paar Monaten unendlich groß vorgekommen wäre. Im Vergleich wirkte es unordentlich und eigentlich hässlich, wie
mehrere kleine Holzklötze, die ein Kind zusammengesetzt
hatte. Als sie später erfuhr, dass es ursprünglich zwei Heim-
stätten gewesen waren, das Haus des Hortensius und das seines Nachbarn, war sie nicht überrascht. Wenn nicht mehrere
Prätorianer vor dem Eingang gestanden hätten – aus ihrer
Sicht wahre Riesen, größer als die meisten Männer, die sie
kannte –, wäre das Heim des Augustus ihr neben dem über-
wältigenden Glanz des Tempels überhaupt nicht aufgefallen.
Nur die Lorbeerbäume zu beiden Seiten des Tores, über
dem ein großer Kranz aus Eichenlaub hing, gefielen ihr
sofort.

Julilla war für diesen Besuch in die Stola der verheirateten
römischen Bürgerin von Stand gekleidet. Das Purpurrot des
Streifens, der den Rand ihrer Stola säumte, war die einzige
Farbe in der schlichten weißen Wolle, doch die seidene

Tunika, die sie darunter trug, leuchtete rosig, und an den Ohrläppchen trug sie goldgetriebene Ringe. Sie saß sehr gerade in ihrer Sänfte. Man hätte den kurzen Weg auch zu Fuß gehen können, und sie trug keine Sandalen, sondern richtige Schuhe aus besticktem Ziegenleder, die ihre Zehen verbargen. Es musste eine Frage des Eindrucks sein, den sie hinterlassen wollte.

Andromeda und Conopas waren nicht die Einzigen, die ihre Herrin – abgesehen von den Trägern – begleiteten: Die Tonstrix und der freigelassene Rezitator folgten der Sänfte zu Fuß, während die Zwerge mit in der Sänfte sitzen durften.

Sie versuchte, sich an alles zu erinnern, was Arellius über das Bild *Die Argonauten* gesagt hatte, nur um nicht an die Begegnungen denken zu müssen, die ihr nun bevorstanden. Sogar in der Subura gab es einige Portiken, die Reliefs mit den Bildern des großen Augustus zeigten – wie er und seine Familie den Göttern opferten oder wie er die Stadt vor ihren Feinden schützte –, aber mehr als die klaren, geraden Linien seines Profils gaben sie über den Princeps nicht preis. Trotz ihrer bitteren Worte besaß Julilla eine Porträtbüste von ihm, auf der er der Apollostatue glich, die vor dem Tempel stand, erhaben, jung und schön. Aber er musste ein alter Mann sein, und Andromeda wurde klar, dass sie trotz all der Abbildungen im Grunde keine Vorstellung davon hatte, wie der erhabene Augustus heute aussah.

Augustus hatte regiert, solange Andromeda am Leben war, und selbst ihre Mutter hatte nie einen anderen Herrscher gekannt. Niemand im Dorf wusste von einem anderen Rom als dem seinen. Die älteren Leute, denen sie in der Stadt begegnet war, konnten sich zwar an die Bürgerkriege erinnern und wussten, warum nur wenige Menschen aus ihrer Jugend noch am Leben waren. Doch Andromeda hatte nie jemanden die alten Zeiten zurückwünschen hören.

Ein geschwätziger Kunde von Sosia hatte einmal erzählt,

dass Augustus außerhalb von Rom als Gott verehrt wurde. Was seine Gattin betraf, so nannte Julilla sie meist »die Schicksalsgöttin auf dem Palatin«, und Charis hatte ihren Namen wie eine Schutzformel gerufen, um sich zu verteidigen. All das genügte, um Andromeda den Schweiß auf die Stirn zu treiben und den Hals so trocken werden zu lassen, als hätte sie tagelang nichts getrunken. Das Bangen vor ihrem ersten öffentlichen Auftritt war harmlos im Vergleich dazu gewesen.

Julilla wurde ehrerbietig empfangen und durch das Vestibulum ins Innere des Hauses geführt. Die Tonstrix und der Rezitator folgten ihr mit gesenkten Häuptern, doch da Conopas den Kopf hoch erhoben hielt, tat Andromeda das Gleiche. Als sie an den Prätorianern vorbeigingen, bemerkte sie, dass die funkelnden Waffen an den Türpfosten befestigt und nicht von den Soldaten dort abgestellt worden waren.

Sie versuchte, nicht daran zu denken, dass sie sich im Heim des Herrn der Welt befand; das Schwindelgefühl, das die bloße Vorstellung auslöste, war kaum zu unterdrücken. Besser, sich auf Kleinigkeiten zu konzentrieren wie den Versuch, die Bilder wiederzufinden, von denen sie durch Arellius wusste. Aus den Augenwinkeln erspähte Andromeda im Vorbeilaufen nichts, was dem Bild von den Argonauten ähnelte, das Arellius beschrieben hatte. Dafür dachte sie zuerst, dass sich überall Kiefergirlanden um kleine rote Säulen rankten, bis sie lange genug stehen blieb, damit sie feststellen konnte, dass nicht nur die Girlanden, sondern auch die Säulen gemalt waren. Dankbar klammerte sich Andromeda an die Bewunderung für diese Kunstfertigkeit, um sich von der Größe und Höhe der Räume, durch die sie Julilla folgte, nicht noch mehr einschüchtern zu lassen. Bisher hatte Arellius ihr erst zwei Stunden gegeben, aber selbst einen geraden Strich in weichem Tafelwachs zu ziehen oder mit dem

Kohlestift ein einfaches Blatt nachzumalen war viel schwerer, als sie geglaubt hatte. Sich den Kopf über das Geschick der Künstler zu zerbrechen, die diese Wandverzierungen angebracht hatten, erschien ihr wie ein rettendes Tau aus Wirklichkeit in dem Meer aus Ehrfurcht und Traum, das der Besuch im Heim des Herrschers darstellte.

In einem Zimmer, in dem Masken an den Wänden hingen, blieb Julilla endlich stehen. Diese Art von Masken hatte Andromeda schon öfter gesehen, nur nicht dort, wo sie eigentlich getragen wurden: Es waren Theatermasken, lachende und weinende Fratzen mit klaffenden Mündern und verzerrten Zügen. »Das«, hatte Mopsus einmal geseufzt und mit einer der Masken hantiert, »trägt ein wirklicher Schauspieler, kein Straßenmime. Wenn ich nur etwas größer wäre, hätte ich die Medea in Epidauros spielen können, aber so ...« In ihrer Unwissenheit hatte sie gefragt, ob denn nicht eher Myrtis die Medea spielen sollte, und er hatte ihr ungnädig mitgeteilt, Frauen seien zwar als komödiantische Miminnen gut genug, wo nur ein gewisses Maß an Körperbeherrschung zählte und ohnehin mehr auf gewisse figürliche Vorteile geachtet wurde, aber das große Theater, das Theater, in dem man als Schauspieler Gelegenheit habe, die Worte des unsterblichen Euripides zu sprechen, sei selbstverständlich eine Kunst, die nur von Männern ausgeübt werden konnte.

Der Mann, der in einem breiten, geflochtenen Korbstuhl saß und aufblickte, als Julilla und ihr Gefolge den Raum betraten, hielt eine der Masken in der Hand. Sein eigenes Gesicht ähnelte dem, das Rom durch Reliefs und Statuen kannte, doch es fehlte die makellose Ebenmäßigkeit und die Jugend. Es war das Antlitz eines alten Mannes mit lückenhaften Zähnen und fleckiger Haut. Dem weißen Haar sah man nur noch an wenigen Strähnen an, dass es einmal blond gewesen war wie das seiner Enkelin. Doch die Augen des

Mannes waren immer noch sehr klar. *Augustus,* durchfuhr es Andromeda, und das lang zurückgehaltene Schwindelgefühl brach sich endgültig Bahn.

Unerwarteterweise spürte sie plötzlich die Hand der Tonstrix, die hinter ihr stand, auf der Schulter. Die sanfte Berührung half: Sie war *wirklich* hier und stand in einem Raum mit dem größten Römer aller Zeiten. Es war kein Traum. Die Aufregung, die Andromeda spürte, war nicht mehr nur Furcht. Hier zu sein bedeutete auch, Teil an dieser Größe zu haben.

»Julilla«, sagte er mit einer Stimme, der man wie der von Ovidius und des Rezitators anmerkte, dass sie an laute Vorträge gewöhnt war. »Meine Liebe, soll es heute Tragödie oder Komödie sein, was meinst du?«

»Ich dachte, du missbilligst es, wenn ich ins Theater gehe, Großvater«, erwiderte Julilla ausdruckslos.

»Nur die Rollen …«, begann er, dann runzelte er die Stirn. Die hellen Augen richteten sich auf Andromeda und Conopas. Ungehalten fuhr er fort: »Umgibst du dich noch immer mit Missgeburten? Nun, das ist deine Sache. Doch du weißt genau, dass ich diese Wesen nicht schätze. Warum bringst du sie her?«

»Das Mädchen hatte den Wunsch, den Vater des Vaterlands zu sehen«, entgegnete Julilla knapp. »Du bist es, der immer betont, wie wichtig die Erfüllung solcher Anliegen für das einfache Volk sei. Conopas ist ihr Beschützer.«

»Wir sind alle einfache Bürger.« Augustus hob abwehrend eine Hand, während Andromeda alles an Selbstbeherrschung brauchte, um nicht vor Scham im Boden zu versinken oder vor Zorn zu erröten. Die Hand der Tonstrix löste sich von ihrer Schulter. Angst stieg in ihr auf, und sie dachte, dass Wesen, die Augustus missfielen, gewiss nicht lange lebten, jedenfalls dann, wenn sie nicht edler Herkunft waren. Würde sie doch Muränenfutter werden?

»Ihr könnt gehen«, sagte Julilla zu Andromeda und Conopas. »Ich werde euch rufen lassen, wenn mein Gespräch
mit dem Ersten Bürger beendet ist.«

Mit einem Ruck spürte Andromeda Conopas' Hand an
ihrem Handgelenk. Sie war unfähig, sich zu bewegen, wie
ein Hase, der von der Schlange gebannt war, doch der hefti-
ge, schmerzhafte Ruck, der durch ihren Körper ging, als er
sie hinter sich herzog, vertrieb die Starre.

Als sie außer Sichtweite waren, gab sie ihm einen Stoß und
machte sich frei. Es war eine Erleichterung, der Gegenwart
des Princeps entkommen zu sein, gewiss, nur durfte sie
Conopas nicht wissen lassen, dass sie sich geschämt und
gefürchtet hatte. Selbstbewusstsein war das Einzige, was sie
ihm gegenüber zeigen wollte.

»Ich kann selbst gehen.«

»Kannst du das?«, fragte er trocken. »Dann folge mir.«

»Was denn«, sagte sie mit gesenkter Stimme spöttisch,
»du kennst auch das hiesige Heizungssystem?«

»Das tue ich, aber dorthin werden wir nicht gehen. Ich
weiß genau, was in dem Zimmer dort geredet werden wird:
Keiner von beiden ist schon so weit, um ehrlich miteinander zu reden, also werden nur sehr viele angedeutete Mah-
nungen und Vorwürfe ausgetauscht werden.« Sein breiter
Mund verzog sich zu seinem Grinsen. »Nein, ich habe die
Absicht, einem Gespräch zuzuhören, das noch nie geführt
worden ist.«

»Und *wer* wird das führen?«, fragte sie, halb neugierig,
halb enttäuscht, weil sie sich nach diesem Hinauswurf wirklich gewünscht hatte, den Princeps selbst zu belauschen,
trotz der Angst und der Aufregung, die ihr das Blut immer
noch in den Ohren rauschen ließen.

»Du, Nummer drei«, gab Conopas zurück und kniff ein
Auge zusammen. »Nach dem gestrigen Tag bin ich mir sicher, dass es sich lohnt, dich der Herrin Livia vorzustellen.«

Unerwarteterweise verletzte sie das, und nicht nur, weil sie angenommen hatte, er hätte ihr geglaubt, dass sie von Begierde getrieben gewesen war. Erneut ergriff er ihr Handgelenk, zog sie zu sich und flüsterte ihr ins Ohr: »Die Herrin Livia verschwendet ihre Zeit nicht an Menschen, die nicht bereit sind, *alles* zu geben.«

Das Anwesen des Augustus war zweistöckig. Anders als in den Häusern der Subura gab es hier jedoch kaum kleine Kammern. Der Raum, zu dem sie der Sklave führte, den Conopas angesprochen hatte, war mindestens doppelt, wenn nicht dreifach so groß wie der, in dem Arellius lebte, und Arellius besaß das größte Zimmer im Haus der Drei Delphine. Selbst das Fenster war großzügig, die girlandenverzierten Wandgemälde voller heller, freundlicher Landschaften. Viele kleine Tische aus Holz, die einen zitronenartigen Duft ausströmten, oder aus Marmor, Gold und Silber standen an den Wänden. Die Holztische waren gekräuselt, getüpfelt oder hatten eine wellenförmige Maserung. Sie waren beladen mit Gläsern und erlesenem Geschirr. Fasziniert betrachtete Andromeda die Steinschalen mit unterschiedlichsten Formen, die aus Achaten waren, wie ihr der zuständige Sklave erklärt hatte, der darüber im Hause des Aemilius die Aufsicht führte, als sie nach ihrer Ankunft dort staunend vor der Einrichtung der Villa stand. Die Größe der Silberkannen und Achatgefäße übertraf die ihre oft beträchtlich, und als sie einmal versuchte, eine solche Silberschüssel anzuheben, merkte sie, dass sie schwerer war als ein erwachsener Mensch.

Nach den Andeutungen von jedermann über die Gemahlin des Princeps hatte Andromeda eine strenge, kühl aussehende Frau am Spinnrad erwartet, möglicherweise tatsächlich mit einer Schere in der Hand. Die Frau aber, die wie ihr Mann in einem bequemen Sessel saß und sich gerade von einem Rezitator eine Schriftrolle vortragen ließ, glich diesem Bild überhaupt nicht. Sie hätte jedermanns gütige Großmutter sein können mit ihrem grauen Haarknoten und dem liebenswerten Lächeln.

»Ah, Conopas«, sagte sie ohne einen Hauch von Sarkasmus. »Das muss bedeuten, dass unsere Julilla ihren alten Großvater besucht. Wie wunderbar! Er ist so einsam dieser Tage. Ich mache mir Sorgen um ihn.«

Wenn man Conopas glauben durfte, dann hatte Livia Julillas Besuch bereits erwartet, ehe diese sich überhaupt dazu entschlossen hatte.

»Herrin, darf ich dir …« Er machte eine winzige Pause, gerade lange genug, um Andromeda fürchten zu lassen, er würde ihren alten Namen gebrauchen. »… Andromeda vorstellen, das neueste Mitglied des Haushalts der edlen Julilla.«

Livia bedeutete ihrem Rezitator, den Raum zu verlassen, und winkte Andromeda zu sich. »Komm näher, meine Kleine«, sagte sie mit wohlwollendem Tonfall.

Mit jedem Schritt, den Andromeda tat, fragte sie sich mehr, ob sie aus Versehen im falschen Haus gelandet war. Die Bezeichnung »Missgeburt« vorhin mochte kränkend gewesen sein, doch seine Enkelin hatte der erhabene Augustus mitnichten abweisend behandelt, und diese Frau erweckte auch nicht den Eindruck einer hartherzigen, unerbittlichen Göttin. Konnte sie wirklich diejenige gewesen sein, die Charis den Auftrag gegeben hatte, Kräuter in das Getränk ihrer Stiefenkelin zu mischen?

»Mitglied dieses Haushalts zu werden muss sehr verwirrend für dich gewesen sein, du Arme«, sagte Livia mit ihrer warmen, fürsorglichen Stimme. »Julilla ist keine einfache Frau.«

In Andromedas Nacken prickelte etwas, und nicht nur, weil sie den Kopf stärker zurücklehnen musste, nun, da sie unmittelbar vor Livia stand. Es gab keine Möglichkeit, auf diese Feststellung eine unverfängliche Antwort zu geben. Wenn sie das, was Livia gerade behauptet hatte, verneinte, dann erklärte sie sich für Julilla und konnte außerdem respektlos gegenüber der Gattin des Princeps genannt werden. Wenn sie die mitschwingende Frage bejahte, dann war sie ihrer Herrin gegenüber unloyal, und es war durchaus möglich, dass auch dieser Umstand in den Augen von Livia tadelnswert erschien. Auf gar keinen Fall war eine so geschliffene Formulierung ein Zufall, was bedeutete, dass es besser war, in der Gemahlin des Augustus nicht eine liebenswerte alte Frau wie Caeca zu sehen. »Augustus regiert die Welt«, hatte Arellius einmal gesagt, und er war dabei vollkommen nüchtern gewesen, »aber Livia regiert Augustus.«

Doch die letzten Monate waren ständige Übungen in Wortfechtereien gewesen. Es war nicht so, dass Andromeda mit einer Waffe, von der sie keine Ahnung hatte, in die Arena geschickt wurde. Sie musste sich nur vorstellen, dass dies nicht die Gemahlin des Princeps war, sondern ein Gast bei einem Mahl, den sie unterhalten sollte.

»Ich bin ein einfaches Mädchen«, sagte Andromeda schließlich, »das sich bemüht, seine Herrschaft nicht zu enttäuschen.«

»Da bin ich sicher«, erwiderte Livia herzlich.

Wieder dachte Andromeda an die gefolterten Sklaven der verbannten Julia und an die Amme namens Phoebe, die Selbstmord begangen hatte. Sie alle waren Opfer, für die es egal gewesen sein dürfte, ob der Princeps der Vater einer verbrecherischen Tochter war, dem nichts anderes übrig blieb, als sie zu verbannen, oder ob er der hartherzige, gnadenlose Gott aus Stein war, der seine Tochter verstieß, obwohl sie sich nichts zuschulden hatte kommen lassen. Und so spielte es auch keine Rolle, ob Livia eine gütige oder gefährliche Stiefmutter war, Julilla eine bösartige, gelangweilte Frau, die ihren Hass auf diejenigen richtete, die größer und mächtiger waren als sie, oder die Überlebende einer Familienschlacht, die mit dem Rücken zur Wand stand. Wenn sich Andromedas Herrin nicht mit dem Princeps versöhnte, würde nur das zählen – und ein grausames Schicksal bedeuten. Julilla wollte sie zu ihrer Spionin machen. Die Herrin wusste, dass Conopas für Livia arbeitete, und sie unternahm nichts, um ihn – im Gegensatz zu Charis – loszuwerden. Andromeda begann zu begreifen, warum sie wortwörtlich in Conopas' Bett geworfen worden war: Julilla plante, nicht nur den Spion überwachen zu lassen, sondern vor allem seine Patronin. Livia sollte also glauben, dass Andromeda käuflich war. Nur darauf kam es an.

Julilla hatte Andromeda durchaus Grund gegeben, dankbar zu sein, nicht nur, weil eine Sklavin ihrer Herrin ohnehin Treue schuldete. Das Leben, das sie in dem edlen Haushalt führte, war satter und unendlich bequemer als das in der Subura. Doch die Dankbarkeit, die Andromeda dafür empfand, dass Julilla ihr ein Dasein im Olymp ermöglichte, war durchsetzt von Bitterkeit wegen des Preises, den sie dafür nächtlich entrichten musste, und dem schlechten Gewissen, dass sie unweigerlich jedes Mal überfiel, wenn sie an Charis dachte. Sie wusste nicht genau, was geschehen wäre, wenn sie sich geweigert hätte, mit Conopas zu schlafen, aber sie konnte nicht glauben, dass man sie nicht einfach zu Lycus zurückgeschickt oder weiterverkauft hätte. Stichus und die Tonstrix machten hin und wieder Bemerkungen darüber, wie gut und ehrenvoll es wäre, im Haushalt der Enkelin des Princeps zu leben, der Tochter Agrippas, der edelsten jungen Dame von Rom, und sie hatten gewiss Recht, aber umsonst gab es nichts. Erst durch Conopas war Andromeda bewusst geworden, was es wirklich hieß, keine eigenen Rechte zu haben und keinen Vater, der einen beschützen konnte.

Livia gab sich freundlicher als Julilla. Dass so viele Leute mit Ehrfurcht oder Angst von ihr sprachen, brauchte an sich nichts zu bedeuten; von der blinden Priesterin hatte man sich im Dorf auch allerlei dummes Zeug erzählt, und Caeca war einer der gütigsten Menschen gewesen, die Andromeda je gekannt hatte. Doch nach all den Monaten in der Stadt konnte Andromeda nicht glauben, dass Livia ein Wort an die Sklavin ihrer Stiefenkelin verschwenden würde, wenn sie dafür nicht im Gegenzug etwas erwartete. Ihre Güte hielt gewiss nicht lange an, wenn sie entdeckte, dass Andromeda sie belog. Bei Conopas' ständiger Gegenwart war das eigentlich unvermeidlich, sollte Andromeda in Julillas Diensten das Spionieren nur vortäuschen. Natürlich war Livia nicht ihre Herrin, aber selbst gewöhnliche Bürger, die Sklaven fremder Leute schlugen oder umbrachten, mussten dafür nur ein Entgelt wegen der Beschädigung fremden Eigentums entrichten. Die Gattin des Princeps konnte gewiss mit anderer Leute Sklaven tun, was immer sie wollte.

Umsonst gibt es nichts, dachte Andromeda. *Ich werde für beide arbeiten, und doch für keine von ihnen.* Sie spürte, wie sich ein Gefühl von Trotz und Stolz in ihr regte. *Ich werde alles tun, um am Leben zu bleiben.*

»Es ist nicht immer leicht zu wissen, was von einem erwartet wird«, sagte sie zögernd. »Deswegen wäre es gut, den Rat einer so weisen Frau zu haben, wie du es bist, Herrin.«

Sie spürte Conopas' Hand auf ihrer Schulter und vermied es, in seine Richtung zu schauen. Das Netz von feinen Falten, das Livias Gesicht bedeckte, zog sich noch etwas weiter in ein offenes Lächeln. Conopas' Hand wanderte von Andromedas Schulter auf ihren Rücken, und sie fragte sich, ob das seine Art von Ablenkung sein sollte.

»Jungen Leuten helfe ich immer gerne«, sagte die Gattin des Princeps. Sie ließ sich erzählen, welche Gäste bei der Lesung am gestrigen Tag anwesend gewesen waren und was der Dichter Ovid vorgetragen habe.

»Ein Auszug aus seinem neuen Werk«, antwortete Conopas sachlich und so höflich, wie er in Julillas Haus mit niemandem sprach, »bei dem es offenbar nicht mehr um die Liebe geht, sondern um Verwandlungen.«

»Verwandlungen welcher Natur?«

Conopas blieb stumm. Seine Hand auf Andromedas Rücken glitt noch etwas tiefer. Es war ihr klar, dass dies gleichzeitig eine Aufforderung zum Sprechen und eine Heimzahlung dafür war, dass sie versucht hatte, ihn von der Lesung abzulenken. Gleichzeitig sträubte sich etwas in ihr, das wiederzugeben, was sie von Ovidius' Versen verstanden zu haben glaubte, selbst wenn es nicht eben viel gewesen sein mochte. Er war der erste Mensch gewesen, der sie in Rom freundlich behandelt hatte, war nie von seiner Liebenswürdigkeit abgewichen und hatte nie eine Gegenleistung verlangt. Sie wollte ihn nicht in Schwierigkeiten bringen. Nach dem Schweigen zu urteilen, das gestern auf die Bezeichnung »eisernes Zeitalter« und die Anspielungen auf Stiefmütter, die Gift austeilten, gefolgt war, würden diese Auszüge aus seinem neuen Werk hier sicher nicht gut aufgenommen werden. Aber sie konnte auch nichts erfinden, was falsch klang.

Endlich fiel ihr wieder ein, was Julilla einmal gesagt hatte, bei der Liberalia-Feier in Ovidius' Haus. »Es wurde von der Verwandlung von Häusern aus Holz in Häuser aus Marmor gesprochen, und von Menschen in Steine, glaube ich«, platzte sie heraus.

Livia seufzte. »Julilla ist ein solches Kind«, sagte sie und beschied ihnen, sie könnten gehen.

Diesmal dauerte es eine Zeit lang, bis Conopas mit ihr sprach, aber er ließ sie nicht los, während er sie durch die Gänge zerrte und seine Stirn sich in Falten legte. Neben einer kleinen Apollo-Statue kam er schließlich zum Stehen.

»Nicht schlecht, Drittel«, sagte er. »Und ich dachte, du

magst diesen Dichterschönling.« Er warf ihr einen spöttischen Blick zu. »Wenn er nämlich nach all dem doch keinen
Hymnus auf den Princeps schreibt, wird die Herrin Livia zu
dem Schluss kommen müssen, dass er anderes im Sinn hat,
und wer könnte ihn wohl dazu beauftragt haben?«

»Nach all dem *was?* Ich habe keine Ahnung, wovon du
sprichst«, entgegnete Andromeda knapp.

»Der Erste Bürger Roms ist es, der von sich gesagt hat, er
habe eine Stadt aus Holz und Ziegeln vorgefunden und in
eine Stadt von Marmor verwandelt. Dass er so etwas auch
mit den Menschen gemacht haben soll, ist natürlich ein dop-
peldeutiges Kompliment«, sagte Conopas, immer noch in einer ungewohnt gewählten Sprache, und wechselte dann jäh
in die Tonart über, die ihr bei ihm vertrauter war. »Und jetzt
hör mir gut zu, mein Schatz. Das ist kein Spiel. Vielleicht
mag ich dich ganz gerne, aber wenn du dir noch mal ein-
bildest, du könntest mich reinlegen, dann findest du dich
schneller bei einem neuen Besitzer wieder, als du pfeifen
kannst.«

Zu sagen, dass er ein Sklave wie sie war und nicht das
Recht besaß, sie weiterzuverkaufen, brachte ihr vermutlich
nur Hohngelächter und Andeutungen über seinen Einfluss
ein. Aber er hatte es ein weiteres Mal fertig gebracht, die Sympathie, die sie nach dem ungeschickten Kuss von gestern gespürt hatte, unter dem Zorn zu ersticken, den sie empfand,
wenn er ihr ihre Machtlosigkeit verdeutlichte. Also nahm sie
das, was Arellius gesagt hatte, und ihre eigenen Vermutungen
und wagte einen Sprung ins trübe Wasser. Mit übertrieben
aufgerissenen Augen sagte sie: »Ist es das, was mit dir passiert
ist? Kämpfst du deswegen nicht mehr in der Arena, weil du
versucht hast, jemanden hereinzulegen? Was für ein Jammer.
Und du kannst noch nicht mal besonders gut pfeifen.«

Zum ersten Mal, seit Andromeda ihn kannte, wich die
Farbe aus seinem Gesicht. Selbst seine blauen Augen kamen

ihr fast grau vor. Mit einem sehr viel stärkeren fremden Akzent, als sie es bei ihm gewohnt sah, fragte er heiser:»Wer hat behauptet, dass ich je in der Arena war?«

»Wir haben alle Freunde, von denen andere nichts wissen«, entgegnete sie so geheimnisvoll wie möglich und beglückwünschte sich zu dem Treffer.»Das sage ich mir täglich, seit ich das Glück habe, auf dem Palatin zu wohnen«, setzte sie mit ihrer süßesten Stimme hinzu, und als sie an seiner Miene erkannte, dass er den Spott spürte, war sie froh, bis sein Schweigen ihrer Freude den Triumph nahm.

Eine Weile starrten sie sich stumm an.»Irgendwo hier soll ein Gemälde sein, dass *Die Argonauten* heißt«, sagte sie schließlich leise.»Ich würde es gerne sehen, bevor wir gehen.«

»Woher soll ich wissen, wie die Gemälde hier heißen?«, gab Conopas ruppig zurück. Dann schnitt er eine Grimasse und seufzte.»Schon gut, ich glaube, ich weiß, welches du meinst. Aber es ist nicht mehr hier. Der Princeps hat die gesamte Täfelung in sein Landhaus nach Tusculum bringen lassen.«

»Oh. Das ist … schade.« *Aber vielleicht,* dachte sie, *vielleicht wäre ich auch enttäuscht gewesen.* Arellius hatte ihr das Gemälde in so glühenden Farben geschildert und es so gelobt, dass es ihr kaum möglich schien, seine Beschreibung von der Wirklichkeit eingeholt zu finden. So viele Dinge waren in den letzten Monaten anders gewesen, als man sie dargestellt hatte. Vielleicht war es gut, wenn nicht alles von der Wirklichkeit eingeholt wurde.

Auf dem Weg zurück begegneten sie der Tonstrix, die an eine der roten Säulen gelehnt stand, als suche sie Halt. Tränen rannen unter geschlossenen Lidern hervor. Andromeda, die es selbst gehasst hätte, so gesehen zu werden, machte Anstalten, sich leise an ihr vorbeizustehlen, doch Conopas sagte achtlos: »Hat der Princeps dich ebenfalls hinausgeworfen, Helena? Pass auf, dass die Jahre dich nicht noch mehr schrumpfen lassen, wenn er dich jetzt schon mit unsereins verwechselt.«

»Nein«, entgegnete die Tonstrix tonlos, ohne aufzublicken, »nein, der edle Augustus hat nichts dergleichen getan. Er hat mich gar nicht gesehen. Er *weiß* nicht, wer *ich* bin.« Den letzten Satz sprach sie mit einer eigenartigen Vehemenz aus, die Andromeda verwirrte. Warum sollte der große Augustus wissen, wer die Sklavin war, die seiner Enkelin die Haare frisierte? Sie bezweifelte, dass er die Namen von mehr als einer Hand voll Sklaven kannte, die ihn bedienten. Der einzige Grund, warum Lycus wusste, wie jedermann im Haus der Drei Delphine hieß, war, dass sie ihm Geld einbrachten, und alle seine Dirnen, Mimen, Musiker und Leibwächter dort waren insgesamt nur ein kleiner Teil der riesigen Menge, die in einem herrschaftlichen Haushalt lebte. Unter diesen Umständen zu erwarten, dass sich der Princeps ausgerechnet an eine Tonstrix erinnerte, war irrsinnig und passte ganz und gar nicht zu der älteren Frau, die sonst so in ihrem Dienst an Julilla aufging, ohne dabei ihren Stand zu vergessen.

Unwillkürlich schaute Andromeda zu Conopas, der jedoch offenbar auch nicht mehr begriff als sie, denn er gab keinen Kommentar zu dieser merkwürdigen Feststellung ab, sondern zuckte die Achseln und machte Anstalten weiterzugehen. Die Tonstrix weinte immer noch, und das stoßweise Schluchzen war zu heftig, um nur das Resultat gekränkter Eitelkeit zu sein. Andromeda erinnerte sich daran, wie die Tonstrix ihr den Rücken gestärkt hatte, als die Ehrfurcht darüber, sich in Augustus' Gegenwart zu befinden, ihr fast die Sinne raubte. Sie griff nach oben und drückte kurz ihre Hand, ehe sie Conopas folgte.

Als sie in das Zimmer mit den Masken zurückkehrten, war der Rezitator, den Julilla mitgebracht hatte, dabei, etwas auf Griechisch zu deklamieren. Augustus saß mit geschlossenen Augen da und genoss offenbar den Vortrag. Die Worte rauschten an Andromeda vorbei, sie begriff kein einziges. Noch weniger verstand sie, dass Julilla die Hand ihres Großvaters hielt; diese zärtliche Geste stand im Widerspruch zu allem, was sie bisher über das Verhältnis zwischen den beiden gehört hatte.

»Deswegen ist ihr Bruder verbannt worden und unsere Herrin nicht«, flüsterte Conopas ihr spöttisch ins Ohr, leise genug, dass es neben der schwellenden Rezitation von niemandem außer Andromeda gehört wurde. »Wenn gar nichts anderes mehr hilft, dann hat sie immer noch gewusst, wie man den gebührenden Enkelrespekt zeigt.«

Die beiden Zwerge kauerten sich in eine Ecke, wo sie der Princeps nicht bemerken würde, wenn er die Augen öffnete, und warteten darauf, dass der Rezitator zu einem Ende kam. Julilla schaute weder ihren Großvater an, noch den Rezitator. Stattdessen starrte sie auf die Masken an den Wänden.

Das fremde Lautgemisch verklang, und der Princeps murmelte: »Danke, Julia.«

Abrupt löste sie ihre Hand aus der seinen, und erst, als Augustus für einen winzigen Augenblick erstaunt aufblickte, wurde Andromeda bewusst, dass er seine Enkelin mit dem Namen seiner Tochter angeredet hatte. »Nun, das war sehr schön«, sagte er dann gelassen, als sei nichts geschehen. »Siehst du, das ist doch wahre Kunst. Homer, der unseren Vergilius inspirierte. Nicht dieses flatterhafte Zeug, das dir deine Mahlzeiten verkürzt.«

Julilla gab eine höfliche und nichts sagende Antwort, und er fragte sie, wann sie die Stadt verlassen würde und aufs Land ginge.

»Nach den Lemuria.«

Auf einmal war jeder Anflug von Weichheit aus der Stimme des Princeps verschwunden. »Ich möchte, dass du wenigstens einen der Lemuren-Tage hier verbringst«, sagte er. »Mit deinem Gemahl. Die Familie ist so selten zusammen. Sich Feinde zu schaffen ist leicht, Julilla. Ich will Frieden.«

»Oh, ich bin sicher, zu den Lemuria sind wir *alle* da, und so friedlich, wie du es uns durch dein Vorbild gelehrt hast, Großvater.«

»Deine Brüder waren mir die teuersten Menschen auf Erden«, sagte Augustus kühl. »Sei ihnen eine würdige Schwester.«

~

Die Lemuria waren die drei Tage, an denen die Geister der Verstorbenen, die Lemuren, ihre alten Häuser heimsuchten, das wusste Andromeda. Ihr Vater hatte um Mitternacht den üblichen Gang durch die zwei Räume gemacht, aus denen ihr Haus bestand, um die Lemuren der Ahnen zu beschwichtigen. In der Sänfte stellte sie im Kopf eine kleine Rechnung auf: Verstorben waren in Julillas Familie ihr Vater, Marcus Vipsanius Agrippa, ihre beiden ältesten Brüder, Gaius und Lucius, die der Princeps adoptiert hatte, sowie der erste Gemahl ihrer Mutter, Marcellus, und dessen Mutter, die Schwester des Princeps. Am Leben, aber verbannt, aus der Familie ausgestoßen und daher so gut wie tot waren ihre Mutter Julia und ihr jüngster Bruder Postumus. Ihre Schwester Agrippina und deren Gemahl Germanicus befanden sich nicht in Rom und würden daher auch nicht anwesend sein können. Falls Andromeda nicht irgendjemanden übersah, bestand die Familie des Princeps wirklich mehr aus Toten und Verbannten als aus Lebenden.

Julilla hatte, bis auf eine Anweisung an die Sänftenträger, noch kein Wort gesprochen, seit sie das Haus verlassen

hatten. Sie hielt die Augen geschlossen wie vorhin ihr Großvater. Ihre Finger waren um die Knie geschlungen.

»Als ich seinerzeit nach Rom gekommen bin, haben sie
mir erzählt, die Lemuria hätten ursprünglich Remuria geheißen und wären das Sühnefest für Remus gewesen, den Romulus erschlug«, sagte Conopas plötzlich laut. »Fand der
Brudermord nicht auch hier auf dem Palatin statt, Herrin?«

»Mir ist nicht nach alten Geschichten, Conopas«, entgegnete Julilla mit belegter Stimme. »Ich lebe im Hier und
Jetzt.«

»Seit wann?«, fragte er keck.

Julilla ignorierte ihn. »Andromeda, du wolltest etwas freie
Zeit heute. Nun, du hast sie. Conopas kann dich begleiten.
Bei Anbruch der Dunkelheit seid ihr wieder im Haus.«

Das kam so unerwartet, dass Andromeda keine Zeit blieb,
um erfreut über die freien Stunden oder verärgert darüber
zu sein, dass sie nun Conopas am Hals hatte, ehe die Sänftenträger zum Stehen kamen und auf Julillas Befehl hin den
Zwergen die Möglichkeit gaben auszusteigen. Unschlüssig
stand sie auf der Straße, während die Vorhänge, welche die
Sänfte von der Außenwelt abschirmten und die gleichen
rotschwarzen Farben wie der Wimpel trugen, wieder zurückgeschlagen wurden. Die Tonstrix und der Rezitator,
die zu Fuß folgten, blieben stehen, und Andromeda konnte
erkennen, dass von den Tränen der Frau inzwischen nichts
mehr zu sehen war. Dafür machte sie ein betroffenes Gesicht, als die Sänfte von den Trägern wieder angehoben
wurde.

»Das ist unser Tag für Hinauswürfe«, sagte Andromeda in
einem scherzhaften Ton, um die Tonstrix aufzuheitern und
ihr zu verdeutlichen, dass nichts Böses geschehen war.

»Gütige Juno«, kam die entsetzte Reaktion, und Andromeda begriff, dass sie noch deutlicher werden musste.

»Nein, nein, die Herrin hat uns ein paar Stunden freigegeben, weil ich sie darum gebeten habe, das ist alles. Es war sehr großzügig von ihr.«

Mit einem erleichterten Lächeln in Andromedas Richtung setzte sich die Tonstrix wieder in Bewegung. Die Sonne hatte ihren höchsten Punkt schon überschritten; noch eine Stunde, dann begann für die meisten Leute die große Mahlzeit. Was bedeutete, dass selbst die Straßen auf dem Palatin vor Menschen wimmelten, die entweder noch schnell Besorgungen erledigten oder zu einer der Garküchen auf den Foren oder in der Subura unterwegs waren. Bald waren die Tonstrix, der Rezitator und die Sänftenträger in der Menge verschwunden.

Andromeda nagte an ihrer Unterlippe. Wäre sie alleine, hätte sie sofort loslaufen können. Sicher, wenn sie Pech hatte, traf sie Arellius nicht im Haus der Drei Delphine an, aber die Wahrscheinlichkeit dafür war um diese Zeit nicht sehr hoch. Er ging selten aus, wenn man von Besuchen in den Bädern einmal absah. Zum ersten Mal wurde ihr bewusst, wie einsam er sein musste.

Die Vorstellung, dort mit ihrem Begleiter aufzukreuzen, störte sie. Andromeda wollte nicht, dass Conopas auch diesen Bereich ihres Lebens kennen lernen und kommentieren konnte. Außerdem hatte sie vor, Arellius von dem gesamten seltsamen Besuch und der Unterredung mit Livia zu erzählen und ihn um seinen Rat zu bitten. Auch das war nicht möglich, wenn Conopas sie begleitete. Natürlich gab es die Möglichkeit, überhaupt nicht in die Subura zu gehen, sondern stattdessen zu versuchen, Julillas Sänfte hinterherzulaufen, die nicht in Richtung ihres Heims unterwegs war. Ihr hinterherzuspionieren und herauszufinden, weswegen sie auf einmal keine Zwerge in ihrer Nähe gebrauchen konnte.

»Hm«, sagte Conopas trocken. »Dumm ist sie nicht, unsere Julilla.«

»Weil sie dich loswerden will?«, gab Andromeda zurück.

»Weil sie mich ganz schön in die Klemme gebracht hat. Ich traue dir nicht, aber ich kann entweder dir hinterherlaufen oder ihr.«

»Ich verstehe nicht, warum sie dich nicht verkauft«, sagte Andromeda.

»Ich habe Freunde, von denen du nichts weißt«, erwiderte Conopas und ahmte ihren süßen Ton von vorhin nach. Es war, als hätte sie den Moment, in dem er die Fassung verloren hatte, nur geträumt.

»Warum besuchst du die dann nicht?«, schlug sie schnippisch vor und rannte los, ohne sich noch einmal zu ihm umzudrehen. Sie beschloss, es darauf ankommen zu lassen. Bestimmt war es wichtiger für ihn zu wissen, wen Julilla besuchen wollte. Falls nicht, dann konnte sie versuchen, ihn abzuhängen.

Andromeda duckte sich zwischen Beinen und Stangen durch und war froh, weiterhin die Übungen gemacht zu haben, die Mopsus ihr beigebracht hatte. Ein paar Mal verfing sie sich in den weiten Togen, die hier viel öfter als in den anderen Teilen der Stadt getragen wurden. Als sie es das erste Mal absichtlich tat, um eine Entschuldigung zu haben, sich umzudrehen und zu überprüfen, ob Conopas ihr folgte, machte sie ihn nirgendwo mehr aus.

∽

Es war ihr früher nie so bewusst gewesen, wie durchdringend es im Haus der Drei Delphine stank. All das Öl und Fett aus der Garküche unten wären schon stark genug gewesen, aber dazu kamen noch die billigen Düfte, die von den Frauen im ersten Stock verwendet wurden, um gegen den Küchengeruch anzukommen, und der Gestank, den der große Urinbottich unter der Treppe verbreitete, in den sie früher immer die Nachttöpfe hatte entleeren müssen. Es war merkwürdig, wie schnell man sich an ein besseres Leben gewöhnen konnte; früher war ihr nur der Uringestank schlimm erschienen und alles andere paradiesisch. Aber heute? Bis Andromeda in Arellius' Zimmer angelangt war, hatte sie keinen Hunger mehr.

Bei ihm roch es wie gewohnt nach Wein. Er hatte sich betrunken, aber nicht in die Bewusstlosigkeit hinein; als Andromeda den Raum betrat, stützte er sich auf seine Ellbogen und kniff die roten, entzündeten Augen zusammen.

»Ah«, sagte er, »sind wir nun doch gekommen, um weiter das Ziehen von geraden Strichen zu üben? Spar dir die Mühe.«

»Aber du kannst doch jetzt noch nicht sagen, ob ich Talent habe oder nicht«, protestierte sie. »Ich lerne erst seit einer Woche! Und ich konnte wirklich nicht eher kommen. Du weißt doch, dass ich nicht Herrin meiner Zeit bin.«

»In deinem Alter hätte ich jede Art von Prügel von meinem Vater auf mich genommen, nur um öfter malen zu können! Aber das ist nicht der ... der springende Punkt.« Arellius runzelte die Stirn, als sei ihm das, was er sagen wollte, wie ein Vogel entfleucht. »Indigo«, fuhr er endlich fort. »Indigo ist der springende Punkt.«

Andromeda sah ihn verwundert an.

»Du und deine Fragen, ihr habt mich dazu gebracht zu glauben, ich könnte noch einmal anfangen. Heute früh wollte ich Indigo auf dem Markt kaufen. Lycus hat das Auge des Gesetzes nicht mehr auf dem Hals, das hat ihn in gute Stimmung versetzt, und er will ein Bild für sein Haus auf dem Esquilin. Man braucht Indigo für jedes anständige Bild, und ich hatte nicht mehr genügend. Und was habe ich jetzt?«

Gelächter brach aus ihm hervor, stoßweise, heiser und ohne jedes Vergnügen.

»Taubenmist. Der älteste Trick der Welt! Taubenmist mit nur ein klein wenig echtem Indigo vermischt, und ich habe es nicht gemerkt. Meine Augen taugen nichts mehr, so ist es.«

Mit einem jähen Griff packte er den Krug, der neben seinem Lager stand, und schleuderte ihn in ihre Richtung. Es war noch nicht einmal nötig, sich zu ducken; er flog über ihren Kopf hinweg in den Vorhang, der das Zimmer vom Gang trennte, und fiel zu Boden. Der dumpfe Ton verriet Andromeda, dass der Krug trotz dieser Misshandlung nicht zerschellt war.

»Was ist mein Leben noch wert?«, fragte Arellius bitter. »Sag mir das!«

Er ließ sich auf sein Lager zurückfallen und krümmte sich zusammen, wie sie es tat, wenn ihr kalt war. Schauer durchliefen seinen Körper, und abrupt begriff sie, dass er weinte.

Ratlos lief Andromeda zu ihm, kletterte auf die Liege und schlang ihre kleinen Arme um seinen Rücken. Sie hatte keine Übung darin, jemanden zu trösten, aber ihn so zu sehen tat ihr weh.

»Du bist mein Freund«, flüsterte sie und war sich gleichzeitig bewusst, dass es keine Antwort war. Sie wollte hinzufügen, dass es nur ein dummer Zufall gewesen sei oder dass seine Augen auch schwächer geworden wären, wenn er noch ein reicher, geachteter Maler mit einem eigenen Haus wäre, aber keine dieser Versicherungen würde ihm helfen. Man musste blind, dumm und taub sein, um nicht zu verstehen, dass Arellius um weit mehr weinte als um ein Versehen beim Kauf von Indigo.

»Du bist mein Freund«, wiederholte sie hilflos und fragte sich, ob das je etwas wert sein würde.

IV.

Ich habe dich immer als eine Freundin betrachtet«, sagte Julilla.

Terentilla, die sich gerade gezuckerte Mandeln hatte bringen lassen, hielt in ihrer Bewegung inne und musterte ihren Besuch überrascht. »Meine Liebe, ich habe dem guten Naso bereits meine Unterstützung zugesagt«, entgegnete sie. »Du brauchst dich nicht weiter ins Zeug legen. Das Rennen ist gelaufen, du hast die Streitwagen schon zum Sieg geführt, und so weiter.«

»Nein, wirklich«, beharrte Julilla. »Ich weiß, dass du dich für meine Mutter eingesetzt hast. So etwas vergesse ich nicht.«

Terentilla zerbiss einige Mandeln und schüttelte dann den Kopf. »Dein Großvater auch nicht, mein Schatz. Deswegen bin ich seither nicht mehr in die Ochsenkopfstraße eingeladen worden. Nicht, dass ich es vermisse. Noch nicht einmal Livias eigener Sohn geht gerne dorthin. Im Grunde ist es ein Jammer. Dein Großvater war nicht immer so ein Muster an altrömischer Würde, weißt du? Als wir noch jung waren, gab er einmal ein Gastmahl, bei dem jeder Anwesende einen der olympischen Götter verkörperte. Es gab einen gehörigen Skandal danach, aber wenigstens einen von der Art, der sich lohnt. Einen, bei dem man vorher viel lacht und seinen Spaß hat.« Sie fuhr sich mit der Zunge über die Lippen, um noch den letzten Hauch von Zucker zu erhaschen. »Dein Großvater war ein anderer Mensch damals.«

Augustus war noch immer kein Kostverächter, doch das

ging seine Enkelin nichts an. So sorglos und leichtherzig sie sich auch gab, so genau hatte Terentilla immer gewusst, welchen Klatsch man mit wem teilen konnte. Die Gerüchte darüber, dass Livia ihrem Gemahl hin und wieder junge Mädchen zuführte, waren nichts für seine verbitterte Enkelin.

Julilla trank etwas von dem Wasser, um das sie gebeten hatte. »Ich glaube, jetzt empfinge er dich«, sagte sie.

»Nein.«

Die Kürze der Antwort war so uncharakteristisch für Terentilla, dass die jüngere Frau sich erstaunt gerade setzte, wie ein zurechtgewiesenes Kind.

»Aber er …«

»Nein, ich werde nicht für deinen Bruder Postumus bitten«, sagte Terentilla. »Du scheinst vergessen zu haben, dass meinen Bemühungen damals kein Erfolg beschieden war – und Julia hat er tatsächlich geliebt. Von euch Kindern lagen ihm nur Gaius und Lucius am Herzen, aber bestimmt nicht Postumus. Willst du wissen, warum nicht?«

»Warum erklärst du es mir nicht«, entgegnete Julilla, mühsam beherrscht. »Dann kann ich es meinem Bruder schreiben. Er hat auf seiner Insel reichlich Zeit, darüber nachzugrübeln, und dieser Brief würde gewiss von Livia und meinem Großvater genehmigt werden.«

Terentilla schob sich noch mehr Mandeln in den Mund und stellte fest, dass sie Mitleid empfand. Das Mädchen war einfach zu spät geboren worden, so wie bereits ihre Mutter. Nicht, dass die blutige Zeit der Bürgerkriege dem sicheren Leben jetzt vorzuziehen gewesen wäre, aber in der alten Republik hatte es Raum für mehr als einen Mann an der Spitze gegeben, und daher auch für mehr als eine Frau. Politischer Ehrgeiz war Terentilla fremd, aber sie hatte mit genügend ambitionierten Menschen geschlafen, um ihn zu erkennen, wenn sie ihn sah. Bei den Juliern war er erblich.

»Weil von deiner ganzen Familie nur Gaius, Lucius und

Julia in der Lage waren, ihn zu *lieben*«, sagte sie gelassen. »Der Rest von euch hat Angst vor ihm, achtet ihn, verehrt ihn oder verabscheut ihn. Und eines hat der große Augustus mit dem Rest der Menschheit gemeinsam: Er wird ausgesprochen gerne geliebt.«

Zu Terentillas Verwunderung starrte Julilla einen Moment betroffen auf ihre Hände. Dann schüttelte die junge Frau den Kopf. »Das hat meiner Mutter nicht geholfen. Außerdem gibt es gute Gründe für ihn, Postumus zurückzurufen. Ich kann immer noch nicht glauben, dass er Tiberius wirklich als seinen Nachfolger wünscht. Livia tut es. Aber *er* hat jeden anderen aus der Familie Tiberius vorgezogen, solange es ging. Postumus ist sein Fleisch und Blut, und der Sohn von Agrippa, der ihm angeblich doch so viel bedeutet hat. Jeder würde Postumus als seinen Nachfolger akzeptieren, wenn er ihn nur wieder nach Rom holt.«

»Du unterschätzt Tiberius, mein Kind, weil er dein Stiefvater war und du ihn verabscheust.« Terentillas Kopf bewegte sich träge hin und her, als sei die warme Luft des Nachmittags zu schwer, um sich schnell zu bewegen. »Nun, wenn es an mir wäre, ich hätte jederzeit lieber deinen Bruder im Haus als das Warzengesicht, aber hier geht es nicht darum, sich angenehm die Zeit zu vertreiben. Auch, wenn du es nicht gerne hörst: Tiberius hat für das Reich mindestens so viel getan wie dein Vater. Du dagegen, dein Mann, dein Bruder – ihr habt noch überhaupt nichts für Rom getan. Wenn du deinen Bruder wirklich zurückhaben willst, dann wird das nicht über Bitten von alten Freunden geschehen, oder weil dein Großvater Tiberius nicht mag. *Leistet* etwas – sonst lass alle Wünsche fahren und finde dich mit den Verhältnissen ab.« Sie seufzte. »Weißt du, warum ich so lange überlebt habe und mein Alter und all die netten Annehmlichkeiten meines Lebens in Ruhe genießen kann? Weil ich meine Grenzen kenne. Livia hat sich nie von mir bedroht gefühlt, und *er* schon gar nicht. Es hat seine Vorzüge, ein angenehmer Zeitvertreib zu sein.«

»Nicht für eine Julierin!«, entgegnete Julilla und brachte es fertig, dabei sachlich statt arrogant zu klingen. »Wir sind entweder alles oder nichts. Und wenn ich es fertig brächte, nichts zu sein, würde mir das trotzdem nicht helfen. Die Einzige von uns, die bis auf Weiteres sicher vor Livia sein wird, ist Agrippina, und das nur, weil sie mit Livias Enkel Germanicus verheiratet ist.«

Die gezuckerten Mandeln in ihrem Mund verloren ihren Geschmack schnell. Terentilla lehnte sich seufzend vor; es wäre klüger, nicht so zu empfinden, doch sie hatte immer noch eine Schwäche für den Teil der julischen Familie, der Intelligenz mit gutem Aussehen verband. Mit Spott und Zuneigung zugleich fragte sie: »Auf einmal ist etwas viel von dir selbst die Rede … Ich dachte, dir geht es nur um die Rettung deines Bruders aus der Verbannung?«

»Solange er lebt, ist Postumus ein Rivale für Tiberius. Er trägt das Blut meines Großvaters in sich. Auch er muss entweder alles sein oder nichts. Wenn Tiberius an die Macht kommt und Postumus sich immer noch in Gefangenschaft befindet, wird er ihn töten lassen. Also muss Postumus meinem Großvater nachfolgen. Und dann wird er treue, verlässliche Berater brauchen. Nicht die Art von Speichelleckern, die sich immer um einen aufgehenden Stern scharen, sondern jemanden, der immer zu ihm gestanden hat. Er braucht mich.«

»Und dich hältst du für klüger als Postumus?«

»Eine Frau, die nur so klug sein will wie ein Mann«, sagte Julilla mit einem winzigen Lächeln, »hat keinen Ehrgeiz.«

Terentilla lachte. »Man kann es auch anders ausdrücken: Du willst Livia sein, und dazu brauchst du einen Augustus. Dein Gemahl wird niemals auch nur zum Rennen für die Nachfolge zugelassen, also bleibt dir keine andere Wahl, als alles auf deinen Bruder zu setzen.«

Sie dachte an Postumus Agrippa. Als Einziger von Julias Nachkommen war er wirklich noch ein Kind gewesen, als man sie verbannte, und hatte daher bei seinen Großeltern leben müssen, denen er die Schuld am Verlust der Mutter gab. Die Wut hatte aus ihm einen verstockten Jungen gemacht, der sich weigerte zu lernen, und dann einen Jüngling, der sich absichtlich so auffällig wie möglich über alle Vorschriften hinwegsetzte, um sich an Livia und Augustus zu rächen. All das war vielleicht verständlich, aber auch äußerst unreif – und schlicht und ergreifend dumm. Selbst Julilla, die ihrer Mutter am nächsten gestanden hatte, war klug genug gewesen, um zu begreifen, dass man Augustus so auf gar keinen Fall erreichen konnte.

»Falls seine Gefangenschaft deinen Bruder nicht verändert hat, ist er immer noch ein Narr«, sagte Terentilla entschieden. »Ein unglückliches Opfer vielleicht, aber trotzdem ein Narr. Willst du wirklich einem Narren zur Macht verhelfen, nur, um selbst daran teilzuhaben? Dann übertriffst du unsere Schicksalsgöttin auf dem Palatin noch. Sie mag ja eine Menge Lebensfäden verkürzt haben, um ihren Sohn Tiberius zur Nachfolge zu verhelfen, aber er hat Senat und Volk bereits oft genug bewiesen, dass er kein Dummkopf ist.«

»Mein Bruder Gaius war so klug, dass die Lehrer seine Redegewandtheit mit der des Cicero verglichen. Ich hätte ihn gerne als Ersten Mann Roms erlebt«, sagte Julilla sehr leise und sehr präzise. »Doch er ist tot. Weil jemand, wie du es ausdrückst, seinen Lebensfaden verkürzt hat. Mein Bruder Lucius besaß die Gabe, sich jeden zum Freund zu machen, den er für sich gewinnen wollte, wie man es uns allen nachsagt, doch er besaß sie wirklich. Er konnte streitende Parteien vereinen und hätte den Senat und alle verbliebenen edlen Familien hinter sich gebracht. Vielleicht wäre es ihm sogar gelungen, mich und Postumus mit Tiberius zu versöhnen, denn er war der

Einzige von uns, der Livia und Tiberius nie gegrollt hat. Es hätte mich glücklich gemacht, ihn herrschen zu sehen. Doch auch sein Lebensfaden ist zerrissen worden. Postumus mag alles sein, was du von ihm behauptest, aber er ist noch am Leben. Und ob du mir nun hilfst oder nicht, ich werde dafür sorgen, dass er am Leben bleibt, dass er seine Freiheit wiedererlangt und dass Rom unter seiner Herrschaft wächst und gedeiht. Wenn ich dafür jede denkbare Entscheidung treffen muss, dann werde ich es tun.«

~

»Du solltest nicht hier sein«, sagte Arellius schließlich. Seine Stimme klang noch immer belegt, aber nicht länger gebrochen. »Wenn du freie Zeit zur Verfügung hast, dann vertreib sie dir anders. Du bist jung. Nutze das aus, solange es noch geht.«

»Ich tue, was ich die ganze Woche nicht habe tun können«, entgegnete Andromeda, löste sich von ihm und setzte sich auf. »Ich spreche mit einem Freund und muss nicht darauf achten, was jedes Wort, das ich sage, bedeuten kann.«

Sie erzählte ihm von dem Besuch im Haus des Princeps, von Julilla und Livia und ihren Andeutungen. Sie erwähnte sogar, dass sich das Gemälde der Argonauten nicht mehr dort befand, noch ehe Arellius sie danach fragte. Nur von Conopas sprach sie nicht, wenn es sich irgendwie umgehen ließ, obwohl kein Grund für ihr Schweigen bestand, der ihr bewusst war.

Arellius hörte geduldig zu, aber Andromeda war nicht sicher, ob alles, was sie sagte, zu ihm durchdrang. Nachdem sie zu einem Ende gefunden hatte und wieder Schweigen einkehrte, schnaubte er und verlangte, sie solle ihm Wein holen.

»Aber hast du nicht schon …«

»Nein! Wenn die Rede von unser aller Herrn und seiner Gemahlin ist, dann bestimmt nicht.«

Andromeda kletterte auf den Boden, hob den Krug vor dem Vorhang auf und lief hinunter, vorbei an den ersten Kunden, die der frühe Nachmittag mit sich brachte. Vor einer der Kammern lehnte, die Augenbrauen pechschwarz bemalt und die grellfarbene Tunika so tief ausgeschnitten, dass der Mann, der ihre Brust prüfend betastete, noch nicht einmal Stoff beiseite schieben musste, Charis. Über die Schulter des Mannes hinweg trafen ihre Augen Andromedas, und das Schlimmste war, dass in ihnen statt des erwarteten glühenden Hasses nichts als leere Hoffnungslosigkeit lag.

Charis hat ihr Schicksal selbst zu verantworten, wiederholte sie sich zum hundertsten Mal. *Sie wäre sonst gestorben. Ich habe ihr das Leben gerettet.* Doch Andromeda fühlte sich bei diesem Anblick trotzdem niedriger als das elendste Gewürm. Hastig wandte sie sich ab und lief weiter zur Garküche.

Dort ließ sich Myrtis gerade etwas gebratenes Fleisch reichen. Ein wenig verlegen begrüßten sie sich. Myrtis kam ihr nicht mehr ärgerlich vor; stattdessen war sie unverhohlen neugierig und machte mehr als deutlich, dass sie erwartete, Andromeda würde bei der nächsten Feier im Haus des Aemilius Paullus für das Auftreten ihrer kleinen Truppe sorgen.

»Stichus entscheidet gewöhnlich …«

»Beim Herkules und seinem Schwengel, Andromeda, ich weiß, dass du nicht die Haushaltsvorsteherin dort bist!«, unterbrach Myrtis sie ungeduldig. »Aber du kannst uns empfehlen – oder bist du dir zu gut dafür?«

Mit einer Mischung aus schlechtem Gewissen und Ärger gab Andromeda zurück: »Nein. Aber ich dachte, ihr seid euch zu gut für meine Gesellschaft. So etwas hast du jedenfalls gesagt, als wir bei Ovidius Naso waren.«

Myrtis zeigte nicht die Spur von Reue. »Du musst das einzige Kind deiner Eltern gewesen sein«, sagte sie achselzuckend. »So empfindlich, wie du dich benimmst, wenn jemand dich zurechtweist. Glaub mir, damit kommt man nicht weit in der Welt.«

»Ich habe es immerhin bis auf den Palatin geschafft«, sagte Andromeda, doch sie meinte es nicht so und wusste, dass Myrtis sich darüber im Klaren war. Wenn das Leben auf dem Palatin wirklich so wunderbar wäre, dann hätte Andromeda sich viel mehr Zeit damit gelassen, den langen Weg in die Subura zurückzukehren.

Sie versprach, ein gutes Wort für Myrtis und die anderen einzulegen, erzählte von dem Gastmahl und seinen unglaublichen Einzelheiten und bat dann um den Wein für Arellius. Myrtis schnalzte missbilligend mit der Zunge und erklärte, ihrer Meinung nach solle man den alten Mann lieber sich selbst überlassen.

»Männer in dieser Stimmung sind zu nichts nütze, und wenn man noch nicht einmal bezahlt wird, erntet man nur Undank, wenn man versucht, sie abzulenken.«

»Wie du meinst«, sagte Andromeda unverbindlich, weil sie keine Lust hatte, mit Myrtis über Arellius zu streiten. Ein anderes Thema dagegen brannte ihr geradezu auf der Zunge.

»Myrtis«, sagte sie bittend, »könntest du dich etwas um Charis kümmern?«

»Charis? Oh, die Neue«, entgegnete Myrtis wegwerfend. »Sie ist jetzt die Parthenope, aber das wird nicht lange so bleiben. So, wie die sich gehen lässt, wird sie bald die Kniende sein.«

»Aber wenn du sie unter deinen Schutz nimmst, könnte sie vielleicht Mimin …«

»Warum sollte ich?«, fragte Myrtis, nicht verärgert, eher erstaunt. »Wir haben schon zwei Neue für die Gauklertruppe. Was hätte ich davon?«

Ernüchtert starrte Andromeda sie an. Abgesehen von dem Ärger, den sie nach dem Begräbnis gezeigt hatte, war Myrtis ihr immer freundlich vorgekommen und eine gute Lehrerin gewesen. Aber jetzt wurde Andromeda klar, dass dies alles auf Lycus' Anweisung hin geschehen war. Etwas wie Mitleid mit Schwächeren lag Myrtis wahrscheinlich ebenso fern wie Sosia, nur zeigte Myrtis das anders.

Das Wort »Mitleid« musste sie laut ausgesprochen haben, denn Myrtis wiederholte es ungehalten.

»Mitleid? Mit einem Püppchen, das bis jetzt ein Zuckerleben hatte? Mitleid, *pah*. Wenn dich zehn Legionäre, die in dein Dorf eingefallen sind, hintereinander vergewaltigen und dann immer noch eine riesige Schlange ansteht, dann wünschst du dir selbst die eigene Schwester an deine Stelle.«

»Tut mir ...«

»Bring mich nicht dazu, dich zu ohrfeigen! *Ich* will bestimmt niemandem Leid tun. Wenn mich jemand freikauft, dann verlasse ich mich nicht darauf, dass er meiner nicht müde wird. Ich werde ihn dazu bringen, mir genügend Sklavinnen zu kaufen, um selbst ein Bordell aufzumachen, und das wird dann gebührenden Gewinn einbringen, das verspreche ich dir.«

Es gab nichts mehr zu sagen. Der Weinkrug war gefüllt, und Andromeda lief wieder nach oben. Dort hatte sich Arellius inzwischen aufgesetzt.

»Kennst du die Geschichte von Ödipus?«, fragte er sie und wollte gleich nach dem Krug greifen, doch Andromeda suchte erst nach seinem Holzbecher und schenkte ihm ein, um die Sache etwas zu verzögern. »Ich habe einmal einen Ödipus gemalt, aber das Haus, auf dessen Wand ich ihn malte, gibt es nicht mehr. Woran sich kaum jemand erinnert, ist, dass Ödipus alles versucht hat, um seiner Prophezeiung zu entgehen. Er hat das Land gemieden, in dem er seine Heimat wähnte, und seine Zieheltern gemieden, die er für seine wahren Eltern hielt. Alles, damit das Orakel nicht Recht behielt, das ihn zum Mörder seines Vaters und Mann seiner Mutter erklärte. Aber gerade seine Versuche, dem Orakelspruch zu entgehen, führten ihn unweigerlich in sein Schicksal und zu seinen wahren Eltern, die er nicht erkannte.« Er fixierte Andromeda mit einem Blick, der weniger erbittert als resigniert war.

»Du kannst natürlich versuchen, es der kleinen Julilla und Livia gleichzeitig recht zu machen. Du kannst entscheiden, nur einer von beiden treu zu sein. Aber ganz gleich, was du versuchst, eines kann ich dir jetzt schon sagen – du wirst nicht bestimmen können, ob du lebst oder stirbst. Das tun andere. Du machst dein Schicksal nur wahrscheinlicher, wenn du ihm ausweichst. Denk nicht, Harmlosigkeit wird dich retten. Wenn die Götter ihre Spiele spielen, dann sind es meistens wir, die die Zeche zahlen.« Er nahm einen Schluck aus seinem Becher und zog eine Grimasse. »Lycus wird auch immer geiziger. Der Wein kommt ganz bestimmt nicht aus Gefia. Aber was soll's, jeder andere ließe mich bezahlen.« Er trank noch einmal. »Weißt du, alles hat seinen Preis. Wir haben Frieden in Italien, einen langen Frieden nach Jahrzehnten voller Krieg. Aber man muss die Soldaten beschäftigen, nicht wahr? Also führen wir Krieg mit den Barbaren. Aber genügen Barbaren? – Weißt du, was die Helden aller großen Geschichten gemeinsam haben? Früher oder später werden sie von jemandem verraten, der ihnen nahe steht. Erst das verleiht ihnen die Unsterblichkeit.«

Seine Worte ergaben keinen Sinn für Andromeda, und sie halfen ihr nicht weiter. Arellius in diesem Zustand um weiteren Zeichenunterricht zu bitten war ebenfalls sinnlos. Also bemühte sie sich, ihre Enttäuschung hinunterzuschlucken.

»Mein Freund Pedius hatte diese Idee«, fuhr Arellius unbeirrt fort. »Er konnte nicht sprechen, aber er zeichnete sie in den Staub, auf Wachs und hin und wieder sogar an die

Wand. Er fragte sich nämlich, ob der Gott Julius, der Onkel des Princeps, seinen Tod nicht selbst in die Wege geleitet hat. Es ist der alte Königstod, weißt du? Romulus ist auf diese Weise gestorben, getötet in unserem ersten Senat, so heißt es, und jeder, dem er vertraute, nahm ein Stück von ihm. Pedius wollte das malen, mit dem göttlichen Julius in der Gestalt des Romulus. Aber er kam nie dazu, dieses Bild zu vollenden. Merkwürdig, wie einem ungemalte Bilder im Gedächtnis bleiben können … Ich habe den Dictator nie gesehen, also stelle ich mir den Princeps als Romulus vor. Du musst wissen, man hat ihm den Namen als Titel angeboten, aber er wollte ihn nicht. Unser weiser Princeps wollte einen neuen Namen, den es noch nicht gegeben hat, und deswegen ehren wir ihn heute als Augustus. Aber mir gefällt das Bild trotzdem, das ungemalte.« Er musste Andromedas Gesichtsausdruck richtig gedeutet haben, denn er unterbrach sich.»Du hast keine Ahnung, wovon ich spreche, nicht wahr?«

»Nein«, gab Andromeda zu und fragte sich, ob das bedeutete, dass sie kein Talent zur Malerin hatte. Sie konnte keine ungemalten Bilder sehen. Die Bruchstücke alter Geschichten waren wie einzelne Steine der Mosaiken, die in den Badeanstalten und in den prunkvollen Häusern auf dem Palatin die Böden zierten, aber sie war kaum in der Lage, sie richtig zusammenzusetzen.

»Warte die Lemuria ab«, sagte Arellius.»Vielleicht verstehst du es dann.«

»Aber erklär mir wenigstens eins«, begann sie vorsichtig. »Warum hätte Romulus sterben wollen?«

»Er hatte all diese großen Taten vollbracht«, sagte Arellius nachdenklich.»Und nur noch eine blieb ihm übrig: den Mord an seinem Bruder zu sühnen. Er war des Lebens müde. Aber er musste erst jemanden finden, der ihn angemessen verriet.«

V.

Für die drei Tage der Lemuria waren die Pforten aller Tempel geschlossen. Es fanden keine Wagenrennen statt und keine Circusspiele, Besuche gab es nur innerhalb von Familien. Auf dem Dach des Hauses sitzend bildete sich Andromeda ein, sie könne so etwas wie einen dunstigen Schleier ausmachen, der über der Stadt lag, musste sich jedoch eingestehen, dass dergleichen wohl auch an anderen Tagen der Fall war. Auf jeden Fall ließen sich selbst mit zusammengekniffenen Augen deutlich weniger Menschen auf dem Forum ausmachen, und der große Jupitertempel auf dem Kapitol ragte wie ein einsames Felsriff in die Höhe, nur von Vögeln umschwirrt und ohne Besucher.

Sie hatte Julillas Papagei bei sich und eine Hand voll Körner, um dafür zu sorgen, dass er nicht fortflog. Sie vermutete, dass es dem Vogel bestimmt gefiel, hin und wieder das Gefühl zu haben, frei von kleinen und großen Käfigen zu sein und den Wind auf seinen Federn zu spüren.

»Ich bin froh, in der Stadt zu sein«, erklärte sie dem Tier. »Ich vermisse das Dorf kein bisschen. Wirklich nicht. Hier sind alle meine Träume wahr geworden.« Gut, niemand behandelte sie wie eine Prinzessin, aber sie lebte auf dem Olymp. Wenn jemand über sie lachte, dann, weil sie sich darum bemüht hatte; man lachte *mit* ihr, statt sich über sie lustig zu machen. Caeca hatte Recht gehabt. Früher, wenn sie über ihre Einsamkeit als Zwergin unter lauter groß gewachsenen Menschen geklagt hatte, war der blinden Frau immer das gleiche Sprichwort über die Lippen gekommen: *Einsamkeit ist die einzige Gefängniszelle, die sich nur von innen öffnen lässt.* Andromeda hatte es damals nicht verstanden, erst hier in der Stadt, wo sie Freunde gefunden hatte und die Tür aufstoßen konnte. *Ich bin sogar einem anderen Zwerg begegnet,* dachte Andromeda und schnitt eine Grimasse. Wünsche waren eigentümliche Dinge: Wenn sie wahr wurden, dann füllte das einen keineswegs aus, sondern machte einen hohl und ließ nur neue Wünsche wachsen.

»Wahr«, krächzte der Papagei, der sich mit dem Wort leichter tat als mit »Träumen« oder gar dem Rest ihres Geplappers. Sie wusste nicht, warum sie mit ihm sprach; vielleicht, weil er sie nicht verraten konnte.

Sicherheit, dachte Andromeda. *Das ist ein Wunsch, der mir geblieben ist und sich doch verändert hat.* Früher hatte sie geglaubt, Sicherheit bedeute, nicht mehr herumgestoßen zu werden und nie mehr hungern zu müssen. Das war, bevor ihr klar wurde, dass Sklaven ohne Weiteres als Muränenfutter enden oder um ihrer Aussagen willen gefoltert und getötet werden konnten. Für eine Sklavin gab es keine Sicherheit.

Julilla und Aemilius Paullus ließen alle paar Jahre einen Teil ihrer Sklaven frei oder gestatteten es anderen, sich freizukaufen. Wenn Conopas nicht geprahlt hatte, als er behauptete, man habe dem Herrn einmal fünfzigtausend Sesterzen für ihn geboten, dann war es allerdings unmöglich für einen Zwerg, sich selbst freizukaufen; nie im Leben ließ sich so viel Geld zusammensparen. Freigelassen zu werden war schon eher zu erwarten, vor allem, wenn Andromeda sich Julillas Gunst erhielt, aber dann würde sie arm sein und stünde auf der Straße. Sie würde von Glück sagen können, wenn sie selbst in der Subura eine Unterkunft fand. Es sei denn, Julilla behielte sie wie Stichus im Haushalt und bezahlte sie für ihre Tätigkeit, jedenfalls lange genug, bis Andromeda von Arellius das Malen gelernt hatte und teure Bilder verkaufte. Sie verscheuchte die Erinnerung an Arellius' Bemerkung, Talent ließe sich nicht erzwingen.

Der Papagei pickte in ihre Hand, die ihm Körner hinhielt. Es zwickte, aber nicht genügend, um wirklich wehzutun. »Man gewöhnt sich an alles«, sagte sie zu ihm und zitierte damit das, was die Dirnen im Haus der Drei Delphine ständig sagten. Es stimmte, aber was ihr niemand verraten hatte, war, dass Gewöhnung nur neue, unvernünftige Sehnsüchte hervorbrachte.

Inzwischen hatte sie erlebt, was es hieß, mit jemandem das Bett zu teilen. (*Oder den Boden,* flüsterte es in ihr, *oder den Heizungsschacht oder die Wand.*) Aber sie erinnerte sich an die beiden Africanerinnen und die Wärme und Zärtlichkeit, die sie einander zeigten. Davon wusste sie noch immer nichts. Und da sie Conopas die meiste Zeit noch nicht einmal mochte und ihm zu keinem Zeitpunkt vertraute, glaubte sie nicht, dass sich daran etwas ändern könnte.

Die Flötenbläserin fiel ihr ein, und wie sie lachend Ovidius zitiert hatte: *Eine Pflicht braucht mir keine Geliebte zu tun.* Das sagte sich leicht, wenn man die Auswahl hatte. Sicher gab es noch andere Zwerge auf der Welt, und irgendwo vielleicht das Königreich, von dem sie früher geträumt hatte. Nur hier in Rom gab es niemanden außer Conopas für sie, und in Bezug auf ihn hatte sie keine Wahl.

Oder doch?

Einen Moment lang verlor sie sich in der Vorstellung, Conopas wäre nicht ganz selbstverständlich davon ausgegangen, dass sie ihm zur Verfügung stand, sondern hätte sich um sie bemüht. Würde das einen Unterschied machen? Es war ohnehin nicht so, dass es ihr wehtat oder dass sie nichts empfand bei all dem, was er sie in langen Nächten lehrte. Nur glaubte sie nicht, dass es das war, was die Flötenbläserin gemeint hatte.

Conopas schien es zu genügen. Das machte ihn zu jemandem, der auch nicht mehr zu geben hatte. Im Unterschied zu ihr hatte er die Wahl gehabt. Er hätte warten können. Er hätte versuchen können, ihr Freund zu werden, statt in ihr nur einen Körper zu sehen, der endlich die richtige Größe hatte. Das alles waren fruchtlose Gedanken.

»Dumm«, sagte sie zu dem Papagei. Er krächzte, ohne das Wort zu wiederholen, so als glaube er ihr nicht. Sie zuckte die Achseln und setzte ihn wieder in seinen Käfig. Wenn sie die Gelegenheit, die der Morgen bot, nutzen wollte, wurde es Zeit.

Überall im Haus war frisches Räucherwerk vor die kleinen Statuen der Laren und Penaten gelegt worden, der Schutzgottheiten jeder Familie; Aemilius Paullus hatte außerdem die Masken und Büsten der Aemilier und Vipsanier aus seiner Bibliothek hervorgeholt und im Vestibulum aufgestellt, wo er um Mitternacht seinen Entsühnungsgang begehen würde, um die Geister der Toten zu beschwichtigen. In der Küche wurden bereits die schwarzen Bohnen in eine Schale gelegt, die er bei dieser Gelegenheit hinter sich werfen musste.

Andromeda war bereits vor einiger Zeit aufgefallen, dass nirgendwo eine Maske oder Büste auftauchte, die Julilla auch nur entfernt glich; mutmaßlich würden die verstorbenen Julier im Haus des Princeps selbst beschwichtigt werden. Das brachte sie auf eine Idee. Sie hatte etwas vor, aber sie war sich noch nicht sicher, ob es das Richtige war. Es war ihr zudem nicht leicht gefallen, Arellius davon zu überzeugen, und das Resultat ihrer Überredungskunst bei ihrer Rückkehr zu verstecken, ehe Conopas sie sah. Vielleicht schadete es ihr mehr, als es nützte? Doch Arellius' Ratschlag, das Schicksal seinen Lauf nehmen zu lassen, entsprach ihr so ganz und gar nicht. Stattdessen kam ihr wieder in den Sinn, was Ovidius über den Venuswurf gesagt hatte. Glück hieß, für das Schicksal Talent zu haben.

Sie atmete die frische Morgenluft ein. Trotz des Dunstes konnte man erkennen, dass es heute keine Wolken geben würde. Der Tiber glitzerte ein wenig in der frühen Sonne. Wenn sie sich anstrengte, konnte sie einige der Werften an seinen Ufern erkennen und das Forum Boarium, auf dem sie verkauft worden war. Wenn sie sich irrte, dann würde sie sich vielleicht bald dort wiederfinden.

Conopas hatte sie nicht gefragt, wo sie am Nachmittag gewesen war. Er hatte nur ostentativ geschnuppert und die Nase gerümpft, als sie sich nach Sonnenuntergang wieder begegneten. Allerdings verriet er ihr auch nicht, wen Julilla besucht hatte, und sie hätte sich lieber die Zunge abgebissen, als ihn zu fragen. Stattdessen erkundigte sie sich bei den Trägern.

Am heutigen Morgen hatte sie den Eindruck gehabt, er schlafe noch, als sie aus dem Zimmer schlüpfte, doch sie wusste, wie leicht sie sich in dieser Beziehung täuschen konnte. Viele der anderen Sklaven waren bereits auf den Beinen; der Herr empfing während der Lemuria zwar keine Klienten, doch sonst machten die Feiertage keinen großen Unterschied für den Haushalt.

Andromeda kletterte vom Dach und bot in der Küche an, der Herrin ihr Frühstück und frisches Wasser zu bringen. Sie wurde ermahnt, nichts zu verschütten, und erhielt eines der bronzebeschlagenen Holztabletts, auf denen Speisen serviert wurden, wenn keine Gäste da waren. Es war groß genug, um auch die Überraschung darauf zu verstauen, die sie in der Bibliothek versteckt hatte.

Die Tonstrix war bereits vor ihr eingetroffen und dabei, Julillas Haar zu kämmen, was möglicherweise Schwierigkeiten bedeutete. Die Herrin schien schlechter Stimmung zu sein; sie sagte gerade ungeduldig: »Pass doch auf, was du tust!«, und stach mit einer der Haarnadeln, die sie in den Händen hielt, nach ihrer Sklavin. Der Stich war nicht heftig genug, um Blut fließen zu lassen, aber man sah, dass die ältere Frau zusammenzuckte. Einen Augenblick lang war Andromeda versucht umzukehren, doch wenn sie Stichus dabei erwischte, wie sie eine übernommene Arbeit nicht erledigte, war ihr Ärger gewiss. Vorsichtig räusperte sie sich.

»Was willst du?«, fragte Julilla kalt. »Ich hatte doch gesagt, dass ich nicht hungrig bin.«

Nicht zu der Küchensklavin, die noch vor der ersten Stunde des Tages aufstehen musste, um dein Frühstück zu bereiten, dachte Andromeda. Vermutlich war eine derartige Mitteilung, wenn sie denn überhaupt erfolgt war, nur gegenüber dem Herrn ausgesprochen worden, der noch dabei war, im Vestibulum die Masken zu seiner Zufriedenheit zu arrangieren. Doch noch ehe sie sich unaufrichtig entschuldigen konnte, hatte Julilla bemerkt, was auf dem Tablett lag.

»Geh«, sagte sie zu der Tonstrix. »Andromeda wird meine Haare richten. Ungeschickter als du heute Morgen kann sie auch nicht sein.«

Die Tonstrix warf Andromeda einen mitleidigen Blick zu und suchte das Weite. Als sich das leise Klappern ihrer Sandalen entfernt hatte, fragte Julilla in einem völlig veränderten Tonfall, unsicher und beinah scheu: »Woher hast du das?«

Andromeda wusste, dass sie nicht vom Essen sprach. Sie setzte das Tablett ab, nahm das kleine Bild, das Arellius von der Tochter des Augustus gemalt hatte, und reichte es Julilla, die auf dem kleinen Schemel, auf dem sie saß, um frisiert zu werden, zusammengesunken war. Die linke Hand der Herrin zitterte, als sie nach dem kleinen Holzfries griff.

»Stammt das aus dem Haus des Princeps?«, fragte sie, und Hoffnung schwang in ihrer Stimme mit. »Hat *er* es irgendwo aufgehoben? Hat Livia es dir gegeben?«

Als Andromeda den Kopf schüttelte, biss sich Julilla auf die Lippen, doch sie ließ das Bild nicht los. Ihre Fingerspitzen glitten über die Farben auf dem Holz. Mit einem Mal spürte Andromeda Mitleid. Ihre eigene Mutter würde sie kaum jemals wiedersehen, doch das machte keinen Unterschied. Sie hatte das Bild nicht aus Sympathie von einer verlorenen Tochter für die andere mitgebracht.

»Ich habe es von dem Maler«, sagte Andromeda leise und hoffte, dass sie keinen Fehler machte.

Julilla blickte aufrichtig überrascht drein. »Arellius? Er lebt noch?«

Der alte Groll schoss in Andromeda hoch. Julilla hatte vermutlich nie einen Gedanken an all die Menschen verschwendet, die unter der Verbannung ihrer Mutter gelitten und nicht unter dem Schutz einer edlen Abkunft gestanden hatten. Genauso wenig, wie irgendjemand einen Gedanken an Andromeda verschwenden würde, wenn Julilla ebenfalls in Ungnade fiel. Es gab einen nur, solange man für die Großen von Nutzen war; danach hörte man auf zu existieren.

»Er lebt noch«, bekräftigte sie, mühsam beherrscht. »Aber er könnte mehr als das tun. Viel mehr. Er … Stichus sagt, das Haus in Baiae sei noch nicht ganz fertig. Er könnte dir das geben, was du verdienst, Herrin.«

»Und was verdiene ich?«, fragte Julilla ruhig. Noch immer hielt sie das Porträt ihrer Mutter in den Händen.

»Ein Haus mit Wandgemälden vom besten Maler Roms, Herrin. Und das ist Arellius.«

»Ich weiß nicht, warum ich mich auf deinen Kunstverstand verlassen sollte«, erwiderte Julilla ausdruckslos. »Dafür habe ich dich nicht gekauft.«

Andromeda machte ihr unschuldigstes Gesicht. »Gekauft hast du mich überhaupt nicht, Herrin«, gab sie zurück und hoffte, dass es gerade noch keck genug klang, um Julilla zum Lachen zu bringen oder zumindest zu belustigen, und nicht zu unverschämt, um den Erfolg zu gefährden. »Ich war ein Geschenk. Genau, wie Arellius ein Geschenk ist. Ein Geschenk der Götter. Geschenke der Götter soll man nicht ausschlagen.«

»Hm ... Er hat dir vermutlich erzählt, warum er aufgehört hat, Aufträge zu erhalten«, sagte Julilla, ohne sich umzudrehen. »Und warum das Bild, das du mir gerade gegeben hast, eigentlich nirgendwo mehr gezeigt werden dürfte. Warum alle anderen zerstört wurden, zusammen mit den Büsten und Reliefs.«

»Ja.«

Mit der rechten Hand hob Julilla den Holzkamm auf, den die Tonstrix fallen gelassen hatte, und hielt ihn Andromeda entgegen. Da der Schemel, auf dem sie saß, sehr niedrig war, wäre es für eine normal große Frau kein Problem gewesen, sie zu kämmen. Andromeda musste einen weiteren Schemel holen, darauf klettern und sich auf die Fußspitzen stellen. Der Kamm glitt durch die vom Schlaf verwirbelten Haare, und es fiel ihr einmal mehr auf, dass, anders als bei den Frauen im Haus der Drei Delphine, selbst die Haarwurzeln ihrer Herrin blond waren.

»Erzähl mir, was Livia zu dir gesagt hat.«

»Sie war sehr freundlich zu mir«, sagte Andromeda wahrheitsgemäß, »und sie hält dich für ein Kind.«

»Es gibt Schlimmeres, was sie denken könnte. Aber vielleicht tut sie das und hat dir nur aufgetragen, etwas anderes zu sagen? Wie dem auch sei, du hast mir heute ein Geschenk gemacht, ohne dass ich dir Grund dafür gegeben habe, und wie du richtig gesagt hast, soll man Geschenke der Götter nicht ablehnen.«

Andromeda hielt in ihrer Bewegung inne.

»Mach weiter.«

»Du hast Knoten im Haar, Herrin«, sagte Andromeda, »und die Nadeln sind immer noch in deiner Reichweite.

Wenn du mich stichst, werde ich nicht lange weitermachen können. Ich bin keine Tonstrix mit Übung in solchen Dingen.«

Sie stand hinter Julilla, also konnte sie deren Miene nicht erkennen, doch in der Stimme ihrer Herrin schwang ein Lächeln mit.

»Nein, aber du bist klüger als die Tonstrix, klüger als ich dachte. Mach weiter. Du wirst nicht gestochen werden. Erzähl mir mehr … von Arellius.«

Erleichtert begann Andromeda mit einer geschönten Beschreibung von Arellius' Leben. Sie erwähnte nicht, dass sie im gleichen Haus gelebt hatten. Wenn etwas schief ging, war es gewiss besser, wenn die Herrin seinen Zufluchtsort nicht kannte.

»Wir verlassen Rom nach den Lemuria«, erklärte Julilla schließlich. »Ich erwarte in Baiae mehr als einen Besuch. Auch Publius Ovidius wird kommen. Wenn Arellius sich ihm anschlösse, dann wäre es möglich, dass ich mit ihm über die fehlenden Wandgemälde meines Hauses spreche.«

Andromeda konnte nicht verhindern, dass sich ein breites, erleichtertes Lächeln in ihr Gesicht stahl. Das Haar zwischen ihren Fingern schien aus purem Gold zu sein.

»Bei meinem nächsten Besuch in der Ochsenkopfstraße«, fuhr Julilla fort, »wirst du mich wieder begleiten. Conopas bleibt hier. Wir werden sehen, was Livia dir dann aufträgt. Und nun ruf mir die Tonstrix. Schließlich will ich nicht den ganzen Tag hier sitzen und darauf warten, einigermaßen anständig frisiert zu werden, und mit dem Schminken kennst du dich überhaupt nicht aus.«

Zu Andromedas Überraschung dauerte es eine Weile, bis sie die Tonstrix fand. Sie war damit beschäftigt, sich mit einer der Unterköchinnen über die schwarzen Bohnen zu streiten, von denen sie offenbar eine Hand voll für sich wollte.

»Früher hat dir das doch auch nichts ausgemacht!«, sagte sie gerade.

»Dieses Jahr haben wir weniger schwarze Bohnen bekommen«, erwiderte die Köchin unnachgiebig. »Der Bauer, der sie sonst immer verkauft hat, ist gestorben, und seine Söhne sind in die Stadt gezogen.«

»Unsinn! Du nimmst mir nur übel, dass ich dir letzte Woche nicht die Haare frisiert habe für die Floralia. Du weißt doch, dass ich das nur für die Herrin tue.«

»Und was ist mit der Kleinen?«

Andromeda räusperte sich, um sich bemerkbar zu machen, und wurde ignoriert.

»Ich habe ihr gezeigt, wie man sich die Haare flicht. Du wolltest, dass ich dir eine Pyramide lege. Das ist kaum dasselbe«, gab die Tonstrix sachlich zurück. Die Köchin blies verächtlich die Backen auf und meinte, mangelnde Bohnen seien trotzdem mangelnde Bohnen, und die vorhandenen für den edlen Aemilius Paullus bestimmt und nicht für seine Dienerschaft.

»Entschuldigung«, sagte Andromeda laut, »aber die Herrin hat nach Helena gefragt. Sie ist im Moment besserer Laune, und wir wollen doch alle, dass sie anhält, nicht wahr?«

Das Argument wirkte. Die Tonstrix wandte sich wortlos von der Köchin ab und machte sich eilig auf den Weg. Andromeda blieb noch einen Moment, dann lief sie hinter der älteren Frau her. Als sie außer Hörweite waren, zupfte sie Helena am Saum ihrer Tunika, um sie zum Stehen zu bringen.

»Ist sie doch nicht besserer Laune?«, fragte die Tonstrix beunruhigt.

Andromeda lächelte sie an und öffnete ihre linke Hand – in der sich ein paar schwarze Bohnen befanden. »Geflochtene Haare machen das Leben wirklich leichter«, sagte sie schelmisch.

Die Mundwinkel der Tonstrix zuckten, und sie beugte sich zu Andromeda herab, um die Bohnen entgegenzunehmen. »Das tun sie wirklich. Ich danke dir.«

»Warum brauchst du sie eigentlich?«

»Um meiner Mutter zu gedenken«, sagte die Tonstrix ernst. »Es gibt keinen besseren Ort dafür, und wenn sie auch keine Freie war, so hat sie es doch verdient.« Sie ließ die Bohnen in den Falten ihrer Tunika verschwinden, richtete sich wieder auf und verschwand in Richtung von Julillas Zimmer.

∼

Um Mitternacht brannten immer noch Öllampen, als finde ein Fest statt, dabei gab es keine Besucher; nur die Sklaven und Freigelassenen des Haushalts standen zusammen im Vestibulum und warteten darauf, dass Aemilius Paullus die Beschwörungszeremonie abhielt.

»Als ob Geister sich durch schwarze Bohnen verscheuchen ließen«, flüsterte Conopas Andromeda boshaft zu. »Das Erstaunliche an euch Römern ist, dass ihr zwar selbst nicht an das glaubt, was ihr tut, aber tun müsst ihr es trotzdem.«

»Wie hältst du denn die Lemuren ab?«, fragte sie zurück und machte wieder eine Anleihe bei ihrer Gladiatorenvermutung. »Du musst doch eine ganze Reihe mit dir herumschleppen ... Thraker, der du bist.«

In diesem Moment betrat Aemilius Paullus das Vestibulum. Sofort verstummte das leise Gemurmel der Sklaven. Andromeda spürte, wie Conopas sie kurz, aber heftig in den Hintern kniff. Sie gab ihm dafür einen deutlich sichtbaren Stoß mit dem Ellbogen, was ihr einen strafenden Blick von Stichus einbrachte.

Der edle Aemilius Paullus trug kein Schuhwerk; seine Füße waren bloß, wie es das Ritual verlangte. Daumen und Zeigefinger hatte er zu einem Kreis geformt. Stichus und die

Tonstrix Helena traten mit den Bohnen und einer Wasserschale vor. Aemilius Paullus kniete vor den Masken und Büsten seiner Vorfahren nieder, die sonst in der Bibliothek standen, beugte das Haupt und ließ sich die Wasserschale reichen, um die Hände zu waschen. Sonst blickte er immer ein wenig geistesabwesend drein und lächelte häufig, doch in dieser Nacht wirkte er sehr ernst und gemessen. Er erhob sich, nahm die erste Bohne und begann mit seinem Gang durch das Haus. Als er das Vestibulum verließ, sprach er, ohne sich umzudrehen: »Ich werfe diese Bohne, und damit kaufe ich mich und die meinigen los.« Sie fiel auf den Boden, während Stichus seinem Herrn mit der Schale in der Hand folgte.

Andromeda starrte auf die schwarze Bohne auf dem Fußboden. Ihre Eltern hatten nur drei Bohnen für die Lemuria gebraucht; niemand hätte je davon geträumt, eine ganze Schale zu verschwenden. Aber die Bohnen aufzulesen, die Aemilius Paullus überall im Haus verstreuen würde, hätte sie vermutlich selbst früher nicht gewagt, als sie ständig hungrig gewesen war. *Wer die Nahrung der Toten zu sich nimmt, wird selbst bald eine Leiche*, pflegte ihre Mutter zu sagen.

Sie fragte sich, wie lange die Angehörigen des Haushalts hier stehen und warten mussten. Vermutlich, bis Aemilius Paullus jeden einzelnen Raum besucht hatte. Julilla begleitete ihren Gatten nicht, das hätte dem Ritual geschadet, doch sie befand sich auch nicht hier, und das war seltsam. Die Hausherrin hätte mit dem Rest der Familie, oder in diesem Fall des Haushalts, warten sollen. Gedämpft durch die Wände hörte man die Stimme von Aemilius Paullus, die sich entfernte.

»Jemand sollte nach der Herrin sehen«, sagte die Tonstrix Helena gedankenverloren; auch sie hoffte wohl, Aemilius Paullus möge bald zu einem Ende kommen, damit sie ihr eigenes Ritual vollziehen konnte. »Sie müsste hier sein.«

»Ich gehe«, erklärte Andromeda rasch und kam keine zwei Schritt weit, ehe sie feststellen musste, dass Conopas sie begleitete. Sie machte sich auf ein weiteres Wortgefecht gefasst. Stattdessen überraschte er sie und sagte sehr ernst: »Wenn du wirklich Leichen mit dir herumschleppst, kaufst du dich mit Bohnen nicht los. Ich hoffe für dich, dass du das nie herausfinden musst, Drittel.«

Sie fanden ihre Herrin im Garten auf der Marmorbank sitzend. Julilla hielt etwas in den Händen, dessen Form und Größe Andromeda sofort erkannte. Als sie die Schritte ihrer Sklaven hörte, hüllte sie es rasch in die weiten Falten der Stola ein, die sie für diese Feier auch innerhalb des Hauses trug. So nebensächlich wie möglich schaute Andromeda zu Conopas hinüber; im Mondlicht ließ sich an seiner Miene nicht erkennen, ob er genügend gesehen hatte, um zu verstehen, dass es sich um ein Bild der verbannten Julia handelte.

»Tochter des großen Agrippa«, erklärte Conopas mit gerade genug Übertreibung, um noch als Mischung aus Respekt und gutmütigem Spott durchzugehen, »dein Haushalt wartet auf dich.«

Julilla erwiderte nichts. In der Nacht hätte sie auch ein Schatten sein können, dem nur das Mondlicht Leben verlieh. Vielleicht war es nur die späte Stunde, der Umstand, dass Andromeda den ganzen Tag auf den Beinen verbracht hatte, oder das Zeremoniell, doch plötzlich fragte sie sich, was geschähe, wenn die Lemuren sich nicht beschwichtigen ließen. Ob dann die Geister der Toten die Lebenden übernähmen? Ein Schauer kroch ihr über die Haut.

Julia ist nicht tot, sagte sie sich. Aber konnte man dessen überhaupt sicher sein? Julia war auf eine Insel verbannt worden, die niemand besuchen durfte. Sie konnte schon längst tot sein, und niemand in Rom, außer dem Princeps und Livia, wüssten es.

»Herrin?«, sagte sie laut und wusste, dass sie den unheim-
lichen Gedanken sofort wieder loswerden würde, wenn Julilla zu ihnen kam oder auch nur Ärger aufgrund der Störung
zeigte.

Aus dem Haus drang Aemilius Paullus' Stimme, so weit
entfernt, dass man nicht mehr genau verstehen konnte, was
er sagte. Neben sich hörte sie Conopas' leisen Atem, aber
Julilla sprach noch immer nicht. Andromeda nahm sich zusammen. Sicher blieb die Herrin nur so still, weil sie nicht
wollte, dass Conopas das Bild sah.

»Es ist kühl hier draußen«, sagte Andromeda zögernd.
»Wenn du hier bleibst, werden wir dir einen Umhang holen.«

»Tut das«, entgegnete Julilla, und wenn ihre Stimme tiefer
als gewöhnlich klang, so war gewiss nur die späte Stunde
daran schuld. Andromeda griff nach Conopas' Handgelenk
und zog ihn hinter sich her.

Als sie mit dem Umhang zurückkehrten, war Julilla nicht
mehr da. Sie fanden ihre Herrin im Vestibulum wieder, und
die Stola, die sie trug, war an keiner Stelle aufgebauscht, um
etwas zu verbergen. Doch als sie zu Andromeda hinüber-
blickte, lag auf ihren Lippen ein winziges Lächeln.

~

Vor dem Haus des Princeps standen bereits mehrere Sänften,
als Aemilius Paullus und Julilla eintrafen. Außerdem waren
die Wachen verstärkt worden: Es wimmelte von Prätorianern. Dagegen war Andromeda bis auf die Sänftenträger
diesmal das einzige Mitglied aus dem Haushalt des Aemilius
Paullus. Am dritten Tag der Lemuria war es auf den Straßen
immer noch sehr ruhig, und der Tempel des Apollo, in dessen
Schatten der Princeps lebte, lag verlassen da. Sie bezweifelte,
dass Leibwächter überhaupt nötig waren. Schließlich gab es
niemanden, der ihnen den Weg streitig machte.

Diesmal wurden Julilla und ihr Gemahl geradewegs zum Triclinium geführt. Andromeda lief hinter ihnen her, so leise wie möglich, und stellte fest, dass es auf dem Boden nirgendwo Anzeichen von schwarzen Bohnen gab, die während der letzten zwei Tage für die Lemuren verstreut worden waren. Jemand musste sie aufgesammelt haben, obwohl das Unglück brachte. Unwillkürlich war sie dankbar, dass niemand dergleichen von ihr verlangt hatte.

Der Nachmittag war vorüber und die Zeit für das Abendmahl bereits angebrochen, doch während der Lemuria spielte so etwas keine Rolle. Niemand trug Kränze, es gab keine Gäste außerhalb der Familie, und sich von Tänzern oder Musikern unterhalten zu lassen wäre ganz und gar unschicklich gewesen. Auf dem Weg hatte Aemilius Paullus seine Gemahlin gefragt, ob man die Zwergin nicht besser zu Hause lassen sollte; dass er es nicht früher getan hatte, sprach entweder für seine Zerstreutheit oder dafür, dass Julilla ihn nicht über alle ihre Pläne unterrichtete. Zumindest nicht über solche Kleinigkeiten.

»Wenn alles gut geht, dann wird sie still sein und nicht auffallen, und wenn das Schweigen bis Mitternacht zu lange wird, dann haben wir jemanden, der es füllen kann.«

»Aber dein Großvater mag keine Missgeburten.«

»Er wird nicht auf sie achten«, hatte Julilla unbeirrt gesagt, und damit war das Thema fallen gelassen worden.

Andromeda tat ihr Bestes, um in den spätnachmittäglichen Schatten zu verschwinden, die vom Garten aus in das Triclinium fielen, wo bereits einige Menschen lagen. Sie erkannte den Princeps, der zum Glück nicht in ihre Richtung blickte, und die Herrin Livia. Der grauhaarige Mann, der ihnen gegenüberlag, schaute auf, als der Nomenclator Vipsania Julilla ankündigte, und Andromeda bemerkte, dass der Rücken ihrer Herrin ein wenig starrer wurde, obwohl sie den Kopf nicht abwandte und den Blick des Mannes erwiderte. Es musste sich um Tiberius handeln, Julillas Stief-vater und Livias Sohn, der laut dem Gerede auf den Straßen der nächste Princeps wurde.

Tiberius war größer und muskulöser als der edle Augus-tus und selbst schon lange nicht mehr jung. Da man ihn auf den Straßen »das Warzengesicht« nannte, hatte Androme-da zahlreiche Entstellungen und Geschwüre erwartet, doch die drei, vier Pusteln verdienten den Spottnamen eigentlich nicht. Es musste an seiner allgemeinen Unbeliebtheit liegen, dass er mit dieser Bezeichnung verhöhnt wurde.

Bitterkeit war das Erste, woran Andromeda dachte, als sie den Mann sah. Zuerst vermutete sie, er schaue Julillas wegen finster drein, aber als die Zeit verging und seine Miene sich nicht änderte, begriff sie, dass es sich um seinen gewöhnli-chen Gesichtsausdruck handeln musste. *Du benötigst viel Geduld, um Geduld zu lernen,* hatte Arellius einmal zu ihr gesagt. *Tiberius hatte Jahrzehnte Zeit, um sich in Geduld zu üben und darauf zu warten, dass sich Augustus endlich für ihn entscheidet. Geduld hat er in seinen fünfzig Lebensjah-ren gelernt, aber er ist bitter darüber geworden.*

Neben Tiberius lag ein junger Mann mit schiefen Schul-tern, der Julilla und ihren Gemahl stotternd begrüßte, oder vielmehr begrüßen wollte. Er brachte Julillas Namen noch ei-nigermaßen fehlerlos heraus, verfing sich dann aber bei dem ihres Gemahls:»Lu-lu-lu-lucius Aemilius, i-i-ich freue ...«

Die Herrin Livia befahl ihm mit scharfer Stimme, den Mund zu halten, und er duckte den Kopf weg. Es war ein aufschlussreicher Gegensatz zu der milden Art, die Livia bei ihrer ersten Begegnung gezeigt hatte und die sie auch jetzt an den Tag legte, als sie Julilla begrüßte. »Meine Liebe«, sagte sie, »wie reizend, dich und deinen Gemahl einmal *zusam-men* bei uns zu sehen.«

»Wenn mein Großvater und du dieses Jahr nicht so viel Zeit in Ravenna verbrächtet«, entgegnete Julilla liebenswürdig, »dann wären mein Gemahl und ich gewiss öfter hier zu Gast.«

Der letzte Gast war eine Frau in Tiberius' Alter mit einem sehr strengen Gesicht, die neben Livia lag und die Augen geschlossen hatte, als der junge Mann zu stottern begann. Julilla begrüßte sie zuerst. »Antonia«, sagte sie, »Tante, ich hoffe, es geht dir gut.«

Julilla teilte eine Liege mit Livia und Antonia, und Aemilius Paullus mit Tiberius und dem jungen Mann, der Claudius hieß und offenbar Antonias Sohn war. Der Princeps ruhte allein auf der dritten Liege, dem Ehrenplatz, der von den anderen beiden eingerahmt wurde. Seine Füße waren bloß, für den Gang durch das Haus später, und er vermied es, in die Richtung seiner Enkelin zu blicken, als er Antonia fragte, warum ihre Tochter Livilla und deren Gemahl nicht auch hier seien; schließlich habe er sich eine Zusammenkunft aller Familienmitglieder gewünscht, und es sei schon bedauerlich genug, dass Germanicus und Agrippina nicht teilnahmen. Andromeda verstand die leise, gemurmelte Entschuldigung der Herrin Antonia für ihren Sohn Claudius nicht, und begann sehr vorsichtig damit, sich aus den Schatten zu lösen, ohne die Aufmerksamkeit und das Missfallen des Princeps zu erregen. Sie versuchte, sich an alles zu erinnern, was Arellius über die Familie erzählt hatte, weil sie zuerst nicht wusste, wer Antonia und ihr Sohn waren. Erst, als sie die Sitzliege der Frauen erreicht hatte und darunter kroch, fiel es ihr wieder ein, doch nicht in Verbindung mit Arellius, und sie spürte, wie sie errötete.

Die Herrin Antonia war die Nichte des Princeps, die Tochter seiner Schwester Octavia und des großen Verräters Marcus Antonius, dessen Andenken verflucht wurde. Sie war mit Livias totem Sohn Drusus verheiratet gewesen. Mopsus und Myrtis hatten ein kleines Spiel eingeübt, das den betrunkenen Antonius und die böse ägyptische Hexe

Cleopatra darstellte, auf den Straßen sehr beliebt war und immer ein paar Münzen einbrachte. Es gab auch eine Variante, die laut Myrtis nur in den Häusern der Reichen vorgeführt wurde und *Cleopatra betätigt sich bei Antonius als Schlangenbeschwörerin* hieß. Es war unmöglich, an diese Zoten in Verbindung mit dieser ehrwürdigen Matrone zu denken, und doch war die Herrin Antonia die Tochter des gleichen Marcus Antonius. Das Gefühl von peinlicher Verlegenheit machte einem Frösteln Platz, als Andromeda ein neuer Gedanke kam: Der Lemur des Antonius hatte gewiss nie Frieden gefunden, und wo sollte er eher auftauchen als in Gegenwart seiner Tochter, im Haus seines alten Feindes?

»Jugend«, sagte der Princeps. »Es sollte mehr Jugend hier sein. Und mehr Kinder. Warum haben du und meine Enkelin noch keine, Lucius Aemilius?«

»Nun, hm …«

»Ag-ag-aggrippina und Germanicus haben …«, warf Claudius beschwichtigend ein, doch die Herrin Livia schnitt ihm das Wort ab.

»Wir wissen *alle,* dass die teure Agrippina für den Fortbestand der Familie gesorgt hat. Sie geht ganz in ihrer Rolle als Frau und Mutter auf. Deswegen wünschen wir uns ja das gleiche Glück für unsere liebe Julilla. Poesie mag ein netter Zeitvertreib sein, doch sie sichert kaum die Zukunft Roms, mein Kind«, schloss sie.

»Poesie?«, fragte der Princeps.

»Wie es scheint, tritt unsere Julilla in die Fußstapfen des guten Maecenas. Sie ermutigt Dichter«, erklärte Livia freundlich.

»Ah«, sagte Augustus. »Ich muss zugeben, seit dem Tod unseres Vergilius habe ich nichts mehr gehört, was Roms würdig gewesen wäre. Der Atem für Größe, das Gefühl für Würde, all das scheint uns verloren gegangen zu sein. Man muss schon auf die alten Griechen zurückgreifen, um etwas zu hören, was Vergilius gleichkommt. Wie wir es bei deinem letzten Besuch getan haben, meine Liebe.«

»Ich glaube nicht, dass Publius Ovidius sich anmaßen will, solche Lorbeeren für sich zu beanspruchen«, warf Aemilius Paullus begütigend ein und seufzte. »Die großen Heldentaten sind alle schon vollbracht, Caesar. Wir Nachgeborenen können nicht hoffen, da zu wetteifern, weder in Worten noch in Taten.«

»Ja, wir wissen, dass ihr alle Maulhelden seid«, sagte eine tiefe, raue Stimme spöttisch, die Tiberius gehören musste. Fast gleichzeitig begann Augustus zu sprechen, und sein Stiefsohn verstummte abrupt.

»So eine Einstellung ist unrömisch«, sagte der alte Mann scharf. »Sind wir an den Ufern des Nils oder des Tibers? Ein Römer steckt voller Tatendrang! Seine Vorfahren inspirieren ihn dazu, ihrer würdig zu sein, nicht, die Hände in den Schoß zu legen. Gaius und Lucius haben das verstanden. Sie sollten am Leben sein, und nicht …«

Die Stille, die nun eintrat, hatte etwas Schleppendes, und Andromeda hörte keine Geräusche, die Erschrecken oder Überraschung von einem der Teilnehmer verrieten. Wenn jeder an dergleichen Gespräche gewöhnt war, dann war es kein Wunder, dass diese Familie selten zusammentraf.

Sie dachte an das, was Arellius über Romulus gesagt hatte, darüber, dass er glaubte, der Begründer Roms habe am Ende jemanden dazu bringen wollen, ihn zu vernichten. Außerdem fragte sie sich, was Julilla davon hielt, ihren Gatten, der nur hatte helfen wollen, gedemütigt zu sehen. Von ihrem Platz unter der Liege konnte sie nur die Beine der anderen Liegen und die des Tisches in der Mitte erkennen. Trotzdem brauchte sie nicht lange zu warten. Die Stimme ihrer Herrin sagte klar und deutlich: »Ich glaube, dir gefiele die Geschichte, an der Ovidius Naso gerade arbeitet, Großvater. Sie ist ein Teil seines neuen Zyklus über Verwandlungen und erzählt von einem Mann namens Erisychthon, der an immer während Hunger leidet. Nichts kann seine Gier stillen, aber er hat eine Tochter, die er verkauft, immer wieder, denn sie ist töricht genug, zu ihm zurückzukehren, und der Verkauf erhält ihm seine Kräfte. Am Ende ist ihm auch das nicht genug, und er verzehrt sich selbst.«

Diesmal hörte Andromeda, wie jedermann die Luft einsog. Vor ein paar Wochen noch hätte sie nicht verstanden, wieso; mittlerweile hielt sie selbst den Atem an. Es lag daran, dass sie als Julillas Eigentum mitbetroffen war, sagte sie sich, und hoffte ein weiteres Mal, der Schutz, den sie sich durch Livia erhoffte, würde auch tatsächlich gewährt werden, falls Julilla in Ungnade fiel. Doch um Schutz zu erhalten, musste sie Livia erst noch etwas Wichtiges, Wertvolles geben, nicht nur Geschichten über Gedichte.

»Es ist gut, dass du bald nach Baiae gehst, mein Kind«, sagte Livia gelassen. »Ein Aufenthalt auf dem Land wird dir gut tun und dich von den überhitzten Vorstellungen der Stadt ablenken. Obwohl ich an deiner Stelle Tusculum vorgezogen hätte. Bei all den Kurtisanen, die nach Baiae gehen, kann es so leicht unangemessene Verwechslungen geben. Trotzdem, das Klima wird dir gewiss dabei helfen, auf andere Gedanken zu kommen. Wirklich, wenn mich ein Dichter mit solchen grausigen Geschichten plagte, riete ich ihm, sich einen anderen Patron zu suchen.«

»Nein, nein«, sagte Augustus langsam. »Es ist gut zu wissen, dass sich die jungen Leute mit ernsteren Themen als immer nur der Liebe befassen. Lass mir eine Abschrift dieses Werks zukommen, Julilla. Unser Maecenas hat immer bedauert, dass die Dichter seiner Jugend viel zu wenige Abschriften von ihren Werken machen ließen. Catullus, behauptete er, sei eine Alkestis sondergleichen gelungen, aber es gibt keine Abschriften mehr, und so sind uns von ihm nur die Erinnerung an seine unwürdige Leidenschaft für eine

Metze und ein paar unkluge politische Bosheiten geblieben. Es wäre ein Jammer, wenn dies noch einmal geschähe. Schick mir das Gedicht, Julilla, und schick mir den Dichter.« Das riss Andromeda aus ihren eigenen Sorgen. Wieder hörte sie Conopas sagen: *Und ich dachte, du magst diesen Dichterschönling.* Es war ihr vorher nicht in den Sinn gekommen, dass sich Ovidius Naso in der gleichen Lage befinden könnte wie Arellius nach der Verbannung Julias, falls Unglück über Julilla hereinbrach. Ein großer Baum, der stürzte, zog immer alle kleinen Gewächse in seiner Umgebung mit; sie hätte daran denken sollen.

Doch nein, die beiden ließen sich nicht vergleichen. Sie war in dem Haus des Ovidius gewesen: Er lebte nicht von seinen Gedichten, er war ein römischer Ritter. Arellius dagegen hatte nichts anderes als seine Malerei gehabt, als Julia verbannt wurde. Ovidius musste für seine Gemahlin und die Tochter sorgen; ganz bestimmt verführe der Princeps mit ihm anders.

»Es ist ein Teil eines größeren Werks«, erklärte Julilla, »und noch unvollendet. Kein Dichter will, dass der Erste Bürger Roms sein Schaffen beurteilt, bevor es nicht vollendet ist.«

»Ich will nicht hoffen, dass plötzlich Feigheit ins Spiel kommt.«

»Nein. Es *wird* vollendet werden, und du wirst es sehen.«

»Hoffentlich noch dieses Jahr«, sagte Augustus. »Ich bin alt, Julilla, und mein eigenes Werk ist vollbracht.« In dem Proteststurm, der einsetzte, ging Julillas Antwort unter.

Danach kam das Gespräch auf die alten Zeiten – oder, wie Augustus es formulierte, »die Zeiten, in denen Frauen es noch nicht für nötig hielten, sich Perlen durchs Ohr zu stechen, statt sie sich um den Hals zu hängen, und Stoff aus dem fernsten Asia zu verlangen« – und die Verstorbenen, über die man offenbar ohne Befangenheit reden konnte, wie

Tiberius' Bruder Drusus oder Antonias Mutter Octavia.
Andromeda wurde allmählich hungrig, und außerdem war
es unter der Liege alles andere als bequem. Sie wollte sich
schon auf irgendeine Weise bemerkbar machen, denn sowohl Kunststücke vorzuführen wie auch aus dem Raum
geschickt zu werden hätten ihr zumindest gestattet, sich
wieder zu bewegen, als eine Hand, die sie als Julillas erkannte, ein paar Kirschen auf den Boden fallen ließ.

Die fruchtige Süße verteilte sich kühlend in ihrem Mund,
während der Princeps von den Vorzügen selbst gepflückter
Feigen sprach, und wie er und die verstorbene Octavia während ihrer Kindheit auf dem Lande stets bei der Ernte mitgeholfen hätten. Antonia schlug vor, in den Garten hinauszugehen und in Gedenken an die Tote nachzusehen, ob schon
etwas pflückenswert sei. Dem allgemeinen Gerutsche und
den Füßen nach zu schließen, die auf den Boden klatschten,
wurde ihrem Vorschlag Folge geleistet.

Andromeda zählte die Füße und Beine und bemerkte daher, dass zwei Gäste im Triclinium blieben, noch ehe einer
von ihnen sprach.

»Die taktvolle Antonia«, sagte Julilla. »Du musst sie gebeten haben, das zu tun. Nun, ich bin geschmeichelt, dass du
es der Mühe wert hieltest, nur um mit mir zu sprechen. Meine Mutter pflegte zu sagen, dass es ein Wunder sei, von
dir mehr als drei Silben hintereinander zu hören, wenn man
nicht dein Freund sei. Was verschafft mir die Ehre, Tiberius?«

»Die Zeit der Julier ist vorbei«, entgegnete er. »Nimm das,
wie du willst. Dein Bruder wird nicht mehr aus der Verbannung zurückkehren.«

»Deine stiefväterliche Besorgnis bricht mir das Herz.«

Ein verächtliches, gereiztes Schnauben ertönte, und plötzlich wechselte Julillas Tonfall. »Wenn du so fest davon überzeugt bist«, sagte sie, nicht mehr höhnisch, sondern drängend, »dann bitte ihn, sie alle beide zurückzurufen. Was für einen Unterschied macht es denn schon, wo sie ihr Leben beenden, wenn deine Nachfolge gewiss ist?«

Er erwiderte nichts, und Andromeda merkte an der jähen Gewichtsverlagerung, dass Julilla sich aufsetzte.

»Es wäre eine großzügige Geste«, fuhr sie fort. »Würdig eines Caesars!«

»Ich bin ein Claudier«, gab seine tiefe Stimme zurück. »Adoptiert in das Haus der Julier, gewiss, und seit wann? Seit drei Jahren. Nach all den Jahrzehnten. Ich war ein Kind, als er meine Mutter geheiratet hat. Ich habe seine Legionen in Germanien geführt, ich leite den Krieg in Pannonien für ihn, ich habe sogar deine Mutter geheiratet, obwohl keiner von uns beiden das wollte. Und er hat jeden einzelnen deiner Brüder und Vettern mir vorgezogen. Junge, unwissende Nichtstuer, die sie waren. Nun ist meine Zeit da, und ich werde nicht zulassen, dass sie mir jemand streitig macht.«

»Du hast Angst. Wenn du es für nötig hältst, mir all das zu sagen, dann musst du Angst haben, dass er seine Meinung noch einmal ändert, und dann zum letzten Mal. Du wirst alt, Tiberius. Wer weiß, wie viel Zeit dir selbst noch bleibt?«

»Mehr als deiner Mutter«, versetzte er hart. Dann stand er auf, und das Geräusch seiner Füße entfernte sich zum Garten hin.

Andromeda wartete noch einen Moment, ehe sie hervorkroch. Julillas Hände waren zu Fäusten geballt, doch ansonsten merkte man ihr das Gespräch nicht an, das sie gerade geführt hatte.

»Geh, sieh dich im Haus um«, sagte sie. »Livia weiß, dass du hier bist. Sie wird mit dir sprechen wollen.«

Entweder erinnerten sich die Angehörigen des Haushalts daran, Andromeda schon einmal gesehen zu haben, oder es kümmerte sie nicht, dass eine Zwergin durch die Räume lief, deren Türen für den späteren Gang alle weit geöffnet worden waren. Die Sonne war noch nicht ganz verschwunden, so dass es außerhalb der Küche und des Tricliniums noch keine entzündeten Öllampen gab. Es roch schwach nach Sauerampfer und Binsen.

Nach einigen Versuchen fand Andromeda den Weg zu dem Zimmer, in dem Conopas sie Livia vorgestellt hatte, doch anders als bei den übrigen Räumen gab es hier zwei Prätorianer, die ihr den Eintritt verwehrten. Die Worte der Männer, die offenkundig Barbaren mit einem fürchterlichen Akzent waren, konnte sie kaum verstehen, doch um die Bedeutung verschränkter Arme zu interpretieren, brauchte es keine Sprachkenntnis.

Sie beschloss, sich etwas zu essen zu holen, ehe sie weiter durch das Haus zog, zumal ihr nicht klar war, wonach genau sie überhaupt suchen sollte. Die Küche im untersten Stockwerk war nicht schwer zu finden, und die Leute dort zu beschwatzen, etwas Brot und Käse herauszurücken, war auch kein Kunststück. Heute gab es keine Kuchen, keinen Honigwein, keine üppigen Braten; das wäre den Lemuria nicht angemessen gewesen. Salat und Lauch, Artischocken, heißer Grünkohl und Rosinen, das war die Art von Mahlzeit, wie sie sich an einem Tag zum Gedenken der Toten ziemte. Doch der Verzicht auf erlesene Mahlzeiten mit zahlreichen Gängen wie Feigenleber, Pfauenhirnragout oder gebratene Nachtigallenzungen bedeutete, dass die Küchensklaven reichlich Zeit hatten, um sich zu langweilen; so waren sie nur zu gerne bereit, sich von der Zwergin ablenken zu lassen. Außerdem stellte sich eine der Köchinnen als eine alte Bekannte heraus: Es handelte sich um die dicke Crassa aus den Bädern, die sie in Schutz genommen und auf ihr Kleid geachtet hatte.

»Ich dachte, du arbeitest bei den Metellern«, sagte Andromeda erstaunt, als ihr wieder einfiel, wo sie die Frau zuerst gesehen hatte.

»Kleine, das erzähle ich immer, sonst habe ich sofort einen Haufen Bittsteller am Hals, und für die kann ich nichts tun. Schließlich bin ich hier nur eine der Unterköchinnen und nicht der Haushaltsvorsteher oder gar der Zahlmeister. Du hast Glück mit deiner Herrin – ich wette, die kommt nicht auf die Idee, regelmäßig zu überprüfen, ob ihr nicht zu viele Asse für den Vorratseinkauf veranschlagt werden. Unsere liebe Schicksalsgöttin hier dagegen ist richtig geizig. Und sie weiß tatsächlich, wie viel das Zeug kostet. Aber was ist schon dabei, wenn wir ein bisschen für uns abzweigen, frage ich dich?«

Die Lemuria schienen Crassa in eine rührselige Stimmung versetzt zu haben, denn sie kam bald schnell auf die guten alten Tage zu sprechen, in denen das Haus des Princeps voller Jugend und Gelächter gewesen sei. »Sogar mit den Wachen konnte man seinen Spaß haben, hin und wieder«, verriet sie. »Die Iberer, die unser Herr damals hatte, die waren nicht auf den Mund gefallen, und von gutem Essen hatten sie auch eine Ahnung. Dankbar waren die, wenn man ihnen mal was zusteckte. Aber heute sind es lauter Germanen, die noch nicht mal anständiges Latein können und sich aufführen, als wären sie zu gut für unsereins. Die reden nur miteinander. Deswegen hat sie der Herr natürlich zu den Prätorianern geholt, weil sie keine Verbindungen zu den Edlen hier in Rom haben, aber trotzdem ... In den alten Tagen war alles schöner.«

»Die Gegenwart ist die gute alte Zeit von morgen«, gab Andromeda, ohne nachzudenken, zurück, weil sie mittlerweile zu sehr daran gewöhnt war, Antworten zu geben, die eine Tischgesellschaft belustigen sollten. Crassa machte ein skeptisches Gesicht. Aus einem Impuls heraus – und alle guten Ratschläge vergessend – fragte Andromeda die Frau, ob sie die Herrin Julia gekannt habe.

»Hm ... Nun ja, gewiss doch. Ein Jammer, aber sie hätte

sich nicht mit Jullus Antonius einlassen sollen. Das war's, was *er* ihr nicht verziehen hat, wenn du mich fragst. Ansonsten hätte er doch sicher ein Auge zugedrückt.«

»Jullus Antonius?«

»Der Bruder der Herrin Antonia, die heute auch zu Gast ist«, entgegnete die Köchin belehrend. »Wenn sein Vater so gut ausgesehen hat wie der Herr Jullus, dann wundern mich die alten Geschichten nicht, aber es gibt ja keine Bilder und Büsten mehr von Marcus Antonius. Von Jullus Antonius natürlich auch nicht, schließlich ist er hingerichtet worden, damals. Schlechtes Blut, ganz eindeutig schlechtes Blut, das setzt sich eben durch.«

»Lass das nicht die Herrin Antonia hören«, warf ein Sklave ein, der Früchte auf einem Tablett bereitstellte, und grinste.

»Die Herrin Antonia ist eine edle Frau«, sagte Crassa hastig. »Ihr hat nie jemand was Böses nachreden können. Gewiss wünscht der Princeps sich oft, *sie* wäre seine Tochter.«

»Ich dachte, er hätte sich gewünscht, seine Tochter sei eine tote Sklavin namens Phoebe«, sagte Andromeda, ehe sie sich zurückhalten konnte.

Die Köchin stemmte die Arme in die Hüften. »Er hat viel gelitten, und so etwas sagt man, wenn die eigene Tochter einen so furchtbar enttäuscht. Ich will doch hoffen, dass die kleine Julilla klüger ist! Sie sollte öfter hier sein und ihrem Großvater Respekt erweisen, ja, das sollte sie.«

Alles schaute erwartungsvoll zu Andromeda, und sie begriff, dass nun Auskünfte von ihr erwartet wurden. Gleichzeitig war ihr bewusst, dass jede Aussage, die den Status ihrer Herrin herabsetzte, ihr nur schadete. Falls sie gänzlich schwieg, würde sie auch nichts mehr von den Leuten hier erfahren. Also log sie.

»Sie möchte unbedingt ein Kind haben«, sagte sie. »Um ihren Großvater glücklich zu machen.«

Zu ihrer Überraschung nickte jedermann verständnisvoll

und überzeugt und meinte, das wäre zu wünschen und gewiss das einzig Richtige. Ihre früheren Lügen hatten in der Regel immer Belustigung ausgelöst; offenbar wurde sie besser. »Hier, nimm noch etwas von den Muränen«, sagte Crassa wohlwollend. »Heute ist davon noch genügend übrig, und die Herrin hasst Verschwendung.«

Andromedas Hand war schon auf dem halben Weg, als sie sich an die Geschichte von Vedius Pollio und seinen Muränen erinnerte. Natürlich war der Mann tot, aber bei der Vorstellung, irgendjemand habe vielleicht auch diese Muränen mit Menschen gefüttert, wurde ihr trotzdem übel. »Das ist zu gut für mich«, sagte sie hastig und bedankte sich überschwänglich. Dann verabschiedete sie sich unter einem Vorwand und wanderte erneut durch das Haus.

Wie bei Aemilius waren die Masken und Büsten ins Vestibulum gebracht worden und warteten auf die mitternächtliche Zeremonie. Es gab keine, die ihr bekannt vorkam, bis auf die jungen Männerköpfe, die Gaius und Lucius sein mussten. Unerwartet überfiel sie heftiger Neid, als sie an die vielen Totgeburten ihrer Mutter dachte, die hinter dem Haus verscharrt worden waren. Niemand würde je erfahren, wie sie aussahen, die Geschwister, die es nicht gegeben hatte. Es hatte jedes Jahr nur drei Bohnen für sie gegeben, für sie alle.

»Ein großer Verlust für Rom«, sagte die Stimme von Livia, und Andromeda zuckte zusammen. Die alte Frau war geräuschlos hinter ihr aufgetaucht.

»Es tut mir Leid, Herrin«, sagte sie, ohne zu wissen, wofür sie sich entschuldigte.

»Wie ich sehe, schätzt unsere Julilla deine Gesellschaft so sehr, dass sie dich ein weiteres Mal mitgebracht hat.«

Wenn sie ihren Entschluss, sich Livias Schutz zu sichern, ausführen wollte, dann musste sie jetzt etwas sagen. Etwas, das nützlich und wichtig klang.

»Sie … sie wollte eine Zeugin für die Unterredung mit deinem Sohn haben, Herrin. Aber es lief nicht so, wie sie es sich gewünscht hatte.«

»Das haben unser aller Gespräche mit Tiberius gemeinsam«, sagte Livia mit einem trockenen Lächeln. »Wollte sie ihn tatsächlich als Verbündeten gewinnen? Tiberius? Warum sollte er ihr helfen?«

»Er ist doch ihr Stiefvater«, sagte Andromeda unschuldig. Bei gefährlichen Leuten war es immer besser, für unwissend und nicht zu vernünftig gehalten zu werden, und ganz gleich, was Livia sonst sein mochte, sie war auf jeden Fall klug und gefährlich. »Und er klang auch sehr besorgt. Er hat gesagt, dass ihr nicht mehr viel Zeit bleibt.« In Wirklichkeit war es genau umgekehrt gewesen, aber eine solche Aussage von Julilla zu berichten, bestätigte bestimmt nur, was Livia ohnehin schon vermutete. Sie mit etwas Unerwartetem zu überraschen machte gewiss mehr Eindruck.

Livia musterte sie, und Andromeda tat ihr Bestes, um so treuherzig und diensteifrig wie möglich dreinzublicken. Dann zuckte die Gattin des Princeps die Achseln und teilte Andromeda mit, sie sei ein gutes Mädchen und solle weiterhin ihr Bestes tun, um ihre Herrin durch aufmerksame Teilnahme vor Unheil zu bewahren. »Wir sind *alle* sehr besorgt um sie.«

Da Livia sie fest im Auge behielt, blieb Andromeda nichts übrig, als geradewegs zum Triclinium zurückzukehren, wo inzwischen wieder alle Gäste lagerten. Diesmal fiel sie dem Princeps auf, doch er beließ es bei einem Stirnrunzeln. Julilla befahl ihr, eine Geschichte vom Lande zu erzählen, was hieß, dass sie eines der Gleichnisse hören wollte, die Andromeda erst in der Stadt kennen gelernt hatte und in denen sprechende Tiere vorkamen. Danach schleppte sich die Unterhaltung hin. Es gab keine versteckten Anschuldigungen und Beleidigungen mehr, dafür traurige Erinnerungen an die

Verstorbenen, deren man offenbar in allen Ehren gedenken konnte: die Herrin Octavia, Gaius und Lucius, Livias Sohn Drusus und Julillas Vater Marcus Agrippa. »Nie hat ein Mann einen solchen Freund gehabt!«, rief der Princeps gerührt, und alle Anwesenden nickten, bis auf Tiberius, der eine steinerne Miene aufsetzte, und Julilla, die wirkte, als wollte sie gerne etwas über den Sohn Agrippas sagen, ihren Bruder Postumus, und es dann doch lieber sein ließ.

Als der Nomenklator hereinkam und dem Princeps verkündete, es sei bald an der Zeit für die Zeremonie, konnte man die Erleichterung im Raum spüren. Da die Herrin Livia das Triclinium gleich hinter ihrem Gatten verließ, blieb Andromeda zurück. Sie war kein Teil des Haushalts; es gab keinen Grund, mit zum Vestibulum zu gehen, um dort auf den Princeps zu warten. Und mittlerweile war sie sehr müde. Die leeren Sitzliegen sahen sehr verlockend aus ...

Als eine Hand Andromeda an der Schulter berührte, fuhr sie in die Höhe. »Du kannst nicht im Haus des Princeps einschlafen, Drittelchen«, sagte Conopas belustigt. Es dauerte einen Moment, bis ihr klar wurde, dass seine Gegenwart nicht selbstverständlich war.

»Was machst du hier?«, fragte sie verdutzt.

»Das weiß ich, und du weißt es nicht«, entgegnete er und kniff sie in die Wange. Verärgert schlug sie seine Hand weg, doch offenbar nicht heftig genug. Er legte sie stattdessen auf ihre linke Brust und grinste sie an.

»Wer gearbeitet hat, darf sich erholen.«

»Oh ... Du hast Livia Bericht erstattet.«

Noch während sie es sagte, störte sie etwas daran, und sie kam nicht darauf, was es war, bis er nickte, was sie davon überzeugte, dass es nicht stimmen konnte. Sonst würde er es nie so geradeheraus zugeben. Aber sonst fiel ihr nichts ein, was er in diesem Haus hätte tun können, vor allem, da er gar nicht hier sein sollte.

»Komm«, flüsterte er, »der Princeps ist gleich wieder hier.« Conopas nahm sie bei der Hand und führte sie in den Garten hinaus. Es hatte keinen Sinn, ihn noch einmal zu fragen, was er hier tat, also sagte sie stattdessen das Erste, was ihr in den Kopf kam, während sie die linde Nachtluft einatmete und sich unter den Feigenbaum setzte, der in der Dunkelheit wirkte, als strecke er seine Arme nach ihnen aus.

»Ich bin froh, dass die Lemuria jetzt vorbei sind. Das ist keine Familie, die öfter zusammenkommen sollte.«

»Darauf kannst du wetten«, sagte er. »Aber sie können es nicht lassen. So sind sie eben, die Menschen. Tun nie, was gut für sie ist. Ich kenne ein Mädchen, das sollte heilfroh sein, das Bordell hinter sich gelassen zu haben, aber nein, sie geht freiwillig dahin zurück.« Entweder riet er, oder er hatte ihr nachspioniert und nicht Julilla.

Andromeda wusste nicht, ob sie beunruhigt oder geschmeichelt sein sollte, aber sie war noch zu benommen von ihrem kurzen Halbschlaf, um die gewohnte Gereiztheit aufzubringen. »Ich kenne einen Mann«, gab sie zurück, »der hat das Mädchen nie gefragt, weswegen das so ist.«

Durch die Wände hörte sie die tiefen, vollen Töne eines Bronzegongs und die Stimme des Princeps etwas rufen, von dem sie wusste, dass es die letzte Aufforderung an die Toten war, die Lebenden für dieses Jahr zu verlassen. Die Zeremonie war beendet.

»Ich habe etwas für dich«, sagte Conopas und legte zwei Finger auf ihre Lippen. Dann schob er ihr mit dem Daumen seiner anderen Hand blitzschnell etwas in den Mund und drückte ihren Kiefer zusammen, so dass sie es zerbeißen musste. Es war eine Bohne. Nichts anderes als …

Entsetzt sprang sie auf. Er blieb sitzen und lachte.

»Das ist das Essen der Toten!«, stieß Andromeda hervor, und sie konnte nicht verhindern, dass sie anfing zu zittern. »Du … ich werde …«

»Du wirst gar nichts«, sagte Conopas, und in den Spott mischte sich ein Hauch von Mitgefühl. »Das ist einer von euren römischen Aberglauben. Ich habe dir gesagt, dass man sich damit nicht loskaufen kann, und bestraft wird man dafür auch nicht.«

Erbittert stürzte sie sich auf ihn, presste ihre Lippen auf seine und nutzte ihre Zunge, um die Reste der Bohne, die sie nicht sofort heruntergeschluckt hatte, in seinen Mund zu schieben. Wenn sie jetzt verflucht war, dann sollte er seinen Teil davon abbekommen.

»Ich wusste, dass das wirkt«, sagte Conopas hochzufrieden und etwas atemlos, als sie ihn wieder losließ. »Was bist du nur für ein rachsüchtiges kleines Biest.«

Da erst wurde ihr bewusst, dass sie ihn zum zweiten Mal auf den Mund geküsst hatte.

III.

BAIAE

I.

Arellius glaubte erst, dass er Rom verlassen hatte, als der vierzehnte Meilenstein bereits hinter ihnen lag. Die Schafherden, die Rinder, das fette grüne Frühlingsgras schienen ihm zuerst nichts als ein Tagtraum zu sein, oder die Art von Wunsch, die am Grund der Weinkrüge lauerte, trotz seines nüchternen Zustands. Als er etwas in der Art äußerte, lachte sein Begleiter und meinte, ihm selbst sei das ständige Gerüttel auf dem Pferderücken schon Erinnerung genug an die Wirklichkeit.

Wie alle Angehörigen des römischen Ritterstands konnte Publius Ovidius Naso reiten, doch offenbar legte er keine große Begeisterung dafür an den Tag. Obwohl Arellius sich als junger Mann geschworen hatte, dergleichen nicht zu tun, ertappte er sich dabei, etwas über die Verweichlichung der Jugend zu murmeln.

Ovidius grinste. »Ich stehe im einundfünfzigsten Jahr, ehrwürdiger Greis. So weit dürften wir gar nicht auseinander liegen mit unserem Alter.«

Das traf Arellius wie ein Schlag. Er war Ovidius immer noch um ein Jahrzehnt voraus, doch es kam ihm vor, als hätte der Abstand größer sein müssen, so sehr fühlte er sich als Teil einer anderen Zeit und einer anderen Welt. Um seine Verstörung zu überspielen, fragte er Ovidius nach dessen Herkunft und erfuhr, dass er aus Sulmo stammte, einem Ort, der etwa neunzig Meilen östlich von Rom lag, wie Arellius sich dunkel erinnerte.

»Das Herz des Widerstands im Bundesgenossenkrieg«, sagte Ovidius mit einer Mischung aus Zuneigung und Spott. »Und ich bin im Todesjahr Ciceros geboren. So etwas verpflichtet einen in gewisser Weise zu einer politischen Laufbahn. Mein Vater ist nie darüber hinweggekommen, dass ich mich stattdessen mit Haut und Haaren der Poesie ausgeliefert habe. Er wollte unbedingt wenigstens einen Sohn im Senat sehen.«

»Hätte er sich das denn für dich leisten können, Publius Ovidius?«, fragte Arellius, auf die Summe von einer Million Sesterzen anspielend, die Senatoren ganz unabhängig von ihrer Herkunft mindestens zur Verfügung stehen musste, ehe sie einen Sitz im Senat einnehmen durften.

Ovidius zuckte die Achseln. »Es wäre Verschwendung gewesen. Ich bin nicht dafür gemacht, Gesetze zu erlassen. Das eine Jahr, das ich als Zivilrichter verbracht habe, war unsäglich langweilig. Wenn ich ihm nicht rechtzeitig klar gemacht hätte, dass ich nicht in den Senat will, hätte er auch noch darauf bestanden, dass ich versuche, eine Zeit lang bei den Legionen Kriegsdienst zu tun, um auf diese Art Ruhm zu ernten.«

»Kein Ehrgeiz, dabei zu helfen, die Grenzen des Reiches zu erweitern?«, neckte Arellius, der selbst als junger Mann dem Heer tunlichst ferngeblieben und nie auch nur versucht gewesen war, die Malerei gegen einen Sitz im Senat zu tauschen. Doch selbst wenn er es gewollt hätte, ihm fehlte das nötige Vermögen für eine Ämterlaufbahn; sein Vater war ein einfacher Bürger gewesen, kein begüterter Ritter. »Keine Sehnsucht danach, die Welt ruhmreich zu erkunden?«

»Nur auf poetischem Weg. Ganz im Ernst, ich will Rom nicht mehr verlassen. Ich habe meine Reisen gemacht, und ich liebe jede Straße, jede Säule, jede Bibliothek und jede Taverne dieser Stadt, seit ich sie zum ersten Mal sah. Ein paar

Wochen auf dem Land wie diejenigen, die uns bevorstehen, sind angenehm – aber auf längere Zeit betrachtet? Es gibt nur ein Rom!«

Nur ein Rom, dachte Arellius, *und du ahnst nicht, wie unglaublich es für mich ist, es endlich verlassen zu dürfen!* Für ihn war es die erste Reise seit Jahren, und das, nachdem er sich längst damit abgefunden hatte, dass es für ihn nur noch den Begräbniszug geben würde, falls sein Gönner sich diese Ausgabe überhaupt leisten wollte. Lycus war ein guter Freund, doch sein Geiz war angeboren, und es wäre sehr gut möglich, dass er nach Arellius' Tod zu dem Schluss käme, einer Leiche mache die Art ihrer Bestattung nichts mehr aus.

Vielleicht bin ich tot, schoss es Arellius durch den Kopf, *oder ich liege im Sterben, und alles, was geschah, seit das Mädchen mir sagte, Vipsania Julilla wolle mir die Bemalung der freien Wände ihrer Villa übertragen, ist nichts als ein letzter, glücklicher Traum.*

Doch für einen Traum war die fünftägige Reise viel zu unbequem. Außerdem nagte die Furcht in Arellius' Eingeweiden, zusammen mit der Hoffnung, die ihm so unerwartet wiedergeschenkt worden war. Seine Augen waren nicht mehr das, was sie sein sollten, und das Zittern seiner Hände kam und ging ohne Vorwarnung. Noch einmal die Gelegenheit zu bekommen, das zu tun, wozu er geboren war, und sie zu verpatzen – nicht, weil ihm das Schicksal übel mitspielte, sondern weil er selbst seine Kunst weggesoffen hatte –, wäre zu bitter, um sich in einem solchen Fall nicht sofort den Tod zu wünschen. Er beneidete seinen Reisegefährten, der sich auf den Aufenthalt in Baiae genauso wie auf die spätere Rückkehr nach Rom freute und nie auf den Gedanken kam, sein großes Werk über Verwandlungen könne, wenn es einmal fertig war, von seiner Patronin für ungenügend befunden werden.

»Manchmal weiß ich nicht, was schlimmer ist«, sagte Arellius und merkte erst nach dem dritten Wort, dass er seine Gedanken laut aussprach, »die Gunst der Großen nie zu gewinnen oder sie zu gewinnen und zu vergessen, wer man ist. Kommt die Geschichte von Ikarus auch in deinem Werk vor, Naso?«

Der andere nickte. »Aber Ikarus war kein Künstler«, entgegnete er. »Sein Vater Daedalus war es, der die Flügel entwarf. Und Daedalus kam sicher wieder auf den Erdboden zurück.«

»Aber er hat nie aufgehört, den Verlust seines Sohnes zu beweinen«, meinte Arellius und verstummte. Sich vor Andromeda oder Lycus gehen zu lassen war eine Sache. Doch diesen Mann kannte er kaum.

Nach einiger Zeit begann Ovidius Naso ein Lied zu summen. Die warme Frühlingsluft trug Arellius einen Erinnerungsfetzen zu; Julia, wie sie aus dem ersten Buch dieses Mannes vorlas. Mehr als ein Jahrzehnt musste das inzwischen her sein. Er bezweifelte, dass der Dichter auf seinem Weg zu Julias Tochter Wert auf das Teilen einer solchen Erinnerung legte, und behielt sie für sich.

Baiae lag nordwestlich des großen Vulkans Vesuvius in einer Bucht, was den Ort vor jeglichen rauen Winden schützte. Die warmen Quellen, die es dort gab, versorgten die privaten und öffentlichen Bäder derjenigen, die dem Meerwasser nicht trauten. Der Luxus von Rom vermählt mit dem Zauber des Landes, hieß es, und jedes Mal, wenn die Erschöpfung der fünftägigen Reise Arellius zu viel zu werden drohte, sagte er sich, dass am Ende die Erlösung wartete.

Cumae, der Ort am Avernersee, in dem sich die Grotte der Sibylle befand, lag auf ihrem Weg, doch als Ovidius einen Abstecher machen wollte, lehnte Arellius strikt ab. »Das kostet uns mehrere Stunden, und wofür?«

»Um die Stimme Apollos zu hören, mein Freund.«

»Du glaubst doch nicht wirklich«, sagte Arellius ungehalten, »dass dort eine unsterbliche Frau lebt, die Aeneas noch gekannt hat!«

Ovidius machte ein geheimnisvolles Gesicht. »Nicht unsterblich. Sie hat sich zwar von Apollo so viele Jahre gewünscht, wie Staubkörner in einem Kehrichthaufen sind, aber sie vergaß, sich die ewige Jugend dazu zu wünschen. Inzwischen ist sie so alt und eingeschrumpft, dass sie in einer von der Höhlendecke hängenden Flasche lebt, und wünscht sich nur noch zu sterben.«

»Publius Ovidius Naso, du glaubst kein einziges Wort von dem, was du sagst.«

»Nun, wir könnten die Geschichte überprüfen.«

»Ich bin ein alter Mann«, sagte Arellius. »Das Einzige, was ich heute noch tun will, ist in Baiae anzukommen und, wenn möglich, ein Bad zu nehmen.«

Der Anblick, der sich ihnen bot, als sie sich ihrem Ziel näherten, ließ ihn die Hoffnung auf ein entspannendes Bad allerdings sofort vergessen. Mit der Hand zeichnete er die sanften Hügel nach, die das Meer umrahmten – der Rücken einer schlafenden Frau. Wenn er seine alten Augen anstrengte, dann sah er den rauchenden Vesuvius in der Ferne, jenseits des glatten, bezaubernden Wasserspiegels der großen Bucht.

»Die Schmiede der Götter«, sagte Ovidius. »Ich habe mich immer gefragt, wie es wohl wäre, sie aus der Nähe zu sehen.«

»Vulcanus ist der Patron der Schmiede, Bildhauer und Maler, nicht der Dichter«, entgegnete Arellius abwesend.

»Orpheus hat die Unterwelt durch einen Vulkan betreten«, sagte Ovidius leichthin, »so heißt es jedenfalls. Und er war der größte aller Dichter.«

Als sie eintrafen, war es später Nachmittag, und die Hauptmahlzeit war schon vorbei. Die Herrin Vipsania Julilla, wurde ihnen mitgeteilt, nehme ein Sonnenbad, werde sie jedoch später noch empfangen. Dafür lief ihnen Andromeda entgegen und begrüßte sie ausgelassen. Arellius ertappte sich dabei, wie er das Mädchen vom Boden aufhob und durch die Luft schwenkte. *Manchmal ist es so leicht zu übersehen, dass sie kein Kind ist,* dachte er. Dann fiel sein Blick auf die kleine Gestalt, die gegen eine der Säulen lehnte, die nach der Eingangshalle kamen. *Beim Herkules,* dachte er, als er das ungewöhnliche rote Haar sah, das eine Verwechslung unmöglich machte, und jeder Gedanke an die Kindlichkeit von Zwergen schwand. Behutsam setzte er Andromeda wieder ab.

Ovidius Naso lächelte sie an und zauberte einen Zitronenblütenzweig aus den Falten seiner Toga hervor, den er kurz vor dem Landhaus, wo mehrere der Bäume standen, abgebrochen haben musste. »Heil dir, Iris«, sagte er. »Wie geht es dir hier in den elysischen Gefilden?«

»Von einer Göttin zu einer Götterbotin gemacht«, antwortete sie und machte ein betrübtes Gesicht, das nur durch das vergnügte Funkeln ihrer Augen Lügen gestraft wurde. Sie nahm den Blütenzweig mit einer Verbeugung entgegen. »Du liebst mich nicht mehr, Herr. Aber sei's drum, ich werde der Herrin des Olymp diesen Zweig bringen, denn für sie ist er doch sicher bestimmt.«

Nein, sie ist kein Kind mehr.

Ovidius legte eine Hand auf sein Herz. »Du tust mir unrecht, und Iris auch, die nicht nur Botin ist, sondern über den Regenbogen gebietet. Der Zweig ist nur für dich. Die Herrin des Olymp erhält ein Gedicht.«

»Dann danke ich dir und werde den nächsten Regenbogen ganz gewiss deines Weges schicken«, gab Andromeda zurück. Der ländliche Akzent war mittlerweile völlig aus ihrer Stimme geschwunden. Arellius hatte sie nicht mehr so übermütig erlebt, seit ihr nach wochenlangem Üben mit Mopsus ein besonderes Kunststück gelungen war. Doch vielleicht lag das nur an seiner eigenen, meist gedrückten Stimmung bei ihren Begegnungen. Er musste zugeben, dass es ihn geärgert hatte festzustellen, dass er sie vermisste, als sie auf den Palatin übersiedelte. Schließlich war er seit dem Skandal fest entschlossen, sein Herz an niemanden mehr zu hängen. Der Zwerg hatte keinen von ihnen auch nur einen Moment aus den Augen gelassen. Arellius, der sich seit seinem Gespräch mit dem Bärenzähmer wieder gut daran erinnerte, wie tödlich der kleine Mann in der Arena gewesen war, hätte auf diese Art von Aufmerksamkeit gern verzichten können. Als Andromeda sich umdrehte, um ihnen beiden das Haus zu zeigen, erblickte sie ihn ebenfalls und hielt inne. Etwas von dem Übermut in ihrem Gesicht schwand.

»Arellius«, sagte sie formell, »dies ist Conopas.«

Er fragte sich, warum sie den Zwerg nicht auch dem Dichter vorstellte, bis ihm bewusst wurde, dass Ovidius Naso schon oft genug Julillas Gast gewesen sein musste und ihn deshalb sicher kannte.

»Heil dir, Herr«, sagte Conopas kühl. »Wusstest du, dass du den Namen eines Malers trägst, der so sehr mit seinem Schwanz dachte, dass er in ganz Rom die Gesichter seiner Geliebten auf die Wände malte und sich danach nirgendwo mehr blicken lassen konnte? An deiner Stelle würde ich die Dienste von Naso hier bemühen und mir einen neuen Namen zulegen. Namen scheinen ihm noch schneller einzufallen, als der andere Arellius seine Aufträge verlor.«

Genau vor dieser Art von Beleidigung war Arellius in die Subura geflüchtet, wo es niemanden gab, der noch einen Ruf hatte. Nun, da er den alten Spott zum ersten Mal seit Jahren wieder ausgesprochen hörte, hatte er seine grausame Schärfe verloren und war nur noch eine stumpfe Klinge, denen gleich, mit welchen die jungen Leute auf dem Marsfeld übten, wenn sie sich von den Frauen bewundern lassen wollten. *Er ist eifersüchtig*, dachte Arellius und überlegte, ob

Andromeda dies klar war. Das Mädchen schien sein Schweigen als Kränkung zu deuten. Sie war weiß im Gesicht geworden. Die Hand, in der sie den Blütenzweig hielt, war verkrampft.

»Manche Leute hängen an ihren alten Namen«, sagte Arellius trocken. »Selbst, wenn sie befleckt sind. Ich kenne da ein paar Gladiatoren, die mir beipflichten würden, obwohl sie nach ihrem eigenen Ehrencodex eigentlich tot sein sollten.« Jetzt war es Conopas, der blass wurde. Arellius dankte innerlich dem Bärenzähmer für seine Auskünfte. Ein Gladiator, der verloren hatte, musste bereit sein, ruhig und gefasst auf dem Boden kniend den Todesstoß in den Hals entgegenzunehmen. Conopas hatte das laut dem Bärenzähmer nie fertig gebracht.

Ovidius Naso ignorierte das Zwischenspiel. Er bat Andromeda, ihnen das Haus zu zeigen, von dem er in Rom schon einiges gehört habe. »Sehr gern«, sagte sie gepresst, streckte Arellius ihre freie Hand entgegen und zog ihn mit sich, während Ovidius an ihrer anderen Seite ging. Da er darauf lauschte, ob Conopas ihnen folgte, was nicht der Fall war, bemerkte Arellius erst nach einer Weile, dass Ovidius absichtlich kürzere Schritte machte, um Andromeda nicht zum Hasten zu zwingen. Entweder war er Kinder gewohnt, oder alte Leute, oder beide.

Das neue Landhaus der edlen Julilla war ein Juwel seiner Art. An die Eingangshalle schloss sich ein Säulengang in Form eines *D* an, der einen kleinen, anmutigen Hofraum einschloss. Vorspringende Wetterdächer und einige Glasfenster sorgten dafür, dass der Säulengang selbst bei Regen begehbar war. Ihm gegenüber lag das Triclinium, das bis zur Küste vorsprang und durch seine türhohen Fenster und Flügeltüren von beiden Seiten aus den Blick auf das Meer gestattete; man konnte, über die Segel der Fischerboote hinweg, bis zum Vesuvius sehen. Arellius kam sich wie ein

Schiffsreisender vor, als Andromeda sie hinein- und wieder hinausführte.

Links des Speisezimmers befand sich ein Raum, in dem die Wände bis auf Girlanden noch unbemalt waren und der für die körperliche Ertüchtigung vorgesehen war. An ihn angewinkelt lag ein bereits voll ausgestaltetes Erkerzimmer, das laut Andromeda den ganzen Tag Sonne hatte und in dessen Wand ein Schrank voller Schriftrollen eingebaut war. »Die Bibliothek«, sagte Ovidius Naso mit Kennerblick. »Ich hoffe, die Abschrift des zweiten Gesangs der *Aeneis* von Vergilius' eigener Hand ist tatsächlich dort, wie deine Herrin versprach.«

Der Gang von der Bibliothek aus führte zu einem Schlafzimmer und den Sklavenquartieren, die dem Besuch natürlich nicht gezeigt wurden. Rechts des Speisezimmers befanden sich mehrere Wohnräume, die bei größeren Gesellschaften ebenfalls als Speisezimmer genutzt werden konnten. Auch hier waren mehrere Wandflächen noch leer, und Arellius ertappte sich dabei, sie gedanklich auszumessen. Es war eine gute Lage; der Glanz der Sonne und des Meeres erfüllte die Räume mit Helligkeit, und es gab genügend Schutzvorrichtungen, um den Wind fern zu halten. Seit er die *Argonauten* gesehen hatte, wünschte er sich, das Thema selbst zu gestalten, doch dazu war es nicht mehr gekommen. Er versuchte, sich nicht zu fragen, ob er überhaupt noch in der Lage war, einem so gewaltigen Stoff Gerechtigkeit widerfahren zu lassen.

Zwei der Gästezimmer wurden ihnen zur Verfügung gestellt. Ihr Gepäck war schon hineingebracht worden, und Arellius widerstand mit Mühe der Versuchung nachzuschauen, ob seine Farben in ihren Gefäßen und Schatullen die Reise unbeschadet überstanden hatten.

Andromedas Ärger über Conopas' Verhalten schien zu verfliegen, und sie gewann etwas von ihrem Überschwung zurück, als sie ihnen das Badezimmer zeigte und Arellius zuzwinkerte. Das Kaltwasserbecken in der Mitte war schön gestaltet; aus den einander gegenüberliegenden Wänden sprangen zwei Badebecken als Bogen hervor. Daran stieß das Salbzimmer, der Heizraum mit der Kesselanlage für das Bad und der Raum mit dem Warmbad, von dem aus man beim Baden das Meer beobachten konnte, den ausgedehnten Meeresstrand und in der Ferne einige der anderen Villen.

»In der Tat, die elysischen Gefilde, in denen die Seligen wohnen«, sagte Ovidius leise.

Andromeda nickte und schaute zum Strand hinaus. »Ich habe nicht gedacht, dass ich jemals das Meer sehen würde«, sagte sie.

Arellius musste über ihre offenkundige Faszination lächeln. Er, der das Meer und die Villen der Reichen früher nur zu gut gekannt hatte, wünschte sich, all dies noch einmal mit den Augen eines jungen Menschen zu sehen, statt mit seinen eigenen, die ihn nun bereits einmal auf tückische Weise im Stich gelassen hatten.

»Dann bedauerst du nicht, alles auf den Venuswurf gesetzt zu haben, Iris?«, fragte Ovidius, und Andromedas Gesicht verschloss sich.

»Nicht heute und nicht gestern und wahrscheinlich nicht morgen«, erwiderte sie. »Aber frag mich in einem Jahr, Herr, und du wirst eine weisere Antwort erhalten, wenn ich dann noch sprechen kann.«

»Was bist du für eine Unheilsverkünderin, Cassandra! In einem Jahr wirst du dich Vipsania nennen dürfen und eine Freigelassene sein, und du wirst während einer Feier auf dem Palatin Menschen zum Lachen bringen, die ihre Ödnis fern von Rom wieder mit dem Herzen der Welt eingetauscht haben.«

Das kann er nicht wirklich glauben, dachte Arellius. Selbst wenn es Julilla irgendwie gelingt, die Verbannung ihrer Mut-

ter und ihres Bruders aufzuheben, dann gestattete Augustus es ihnen doch nie wieder, in seiner Gegenwart zu erscheinen. Trotzdem konnte er eine verräterische Aufwallung von närrischer Hoffnung nicht unterdrücken und nahm es dem Dichter übel, sie in ihm geweckt zu haben. Ovidius hatte nicht die Entschuldigung von jugendlicher Blindheit; der Mann war mehr als alt genug. Er sollte es besser wissen, als unmöglichen Träumen nachzuhängen.

»Es war Cassandra, die Recht behielt«, warf er anklagend ein. »Wenn ich du wäre, würde ich mich lieber darauf vorbereiten, Klagen zu schreiben als Triumphgesänge, oder mir andere Gönner suchen.«

Ovidius schlenderte zu den türhohen Fenstern hin. »Oh, ich bin vertraut mit der tragischen Muse. Aber sie und ich kommen besser zurecht, wenn sie mich überrascht. Mein Leben damit zu verzetteln, auf ihre mögliche Ankunft zu warten, statt mich der Gegenwart ihrer heiteren Schwestern zu erfreuen, würde es ärmer machen.«

Arellius war früher einmal selbst so leichtherzig und zukunftsgläubig gewesen. Vielleicht hatte der Dichter auch Recht: Augustus war ein sehr alter Mann, und dass es in der Natur des Alters lag, sich nach der Vergangenheit zu sehnen und ein Ende herbeizuwünschen, wusste Arellius nur allzu gut. Hatte er nicht selbst eine Vermutung in dieser Richtung Andromeda gegenüber geäußert, selbst wenn sie die verzerrten Farben der Trunkenheit getragen hatte?

»Dann nutzen wir also den Tag«, sagte er begütigend und wünschte sich, dass es das Richtige sein möge.

~

Nachdem die beiden Gäste in ihre Zimmer gegangen waren, um sich von den Mühen der Reise auszuruhen, kehrte Andromeda zu Julilla zurück. Sie durchquerte den Garten, der hinter den Badezimmern lag. Es gab einen Spazierweg, der von Buchs und Rosmarin eingefasst war, doch sie lief zwischen den Maulbeerbäumen hindurch, um schneller zum Gartenhaus zu kommen. Da man ihr gesagt hatte, wie neu das Haus war, fragte sie sich, ob die Maulbeerbäume zuerst da gewesen waren, denn es waren keine jungen Sprösslinge. Aber wahrscheinlich hatte man sie irgendwo ausgegraben und umgepflanzt. Manchmal wurde ihr immer noch schwindlig, wenn sie daran dachte, was bei den Reichen alles möglich war! Wenn ein Triton sich aus dem Meer erheben würde und vom Strand aus geradewegs in die Villa spazierte, dann wäre das mittlerweile nur ein *weiteres* Wunder.

Das Meer schien ihr etwas Magisches zu sein, und sie wusste nicht, ob der Zauber ein guter oder ein schlechter war. Auf eine endlose Wasserfläche zu blicken, deren Ende sich nirgendwo erkennen ließ, war anders, als auf das Dach von Julillas Stadthaus zu klettern und das gewaltige Rom zu sehen, was bisher ihren Maßstab für überwältigende Größe gesetzt hatte. Das Meer war nie ruhig, nie gleich, ja, man konnte sich noch nicht einmal auf die Entfernung zu den Hauptgebäuden des Anwesens verlassen; je nachdem, zu welcher Tageszeit sie es betrachtete, ließen die Wellen entweder nur einen dünnen Standstrich zwischen sich und dem Beginn der Gärten, oder schienen vom Himmel zurückgesogen und weit fort zu sein. An ihrem zweiten Tag in Baiae hatte sie einen Mann im Wasser schwimmen sehen und geglaubt, es müsse Conopas sein, weil er so klein wirkte, bis er das Meer wieder verließ und an den Strand watete. Erst da hatte sie gemerkt, dass es sich um Aemilius Paullus handelte, der sie um mehr als das Doppelte überragte. Das Meer war, wie so vieles in Baiae, dazu geeignet, alles, was man wusste, auf den Kopf zu stellen.

Das Gartenhaus, das allein schon größer war als das Haus der größten Familie im Dorf mit ihren sechs Kindern, begann mit einem Raum für Sonnenbäder, von dessen einer Seite man auf den Garten und von dessen anderer Seite man auf das Meer blickte. Er war nur mit einem Ruhebett und zwei Stühlen ausgestattet, doch es schloss sich ein Schlafgemach und ein kleiner Heizraum an, der mittels einer schmalen Klappe die von unten aufströmende Wärme je nach Bedarf einlassen oder zurückhalten konnte. Selbst im Winter würde es hier warm sein. Andromeda verstand nicht, warum Julilla nicht das ganze Jahr über hier lebte. Wenn den verbannten Mitgliedern der Familie in ihrem Exil auch solche Häuser zur Verfügung standen, dann musste man wirklich kein Mitleid mit ihnen haben. Doch vielleicht gab es auf den Inseln der Verbannten keine Villen? In jedem Fall musste sie solche Gedanken für sich behalten. Selbst Arellius stimmte ihr vermutlich nicht zu.

Julilla lag nicht mehr auf ihrem Ruhebett. Stattdessen machte sich dort Conopas breit.

»Ich habe der Edlen bereits gesagt, dass ihr Spielzeug gut untergebracht worden ist«, sagte er, »da du ja beschäftigt warst, um darum herumzuscharwenzeln. Ganz ehrlich, ich weiß nicht, was du dir davon versprichst, Drittel. Künstler spielen die Narren ganz umsonst, während unsereiner verkauft wird, wenn wir es nicht mehr tun, also sind sie Rivalen, und Rivalen sollte man nie ermutigen.«

Sie blieb am Eingang des Gartenhauses stehen und rührte sich nicht. »Was du zu Arellius gesagt hast, war grausam«, entgegnete sie kühl. »Du hattest keinen Grund dazu. Er hat dir nie etwas getan. Entschuldige dich bei ihm, und tue es nie wieder, oder du wirst es bereuen.«

Seine rötlichen Augenbrauen schossen in die Höhe, und er setzte sich auf.

»Komm wieder auf den Boden der Tatsachen zurück, Drei. Ganz gleich, was der Dichterling faselt, du bist keine Göttin. Julilla hört mehr auf ihren Lieblingsvogel als auf dich, und den Herrn kümmern Sklavenangelegenheiten überhaupt nicht. Also versteig dich nicht zu Drohungen, die du nicht halten kannst.«

Es wurde ihr bewusst, dass sie noch immer den Zitronenblütenzweig in der Hand hielt. Langsam zeichnete sie mit ihm ihre Wangenlinie nach und ließ seine Spitze ihre Kehle hinuntergleiten, während sie antwortete.

»Oh, ich habe nicht gemeint, dass ich mich bei der Herrin über dich beschweren werde. Aber wenn du dich nicht bei Arellius entschuldigst und ihn in Ruhe lässt, dann werde ich nicht mehr mit dir schlafen, und darauf legst du offenbar Wert.«

Er stand auf und kam näher. »Ach wirklich«, sagte er leise. »Und du meinst, du hast da eine Wahl? Das Gespräch hatten wir doch schon mehrmals.«

»Ich glaube, ich habe eine Wahl, ob ich einfach nur da liege und die Zähne zusammenbeiße oder ob ich dabei auch etwas für dich tue«, gab sie zurück, ohne zurückzuweichen oder zusammenzuzucken. »Ich glaube, du hast vor mir noch nie eine Frau gehabt, die gerne etwas für dich getan hat, und ich glaube, du weißt das.«

Er kam noch näher. Ihre Haut zog sich zusammen, aber ihr Ärger hatte Zeit gehabt, sich zu kaltem Zorn zu verhärten. Diesmal verlor sie nicht die Beherrschung, und diesmal würde sie gewinnen. Mit einem Ruck nahm er ihr den Zweig fort. Durch die schnelle Bewegung ritzte die Rinde ihre Haut und hinterließ einen Holzsplitter. Doch Conopas rührte sie nicht an, und sie senkte den Blick nicht.

Er war es, der sich schließlich abwandte.

»Schön«, sagte er über seine Schulter hinweg. »Ich werde mich bei dem alten Narren entschuldigen. Aber du wirst dir noch wünschen, dass du ihn nie gesehen hättest.«

~

Arellius hatte seine Farben nicht mitgebracht, um mit ihnen die Wände zu bemalen. Falls Julilla ihn wirklich beauftragte, dann waren unendlich größere Mengen nötig, das wusste er. Doch er wollte sie als Vergleich haben. Noch einmal auf eine falsche Substanz hereinzufallen wäre unverzeihlich. Julias Kinder waren ihm alle bekannt, nicht sehr gut, doch er hatte von allen einmal eine Studie gemacht, um sie in einem Gemälde zu verwenden, das als Überraschung für den Princeps gedacht gewesen war und Figuren aus der *Aeneis* zeigen sollte; Gaius und Lucius als Astynax und Julius, die Söhne des Aeneas, Postumus als Cupido, der Aeneas in Karthago zu Hilfe gekommen war und ihm die Königin Dido gewogen gemacht hatte, Julilla und ihre Schwester Agrippina als Sibyllen, die Aeneas von der Größe Rom kündeten. Für Aeneas gab es selbstverständlich kein anderes Modell als Augustus selbst, alterslos, in der gottgleichen Form, die Statuen im ganzen Imperium zeigten. Anchises, der Vater des Aeneas, hätte die Züge von Marcus Agrippa getragen; Arellius traute sich damals ohne Weiteres zu, sie aus dem Gedächtnis zu malen. Aeneas' Mutter, der Göttin Venus, Julias Züge zu verleihen war ihm seinerzeit noch nicht einmal gewagt, sondern nur logisch erschienen. Aber dazu war es nicht mehr gekommen. Nur die Studie von Julias Gesicht war ihm von seinem geplanten riesigen Bild geblieben, und nun ruhte sie in den Händen von Julias Tochter wie eine hoffnungsvolle Opfergabe.

»Ich habe mir die Wände angesehen«, sagte er, als sie ihn empfing, ihrer Mutter so ähnlich und doch auch wieder nicht. Ihr fehlte die Wärme, die Julia immer ausgestrahlt hatte; sie schien ihm wie eine Blüte, über die noch einmal der Winterfrost gekommen war. »Sie bieten Raum für wenigstens zwei große Zyklen.«

Julilla erkundigte sich, ob er bereits bestimmte Themen im Sinn habe. »Die Argonauten«, erwiderte Arellius sofort.

»Und Neptun und seine Kinder. Es erscheint mir passend für eine Villa am Meer.« Es war außerdem ein Kompliment an den toten Marcus Vipsanius Agrippa, Julillas Vater, den größten Admiral, den Rom je hervorgebracht hatte; es gab keine Neptun-Darstellung in den letzten dreißig Jahren, die von Agrippa unbeeinflusst geblieben wäre.

Sie neigte ihr Haupt. »Wie schnell kannst du ein solches Gemälde vollenden?«

»Nun, ich bin kein junger Mann mehr, und ich habe keine Lehrlinge«, begann er zögernd.

Julilla schüttelte den Kopf. »Meine *Nana* hat mir versichert, dass sie dir zur Hand gehen wird. Für das Farbenmischen und ähnliche Dienste kann ich dir außerdem einige der Feldarbeiter hier zur Verfügung stellen. Aber erwarte nicht, dass ich dir gestatte, aus Rom andere Maler hinzuzuholen. Wenn du für mich arbeitest, Arellius, dann muss es in aller Stille geschehen, oder überhaupt nicht.«

Es war keine wirkliche Entscheidung, Vernunft hin oder her. Nicht, wenn alles in ihm danach schrie, noch einmal zu malen, wirklich zu malen, keine Spielereien für ein Bordell oder Kleinigkeiten für einen Freund, sondern ein Gemälde, das noch Jahrhunderte später voll Ehrfurcht bestaunt werden würde, wie die des Kydios und des Parrhasios.

»Es wird geschehen, Vipsania Julilla.«

～

Das Material für ein großes Wandgemälde war nicht so leicht zu beschaffen – und alles andere als billig. Am günstigsten war Sinope-Erde mit acht Sesterzen pro Pfund. Danach kamen gebranntes Bleiweiß, ohne das man keine Schatten erzielen konnte, mit vierundzwanzig Sesterzen pro Pfund, und Paraetoniumsweiß mit dreiundreißig Sesterzen pro Pfund, das für Wandanstriche unentbehrlich war. Außerdem benötigte

Arellius Poliment, das Bindemittel für Gold, wenn man es auf Holz auftragen wollte. Es bestand aus einem halben Pfund Sinope-Erde, zehn Pfund hellem Berggelb und zwei Pfund griechischer Melos-Erde und musste zwölf Tage miteinander gerieben werden.

»Ich werde nie vor Ende des Sommers fertig werden«, seufzte Arellius, als er die Liste durchging, die er erstellt hatte. Andromeda meinte, sie sei sicher, dass Julilla ihm gestatten würde, auch länger in der Villa zu bleiben. »Sag nur nicht, dass du dein Zimmer in den Drei Delphinen vermisst.«

Sie war fest entschlossen, an allem nur das Beste zu sehen. Arellius malte wieder, und sie würde es von ihm lernen, indem sie ihm half. Danach hatte sie eine Möglichkeit, Geld zu verdienen, und musste es nur irgendwie erreichen, dass Julilla sie freiließ. Oder Livia. Allerdings bezweifelte sie, dass es in Baiae die Möglichkeit gab, einer von beiden einen außergewöhnlichen Dienst zu erweisen, der eine Freilassung wahrscheinlich machte; Livia würde kaum an Farbmischübungen mit Arellius interessiert sein, geschweige denn an Informationen über Nachmittage, an denen Ovidius Julilla und ihren Gästen aus seinem neuen Werk vortrug. Manchmal nahm er sich auch die Zeit, um ihr beizubringen, wie man Namen wie *Erisychthon* oder *Philomena* richtig aussprach und was ein Hexameter oder Pentameter war. Sie hatte ein gutes Gedächtnis, und er ließ sie gelegentlich Verse vortragen, um deren Klang zu hören.

Leider half ihr das gute Gedächtnis nicht bei dem Versuch weiter, von Arellius zu lernen, wie man Malerin wurde. Sie konnte inzwischen gerade Linien ziehen und war stolz darauf; als der edle Decius Silanus, ein Freund von Aemilius Paullus, mit den Farben im Gepäck aus Rom eintraf, um die Julilla in einem Brief gebeten hatte, stellte sie sich auch geschickt bei deren Mischung und Zubereitung an. Doch als

Arellius ihr ein Kohlestückchen in die Hand drückte und ihr den Auftrag gab, eine Blume auf den weißen Stein der Terrasse vor dem Gartenhaus zu zeichnen, war das Resultat eine Schande und glich allem Möglichen, nur nicht einer Pflanze. Bei allen anderen Dingen, ob nun Tanzschritten, Sprüngen, dem Mimen von Menschen oder Malen von Buchstaben hatte sie sich geschickter angestellt. Es war höchst demütigend. Sie übte grimmig weiter, aber die Kohle brauchte sich auf, ohne ihr eine glaubhafte Blume zu gewähren.

Arellius dabei zuzuschauen, wie er vor den Wänden auf und ab schritt und in sich hinein murmelte, glücklich, nicht bedrückt wie sonst, und an ihnen Dinge sah, die für alle anderen unsichtbar blieben, erweckte mit einem Mal große Beunruhigung in ihr. Er hatte ihr gesagt, dass man Talent nicht erlernen konnte. Was, wenn sie keines besaß? Sie brauchte eine Tätigkeit, die ihr später Unabhängigkeit gewährte! Sie musste einfach auch Maltalent haben.

So beschäftigt, wie Andromeda damit war, sich zu beweisen, dass sie über Talent verfügte, entging ihr eine Zeit lang, dass die Tonstrix auffällig oft den Weg durch den Raum nahm, dessen Wand Arellius für sein erstes Gemälde ausgewählt hatte. Im Gegensatz zu ihren sonst raschen und bestimmten Schritten schlenderte Helena in solchen Momenten besonders langsam, als habe sie alle Zeit der Welt. Obwohl sie Andromeda auch an jedem Morgen sah, wenn die Sklaven und freigelassenen Diener miteinander aßen, gab es offenbar immer etwas, das ihr erst als Gesprächsthema einfiel, wenn Andromeda für Arellius Farben mischte oder sich in seiner Gegenwart an geraden Linien übte. Dann, eines Tages, waren die grauen Haarsträhnen aus Helenas Haar verschwunden, und etwas von dem gleichen Henna, das Julilla verwendete, fand sich auf den Lippen und Wangen der Tonstrix wieder.

»Wenn du mit Arellius reden möchtest, warum sprichst

du ihn nicht an?«, fragte Andromeda Helena endlich, nachdem sie sich den Grund des Verhaltens zusammengereimt hatte und sie ihr alleine vor dem Gartenhaus begegnete. Die Tonstrix errötete wie ein junges Mädchen. »Es ist nicht ... nun ... es ziemt sich nicht! Ich bin eine Sklavin, er ist ein freier Bürger. Es ist nicht an mir, als Erste das Wort zu ergreifen.«

»Neulich hast du Ovidius Naso gesagt, dass er nicht zu viele Oliven essen soll, weil das zu frühem Haarausfall führt«, grinste Andromeda breit. »Ich glaube nicht, dass *er* dich zuerst angesprochen hat.«

Die Verlegenheit in Helenas Miene vertiefte sich. Sie schloss kurz die Augen, schien sich innerlich einen Ruck zu geben, schaute Andromeda wieder an und bekannte: »Du musst wissen, in meiner Jugend war er der berühmteste Maler von Rom. Jede edle Familie, die es sich leisten konnte, wollte ein Bild von ihm haben. Man hat erzählt, er könne jede Frau so malen, dass sich selbst Hippolytos, der ewige Ehelosigkeit gelobt hat, in sie verlieben müsste. Vor der Ehe der Herrin Julilla sah ich ihn ein paar Mal, wenn er für die Herrin Julia arbeitete. Natürlich hat er mich damals nicht bemerkt. Es ... es waren andere Zeiten, damals.«

»Die Zeiten ändern sich, und wir mit ihnen«, entgegnete Andromeda und gebrauchte eine Redewendung, die sie bei Ovidius gehört hatte. Ein Plan begann in ihr zu reifen. »Er war sehr allein in den letzten Jahren. Ich glaube, er würde sich freuen, wenn du ihn ansprichst.«

»Das ziemt sich vielleicht für ein junges Ding wie dich, aber in meinem Alter ...«

»Was für ein Alter?«, fragte Andromeda und zwinkerte ihr zu. »Ich sehe keine grauen Haarsträhnen mehr!«

Helena und Arellius miteinander zu verkuppeln bereitete ihr unerwarteten Spaß, doch es machte ihr mehrere Dinge bewusst, über die sie bisher kaum nachgedacht hatte. Da

Sklaven dem Gesetz nach nicht heiraten durften, gab es für jemanden wie Helena zeit ihres Lebens nur zwei Möglichkeiten: sich einen Geliebten unter den anderen Sklaven zu nehmen, der jederzeit weiterverkauft oder verschenkt werden konnte, oder sich mit einem der Freien einzulassen, der seinerseits kaum auf eine Zukunft mit ihr hoffen konnte. Eine weitere Möglichkeit, bei der man gar keine Wahl hatte, lag schlicht und einfach darin, dem Hausherrn zur Verfügung zu stehen. Im Haus der Drei Delphine hatte eine der Frauen einmal gereizt bemerkt, der Grund, warum sich so selten reiche Kunden dort blicken ließen, sei doch offensichtlich: Ein reicher Mann könne sich hübsche Sklavinnen leisten, die ihm umsonst zur Verfügung stünden. »Sprich für dich selbst«, hatte Sosia entgegnet. »Ich habe meinen Kunden mehr zu bieten als bloß eine nette Fratze.« – »Das kann man sehen«, hatte die andere gesagt, und das Gespräch war zu einem Kampf ausgeartet. Das war nun schon viele Monate her, doch es fiel Andromeda wieder ein, als sie versuchte, die Tonstrix dazu zu bewegen, von ihrer Vergangenheit zu erzählen.

Helena war weder schön noch hässlich. Sie hatte ein unauffälliges Gesicht, doch sie wusste, wie man das Beste aus dem machte, was einem die Natur mitgegeben hatte. Die Frisuren, die sie für Julilla schuf, wurden, wie sie nicht ohne Stolz berichtete, schon seit Jahren in ganz Rom beneidet. »Nun wäre es natürlich schwer, die Herrin zu verunstalten, doch ich darf sagen, dass ich dem, was die Götter erschufen, noch etwas beizufügen verstehe. Es hat seinen Grund, warum ich ihr Haar immer in drei oder vier Schichten lege: Ihr Kinn wirkt sonst ... zu stark.« Sich selbst konnte Helena durchaus von einer unauffälligen Frau in eine reizvolle Frau verwandeln; in ihrer Jugend war es ihr gewiss sogar möglich gewesen, schön zu sein. »Aber verstehst du«, sagte sie zu Andromeda, während sie beide im Schatten der Pinie saßen und Sauerampfer kauten, »für unsereins ist es nicht immer vorteilhaft, schön zu sein.«

»Nein, das verstehe ich nicht. Stichus verkündet doch mindestens einmal die Woche, es sei die Pflicht des Haushalts, so gut wie möglich auszusehen.«

»Stichus«, sagte Helena leise, »war nie Teil des Haushalts der Herrin Julia, als sie mit dem ... dem edlen Tiberius verheiratet war.« Sie holte tief Atem. »Manchen Männern sollte man nie vor die Augen kommen, wenn sie ihre Ehe hassen. Ich war sehr froh, dass man mich der Herrin Julilla zu ihrer Hochzeit schenkte. Der edle Aemilius Paullus ist ein guter Mensch.«

»Aber das liegt hinter dir«, sagte Andromeda nach kurzem Schweigen betreten. »Jahre schon. Es gibt keinen Grund, warum du Arellius nicht beeindrucken solltest. Er ist ... kein Mensch im Haus der Drei Delphine hat je etwas Schlechtes über ihn erzählt.«

Helena streckte die Hand aus und strich ihr eine Strähne, die sich aus der Frisur gelöst hatte, aus dem Gesicht, und versank in ein versonnenes Lächeln, wehmütig und sehnsüchtig zugleich.

»Hast du schon alle Modelle?«, fragte Andromeda Arellius bei der nächsten Gelegenheit, als sie sicher war, dass sich niemand in Hörweite befand. »Für dein Wandgemälde?«

Er saß über den Kohleskizzen, die er gemacht hatte, kniff die Augen zusammen und hielt sie am ausgestreckten Arm vor sich hin. »Ich werde aus dem Gedächtnis malen«, sagte er, ihr nur halbwegs zuhörend. »Es gibt hier niemanden, der die Geduld hätte, lange genug still zu sitzen, und außerdem trage ich dieses besondere Bild schon viele Jahre in mir.«

»Nun, Helena wäre sicher bereit, für dich zu sitzen. Ihre Pflichten bei der Herrin nehmen sie schließlich nicht den ganzen Tag in Anspruch.«

»Wer«, fragte Arellius zerstreut, »ist Helena?«

Das klang nicht eben ermutigend, da die Tonstrix oft genug bei ihnen vorbeilief. Aber es war auch eine Herausforderung.

»Die Tonstrix«, entgegnete Andromeda ungeduldig – und hatte mit einem Mal einen blendenden Einfall. Wenn schüchternes Werben Arellius nicht im Mindesten auffiel, dann tat es Kritik bestimmt. »Sie kennt deine Werke von früher, als sie noch im Haus der edlen Julia lebte«, fuhr sie fort, »und meint, dass du nur in der Lage wärest, Frauen zu malen, wie du sie gerne hättest, nicht, wie sie wirklich sind. Sie hat der Herrin Julilla abgeraten, dich zu beschäftigen.«

Arellius legte sein Kohlestückchen nieder. »Ich war der *größte* Maler Roms«, sagte er ungehalten. »Ich habe es nicht nötig, mich vor einem Weibsbild zu rechtfertigen, das seine Tage damit verbringt, anderen die Locken zu legen!«

»Von Schönheit und Täuschung verstehst sie aber trotzdem etwas«, beharrte Andromeda, »und ihr Einfluss auf die Herrin Julilla ist wirklich groß. An deiner Stelle würde ich versuchen, sie zu gewinnen. Vielleicht habe ich ja kein Talent zu mehr als geraden Strichen, aber ich wüsste schon, was ich täte: Bei so einem großen Bild gibt es doch sicher eine Figur, die du nach ihr gestalten kannst, ohne dir viel zu vergeben? Und welche bessere Art gibt es, um sie von deiner Kunst zu überzeugen!«

»Mir nichts vergeben? Ein Bild ist doch kein Brei, bei dem man einen Löffel fortnehmen kann, ohne viel zu verändern! Es ist ein *Kunstwerk*, und dass dir der Sinn dafür fehlt, sagt schon alles«, gab Arellius erzürnt zurück – doch am Abend des gleichen Tages beobachtete Andromeda, wie er die Tonstrix ansprach, und verbiss sich mit Mühe ein Lächeln.

II.

Seit der Ankunft von Decius Silanus ging Julilla öfter mit ihm und Ovidius am Strand spazieren. Manchmal schwamm sie sogar. Andromedas neue Zuneigung für das Baden in einem Becken war nicht so groß, dass sie der riesigen, unübersehbaren Wasseroberfläche, die sie gleichzeitig fesselte und beunruhigte, je getraut hätte. Da das Meer auch gewöhnlich große Menschen zu Zwergen machte, verstand sie nicht, warum Julilla so etwas riskierte, und einmal rutschte ihr die Frage heraus, ob sie keine Angst hätte. »Vor dem Wasser? Nein. Neptun war der Schutzgott meines Vaters«, entgegnete Julilla versonnen.

Andromeda verzichtete darauf anzumerken, dass eine Menge Seeleute ertrunken waren und der Admiralsruhm des verstorbenen Marcus Agrippa dessen Sohn Gaius auch nicht vor einem Bootsunfall bewahrt hatte. In Baiae ließ es sich mit Julilla leichter leben als in Rom. Sie gab einem keine Rätsel auf oder doppeldeutige Befehle. Es war trotzdem besser, sie nicht zu verärgern.

Julilla und Aemilius Paullus waren nicht die einzigen Römer, die in Baiae über ein Landhaus verfügten. Man konnte von ihrem Grundstück mehrere der Villen in der Umgebung erkennen, und auf dem Weg hierher hatte Andromeda das Ortszentrum durchquert, in dem ihr eine ganze Reihe gut gekleideter römischer Haussklaven unter der normalen Bevölkerung aufgefallen war. Gelegentlich organisierte man mit den Nachbarn gemeinsame Bootsfahrten, bei denen

Andromeda und Conopas als Teil der Unterhaltung mit dabei waren. Mit einem Schiff zu segeln – nicht, um irgendwo hin zu gelangen oder um zu fischen, wie es die Ortsbewohner taten, sondern aus purem Vergnügen – war etwas, das nur den Reichen einfallen konnte. Dafür standen ihnen große Boote zur Verfügung, die früher einmal zum Transport von Heeresgütern gedient hatten. Den größeren Teil des Jahres über wurden sie von Fischern benutzt und in Stand gehalten, aber sie gehörten den römischen Adligen, die sich Villen in Baiae leisten konnten.

Als Andromeda zum ersten Mal ein Boot betrat, verstärkte sich ihr Misstrauen vor dem Meer nur noch, doch sie wäre lieber gestorben, als ihre Angst vor Conopas zuzugeben, der ohne Weiteres an Bord kletterte und sofort mit seinen Witzeleien über Fischzüge begann, bei denen die edlen Damen für die Zeit nach ihrer nächsten Scheidung junge Ehemänner einfingen, was in der klaren See vor Baiae natürlich viel leichter sei als in den trüben, überfischten Gewässern Roms.

»Und Eile für einen erfolgreichen Fang ist geboten«, schloss er, »da unser Princeps ja durch sein Gesetz bestimmt hat, dass kein edler Fisch länger als zwei Jahre allein schwimmen darf, ehe er nicht das sechzigste Jahr erreicht hat und zu zäh zum Essen ist.« Da vier von Julillas neun Gästen auf diesem Ausflug geschieden und wegen der Gesetze ihres Großvaters zu neuen Ehen verpflichtet waren, wenn sie nicht den Staatssäckel mit Strafgebühren füllen wollten, löste das allgemeines Gelächter aus.

Andromeda, die sich von ihm nicht in den Schatten stellen lassen wollte, unterdrückte Angst und Übelkeit, so gut sie konnte, und verkündete: »Nur fängt Fisch, den man in der Fremde fängt und dann nach Hause bringt, schon bald an zu stinken.« Eine kräftigere Welle ließ das Boot, als es vom Strand in das Meer geschoben wurde, hoch und nieder wogen, doch die übrigen Gäste schienen das im Gegensatz zu

Andromeda gewöhnt zu sein. Das Gelächter über ihre Bemerkung verstärkte sich sogar noch, während die Knöchel von Andromedas linker Hand, mit denen sie sich an ein Seil klammerte, weiß wurden. Sie fragte sich, ob es in der weitbäuchigen Mitte des Schiffes wohl sicherer war als an der schmalen Spitze, aber sie war fest entschlossen, sich nicht von der Stelle zu rühren, bis ein Weiterkriechen niemandem mehr auffallen würde.

»*Nanus*, willst du dir bieten lassen, dass man uns Männer so herabsetzt?«, fragte Decius Silanus. »In die Bresche, mein Freund, und schlage zurück, im Namen des männlichen Geschlechts!«

»Kein kluger Mann widerspricht einer Frau«, entgegnete Conopas mit verschränkten Armen. »Er wartet, bis sie es selbst tut.«

Die Blicke der Frauen richteten sich erwartungsvoll auf Andromeda. Die hatte im Moment ganz andere Sorgen. Selbst wenn das Schiff untergehen sollte, überlegte sie, wären sie immer noch nahe genug an der Küste, um nicht zu ertrinken. Gewiss würden die edlen Herren und Damen, die schwimmen konnten, doch ihre Zwerge retten; schließlich waren Zwerge teuer! »Keine kluge Frau widerspricht sich, was Männer angeht«, sagte sie schnell und griff auf einen Ausspruch Optatas zurück, weil sie wusste, dass sie nicht schweigen durfte, und nicht sicher war, ob ihr in der Eile etwas Besseres einfiele. »Schließlich ist uns die Sprache gegeben worden, um unsere Gedanken vor ihnen zu verbergen.«

»Ah, aber was denken Frauen wirklich über Männer?«, fragte Ovidius. »Wer möchte nicht einmal Tiresias sein, um das selbst herauszufinden?«

Julilla sah ihn amüsiert an. Die Tonstrix hatte ihre Haare für den Ausflug zu einem komplizierten, aber sehr festen Zopf geflochten, in den grüne und blaue Bänder eingebunden waren. Lediglich eine blonde Locke hatte sich gelöst.

»Ich glaube nicht, dass Männer das wirklich wissen wollen. Tiresias hat es sich auch nicht gewünscht; es war die Göttin Juno, die ihn für Jahre in eine Frau verwandelte.« Sie schenkte ihm ein Lächeln. »So hat es mir jedenfalls ein gewisser Dichter erzählt, in seinem neuesten Werk.«

»Aber Herrin«, sagte Conopas, »du weißt doch, dass alle Dichter lügen.«

Es war leichthin genug gesagt, um als ein weiterer Scherz zu gelten. Nur Andromeda erkannte den Unterton von echtem Ärger, weil der gleiche Ton, nur viel deutlicher, auch in seinen Worten an Arellius gelegen hatte. Wenn sie nicht etwas unternahm, brach er am Ende in echte Beleidigungen aus.

»Aber Conopas«, warf sie ein, ehe Ovidius oder Julilla etwas sagen konnten, »ist es für einen Mann denn überhaupt möglich, einer Frau die Wahrheit zu sagen?« Damit war das Gespräch wieder zu dem schnellen Austausch von Scherzen zurückgekehrt, für den sie beide da waren.

Es war ein warmer Tag; zur Erfrischung hatte man Früchte, kleine Kuchen und Wein mitgebracht. Da er unverdünnt getrunken wurde und so sehr schnell für Ausgelassenheit und immer eindeutigere Neckereien zwischen den Männern und den Frauen sorgte, beschlossen die Gäste, sich durch ein wenig Schwimmen abzukühlen. Neben den beiden Zwergen und ein paar Leibsklaven blieben nur der Fischer, der das Boot lenkte, und seine Leute an Bord.

Conopas musterte Andromeda. Sie sah, wie sich ein kleiner Muskel in seinem angespannten Kinn bewegte.

»Ich kann nicht schwimmen«, sagte sie, um eine derartige Aufforderung gleich vorwegzunehmen. Ohne die Brandung in Landnähe verursachte das Meer ihr keine Schweißausbrüche mehr, schon, weil sie sich ständig auf das Unterhalten hatte konzentrieren müssen, doch sie hoffte sehr, dass man sie bei dem nächsten Schiffsausflug an Land ließ.

»Ich schon«, gab er zurück und lehnte sich gegen die Schiffswand. Sein Kinn ragte nur knapp über die Planke, und er schaute sie nicht an, als er weitersprach. »Hier ist eine Geschichte für dich, Drittel, weil du doch Erfindungen so schätzt. Stell dir einen Fischerjungen vor, der sich mit seinem Großvater auf dem Meer befindet, wie an so vielen Tagen. Nur, dass diesmal ein Schiff mit den falschen Leuten vorbeikommt. Stell dir den Jungen vor, wie er in eine Mine verkauft wird, weil es in Stollen Stellen gibt, an die nur Kinder oder Zwerge gelangen können, und der Junge war noch beides. Stell dir den Staub vor, den man dort atmet, das ständig einbrechende Wasser, das die meisten von ihnen umbringt, noch bevor irgendein Aufseher es tut. Es gibt viele Zwerge dort in den Stollen, Dreimal Blind, und nicht, weil sie so geboren wurden. Sie sind nur nie aufrecht gegangen. Stell dir den Jungen vor, der Muskeln ansetzt und sich schwört, alles zu tun, um nicht auch in den Minen zu sterben. Dann stell dir einen gelangweilten Römer vor, der sich zur Unterhaltung ein paar Zwerge bestellt, und wo soll er die leichter hernehmen als aus den Minen?«

Andromeda konnte kaum glauben, was sie hörte. Nicht weil das, was Conopas sagte, unmöglich war, sondern weil er noch nie etwas von seiner Vergangenheit erzählt hatte. Weil er ihr noch nie etwas offenbart hatte, was ihn verwundbar erscheinen ließ. Vorsichtig machte sie einen Schritt auf ihn zu. Ein jäher Windstoß trieb ihr Gischt ins Gesicht. Wenn sie nicht immer noch jeden Tag einige der Übungen wiederholen würde, die Mopsus und Myrtis sie gelehrt hatten, wäre sie gestürzt.

Als sie ihn erreichte, drehte er sich um – und sie sah, dass er in der Hand ein Messer hielt.

»Du bist genauso ein Dummkopf wie die Kerle, die ich in der Arena erledigt habe«, sagte er kalt. »Davon fielen auch die meisten auf die arme kleine Zwergennummer rein. Was meinst du, warum ich so lange überlebt habe? Gebrauch deinen Verstand, Drittel! Natürlich lügen wir alle. Hör endlich auf, dich davon beeindrucken zu lassen.«

Ehe sie darauf reagieren konnte, rief einer der Villenbesitzer, der im Meer schwamm, man möge ihm nach oben helfen, und die Fischer beeilten sich, der Aufforderung Folge zu leisten. Andromeda erinnerte sich nicht an den Namen des Mannes, nur daran, dass er dem Wein besonders zugeneigt gewesen war und immer wieder verlangt hatte, Ovidius möge aus seiner *Liebeskunst* zitieren. Er war nicht allein. Gleich nach ihm kletterte die kichernde Gemahlin eines anderen Schwimmers an Bord – und kniete sich sofort vor ihm nieder. Weder die Bootsleute noch die Zwerge schienen die beiden im Geringsten zu stören.

»Eine der Vorzüge des Sklavendaseins«, flüsterte Conopas höhnisch, während die Frau einen Eifer an den Tag legte, wie er einer viel beschäftigten Dirne im Haus der Drei Delphine Ehre gemacht hätte.»Man ist so unsichtbar wie ein Nachttopf, wenn er nicht gerade zum Pinkeln gebraucht wird.«

Andromeda wandte sich ab und schaute auf das Meer hinaus. Für den Rest der Fahrt sprach sie nicht mehr mit ihm, es sei denn die Pflicht, Julilla zu unterhalten, zwang sie dazu.

～

Vor einem ihrer Strandspaziergänge gab Julilla den Befehl, das Bad für sie zu heizen, und teilte ihrer Zwergin mit, sie wünsche während des Bades unterhalten zu werden; wenn sie gut wäre, dürfe Andromeda das warme Wasser später ebenfalls nutzen. Obwohl es tagsüber mittlerweile ziemlich heiß wurde, war dies eine verlockende Aussicht. Um ihr Glück nicht aufs Spiel zu setzen, behielt Andromeda von einer Liege aus den Strand im Auge und lief in die Baderäume, als sie sah, dass sich Julilla, Aemilius und Decius Silanus wieder dem Haus näherten. Sie hatte sich bereits ein paar gute Scherze zurechtgelegt, als sie die Stimme ihrer Herrin aus dem Salbzimmer hörte.

»Noch dieses Jahr, sagte er. Glaub mir, Lucius, er hat nicht nur ein Kind gemeint. Im Grunde will er, dass etwas geschieht. Er will, dass wir uns beweisen, dass wir Tiberius in seine Schranken verweisen! Wir allein sind sein Blut. Wir müssen nur zeigen, dass wir seine Stärke haben. Mittlerweile glaube ich, dass selbst die Verbannung von Postumus nur eine Aufforderung dazu war – wie ein alter Adler, der seine Vögel aus dem Nest stößt.«

»Die Legionen des Ostens würden Postumus als dem Sohn des Agrippa folgen«, kommentierte Silanus. »Ich habe Syrien, Ägypten und das diesseitige Africa besucht und kann darauf schwören.«

Die Hitze, die das dampfende Wasser verströmte, die warme Abendluft, all das sollte es eigentlich unmöglich machen – doch Andromeda fror. *Das,* nicht Plaudereien über exotische Speisen oder Gedichte, war die Art von Gespräch, für die man Spione brauchte. Was sie nicht begriff, war, warum Julilla es sie hören ließ. Ihre Herrin wusste doch, dass sie sich im Nebenzimmer befand; sie war schließlich zur Unterhaltung bestellt worden. Oder hatte Julilla sie schlicht und einfach vergessen?

»Aber nicht die Legionen in Gallien und Germanien«, gab Aemilius heftig zurück. »Dort steht fast ein Drittel unserer Soldaten, und Tiberius hat Jahre seines Lebens bei ihnen verbracht. Man kennt ihn. Postumus ist nur ein Name. Wenn du glaubst, dein Großvater würde es begrüßen, das Imperium in einen neuen Bürgerkrieg zu stürzen, dann hat die Landluft dir die Sinne verwirrt, Julilla!«

In diesem Ton hatte sie Aemilius noch nie mit seiner Frau sprechen hören. Ein kurzes Schweigen folgte, dann näherten sich Schritte der Tür. Andromeda kauerte sich hinter dem Korb mit den Badetüchern zusammen, doch die Tür wurde nur schnell geöffnet und geschlossen, wie um einen kurzen Blick in den Raum zu werfen. Dann entgegnete Julillas Stimme scharf: »Niemand spricht von einem Bürgerkrieg! Für meinen Großvater wird sich nichts ändern. Wenn alles vorbei ist, wird er in Frieden weiter regieren, all die Jahre, die ihm noch bleiben; bei seinem Alter können das nicht mehr viele sein. Aber für uns, für uns wird sich alles ändern! Oder glaubst du wirklich, dass Livia noch weitere julische Erben zulassen wird, wenn ihr kostbarer Sohn erst regiert? Die Einzige von uns, die sie vielleicht noch braucht, ist Agrippina, weil sie mit ihrem Enkel verheiratet ist und Germanicus sie zu sehr liebt, um sich scheiden zu lassen. Aber ich bin überflüssig, und Postumus ist eine Gefahr, und wenn du und ich je einen Sohn haben, dann wird auch er eine Gefahr für die Claudier sein. Ich sage dir, wenn wir nicht endlich handeln, wenn wir nicht ein für alle Mal dafür sorgen, dass Livia und Tiberius ihre Macht verlieren, dann ist der letzte Atemzug meines Großvaters auch der unsere. Wenn wir überhaupt so lange leben sollten. Frag die Lemuren meiner toten Brüder.«

»Gaius hatte einen Unfall«, murmelte Aemilius, doch er klang nicht so, als ob er selbst davon überzeugt wäre.

»Und Lucius hatte ein Fieber«, steuerte Decius Silanus bei. »Aber, mein Freund, wir wissen doch alle, welchen Namen dieses Fieber trägt. Deine Gemahlin hat Recht. In eurer Familie ist man entweder alles oder nichts. Die Zukunft …«

»An die Zukunft denke ich«, sagte Aemilius so leise, dass Andromeda ihn kaum noch verstehen konnte. »Und nicht nur an unsere. Gesetzt den Fall, dass die Götter uns gewogen sind und alles so verläuft, wie du es dir wünschst, Julilla, dann wird Postumus vielleicht schon bald die Aufgabe haben, den Senat und das Volk von Rom zu leiten. Glaubst du wirklich, dass dein Bruder zum Princeps geeignet ist?«

»Meinst du etwa, du wärest geeigneter, Lucius Aemilius?«, fragte Decius Silanus nüchtern und ein klein wenig spöttisch, doch nicht auf verletzende Weise; Zuneigung schwang in seiner Stimme mit. »Ich selbst gäbe dir meine Stimme, doch die Legionen niemals. Es muss der Sohn Agrippas sein, der Enkel des Augustus, wenn der Anspruch den unseres teuren Tiberius überstrahlen soll.«

»Postumus hatte nie Gelegenheit, sein Bestes zu geben«, sagte Julilla fest. »Und ich werde ihm zur Seite stehen ... genau wie du.«

»Das weiß ich. Was für ein Jammer, dass wir es nicht wie die Ägypter halten und Agrippas Tochter Herrin nennen können, denn das würde doch alles am einfachsten machen, nicht wahr, Liebste?«

Wieder trat eine kleine Stille ein, bis Julilla Silanus und ihrem Mann beschied, sie seien offenbar alle müde und äußerten Dinge, die sie nicht meinten. »Es ist Zeit für ein Bad.«

»Geh du nur. Es ... es tut mir Leid«, murmelte Aemilius, und einen Herzschlag später verabschiedete sich auch Silanus.

Wieder näherten sich Schritte dem Warmbad. Andromeda hielt die Luft an.

Diesmal betrat Julilla den Raum, doch sie ließ nicht erkennen, ob sie sich bewusst war, nicht allein zu sein. Sie entledigte sich der leichten Tunika und der Brustbinde, die sie trug, und stieg in das dampfende Wasser. Andromeda fragte sich, ob sie ruhig bleiben sollte, bis Julilla ihr Bad beendet hatte und wieder verschwunden war. Dann sagte sie sich erneut, dass Julilla über ihre Anwesenheit Bescheid wissen musste. Es sähe ihrer Herrin ähnlich, sie auf diese Weise hinsichtlich ihrer Treue zu prüfen. Also fasste sie sich ein Herz, erhob sich, trat hervor und fragte laut: »Soll ich Sextus im Heizraum sagen, er möge die Kessel noch einmal schüren, oder ist das Wasser heiß genug?«

Julilla hatte ihren Kopf mit geschlossenen Augen gegen den Rand des Beckens gelehnt und öffnete sie auch nicht, als Andromeda sprach. Stattdessen erwiderte sie: »Es ist gut so. Ich danke dir.«

»Sich mitten im Sommer zu erkälten wäre dumm«, sagte Andromeda zögernd und suchte nach den richtigen Worten. »Deinen Großeltern in Rom gefiele das nicht, Herrin, bei ihrer Sorge um deinen Gesundheitszustand.«

»Und was wirst du ihnen erzählen?«, fragte Julilla, immer noch mit geschlossenen Lidern. »Über meinen Gesundheitszustand?«

Andromeda benetzte sich die Lippen. »Ich bin kein Arzt. Ich kann keine Untersuchung machen und weitergeben.«

Nun schaute Vipsania Julilla auf, und die grünen Augen hefteten sich auf Andromeda. »Kein Arzt«, sagte sie, »doch vielleicht bald mehr als eine Sklavin. Wir werden sehen.«

Auch um die letzte Stunde des Tages war es immer noch mild. Andromeda atmete den Salzgeruch des Meeres ein und versuchte, auf die gelassene Art am Strand entlangzugehen, die sie bei Julilla beobachtet hatte. Angeblich klärte so ein Spaziergang die Gedanken, und ihre Gedanken hatten Klärung bitter nötig.

Sie trug keine Schuhe, und der Sand unter ihren Füßen war weich und nachgiebig, ganz anders als die Straßen von Rom oder die harte Erde, auf der sie aufgewachsen war. Der ungewohnte Untergrund machte das Laufen in ihrer normalen, schnellen Gangart unmöglich.

Es wäre besser gewesen, durch den Garten zu schlendern, doch dort wäre sie bestimmt Stichus über den Weg gelaufen, der sie gefragt hätte, ob die Herrin sie nicht mehr benötige, oder dem Herrn, der nach seiner Auseinandersetzung mit seiner Frau und Silanus gewiss aufgeheitert werden wollte. Oder Conopas, der ihr vom Gesicht abgelesen hätte, dass es

Neuigkeiten gab. Das durfte nicht geschehen, ehe sie nicht eine Entscheidung getroffen hatte.

Zunächst einmal, rief sie sich in Erinnerung, besaß sie keine Möglichkeiten, Nachrichten nach Rom zu schicken, und Conopas auch nicht. Alle Boten, die von und zu der Villa kamen, sprachen bei Stichus vor, und erst, wenn er es für wichtig genug befand, bei Julilla. Außerdem bezweifelte Andromeda, dass Livia in einem Brief, den jedermann lesen konnte, darüber hören wollte, dass Julilla von »Stärke« in Zusammenhang mit Legionen und der Notwendigkeit, »alles oder nichts« zu sein, gesprochen hatte. Wenn Livia überhaupt wusste, dass Andromeda in der Lage war zu schreiben; es kam darauf an, ob Conopas der Gattin des Princeps das mitgeteilt hatte.

Andromeda verspürte Erleichterung darüber, dass sie die Entscheidung, was zu tun war, nicht sofort fällen musste. Was sie Livia bisher gesagt hatte, konnte niemanden in Gefahr bringen. Aber selbst ein Mädchen vom Land wusste, dass geheime Gespräche, in denen die Worte »Legionen« und »Bürgerkrieg« fielen, Verrat genannt wurden.

Sei nicht dumm, schalt sie sich. *Wann hat die Herrin dir je einen Grund gegeben, um sie besorgt zu sein?*

Julilla hatte sie von dem Bronzeband um ihren Hals befreit und auf den Palatin geholt. Julilla hatte Arellius noch einmal die Möglichkeit gegeben, sein altes Leben wieder aufzunehmen, und er war glücklich darüber; seit seiner Ankunft hier hatte Andromeda ihn nicht mehr betrunken erlebt oder in niedergeschlagene Grübeleien versunken. Dafür verdiente die Herrin Dank. Überhaupt war das Gerede über Stärke ja nichts anderes als eben dies gewesen, Gerede; die Herrin, der Herr und Decius Silanus hatten sich nicht auf eine bestimmte Vorgehensweise einigen können. Gewiss lohnte es sich nicht, darüber zu berichten, selbst wenn die edle Livia gleich hier gewesen wäre, an diesem Strand.

Andromeda trat etwas Sand mit ihren Zehen zur Seite und blickte auf. Als sie eine Gestalt am Strand erblickte, schrak sie zusammen, doch ihren Gedanken war es nicht gelungen, Gespenster heraufzubeschwören. Die Gestalt war die eines Mannes, nicht einer Frau, und das Haar, auf dem die Abendsonne schimmerte, war zum größten Teil schwarz, nicht vollkommen weiß wie das der Herrin Livia.

Der Mann hob eine Hand und winkte ihr zu. Erst jetzt erkannte Andromeda, dass es sich um Ovidius Naso handelte.

»Wenn du die Herrin Julilla suchst, sie befindet sich bereits im Haus«, sagte sie, als er näher kam.

Er schüttelte den Kopf. »Nein«, entgegnete er. »Meine Gemahlin hat eine Vorliebe für Muscheln, und ich habe versprochen, ihr welche vom Meer mitzubringen. Siehst du?« Er hielt mit der Rechten ein Säckchen hoch, in dem es klimperte und klirrte. In seiner linken Hand befand sich eine noch vom Sand verdreckte, weißrosa Muschel, länglich und mit einem scharfen Rand wie eine Klinge.

»Warum hat deine Gemahlin dich nicht begleitet, Herr?«, fragte Andromeda neugierig und biss sich gleich darauf auf die Zunge. Außerhalb der Scherze und Possen einer Mimin war das gewiss eine zu vertrauliche Frage.

»Sie bestellt unser Haus in Rom«, entgegnete Ovidius, der nicht den Eindruck machte, als hielte er die Frage für unangemessen. Nach einer kurzen Pause setzte er hinzu: »Und sie missbilligt die edle Julilla.«

»Oh.«

»Aus politischen Gründen. Sie hält es nicht für klug, eine Patronin zu haben, deren Mutter vom Princeps verstoßen wurde.«

»Vielleicht hat deine Gemahlin Recht, Herr«, sagte Andromeda bedrückt. »Vielleicht *solltest* du dir einen anderen Gönner suchen.«

Jenseits von Familienbanden gab es wenige verpflichtendere Beziehungen als die zwischen Patron und Klient, das wusste sie, und das galt nicht nur in den Fällen, in denen der Klient wie Lycus ein Freigelassener war. Sich Julilla als Gönnerin zu wählen bedeutete auch, für alles, was sie tat, einzustehen.

Er musterte sie prüfend. »Missbilligst du Julilla etwa auch, Manto?«

Plötzlich fragte sie sich, ob er ihr deswegen jedes Mal einen neuen Namen gab, weil er sich an ihren alten nicht erinnern konnte, und nicht, um sie zu necken. Die Vorstellung tat unerwartet weh. »Nein«, sagte sie kurz angebunden. »Aber ich bin nicht frei. Du bist es.«

»Es gibt mehr als eine Art von Knechtschaft.« Ovidius lächelte versonnen.

Andromeda hatte genügend Zoten in der Subura und genügend Verse hier gehört, um die Anspielung zu verstehen. Sie schüttelte heftig den Kopf. »Nein. Es gibt echte Sklaverei, und es gibt Gerede von Leuten, die nie Sklaven waren und Vergleiche ziehen, die nicht stimmen. Sklaverei ist nicht wie verliebt sein. Ich wette, dass kein Dichter je ein Sklave war!«

»Die Wette hast du schon verloren«, entgegnete er schmunzelnd. »Aesop war ein Sklave.«

»Aber er hat bestimmt keine Liebesgedichte geschrieben«, sagte Andromeda störrisch.

»Nein, er schrieb Fabeln. Aber lass mich dir eine Gegenfrage stellen: Warst du denn schon einmal verliebt?«

Andromeda spürte, wie sie errötete, und hoffte, dass die abendliche Sonne nun endlich genügend zur Erde galoppiert war, um ebenfalls rot zu werden und ihr dadurch Schutz zu verschaffen. Es war eine sehr tückische Frage.

»Nein«, sagte sie leise.

Ovidius schaute überrascht drein, und dann nachdenklich. Sie wünschte sich, der Boden täte sich auf und verschlänge sie. Anscheinend war es überhaupt kein Geheimnis hier, dass sie mit Conopas ein Lager teilte, und der Dichter nahm wohl an, das sei ihr Wunsch gewesen. Oder vielleicht dachte er, sie wäre wie Conopas dankbar, dass sich überhaupt jemand in ihrer Größe fand, und das wäre Liebe? »So etwas kann ich nicht zulassen«, sagte Ovidius schließlich. »Es geht gegen meine Natur. Warte hier.« Er drehte sich um und marschierte entschlossenen Schrittes auf die Villa zu. Die Muscheln, die er mit sich trug, klimperten leise. Der Boden machte immer noch keine Anstalten, sie zu verschlingen oder sonst etwas Nützliches zu tun. Natürlich konnte sie auch einfach in die entgegengesetzte Richtung laufen und sich hinter dem nächstbesten Felsen verstecken, aber das verzögerte nur, was Ovidius vorhatte. Außerdem war ein kleiner Teil in ihr, der Teil, den die Vorstellung verletzt hatte, Ovidius erinnere sich schlicht und einfach nicht an ihren Namen, geschmeichelt ob dieses Beweises, dass er sie wahrnahm. Vielleicht war der Blütenzweig bei seiner Ankunft ja tatsächlich für sie gewesen und nicht für Julilla. Obwohl Andromeda das nicht für sehr wahrscheinlich hielt.

Sie setzte sich, weit genug weg vom Meer, um sicher zu sein, dass auch eine stärkere Welle sie nicht überraschte, und beobachtete das Wasser mit beunruhigter Faszination. Der Sand war noch warm von dem heißen Tag, wie die Steine des Zimmers, das sie gerade erst verlassen hatte, und stimmte sie schläfrig ...

Erst als der Klang einer Stimme sie hochschrecken ließ, erkannte Andromeda, dass sie eingeschlafen sein musste. Zwei Schatten lagen über ihr. Sie blickte auf und sah Ovidius, der kniete, und Conopas, der mit einem eigenartigen Gesichtsausdruck und verschränkten Armen vor ihr stand.

»Selbst das Meer müsste jungen Männern in der Liebe beistehen, denn das Meer hat selbst erlebt, was Liebe ist. Neptun soll um Althaias willen kreidebleich geworden sein. Aber der Herr der Meere wird sich heute nicht blicken lassen, und so bleibt mir nichts anderes übrig, als für ihn einzuspringen.«

Diesmal errötete Andromeda nicht. Die Enttäuschung fühlte sich eher wie ein kalter Regenschauer an. »Es ist nicht nötig, mir dabei zu helfen, die Närrin zu spielen«, sagte sie. »Das kann ich gut alleine. Wenn ich nicht belustigend genug war, dann tut es mir Leid.« Sie wusste nicht, was sie erwartet hatte, aber sie hätte es ahnen müssen. Dazu war sie schließlich da: damit die Edlen über sie lachten.

Conopas starrte sie immer noch an. Ovidius machte ein verdutztes Gesicht. »Nein, nein«, sagte er. »Es ist mir Ernst. Ein hübsches Mädchen sollte umworben werden, das ist geradezu ein Naturgesetz! Und wenn ein Mann nicht weiß, wie er es anfangen soll, die Geliebte mit seinem Herzen zu bewundern, dann muss man es ihm eben zeigen.« Er wandte sich an Conopas. »Was ist dir als Erstes an unserem Stern hier aufgefallen, mein Freund?«

»Ihre Hände und ihre Füße«, sagte Conopas, und an seinem spöttischen Ton konnte sie erkennen, dass er an den Ringkampf dachte, den sie im Dunkeln veranstaltet hatten, daran, wie sie gekratzt, gebissen und getreten hatte. »Und auch ihre Zähne.«

Falls Ovidius den Spott spürte, ließ er es nicht erkennen. Stattdessen nahm er ihre rechte Hand in die seine. Andromeda hatte gerade Anstalten gemacht aufzustehen, doch mit seinem freien Arm, den er ihr auf die linke Schulter legte, hielt er sie fest.

»Es sind sehr schöne Hände«, sagte er ernst. Sein Daumen zeichnete ihre Finger nach und glitt über ihren Handballen. »Geschickt und fest. Ich habe gesehen, wie du dem Maler hilfst. Wer sollte so kundige Hände nicht lieben?« Dann ließ er sie los, rückte etwas zur Seite und nahm ihren Fuß in seine Hand. Andromedas Misstrauen machte Verwirrung Platz, und einem eigenartigen Gefühl, Scham vielleicht, denn sie wünschte sich plötzlich, ihre Sohlen wären nicht so ledrig und hart. Ehe sie auf den Palatin kam, hatte sie selten irgendeine Art von Schuhwerk getragen. Sie erinnerte sich daran, wie sie Julilla die Sandalen gelöst hatte. Julillas Haut war weich gewesen, weich und weiß, nicht zäh und braun.

»So habe ich mir Atalante vorgestellt, die Jägerin, wie sie im Lauf Melanion entflammte, mit ihren flinken, fein gefesselten Füßen. Bist du je mit unserer Atalante um die Wette gelaufen, Conopas?«

»Ihr Name ist Tertia«, entgegnete er, diesmal mehr verärgert als spöttisch.

Sie schüttelte ihre Verwirrung ab, machte sich los und sprang auf.

Ovidius Naso schüttelte den Kopf.»Nein, das ist er nicht. Namen sind Dinge, die man seiner Geliebten schenkt, mein Freund, wenn man von ihr hingerissen und beflügelt ist; sie sind Juwelen, keine Wachstafeln mit Zahlen. Benutze deine Vorstellungskraft ein wenig.« Er wandte sich an Andromeda.»Und du, meine Liebe, wie würdest du ihn nennen? Schließlich kann der Name eines iberischen Räubers doch nicht alles sein.«

»Du hast dich nach einem Räuber genannt?«, fragte sie Conopas unwillkürlich, ehe sie sich zurückhalten konnte, und musste inmitten ihrer Beunruhigung und Fluchtwünsche lächeln.

»Er war nicht mehr Räuber als euer Romulus«, gab er scharf zurück.»Wir ehren ihn als einen großen Anführer.« Das war, wie seine kurze Bemerkung vor Wochen während der Lemuria über Blut und Tote, wieder mehr in einem Satz, als er in all ihren Streitgesprächen und Vereinigungen über sich preisgab.

Andromeda gab sich einen Ruck und beschloss zu bleiben. Selbst wenn das Ganze doch nur der Versuch eines gelangweilten Mannes sein sollte, sich auf Kosten der Zwerge zu unterhalten – wegzulaufen hätte unter diesen Umständen Schwäche und Niederlage gezeigt. Außerdem konnte sie nicht leugnen, dass Ovidius' Worte über ihre Hände und Füße sie bewegt hatten.

»Also«, fuhr Ovidius fort, »welchen Namen würdest du ihm geben?«

Sie wollte nicht streiten, also verzichtete sie darauf, ein paar der Spottnamen, mit denen sie Conopas in den ersten Tagen ihrer Bekanntschaft bedacht hatte, anzuführen. Stattdessen legte sie nachdenklich den Kopf schief und sagte: »Sandarach. Das ist eine rote Farbe, und es gibt keine von größerem Gewicht.«

Ovidius lachte. »Mir scheint, das war eine Aufforderung, etwas abzunehmen, Sandarach. Das ist das Mindeste, was man für die Dame seines Herzens tun kann.«

Unerwarteterweise lächelte Conopas ebenfalls, und einen Moment lang schien es, als wären sie drei Freunde, die miteinander scherzten, wie die Gäste der Villa, wenn sie am frühen Nachmittag die Hauptmahlzeit einnahmen. Doch dann sagte er: »Mein Herz ist nicht der Körperteil, der mit ihr zu tun hat«, und die prickelnde Leichtigkeit des Augenblicks fiel in sich zusammen und wurde durch die alte, grollende, beschämte Schwere verdrängt, die so oft zwischen ihnen herrschte.

Im Grunde war es gut so. Alles, was Ovidius gesagt hatte, waren schmeichelhafte, schöne Lügen gewesen oder Farben wie diejenigen, die Arellius benutzte, um auf der Wand Dinge zu schaffen, die eigentlich nicht dort hingehörten. Die Wahrheit über ihre Lage war, dass sie nie eine Wahl gehabt hatte; vielleicht sollte sie Conopas dankbar sein, dass er nicht versuchte, jetzt noch eine andere Form anzunehmen und jemand zu werden, den es nicht gab. Zumindest war er immer ehrlich gewesen.

»Die Sonne versinkt gerade«, sagte sie. »Die edle Julilla

hat mich beauftragt, die Lampen in ihrem Zimmer zu entzünden, bevor sie aus dem Bad zurückkommt.« Das war eine Behauptung, die nachvollziehbar klang. Wie die meisten ihrer Lügen in der letzten Zeit wurde sie akzeptiert. Sie war gut darin geworden, die Wahrheit zu maskieren. Keiner der beiden machte Anstalten, sie aufzuhalten, als sie den Strand verließ.

~

Eine Villa in Baiae zu besitzen hatte für Calpurnius Charea in seiner Jugend zu den Zeichen des Erfolges gehört, auf die er in keinem Fall verzichten wollte. Als er erfolgreich genug geworden war, um sie sich leisten zu können, war sie in erster Linie seinen Gemahlinnen zugute gekommen; er selbst hatte sich eher in gallischen Sümpfen oder ägyptischen Gewässern aufgehalten, als die Annehmlichkeiten zu nutzen, die es mit sich brachte, dem Helden seiner Jugend, Agrippa, auf dem langen Weg zum Palatin gefolgt zu sein. Wie der große Feldherr selbst stammte Calpurnius aus einer einfachen Familie und hatte sich hochgedient. Er war Agrippa auf dem Feldzug gegen Antonius wegen seines Ingenieurtalents aufgefallen und nach der Schlacht bei Actium in dessen persönlichen Stab beordert worden. Später hatten sie gemeinsam aus den wenigen Heereswegen, die der göttliche Julius in Gallien hinterlassen hatte, das Straßennetz gemacht, das nun zu den besten im Römischen Reich zählte und Truppen wie Handelskolonnen den schnellen Durchmarsch zu den Iberern oder Germanen gestattete. Auch an der Verbesserung der römischen Wasserversorgung war Calpurnius beteiligt gewesen. Wie er allen drei Frauen, mit denen er im Laufe seines Lebens verheiratet war, immer wieder versicherte, musste ein guter Soldat, der ein Land nicht nur erobern, sondern auch zu einer blühenden Provinz des Reiches machen wollte, ein Stratege auf dem Schlachtfeld *und* dem Gebiet der Ingenieurskunst sein. Insgeheim zweifelte er daran, dass sie ihm je zugehört hatten.

Seine erste Frau war ein Mädchen aus seinem heimatlichen Städtchen gewesen, die in ihrer Ehe wegen seines Ehrgeizes und trotz seines Erfolgs nie glücklich wurde. Seine zweite Frau war die Tochter eines reichen römischen Ritters, der er nie weit genug strebte und die ihn zugunsten eines Edlen mit mehr Geblüt als Verstand verließ. Seine dritte Gemahlin, Fausta, war die Witwe eines alten Freundes, die er geheiratet hatte, weil er auf seine alten Tage nicht allein sein wollte. Sie liebte die Villa in Baiae, und zu seiner Überraschung stellte er fest, dass er nun, da es keine neuen Posten mehr gab, die ihm erstrebenswert schienen, und der Senat ihn nur noch langweilte, allmählich anfing, an das Haus weniger als Beweis seines Erfolgs als an ein Heim zu denken. Darum willigte er ein, als Fausta vorschlug, im Herbst nicht mehr nach Rom zurückzukehren. Es gab ohnehin nicht mehr viel an der Stadt, was er vermissen würde. Ganz gewiss nicht die gesellschaftlichen Verpflichtungen! Calpurnius hatte nicht vorgehabt, mehr als seine Pflichtbesuche bei den übrigen Villenbesitzern zu machen, als diese gegen Ende des Frühlings eintrafen. Einladungen wie die von Aemilius Paullus zur Vogeljagd lehnte er dankend ab; wenn, dann jagte er lieber mit den Bauern aus der Umgebung, die wussten, was sie taten.

Umso mehr erstaunte es ihn, als er seinerseits einen unangekündigten Besuch erhielt, nicht von Aemilius Paullus, sondern von dessen Gemahlin, der jungen Julilla. Sie war die Tochter seines alten Patrons, und daher war es undenkbar, sie nicht zu empfangen; unter anderen Umständen hätte es ihn sogar gerührt, sie wiederzusehen. Doch Calpurnius Charea hatte immer eine Nase für Schwierigkeiten gehabt, und er spürte es in seinen Knochen, wenn ein bedrohlicher Wind in seine Richtung wehte. Sein alter Soldateninstinkt trog ihn auch diesmal nicht, da war er sicher.

Zu Fausta sagte Julilla, sie habe ihre Bitte, der liebe Freund ihres Vaters und seine Frau mögen zu ihrem nächsten Gastmahl erscheinen, das nach der Ankunft ihrer Schwester Agrippina zu deren Ehren gegeben wurde, persönlich vortragen wollen, um sicherzugehen, dass sie nicht als bloße Geste verstanden und abgelehnt würde. »Agrippina und ich sind so selten mit Menschen zusammen, die unseren Vater in seiner Jugend gekannt haben«, sagte sie, und Calpurnius konnte sehen, wie seine Gemahlin ob dieses Beweises töchterlicher Liebe und treuen Angedenkens dahinschmolz. Er selbst blieb misstrauisch, eben weil er Agrippa gekannt hatte. Sein Patron war auch deswegen ein großer Mann gewesen, weil ihm die Vorteile von List und unerwarteten Flankenangriffen bestens bekannt waren. Als Julilla erwähnte, ihre Tonstrix mitgebracht zu haben, weil sie sich erinnerte, wie Calpurnius' Gemahlin früher deren Können bewundert hatte, wusste er, dass er Recht hatte.

Keine Stunde später, als seine Frau mit der Tonstrix verschwunden war, kam Julilla auf das eigentliche Anliegen ihres Besuches zu sprechen. Nach einer Reihe von Komplimenten über seine große Erfahrung und Treue zu ihrem Vater kamen die Fragen, die er befürchtet hatte.

Calpurnius betrachtete die junge Frau traurig. Sie ähnelte ihrer Mutter sehr, und er erinnerte sich, wie angenehm überrascht man in Rom gewesen war, dass die Ehe von Marcus Vipsanius Agrippa mit Augustus' junger Tochter nach allem Ermessen nicht nur erfolgreich, sondern auch glücklich zu sein schien. Damals, als es noch Menschen gegeben hatte, die glaubten, Augustus werde sich ins Privatleben zurückziehen und die Staatsgeschäfte seinem alten Freund Agrippa überlassen, bis diesen wiederum das Alter zurücktreten ließ, um einem neuen Ersten Mann Roms Platz zu machen, ganz wie es der Tradition der Republik entsprach.

»Vipsania Julilla«, sagte er, »ist dir eigentlich klar, wofür wir damals bei Actium kämpften? Was der wichtigste Grund war, warum Römer gegen Römer die Hand erhoben?«

Sie entgegnete nichts, sondern lauschte ihm mit dem geduldigen Gesichtsausdruck, den er von seinen Ehefrauen kannte.

Calpurnius seufzte. »Wir wollten keinen König in Rom«, sagte er. »Und keine Königin. Antonius war von der ägyptischen Hexe vergiftet worden mit dem Gedanken, König zu sein, genau wie es vor ihm dem göttlichen Julius geschehen war. Die Republik sollte wieder her, die arme, wundgeschlagene Republik, und Octavianus versprach, sie wiederherzustellen, nach ein paar Jahren, nur ein paar Jahren der Ruhe und des Wiederaufbaus. Keiner von uns hat je auch nur im Traum angenommen, dass er noch herrschen würde, wenn unsere Enkel auf der Welt wären. Niemand hätte je geglaubt, dass man von *Nachfolge* reden würde. Das war es doch, was unter Antonius und der Ägypterin geschehen wäre und was wir verhindern wollten!«

Julilla verschränkte ernst ihre Finger ineinander. »Calpurnius Charea, ich würde lügen, wenn ich vorgäbe, an die Republik zu glauben. Sie lag schon im Sterben, als meine Mutter geboren wurde.«

»Vielleicht war sie damals nicht gesund«, protestierte er, »doch sie hat Jahrhunderte überdauert. Das ist es, was uns Römer einzigartig und groß gemacht hat: Wir haben keine Könige über uns geduldet, sondern selbst regiert. Die Konsuln wurden nicht ernannt, sondern gewählt. Es gab Tribune, die für das Volk standen. Der Senat hat ...«

»Der Senat«, unterbrach sie ihn, »den mein Großvater um vierhundert Mitglieder verkleinern ließ und der deswegen nicht einmal widersprach?«

»Befreit von Galliern und anderen Nichtrömern, die der göttliche Julius hineingebracht hat«, murmelte Calpurnius. »In meinem Leben hat es nur einen Herrscher gegeben, meinen Großvater. Und wenn er morgen stürbe, dann käme die Republik trotzdem nicht wieder. Ihre Zeit ist vorbei.« Julilla seufzte. »Ich weiß, dass deine Generation bei dem Wort Monarchie noch ausgespuckt hat, aber das ist es, was wir sind, auch wenn wir Augustus nicht König nennen. Man muss den Tatsachen ins Auge sehen. Die Republik unserer Vorfahren hat Rom zur größten Stadt Italias gemacht, gewiss. Aber ein Weltreich kann man so nicht regieren.«

»Ich weiß«, sagte Calpurnius »Ich habe mich schon längst damit abgefunden. Doch du musst einem alten Mann erlauben, hin und wieder trotzdem entsetzt zu sein, wenn er die Tochter seines alten Freundes und Befehlshabers so reden hört, wie es die Ägypterin getan hat, ganz von der Annahme ausgehend, ihr Blut gebe ihr ein Recht auf die Macht.«

»Hast du sie eigentlich je gesehen?«, fragte Julilla ohne ein Anzeichen dafür, beleidigt zu sein. »Und selbst reden hören?«

Calpurnius erinnerte sich an Ägypten, an die Hitze, an die stummen, feindseligen Gesichter der Menschen in Alexandria. An das Grabmal. Und schließlich an die Leichen. »Nein«, sagte er leise. »Aber ich war einer der Männer, die deinen Vater begleiteten, als er sie tot fand, sie und ihre Dienerinnen.«

Julilla schaute ihn an, und die eigenartige Mischung aus dem prüfenden Blick Agrippas und dem bezwingenden Zauber der Julier ließ ihm das Herz noch schwerer werden.

»Ich habe nicht die Absicht zu sterben«, sagte sie. »Ich will *leben*. Ich will, dass meine Kinder leben, und ich werde Kinder haben. Lass mich dir eines versichern, Calpurnius Charea – Livia hat schon damals, als sie meinen Großvater geheiratet hat, gewusst, dass die Republik nicht wiederkehrt.

Sie wollte genau das tun, was du Antonius vorwirfst: Sie wollte eine Dynastie gründen. Eine claudische Dynastie. Und wenn man eine Dynastie gründet, muss man alle Wettbewerber aus dem Feld räumen, auf die eine oder andere Weise. Deswegen hat Livia alles getan, damit meine Mutter ihren Sohn heiratet, und ich weiß bis heute nicht, ob mein Vater nicht der Erste war, der deswegen sterben musste. Aber als meine Mutter um die Trennung von Tiberius gebeten hat, da war es mit den sanfteren Methoden ganz gewiss vorbei. Frage dich also, ob du eine claudische oder eine julische Dynastie willst, denn das sind die einzigen beiden Möglichkeiten für Rom, die es überhaupt gibt.«

Der starke Wille, die kühle Intelligenz, auch die Rücksichtslosigkeit, die ein Anführer brauchte, sie besaß all diese Eigenschaften. Wenn sie ein Mann wäre, dachte Calpurnius, und er noch ein paar Jahre jünger, dann würde er ihr jetzt zustimmen, zum Heer zurückkehren und noch einmal das Abenteuer wagen, das Schicksal der Welt mitbestimmen zu wollen.

Aber sie war eine Frau. Und damit alles gesagt.

»Wenn der Senat und das Volk von Rom schon nicht länger diese Wahl treffen können«, sagte er schleppend, »dann doch der Mann, der uns all die Jahre geleitet hat. Und mir scheint, Julilla, dass Augustus seine letzte Wahl getroffen hat, als er deinen Bruder verbannte und Tiberius adoptierte.«

Im Grunde hatte er bereits mit Agrippas Tod aufgehört zu hoffen, Augustus zöge sich jemals ins Privatleben zurück wie Cincinnatus, um die Republik zu neuem Leben zu erwecken. Was an widerspenstigen, unlogischen Gefühlen trotzdem noch geblieben war, hatte die Nachricht von der Adoption nicht überlebt. Im Senat war klar, was geschehen würde, wenn Augustus starb: Man würde Tiberius formell darum bitten, die Ämter seines Adoptivvaters zu übernehmen und damit die Monarchie zu bestätigen. Es gab niemanden mehr, der bereit war, nicht das zu tun, was Augustus erwartete, auch nicht nach seinem Tod.

»Nein, das hat er nicht!«, sagte sie leidenschaftlich. »Es ist Livia. Sie hat ihn gegen uns vergiftet. Sie ist schuld an dem, was mit meiner Mutter und meinen Geschwistern geschehen ist. Wenn wir ihm nur beweisen könnten, dass wir keine Opfer sind, die auf der Schlachtbank warten, dann wird er seine Meinung ändern.«

»Dein Großvater ist einundsiebzig Jahre alt«, entgegnete Calpurnius sachlich. »In unserem Alter haben wir schlicht und einfach nicht mehr die Zeit, noch einmal darauf zu warten, dass sich eine neue Generation beweist.«

Julilla zögerte, nur einen kurzen Moment lang, dann sagte sie: »Und wenn nun Tiberius das gleiche Schicksal träfe wie seinen Bruder Drusus? Wenn er in einem fernen Heerlager an einem Unfall stürbe?«

Aufrichtig entsetzt sagte Calpurnius: »Julilla, ich will nicht hoffen, dass du meinst, was ich vermute.«

Sie machte eine ungeduldige Handbewegung. »Sei kein Heuchler, Calpurnius Charea, dazu bist du ein zu ehrlicher Mann. Ich meine das, was mein Großvater meinte, als er den Sohn des göttlichen Julius und der Ägypterin umbringen ließ, weil es außer ihm selbst keinen anderen Erben Caesars geben durfte. Das war ein Junge, Calpurnius, der niemandem etwas getan hatte, und ich glaube nicht, dass auch nur einer von euch Soldaten in Ägypten damals protestiert hat. Tiberius ist ein Mann im fortgeschrittenen Alter, der sein Leben gelebt hat. Wenn er stirbt, dann hat Livia keinen anderen Claudier mehr, den sie zum Nachfolger meines Großvaters machen kann. Dann ist der Machtkampf vorbei.«

Calpurnius hatte schon Jahre nicht mehr an den Knaben gedacht – und an den Befehl, ihn zu erdrosseln. Caesarion. Im Heer hatten sie darüber gesprochen, ob er nun wirklich der Sohn des toten Caesar war oder nicht. Antonius hatte behauptet, er sei es, aber Antonius war nur ein Werkzeug der Ägypterin, das wusste jeder, und tat nur, was sie wollte. Irgendwie hatte es jeden erleichtert, als der Junge tot war; das beendete all die Fragen. *Zu viele Caesaren schaden der Gesundheit,* hatte es geheißen. Julilla hatte Recht, aber trotzdem verstörte es ihn, das kleine Mädchen, das einmal bei einem seiner seltenen Besuche in Agrippas Haus auf dem Palatin auf seinen Knien geritten war, solche Dinge sagen zu hören.

»Es gibt Germanicus«, wandte er ein und konnte kaum glauben, dass er immer noch ein Gespräch führte, das ihm von Anfang an überflüssig und gefährlich erschienen war. »Er ist Livias Enkel. Und Tiberius hat einen Sohn aus seiner ersten Ehe, nicht wahr?«

»Germanicus ist auch mein Vetter und nicht nur mit der Armee verheiratet, sondern auch mit meiner Schwester. Seine Mutter war die beste Freundin meiner Mutter«, erwiderte Julilla und klang noch immer völlig von ihrer Sache überzeugt. »Wir sind miteinander aufgewachsen. Er ist einer der wenigen Männer, die ich kenne, die sich nicht an die Spitze des Reiches wünschen. Außerdem hat er von Tiberius nichts zu erwarten, eben weil der einen eigenen Sohn hat. Und was diesen betrifft – er hat einen noch viel schlechteren Ruf als den, den Livia meinem Bruder Postumus verschafft hat. Wenn er in den letzten Jahren einmal nüchtern war, dann hat es keiner in der Familie bemerkt. Du willst doch nicht sagen, dass er je das Schicksal Roms lenken könnte, Calpurnius? Postumus wird als ein gereifter Mann aus der Gefangenschaft zurückkehren und ein würdiger Herrscher werden, mit einem starken Senat und Senatoren wie dir auf seiner Seite. Wenn du ihn bei den Legionen unterstützt.«

Calpurnius dachte an seinen ruhigen Lebensabend, an seine Verehrung für Agrippa, an die Treue, die er Rom geschworen hatte, an ermordete Erben in Ägypten und Rom, und traf seine Entscheidung.

»Ich will nichts mehr davon hören, Vipsania Julilla. Was auch immer du tust, wird ohne mein Wissen und meine Hilfe geschehen. Ich werde mich auch nicht fragen, ob ein Tod von Tiberius nicht am besten bei den Germanen stattfinden sollte, weil man hier in Italien durch Folter jeden zum Reden bringen kann, wohingegen die germanischen Barbaren, wenn sie erst ihre Familie abgesichert wissen, bis auf den Tod zu schweigen verstehen. Dein Großvater hat das Blut von tausenden toter Bürger durch den glorreichsten Frieden abgewaschen, den Rom je gesehen hat. Was auch immer es kostet, um Rom dieses Erbe zu erhalten, ob nun den Tod eines Mannes oder«, seine Stimme erhob sich mahnend, »das Ende einer Frau, ich werde hoffen, dass es geschieht.«

III.

Arellius hatte bemerkt, dass Andromeda mit ihren Übungen nicht weiterkam, doch er sagte nichts dazu. Er fragte sie auch nicht, ob es Neuigkeiten aus Rom gab oder ob Julilla ihr etwas über ihre Pläne anvertraut hatte. Stattdessen ließ er sie Farben mischen und gelegentlich, wenn nichts anderes nötig war, Grundschattierungen aus Weiß auftragen. Das erforderte eine feste Hand, mehr nicht, und sie wussten es beide.

Seine eigene Hand zitterte gelegentlich, und dann musste er aufhören, doch er brachte es inzwischen über Stunden fertig, die Argonauten, die er so lange im Kopf mit sich herumgetragen hatte, auf die Wand zu bannen. Den ersten Schritt stellte, wie immer, eine große Kohlezeichnung dar, die zu seiner Befriedigung von allen Gästen der Villa bewundert wurde. Selbst Julillas weit gereiste Schwester Agrippina, die mit ihren beiden kleinen Töchtern für den Sommer nach Italia gekommen war, machte aus ihrer Anerkennung keinen Hehl. Es entging ihm allerdings auch nicht, dass Agrippina bei seinem Anblick zunächst missbilligend die Stirn runzelte und später ihre Schwester hörbar fragte, ob man nicht besser einen anderen Maler beauftragt hätte. Früher wäre dies ein schwerer Schlag für ihn gewesen und hätte ihn an das Sprichwort erinnert, dass Anerkennung das Kraut war, das nur auf Grabstätten wucherte; jetzt dachte er nur daran, dass er endlich die Grundfarben auftragen konnte. Wenn das Altersschwachsinn sein sollte, dann zog Arellius ihn der Vernunft vor.

»Gleicht die Herrin Agrippina ihrem Vater?«, fragte Andromeda ihn, während sie sorgfältig ihre Grundierungsstriche in dem Bereich zog, den sie von dem kleinen Gerüst aus erreichen konnte, das er ihr gebaut hatte.

Arellius ließ das Bild des großen Agrippa vor seinem inneren Auge entstehen und wiegte den Kopf hin und her. »Ihr Kinn und die Nase sind dieselben, doch sonst schlägt sie eher ihrer Tante Octavia nach.« Gedankenverloren setzte er hinzu: »Vielleicht male ich doch noch meine Aeneis.«

»Ich dachte, die Aeneis ist ein langes Gedicht«, sagte Andromeda zu seiner Überraschung; er hatte eigentlich nur einen Gedanken laut ausgesprochen und nicht erwartet, dass sie ihn verstand oder überhaupt etwas über das Werk des Vergilius wusste. Vermutlich hatte sie es auf dem Palatin aufgeschnappt oder durch Ovidius.

»Es ist die Geschichte unseres Stammvaters Aeneas und seiner Irrfahrt von Troja nach Italia«, erklärte er, »wie sie der große Vergilius geschrieben hat.« Mit Homer zu wetteifern war kühn von Vergilius gewesen, und in jüngeren Tagen hatte Arellius hin und wieder mit dem Gedanken gespielt, eine ähnlich kühne Tat zu vollbringen und die Geschichte des Trojaners, dessen Nachkomme Romulus einst Rom gegründet hatte, in Farben festzuhalten. Dazu die Familie als Modelle zu verwenden, die für sich in Anspruch nahm, von Aeneas abzustammen, war fast unwiderstehlich. Doch die erwachsenen Gesichter von Julias Töchtern verlangten nach anderen Rollen. Früher hatte er immer Livia als Juno gesehen, doch Göttinnen waren alterslos, und Juno hatte sich dem Urteil des Paris gestellt. Es gab keinen Grund, nicht Agrippina als Juno zu malen, mit dem eisernen Zug um den Mund, der inmitten der Weiblichkeit Härte versprach. Da er den jungen Germanicus nie gesehen hatte, wusste er nicht, ob in ihrem Gemahl das Zeug zu einem Jupiter steckte.

»Der edle Germanicus befehligt mehrere Legionen im Norden des Reiches, nicht wahr?«, fragte Andromeda, als hätte sie seine Gedanken gelesen. Arellius zuckte die Achseln.

Er hatte sich nie besonders darum gekümmert, wie die Legionen verteilt waren und wer sie befehligte, solange es niemand war, der ihm Aufträge erteilte, und seit Julias Verbannung und seinem eigenen Fall war ihm das Wissen um solche Dinge gänzlich entglitten.

»Warum fragst du?«

»Aus keinem besonderen Grund«, sagte Andromeda hastig.

Für einen Moment hielt Arellius inne und betrachtete sie. Das Mädchen wirkte in den letzten Tagen bedrückt. Er hatte angenommen, es sei auf die böse Erkenntnis zurückzuführen, dass sie kein Talent zum Malen besaß. Doch er erinnerte sich auch daran, was sie ihm in den von Wein und Bitterkeit durchtränkten Tagen in Rom mitgeteilt hatte ... über Livia und Julilla und deren Erwartungen, dass sie für beide spionierte.

»Ich glaube nicht, dass es der Herrin Livia unbekannt ist, dass die junge Agrippina ihre Schwester besucht«, sagte er freundlich, und fuhr dann fort zu malen. Er schaute sie nicht an, als er hinzufügte: »Weißt du eigentlich, ob Ovidius Naso Fortschritte mit seinen Verwandlungsgeschichten macht?«

»Warum fragst du?«, wiederholte sie seinen eigenen Satz mit leicht belegter Stimme.

»Nun, ich kann mir vorstellen, dass er ein paar Kopisten braucht, falls dem so sein sollte«, entgegnete Arellius und setzte sehr sorgfältig einen weiteren Strich. »Schreiben zu können ist eine seltene Kunst, und wenn man sie gelernt hat, dann sollte man sie anwenden. Vor allem, wenn man eine sichere, feste Hand hat. Buchhändler wie Brutus bezahlen angeblich gut für anständige Kopisten.«

»Wenn du nicht möchtest, dass ich dir weiter helfe, dann sage es geradeheraus«, gab Andromeda kühl zurück.

»Ich rede nur von Möglichkeiten. Meiner Meinung nach sollte man immer mehrere im Auge haben, wenn man nicht weiß, was die Zukunft bietet.«

Eine Zeit lang herrschte Schweigen zwischen ihnen. Dann sagte sie leise: »Da hast du Recht.«

Seine eigene Zukunft, die lange Zeit nur in der Gewissheit bestanden hatte, eines Tages von Lycus' Sklaven im Haus der Drei Delphine tot aufgefunden zu werden, hatte noch einmal den ockergelben Schein von Hoffnung angenommen. Er arbeitete wieder, und selbst wenn ihm die Malerei nicht mehr so schnell und so kühn von der Hand ging wie früher, so hatte er doch zum ersten Mal seit Jahren wieder das Gefühl, nicht mehr umsonst auf der Welt zu sein. Hin und wieder ertappte er sich sogar dabei, einige der Lieder aus seiner Jugend zu summen.

»Ist das nicht alexandrisch?«, fragte ihn die Tonstrix Helena, die ihm hin und wieder etwas zu trinken und zu essen brachte und sich mehr und mehr als angenehme Gesellschaft herausstellte, was er nach Andromedas ersten Worten nicht erwartet hatte. Sie griff die Melodie auf, die er begonnen hatte, und sang zu seiner Überraschung ein paar Worte in Griechisch, die ihm lange entfallen waren. Dabei fiel ihm auf, dass ihr der Beiklang eines lateinischen Akzents fehlte, wie er selbst ihn besaß. Trotz ihres Namens war er nicht davon ausgegangen, dass sie Griechin war; die meisten Römer wählten für ihre Sklaven griechische Namen.

»Ja«, sagte er und versuchte, sich auf den Rest des Liedes zu besinnen, aber die Jahre oder der Wein hatten ihm die Worte genommen und nur noch die Melodie gelassen.

»Warst du je in Alexandria?«, fragte er sie auf Griechisch, und sie antwortete in einem makellosen attischen Akzent, wie ihn die wenigsten Römer beherrschten: »Nein, Herr. Meine Mutter stammte aus Athen und gehörte dem Haushalt der Herrin Octavia an, ehe sie die Amme der Herrin Julia wurde.«

Arellius wusste, dass Octavia, die Schwester des Augustus, zwei Jahre lang mit Marcus Antonius in Athen gelebt hatte. Da ihn der Liebhaber Cleopatras, der Verlierer von Actium, dessen Gedenken von Augustus verdammt worden war, schon immer fasziniert hatte, sagte er beeindruckt: »Dann muss sie Marcus Antonius noch gekannt haben.«

Die Veränderung, die dieser kleine Satz in Helena auslöste, war beachtlich. Wie die wächserne Maske über einem Tonporträt, das in den Brennofen gesteckt wurde, schmolz die ruhige, zurückhaltende Frau, die ihm meist mit niedergeschlagenen Augen oder an ihm vorbei in die Ferne blickend gegenübersaß – und ihm, als er sie skizziert hatte, ein wenig farblos erschienen war –, und legte einen glühenden, wütenden Kern frei, den er nie in ihr vermutet hätte. Ihre Brauen zogen sich zusammen, Empörung ließ sie heftiger atmen und trieb Blut in ihre Wangen. »Marcus Antonius?«, rief sie. Ihre Stimme schärfte sich wie eine Klinge. »Das ist alles, was dir zu meiner Mutter einfällt?«

Im ersten Moment fragte Arellius sich verdutzt, ob er irgendwann mit ihrer Mutter geschlafen hatte. Nein, Helena war gewiss nur wenig jünger als er. Sie machte das Beste aus ihrem Alter, doch er war Maler und achtete auf mehr als nur Gesichter; Hände und Hals verrieten die Menschen immer. Dementsprechend alt musste auch ihre Mutter gewesen sein, und er konnte sich nicht daran erinnern, mit einer fünfzehn oder gar zwanzig Jahre älteren Sklavin aus dem Besitz der Julier auch nur drei Worte gewechselt zu haben. Die Einzige, an deren Namen er sich noch erinnern konnte, war ohnehin die bedauernswerte Phoebe, und das lag daran, dass sie sich umgebracht hatte. Wie sie ausgesehen hatte, wusste er kaum noch; es war ein unauffälliges Gesicht gewesen, genau wie …

»Deine Mutter war Phoebe«, sagte er sachte. Als Helena sich zornig abwandte, legte er eine Hand auf ihren Arm, die sie abschüttelte. »Verzeih.«

Während sie nach Atem rang, konnte er sehen, wie die Maske der ehrerbietigen, sanftmütigen Sklavin wieder zurückkehrte.

»Es tut mir Leid, Herr«, sagte sie tonlos. »Bitte entschuldige meinen Ton. Es wird nicht wieder geschehen.«

»Nein. Ich bin ein alter Tor, dem die Zunge davonläuft und das Gedächtnis«, beharrte Arellius, dem es mit einem Mal wichtig wurde, dass sie seine Entschuldigung annahm, vielleicht, weil der einzige seiner Freunde aus den guten Tagen, der im Unglück zu ihm gehalten hatte, der Freigelassene Lycus gewesen war. Er hatte zu lange in der Subura gelebt, um sich nicht denken zu können, wie es schmerzte, aufgrund seines Standes übersehen und vergessen zu werden. Überdies verdiente die Tat ihrer Mutter Respekt. Selbst in den erbittertsten Schmählliedern auf die ausländische Hexe Cleopatra war ihr zugestanden worden, einen edlen Tod gewählt zu haben. Doch die Ägypterin war für eine solche Haltung erzogen worden; eine Sklavin, die von eigener Hand starb, um nicht durch Folter gezwungen werden zu können, gegen ihre Herrin auszusagen, war bemerkenswerter. »Du hattest vollkommen Recht, Anstoß an meiner Unwissenheit zu nehmen.«

Sie musterte ihn und schien ihm zu glauben. Zumindest machte sie keine Anstalten mehr davonzulaufen.

»So alt bist du nicht, Herr«, murmelte sie. »Außerdem weiß es niemand hier im Haushalt, bis auf die Herrin Julilla. Es hat nichts mit deinen Jahren zu tun.«

Arellius wollte das bestreiten, doch fiel ihm gerade noch rechtzeitig wieder ein, dass sie sich dann auch alt genannt fühlen konnte. *Bei Venus*, dachte er, *ich habe keine Übung mehr im Gespräch mit Frauen, die keine Huren oder aufgeweckte Zwerginnen sind!*

»Aber dass ich ein Tor bin, bestreitest du nicht?«, fragte er neckend. Zu seiner Überraschung wich sie seinem Blick weder aus, noch trug sie länger Groll in ihrem. Arellius bemerkte zu seiner eigenen Überraschung, dass ihre Augen hübsch waren, und dachte, dass er ihnen in seiner Skizze der älteren Frau, in die sich Juno verwandelt hatte, um Jason zu prüfen, nicht genug Rechnung trug; braun und klar betrachteten sie ihn, ohne schwarze Flecken oder geplatzte rote Adern, und wenn die Wirkung dadurch verstärkt wurde, dass ein Hauch von Grün über ihren Lidern lag, dann wusste der Künstler in ihm das zu schätzen.

»Sind wir das nicht alle?«, fragte sie ruhig.

~

Seit ihrer Begegnung am Strand hatte Andromeda nicht mehr mit Conopas gesprochen, bis er sie, als zu Beginn der Vestalia Gebäck an alle Angehörigen des Haushalts verteilt wurde, zur Seite zog und abrupt sagte: »Komm mit in den Garten.«

»Ich glaube nicht, dass ich Spaziergänge mit dir unternehmen möchte«, antwortete sie kurz angebunden. »Dabei unterhält man sich gewöhnlich. Und wir sind ja nur durch ganz andere Körperteile verbunden, oder?«

»Stell dich nicht so an und komm mit in den Garten, Drittel.«

Es stellte sich heraus, dass er den Gemüsegarten meinte, nicht den Bereich, in dem die Gäste gewöhnlich lustwandelten. Zwischen den Spargelbeeten blieb er stehen und sagte zu ihr: »Wenn du für die Arena lebst, hast du keine Freunde. Jeder von ihnen kann gegen dich ausgelost werden. Das bleibt auch so, wenn die Arena eine andere ist. Freunde sind vielleicht gut darin, einem Honig ums Maul zu schmieren. Aber ich mache so was nur für meine Feinde.«

»Dann musst du den größten Teil der Welt ja ausgesprochen gern haben«, gab sie zurück. Wenn das seine Art war, ihr zu verstehen zu geben, dass er in ihr nicht mehr nur ein nützliches Instrument sah, sollte er sich etwas Besseres einfallen lassen.

»Hat Julilla schon angefangen, ihre Schwester zu bearbeiten?«, fragte er zusammenhangslos. »Wenn du auch nichts gehört hast, muss ich wieder in die Heizung gehen.«

So zu tun, als verstünde sie nicht, wovon er sprach, hatte vermutlich keinen Sinn. Im Übrigen hatte sie tatsächlich noch kein Gespräch zwischen Julilla und Agrippina belauschen können, bei dem es um irgendetwas Verfängliches ging, und nach Julilla und ihrem Gatten hatte Conopas nicht gefragt. Andromeda zog eine Grimasse.

»Wenn du glaubst, dass ich meine neue Tunika für dich so rußig mache wie die alte, dann irrst du dich. Ich habe nur zwei. Es ist schön, nicht herumzulaufen wie ein …«

»Ein Sklave?«, fiel Conopas ein und klang nicht höhnisch, sondern ernst. »Das ist es, was wir sind, Tertia. Vergiss es nie. Ganz gleich, was der Dichter herumfaselt oder dein Farbklecks von sich gibt. Ob du nun Lumpen trägst oder dieses durchsichtige Geflatter, worin sich unsere Erlauchte hier auf dem Land gefällt – du bist nicht mehr als die Kühe da draußen, die ihr auch gehören. Ob du gestriegelt bist oder nicht, spielt keine Rolle.«

Das helle Licht der morgendlichen Sonne blendete Andromeda, als sie sich ihm zuwandte, doch obwohl ihre Augen sofort schmerzten, versuchte sie, nicht wegzuschauen. Sie war der dauernden Streiterei müde, der Wortgefechte und Ausflüchte. Dieses eine Mal wollte sie versuchen, aufrichtig zu ihm zu sein.

»Du brauchst mich nicht daran zu erinnern«, entgegnete sie leise. »*Du* nicht. Meinst du wirklich, ich kann das je vergessen? Aber nur, weil es so ist, heißt das doch nicht, dass es immer so bleiben muss, oder dass ich nicht das Beste daraus machen kann, solange es so ist. Die Götter helfen nur dem, der etwas unternimmt. Ich tue etwas. Eines Tages werde ich die Filzkappe tragen und eine Freigelassene sein, und dann werde ich mein eigenes Geld verdienen, ganz gleich, wie alt ich bin. Deswegen versuche ich zu lernen, was ich kann. Die ganze Geheimniskrämerei, belauschte Gespräche, all das ist mir nicht so wichtig wie der Versuch, etwas zu finden, in dem ich gut bin und mit dem ich mich irgendwann ernähren kann.« Sie sah ihn fest an.

In seine scharfen Gesichtszüge gruben sich zuerst Überraschung und Spott, doch dann verschwand beides und machte einer Aufmerksamkeit Platz, die nichts mit der listigen Gespanntheit zu tun hatte, die ihn sonst wie einen Bogen aufrecht hielt.

»Hast du keine Träume, Conopas? Oder willst du für immer ein Ochse auf der Weide bleiben und dich hierhin und dahin treiben lassen?«

Als ihre Stimme in der warmen Sommerluft verklang, seufzte er. »Ich habe es aufgegeben, von der Filzkappe zu träumen. Schon vor langer, langer Zeit.«

Andromeda schüttelte den Kopf. »Aber warum? Die Herrin und der Herr lassen gelegentlich Sklaven frei. Schau dir Stichus an. Sicher, Zwerge sind selten, aber die erste Andromeda, die der Tochter des Princeps gehört hat, ist ebenfalls freigelassen worden.« Nach einem kurzen Zögern setzte sie hinzu: »Wenn du glaubst, dass es schlecht für die Herrin laufen wird … die Herrin Livia hat auch ihre Freigelassenen.«

Er bückte sich und zog einen der Spargel mit einem Ruck aus dem Boden. Ehe sie hierher gekommen war, hatte sie noch nie Spargel gesehen; es war keine Pflanze, die arme Bauern wie ihre Eltern anbauen konnten. Hier in der Villa wachte die *Vilica*, die Verwalterin, für gewöhnlich mit Habichtsaugen über die Beete, denn der Gemüsekoch bereitete den Spargel nur für den Herrn und seine Gäste, und davon gab es nun wöchentlich mehr. Auch jetzt rief einer der Jungen, die von der Vilica mit der Aufsicht über die Spargelbeete beauftragt worden waren, ärgerlich, der *Nanus* solle die Finger von ihnen lassen. Conopas ignorierte ihn, und der Junge kam zu ihnen herübergerannt.

»Ich kann hier eine ganze Reihe ausreißen, und du könntest mich nicht daran hindern«, sagte Conopas kalt zu ihm, doch seine Augen blieben auf Andromeda geheftet. »Ich bin stärker und schneller. Die Vilica wird dir auch nicht glauben, sondern annehmen, dass du den Spargel selbst gestohlen hast. Durchprügeln wird sie dich auf alle Fälle. Und warum auch nicht? Bist du ein römischer Bürger, Junge, oder ein Sklave?«

Der Junge baute sich vor ihm auf und warf sich in die Brust. »Mein Vater ist ein freier Bauer«, sagte er, doch die zitternde Unterlippe strafte seinen trotzigen Zorn Lügen. »Und du bist es, der geprügelt werden wird!«

»Dein Vater ist ein unfreier Pächter«, gab Conopas zurück, »und du bist ein Nichts. Das bin ich auch, nur bist du ein noch kleineres Nichts. Für dich und mich gibt es keine Freiheit, keine Sicherheit. Es gibt nur verschiedene Arten von Besitz.« Er warf dem Jungen die herausgerissene Spargelstange zu und stapfte davon.

»He«, rief das Kind ihm hilflos hinterher, »he!«

Andromeda, die wusste, dass nichts von dem, was Conopas gesagt hatte, für den Jungen bestimmt gewesen war, erklärte hastig: »Die Vilica wird dich nicht prügeln, wenn du sagst, dass es Conopas war. Ich erzähle es ihr noch vor heute Abend, versprochen!« Dann lief sie Conopas hinterher.

Als sie ihn einholte, hatte er sich ein weiteres Mal gebückt, diesmal, um eine der Schnüre aufzulesen, mit denen die Bohnen an den Stangen aufgebunden wurden. Er wickelte sie sich methodisch um seinen linken Arm.

»Weißt du, was geschieht, wenn du etwas findest, in dem du wirklich gut bist?«, fragte er sie. »Meinst du wirklich, das macht dich frei? O nein. Beim Herkules, es gibt bessere Spione als mich. Seien wir ehrlich, ich bin ja noch nicht mal gut genug, dass Vipsania Julilla mich nicht durchschaut, und unsere Edle ist zwar nicht dumm, aber längst nicht so schlau, wie sie glaubt. Als Spion bin ich gerade mal so gut, dass ich nützlich bin. Das erhält mich am Leben. Das ist die einzige Sicherheit, die ich habe. Und das genügt. Aber es gab etwas, in dem war ich wirklich überragend.«

Er wippte auf den Zehenspitzen und machte mit seinem linken Arm träge, zirkelnde Bewegungen. Der Rest der Schnur, mit der er seinen Arm umwickelt hatte, flatterte durch die stille Luft.

»Doppelt gut, weil ich ein Zwerg bin, und dreifach gut, weil sonst jeder den Thrakern mit ihren Krummschwertern zujubelt, oder dem Murmillo mit seinem langen Schild und dem geraden Schwert. Niemand liebt den Netzkämpfer mit seinem Dreizack, den *Retiarius*. Aber sie liebten *mich!*«

»Du warst ein Fischer?«

»Ein Menschenfischer, du dummes Ding«, sagte er ungehalten und legte ihr mit einer blitzschnellen Bewegung den Rest der Schnur um den Hals. Sie rührte sich nicht.

»Ein begnadeter Metzger, das war ich«, flüsterte er ihr ins Ohr. »Und alles, was es mir gebracht hat, war, dass ich am Leben geblieben bin, um für eine gelangweilte Römerin dumme Witze zu reißen und ihr nachzuspionieren. Versuch nicht herauszufinden, worin du wirklich gut bist, Dritte von nichts. Es wird dir nur Bitterkeit bringen, und den Tod im Herzen.«

～

Eine der beiden Töchter Agrippinas konnte bereits sprechen, die andere lag noch an der Brust ihrer Amme, einer hochgewachsenen Germanin, deren Worte man kaum verstehen konnte. Da die Herrin Agrippina auf die Idee kam, ihre Kinder durch die ergötzliche Zwergin ihrer Schwester unterhalten zu lassen, verbrachte Andromeda immer wieder Zeit mit der Amme und fand sie zuerst Furcht einflößend, später aber Mitleid erregend. Agrippina hatte sie Flavia genannt, die Blonde, der Name, mit dem alle Germanen bedacht wurden, die kein dunkles Haar hatten; in der Prätorianergarde wimmelte es von Soldaten, die aus diesem Grund Flavus hießen.

Die Amme war größer als der Herr und Decius Silanus, was sie, wie Conopas boshaft bemerkte, für eine Frau fast so ungeheuerlich wie eine Zwergin machte. Nach einigem Hin und Her stellte sich heraus, dass sie in Wirklichkeit Thusnelda hieß und Angst vor Andromeda und Conopas hatte. Sie hielt die Zwerge für böse Geister, bis Andromeda einmal hinfiel und sich das Knie aufschlug. Ihr Blut bewies der Germanin offenbar, dass sie menschlich war.

Einen Säugling und ein zweijähriges Kleinkind zum Lachen zu bringen war schwerer, als das Gleiche bei einer Tischgesellschaft zu versuchen. Es war eine Aufgabe, die sie nur allzu gerne auf Conopas abgewälzt hätte. Doch der hatte es leider verstanden, sich Silanus und dem Herrn unentbehrlich zu machen, indem er für sie diverse Senatoren imitierte und Witze über deren Gehabe riss, die Andromeda, wie sie fand, viel komischer hätte erzählen können.

Sich mit spitzen Bemerkungen ein erheitertes Grinsen und zustimmende Worte von Gesellschaften zu erheischen war eine Kleinigkeit verglichen mit dem, was sie erlebte, seit sie der Amme und ihren Zöglingen zugeteilt worden war. Ständig bestand die Gefahr, etwas verkehrt zu machen und statt des Kicherns und glucksenden Lachens ein lautstarkes Geheul auszulösen. Da die Germanin dann besänftigende Laute ausstieß und das Geheul in zwei von drei Fällen schnell beenden konnte, stieg sie in Andromedas Achtung.

»Kinder zu haben wäre nichts für mich«, sagte sie zu Ovidius, als sie für ihn Buchstaben in den Sand malte, um zu beweisen, dass sie die Kunst des Schreibens beherrschte. »Niemals.«

Er lachte. »Meine Tochter hat einmal das Gleiche behauptet, und nun schreibt mir meine Frau, ihr erster Brief aus Libya sei eingetroffen: Sie wird uns wieder zu Großeltern machen.«

Dann warf er einen Blick auf den Sand und schüttelte den Kopf. »Dass du schreiben kannst, sehe ich, doch mit dem Buchstabieren hapert es. *Wald* schreibt man mit einem *d*. Wer hat dich unterrichtet?«

Sie presste die Lippen zusammen, doch immerhin spürte sie diesmal nichts von einem Erröten, und es gelang ihr auch, die Augen nicht niederzuschlagen. »Wenn ich es jetzt nicht richtig mache, dann werde ich es besser lernen«, sagte sie, ohne auf seine Frage einzugehen. »Außerdem hat Arellius gemeint, du bräuchtest jemanden, der für dich abschreibt. Frag ihn nur, er wird dir sagen, dass ich eine gute, feste Hand habe. Ich werde alle Buchstaben gerade so abmalen, wie du sie gesetzt hast, und nichts verändern. Im Nachahmen bin ich wirklich gut, das weißt du doch, Herr!«

Er setzte sich neben sie und ließ seine langen, schlanken Finger durch den Sand gleiten. Es wurde ihr bewusst, dass er sich in ihrer Gegenwart meistens setzte und ihr damit ersparte, ständig nach oben zu starren. Niemand sonst wäre auch nur auf den Gedanken gekommen. »Das weiß ich. Aber ein Buchkopist muss mehr als das können. Er muss verstehen, was er abschreibt. Er muss die Fehler, die der Schriftsteller in seiner Hast vielleicht gemacht hat, entdecken und korrigieren.«

Das Gefühl der Ohnmacht, das sie regelmäßig vor der unbemalten Wand befiel, an der Arellius sie einfache Striche ziehen ließ, kroch auch jetzt in ihr hoch. Energisch schob sie es fort.

»Das kann ich auch lernen, Herr. Wenn du mir nur Gelegenheit zum Üben gibst.«

»Hast du denn nicht genug zu tun mit den Kindern und Arellius und damit, uns gelegentlich die Mahlzeiten zu verschönern?«

»Bitte, Publius Ovidius«, sagte sie, und in ihrer Dringlichkeit wurde es ihr nicht bewusst, dass sie die vertrauliche Anrede gewählt hatte, die ihr nicht zustand. »*Bitte!*«

Er rügte sie nicht; stattdessen nahm er erneut ihr Kinn in die Hand und musterte sie.

»Wenn es dir so wichtig ist, Philomela«, sagte er, »dann soll es geschehen. Wir brauchen alle unsere Träume. Ich werde dir ein Blatt geben und dich zehn Zeilen abschreiben lassen. Wir werden sehen, wie du dich schlägst.«

Während sie ihm dankte, ließ er sie wieder los, und zu ihrer Überraschung stellte sie fest, dass es ihr Leid tat. Einen Herzschlag lang stellte sie sich vor, wie es wäre, wenn er ihre Wangenlinie nachgezeichnet hätte, wie er es bei ihren Händen getan hatte, an dem Abend, als sie nicht wusste, ob er sich über sie lustig machen wollte oder nicht. Ein Gefühl der Wärme stieg in ihr auf, das nichts mit Erröten zu tun hatte. Dann schalt sie sich töricht und stand schnell auf, um sich an ihre Größe zu erinnern.

～

Die männlichen Gäste der Villa vertrieben sich die Zeit mit Vogelfang, für den der Haushalt unter Anleitung der Vilica sorgfältig Leimruten vorbereitet hatte, als Julilla, die mit ihrer Schwester ein Sonnenbad nahm, Andromeda zu sich rief, um den Kindern ein weiteres Mal die Zeit zu vertreiben. Andromeda machte sich schicksalsergeben auf den Weg und wurde von ihrer Herrin noch vor dem Gartenhaus abgefangen. Die edle Agrippina war nirgendwo zu sehen.

»Ich habe gehört, du willst dich im Lesen und Schreiben verbessern«, sagte Julilla und bedeutete Andromeda, sie zu begleiten. Statt zu dem Gartenhaus hielten sie auf das Triclinium zu, in dem sich derzeit niemand befand.

»Das stimmt«, entgegnete Andromeda vorsichtig.

»Wenn Livia wüsste, dass du schreiben kannst, würde sie Berichte von dir erwarten. Du könntest sie den Boten mitgeben, die ich in die Stadt schicke.«

»Dafür habe ich es nicht gelernt«, gab Andromeda zurück, heftiger, als sie beabsichtigt hatte, und entschuldigte sich sofort.

»Ich weiß«, sagte Julilla, ohne auf die Entschuldigung einzugehen. »Aber wenn ich dir beibringe, wie man richtig buchstabiert, und dich für Ovidius Verse abschreiben lasse, dann möchte ich, dass du dich auch an ein wenig Diktat von mir versuchst.«

Bisher hatte Andromeda geplant, Arellius seiner Malerei lang genug abspenstig zu machen, damit er ihr verriet, was für Fehler sie beim Schreiben machte. Überrascht starrte sie Julilla an.

»Du würdest ... Herrin, das ist sehr großzügig von dir.«

»Nein, es ist nützlich«, erwiderte Julilla, und ihre grünen Augen blickten ein wenig kühler. »Außerdem bist du ein kluges Mädchen. Es wird nicht lange dauern.«

Seltsamerweise erinnerte sie Andromeda in diesem Moment an Conopas und seine Behauptung, er schmiere nur Feinden Honig ums Maul. Beide waren offenbar der Meinung, Lob und freundliche Worte konnten nur dem nützen, der sie verteilte.

»Noch etwas«, sagte Julilla. »Da meine Schwester Agrippina

zum ersten Mal seit längerer Zeit hier ist und das Land bald wieder verlassen wird, erwarten wir den Besuch unserer Halbschwester, der Dame Vipsania Marcia, und ihrer Familie.«

Die Liegen im Triclinium waren mit Palmenwedeln abgedeckt, damit sie nicht verstaubten, solange sie nicht benutzt wurden, und Julilla wischte sie ungeduldig beiseite, ehe sie sich niederließ. In ihrem nächsten Satz sprach sie die Worte, die sie sagte, nicht zusammenhängend aus. Stattdessen nannte sie jeden einzelnen Buchstaben beim Namen.

»W-e-n-n V-i-p-s-a-n-i-a M-a-r-c-i-a u-n-d i-h-r G-e-m-a-h-l h-i-e-r e-i-n-g-e-t-r-o-f-f-e-n s-i-n-d, d-a-n-n m-ö-c-h-t-e i-c-h C-o-n-o-p-a-s b-e-s-c-h-ä-f-t-i-g-t w-i-s-s-e-n.«

Das alte Band, mit dem Andromeda ihr Haar zurückgebunden hatte, damit es ihr in der sommerlichen Hitze nicht ständig in den Nacken fiel, riss. Myrtis hatte es ihr gegeben, als sie mit dem Üben für das Mimen-Dasein begann. Sie bückte sich, um es aufzuheben, und spürte ihr trockenes Haar über den schweißbedeckten Hals fallen. Gerade heute hätte sie nicht auf den üblichen Zopf verzichten sollen. Als sie sich wieder erhob, hatte sie die Buchstaben aneinander gesetzt und verstanden.

»Vielleicht ist mein Geist doch so klein wie mein Körper«, sagte sie langsam. »Aber ich glaube, dass Conopas sehr beschäftigt und ganz und gar keine Gefahr für dich wäre, Herrin, wenn er die Filzkappe trüge.« Sie hatte nicht gewusst, dass man seinen Namen nur mit einem *n* schrieb. Es war eine unwichtige Kleinigkeit, doch an Kleinigkeiten zu denken war besser als an mögliche Folgen, wenn Julilla ihr ihre Worte übel nahm. Also fragte sich Andromeda schnell, wer ihm wohl das Schreiben beigebracht hatte – und ob es auf die gleiche Weise geschehen war wie bei ihr.

Julilla nahm einen der herabgefallenen Zweige und ließ ihn sich durch die Finger gleiten. »Hat er dir gesagt, dass er freigelassen werden will?«

»Ja«, antwortete Andromeda, doch sie musste eine schlechtere Lügnerin sein, als sie glaubte, oder Julilla besser darin, sie zu durchschauen.

»Das hat er nicht. Aber ich finde es erstaunlich, dass du mich darum bittest. Ich hatte eigentlich angenommen, du würdest eher um deine eigene Freiheit ersuchen.«

»Ich bin noch nicht so weit«, gab Andromeda nüchtern zurück. »Ich kann noch nichts gut genug, um ausreichend Geld zum Leben damit zu verdienen, es sei denn, ich versuche, wieder Teil einer Truppe zu werden, und wenn ich das tue, dann zahlt mir Lycus bestimmt nicht genug, geizig, wie er ist. Conopas dagegen hat noch eigenes Geld aus seiner Gladiatorenzeit, auch wenn er sich einbildet, dass ich nichts davon weiß.«

Sie versuchte, sich das Band wieder um das Haar zu wickeln, doch nun war es zu kurz und fühlte sich so brüchig an, dass ein weiterer Knoten auch der letzte wäre.

»Und da dachtest du, die Ehre, der Enkelin des Princeps zu dienen, wäre der Freiheit vorzuziehen«, sagte Julilla spöttisch. »Übrigens, hatte ich dir nicht eine Spange geschenkt?«

»Ich hielt es für besser, sie hier auf dem Land zu verstecken«, sagte Andromeda, was der Wahrheit entsprach. Geschickt flocht sie ein wenig von ihrem alten Akzent in ihre Stimme, als sie hinzufügte: »Wenn ich sie am Strand im Sand verliere, finde ich sie nie wieder, Herrin.«

»Eine sehr vernünftige Einstellung. Deswegen wundert es mich auch so sehr, dass du für Conopas bittest. Ich hatte nicht den Eindruck, dass du ihn besonders gern hast.«

Und trotzdem soll ich ihn für dich »ablenken«, dachte Andromeda bitter. Sie verbot sich, wütend darüber zu werden, doch sie konnte nicht verhindern, dass sich ihr Körper ein wenig straffte.

»Das hat damit nichts zu tun. Ich verstehe nur nicht, warum du ihn nicht einfach verkaufst oder freilässt, wenn du nicht willst, dass er lauscht, Herrin«, antwortete sie schnell, doch sie konnte in Julillas Gesicht lesen, dass ihr die kleine Verzögerung aufgefallen war.

»Ich habe meine Gründe für beides«, sagte Julilla, statt wie schon einmal darauf hinzuweisen, es sei ihr lieber, den Spion im Haus zu kennen. »Aber jetzt, glaube ich, sollten wir lieber deine Schreibkünste verbessern. Ich habe nicht den ganzen Tag Zeit.«

~

Es stellte sich heraus, dass Julilla mit ihr und der Fähigkeit, Buchstaben auf die richtige Weise aneinander zu reihen, geduldiger umging als mit ihrer Tonstrix. Sie ließ Andromeda in Buchstaben sprechen, wie sie es selbst getan hatte, und stellte ihr eine Wachstafel zur Verfügung, um die Worte auf die richtige Weise niederzuschreiben. Wenn sie das Interesse verlor oder anderes zu tun hatte, schickte sie Andromeda allerdings mit derselben flüchtigen Handbewegung fort wie jeden anderen Sklaven ihres Haushalts.

Die ältere Halbschwester, von der Julilla gesprochen hatte, stammte offenbar aus einer frühen Ehe Agrippas, aus der Zeit, als er noch jung und der Princeps noch nicht der Herr der römischen Welt gewesen war. Sie war viel älter als Julilla und Agrippina, fast alt genug, um ihre Mutter zu sein, und trug ihr graues Haar zu einem schlichten, glatten Knoten aufgesteckt. Anders als Agrippina traf sie ohne eine große Eskorte ein, doch begleitet von einem jungen Mann, der gut genug aussah, um bis auf die Germanin sämtliche weibliche und ein paar männliche Haushaltsmitglieder zu einem Moment unverhohlenen Anstarrens hinzureißen. Selbst Arellius, der sehr ungehalten gewesen war, weil man ihn zur Begrüßung der neuen Gäste von seiner Arbeit geholt hatte, sagte beifällig, der junge Herr käme beinahe an seinen Paris heran.

»Den keiner von uns je zu Gesicht bekommen hat«, neckte Andromeda ihn. »Wir haben nur dein Wort, dass er besser aussah.« Sie war in einer guten Stimmung, was nichts mit der Ankunft der edlen Vipsania Marcia oder des hübschen jungen Mannes zu tun hatte, und alles damit, dass Ovidius heute sein Versprechen einlösen und sie ihre Schreibkünste beweisen lassen wollte.

Arellius blies die Backen auf und machte ein ungehaltenes Gesicht, doch dann lachte er und meinte, vielleicht könne er die Herrin Vipsania Marcia überzeugen, ihren Stiefsohn als Absyrtos, den glücklosen Bruder Medeas, auf seinem Argonautengemälde verewigen zu lassen. »Nicht, dass sie nicht für einen eigenen Auftrag bezahlen kann«, setzte er ein wenig boshaft hinzu. »Schließlich hat ihr Gemahl Syrien als reicher Mann verlassen, wie es heißt, auch wenn er es noch so bescheiden betreten hat.«

»Ihren Kleidern sieht man das aber nicht an«, kommentierte Conopas, der unversehens neben Andromeda aufgetaucht war. Ihr fiel wieder ein, was Julilla über Ablenkung während des Aufenthalts ihrer Halbschwester gesagt hatte, und etwas von der erwartungsfrohen Aufregung erstarb in ihr.

»Was für ein Jammer für den Princeps, dass der einzige Sprössling Agrippas, der tatsächlich altrömische Schlichtheit an den Tag legt, überhaupt nicht mit ihm verwandt ist. Man könnte schier meinen, es sei das Blut der Julier, das etwas für Prunksucht übrig hat.«

Die Umstehenden, die Conopas hörten, grinsten, bevor sie wieder pflichtbewusste Mienen aufsetzten und weiter beobachteten, wie Julilla, Agrippina und Aemilius Paullus ihren Gast willkommen hießen.

»Nein, sie kleidet sich aus Treue zu ihrem Gemahl so schlicht«, steuerte Helena bei. »Schließlich hat der Princeps den guten Quinctilius Varus zum Legaten in Germanien gemacht, damit er sich dort von der syrischen Hitze etwas abkühlt. Die Wollstola, die sie da trägt, ist ganz bestimmt warm. Warte, bis sie Flavia sieht. Sie wird glauben, sie wäre schon bei den Barbaren im Norden!«

Die Amme stand mit ihren Schützlingen hinter der edlen Agrippina, doch die Neuankömmlinge warfen kaum einen Blick auf die kleinen Mädchen. Nachdem alle Begrüßungsrituale vorbei waren, bekundete Marcia nur, sie sei erschöpft und wolle sich zurückziehen.

»So viel zur schwesterlichen Eintracht«, sagte Conopas trocken. Es wurde Andromeda bewusst, dass dies genau die Art von Beobachtung war, von der sie ihn vermutlich abhalten sollte. Sie warf einen Blick auf die große Wasseruhr in der Eingangshalle. Zur zwölften Stunde des Tages, hatte Ovidius gesagt. Es schien noch eine Ewigkeit bis dahin. Andererseits sah es nicht so aus, als ob Julilla oder einer der Gäste bis dahin noch nach Unterhaltung verlangen würde. Als Arellius meinte, er könne sich nun wieder seiner Arbeit widmen, kam ihr ein Einfall.

»Weißt du«, sagte sie laut, »ich kann vielleicht nur gerade Striche ziehen und Punkte setzen, aber du solltest Conopas sein Glück versuchen lassen. Vielleicht schlummert ein Maler in ihm!«

In seltener Einmütigkeit starrten sie zwei Augenpaare empört an. Arellius wirkte außerdem beunruhigt, Conopas überrascht. Keiner von beiden kümmerte sich mehr um Julilla und ihre Schwestern, die im Haus verschwanden.

»Ich bin schon gut genug darin, den Narren zu spielen«, sagte Conopas ungehalten, »ich brauche dazu keine Farben«, während Arellius steif verkündete, er sei vielleicht alt, doch nicht so hilflos, dass er auf solche Hilfe angewiesen sei.

»Aber alles geht besser mit Farben«, entgegnete sie ihnen beiden. »Ich kann mir nicht vorstellen, dass du Angst davor

hast herauszufinden, ob es dir gefällt«, setzte sie, an Conopas gewandt, herausfordernd hinzu.

»Nun, ich habe keine Zeit mehr, um irgendjemanden zu
unterrichten«, sagte Arellius. »Die Herrin Agrippina missbilligt meine Gegenwart, und wenn die Herrin Vipsania
Marcia das auch tut, wird meine Zeit hier sich sehr schnell
einem Ende zuneigen. Ich möchte gerne so weit wie möglich
kommen, bevor ich noch einmal aus den elysischen Gefilden
verbannt werde.«

»Die Herrin wird dich nicht fortschicken, Gaius Arellius«, sagte Helena, die bisher still zugehört hatte. Andromeda staunte: In all der Zeit, die sie sich kannten, hatte Arellius
ihr nicht seinen ersten Namen verraten. Eine solche Anrede,
statt des formellen *Herr,* belegte überdies, dass Helena sich
in Gegenwart ihres alten Schwarms nicht mehr eingeschüchtert fühlte. Bei einer zurückhaltenden, sich ihres niederen
Standes so bewussten Frau wie der Tonstrix war das geradezu eine Offenbarung! »Erst neulich sagte sie zu mir, wie sehr
zufrieden sie mit dem Fortschritt bei deinen Gemälden sei,
und bei allem Familiensinn hat sie noch nie auf ein anderes
Urteil gehört als auf ihr eigenes.«

Arellius lächelte die Tonstrix an und ergriff ihre Hand.

»Ich werde die Wirklichkeit nie anders malen, als sie ist«,
sagte Conopas, ohne auf die beiden zu achten, zu Andromeda. »Weder mit Worten noch mit dem Farbgemisch, für das
die Herrin das Geld zum Fenster hinauswirft.«

»Weil du Angst hast, es könnte dir gefallen«, beharrte sie,
während Arellius und Helena sich auf den Weg zurück zu
seiner Wand machten, mit den ruhigen, gelassenen Schritten
zweier Menschen, die zu einem Einvernehmen gefunden
hatten.

Es war nicht länger nur ein Ablenkungsmanöver; Andromeda hatte das Gefühl, als ergäbe endlich alles einen Sinn,
so ähnlich wie damals, als sie die Buchstaben, die er ihr

beigebracht hatte, zum ersten Mal aneinander reihen konnte, nur ohne den Beigeschmack der Demütigung. Conopas wollte sich nicht an etwas versuchen, das Träume jenseits seines gegenwärtigen Daseins erwecken konnte. Das war es, und daher rührte auch seine Feindseligkeit gegenüber Arellius und Ovidius.

»Was ist, wenn ich dir beweisen kann, dass es dir gefällt«, setzte sie leise hinzu, »und dass du nicht zu befürchten brauchst, hinterher elender zu sein als vorher?«

»Das würde dir so passen, wie?«, gab er zurück, doch in den grollenden Ton mischte sich ein Hauch von Neugier. »Damit du hinterher etwas hast, um das ich dich anbettele.«

Sie konnte nicht widerstehen. »Habe ich das nicht schon?«, erwiderte sie mit gespielter Verwunderung und nicht ganz gespielter Boshaftigkeit. Ohne ihm die Gelegenheit zur Antwort zu geben, schlenderte sie auf die Weise, die sie bei Myrtis zur Genüge beobachtet hatte, aus dem Vestibulum.

Noch vor dem Triclinium holte er sie ein.

~

»Lass mich offen sein«, sagte Marcia. Die Reise hatte ihr leichte Kopfschmerzen beschert, und das ständige Geschwätz ihres Stiefsohns war auch nicht eben besänftigend gewesen. Quintus wollte unbedingt ein neues Gespann, um auf dem Marsfeld damit anzugeben, statt sich weiter mit dem alten zu begnügen. Im Großen und Ganzen hatte sie ihren Stiefsohn gerne, zumal sie keine eigenen Kinder zur Welt gebracht hatte, doch es gab Tage, an denen sie wünschte, er sei schon alt genug, um bei seinem Vater in Germanien Bekanntschaft mit dem wirklichen Leben zu schließen. »Ich habe deiner Mutter keine Träne nachgeweint, und ich werde mich bestimmt nicht für sie einsetzen. Ja, ich war froh, als sie meinen Vater heiratete, aber nur, weil es damals allgemein hieß, er sei so mächtig geworden, dass der Princeps ihn entweder umbringen oder zu seinem Schwiegersohn machen müsse. Und ich habe meinen Vater geliebt.«

»*Unseren* Vater«, sagte Julilla, die von ihrer Mutter die irritierende Gewohnheit geerbt hatte, selbst an einem heißen Sommertag und während eines Spaziergangs so auszusehen, als sei sie gerade erst von drei Sklavinnen zurechtgemacht worden. »Und es wäre sehr undankbar von Seiten des Princeps gewesen, wenn er die andere Möglichkeit auch nur in Betracht gezogen hätte. Er verdankte unserem Vater viel.«

»*Alles*«, sagte Marcia nachdrücklich. Es war eine alte Wunde. »Antonius hätte ihn besiegt, deinen Großvater, wenn Marcus Vipsanius Agrippa nicht gewesen wäre, und wir würden heute alle griechisch lispeln und losen ägyptischen Firlefanz tragen. Und was war der Lohn? Ein verzogenes Gör zu heiraten, das so alt war wie ich! Und nun wird noch nicht einmal sein Sohn Postumus der Erste Mann Roms sein.« Sie war damals mehr als eifersüchtig auf Julia gewesen und hätte gerne geglaubt, dass deren Kinder nicht Agrippas wären und damit nicht ihre Halbgeschwister. Doch leider bestand daran kein Zweifel. Agrippina und die Jungen wiesen alle deutliche Ähnlichkeit mit ihrem Vater auf, und selbst bei Julilla, die ihm noch am unähnlichsten war, gab es die Augen und einige Bewegungen, die ganz die des toten Agrippa waren. Einmal, als die kinderlose Marcia der Groll auf ihre junge Stiefmutter mit all ihren Schwangerschaften übermannte, hatte sie Julia boshaft gefragt, wie sie es denn anstelle, dass all die Kinder ihrem Gemahl so ähnlich seien. Die höhnische Beschuldigung, die den Worten unterlag, hätte jede andere Frau dazu gebracht, sich und ihre Ehre wütend zu verteidigen. Julia dagegen hatte nur gelacht und dann mit dem kühnen Witz, der einmal Augustus' Entzücken gewesen war, ehe er zu ihrer Verbannung führte, entgegnet, sie nehme eben nur Passagiere auf, wenn das Schiff bereits beladen sei. Ob das nun ein Geständnis von

Ehebruch während ihrer Schwangerschaften oder nur etwas gewesen war, mit dem sie ihre Stieftochter zu einem empörten Abmarsch verleiten wollte, wusste Marcia nicht. Doch verziehen hatte sie Julia die Antwort niemals.

»Das ist noch nicht ausgemacht«, sagte deren Tochter gerade. »Ich verstehe, dass du nicht für meine Mutter bitten willst, auch nach den zehn Jahren nicht, die sie schon in Verbannung leben muss. Aber Postumus ist unser beider Bruder. Was mit ihm geschah, beweist, dass keiner von uns sicher ist vor dem Ehrgeiz der Claudier, *niemand.* Sicher möchtest du einen Vipsanier als den nächsten Princeps sehen, und nicht Tiberius?«

»Gewiss«, gab Marcia trocken zurück. »Aber das wird dir nichts nützen: Ich habe noch weniger Einfluss als du. Mein Gemahl ist vom Princeps nie besonders bevorzugt behandelt worden, und dabei hat er sein Bestes in Syrien getan. Es war nicht seine Schuld, dass die Judäer mit ihren Aufständen nicht aufhören wollten. Sabinus ist an allem schuld, aber der ist vom Princeps nie zur Rechenschaft gezogen worden. Syrien ist eine fürchterliche Provinz, und ich dachte, wir hätten nun ein paar ruhige Jahre in Rom oder in einer der Provinzen vor uns, in denen die Menschen ruhig und gesittet sind, aber nein, mein armer Publius wird zu den germanischen Barbaren geschickt.«

»Der Ärmste«, sagte Julilla ausdruckslos. »Agrippina hat mir erzählt, wie kalt es dort oben sein soll. Und Tribute zahlen sie wohl auch nicht, die Germanen.«

»Bisher nicht«, entgegnete Marcia und dachte an den letzten Brief ihres Gemahls. »Aber er wird schon dafür sorgen.«

»Auch darüber wollte ich mit dir sprechen.«

Missbilligend musterte Marcia das dünne, ockerfarbene Gewand, das zweifellos aus griechischer Gaze bestand, und die Halskette aus weißen, länglichen Perlen, wie sie selbst in Syrien, wo sie herkamen, nur wenige Fürstinnen trugen.

»Ich kann mir nicht vorstellen, dass du eine Ahnung davon hast, wie sehr andere Leute auf ihre Ausgaben achten müssen«, meinte sie bedeutsam und dachte bei sich, dass die gesamte Villa ein schamloser Beweis für Julillas Extravaganz war. Wenn sie die gleichen Mütter gehabt hätten, dann hätte sie sich auch solche Landhäuser gebaut, ohne dass jemand es gewagt hätte, über die Ausbeutung von Provinzen zu tuscheln. Dann hätte sie zur ersten Familie des Reiches gehört, wirklich dazugehört, statt als entfernte, schlichte Verwandte betrachtet zu werden.

»Dein Gatte und unser Bruder haben ein ähnliches Problem«, sagte Julilla freundlich. »Es ist keine Situation aufgetreten, in der sie ihre Fähigkeiten so beweisen konnten, dass der Senat und das Volk sie nicht mehr übersehen können. Niemanden in Rom überraschen Aufstände in Judäa, die hat es immer gegeben, und die wird es immer geben. Niemand fühlt sich von Judäa bedroht; es ist ein so winziger Teil der Provinz Syrien, aus dem nie etwas Großes hervorgehen wird.«

»Ich verstehe nicht …«

»Unser Vater wurde unsterblich durch die Schlacht von Actium. Er hat Rom vor der Ägypterin gerettet. Und bedenke: Der göttliche Julius war ein von Schulden beladener Mann und am bekanntesten für seine Affären, als er Prokonsul von Gallien wurde; Pompeius war es, der damals als der große Kriegsheld galt. Aber dann kam es zum Aufstand der Gallier, und so wurde Julius der größte Feldherr und Erste Mann Roms.«

Marcia war nicht dumm, doch das, was Julilla andeutete, ließ ihre Kopfschmerzen zu einem Gefühl werden, als drehten sich der Strand und das Meer und die Villa um sie.

»Größe erntet man nicht vom Baum«, fuhr Julilla fort. »Man muss sie sich erarbeiten, das ist mir wieder und wieder gesagt worden.« Sie sah ihre Halbschwester fest an. »Ein germanischer Aufstand … ein Feldherr, dem es gelänge, einen *solchen* Aufstand niederzuschlagen, das wäre ein Held, dem der Senat einen Triumph bewilligen würde. Den man mit Reichtum überschütten müsste. Niemand in Rom hat die Kimbern und Teutonen vergessen. Im Norden liegt alle Gefahr … und der größte Ruhm.«

»Seit Jahrzehnten hat es keine Triumphe für irgendjemand anderen als den Princeps selbst gegeben«, flüsterte Marcia. »Nur ein Mitglied seiner Familie hat noch Anspruch auf …«

Julilla nahm ihre Hand und drückte sie fest. »Der Schwager des Ersten Mannes von Rom *ist* ein Mitglied der Familie.«

~

Arellius bewahrte die Farben, die er nicht in den nächsten Stunden brauchte, in seinem Zimmer auf. Er war zu alt, um sie mit sich herumzutragen, wenn er wusste, dass er sie nicht unbedingt benötigte, und er befürchtete, dass sie mit Kochzutaten verwechselt und in der Küche enden würden, wenn er die Hilfe der Haussklaven in Anspruch nahm. Lediglich Andromeda ließ er an seine kostbaren Vorräte heran, und daher wusste sie, wo sich die Farben befanden.

»Schließ die Augen«, sagte sie zu Conopas, und zu ihrer Überraschung gehorchte er. Sie nahm etwas von der gebrannten Sinope-Erde und mischte sie mit dem Wein, der in Arellius' Zimmer stand. Beruhigenderweise roch er schal genug, um ihr zu verraten, dass Arellius das Wachssiegel des Krugs vor längerer Zeit geöffnet und den Inhalt trotzdem nicht ausgetrunken hatte.

Vorsichtig strich sie die Paste auf Conopas' Lider. »Sinope für ungeweinte Tränen«, sagte sie. »Es ist die beste Farbe, weil sie auch gegen Geschwüre und raue Stellen hilft, und ich glaube, du hast zu viel mit deinen Augen gesehen. Aber das Rot beißt sich mit deinem Haar ...«

Sie tauchte ihre Hand in den Ruß. Da das heiße Bad der Villa ständig benutzt wurde, gab es jede Menge davon, und es stand sowohl Arellius als auch Ovidius zur Verfügung. Mit Weinhefe angerührt und mit Essig verdünnt gab es eine schwarze Farbe ab, von der Ovidius behauptete, sie käme beinahe an »indische Tusche« heran, was Arellius bestritt. Andromeda hatte nie indische Tusche gesehen, aber sie wusste, dass sich das Gemisch aus Ruß und Weinhefe nur schwer entfernen ließ. Sie dachte daran, wie Conopas sie eine der Bohnen für die Toten hatte essen lassen, und an das eigenartige Mitgefühl, das sie manchmal überkam, wenn er seine Vergangenheit erwähnte. Sie dachte daran, wie er sie von Anfang an ausgenutzt hatte, und daran, dass er sich tatsächlich bei Arellius entschuldigt hatte, was auf das Eingeständnis eines Fehlers hinauslief. In diesem Moment wusste sie selbst nicht, was in ihr die Oberhand hatte: Rachsucht oder der Wunsch, ihn von einem Gefängniswärter in einen Freund zu verwandeln.

»... also müssen wir die Farbe deines Haars ändern«, schloss sie und fuhr mit ihren Fingern durch das spröde Rot. »Ich verstehe ohnehin nicht, warum es so ist, wo du doch ein Iberer sein willst.«

»Mein Vater war ein gallischer Söldner«, entgegnete er, ohne die Augen zu öffnen. Erst als sie beide Hände benutzte, um schwarze Strähnen durch sein Haar zu ziehen, schlug er sie wieder auf und sagte: »Hat meine Mutter jedenfalls behauptet. Ich dachte, du wolltest mir zeigen, wie man malt.«

Ohne innezuhalten, erklärte sie: »Das tue ich. Aber Arellius würde mir nie verzeihen, wenn ich eine Wand dazu nehme, und die Herrin gewiss auch nicht. Außerdem hast du mich gelehrt, was für eine Unterlage der Körper sein kann, als du mir das Schreiben beigebracht hast, nicht wahr?«

Ihre Finger tanzten durch das struppige, trockene Haar, grabend, trommelnd, wirbelnd. »Du hast vollkommen Recht, weißt du: Schöne Worte können die Welt nicht verbessern. Schöne Bilder machen keinen Unterschied. Aber wir, wir selbst können uns verändern, und sei es auch nur so lange, wie die Farbe hält.« Mit einem Ruck zog sie ihre Hände zurück. »Versuch es.«

Er nahm ihre Hände, geschwärzt, wie sie waren, und hielt sie hoch, erst die eine, dann die andere. Seine Mundwinkel zuckten. Ihre Augen trafen sich, und sie wusste, dass sie lange brauchen würde, um ihre Handflächen wieder zu säubern. Dann griff er in die Schale, in der Arellius das Ocker aufbewahrte, und zog einen gelben Strich über ihre Lippen.

»Gelb, für honigsüße Worte in der Zukunft«, sagte er, und an seinem Ton konnte sie nicht erkennen, ob er sie neckte oder einen Wunsch äußerte. Er griff nach der schwarzen Farbe und zog mit seinem rechten Daumen Kreise um ihre Augen, ohne ihr vorzuschlagen, sie zu schließen. »Schwarz, weil du immer noch blind bist.«

»Bin ich das?«, fragte Andromeda leise.

Er machte eine rasche Bewegung, als wollte er sich vorwärts lehnen, um sie zu küssen. Mit einem Schritt zurück wich sie ihm aus.

»Blinde sehen die Dinge, wie sie sein sollten«, sagte sie. »Seit ich dich zum ersten Mal sah, haben wir miteinander gekämpft oder geschlafen. Wenn das so weitergeht, dann wirst du immer mein Feind sein. Lass mich wenigstens versuchen, dich neu zu sehen. Und sieh du mich als etwas anderes als den einzigen Nachttopf, in den du dich erleichtern kannst.«

Mit ihren schwarzen Fingern berührte sie die seinen und führte seine linke Hand auf ihre Stirn. »Ich denke«, sagte sie. »Meine Gedanken sind keine Göttin in Waffen, wie in Ovidius' Geschichten, und sicher ziemlich schäbig gekleidet, aber es sind meine.« Ihre linke Hand löste sich von seiner rechten und legte sich auf seinen Mund. »Was du sprichst, sind deine Worte«, sagte sie. »Nicht die von Livia, nicht die von Julilla, und auch keine Waffen, um die aus der Arena zu ersetzen, die du nicht mehr hast. Vergrab die alten Worte im Sand und lass Schilfrohre daraus wachsen.«

Sie roch den Ruß und die Weinhefe und das Meersalz, das der Wind hier mit sich trug, als er seinen Kopf senkte, ein wenig nur, doch sie waren genau gleich groß und es genügte, um den Blick auf die Wand hinter ihm freizugeben, vor der Arellius seine kleinen mitgebrachten Bilder aufgestellt hatte. Das Porträt einer unbekannten Frau mit einem kleinen Kind sah sie vorwurfsvoll an.

»Sprich mit mir.«

Conopas' linke Hand zog ihre rechte von ihrer Stirn zu seinem Arm, der von zahllosen kleinen Narben bedeckt war. »Das ist meine Haut«, sagte er, und seine Lippen bewegten sich kaum unter ihren Fingerspitzen, so leise sprach er. »Für unsereins gab es keinen Schild, keine Beinschienen und keinen Helm. Nur Wendigkeit und ein Netz und die eigene Haut. Meine ist zugewachsen. Ich kann sie nicht aufreißen, Drei. Sie ist mein einziger Schutz.«

Sie öffnete den Mund, um zu protestieren, doch er machte sich von ihr los. Mit seiner üblichen scharfen, lauten Stimme fügte er hinzu: »Und nun lass uns nach den einträchtigen Schwestern sehen. Wenn die edle Marcia sich tatsächlich dazu bequemen sollte, Julia auch nur ein paar neue Kleider nach Pandataria zu schicken, wäre das schon ein berichtenswertes Jahrhundertereignis.«

IV.

Falls Ovidius Naso von den schwarzen Ringen um
ihre Augen oder den geschwärzten Händen überrascht war, die zwar nicht mehr abfärbten, aber auch
energischen Reinigungsversuchen widerstanden hatten, ließ
er sich das nicht anmerken. Er hatte zehn Zeilen für sie auf
eine der Wachstafeln geschrieben und ein Blatt mit Feder
und schwarzer Farbe daneben gelegt.

Einen Griffel für das Wachs zu benutzen oder ein Kohlestückchen in der Hand zu halten unterschied sich sehr von
dem Schreiben mit einer Feder. Zu malen kam näher an das
Gefühl heran, doch Arellius hatte sie nicht an seine feinsten
Pinsel gelassen, sondern nur an die breiteren, um Farbflä-
chen auszufüllen oder nach seiner Anweisung Striche zu ziehen. Andromeda konzentrierte sich so sehr darauf, keinen
Fehler zu machen und das feine, knisternde Papyrus nicht
durch Kleckse und ausgeglittene Federstriche zu verunzie-
ren, während sie die Zeilen abschrieb, dass geraume Zeit
verging, bis sie bemerkte, dass Ovidius sie etwas fragte, und
vermutlich nicht zum ersten Mal.

»Verstehst du das, was du da schreibst?«

»Ich bin nicht dumm«, sagte sie gekränkt. Das Gespräch
mit Conopas hatte sie gereizt und enttäuscht zurückgelassen. Sie fühlte sich wie eine Reisende, der direkt vor der
Stadt, deren Umrisse sie schon deutlich gesehen hatte, der
Eintritt verwehrt worden war.

Wenigstens hatte keine Notwendigkeit bestanden, Julilla

und Marcia hinterherzuspionieren; seit einem Spaziergang mit ihrer Schwester am Strand hatte sich die edle Marcia in ihr Gemach zurückgezogen, und sie führte keine Selbstgespräche. Ihr Stiefsohn war damit beschäftigt, sich mit der edlen Agrippina zu unterhalten und der germanischen Amme schöne Augen zu machen. Es hätte ein angenehmer, freier Nachmittag sein können, und sie verstand nicht, warum es ihr überhaupt etwas ausmachte, dass Conopas alles beim Alten belassen wollte. Im Grunde war das schließlich nur gut; es machte ihre Entscheidungen viel leichter.

»Aber deine Geschichte ist es«, fügte sie plötzlich hinzu. Zum ersten Mal, seit sie ihn kannte, machte Ovidius einen vage beleidigten Eindruck. Seine Augenbrauen zogen sich zusammen.

»Sich eine Frau aus Elfenbein zu machen und dann darum zu bitten, dass sie zum Leben erwacht, ist dumm«, erklärte Andromeda kategorisch.

»Weil Statuen nicht zum Leben erwachen?«, fragte Ovidius. »Es ist eine weitere Verwandlungsgeschichte, mein Kind. Diese Statue wird unter seinen Fingerspitzen lebendig werden.«

»Bah«, sagte Andromeda. Dann bereute sie ihre Tollkühnheit. Ovidius sollte sie schließlich weiterhin das Abschreiben auf Papyrus üben lassen und sie seinem Buchhändlerfreund empfehlen. Außerdem hatte sie ihn aufrichtig gern. Vielleicht sogar mehr als gern, wenn sie sich besonders närrisch fühlte.

»Es tut mir Leid, Herr«, setzte sie hastig hinzu. »Es wäre schön, wenn Statuen auch in unserer Zeit zum Leben erweckt würden, aber ich glaube nicht, dass es geschehen kann. Das ist alles.«

»Sei dir nicht so sicher«, sagte Ovidius versonnen.

Wieder kehrte Schweigen ein. Andromeda zog weiterhin sorgfältig ihre Buchstaben, bis sie auf das Wort *Weiche* stieß.

Etwas daran erweckte ihr Unbehagen, und sie zerbrach sich den Kopf, was es war. Julilla hatte es anders geschrieben, dessen war sie sicher. Oder doch nicht? Sie warf Ovidius einen misstrauischen Blick zu. Er hatte gesagt, dass ein guter Kopist auch Fehler bemerken müsse, und es sähe ihm ähnlich, einen einzubauen. Aber was, wenn sie sich irrte? Falls er merkte, dass sie ihn anstarrte, verzog er keine Miene. Stattdessen schrieb er schnell und zügig auf sein eigenes Blatt. Sie beschloss, sich an Julillas Buchstabierweise zu halten.

Als Andromeda fertig war, legte sie Ovidius das Ergebnis stolz vor. Es sah ebenmäßig aus, und sie hatte Kleckser vermieden.

Er schaute kaum auf, um das Blatt zu überfliegen. »Sehr schön«, sagte er, nachdem er es flüchtig betrachtet hatte, »und du hast in der Tat alles richtig geschrieben. Aber ist dir klar, dass ich in der Zeit, in der du zehn Zeilen kopiert hast, einen ganzen Brief an meine Tochter geschrieben habe? Kopisten, die für ihre Arbeit bezahlt werden, müssen noch viel schneller sein als ich.«

Sie biss die Zähne zusammen. Vor einem Jahr hatte sie noch kein einziges Wort schreiben können! »Ich werde mich bemühen, schneller zu werden«, sagte sie so demütig wie möglich. »Aber dazu muss ich weiter üben. Ich wollte nur wissen, ob deiner Ansicht nach Hoffnung besteht, Herr.«

»Hoffnung besteht immer«, entgegnete Ovidius leichthin, doch dann las er etwas in ihrer Miene, das sein Lächeln ersterben ließ. »Du hast es gut geschrieben«, fügte er ernster hinzu. »Wenn du mir noch etwas schwarze Farbe holst, werde ich dir noch ein paar Zeilen mehr geben, die du kopieren kannst.« Seine unverbrüchliche Heiterkeit kehrte zurück. »Jemanden davon abzuhalten, meine Verse abzuschreiben, ist mir völlig unmöglich«, schloss er mit einem Augenzwinkern.

Andromeda rang sich ein Lächeln ab, nahm den fast leeren Farbnapf und rannte los.

Nachdem sie die schwarze Farbe nachgefüllt hatte, kehrte sie zurück, sehr viel langsamer und vorsichtiger, um nichts zu verschütten; für heute hatte sie sich schon genügend angeschwärzt. Sie ging so behutsam, dass ihre Schritte leiser waren als das Flüstern, das sie aus der Bibliothek hörte. Von einer Ahnung getrieben, ging sie nicht weiter, sondern sank auf dem Fußboden nieder.

»... alles andere versucht«, sagte Julillas Stimme. »Alles. Das ist der einzige Weg, der mir noch offen ist, mir und meiner Familie, wenn ich nicht darauf warten will, dass man uns wegwirft, wenn wir die nächste Generation zur Welt gebracht haben, mich und meine Schwester. Oder uns umbringt, denn ich weiß bestimmt, dass Tiberius Postumus nicht am Leben lassen wird, wenn er erst Princeps ist. Sag mir, dass ich im Recht bin. Sag es mir jetzt!«

»Du hast mir noch nicht verraten, worin du im Recht bist«, entgegnete Ovidius, und obwohl seine Stimme ihren gewohnten scherzenden Unterton nicht verloren hatte, klang sie anders als sonst. Es lag Besorgnis darin, und noch etwas anderes, was Andromeda nicht sofort zu deuten vermochte.

»Können Dichter nicht die Zukunft sehen?«, fragte Julilla drängend. »Das, was uns verborgen bleibt? Schreib eine weitere Verwandlung für mich! Sieh die Zukunft. Sieh ...«

Abrupt unterbrach sie sich. In der Stille, die einkehrte, drang nur das Zirpen der Grillen von draußen.

»Postumus Caesar?«, fragte er behutsam.

»Kann jemand Caesar sein«, fragte sie fast unhörbar zurück, »ohne vorher die Barbaren besiegt zu haben?«

Die Worte flirrten an Andromeda vorbei und weigerten sich, einen Sinn zu ergeben. Postumus war im Gewahrsam seiner Wachen auf irgendeiner Insel, soweit sie wusste, und nicht in der Lage, irgendjemanden zu besiegen. Und die Gallier, die der göttliche Julius seinerzeit besiegt hatte, stellten mittlerweile sogar Senatoren. Was Germanen, Briten und die fernen Wilden im Osten betraf, von denen sie kaum die Namen kannte, so hatte der Klatsch in Rom nur gelegentliche Grenzscharmützel erwähnt. Nichts Gefährliches, keinen Krieg.

»Wenn die Wirklichkeit von Grund auf falsch ist«, sagte Julilla wie als Antwort, »dann muss man sie umformen. Wenn nichts da ist, dann muss es geschaffen werden. Du weißt das. Deine Dichtung hat mir das gezeigt. Die Verwandlungen sind nur ein erster Schritt. Bald wirst du über die größte Verwandlung von allen schreiben, so wie Vergilius es für meinen Großvater tat. Sag mir, dass ich im Recht bin. Sag, dass du einen Hymnus auf den Triumph schreiben wirst, den wir brauchen, dass er auf dem Palatin selbst vorgetragen werden wird und dass die Leute auf den Straßen ihn noch in vielen Jahren deklamieren werden, um die Rettung des Hauses der Julier zu feiern.«

Wieder kehrte Stille ein. Andromeda wartete vergeblich darauf, dass Ovidius etwas entgegnete, oder Julilla noch einmal fragte. Sie erwog aufzustehen, ein paar Schritte zurück zu schleichen und dann lauter anzukommen, und wollte sich schon aufrappeln, als ein Geräusch zu ihr drang, das sie erkannte, weil sie es früher ständig gehört hatte.

Es war der beschleunigte Atem zweier Menschen, die sich nach einem Kuss voneinander lösten.

Ich muss mich irren, dachte sie. *Es ist so leicht, etwas falsch zu deuten, und ich habe nichts gesehen!* Das Provinzmädchen, als das sie Arellius einmal verspottet hatte, fügte hinzu: *Sie sind schließlich beide verheiratet!* Gleichzeitig war sie sich peinlich bewusst, dass Myrtis oder Conopas über solch einen Gedanken gelacht hätten.

Abrupt erhob sie sich, sammelte sich einen Moment und

begann dann das Lied zu pfeifen, das im Haus der Drei Delphine von mehr als einem Kunden gegrölt worden war: *Selbst ein Kahlkopf kann ein schönes Mädchen haben, wenn er nur genügend Gold dafür bezahlt* ... Sie wartete noch, bis sie den zweiten Vers erreicht hatte, dann trat sie mit der schwarzen Farbe in der Hand ein.

Julilla stand mit dem Rücken zu Ovidius gewandt und im sicheren Abstand von ein paar Schritten vor den roten Hüllen, in denen die Bücher der Bibliothek untergebracht waren. Ovidius benutzte die Rückseite des Griffels, um das, was er vorher auf die Wachstafeln geschrieben hatte, auszulöschen. Sein Kopf war gesenkt; sie konnte sein Gesicht nicht erkennen.

»Hier ist die schwarze Farbe«, sagte Andromeda, und ihre eigene Stimme klang klein in ihren Ohren, klein und unbedeutend und ganz und gar reizlos. Julilla drehte sich zu ihr um. Auf ihren Wangen glänzte etwas, das eine Tränenspur sein konnte, doch ihre Stimme hatte nichts mehr von dem drängenden, verzweifelten Unterton, den Andromeda belauscht hatte, als sie belustigt sagte: »Und wie viel davon!«

Andromeda widerstand dem Impuls, ihr Gesicht zu bedecken. *Es ist eine Maske,* dachte sie, *wie diejenige, die ich auf der Straße während des Begräbniszugs getragen habe.*

»Ich wollte sichergehen, dass auch wirklich genügend Farbe vorhanden ist«, sagte sie. »Außerdem macht es die Augen schärfer, wenn man eine Zeit lang schwarzsieht.«

Julilla machte einen kleinen Laut, der halb wie ein Lachen klang, halb wie ein Aufseufzen. »Das sage ich mir täglich«, sagte sie und verließ die Bibliothek ohne ein Abschiedswort an Ovidius.

Andromeda setzte die Schale auf dem Tisch ab. Ihr Herz hämmerte, und weil sie heute noch nicht viel gegessen hatte, spürte sie ihren Magen rumoren. Es war ein fürchterlicher Tag, entschied sie, der sie ständig mit guten Momenten und

Hoffnungen narrte, nur um ihr dann ins Gesicht zu schlagen. Nicht, dass es ihr etwas bedeutete, mit Conopas weiterhin auf dem alten Fuß zu stehen. Nicht, dass es wirklich wichtig war, ob Vipsania Julilla und Publius Ovidius Naso sich geküsst hatten. Wichtig war nur das Gerede von einem Triumph und einem Sieg über Barbaren. Auf solche Dinge musste sie achten. Das war es, was Livia von ihr hören wollte.

»Hier sind die nächsten Zeilen zum Abschreiben«, sagte Ovidius schließlich und reichte ihr die Wachstafeln. Das Geschriebene zu lesen war im Vergleich zu den Rätseln, die ihr im Kopf herumschwirrten, diesmal geradezu einfach. Trotzdem runzelte sie die Stirn.

»Das ist eine andere Geschichte als die, aus der ich vorhin abgeschrieben habe«, sagte sie und fragte sich, ob es eine weitere Prüfung sein sollte, weil er immer noch bezweifelte, dass sie begriff, was er verfasste, und nur die Buchstaben abmalte.

»Das stimmt«, entgegnete er. »Es sind Verse aus einem alten Brief, den ich schon vor langer Zeit verfasst habe. Dido spricht zu Aeneas. Weißt du, wer Dido war?«

Andromeda schüttelte den Kopf, und er zog eine Augenbraue hoch. »So viel zur Bekanntheit unseres Vergilius bei der Plebs. Dido war eine Frau, die Aeneas auf seinem Weg von Troja an unsere Gestade geliebt hat – und die er verlassen musste, um seines göttlichen Auftrags willen. Er war der Sohn der Venus, musst du wissen, und der Princeps und seine Familie stammen von Aeneas ab.«

Du verlässt das, was du erreicht hast, und du strebst nach dem, was erst noch erreicht werden muss, schrieb sie, und war stolz darauf, dass ihre Hand fest blieb und nicht zitterte. *Und wenn du ein Land gefunden hast, wer wird es dir übereignen? Wer wird seine Felder unbekannten Menschen als Besitz überlassen? Freilich: eine andere Liebe wird es geben für dich, und eine andere Dido, und du musst einen anderen Treueschwur ablegen, den du vermutlich wiederum brechen wirst.*

Von hinten beugte Ovidius sich über sie und blickte auf die schmalen, schwarzen Linien.

»Hältst du diese Geschichte ebenfalls für töricht?«, fragte er über ihren Kopf hinweg, und sie spürte, wie sein Atem ihr Haar bewegte.

»Ich glaube, man sollte Menschen, die man liebt, überhaupt nicht verlassen und keine Schwüre brechen«, entgegnete sie und hasste den dünnen, brüchigen Klang ihrer Stimme.

»Nicht einmal, um dem Schicksal zu gehorchen und Rom zu gewinnen?«, fragte er. »Denn das war es, wonach Aeneas strebte. Und doch gab es noch kein Rom in seinem Leben; es lag noch eingebettet im Schoß der Zeit. Er gab die Liebe auf für einen Traum, den schließlich nur ein anderer erfüllen konnte. Der Römer in mir findet das natürlich bewundernswert, aber als treuer Verehrer seiner Mutter weiß ich nicht, ob er Recht damit hatte.«

»Ich glaube nicht«, sagte Andromeda gepresst, »dass jemals etwas Gutes dabei herauskommen kann, wenn man jemanden verrät.«

»Wenn das nie jemand täte, dann hätte es keinen Trojanischen Krieg gegeben, du und ich wären nicht auf der Welt, und die Dichter aller Zeiten hätten nichts zu besingen.«

Die Feder fiel aus ihrer Hand, und sie überraschte sich selbst damit, auf das so sorgfältig beschriebene Blatt zu schlagen. Ihre Handfläche brannte. Das schwarze Rußgemisch war sofort und hoffnungslos verschmiert.

»Kein Gedicht auf der Welt ist so wichtig wie Menschen!«

Eine Zeit lang entgegnete Ovidius nichts. Er zog das Blatt unter ihrer Hand hervor und betrachtete es; es war nun nichts mehr wert mit den verlaufenen Buchstaben und dem Abdruck ihrer Hand, das konnte sie selbst erkennen.

»Die Musen werden dir nicht zufliegen, bei diesen Überzeugungen«, sagte er endlich. »Doch ich hoffe, du wirst nie etwas anderes glauben.«

Andromeda konnte in dieser Nacht nicht schlafen, und als Conopas nach ihr griff, entzog sie sich nicht, sondern erwiderte seine ersten prüfenden, tastenden Gesten mit einer Heftigkeit, die alle ihrer früheren Begegnungen in den Schatten stellte. Er musste es bemerken, doch sprach kein Wort, und Andromeda war dankbar dafür. Es waren schon viel zu viele Worte gefallen.

∾

In der Villa waren die Zwerge mit den anderen Sklaven in einem Schlafsaal untergebracht. Darum musste sich Andromeda am nächsten Morgen, als sie noch vor Sonnenaufgang mit den übrigen aß, weil der Haushalt danach für das Erwachen des Herrn, der Herrin und der Gäste bereit zu sein hatte, ihren Teil an Witzeleien anhören.

»Ihr wart ja nie Kinder von Traurigkeit«, sagte die Sklavin, die im nächstliegenden Bett schlief, »aber wenn ich gewusst hätte, dass der kleine Kerl das Ruder so ausdauernd führen kann, dann hätte ich ihm früher mal das Dasein versüßt.«

»Unsinn, es ist die Bemalung, die sie aufgelegt haben, die beide unermüdlich gemacht hat«, konterte einer der Männer, der zu Decius Silanus gehörte. »Was ist in dem Zeug, *Nana*? Und wieso schmiert ihr es euch in die Gesichter? Ich nehme für meinen Spaß ganz andere Teile!« Er grinste. »Wenn ihr noch nicht so weit seid zu wissen, wie man es richtig macht, zeige ich es euch gerne.«

»Ist mir neu, dass du je Spaß hast«, gab Andromeda zurück, weil sie wusste, dass die Neckerei sonst nicht aufhören würde. »Wen hast du denn dafür bezahlen müssen?«

In dem allgemeinen Gejohle nahm sie sich ein paar Oliven und hoffte, dass der scharfe, salzige Geschmack sie aus der tauben Müdigkeit herausreißen würde, die diese ruhelose Nacht hinterlassen hatte. Wieder und wieder kehrten ihre Gedanken zu allem zurück, was passiert war, seit Julilla sie zum ersten Mal in die Ochsenkopfstraße mitgenommen hatte. Es war wie das Zusammenstellen eines Mosaiks. Nur ein paar Teilchen fehlten ihr noch.

Die Germanin Thusnelda zog sie zur Seite und bedeutete ihr, sie möge mit zu den Kindern kommen. Andromeda seufzte. Die Aussicht darauf, einen Säugling und ein Kleinkind zu unterhalten, wenn sie selbst nur Ruhe wollte, war nicht eben aufmunternd. Immerhin schrie der Säugling nicht, und die Kleine hielt auch still, während Thusnelda ihre Haare kämmte und Andromeda dazu ein paar halbherzige Grimassen schnitt.

»Du viel ...«, begann Thusnelda und machte mit ihrem Daumen und zwei Fingern eine eindeutige Bewegung, »... letzte Nacht.«

Nicht du auch noch, dachte Andromeda und nickte.

»Auch schon früher. Aber du kein neue kleine Zwerg kriegen.«

»Nein, bis jetzt nicht. Zum Glück.« Sie konnte sich nicht vorstellen, ein Kind zur Welt zu bringen; der bloße Gedanke machte ihr Angst. An manchen Ecken der Subura hatte sie Säuglinge gesehen, die ausgesetzt und von den Ratten gefunden worden waren, ehe ein Mensch bereit gewesen war, sie zu sich zu nehmen. Natürlich wäre ihr Kind eines, das Menschen haben wollten – ein »neue kleine Zwerg« zur Unterhaltung. Sie dachte an die Narben auf Conopas' Arm, und ihr wurde übel.

Vielleicht wäre ihr Kind aber auch überhaupt kein Zwerg? Ihre Eltern waren beide keine gewesen, und noch nicht einmal sonderlich klein, wenn man sie mit anderen normalen

Menschen verglich. Vielleicht würde ihr Kind also normal groß sein und sie bei der Geburt entzweireißen? Sie schauderte. Nein, sie wollte kein Kind.

»Nur Glück?«, fragte die blonde Germanin, und endlich begriff Andromeda, worauf Thusnelda hinauswollte.

»Nein, nicht nur Glück«, entgegnete sie und erklärte einige der Mittel, die im Haus der Drei Delphine ständig verwendet wurden. Thusnelda machte ein enttäuschtes Gesicht, und aus ihrer Antwort wurde deutlich, dass sie immer noch nicht ganz davon überzeugt war, dass es sich bei Andromeda um ein gewöhnliches menschliches Wesen handelte; sie hatte auf einen Zauber gehofft.

»Wenn ich zaubern könnte, dann wäre ich nicht hier«, sagte Andromeda bestimmt, und fragte, ob Thusnelda sofort ein Mittel brauche.

Die Germanin nickte. »Junger Herr, er nicht warten. Er bestimmt, heute.« Sie machte kein sonderlich begeistertes Gesicht, wirkte jedoch auch nicht abgestoßen. Eine resignierte Schwermut lag auf ihr. Es war schließlich nicht so, dass sie eine Wahl hatte. Sie gehörte nicht sich selbst, sie gehörte Vipsania Agrippina. Diese hatte natürlich das Recht, dem jungen Quintus zu verbieten, sich von ihrer Sklavin die Zeit verkürzen zu lassen, aber eine Sklavin konnte keine solchen Einwände erheben.

»Kein Kind«, fuhr Thusnelda fort. »Mein Kind …« Sie schaute auf ihre Brüste, auf den Säugling, der an einer von ihnen lag. »Mein Kind … fort. Herrin wollte Amme. Kein Kind. Will nicht noch einmal. Kein Kind.«

Unwillkürlich streckte sich Andromeda auf die Zehenspitzen und hielt Thusneldas Hand mit dem Kamm fest. »Es tut mir Leid«, sagte sie und wünschte sich, es gäbe bessere Worte. Sie schämte sich, weil sie sich ein paar Mal über die riesige Frau, ihre langsamen Bewegungen und das schlechte Latein lustig gemacht hatte. Andromeda selbst war froh gewesen, ihr altes Leben hinter sich zu lassen; auch mit all den Sorgen, die sie mittlerweile plagten, wollte sie auf keinen Fall zurück, auf den Feldern arbeiten und sich in Freiheit von einem Tag in den nächsten hungern. Doch obwohl das barbarische Land, aus dem Thusnelda stammte, gewiss kaum mit der Schönheit hier zu vergleichen war, entschädigte das die Germanin doch nicht für den Verlust ihres Kindes. Sie hatte es nicht freiwillig aufgegeben: Es war ihr genommen worden, damit sie einer reichen Römerin als Amme dienen konnte.

Thusnelda erwiderte ihren Händedruck mit einer schmerzhaften Stärke, dann fuhr sie mit dem Kämmen fort. Zum ersten Mal fragte sich Andromeda, ob Thusnelda je den Wunsch hatte, ihren eigenen Verlust an den Kindern in ihrer Obhut zu rächen. Sie wirkte zu gutmütig dafür. Aber auch gutmütige Barbaren waren keine Fässer ohne Boden, in die man unbegrenzt viel Bitternis füllen konnte. Irgendwann mussten sie überschwappen ...

Andromeda erstarrte.

Einen Moment schloss sie benommen die Augen.

Es war der gleiche heiße Sommertag, die Grillen zirpten, aus der Ferne hörte man die Vilica rufen, Thusnelda summte und kämmte, die kleine Tochter Agrippinas presste sich schläfrig an sie, genau wie der Säugling. Nichts schien sich verändert zu haben.

Doch Andromeda hatte begriffen. Endlich hatte sie auch das letzte Stückchen des Mosaiks gefunden! Sie wusste, was es bedeutete und wo es sich einfügte.

~

Die beliebtesten Feiertage für das Gesinde waren die Saturnalien im Dezember, weil in dieser Zeit Herren und Diener die Plätze tauschten, doch was die Mägde betraf, waren die

Nonae Caprotinae im Monat des göttlichen Julius fast genau so gut. Sklavinnen und freigelassene Dienerinnen durften sich an diesem Tag mit den Gewändern ihrer Herrinnen verkleiden, zogen mit Zweigen des Feigenbaums durch die Gegend und schlugen mit ihnen nach den vorbeigehenden Männern. Wer sich von den Schlägen und den Spottreden – je schärfer und obszöner, desto besser – freikaufen wollte, musste der Juno Milch opfern.

Schon eine Woche vorher wurde heftig spekuliert, welche Gewänder wohl von den Herrinnen zur Verfügung gestellt wurden. Gewöhnlich war die Tonstrix Helena in diesem Punkt eine verlässliche Auskunftsquelle, doch dieses Jahr machte sie nur ein geheimnisvolles Gesicht und zuckte die Achseln.

»Verrate mich nicht«, sagte sie zu Andromeda, die mit ihren Gedanken bei allem anderen, nur nicht bei der Kleiderfrage war und daher als Einzige Helena nicht gefragt hatte, »aber ich möchte nichts sagen, weil ich mir dieses Jahr selbst ein besonderes Kleid erhoffe. Sie würden mich beschuldigen, mir einen ungerechten Vorteil bei der Verteilung zu verschaffen, was ja auch stimmt, aber ich habe schon lange nicht mehr an den Nonae Caprotinae teilgenommen. Ich finde, ich habe ein Recht darauf, einmal das schönste Kleid zu erhalten.« Ein Hauch von Farbe stieg in ihre Wangen. »Zumal ich nicht lange mit den anderen rennen werde.«

Obwohl sie nur mit halbem Ohr zugehört hatte, begriff Andromeda, worauf die Tonstrix hinauswollte, und war dankbar für die Ablenkung von den ungeheuerlichen Vermutungen, die sie seit ihrer Unterredung mit Thusnelda hegte. Sie weitete die Augen mit gespieltem Staunen und verkündete in einem tiefen, entsetzten Tonfall: »Helena, du willst doch nicht etwa den heiligen Dienst der Göttin Juno unterbrechen, um dich in deinem schönen geliehenen Kleid mit Arellius davonzuschleichen? Was für eine Gottlosigkeit, du Frau von loser Moral!«

Ein halb verlegenes, halb belustigtes Lächeln zauberte tausend kleine Fältchen um Augen und Mundwinkel der Tonstrix. Paradoxerweise ließ sie dies jünger aussehen, als es das gefärbte Haar vermochte.

»Nun, vielleicht wird es mir gelingen, ihn für einen Tag von seiner Wand loszureißen«, sagte sie, »und vielleicht möchte ich dabei so gut wie möglich aussehen, damit er es nicht bereut.«

Andromeda horchte in sich hinein und stellte zu ihrer eigenen Überraschung fest, dass sie sich nicht nur für Arellius und Helena freute, sondern seltsamerweise auch einen Hauch von Eifersucht empfand. Sie verstand nicht ganz, weswegen, denn schließlich hatte sie selbst den ersten Schritt getan, um die beiden zusammenzubringen, und sie hegte gewiss nur freundschaftliche Gefühle für Arellius. Aber vielleicht lag es genau daran: Bisher war sie seine einzige Freundin gewesen, und nun gab es Helena in seinem Leben. Ansonsten war sie nur noch für Conopas einzigartig, aber das lag nur daran, dass sie beide die gleiche Größe hatten und nicht, weil er sie um ihrer selbst willen mochte, so wie Arellius. Für jemanden wichtig zu sein war … schön. Ihr fiel ein, worüber sie auf dem Dach von Julillas Haus in Rom nachgegrübelt hatte. Helena und Arellius hatten es offenbar gefunden, das Element jenseits von gegenseitiger Ausnutzung.

Weil sie sich ihrer Kleinlichkeit schämte und nicht wollte, dass Helena etwas davon merkte, sagte Andromeda, entschlossen, sich von nun an nur noch für die Tonstrix und Arellius zu freuen: »Pass auf, am Ende wirst du so gut aussehen, dass er dir einen Heiratsantrag macht.«

Offenbar war das nicht die richtige Neckerei. Helenas Lächeln verschwand. »Du weißt doch, dass Sklaven nicht heiraten dürfen«, sagte sie leise.

»Nun, du könntest die Herrin bitten, dich freizulassen«, entgegnete Andromeda, bemüht, das Gespräch wieder zu dem leichtherzigen Ton zurückzuführen.

Helena wandte sich ab. »Das habe ich einmal getan«, sagte sie. »Nicht, dass ich ihr nicht gerne diene, aber nach dem, was mit meiner Mutter geschah, hatte ich solche Angst. Ich glaube nicht, dass ich eine Folterung aushalten kann, Andromeda, und ich will auch nicht sterben. Es mag ehrenhaft und edel sein, sich selbst zu töten, doch ich … ich kann das nicht. Deswegen habe ich die Herrin ein paar Monate nach dem Tod meiner Mutter gebeten, mich freizulassen.«

»Deine Mutter? Deine Mutter war Phoebe? Die Sklavin, die …«

Helena nickte und setzte verlegen hinzu: »Deswegen habe ich damals im Haus des Princeps geweint. Es war der Jahrestag ihres Todes.«

»Wieso hat die Herrin dich dann nicht schon längst freigelassen?«

»Du musst verstehen«, erklärte Helena mit einer Mischung aus Traurigkeit und Stolz, »dass sie ihre eigene Mutter gerade erst verloren hatte. Ich war ein Stück Zuhause für sie, an das sie sich klammerte. Und ganz davon abgesehen bin ich wichtig für sie. Ich weiß, dass sie es nicht oft sagt, aber ich bin die beste Tonstrix von Rom, so wie meine Mutter vor mir. Niemand kann wie ich Frisuren schaffen, die den ganzen Tag halten und doch zerbrechlich wie Blütenkelche wirken. Die Herrin Terentilla und die Herrin Antonia haben ihr einmal mehrere Talente für mich geboten, aber sie hat sich geweigert, mich zu verkaufen. Sie würde mich nie hergeben. Du musst verstehen, ich bin für sie ein Teil ihrer Familie.«

Andromeda verstand vor allem eines: Helenas Mutter Phoebe hatte sich aus Treue zu Julillas Mutter umgebracht. Das Mindeste, was Julilla hätte tun können, wäre die Freilassung von Phoebes Tochter gewesen. Schließlich hätte ihr Helena auch als Freigelassene noch als Tonstrix dienen können, nur mit dem Unterschied, dafür bezahlt und im Fall einer Katastrophe nicht durch Folter verhört zu werden. Natürlich hätte sie dann auch die Wahl gehabt, Julilla zu verlassen und eine andere Anstellung zu finden – doch bei Helenas Zuneigung für ihre Herrin war das kaum denkbar.

Julilla war dergleichen sicher nie in den Sinn gekommen, und ganz gleich, ob sie nun ihre einzigartige Tonstrix, um die sie ganz Rom beneidete, oder, wie Helena meinte, eine Erinnerung an ihr altes Zuhause behalten wollte: es war selbstsüchtig und undankbar von ihr.

»Entschuldige mich«, sagte Andromeda. »Mir ist gerade eingefallen, dass ich noch etwas mit der Herrin besprechen muss.«

∼

Vipsania Marcia hatte die letzten Jahre mit ihrem Gemahl in Syrien verbracht und die Nonae Caprotinae gewiss nicht vermisst. Erst als Julilla sie fragte, ob sie daran gedacht habe, alte Kleider mitzubringen, fiel ihr wieder ein, was ihr nun bevorstand.

»Ich habe nur eine Sklavin für meine persönlichen Bedürfnisse mitgebracht«, sagte sie abwehrend, »und ich kann mir nicht vorstellen, dass Sabina Gefallen an diesen Umzügen findet. Die anderen gehören dir und deinen übrigen Gästen. Sicher erwartest du nicht, dass ich meine Gewänder fremdem Eigentum zur Verfügung stelle? Ich habe nicht sehr viele. Wir sind nicht alle Enkelinnen des Princeps, und die Umsiedlung zurück nach Rom war teuer. Zumal«, fügte sie bedeutsam hinzu, »du von mir erwartest, dass ich bald schon wieder eine große Reise antrete. In Germanien werde ich jedes Gewand brauchen können, das ich besitze, und ich weiß ganz bestimmt, dass einige der Weiber hier achtlos genug wären, um Risse ...«

»Schon gut«, unterbrach Julilla sie und winkte ab. »Agrippina und ich werden genügend zusammenbekommen, um die Mädchen auszustatten.«

Es war etwas an der lässigen Handbewegung, das Marcia reizte. »Du hältst mich für geizig.«

»Nein«, sagte Julilla und rief nach ihrer Zwergin. Genauso hatte sich auch ihre Mutter verhalten: Kein offenes unhöfliches Wort, nur hier eine Andeutung, da eine Andeutung und dort ein spöttischer Blick, und vor allem die erzürnende Angewohnheit, einem ehrlichen Streit aus dem Weg zu gehen, indem man vorgab, etwas anderes zu tun zu haben.

»Doch, das tust du«, gab Marcia gekränkt zurück. »Du bist genau wie die Leute in Rom. Glaub nicht, mir wäre entgangen, was dieses unsägliche Weib Terentilla über meinen Gemahl behauptet hat! Er hat Syrien nicht als armer Mann betreten und schon gar nicht als reicher Mann verlassen, das ist einfach nicht wahr. Wer wüsste das besser als ich?«

»Niemand«, entgegnete Julilla unerschütterlich friedfertig. Sie musste wirklich Wert darauf legen, dass Marcia – die sich ein paar Tage Bedenkzeit ausgebeten hatte – auf ihren Vorschlag einging.

In Wahrheit hatte sich Marcia bereits dazu entschlossen. Von Tiberius hatten sie und Varus nichts als ein Alter in Mittelmäßigkeit zu erwarten; Postumus dagegen würde ihnen auf ewig dankbar sein müssen. Publius Quinctilius Varus würde von künftigen Generationen in einem Atemzug mit ihrem Vater Agrippa genannt werden, der Retter, dessen strategisches Genie einen neuen Caesar geschaffen hatte. Dass sie für Julilla kaum mehr als familiäres Pflichtgefühl empfand, spielte dabei keine Rolle. Mit ihrer Halbschwester musste sie sich schließlich nicht mehr abgeben, wenn

Postumus erst einmal Princeps war – sollte Julilla doch dann ruhig weitere kostspielige Landhäuser bauen und sich mit skandalösen Malern und berüchtigten Dichtern umgeben, wen kümmerte das? Postumus würde wissen, welcher Schwester er seine Herrschaft zu verdanken hatte, wer für ihn in Germanien tätig gewesen war und die Germanen zum Aufstand getrieben hatte.

»Ich hoffe nur«, sagte sie naserümpfend, um sich ihre erwartungsvollen Gedanken nicht anmerken zu lassen, »du hast Recht, was die Germanen betrifft. Gute Kämpfer sind sie, das weiß jeder, sonst hätte sie der Princeps ja nicht in seiner Prätorianergarde, aber sie sollen auch duldsam wie die Maulesel sein. Es kann Jahre dauern, bis sich dort oben etwas tut, und so lange will ich gewiss nicht in diesem schrecklichen Land bleiben.«

Ihre jüngere Halbschwester lächelte sie an. »So lange wirst du kaum dort bleiben müssen. Ich habe volles Vertrauen in die … einzigartige Fähigkeit deines Gemahls, sich in die Natur der Einheimischen einzufühlen.« Diesmal war der Spott nicht zu überhören.

»Er hat die Judäer nicht zu seinem Vergnügen kreuzigen lassen!«, sagte Marcia ungehalten. »Es ist eine übliche Strafmaßnahme. Crassus hat so Sklavenaufstände ein für alle Mal beendet.«

»Die Germanen sind keine Sklaven. Sie sollen sogar ein sehr stolzes Volk sein. Deswegen gehe ich ja davon aus, dass es nicht lange dauern wird, bis dein Gemahl sie durch einen Feldzug niederwerfen muss.«

»Können wir nun dabei auf Calpurnius Charea rechnen oder nicht?«

»Er wird nicht noch einmal ins Feld ziehen. Aber er hat mir ein paar nützliche Ratschläge gegeben, und ich bin mir sicher, dass er im Senat für Postumus' Nachfolge stimmen wird, wenn es erst so weit ist.«

»Wenn er sich darauf beschränkt hat, Ratschläge zu erteilen«, sagte Marcia spitz, »dann kann es sehr gut sein, dass er uns inzwischen schon längst an Augustus und Livia verraten hat.«

»Nein«, sagte Julilla fest.

»Wie kannst du da so sicher sein?«

»Ich habe mit ihm gesprochen«, sagte Julilla mit einem kleinen Lächeln, und Marcia spürte die alte Eifersucht heftiger denn je. Sie hätte diese Selbstsicherheit gerne als eingebildetes Hirngespinst abgetan, doch leider hatte Julilla unbestreitbar die julische Eigenschaft von ihrer Mutter geerbt, Menschen für sich einzunehmen, wenn sie es wirklich darauf anlegte. Marcia tröstete sich damit, dass dieser Zauber zumindest für andere Mitglieder der Familie nicht galt. Wenn alles gut ging, würde Postumus wissen, wer ehrlich, verlässlich und treu war – und wer ein törichter Schmetterling.

Wenn alles gut ging. Mit Sicherheit würde sich Tiberius bei der Nachricht von einem Aufstand ebenfalls um den Befehl über die Legionen am Rhein bemühen, aber in einem stimmte Marcia mit Julilla auch ungesagt überein: für Tiberius gab es, fernab von Rom, eine ganz einfache Lösung von der Art, wie Livia es ihnen an ihren Brüdern vorgemacht hatte.

»Livia wird gewiss bald nach dem Dahinscheiden ihres Sohnes an gebrochenem Herzen sterben«, sagte Marcia aus diesem Gedanken heraus und neugierig, ob Julilla eine bestimmte Methode des Ablebens für die tödlichste Frau Roms im Sinne hatte.

»Ich hoffe nicht«, entgegnete Julilla zu ihrer Verblüffung. »Ich hoffe, dass sie noch sehr lange lebt, und ich würde es nicht begrüßen, Marcia, wenn dem nicht so sein sollte. Verstehst du, ich glaube an Gerechtigkeit. Livia soll das gleiche Schicksal erleiden, das sie meiner Mutter bereitet hat – einsam, ihrer Söhne beraubt, auf eine kleine Insel verbannt.«

Natürlich empfand Marcia kein Mitleid; Livia musste aufhören, die Macht im Hintergrund zu sein, gewiss. Doch sie musste sich merken, wie rachsüchtig Julilla sein konnte. Schließlich war es Marcia, die Livias Platz einnehmen würde, wenn Postumus erst regierte; Julilla besaß dazu weder die Eignung noch die natürliche Würde. *Man muss sich ja nur ansehen, wie es um ihre Dienerschaft bestellt ist,* dachte Marcia, als die Zwergin eintrat. »Ich weiß, dass dein Großvater es Frauen in Rom fast unmöglich gemacht hat, Theater zu besuchen, meine Teure«, sagte sie mit einem missbilligenden Blick auf die Missgeburt, »aber das ist doch kein Grund, um sich das Theater ins Haus zu holen. Besonders, wo es dir doch auf dem Land so gefällt. In der Provinz werden die Einschränkungen schließlich längst nicht so streng eingehalten wie in Rom.«

»Oh, du kennst mich doch. Ich habe immer gerne nur das Beste um mich«, antwortete Julilla.

Das Gesicht der Zwergin verzog sich, was vermutlich belustigend sein sollte. Marcia musste zugeben, dass so kleine Menschen mit voll ausgebildeten Gliedern grotesk genug waren, um sehenswert zu sein, und wenn sie nicht so teuer wären, hätte sie sich vielleicht selbst den Zwerg gekauft, den sie einmal in Caesarea auf dem Markt gesehen hatte. Aber das war kurz nach dem Tod des Herodes gewesen, als in der unseligen Provinz schon wieder ein Aufstand ausbrach. Varus hatte sie angewiesen, nur wirklich verlässliche syrische Sklaven im Haus zu behalten und sich auf gar keinen Fall neue Dienerschaft zuzulegen. Und danach waren die Anfragen aus Rom gekommen, und die Verleumdungen, die es so hinstellten, als wäre die Zerstörung von Emmaus und Sepphoris nicht die Schuld der unbelehrbaren Judäer gewesen.

Doch auch wenn alles anders gekommen wäre, fiele es ihr doch nicht ein, sich ausgerechnet diese Zwergin zuzulegen.

Was für ein nichts sagendes Gesicht sie hatte! Nicht hässlich wie das des Zwergs, der damit wirklich denkwürdig war, sondern ebenmäßig, was zu dem kurzen Körper überhaupt nicht passte. Missgeburten sollten grotesk aussehen, damit man über sie lachen konnte, nicht wie richtige Menschen, die zu klein geraten waren. Was für ein schwacher Versuch, durch etwas Farbe im Gesicht besser auszusehen. Und was für ein leerer, blöder Blick, mit dem sie ihre Herrin jetzt anstarrte. Immerhin schien Julilla sich dieser Unzulänglichkeit zu schämen, denn sie entschuldigte sich unter dem sehr durchsichtigen Vorwand, sie müsse Agrippina fragen, wie es um deren Kleider für die Nonae Caprotinae stünde, und bedeutete der Zwergin mit einer Kopfbewegung, ihr zu folgen. Julilla so verlegen zu erleben erweckte beinahe warme, schwesterliche Gefühle in Marcia.

～

»Ein Kleid in deiner Größe zu finden wird nicht leicht sein«, sagte Julilla zu Andromeda. »Agrippinas Tochter ist noch zu klein, Agrippina und ich sind viel zu groß.«

»Und bald werdet ihr beide noch viel größer sein«, erwiderte Andromeda. Sie hatte eigentlich geglaubt, dass die Übelkeit des gestrigen Tages zurückkehren müsste, doch stattdessen fühlte sie sich nur benommen und am ganzen Körper taub; als sei sie von Kopf bis Fuß in Wasser eingetaucht, so dass Worte und Gesten nur wie aus der Ferne zu ihr drangen. Sie wusste nicht, ob sie je wieder auftauchen würde. Seit Helena ihr von ihrer Mutter berichtet hatte, ging das schon so. Was sie gerade belauscht hatte, ehe sie sich für Julilla und Marcia bemerkbar machte, verstärkte die Benommenheit nur noch.

»Wie meinst du das?«

Es war unmöglich, mit Julilla offen über das zu reden, was

sie begriffen hatte. Das war nicht die Art von Geheimnis, das Julilla sie absichtlich mit anhören ließ. Es war noch nicht einmal die Art von Geheimnis, die Conopas erwartete. Vielleicht gab es bald keine Andromeda mehr, wenn sie es laut aussprach.

»O Herrin, ich kann nicht in die Zukunft sehen. Ich bin keine Sibylle und keine Dichterin und keine Malerin. Ich habe es versucht, und ich bin es nicht. Aber ich komme vom Land, und da lernen wir, Sturmwolken zu erkennen, wenn sie aufziehen.« Sie musste etwas sagen, und das war das Einzige, was ihr so schnell einfiel.

In ihrem Kopf begannen sich, erst träge, doch dann immer schneller, die Gedanken zu drehen: Wenn sie Livia wissen ließe, dass Julilla beabsichtigte, mit Hilfe ihrer Schwestern einen Aufstand der germanischen Barbaren anzuzetteln, der dann von ihren Schwägern glorreich niedergeschlagen wurde, aber erst, wenn ein großer Teil der Legionen wie beim göttlichen Julius unter einem einzigen Befehl standen, dem eines Familienmitglieds … dann würden Julilla und ihr Gemahl vermutlich wegen Verrats angeklagt werden. Und ganz egal, ob das Urteil letztendlich Tod oder Verbannung lautete, zuvor würde man ihren gesamten Haushalt foltern und töten. Selbst wenn es für Andromeda gut ausging und Livia sie schützte, so galt das gewiss nicht für den Rest: Vom pompösen Oberkoch über Helena bis zu Agrippinas Amme Thusnelda würden alle der Folter unterzogen und gekreuzigt werden. Arellius war ein freier römischer Bürger, aber bei seiner Lebensgeschichte rettete ihn das sicher auch nicht.

Wenn Andromeda nun niemandem etwas erzählte, nicht Livia oder Conopas, noch nicht einmal Arellius, und es gab einen Aufstand in Germanien, dann starben noch mehr Menschen. Sie dachte an ihren Onkel, den Soldaten in der Legion. Sie dachte an die Schreckensgeschichten über Kimbern und Teutonen, die ihre Mutter ihr als Kind erzählt hatte, und sie spürte wieder die Bohne für die Toten zwischen den Zähnen, die Conopas ihr in den Mund gepresst hatte. Julillas forschender Blick sagte Andromeda, dass die Herrin mit der bisherigen Erklärung alles andere als zufrieden war. »Manchmal denkt man, es sind gar keine Regenwolken«, setzte sie daher hinzu. »Man denkt, das ist nur der Schatten, den ich brauche, damit mir das Getreide nicht verdorrt. Ich habe ein Recht auf mein Getreide. Ich habe so lange darauf gewartet. Aber am Ende ist es dann noch nicht einmal Regen, sondern Hagel, der alles kurz und klein schlägt.«

»Ich glaube, etwas von der schwarzen Farbe ist immer noch in deinen Augen«, sagte Julilla sehr sachlich. »Oder doch zumindest um deine Augen. Salzwasser wirkt da Wunder. Hat dir eigentlich schon jemand beigebracht zu schwimmen?«

Andromeda schüttelte den Kopf, weil sie ihrer belegten Zunge nicht mehr traute, und dachte an das schöne, Furcht erregende Meer.

»Dann komm.«

Andromeda folgte Julilla an den Strand und fragte sich so distanziert, als beträfe es nicht sie, sondern eine Figur in einer von Arellius' Heldengeschichten, ob nun wohl ihr Ende gekommen war. Sollte sie versuchen, um einen anderen Tod zu bitten? Oder fortlaufen? Es gab genügend Orte in und um das Landhaus, wo man sich verstecken konnte. Aber früher oder später fand man sie, wenn nicht hier, dann auf den Dörfern. Niemand würde eine Zwergin mit einem normalen Mädchen verwechseln.

»Salzwasser lässt Kleider auch eingehen«, fuhr Julilla fort, und weil sie nicht sehr laut sprach, musste Andromeda schneller laufen, um ihre Worte zu hören. »Vielleicht wird dir meine Tunika hinterher sogar passen. Aber deine würde ich vorher ausziehen.«

Niemand ertrank zufällig, wenn er sich vorher seines Gewandes entledigt hatte. Andererseits hatte es Julilla nicht nötig, den Tod einer Sklavin wie einen Unfall wirken zu lassen – es war ihr Recht, über das Leben ihres Eigentums zu verfügen. Das machte die Wahl einer so umständlichen Todesart unwahrscheinlich. Doch wer verstand schon die Kinder der Götter?

Ich will nicht sterben, schoss es Andromeda durch den Kopf, und sie merkte, wie die Angst sie packte. *Ich lebe erst, seit ich in die Stadt gekommen bin. Ich will nicht sterben!*

Als sie den Strand erreicht hatten, blieb Julilla stehen, verschränkte die Arme und wartete. Andromeda befeuchtete sich die Lippen, dann zog sie langsam ihr gutes blaues Kleid aus und legte es sorgfältig zusammen. Von der See wehte eine schwache Brise herüber, die in die Haut biss. Sie spürte, wie sich ihre Haare aufstellten.

»Das niedrige Wasser ist nicht anders als ein Badebecken«, sagte Julilla ruhig, die tatsächlich keine Anstalten machte, ihre Tunika abzulegen. »Komm mit. Ich werde dir zeigen, wie man schwimmt.«

Sie bückte sich, ergriff Andromedas Hand und zog sie mit sich. Der heiße, trockene Sand verwandelte sich unter Andromedas Füßen in eine feuchte Masse, und das Wasser kroch erst ihre Knöchel und dann ihre Beine hoch. Als es ihr bis an die Brust reichte, hatte es noch nicht einmal Julillas Hüften erreicht. Ihr Herz raste.

»Löse die Beine vom Boden.«

»Ich …«, begann Andromeda und wusste selbst nicht, was sie sagen wollte. »Ich …«

»Ich werde deine beiden Hände festhalten«, sagte Julilla. »Lass dich treiben.«

Andromedas Zehen gruben sich verzweifelt in den Sand und trafen auf etwas Hartes, einen Stein vielleicht, an dem sie sich schnitt. Erschrocken gab sie nach, ergriff auch Julillas andere Hand und ließ sich tiefer ins Wasser ziehen. Das Salz brannte an ihren Zehen, da, wo sie sich geschnitten hatte.

»Beweg die Arme und die Beine, so«, sagte Julilla und zog Andromedas Arme zu kreisenden Bewegungen. »Wenn man im Meer ist, muss man sich bewegen. Sich immer an der Oberfläche halten. Versuch erst gar nicht, nach unten zu schauen. Wenn man das tut, geht man unter. Bleib oben und schau mich an.«

Andromeda tat ihr Bestes. Es war schwer, nicht der Angst in ihr nachzugeben und mit Armen und Beinen zu strampeln, statt die Bewegungen nachzuahmen, die Julilla ihr vorgab, und noch schwerer, der Herrin über Leben und Tod geradewegs ins Gesicht zu schauen. Die kleinen Wellen schlugen Andromeda seitwärts über die Stirn, und ihr rechtes Auge brannte. Julilla war zu groß, um von diesen Wellen erfasst zu werden, aber ihr Antlitz war so blass, als hätte das Meer jede Farbe fortgewaschen, das Rot ihrer Lippen, die goldene Bräune der Haut, alles. *So wird ihre Totenmaske einmal aussehen*, dachte Andromeda, und bildete sich ein, der Druck von Julillas Händen würde noch härter.

»Manchmal muss man zerstören, um etwas Neues zu schaffen. Manchmal muss man Opfer bringen. Aeneas wäre nie nach Italien gelangt, wenn er Dido nicht hinter sich gelassen hätte, und viele Latiner starben, bevor er und seine Gefährten ein neues Troja gründen durften.«

Opfer, dachte Andromeda, *Opfer bringt man, wenn einem etwas lieb und teuer ist.* Was kümmerten Julilla schon römische Legionäre und Thusneldas germanische Barbaren oder die Angehörigen ihres Haushalts, wenn die Sache schlecht ausging? Es waren Phoebe und Helena, die Opfer gebracht hatten, nicht Julilla. Mit einem Mal war ihr Ärger stärker als ihre Angst, und sie stieß hervor: »Was hast du je aufgegeben, Herrin?«

In Julillas blasses Gesicht kam Bewegung. Mit einem blitz-schnellen Ruck zog sie eine ihrer Hände aus dem Griff Andromedas – und drückte deren Kopf unter Wasser.

Es war nur ein kurzer Moment, und als Andromeda prus-tend auftauchte, endlich Luft holen konnte, griff Julilla ein-fach wieder nach ihren Armen und bewegte sie kreisend, als sei nichts geschehen. Ihre Stimme aber klang ungewohnt heftig: »Du wirst mir dabei helfen, etwas aufzugeben.«

»Warum«, stieß Andromeda hustend hervor, und wusste selbst nicht, ob sie das Untertauchen meinte, Julillas For-derung oder etwas anderes, was in den letzten Monaten geschehen war.

»Du wirst es tun, weil ich es dir befehle. Weil du am Leben bleiben willst. Weil ich dich freilasse, wenn alles vorbei ist, und weil es das Beste ist. Schreib an Livia. Schreib, du hast hier etwas beobachtet, was dir nicht angemessen erscheint. Schreib ihr, du glaubst, ein ehebrecherisches Verhältnis bah-ne sich an zwischen deiner Herrin und dem Dichter Publius Ovidius Naso.«

Diesmal war es Andromeda, die Julillas Arme losließ. Verzweifelt versuchte sie, mit ihren Füßen den Boden zu erreichen, aber sie waren bereits zu tief im Wasser, und der erneute Schrecken, der sie gepackt hatte, half ihr nicht. Sie schluckte einen Mund voll Wasser, ehe ihre Herrin sie wieder ergriff.

»Livia wird das glauben«, sagte Julilla so leidenschaftlich und überzeugt, wie Andromeda sie nur ein einziges Mal ge-hört hatte, »nichts lieber als das. Sie wird dich und Conopas anweisen, uns zu beobachten und Beweise für den Ehebruch zu sammeln. Es hat ihr ein solches Vergnügen bereitet, den Namen meiner Mutter in den Schmutz zu ziehen, dass sie der Versuchung nicht widerstehen können wird, das noch einmal zu tun.«

Und währenddessen reisen Marcia und Agrippina zu ihren

Ehemännern zurück und tragen die Verschwörung unbeobachtet zu den Barbaren, dachte Andromeda. Ein Ablenkungsmanöver. Mehr war auch Ovidius nicht. »Und es wird keine Beweise geben«, schloss Julilla. »Das ist das Beste daran. Sie wird ihre Zeit damit verschwenden, und es wird niemandem schaden, außer ihr selbst und ihrem Sohn.«

»Und Ovidius Naso«, sagte Andromeda bitter, nachdem sie wieder Atem geschöpft hatte. Es half, sich auf die Schwimmbewegungen zu konzentrieren und nichts anderes vor sich zu sehen als Wasser und Julillas weißes Gesicht. Keine Leichen, keine Folterungen und nicht den sandigen Meeresgrund mit seinen unvermuteten Tücken, die in ihr Fleisch schnitten und Blut fließen ließen.

»Was nie geschehen ist und nie geschehen wird, kann auch nicht bewiesen werden oder Schaden anrichten«, entgegnete Julilla fest. »Eine Zeit lang etwas Klatsch, und das ist alles.«

Das war nicht alles. Im besten aller möglichen Fälle fragte sich nur Ovidius' Gemahlin, ob der Klatsch gerechtfertigt war. *Im schlimmsten Fall aber wird er ein Schicksal wie Arellius erleiden*, dachte Andromeda, und war sich nicht bewusst, dass sie den Namen des Malers laut ausgesprochen hatte, bis Julilla ihn wiederholte.

»Arellius … dein Freund … Er ist glücklich hier, nicht wahr? Glücklich, wieder zu malen und dafür bezahlt zu werden. Ich muss gestehen, ich bin sehr angenehm überrascht. Ich hatte befürchtet, dass er nichts als der heruntergekommene Trinker wäre, für den ihn Leute wie Agrippina halten. Dass ich ihn wieder fortschicken müsste.«

Mit dem letzten Satz ließ sie Andromeda erneut los, aber die Betonung wäre unnötig gewesen. Andromeda verstand sie auch so. Julilla hatte Arellius neue Hoffnung für die Zukunft gegeben, und Julilla konnte sie ihm wieder wegnehmen. Arellius war alt; noch einmal alles zu verlieren bräche ihn vollends. Für Julilla war das so unwichtig wie der Gedanke, ob sie Helena etwas für das Schicksal ihrer Mutter schuldete.

In diesem Moment wusste Andromeda, dass sie Julilla hasste, ein Hass, der von dem bitteren Salz der Enttäuschung gewürzt wurde. Im Grunde hatte sie gehofft, dass Julilla sich doch noch als eine Heldin erwies, die für alles, was sie tat, edle Gründe hatte – und nicht als ein weiteres ehrgeiziges Ungeheuer, das andere nur benutzte und erpresste und sich nicht im Geringsten von Livia unterschied. Nun, man konnte nicht behaupten, Julilla habe sie nicht gewarnt, gleich das erste Mal, als sie miteinander allein gewesen waren, in der Sänfte.

»Das wird nie nötig sein«, antwortete Andromeda, die diesmal nicht untergetaucht war. Sie hielt ihr Gleichgewicht, wenn sie auch ihre Worte mehr keuchte als sprach, und paddelte wie ein Hund.

»Gut. Du wirst den Boten, der meine eigenen Briefe in die Stadt mitnimmt, bestechen, damit er eine Botschaft für dich nach Rom bringt. Ich gebe dir das Geld; Livia kannst du erzählen, du hättest es der Vilica gestohlen.«

»Du hast mir immer noch nicht gesagt, was du je aufgegeben hast, Herrin«, sagte Andromeda, unfähig, auf diesen einen Hieb zu verzichten. »Sind Asse und Sesterzen dein Opfer?«

»Wahre Freundschaft. Das ist es, was ich aufgebe.«

Mit diesen Worten wandte Julilla sich von ihr ab und begann, mit weiten Zügen auf das Meer hinauszuschwimmen, ohne weiter auf sie zu achten. Andromeda holte Luft, so gut es ging, und begann, mit unsicheren, fieberhaften Bewegungen auf den Strand zuzusteuern.

V.

Sie fragte Arellius, wie lange er noch für seine Wand brauchen würde, und er teilte ihr irritiert mit, die Herrin Julilla habe ihm doch zugesichert, dass er auch im Herbst hier bleiben dürfe, wenn sie nach Rom zurückkehre. »Ich bin kein junger Mann mehr, und das soll kein hastiges Geschmiere werden.«

»Aber gibt es nichts an Rom, was du vermisst?«

Er warf ihr einen ungläubigen Blick zu, und Andromeda rückte eilig seine Farben gerade, um ihre Reaktion zu verbergen. Arellius war glücklich hier, und warum auch nicht? Es war ein guter Ort, um seinen Lebensabend zu verbringen, und er hatte sich gerade neu verliebt. Offenbar hatte er noch nicht daran gedacht, dass Helena mit Julilla in die Hauptstadt zurückkehren musste, wenn der Sommer vorbei war, aber unter den gegebenen Umständen war es sinnlos, ihn darauf hinzuweisen.

Ovidius war zwar noch weit davon entfernt, nach einem Ort für seinen Lebensabend zu suchen, und hatte durchaus die Absicht, nach Rom zurückzukehren, doch nicht sofort. »Die Stadt ist jetzt unerträglich heiß«, sagte er. »Sei froh, dass du sie um diese Jahreszeit noch nicht erlebst hast, Arethusa. Der Gestank allein ...«

»Dann muss deine Gemahlin ein wahrhaft überirdisches Wesen sein«, entgegnete Andromeda bedeutsam, »denn sie hält es dort doch auch aus.«

»Sie verbringt die Sommermonate mit Fabius Maximus und seiner Gemahlin in Tusculum.«

»Du solltest sie dort besuchen, Herr.«

»Das werde ich«, sagte er und musterte sie nachdenklich. »Nur nicht jetzt. Ich stehe kurz vor der Vollendung meines Buches, und eine Reise würde meine Muse verscheuchen. Musen sind sehr Besitz ergreifende Kreaturen.«

Sie wollte noch einmal sagen, dass kein Gedicht ein Menschenleben wert sei, doch sie bezweifelte, dass er es ihr diesmal mehr glauben würde – noch dazu bestünde die Gefahr, dass er fragen könnte, wie sie jetzt darauf kam. Wenn sie ihm aber verriet, was sie wusste, erführe es Julilla, und diese würde nicht zögern, Arellius zurück nach Rom und in die Vergessenheit zu schicken.

Außerdem – vielleicht wusste Ovidius es schon? Vielleicht war es ganz und gar lächerlich, dass sie sich Sorgen seinetwegen machte, und er war bereit, seinen Ruf aufs Spiel zu setzen, nur um Julilla ein nötiges Ablenkungsmanöver zu verschaffen. Am Ende wusste er auch über die Germanen Bescheid. Bedeuteten ihm tote Soldaten oder ein gefolterter und gekreuzigter Haushalt etwas, wenn er dafür der bevorzugte Dichter des nächsten Princeps wurde?

»Außerdem soll ich doch eine Empfehlung an meinen Freund Brutus abgeben«, setzte er neckend hinzu. »Dazu muss ich dich schon noch etwas schneller schreibend erleben. Übst du weiter?«

Sie nickte und versuchte verzweifelt, ihn richtig einzuschätzen. Er war immer nur freundlich zu ihr gewesen, das stimmte, und sie hatte ihn auch nie grob zu einem der anderen Sklaven erlebt. Aber diese Freundlichkeit kostete ihn nichts als ein paar nette Worte. Honigsüße Worte. Worte, die einem nachgingen. Sie wünschte sich, er hätte nie etwas über ihre Hände gesagt oder ihr einen Blütenzweig mitgebracht. Nichtigkeiten, nichts als Nichtigkeiten, und es war dumm, dass es ihr so viel bedeutete und sie ihn nicht verletzt sehen wollte.

»Ich würde gerne die Geschichte von Acteon abschreiben, Herr, die du vor zwei Tagen bei der Mahlzeit vorgetragen hast«, sagte sie gepresst. Acteon hatte die Göttin Diana beim Baden erlebt und war auf ihren Befehl hin von seinen eigenen Hunden zerrissen worden. »Für uns Sterbliche ist es wichtig, daran zu denken, wie grausam und kalt die Himmlischen sein können, nicht wahr?« Wenn er jetzt nicht begriff, was sie meinte, dann wollte er nicht begreifen. Und sie hatte trotzdem nichts gesagt, was ihr Julilla als Verrat auslegen konnte.

Ovidius beugte sich zu ihr herunter und sah ihr in die Augen. Zu ihrer Verwirrung zeichnete sich auf seiner Miene nicht nur Verständnis ab, sondern auch Mitleid.

»Von allen Plagen, mit denen Cupido uns quält, ist Eifersucht die schlimmste«, murmelte er. »Es tut mir Leid. Aber sie verfliegt, zusammen mit dem Anlass.«

Als sie begriff, was er meinte, wurde sie scharlachrot. »Von allen Schwächen, mit denen die Götter uns plagen, ist Eitelkeit die schlimmste!«, gab sie scharf zurück. Später war sie ihm dankbar, denn die Empörung darüber, für eifersüchtig auf Julilla gehalten zu werden, half ihr, den Knoten aus Befürchtungen zu zerschlagen, der sie band, und auf eine neue Weise nach einem Ausweg zu suchen.

»Ich verstehe nicht«, sagte Andromeda zur Tonstrix, »warum Leute wie die Herrin Terentilla berühmt wegen ihrer Affären und in Freiheit leben können, wenn die edle Julia dafür auf eine Insel verbannt wurde.«

Helena, die tatsächlich das beste Kleid für sich ergattert hatte und dabei war, es ein wenig für ihre Größe abzuändern, hörte nicht auf, mit ihrer Nadel kleine, feste Stiche zu machen, während sie entgegnete: »Nun, zunächst einmal war Ehebruch kein Verbrechen, bis der Princeps es dazu machte und die Lex Julia in die Welt setzte.«

»Warum hat er das getan, was meinst du?«

»Zum Wohl der römischen Ehe und zur Sicherheit der Erbfolge edler Familien«, zitierte Helena und seufzte. »Wenn du mich fragst, hat sein Alter eine große Rolle gespielt. In seiner Jugend hätte er bestimmt kein Gesetz erlassen, das Ehebruch unter Strafe stellt. Schließlich soll ja die Herrin Terentilla mit dem Princeps selbst ...«

Andromeda, die nicht wollte, dass sich die Auskünfte, die sie erhoffte, in Klatsch verflüchtigten, unterbrach sie: »Aber jetzt ist es doch ein Verbrechen. Nur höre ich von niemandem, der verhaftet wird!«

»Wer gibt schon zu, dass er ein Hahnrei ist, und zeigt seine Frau deswegen bei Gericht an? Das hat noch nicht mal das alte Warzengesicht getan. Nein, Tiberius saß auf Rhodos und ließ nichts von sich hören. Es war der Princeps, der seine Tochter anklagte. Ganz ehrlich, ich glaube, er hätte es nicht getan, wenn sie wie Terentilla gewesen wäre. Aber sie hat sich den einzigen überlebenden Sohn des Antonius als Liebhaber genommen. Das war's, was er nicht dulden konnte. Stell dir nur einmal vor, die Herrin Julia hätte sich scheiden lassen und Jullus Antonius geheiratet, dann hätte der am Ende den Platz des Princeps einnehmen können! Und gewartet hätte er mit Sicherheit auch nicht, jedenfalls nicht nach einer Heirat. Damals gab es Leute, die behaupteten, Jullus Antonius hätte einen Anschlag auf den Princeps geplant, nur bewiesen wurde das nie.«

»Aber hätte er ihr den Umgang mit Jullus Antonius nicht einfach verbieten ... ach, was soll's. Du meinst also, wenn die Herrin Julia nur bedeutungslose Liebhaber ohne Ehrgeiz gehabt hätte, dann wäre alles anders gekommen?«

Die Tonstrix wiegte den Kopf hin und her. »Nicht ganz anders. Sie war der Augapfel des Princeps, verstehst du, und ihre älteren Söhne sollten damals seine Nachfolger werden. Da konnte er nicht dulden, dass sie sich schlecht benahm. Er hätte sie wohl in jedem Fall verbannt und aufs Land geschickt. Aber … aber der Rest … das wäre nicht passiert.« Ihre Nadel blitzte im Schein der Nachmittagssonne, doch ihr Kopf blieb gesenkt, so dass Andromeda ihr Gesicht nicht erkennen konnte. »Manchmal, auch nach all den Jahren, stelle ich mir vor, dass alles nur ein wenig anders geschieht: Die Herrin Julia und Jullus Antonius bleiben einander fern. Oder die Herrin Julia gesteht und gibt alles zu, was man ihr an Ehebruch vorwirft. Dann wäre niemand aus ihrem Haushalt … befragt worden. Bei einem sofortigen Geständnis von Ehebruch ist das nicht nötig, weißt du? Wer weiß, vielleicht wäre sie heute sogar wieder frei … und meine Mutter am Leben.«

Danke! Das ist genau das, was ich wissen musste, dachte Andromeda. *Ich hoffe nur, dass du Recht hast.*

Sie schrieb den Brief an Livia, wie ihn Julilla diktierte, auf eine der Wachstafeln. Sie übergab die Tafel, verschnürt und versiegelt mit gestohlenem Wachs, dem Boten, der die Briefe der Herrin und der Gäste nach Rom brachte. Er war überrascht und belustigt und wollte ihr zuerst nicht glauben, dass ihr Päckchen für die Gemahlin des Princeps bestimmt war, doch das Geld, das ihr Julilla gegeben hatte, schien ihn zu überzeugen. Dann bereitete sie sich mit den übrigen Dienerinnen auf die Nonae Caprotinae vor. Selbst das kleinste, eingegangene Kleid war noch viel zu groß für sie, doch mit der Hilfe von vielen Bändern sah sie nicht ganz und gar lächerlich aus.

Die Diener winkten ihnen hinterher, als sie mit dem Wagen, in dem sonst Holz in die Villa geschafft wurde, in das Zentrum von Baiae gebracht wurden, alle in die Gewänder edler Römerinnen gehüllt. Thusnelda, die nicht recht verstand, was vor sich ging, befingerte das zarte Gewebe misstrauisch.

»Sei vorsichtig damit«, sagte Helena trocken. »Morgen musst du es der Herrin Agrippina wieder zurückgeben, und sie sieht nicht so aus, als ob sie dir verzeiht, wenn es dann zerrissen ist.«

In dem Städtchen fanden sie sich unter dem Feigenbaum wieder, der schon von den Sklavinnen aus den zahlreichen anderen Villen reichlich gerupft worden war. Andromeda musste Thusnelda bitten, sie auf die Schulter zu nehmen, damit sie noch einen Zweig ergattern konnte. Kleine Steine vom Strand dagegen hatte jede von ihnen bereits mitgebracht, und so konnten sie ihren Lauf durch den Ort beginnen. Der satte, goldene Nachmittag flirrte vor Lachen und Kreischen. Jeden vorübergehenden Mann mit den Zweigen zu schlagen und Steinchen nach ihm zu werfen war die harmloseste aller Aufgaben des Festtags. Wer stumm durch die Gegend lief, machte sich an der Göttin schuldig; der Schlag mit den Zweigen sollte nicht so beißen wie die Spottreden, aber es fiel kaum einer der Dienerinnen schwer, sich daran zu halten. Dabei den Tonfall ihrer Herrinnen nachzuahmen war etwas, das nicht zum Ritus gehörte, aber trotzdem verzichtete keine von ihnen darauf.

Unter anderen Umständen hätte Andromeda es genossen, einmal durch die Übung, die sie als Mimin hatte, besser zu sein als alle anderen, doch heute hatte sie mehr im Kopf als die Feier. Sie rannte mit den anderen und stimmte in das Geschrei ein, um nicht aufzufallen, aber ihre Beleidigungen, ihre Imitation von Julillas Stimme, hätten Myrtis nur ein Achselzucken abgerungen. Da einige der Festteilnehmer Pächter des Landes waren, das zur Villa gehörte, und regelmäßig bei Vilicus und Vilica vorsprachen, kannte man einander. Andromeda ließ sich mittreiben und bot meistens die zweite oder dritte Beleidigung, nachdem die erste von Seiten der anderen Mägde einmal ihr Ziel gefunden hatte.

»Schaut nur, da ist Anthus! Anthus ist ein Tröpfler!«

»Veneria hat ihm den Schwanz ausgesaugt während der ganzen Dauer der Weinlese!«

»War aber nicht viel da!«

Als sie sich bemüht hatte, Thusnelda die Nonae Caprotinae zu erklären, hatte die Germanin verwirrt gefragt, warum die Männer sich eine solche Behandlung gefallen ließen, und ob sie nicht den Frauen die Zweige wegnehmen würden und die Beleidigungen durch Prügel beendeten.

»Nicht, wenn sie wollen, dass ihre eigene Frau fruchtbar bleibt. Jeder Mann, der sich schlagen lässt und dann durch Milch für die Göttin freikauft, kann auf wenigstens einen Sohn hoffen«, hatte Andromeda die Worte wiederholt, die sie vor langer Zeit von ihrer Mutter gehört hatte, während sie in Gedanken anderswo war.

Nach einiger Zeit zerstreuten sich die Dienerinnen von der Villa unter den Feiernden. Helena verlor sie als Erste aus den Augen und hoffte, dass die Tonstrix und Arellius ein paar schöne Stunden miteinander verlebten. Ganz gleich, was geschah, eine Trennung kam auf die beiden in jedem Fall zu. Wenn sie sehr, sehr viel Glück hatten und Andromedas Plan aufging, dann konnte es danach jedoch ein Wiedersehen geben.

Sie lief um feste, dicke und stämmige Beine herum, bis sie den Bauern fand, an den sie sich erinnert hatte. »Du, der du täglich die Finger der Hand zusammenstößt …«, begann sie und erwischte ihn mit ihrem Zweig an den Unterschenkeln. Er schaute herab und grinste ein wenig säuerlich. In der vorhergehenden Woche hatte er lautstark versucht, der Vilica einen besseren Preis für sein Gemüse abzuringen und sie dafür zu gewinnen, ihn ihren Herrschaften vorzustellen. Er war noch jung und wollte nicht auf dem Land bleiben; er wollte in die Stadt und hatte deutlich gemacht, dass er hoffte, durch eine Anstellung bei der Enkelin des Princeps die Gelegenheit dazu zu finden.

»… wenn du dir genügend Geld verdienen willst, damit das jemand anders für dich macht, dann habe ich etwas für dich!«, schloss sie und hoffte, dass er neugierig genug war, um ihr zu folgen, als sie bis zum nächsten Lehmhaus weiterlief und hinter diesem wartete. Er hatte sie damals gesehen, als sie der Vilica einen Auftrag Julillas überbrachte, und niemand vergaß eine Zwergin.

Zu ihrer Erleichterung ließ er tatsächlich nicht lange auf sich warten. »Was war das mit mehr Geld, *Nana?*«

»Und einen Platz in der Stadt. Vielleicht sogar auf dem Palatin selbst.«

Er schaute sich um, als rechne er damit, von einigen der anderen Frauen belauscht zu werden, die nur darauf warteten, dass er *Ja* sagte, um in Gelächter auszubrechen. Unruhig ging er auf und ab, in einem Halbkreis um sie herum. Als er niemanden entdeckte, knurrte er: »Lass hören.«

Sie zog eins der rot gefärbten Lederfutterale hervor, in denen in Buchhandlungen und Bibliotheken die Bücher untergebracht waren. Die Abschrift eines Werkes in Griechisch, das sie ohnehin nicht verstand, lag inzwischen versteckt in einer der anderen Hüllen. In dieser hier befand sich eines der Blätter, die ihr Ovidius zum Üben überlassen hatte, mit der Geschichte von Acteon auf der einen und einem Brief an Livia auf der anderen Seite.

»Übergib dies der Herrin Livia Drusilla im Haus des Princeps in der Ochsenkopfstraße«, sagte sie. »Lass dich nicht abwimmeln und überreiche es nur ihr persönlich, ganz gleich, wie lange du warten musst, um vorgelassen zu werden. Wenn du das tust, wirst du mehr als doppelt so viel erhalten, wie das hier wert ist. Und es mag sein, dass die Herrin Livia dich danach in ihren Diensten behält.«

Mit den letzten Worten zog sie sich die silberne Spange aus dem Haar und hielt sie so, dass die Sonnenstrahlen sich auf ihr verfingen und ihm in die gierigen Augen sprangen.

Das rote, feine Leder der Hülle, das ganz offensichtlich nicht von ihresgleichen stammen konnte, tat ein Übriges.

Im Grunde wusste Andromeda bereits in dem Moment, als er das erste Mal nach der Haarspange griff, dass er einwilligen würde. Er gab noch eine Weile vor, ihr nicht zu glauben; sie musste ihn belügen und schwören, die Vilica überreden zu können, seiner Familie während seiner Abwesenheit immer zuerst das Gemüse abzukaufen. Flüchtig kam ihr in den Sinn, dass sie im Grunde das Gleiche tat wie Julilla, die Ovidius etwas vormachte, um ein ganz anderes Ziel zu erreichen. *Die edle Julilla*, dachte Andromeda bitter, *hat mir prophezeit, dass sie mich formen würde, und sie hat Wort gehalten.*

～

Die ersten Geräusche am Morgen glichen sich für gewöhnlich auf beruhigende Weise; inmitten des allgemeinen Reckens, Stöhnens und Schimpfens auf einen neuen Tag in der blassen Stunde vor der Dämmerung aufzuwachen war zu einer Gewohnheit geworden. Nach Sonnenaufgang zu schlafen, war trotz der dünnen Wände im Haus der Drei Delphine gelegentlich möglich gewesen, ganz einfach, weil die Nacht über immer ein solcher Lärm herrschte, dass in der Frühe jeder Bewohner zu erschöpft war, um etwas anderes zu tun als zu schlafen. Seit Andromeda jedoch Teil von Julillas Haushalt geworden war, hatte für sie jeder Tag noch vor dem Sonnenaufgang begonnen.

Als sie am zweiten Tag nach den Nonae Caprotinae erwachte, gemeinsam mit den anderen, konnten sie alle hören, dass es regnete. Das Prasseln auf den Ziegeln des Daches freute gewiss die Vilica, die sich über die anhaltende Trockenheit Sorgen gemacht hatte. Es bedeutete jedoch auch, dass keiner der Herrschaften das Haus verließ und man auf mehr Arbeit gefasst sein musste.

Conopas spähte zwischen halb geschlossenen Augenlidern hervor und grunzte verächtlich, machte jedoch Anstalten, sich zu erheben, als Andromeda ihn zurückzog. »Bleib liegen«, flüsterte sie. »Ich muss dir etwas sagen.« Übergangslos spannte sich sein Körper, und sie konnte spüren, dass er hellwach war. Um sie herum und in den übrigen Räumen der Sklavenquartiere, in denen es wegen der Gäste, die alle ihre persönlichen Diener mitgebracht hatten, etwas eng geworden war, hasteten und stolperten die meisten bereits in Richtung Küche. Es war nun einmal so, dass die Letzten die mickrigen Reste erhielten.

Andromeda rutschte noch etwas näher an Conopas heran und legte ihren Kopf an seine Brust. »Ich weiß nicht, was du Livia erzählst«, murmelte sie in seine Halsgrube hinein, so leise, dass sie kaum die Lippen bewegte, »oder wie du ihr Nachrichten schickst. Aber sie wird dich bald fragen, ob es wahr ist, dass Julilla ein Verhältnis hat ... mit Decius Silanus.«

Er neigte den Kopf ein wenig zur Seite, was jedem, der sie beobachtete, als zärtliche Geste erschienen wäre, und der schwere Regen auf dem Dach ertränkte beinahe seine Antwort. »Sprich weiter.«

»Es ist wahr. Sie hat mich gezwungen, einen Brief zu schreiben, in dem ich behaupte, es sei Ovidius Naso, der ehebrecherische Absichten hege, aber er ist nur ihr Ablenkungsmanöver. In Wirklichkeit ist es Decius Silanus.«

»Und das weißt du, weil ...«

»Ich habe einen Kuss gehört. Nicht gesehen, gehört. Danach hat sie mich den Brief schreiben lassen, und da wusste ich, dass es stimmen musste, sonst hätte sie sich nicht die Mühe gemacht, mich mit Arellius zu erpressen. Gib mir noch etwas Zeit, und ich werde bessere Beweise finden.«

»Mit Arellius erpresst«, wiederholte er ruhig.

»Er übersteht es nicht, wenn sie ihm die Malerei wieder

wegnimmt und ihn nach Rom zurückschickt, und das hat sie mir angedroht, wenn ich den Brief nicht schreibe.«

Es war das abenteuerlichste Gemisch aus Lüge und Wahrheit, das sie jemals zusammengebraut hatte, und wenn es Conopas nicht durchschaute, dann glaubte ihr auch Livia. Davon hing alles ab. Ohne Vipsania Julilla brach die Verschwörung in sich zusammen; Aemilius Paullus erschien Andromeda nicht ehrgeizig genug, um sie weiter am Leben zu erhalten, besonders, da er jetzt schon Zweifel hatte. Die Herrin Marcia war schlicht und ergreifend nicht klug genug. Was Agrippina betraf, so war es schwer, sie einzuschätzen, doch sie hatte selbst Kinder, und gewiss würde sie die Verbannung ihrer Schwester so einschüchtern, dass sie wenigstens ein paar Jahre wartete, ehe sie sich wieder in Gefahr brachte.

Doch der wesentliche Punkt war Julilla selbst. Wenn man sie wegen Ehebruchs anklagte, jetzt, wo sie ein viel schwerer wiegendes Vergehen zu verbergen hatte, blieb Julilla eigentlich nichts anderes übrig, als zu gestehen, damit keine Untersuchungen stattfanden, die noch ganz andere Dinge ans Tageslicht zerren würden. Bei einer Verbannung wegen Ehebruchs konnte sie hoffen, dass der nächste Princeps sie aufhob, vor allem, wenn Julilla dann noch einflussreiche Freunde besaß, die nicht mit ihr verbannt worden waren. Bei einer Verbannung wegen Verschwörung dagegen war gewiss, dass es keine Rückkehr mehr gab; vielleicht war die Anklage sogar schwer wiegend genug, um ein Todesurteil zu bewirken. Nein, Julilla tat gewiss alles, um eine Untersuchung zu vermeiden. Und wenn die nicht stattfand, dann blieb auch der Haushalt verschont vor jeder Folter und vor Schlimmerem. Die Einzigen, die durch den zweiten Brief zu Schaden kamen, waren Julilla ... und Decius Silanus.

Über Decius Junius Silanus wusste Andromeda nicht viel,

nur dass er Verbindungen in den Osten des Reiches hatte und ebenfalls in Julillas Pläne verwickelt war. Zu seinen Sklaven war er weder besonders freundlich noch besonders unfreundlich; er übersah sie meistens, wenn sie ihm nicht etwas brachten, was er haben wollte. Sie hatte keinen Grund, ihm Übles zu wollen, doch sie brauchte einen Mann, um den Verdacht von Ovidius auf ihn zu wälzen.

Im besten aller Fälle ließ Aemilius Paullus mit seiner gutmütigen Natur Arellius sogar sein Bildnis zu Ende malen; als dem betrogenen Ehemann würde ihm schließlich nichts geschehen, wohingegen er als Mitverschwörer ebenfalls angeklagt worden wäre, mit schrecklichen Folgen für alle seine Haussklaven. Im schlimmsten Fall schickte er Arellius in ein paar Wochen nach Rom zurück, aber dann konnte ihr Freund sich sagen, dass es nicht an ihm lag, und bis dahin hoffte Andromeda, einen neuen Patron für ihn gefunden zu haben.

Decius Silanus mochte unschuldig sein, aber wenn sie ihn opferte, litten und starben deutlich weniger Menschen. Sowohl die Wahrheit als auch die Lüge, die Julilla verbreiten wollte, konnten nur schlimmeren Tribut fordern. Es war keine gute Wahl, die Andromeda getroffen hatte, doch es war die am wenigsten schlechte Wahl, die ihr möglich war, und sie würde diesen Pfad bis zum Ende gehen.

»Du weißt natürlich, was das bedeutet.«

»Ja«, sagte sie. Wenn es nur einen Brief gegeben hätte, nur eine Nachricht über einen möglichen Ehebruch, dann wäre sie nur angewiesen worden, weiter zu beobachten. Aber der Umstand, dass Julilla einen Verschleierungsversuch gemacht hatte, ließ es für Livia bestimmt zur Gewissheit werden.

»Silanus«, sagte er. »Und dafür willst du Beweise bringen?«

»Ich weiß, was ich gehört habe. Und du weißt, dass es früher oder später schlecht für die Herrin ausgehen wird. Sonst würdest du ja kaum für die Herrin Livia arbeiten. Lass es früher sein. Dann werden nur Julilla und Decius Silanus darunter leiden, niemand sonst.«

Mittlerweile waren alle Schritte in Richtung der Küche verklungen; nur das Geräusch der Regentropfen blieb, unaufhaltsam.

Er rollte sich auf die Seite und beugte sich über sie. »Was bist du nur für ein umsichtiges Mädchen, Andromeda.«

Er hatte sie noch nie bei ihrem selbst gewählten Namen genannt, und sie zuckte zusammen.

»Da gibt es nur zwei Probleme«, setzte er hinzu. »Das erste besteht darin, dass ich nicht für die Herrin Livia arbeite.«

»Aber …«

»Die Herrin Livia glaubt es. Aber sie und der Princeps, sie werden schon bald die Vergangenheit sein. Wenn man jahrelang um sein Leben gekämpft hat, weiß man, dass man sich nie an die Vergangenheit halten darf. Ich arbeite für die Zukunft.«

»Willst du mir damit sagen«, fragte sie ungläubig, »dass du die ganze Zeit auf Julillas Seite gestanden …«

Er unterbrach sie, ohne auf ihre Frage einzugehen. »Das andere Problem besteht darin, dass nichts zwischen Julilla und Decius Silanus ist. Dazu müsste sie nämlich erst einmal an unserm guten Aemilius Paullus vorbeikommen, so fest, wie die zwei aneinander kleben.«

Etwas in ihrem Gesicht brachte ihn zum Lachen. Es war kein spöttisches Gelächter, sondern ein aufrichtig erheitertes, das aus ihm hervorrollte wie Äpfel aus einem überquellenden Fass nach der Ernte. Sie spürte seinen Bauch neben sich beben. Sein rechter Daumen zeichnete ihre Augenlider nach.

»Und deswegen bist du immer noch blind«, murmelte er. »Eine blinde kleine Lügnerin, und es war gut, dass ich nicht aus meiner Haut kann, nicht wahr?«

»Du und ich sind genau gleich groß«, gab sie zurück, weil

ihr sonst nichts zu sagen einfiel, während ihr Verstand noch dabei war, das zu verarbeiten, was er gerade behauptet hatte. Wenn er nicht für Livia arbeitete – wieso hatte sich dann Julilla überhaupt die Mühe gemacht, sie bei Livia einzuführen? Decius Silanus und Aemilius Paullus? Miteinander?

Ihre Antwort verstärkte sein Gelächter noch, bis es ein Glucksen wurde, weil er sich verschluckt hatte. »Ich wusste, dass es einen Grund gibt, warum ich dir nicht den Hals umdrehe«, ächzte er.»

Ihm die Wahrheit zu sagen kam nicht in Frage. Wenn seine Loyalität wirklich zuerst Julilla galt, wäre es mehr als schädlich, und wie sonst sollte sie den Satz mit der Zukunft auffassen?

Im Grunde spielte es keine Rolle, für wen genau er arbeitete. Sie musste bei ihrer Geschichte bleiben. Jetzt gab es kein Zurück mehr.

»Es ist mir gleich, mit wem Decius Silanus sonst noch das Bett teilt«, sagte sie kalt. »Und ich glaube, der Herrin Livia wird es ebenfalls gleich sein. Doch wenn du ihr nicht bestätigst, was ich geschrieben habe, wird sie das gewiss nicht gut aufnehmen, und sie und der Princeps machen nicht den Eindruck, als stürben sie in der nächsten Woche. Die Zukunft wird bestimmt noch länger auf sich warten lassen.«

Mit einem Schlag war jede Belustigung aus seinem Gesicht verflogen. »Bist du je verhört worden, Drittel? *Wirklich* verhört? Wenn Julilla und Silanus auf ihrer Unschuld bestehen und die Sache vor Gericht kommt, dann wird man dich verhören, wie von jeher Sklaven verhört worden sind. Ich denke nicht, dass du auch nur den ersten Tag überstehen wirst.«

Sie konnte nicht verhindern, dass ein Zittern ihren Körper überlief. Immerhin blieb ihre Stimme zu ihrer Befriedigung fest. »Die Anklage wird nicht vor Gericht kommen, weil Julilla ihre Schuld zugeben wird.« Es sei denn, sie schätzte ihre Herrin falsch ein, und das hatte sie bereits öfter getan.

Andromeda ignorierte das blinde Würgen in ihrer Kehle. Es war nutzlos, sich jetzt von der Angst überwältigen zu lassen. Nur der Weg nach vorne blieb noch offen.

»Was erzählst du mir nicht?«, fragte er in einem halb verwunderten, halb misstrauischen Tonfall.

Sie schaute zu ihm hoch und versuchte, alle Überzeugungskraft der Welt in ihre Stimme zu legen. »Ich habe dir doch gesagt, dass Julilla mir befohlen hat, den ersten Brief zu schreiben. Meinst du wirklich, das hätte sie getan, wenn sie nicht von ihrem wahren Vergehen ablenken wollte?«

»Nein. Nur glaube ich immer noch nicht, dass ihr wahres Vergehen ein Verhältnis mit Silanus ist. Und deswegen ist mir schleierhaft, warum du annimmst, sie würde genau das zugeben.«

Einen Moment lang erwog Andromeda tatsächlich, ihm die Wahrheit zu sagen. Aber nach seinem Gerede darüber, dass er für »die Zukunft« arbeitete, wusste sie weniger denn je, wie weit sie ihm trauen konnte. Falls er sie gleich nach dem Ende dieses Gesprächs an Julilla verriet, durfte er nicht wissen, worüber sie wirklich im Bilde war.

»Weil es besser ist …«, sagte sie zögernd und tastete sich an den Einfall heran, der ihr jetzt erst kam, »… einen Ehebruch zuzugeben, als einen Briefwechsel mit einer Verbannten zu führen, der nicht mehr von Livia und Augustus überprüft wird.«

»Willst du damit sagen …«

»Die Herrin Julilla hat eine Möglichkeit gefunden, mit ihrer Mutter zu korrespondieren, durch Bestechung der Wachen dort. Natürlich sind alle Briefe der Herrin Julia vernichtet, damit es keine Beweise gibt. Deswegen ist die Herrin Agrippina auch hier, und Silanus. Er ist der Mittelsmann. Sie bereitet sogar eine Entführung der Herrin Julia vor und will sie auf einem Landgut verstecken. Darum hat sie die Herrin Marcia ins Vertrauen gezogen. Wenn der Princeps und Livia das herausfinden, werden sie nicht nur die Herrin Julilla bestrafen, sondern auch den Herrn, den ganzen Haushalt und, was ihr wichtiger sein dürfte, den Rest ihrer Familie. Bei einer Anklage wegen Ehebruchs dagegen ist nur sie betroffen und kann damit rechnen, dass sie in ein paar Jahren wieder freikommt. Dem Herrn wird genauso wenig etwas geschehen wie uns. Er wird sein Vermögen behalten und als der Geschädigte gelten.«

»Hm«, sagte Conopas. »Das klingt … nachvollziehbar. Sehr nachvollziehbar. Bis auf einen Punkt: Warum bist du nicht völlig begeistert davon, der Herrin bei der Befreiung ihrer Mutter zu helfen? Du bist doch sonst so rührselig in dieser Beziehung.«

Diesmal musste sie ihre Empörung nicht heucheln. »Helena hatte auch eine Mutter«, entgegnete sie erbittert. »Phoebe. Wusstest du das? Aber Helena wird ihre Mutter nie wieder sehen, weil ihre Mutter tot ist. Und statt dankbar dafür zu sein, nutzt die Herrin sie weiter aus.« Sie wartete einen Moment, dann fügte sie, ohne ihren Ton zu verändern, der Wahrheit eine weitere Lüge hinzu. »In dem Brief, in dem ich Ovidius beschuldigen sollte, musste ich Helena als willige Kupplerin nennen, die Julilla ständig bedrängt, ihn doch endlich zu erhören. Das kann ich ihr nicht verzeihen. Und deswegen musste ich handeln.«

Conopas rührte sich nicht. Sie zwang sich, ruhig ein- und auszuatmen. Seltsamerweise wirkte das tatsächlich beruhigend. Alle möglichen Konsequenzen schienen weit fort zu sein; gegenwärtig war nur das leise Getrommel des Regens auf den Ziegeln und Conopas' Hand auf ihrem Gesicht, bis Thusneldas Stimme rief: »Bald nichts mehr da von Essen, kommt doch, Wichtel!«

»Gleich!«, rief sie, doch Conopas beugte sich über sie, stemmte seine Hände zu beiden Seiten ihres Kopfes auf die Strohmatte und betrachtete sie wie an dem ersten Morgen, den sie auf dem Palatin verbracht hatte. Wenn er sie an Julilla verriet, wäre es ihr Ende und würde Julilla trotzdem nicht helfen. Das musste er wissen. Es sei denn – und der Gedanke kam so unerwartet, dass er ihren regelmäßigen Atem für einen Herzschlag unterbrach –, es sei denn, Conopas hatte nicht Julilla mit der »Zukunft« gemeint, für die er arbeitete ... und dann war wieder völlig ungewiss, wem seine Handlungen helfen sollten.

»Hast du dem Maler und dem Schreiberling schon davon erzählt, dass sie bald ihre Gönnerin los sein werden?«, fragte er unvermittelt.

Andromeda schüttelte den Kopf. Thusnelda rief noch einmal nach ihr, dann entfernten sich ihre Schritte wieder unter unverständlichem germanischem Gemurmel, das wahrscheinlich undankbaren Zwergen galt.

»Und wie komme ich zu der Ehre, als Erster davon zu erfahren? Wenn du erst vor zwei Tagen einen Boten losgeschickt hast, dann dauert es schließlich noch eine Weile, bis wir aus Rom hören werden.«

»Weil ich dir vertraue«, sagte Andromeda – und stellte fest, dass es auf eine Weise stimmte. Sie hatte sein Maß genommen, wie die Sklavinnen, die Julillas Gewänder zurechtschnitten, und sie bildete sich ein zu wissen, was er tun oder nicht tun würde, zumindest in den wichtigsten Dingen. »Und weil ich dich für die Bestätigung meiner Aussagen brauche.«

In dem anschließenden Schweigen fing sie innerlich an, die Regentropfen zu zählen. Die Strohmatte unter ihr war während der vergangenen Wochen dünn genug geworden, um sie den harten Boden spüren zu lassen, und ihr Rücken schmerzte.

»Wir werden sehen, wie sehr du mir vertraust«, sagte Conopas endlich.

So glücklich sie früher in der Villa gewesen war, so elend fühlte Andromeda sich jetzt. Es war nicht nur das Warten darauf, was Conopas sagen oder tun würde, wenn erst Nachricht aus Rom eintraf. Alles, was ihr bisher Freude bereitet hatte, war nun von dem bleiernen Schleier des Verrats belegt. Von Ovidius Komplimente über ihr immer schneller und sicherer werdendes Schreiben zu hören gab ihr jedes Mal einen Stich. Arellius dabei zu erleben, wie er Julilla und Aemilius Paullus bat, ihn auch den Rest der Räume, die nur wenige Wandzierden hatten, ausgestalten zu lassen, und ihn mit Helena zusammen lachen zu hören war eine Folter. Thusnelda ihre Scheu so weit überwinden zu sehen, dass sie von ihrer fernen Waldheimat erzählte, wo die Legionen sich nicht blicken ließen, weil es nichts zu holen gab, und von den Träumen der Germanen nach dem Überfluss jenseits des Walls, der sie immer wieder nach Westen trieb, war nicht viel besser.

Unter anderen Umständen wäre sie erleichtert gewesen, dass Decius Silanus mit der Herrin Agrippina nach Rom zurückreisen wollte, weil das weniger Gäste bei den großen Mahlzeiten bedeutete, für die man bei Bedarf unterhaltend sein sollte, doch wenn er die Villa verließ, ehe der Herrin Livia ihre Botschaft zu Gesicht kam, glaubte die Gemahlin des Princeps vielleicht nicht an seine Schuld. Überhaupt war es möglich, dass der Bauer den Erlös ihrer Haarspange in Rom vertrank und nie zu Livia vordrang.

Zumindest wunderte sich Julilla nicht über ihre gedrückte Miene, wenn sie miteinander allein waren, und verlangte dann keine Scherze von ihr. Zu Andromedas Überraschung half die Herrin ihr sogar weiter bei ihren Schreibübungen. »Ich weiß nicht, wie du dir die Bezahlung einer Kopistin vorstellst«, sagte sie einmal, »aber sehr viel geben die Buchhändler bestimmt nicht aus. Wir werden sehen, wie du dich machst, wenn ich dich freilasse. Vielleicht beschäftige ich dich danach als meine Sekretärin. Das hat eine große Tradition, weißt du? Ciceros Sekretär Tiro war erst sein Sklave und dann sein Freigelassener.«

Es war, als hätte Julilla nach der dunklen Stunde im Meer beschlossen, sich nur noch von ihrer besten Seite zu zeigen, nun, da es niemandem mehr nützte. Sie wirkte, als sei eine große Last von ihren Schultern genommen, lachte und scherzte mit den Gästen, und die Tonstrix meinte, sie müsse ihre Wutausbrüche versteckt oder in die Stadt geschickt haben. Andromeda ertappte sich dabei, wie sie Julilla mit Ovidius beobachtete, und versuchte, ein Zeichen von herzloser Berechnung bei ihr zu erkennen. Vergeblich. Sie achtete auch mehr auf den Herrn und Decius Silanus, als sie es bisher getan hatte, was noch weniger ergiebig war. Gelegentlich legte einer dem anderen eine Hand auf die Schulter oder auf den Arm, aber mehr geschah nicht. Die Herrin und der Herr benahmen sich zueinander, wie sie es immer getan hatten: vertraut, freundlich und leidenschaftslos.

Das Belauschen von Julillas Schwestern ergab nur, dass Agrippina und Julilla den Gemahl ihrer älteren Halbschwester, Publius Quinctilius Varus, für nicht sehr befähigt und für schuld an den Aufständen in Judäa hielten, doch dergleichen nicht zu Marcia sagten. Andromeda fragte sich, wie er dann einen glorreichen Triumph bewerkstelligen sollte, bis sie sich zurechtlegte, dass der Triumph die Rolle von Agrippinas Gemahl Germanicus war. Varus wurde nur gebraucht, um die Barbaren in einen Aufstand hineinzutreiben, was ihm offenbar schon früher in anderen Provinzen ganz ohne vergleichbaren Anreiz gelungen war. Halb hoffte und halb befürchtete sie, dass die Schwestern ihr diese Vermutung bestätigten, und fragte sich, wie Conopas, der bei den Lauschereien häufig genug bei ihr war, dann reagieren würde. Doch bis auf ein paar abschätzige Bemerkungen über Varus als Legat in Syrien, die für sich betrachtet nichts weiter bezeugten, fiel kein Wort zu diesem Thema. Stattdessen war davon die Rede, dass Agrippina hoffte, bald wieder schwanger zu werden. »Kinder sind die Zukunft, und die Zukunft muss uns gehören«, sagte Julilla.

An dem Nachmittag vor der geplanten Abreise von Silanus und Agrippina, zur achten Stunde des Tags, kurz bevor die große Mahlzeit beginnen sollte, rief Julilla überraschend den gesamten Haushalt im Triclinium zusammen, einschließlich der Küchensklaven. Sie trug ihre blaue Tunika und einen Halsschmuck aus getriebenem Silber. Ihr Haar war von der Tonstrix zu einer kunstvollen Lockenpracht aufgesteckt worden, doch sie war offenkundig noch an der Luft gewesen, denn eine oder zwei Strähnen hatten sich gelöst, und die schwache Röte ihrer Wangen verstärkte den Eindruck, als sei sie gerade gelaufen.

»Ich habe wunderbare Neuigkeiten«, sagte sie mit atemloser Stimme, »die von jedem geteilt werden sollen. Heute ist ein Tag der Freude. Mein Gatte und ich erwarten einen Erben!«

Während die Jubelrufe und Glückwünsche um sie hervorbrachen, manche pflichtbewusst, die meisten jedoch herzlich, spürte Andromeda, wie Conopas sie zur Seite und aus dem Triclinium in den Garten zog.

»Lass es raus«, sagte er und sah mit verschränkten Armen dabei zu, wie sie sich übergab. Sie hatte Trauben gegessen, und es kam ihr vor, als zwänge sich jede einzelne wieder in ihrem Hals hoch, auf widerliche Weise süß. Es erschien ihr unmöglich, jemals wieder etwas zu essen, während sie auf den Knien würgte, obwohl sie längst alles erbrochen hatte, was sich in ihrem Magen befand.

Nachdem sie es endlich fertig brachte aufzustehen, und zitternd atmete, nahm Conopas eine Piniennadel und entfernte die Reste von Erbrochenem um ihren Mund.

»Wenn du jemals freikommst, würde ich an deiner Stelle niemals versuchen, mir mein Geld mit dem Spionieren zu verdienen. Wer einmal jemanden verrät, braucht den Mumm, das durchzuhalten, sonst geht er unter. Aber lass mich dein tränenvolles Geständnis an Julilla mit anhören. Es ist immer gut, Beispiele dafür zu haben, warum Gefühlsseligkeit nichts als Unsinn ist.«

»Ich werde nichts erzählen«, entgegnete Andromeda heiser. Sie versuchte, sich nichts als das Untertauchen im Meer vor Augen zu halten, als sie Helena im Hintergrund lauthals darüber sprechen hörte, wie glücklich sie sei, nun bald auch der dritten Generation der Familie dienen zu dürfen. Wie konnte die Tonstrix nur so blind und taub sein, nicht zu merken, wie sehr Julilla sie und alle anderen ausnutzte? Das Kind machte keinen Unterschied. Es würde als Urenkel des Princeps aufwachsen, ganz gleich, wie es um seine Eltern bestellt war, und niemals hungern müssen oder gezwungen sein, sich zu verkaufen. Seine Mutter würde keinen Selbstmord begehen, um andere zu schützen, da war sich Andromeda sicher.

»Dann erkläre mir etwas, o Dreifache Entschlossenheit. Wer hat ihr das Kind gemacht, was meinst du? Wo du mir doch immer noch schwörst, dass sie es mit ihrem Mittelsmann Decius Silanus treibt, nur weil er ihr den Briefwechsel mit ihrer Mutter eingerichtet hat, auch wenn ich ihn noch nicht mal am kleinen Finger ihrer Hand habe knabbern sehen.« Er sah sie herausfordernd an. »Komm schon, tun wir unsere Pflicht, bringen wir die Leute zum Lachen und finden heraus, ob er wie ein glücklicher Vater wirkt. Beim Herkules, vielleicht verschiebt er sogar seine Abreise deswegen!«

Der Hohn war wie ein Säurebad. Sie fuhr sich noch einmal mit dem Handrücken über den Mund, dann lief sie ins Triclinium zurück, wo inzwischen aus einem gediegenen

Abschiedsmahl eine Feier geworden war. Andromeda versuchte, die Honigkuchen zu ignorieren, damit ihr nicht wieder übel wurde, und nicht zu offensichtlich Vipsania Julilla anzustarren, wie sie lächelnd und ohne alle Schatten von Ehrgeiz und Verbitterung um ihre Augen mit ihren Schwestern schwatzte. Sogar die ewig freudlose Marcia rang sich einen einigermaßen milden Gesichtsausdruck ab und wirkte geschmeichelt, als Julilla versprach, den zukünftigen Sprössling nach Quinctilius Varus »Publius« zu nennen, wenn es ein Sohn würde.

Danach rief Julilla Andromeda zu sich und gab ihr ein Goldstück. »Wenn du Charis nicht entlarvt hättest, würde ich immer noch vergeblich hoffen«, sagte sie, und es klang nur aufrichtig glücklich, ohne jeden Hintergedanken.

Der Einzige im Raum, der nicht strahlte, war Ovidius, und in Andromeda verkrampfte sich alles. Da Julilla so sicher geklungen hatte, als sie sagte, es gäbe keine Beweise für etwas, was nie geschehen sei, war Andromeda sicher gewesen, dass alles, was zwischen Julilla und Ovidius geschehen sein mochte, nicht mehr als ein Kuss gewesen war. Außerdem hatte er doch gesagt, er wolle bald zu seiner Gemahlin in Tusculum reisen.

Sie lief zu ihm hinüber und kauerte sich neben die Liege, auf der er, der junge Quintus und ein ausgesprochen aufgeräumter und gut gelaunter Decius Silanus ruhten.

»Ein gutes Omen, Herr, für uns alle!«, sagte sie. »Ist ein Kind nicht die größte aller Verwandlungen?«

Jedes Wort war eine Lüge. Die Nachricht von Julillas Kind machte sie nur noch elender, und in den Geschichten, die er schrieb, endeten schwangere Frauen als Bären oder Bäume. Wieder dachte sie an ihren eigenen Albtraum, von einem großen, großen Kind entzweigerissen zu werden. Doch sie sprach so leichtherzig wie möglich, nicht so fröhlich, dass es übertrieben wirkte, und mit einem Unterton von

Neugier, als handele es sich um eine aufrichtige Frage. Es war eine Lüge, die sie formte und schliff wie die Buchstaben, die sie sorgfältig aneinander reihte.

»Das ist es«, entgegnete er, und das Lächeln kehrte in sein Gesicht zurück. Da wusste sie, dass Conopas Recht hatte: Dichter und Maler zogen immer die Lüge der Wirklichkeit vor. Die Welt, wie sie sein sollte, der Welt, wie sie war. Doch hier und heute war sie dankbar dafür.

»Decius Silanus wird einen Brief für mich nach Rom mitnehmen«, sagte Ovidius, und sie blinzelte. Er konnte nicht wissen, warum der Satz sie verstörte, doch er blickte sie mit einer abwartenden Miene an. Als sie nichts erwiderte, fügte er hinzu: »An meinen Freund Brutus. Ich werde ihm empfehlen, dich einmal in der Woche an den Abschriften in seinem Geschäft mitarbeiten zu lassen. So lange kann Julilla dich sicher entbehren. Wir werden sehen, wie du dich machst, und du verdienst dir eine Kleinigkeit, die du zurücklegen kannst für den Tag, an dem du freigelassen wirst. Wenn du das wirklich wünschst, Manto.«

»Ich bin keine Seherin«, sagte sie traurig. »Ich weiß nicht mehr, was ich mir wirklich wünsche. Aber ich danke dir von ganzem Herzen.«

»Was sind denn das für düstere Töne?«, fragte Decius Silanus stirnrunzelnd, doch immer noch gut gelaunt. »Lach und sei fröhlich, Kleine. Heute ist ein Tag zum Feiern!«

»Welcher Tag ist das nicht, Herr, in der glorreichen Gesellschaft, in der wir uns befinden?«, gab sie auf die schlagfertige, spitzbübische Weise zurück, wie man sie von Mimen, Narren und vorlauten Kindern erwartete. Dabei musterte sie ihn so unauffällig wie möglich. Er war ein von der sommerlichen Sonne braun gebrannter junger Mann wie andere auch, und nur das Haar, das sich bereits an den Schläfen zu lichten begann, unterschied ihn etwas von den anderen Männern seines Alters. Er war der Mann, der ihr nichts getan hatte und den sie möglicherweise zu einem elenden Schicksal verurteilt hatte.

Wenn du an Ort und Stelle tot umfielst, wäre es ihm egal, sagte sie sich und drängte die neue Welle der Reue zurück, die in ihr aufstieg. *Außerdem ist er selbst bereit, viele Menschen zu einem weit schlimmeren Schicksal zu verurteilen. Er verdient es genauso wenig, bedauert zu werden, wie Julilla.*

»Decius Junius, du darfst in Rom noch kein Wort von meiner Schwangerschaft erzählen«, rief Julilla zu ihm herüber, »bis Agrippina mit unserem Großvater gesprochen hat. Es soll eine Überraschung sein.«

Er hob zustimmend seinen Becher, und Agrippina drückte Julillas Hand. »Meine Töchter haben Augustus gefreut, aber wenn dein Kind der erste männliche Urenkel wird, dann genügt das vielleicht, damit er dir gestattet, deinen Sohn seiner Großmutter zu zeigen!«, meinte sie ernst.

»Ich werde auf jeden Fall darum bitten, dass er sie auf das Festland ziehen lässt«, antwortete Julilla, und zum ersten Mal lag mehr Hoffnung als Zorn und Trauer in ihren Worten, als sie von ihrer Mutter sprach. »Nach Rhegium vielleicht. Es wäre ein erster Schritt, und wir könnten sie dort besuchen.«

Sie nahm sich den Pokal, und im dämmrigen Licht des Tricliniums, das durch Vorhänge vor der gleißenden Sommersonne geschützt wurde, war sie ein heller, goldener Schatten.

»Auf die Zukunft, meine Freunde! Auf ein neues Zeitalter!«

~

Die Tage dehnten sich zu einer Woche, zu zweien, bald zu dreien, und noch immer kamen keine Besucher aus Rom. Nach Silanus und Agrippina verließen auch Marcia und Ovidius die Villa, und in Andromeda wuchs die Überzeugung, dass ihr zweiter Brief nie überbracht worden war. Mittlerweile kam sie sich vor, als schlafwandle sie nur durch ihre Tage, die mehr und mehr an Wirklichkeit verloren. Nur Conopas mit seinen scharfen Augen, die sie unausgesetzt beobachteten, war noch wirklich, weil er wusste, was sie getan hatte, und sie daran erinnerte, dass sie das alles nicht nur träumte.

»Bedrückt dich etwas, Kleine?«, fragte Arellius, der weit genug von der Arbeit an seinem großen Gemälde in die Wirklichkeit zurückkehrte, um zu bemerken, dass sie sich verändert hatte.

»Es ist nur die Sommerhitze«, sagte sie müde.

Seine hageren alten Finger rieben sich die Augen. »Aber du bist noch jung, Andromeda. Wenn ein alter Fant wie ich im Sommer arbeiten kann, dann läuft so ein Mädchen wie du nicht hohläugig herum, wenn ihr nicht noch viel mehr im Magen liegt.«

»Was in ihr liegt, und wo sie liegt, und was auf ihr liegt, ist nicht deine Angelegenheit«, kommentierte Conopas, der dieser Tage nie weit entfernt zu sein schien, und legte mit einer offenkundig besitzergreifenden Geste seinen Arm um Andromedas Schulter. »Nur meine, o ehrwürdiger Greis. Halte dich an deine Haardreherin.«

Ungehalten runzelte Arellius die Stirn und bückte sich ächzend so weit, dass er mit Andromeda auf Augenhöhe war. »Ich glaube, wenn du deine Herrin bittest, dass sie dir Leute vom Hals schafft, die dich nicht zu schätzen wissen, dann wird sie dir den Gefallen tun. Sie ist sehr glücklich dieser Tage.«

»Und wir hoffen alle, dass sie glücklich bleibt«, sagte Conopas freundlich.

Andromeda biss die Zähne zusammen und mischte noch mehr Bleiweiß mit Indigo. Über ihren Kopf hinweg hörte sie Arellius und Conopas weitere Bissigkeiten austauschen, doch sie verklangen wie der Gesang der Vögel, von denen inzwischen zu viele unliebsame Bekanntschaft mit Leimruten und Jägern geschlossen hatten, um die Villa tagsüber nicht zu meiden.

Immerhin erinnerte sie Ovidius' Abreise wieder daran, warum sie ihren ursprünglichen Entschluss überhaupt gefasst hatte, denn Julilla war offenkundig nicht glücklich über seine Entscheidung, nach Tusculum zu gehen.

»Ich dachte, du würdest erst dein Werk hier vollenden«, sagte sie, als Ovidius ihr und Aemilius Paullus mitteilte, es sei nun an der Zeit für ihn, ihre Gastfreundschaft nicht mehr in Anspruch zu nehmen.

»Es ist fast fertig. Doch der Schluss ist keiner, den ich in einer Umgebung schreiben kann, die dem Elysium so nahe kommt«, entgegnete er ruhig, und nur Andromeda, die hinter ihm in einer Ecke saß, sah, dass die Knöchel seiner Hände, die er hinter dem Rücken ineinander verschränkt hatte, weiß waren.

»Wie wird es enden, und wo?«, fragte Julilla leise.

»In Rom«, sagte er, »wo alle Wege enden. Wo sonst könnte die letzte Verwandlung stattfinden? In Rom, wo die Göttin Venus selbst für ihren Nachkömmling bitten wird.«

~

Am Tag nach Ovidius' Abreise fand Andromeda ihre Herrin in der kleinen Bibliothek, alleine, weil der Herr Conopas zu sich befohlen hatte. Julilla stand vor dem eingelassenen Fach mit den roten Lederrollen, und die plötzliche Gewissheit, dass sie auf jeden Fall nach der Rolle suchen würde, deren Hülle sie gestohlen hatte, weckte Andromeda aus ihrer angespannten Benommenheit. Als Julilla sie hörte, drehte sie sich um. In ihren Händen hielt sie ein Blatt, das eindeutig

422

nicht Teil einer Buchrolle war, sondern ein Brief, auf dem nur wenige Zeilen standen.

»Eigentlich wollte ich dir befehlen, noch einmal an Livia zu schreiben«, sagte sie. Ein Teil von Andromeda wollte sich auf die Knie werfen und um Gnade bitten. Ein anderer Teil wollte fortlaufen. Am Ende blieb sie stehen. Sie hatte so lange darauf gewartet, dass etwas geschah, dass sie zu erschöpft war, um jetzt etwas anderes zu tun.

»Doch das wird nicht nötig sein«, fuhr Julilla fort. Ihre Finger glitten das Blatt entlang, auf und nieder. »Wir kehren nach Rom zurück.« Mit jedem Wort hob sich ihre Stimme ein wenig. »Heute kam ein Bote von meinem Großvater. Er will mich sehen, und«, ein langsames, erleichtertes Lächeln breitete sich über ihr Gesicht und erwärmte selbst ihre unerreichbaren grünen Augen, »er hat eingewilligt, meine Mutter von Pandataria nach Rhegium zu schicken. Das Kind macht tatsächlich einen Unterschied für ihn!«

Andromeda war nicht erleichtert, sondern enttäuscht. Die Ungewissheit hatte damit immer noch kein Ende. *Der Venuswurf,* dachte sie, und wagte noch einmal alles. Von Julillas Antwort hing ihre Zukunft ab.

»Heißt das, du brauchst keine Ablenkungsmanöver mehr, Herrin?«

»Sei nicht töricht«, sagte Julilla. »Natürlich brauche ich die. Wenigstens, bis die Nachrichten aus … gewissen Orten eintreffen. Wenn wir wieder in Rom sind und ich meinen Großvater besuche, dann möchte ich, dass du Livia erzählst, ich hätte Ovidius zwar fortgeschickt, um meine Tugend zu retten, doch deiner Meinung nach gäbe er die Hoffnung nie auf.«

Nein, dachte Andromeda. *Ich werde dir nie gestehen, was ich getan habe! Ob der zweite Brief nun sein Ziel erreicht hat oder nicht, ob du nun ein Kind erwartest oder nicht, ob es nun seines ist oder nicht, ich werde dich nicht warnen.*

»Wie du befiehlst.«

Julilla neigte den Kopf leicht zur Seite. »Das war es nicht, was du ursprünglich sagen wolltest.«

»Ich …« Andromeda zögerte und biss sich auf die Lippen, ohne die Verlegenheit zu spüren, die früher einmal der Auslöser für eine solche Geste gewesen war. »Ich wollte dich eigentlich etwas fragen. Es ist eine alte Frage. Ich hoffe aber, dass ich mir inzwischen eine Antwort verdient habe.«

»Ich höre«, sagte Julilla und ließ die Hand mit dem Brief sinken.

»Was ist die Wahrheit über Conopas? Warum …«

Julilla betrachtete sie abwägend, als ihre Stimme verklang, und zuckte schließlich die Achseln. »Warum nicht«, sagte sie. »Ich bin davon ausgegangen, dass du ihm nahe genug kommen würdest, damit er es dir selbst erzählt, doch vielleicht ist es zu spät dafür. Du weißt, dass Conopas einmal als Gladiator gekämpft hat?«

Auf ihr Nicken hin fuhr Julilla fort: »Er hat seinen letzten Kampf verloren, und die Menge hat ihn nicht begnadigt. Niemand liebt die Netzkämpfer, wenn sie verlieren. Ein Langschwertkämpfer oder ein Thraker hat vielleicht noch die Gunst der Menschen auf seiner Seite, wenn er verliert, aber ganz selten ein Netzkämpfer. Conopas lebt nur, weil mein Großvater an dem Tag anwesend war und ihn begnadigt hat.«

»Ich dachte, dein Großvater hegt eine Abneigung gegen … gegen unsereins, Herrin.«

»Das tut er. Und deswegen wusste ich sofort, dass die Begnadigung nicht seine Idee gewesen sein konnte. Livia musste ihn darum gebeten haben. Es waren die Begräbnisspiele zu Ehren des toten Drusus, sonst hätten wir Frauen überhaupt nicht anwesend sein dürfen, aber an diesem Tag war die gesamte Familie da. Sogar Tiberius. Ich sah ihn mit Livia tuscheln, als Conopas besiegt wurde, und da wurde es offensichtlich für mich. Später stellte ich ein paar Nachforschungen an und war nicht im Mindesten überrascht, als man mir Conopas bei einem Gastmahl meines Großvaters als Geschenk anbot. Livia muss das für einen gelungenen Scherz auf meine Kosten gehalten haben.«

Das Ganze ergab gewiss einen Sinn, doch Andromedas erschöpfter Verstand weigerte sich, ihn zu begreifen.

»Conopas kam nicht direkt von Hispania aus nach Rom. Er war vorher auf Capri, wo Tiberius seine Villa hat, seit er aus Rhodos zurückgekehrt ist. Falls du nie den Klatsch darüber gehört hast, welchen Gewohnheiten Tiberius da nachgeht, dann sei froh. Deswegen war es der Gipfel der Heuchelei, dass es meine Mutter war, die wegen ihres Lebenswandels angeklagt wurde. Verglichen mit ihm war sie eine Vestalin. Was auch immer sie getan hat, geschah im gegenseitigen Einvernehmen und mit Erwachsenen. Nicht mit Kindern. Und nicht mit Zwergen, die er loswerden wollte, als er merkte, dass sie keine Kinder mehr waren.«

Andromeda erinnerte sich an die eine oder andere Bemerkung, die Conopas in der Vergangenheit gemacht hatte und die genau zu dem passte, was Julilla sagte. Das Mitleid, das sich hin und wieder selbst in ihren ärgsten Groll gegenüber Conopas gemischt hatte, kehrte zurück und nährte die schmerzende Mischung aus ständiger Anspannung, Ärger und Schuldgefühlen, die ihr in Julillas Gegenwart den Kopf hämmern ließen.

»Livia muss es für einen Witz halten, dass sie Julias Tochter für eines der abgelegten Spielzeuge ihres Sohnes sorgen lässt«, schloss Julilla. »Was Conopas betrifft, ich kann verstehen, warum er für sie spioniert; an seiner Stelle täte ich auch alles, um nicht wieder bei Tiberius zu landen. Mir ist ein Spion lieber, den ich verstehen kann.«

Es wäre der Moment gewesen, um ein Geständnis zu machen und Julillas Verständnis für die Motive von Spionen zu erproben. Doch Andromeda blieb stumm, weil sie immer noch dabei war, das, was sie gehört hatte, in das Bild von Conopas einzufügen, dessen sie sich so gewiss gewesen war. Was immer ihn bewegte, sie bezweifelte, dass es Furcht war. *Wir werden sehen, ob du mir vertraust,* hatte er gesagt, und sie brachte es nicht fertig, von ihren Zweifeln zu sprechen. Nicht zu Julilla, und zu niemandem sonst.

Später gelangte sie zu der Überzeugung, dass dies der letzte Augenblick war, an dem sie noch etwas hätte ändern können.

IV.

AUGUST

I.

Es war ein Zeichen dafür, zu lange gelebt zu haben, dachte Titus Metellus, wenn man den Eindruck hatte, die gleiche Kette von Ereignissen wieder und wieder an sich vorüberziehen zu sehen. Vipsania Julilla war nun schon das dritte Mitglied ihrer Familie, das er unter Arrest stellte. Diesmal waren die Voraussetzungen immerhin besser: Die Befehle, die er erhalten hatte, waren klar und präzise, nicht widersprüchlich wie im Fall der Tochter des Princeps. Und es bestand keine Gefahr, dass es zu peinlichen Szenen kommen würde, wie bei Julillas Bruder, Postumus Agrippa. Seine Männer hatten das Haus des Aemilius Paullus auf dem Palatin übernommen und sofort dafür gesorgt, dass es nirgendwo unliebsame Überraschungen oder unbewachte Ausgänge mehr gab. Als Julilla und ihr Gatte mit ihrem Haushalt vom Lande zurückkehrten, standen die Prätorianer bereit, um sie in Empfang zu nehmen.

Aemilius Paullus, den Metellus als gelassenen, ein wenig geistesabwesenden Mann in Erinnerung hatte, war aufrichtig empört. Er verlangte, umgehend mit Metellus' Vorgesetzten zu sprechen oder zum Princeps selbst geführt zu werden. Vipsania Julilla dagegen erkannte Metellus sofort. Anders als ihr Gemahl fragte sie nicht, wie denn die Beschuldigung lautete. Die Sinnlosigkeit der Frage war ihr vertraut.

Metellus dachte daran, wie Postumus Agrippa ihn angebrüllt hatte, das Gesicht wund geschlagen während der vergeblichen Versuche des jungen Mannes zu fliehen, immer wieder mit den gleichen Worten, die schließlich nur noch zu einem einzigen wurden: »Nein, nein, nein, nein, nein …« Es gab keinen Grund, warum das alles so würdelos zugehen sollte, und daher war Metellus Vipsania Julilla für ihre Zurückhaltung dankbar. Man würde schließlich ein paar Tage miteinander verbringen müssen, da er und die Wachen in ihrem Haus blieben, bis ein Urteil über sie gefällt worden war. Er hatte seinen Leuten eingeschärft, dass sie sich in dieser Zeit auf keinen Fall mit einer der Sklavinnen vergnügen sollten. Nicht, dass er ihnen ein wenig Spaß hin und wieder missgönnte, doch er wollte nicht, dass es zu irgendwelchen Nachlässigkeiten kam, weil sich jemand nicht auf seinem Posten befand. Schlimm genug, dass die Familie des Princeps nicht aufhörte, diesem Schande zu machen; wenigstens die Untersuchung und die Verurteilung sollten so unauffällig wie möglich erledigt werden, ohne die Klatschmäuler von ganz Rom anzuziehen. Über die Verlautbarungen in der Zeitung, die täglich auf dem Forum angeschlagen wurde, brauchte man sich keine Sorgen zu machen, denn deren Inhalte unterlagen der Kontrolle des Princeps, doch ein einmal in die Welt gesetztes Gerücht ließ sich kaum mehr unterdrücken. Wenn es ihm tatsächlich gelang, die Sache geheim zu halten, bis Vipsania Julilla außer Landes geschafft worden war, dann hatte ihm die Herrin Livia eine Belohnung versprochen, die ihm ein bequemes Alter und seinen Kindern die Zukunft sicherte.

Es gab nur einen Punkt, den er bei der Angelegenheit nicht ganz verstand. Den Fragen nach zu urteilen, die er den Sklaven hier zu stellen hatte, war Vipsania Julilla genauso eine Schlampe wie ihre Mutter. Doch dann bestand eigentlich kein Grund, den armen Tropf von Ehemann ebenfalls festzuhalten, aber ihm war ausdrücklich mitgeteilt worden, dass er Aemilius Paullus genauso in Haft zu nehmen habe wie dessen Gemahlin. Nun, vermutlich befürchtete man, dass ihn die blinde Zuneigung zu Vipsania Julilla Dummheiten begehen ließ.

»Meine Gattin erwartet ein Kind«, sagte der Tor, als er endlich einsah, dass ihn seine Fragen nicht weiterbrachten. »Der Princeps hat uns selbst geschrieben, wie sehr er sich über diese Nachricht freut. Er wird es nicht gnädig aufnehmen, wenn sie von …«

Mit einer Mischung aus Mitleid und Verachtung unterbrach ihn Metellus. »Warum sollte der Princeps sich über einen Bastard freuen?«

Lucius Aemilius Paullus starrte ihn fassungslos an. Nun ja, der Ehemann erfuhr es immer als Letzter. Vipsania Julilla legte ihm eine Hand auf den Arm und flüsterte ihm etwas ins Ohr.

»Nur zu, sag es ihm laut, Herrin«, höhnte Metellus spöttisch. »Schließlich wissen wir ja jetzt, dass auch sonst nichts zwischen euch beiden bleibt.«

»Außer Decius Silanus«, feixte einer seiner Soldaten im Hintergrund, und Metellus fluchte innerlich. Da er selbst seinen Männern nichts über die Hintergründe der Verhaftung mitgeteilt hatte, bewies die Nennung dieses Namens, dass es irgendwo im Haus des Princeps undichte Stellen gab, was seine Hoffnung auf eine ruhige, unauffällige Erledigung der ganzen Peinlichkeit zerstörte. Er machte sich keine Illusionen: Was ein Prätorianer wusste, wussten alle. Es war leichter, Geheimnisse in einem Bordell zu hüten als in einer Baracke.

Immerhin hatte die Disziplinlosigkeit seines Untergebenen eine unerwartet gute Folge – Vipsania Julilla verlor ihre Gelassenheit und wiederholte verwundert und ungläubig: »Decius Silanus?«

Metellus beäugte sie abwartend. Schließlich sollte er über jede ihrer Handlungen Bericht erstatten. Seine Erfahrung beim Verhören von Menschen, die nicht wie Julilla durch ihre Geburt vor gröberen Methoden geschützt wurden, verriet ihm, dass sie einen anderen Namen erwartet hatte. Was bewies, dass sie tatsächlich in die Fußstapfen ihrer Mutter getreten war, der man damals schließlich nicht nur ein Verhältnis mit dem Antoniussohn nachsagte. *Weiber*, dachte er. *Es gibt nur ein paar gute unter ihnen, aber der Rest sind schamlose Huren, ganz gleich, wie fein sie angezogen sind und wie gut sie riechen.*

»Gibt es etwas, das du mir zu sagen hast, Herrin?«

»Nein«, erklärte sie fest. »An deiner Stelle würde ich auf das Mundwerk der Männer achten, Centurio. Diese absurde Geschichte wird sich aufklären, und dann werde ich mich daran erinnern, wie du und deine Leute sich verhalten haben.«

Er schenkte ihr ein sehr dünnes Lächeln und fragte sich, warum ihm selbst noch kein mannstolles Weib von adliger Geburt um den Hals gefallen war. Es war für ihn kaum vorstellbar, dass Laffen wie Silanus oder der bedauernswerte Weichling aus der Familie der Aemilier, der bei der Nennung von Silanus' Namen kalkweiß geworden war und sich an die Hand seiner treulosen Frau klammerte, statt ihr an Ort und Stelle zu zeigen, was er von Ehebruch hielt, jemanden wie sie befriedigen konnten.

»Oh, alles wird sich aufklären«, stimmte er zu. »Ganz wie bei deiner Mutter und deinem Bruder, Herrin. Was für ein Glück, dass sich die Grenzen des Reiches mittlerweile so weit erstrecken, sonst gingen dem Princeps am Ende die Inseln aus.«

~

Andromeda war wie jedem anderen der Sklaven und freigelassenen Dienern, die nicht in der Küche zu tun hatten, befohlen worden, sich dem Centurio zur Verfügung zu halten. Sie warteten alle im Vestibulum, während der Centurio es sich im Triclinium bequem gemacht hatte und sie nacheinander vorführen ließ. Stichus schimpfte und lief unablässig auf und ab.

Eine der Sklavinnen, die bei den Mahlzeiten bediente, war die erste der Dienerschaft, die in Tränen ausbrach und erklärte, es sei ihr gleich, was die Prätorianer wissen wollten, sie würde zu allem *Ja* sagen: »Ich will nicht enden wie Phoebe.«

Helena war beim Anblick der Prätorianer weiß geworden und hatte zu zittern begonnen, aber sie war stumm geblieben. Nach dieser Bemerkung allerdings fiel sie auf die Knie und übergab sich, was in der angespannten Atmosphäre mehr Schimpfen als Mitleid auslöste. Andromeda half ihr, sich den Mund abzuwischen. Jetzt, wo die Stunde da war, fühlte sie selbst überhaupt nichts mehr, weder Furcht, noch Schuld, noch Befriedigung. Abwesend dachte sie, dass es gut war, Arellius in der Villa zu wissen; das stundenlange Herumstehen im Vestibulum wäre ihm nicht bekommen. Sie spürte Helenas Hand nach der ihren tasten und hielt sie fest, doch es geschah, als bewege ein fremder Gott ihre Glieder und habe all ihr Empfinden mit sich genommen.

»Aber das Geständnis eines Sklaven ist *nie* gültig, wenn nicht gefoltert wurde«, sagte eine der Frauen nervös, die hier gelassen worden war, um das Haus zu bestellen, und daher bereits ein paar Tage mit den Prätorianern gelebt hatte.

»Niemand wird gefoltert werden!«, erklärte Stichus kategorisch. »So etwas will ich nicht hören, von überhaupt niemandem. Das ist alles ein Missverständnis, das sich aufklären wird, wenn die Herrin erst mit dem Princeps gesprochen hat.«

»Der Princeps ist nicht der gesprächigste Mann, wenn es um Verwandte geht, die in Ungnade gefallen sind«, sagte Conopas trocken, und Stichus hob drohend eine Hand, während Helena zu weinen begann. Es war kein lautes

Schluchzen wie das der anderen Sklavin; sie umarmte Andromeda und versteckte ihr Gesicht im Haar der Zwergin, damit man es nicht bemerkte, doch Andromeda spürte die Tränen der Tonstrix und betete zu den Göttern, dass ihr ihre eigene innere Taubheit noch eine Weile erhalten bliebe. Vielleicht hatte Ovidius die ganze Zeit Recht gehabt und sich nur bei der Reihenfolge geirrt: Statuen wurden keine Menschen – Menschen wurden zu Stein. Sie beobachtete, wie die Angehörigen des Haushalts nacheinander im Triclinium verschwanden, und fragte sich, ob es auch möglich war, Augen aus Stein zu erlangen, um nicht mehr sehen zu müssen.

Als sie selbst an die Reihe kam, meldete sich ein schwacher Funken von Neugier in Andromeda, was sie sofort beunruhigte. Sie wollte überhaupt nichts mehr fühlen. Sie wollte in ihrer sicheren Welt aus Kälte und Stein bleiben.

Helena löste nur zögernd die Arme von ihrer Freundin und bemühte sich sichtlich, ihrem verweinten Gesicht ein ermutigendes Lächeln abzuringen. *Wenn du wüsstest, was ich getan habe,* dachte Andromeda, *dann würdest du mich ins Feuer werfen. Aber ich habe es auch für dich getan, für dich und jeden anderen in diesem Haushalt, für Arellius und Ovidius und auch für mich selbst. Es ist das kleinste von allen Übeln. Es muss einfach so sein.*

Der Centurio hatte sich auf einer der breiten Liegen, die eigentlich für drei Personen gedacht waren, niedergelassen und sich Käse bringen lassen, den er in der Hand hielt, als sie eintrat. Er kniff ein Auge zusammen.

»Ah«, sagte er. »Die Zwergin. Die *schreibkundige* Zwergin, wie?«

Sie nickte stumm.

»Dann mal heraus mit der Sprache. Was für Beweise hast du für die Sache mit Silanus?«

»Ich habe sie zusammen gehört«, sagte sie tonlos.

»Wie sie es miteinander getrieben haben? Na ja, so wie du gebaut bist, passt du ja unter jedes Bett ... oder haben sie es im Stehen getan?«

Sie erkannte das Glitzern in seinen Augen. Es war ihr nur allzu vertraut, durch die Kunden, die im Haus der Drei Delphine gierig nach dem Zimmer von Daphne oder Sosia fragten, durch jeden, der Myrtis bei ihren Tänzen beobachtete. Dieser Mann würde es nie wagen, einen Finger an Julilla zu legen, und darum wollte er sie auf eine andere Weise haben. Er wollte, dass sie Julilla für ihn auszog und auf jede nur erdenkliche Weise bloßstellte.

»Im Stehen, im Sitzen, im Liegen«, sagte sie kalt und musste sich bemühen, die Verachtung, die sie fühlte, nicht offensichtlich zu machen. »Morgens, mittags und abends. An ihrem linken Oberschenkel hat sie ein Muttermal. Gibt es sonst noch etwas, das du zu erfahren wünschst, Herr?«

»Werde nicht frech, du«, knurrte er und verschlang den Rest seines Käses.

»Ja, Herr.« Sie schlug die Augen nieder und versuchte, reuig zu wirken. »Es tut mir Leid, Herr.«

»Hm. Was ist mit dem Dichter?«

»Gar nichts«, entgegnete sie überrascht. »Das hatte ich der Herrin Livia doch erklärt, in dem zweiten Brief. Vipsania Julilla hat mir ...«

Ungeduldig winkte er ab. »Der Kerl ist doch in ganz Rom berüchtigt für sein loses Gewäsch. Schreibt über nichts anderes, wie man hört. Prahlt damit herum. Und da willst du mir erzählen, mit dem hätte sie es nicht auch getrieben?« Mit einem Ruck setzte er sich auf und bedeutete ihr, näher zu treten. Als sie sich in Reichweite befand, packte er sie im Nacken. Andromeda konnte den Käse an seinen Händen riechen, den Schweiß und die Flecken alten Weines. »In ein paar Monaten, wenn wir alle glauben, der Princeps habe genug gelitten, da wird er weiter prahlen. Das liegt in der Natur von solchen Leuten. Haben ihr Lebtag nicht richtig gearbeitet und können das Maul nicht halten. Reden schwingen, auch wenn der Staat dabei draufgeht und das Ansehen des Princeps dazu. Wenn man ihnen nicht das Maul stopft.« Er schüttelte sie hin und her, wie ein Hund einen Knochen, mit dem er nicht zufrieden war. »Also: Was – ist – mit – Naso?«

»Nichts!«, stieß sie hervor. »Er hat nichts getan, überhaupt nichts!«

Metellus warf sie von sich, und sie schlug mit dem Hinterkopf gegen die Kante des niedrigen Tisches, auf dem bei einer großen Mahlzeit gewöhnlich die Speisen standen. Es war nur ein kurzer, scharfer Schmerz, doch als Andromeda zu Boden fiel, rührte sie sich nicht mehr. Es war ein plötzlicher Einfall, dem sie sofort nachgegeben hatte; sich bewusstlos zu stellen, zumindest dessen sollte sie noch fähig sein nach all den Übungen zur Körperbeherrschung mit Myrtis und Mopsus. Vielleicht hielt es ihn davon ab, sie zu schlagen? Sie war fest davon überzeugt, dass er das als Nächstes geplant hatte.

Seine schweren Schritte hallten selbst auf dem teppichbedeckten Boden nach, und sie spürte seinen Stiefel im Bauch, zum Glück nicht hart, sondern nur wie ein prüfendes, neugieriges Anstoßen. Nach einem endlosen Moment verschwand der Druck, und er rief, man solle ihm den anderen Zwerg bringen.

»Und du bist ...?«

»Zu deinen Diensten, Herr.«

»Das versteht sich. Ja, richtig ... du bist der Netzkämpfer! Hör zu, wir können keine Überraschungen gebrauchen. Ich will wissen, was da in Baiae gelaufen ist, und zwischen wem!«

»Decius Silanus hat Ehebruch begangen«, sagte Conopas'

436

Stimme gemessen und sachlich. Andromeda blieb regungslos liegen. Ein erleichtertes Ausatmen hätte sie verraten.

»Und …?«

»Er war nicht der Einzige.«

»Ha!« Dem Geräusch nach hieb der Centurio mit der Faust auf seinen Oberschenkel. »Ich wusste es. Der Schreiberling, wie?«

»Nein, Herr. Er war nur ein Zeuge und hat es begünstigt. Das Gleiche kann ich leider nicht von dem Maler behaupten.«

Das war schlimmer für sie, als wenn Metellus sie wirklich geprügelt hätte. Und das Schlimmste war, dass sie nichts tun konnte! Wenn sie jetzt aufsprang und protestierte, machte sie sich vollends unglaubwürdig. Zu spät fiel ihr ein, was Conopas gesagt hatte, als sie ihn dazu erpresste, sich bei ihrem Freund zu entschuldigen, kurz nach Arellius' Ankunft in der Villa: Er hatte ihr prophezeit, sie würde es eines Tages bereuen. Die Welt aus Stein, die sie um sich gebaut hatte, zerbrach endgültig, und sie wünschte sich verzweifelt in den Schutz der erstarrten Gleichgültigkeit zurück. Alles, nur nicht dieses Entsetzen, diese Schuld!

»Dem Maler?«, wiederholte Metellus und schnaubte verächtlich. »Dieser alte Bock kriegt ihn noch hoch?«

»Sie hat ihn aus dem Abfall der Stadt herausgeholt, weil er den Pinsel schwingen kann.«

Normalerweise hatte sie ihre Hände, um ihrem Zorn Raum zu geben; wenn sie nicht in der Lage war, ihre Stimme zu erheben, konnte sie immerhin die Hände ballen, und das Gefühl ihrer Fingernägel in den Handballen war immer eine Erleichterung gewesen. Diesmal lagen ihre Finger offen und sichtbar auf dem makedonischen Teppich.

Metellus lachte. Dann wurde seine Stimme plötzlich ernst. »Warum hat mir das sonst keiner gesagt? Keiner von den anderen, hm? Die schienen mir alle nur darauf zu warten, dass ich ihnen zuerst verrate, was sie sagen sollen. Falsche Auskünfte kann ich nicht gebrauchen, *Nanus*.«

Andromeda spürte, wie Conopas, der sich offenbar neben sie gekniet hatte, mit der Hand durch ihr Haar fuhr. Als seine Finger die Stelle berührten, mit der sie gegen den Tisch geprallt war, zerbrach ihre Selbstbeherrschung, und sie stöhnte leise auf. Hastig verlängerte sie das Stöhnen, und tat so, als erlange sie gerade erst wieder das Bewusstsein. Conopas zog seine Hand zurück; Andromeda vermutete, dass Blut an seinen Fingern kleben musste.

»Sie haben Angst vor dir, Herr. Angst davor, dich zu enttäuschen.«

»Und du nicht, wie?«, fragte Metellus und fixierte Andromeda. Eine steile Falte stand zwischen seinen Augenbrauen.

»Herr, nimm es mir nicht übel, aber wenn man in der Arena gekämpft hat, dann hat Schmerz eine andere Bedeutung. Ein Soldat wie du versteht das gewiss. Die anderen Diener hier ...«

»Sind Weiber und Weichlinge, das stimmt. Aber weißt du, Zwerg, mir waren in der Arena eigentlich schon immer die Thraker lieber. Netze haben auch etwas Weibisches.«

»Ich bin sicher, dass du einen Netzkämpfer besiegen kannst, Herr, doch es gibt viele, die ihr Schwert nicht so sicher führen.«

Inmitten ihres weiß glühenden Zorns war Andromeda nicht entgangen, dass Conopas erfolgreich das Gesprächsthema gewechselt und vorher seine Formulierungen so gewählt hatte, dass darunter keine nachweisbare Lüge gewesen war. Das machte sein Verhalten nur noch schlimmer. Er war klüger als die meisten Leute, die sie kannte. Er hatte es nicht nötig, einen alten, wehrlosen Mann ins Unglück zu stürzen, nur weil Arellius ihr Freund war.

»Wenn die Angelegenheit hier lange genug dauert«, sagte Metellus, »dann finden wir vielleicht heraus, wie gut ich bin.

Und wie gut du bist, Zwerg. Und jetzt verschwinde, und nimm das kleine Miststück da mit.«

Als sie aufstand, wurde Andromeda schwindlig, und Conopas stützte sie. Sie duldete es, bis sie sich außer Sicht- und Hörweite befanden. Dann riss sie sich los.

»Stell dich nicht so an«, sagte Conopas. »Das ist eine Kopfwunde. Du hast Glück, dass dabei nur die Haut aufgeplatzt ist und nicht der Schädel eingedrückt wurde. So was kann tödlich sein, ich habe es oft genug gesehen.«

»Oh, da bin ich sicher«, gab sie zurück und lehnte sich gegen die nächste Wand. »Aber weißt du, gerade jetzt sind mir deine glorreichen Gladiatortage völlig gleichgültig.«

»Ich dachte, du brauchst mich und vertraust mir?«, fragte er sarkastisch.

Mit geschlossenen Augen entgegnete sie: »Was haben dir Ovidius und Arellius je getan, Conopas?«

»Nicht mehr als dir Decius Silanus«, sagte er leise. »Ein Name genügt nicht, verstehst du? Nicht dem Centurio und nicht denen, die ihm befehlen. Dein Arellius hat sein Leben gelebt. Wäre es dir lieber gewesen, ich hätte den jungen Quintus genannt? Was Ovidius betrifft, seine Bücher sind dem Princeps schon lange ein Dorn im Auge. Er glaubt niemals, dass so jemand wie dein Dichter von nichts eine Ahnung hatte und ganz und gar unschuldig ist, so wie der an Julilla geklebt hat. Zum Mitwisser muss man ihn da schon mindestens machen, Drei.«

Ihn einen Heuchler zu nennen nutzte nichts. Außerdem hatte Andromeda das unangenehme Gefühl, dass er nicht im Unrecht war. Trotzdem musste sie einen Weg finden, das Haus zu verlassen und bei Livia für Arellius und Ovidius zu bitten. Stumm wandte sie sich von ihm ab und ging in die Küche, um sich etwas Wasser zu holen und das blutverklebte Haar auf ihrem Kopf auszuwaschen. Die Haussklaven hatten schon ein paar Tage mit den Prätorianern gelebt und sie versorgen müssen; keiner von ihnen wunderte sich über Andromedas Wunde. Eine der Köchinnen meinte resigniert, man könne nur hoffen, dass es bald vorbei sei und die Herrin ihre Schuld bekannte, denn sonst wären Beulen und Blut noch das Geringste, was ihnen allen bevorstünde.

Andromeda war immer noch schwindlig. Sie wollte nichts mehr, als sich irgendwo hinlegen und die Welt von sich fort wünschen, aber was sich hier abspielte, war zum Teil ihre Schuld, und es gab Wichtigeres zu tun, als sich zu verstecken und wie ein verletzter Hund die Wunden zu lecken.

Von der Küche aus konnte man auf das Dach klettern, wie sie es oft getan hatte, wenn sie allein sein wollte. Es war ein schmaler Aufgang, der sonst nur genommen wurde, um die Durchlüftung zu reinigen oder die Ziegel auszubessern. Vermutlich hatte Metellus es deswegen nicht für nötig gehalten, dort einen Wachposten aufzustellen.

»Was machst du da?«, zischte die Köchin. »Bist du verrückt?«

»Das ist doch schon lange keine Frage mehr«, bemerkte Conopas. »Drittel, vom Dach aus kommst du nicht weiter. Ein normal großer Mensch bricht sich schon etwas, wenn er von dort aus auf den Boden springt. Unsereins bricht sich den Hals.«

»Ich habe Luftsprünge geübt«, sagte Andromeda kurz angebunden, »und ich will nicht auf den Boden springen. Auf der anderen Seite der Mauer steht eine Pinie.« Mopsus hatte sie zwar nie so weit geworfen, doch wenn sie über das Dach hinweg Anlauf nahm, müsste es ihr gelingen.

Conopas hielt sie fest, während die Köchin nur noch den Kopf schüttelte.

»Ich weiß, dass du stärker bist als ich«, sagte Andromeda. »Aber du kannst mich nicht den ganzen Tag festhalten.«

Seine Lippen pressten sich aufeinander. Schließlich überraschte er sie, indem er seufzte. »Nein. Und taub muss dich der Kerl vorhin auch gemacht haben, weil du nämlich nicht hörst, wenn dir jemand erklärt, dass etwas sinnlos ist. Mal sehen, ob du noch lesen kannst.« Er tauchte seine Fingerspitzen in das Wasser, mit dem sie gerade erst ihre Kopfwunde gereinigt hatte, und begann, ohne seinen Blick von ihr zu nehmen, Buchstaben auf ihre Wangen zu malen, auf ihre Stirn, auf ihren Hals. Es geschah so schnell, dass den anderen Sklaven in der Küche, selbst wenn sie hätten lesen können, keine Zeit geblieben wäre, um zu erkennen, was er schrieb. Sie spürte das Wasser auf ihrer Haut trocknen, während sie einen Buchstaben an den nächsten reihte, und die Kette vor sich sah, die Lettern, die nur zusammen einen Sinn ergaben.

≈

Julillas Tonstrix sah nicht schlecht aus für ihr Alter, aber als Zeugin taugte sie nicht viel, befand Metellus. Sie zitterte zwar wie Espenlaub und wiederholte ständig, dass sie alles tun wollte, was der erhabene Augustus wünsche, aber an nützlichen Auskünften hatte sie nichts zu bieten. Dabei wusste jeder, warum Sklaven so nützliche Zeugen abgaben: Kein Mensch dachte sich etwas dabei, sich vor ihren Augen zu vergnügen. Schließlich nahm ja auch niemand auf die Befindlichkeiten des Geschirrs Rücksicht.

Gefragt, ob der edle Silanus sie je bestochen habe, um ihrer Herrin eine Botschaft zu überbringen, schüttelte sie nur den Kopf. Erst als Metellus den Namen des Malers ins Gespräch brachte, hörte die Zitterei auf. Sie starrte ihn an, und Metellus beugte sich vor in der Erwartung, endlich etwas Aufschlussreiches von ihr zu hören, als einer seiner Wachen zu ihm kam und sagte, die Herrin Julilla hätte darum gebeten, einen Brief an ihren Großvater absenden zu dürfen. Sie sei damit einverstanden, den Brief von einem seiner Soldaten überbringen zu lassen, und es stünde dem ehrenwerten Titus Metellus auch frei, ihn vorher zu lesen, doch sie bestehe darauf, dass er abgeschickt werde. Anscheinend war es an der Zeit, ihr ein paar Dinge über ihre Lage deutlich zu machen.

Metellus marschierte in die Bibliothek, wo Vipsania Julilla sich aufhielt, und teilte ihr mit, der Princeps habe klar und eindeutig festgehalten, dass er nichts von ihr zu hören wünsche, auf keine Weise, weder mündlich noch schriftlich.

»Hat er dir das selbst gesagt?«, fragte sie ruhig, während Aemilius Paullus, der noch immer nicht den Mumm hatte, sich der Tatsache zu stellen, dass er betrogen worden war, ihre Hand hielt. Metellus wusste, was sie annahm: dass er seine Befehle von Livia Drusilla erhalten hätte. Er konnte sich vorstellen, welches Argument sie bereits vorbereitet hatte. Besser, dem gleich vorzubeugen.

»Ja«, sagte er, nichts weiter, und an der Art, wie sie an ihm vorbeischaute, sehr gerade, merkte er, dass sie ihm glaubte.

Aemilius Paullus befeuchtete die Lippen und räusperte sich. »Dann lass mich das Haus verlassen, um mit dem Princeps zu sprechen«, sagte er. Seine Stimme zitterte ein wenig, doch er sah Metellus geradewegs ins Gesicht. »Meine Gemahlin ist Teil meines Hauses, nicht dem der Julier. Wenn ihr Ehebruch vorgeworfen wird, so sollte ich derjenige sein, der darüber entscheidet, was mit ihr geschieht. Ich sollte derjenige sein, der die Beweise beurteilt. Lass mich zum Princeps gehen, Centurio, und ihm das sagen.«

Obwohl Metellus nicht verstand, dass er sich nicht umgehend von seiner Schlampe lossagte, stieg seine Achtung für Aemilius Paullus wieder. Zu dumm, dass der junge Fant in der falschen Angelegenheit Mumm zeigte. Auch dieses Argument war vorhergesehen worden.

»Lucius Aemilius Paullus«, sagte er formell, »du hast Vipsania Julilla nicht *in confarreatio* geheiratet, nicht wahr?«

»Nein, aber …«

»Dann ist sie auch nicht Teil deines Hauses.«
Confarreatio war die älteste Form der römischen Ehe, unauflöslich und kaum noch praktiziert, zumindest von niemandem, den Metellus kannte. Heutzutage heiratete jeder auf die einfache Weise, bei der eine gegenseitige Erklärung genügte, was eine Scheidung leicht machte. Soweit es Metellus betraf, gab es nur einen Nachteil dabei: Das Vermögen der Frau blieb in den Händen ihrer Familie oder ihren eigenen, wenn ihr Vater so nachgiebig war, es ihr zu überlassen. Es ging nie in den Besitz des Ehemanns über, weil auch sie das nicht tat; sie blieb Teil des Hauses ihres nächsten männlichen Blutsverwandten.

»Ich gehöre zum Haus der Vipsanier«, sagte Julilla, die offenbar sofort erfasst hatte, worauf Metellus hinauswollte. »Mein Bruder Postumus ist mein gesetzlicher Vormund.«

»Als er ... als er Rom *verließ,* hat er seine gesetzlichen Obliegenheiten eurem Großvater übertragen«, erklärte Metellus nachsichtig.

»Nun gut, aber ich bin kein Mitglied der julischen Familie. Ich bin mein eigener Vormund. Also besteht kein Grund, warum ich das Haus nicht verlassen sollte«, warf Aemilius Paullus ein.

»Du bist der wichtigste Zeuge«, erklärte Metellus, »der sich zur Verfügung zu halten hat, bis über Schuld oder Unschuld deiner Gemahlin entschieden wurde.«

Er hatte seinen Verdacht, was die Befehle betraf, Aemilius Paullus ebenfalls festzuhalten. Es gab ... Gerüchte. Am Ende hatte der Schwächling den Ehebruch sogar begünstigt, weil er selbst dem Silanus schöne Augen machte. Der Gedanke war natürlich widerwärtig. Von Männern, die mit zwei Huren ins Bett gingen, hatte man schon gehört, und Metellus fand die Vorstellung selbst durchaus anregend, wenngleich auch sehr teuer. Doch welcher wahre Mann fand sich schon bereit, mit einer Frau und einem anderen Mann zusammen zu liegen?

Das war etwas für Knaben und griechische Weichlinge, aber nicht für wahre Römer.

»Wird es denn zu einer Verhandlung kommen?«, fragte Julilla tonlos.

»Herrin, das hängt allein von dir ab.« Metellus verschränkte die Arme ineinander. »Wenn du gleich gestehst, dann wird das Ansehen deiner Familie nicht noch mehr geschädigt, als es ohnehin schon geschehen ist, und ich bin sicher, dass der Princeps das bei der Auswahl deines Verbannungsorts berücksichtigen wird. Wenn du leugnest und wir den umständlichen Weg gehen müssen, wird das lange dauern, bei all den Sklaven, die du besitzt, und den Sklaven im Haushalt des Decius Silanus und denen von Ovidius Naso …« Er hoffte aufrichtig, dass sie gleich gestand. Titus Metellus hielt sich nicht für einen grausamen Mann. Natürlich musste man Sklaven hart anpacken, wenn man sie vernahm; Sklaven logen, das war fast eine Regel der Natur. Aber es bestand ein Unterschied zwischen ein wenig notwendiger Prügel und der Folter, die für einen Prozess stattfand, und er legte keinen Wert darauf, dumme Weiber wie die Tonstrix schreien zu hören. Zumal das Ergebnis ohnehin schon feststand. Wenn die Lex Julia angewendet wurde, hatte sich eine Frau noch nie als unschuldig herausgestellt.

»Du kannst gehen«, sagte Julilla hart.

»Überleg es dir, Herrin«, sagte Metellus und verließ die Bibliothek. Er gab ihr noch ein paar Stunden. Wenn die Nacht sie nicht weich kochte, dann musste er am nächsten Morgen mit den eigentlichen Vernehmungen beginnen.

Als er in das Triclinium zurückkehrte, erreichte ihn bereits die nächste Beschwerde. Wie es schien, reichten die Vorräte des Hauses nicht mehr für seine Leute *und* den vollständigen Haushalt der Aemilier. Es mussten neue Vorräte eingekauft werden. Er schickte vier der Sklaven mit einigen seiner Männer los, die darauf achten sollten, dass die Sklaven auf dem Markt keine losen Reden führten, und einem Wagen; er hoffte, dass um diese Zeit noch genügend frisches Gemüse zu finden sein würde. Es war früher Abend, die Sonne ging in weniger als zwei Stunden unter, und die Hitze des Monats, der nach dem Princeps genannt war, erstickte die Stadt beinahe.

~

In einem Korb zu kauern, die Knie an die Brust gezogen und die Arme an die Seite gepresst, wäre in jedem Fall unangenehm gewesen. Da der Korb, neben vielen anderen, in einem Wagen stand und ständig durchgeschüttelt wurde, hatte Andromeda den Eindruck, sie könnte jeden Moment das Bewusstsein verlieren, wenn sie nicht zuerst in ihrem eigenen Schweiß ertrank.

Es war ein guter Einfall von Conopas gewesen, das musste sie zugeben, und sicherer, als einen Sprung vom Hausdach zu der Pinie hinter der Mauer zu versuchen. Aber es war schwerer und schwerer, sich daran zu erinnern, warum es so wichtig war, das Haus zu verlassen, während sie auf dem Weg den Palatin hinab durchgeschüttelt wurde und der Gestank der Stadt sie einschloss. Der Straßenlärm machte es unmöglich, mehr als Wortfetzen von allen Seiten zu verstehen. Irgendwann hörte wenigstens das Gerüttle auf, doch sie wagte es noch nicht zu versuchen, den Deckel wegzustoßen. Sie konnte sich keinen Fehler leisten. Wenn sie jetzt wieder eingefangen wurde, war alles vorbei.

Endlich, als sie sicher war, es nicht mehr auszuhalten, wurde ihr Gesicht in frischer Luft gebadet. Über sie gebeugt stand ein Händler des Forum Boarium, der gerade einige fliegenumschwirrte Schweinerippen in den Korb legen wollte. Sie legte sofort den Finger auf den Mund. Der Sklave Macro, den sie hatten einweihen müssen, weil er den Korb auf den Wagen gestellt hatte, stritt derweil lauthals mit den Prae-torianern; Dankbarkeit für die geistesgegenwärtige Ablenkung schoss in ihr hoch.

Der Händler kratzte sich am Hinterkopf, offenbar unsicher, was er tun sollte. Sie kletterte so schnell wie möglich aus dem Korb, sprang vom Wagen und rannte los, ohne noch einmal zurückzuschauen, rannte, wie sie es vor all den Monaten getan hatte, als sie hierher gebracht worden war, um verkauft zu werden. Diesmal wusste sie, wohin sie lief, und wenn jemand ihr hinterherbrüllte, so hörte sie es nicht mehr. Die Wunde an ihrem Kopf pochte, ihr Herz schlug ihr bis zum Hals, aber sie rannte, als habe ihr Merkur selbst seine Flügel geliehen.

»Doch, ich erinnere mich an dich«, sagte der Pförtner des Ovidius auf dem Esquilin gedehnt. Er musterte die abgekämpfte kleine Erscheinung vor sich mit einem schwachen Grinsen. »Aber wenn du darauf hoffst, dass eure Truppe demnächst wieder hierher eingeladen wird, dann hoffst du vergebens. Hier ist niemandem mehr nach Feiern zumute, Kleine.«

»Sind denn deine Herrschaften schon aus Tusculum zurück?«, fragte sie mit dünner Stimme.

Er nickte. »Das sind sie. Aber die Herrin weint nur noch, und der Herr sitzt in der Bibliothek und grübelt, seit die Praetorianer hier waren. Also geh wieder zu Aemilius Lycus zurück. Ein andermal vielleicht.«

Sie zögerte, dann sagte sie: »Ich gehöre nicht mehr Aemilius Lycus. Er hat mich Vipsania Julilla geschenkt, und ich bin hier mit einer Nachricht von ihr.«

Der Pförtner hatte seine eigene Meinung bezüglich der Herrin Vipsania Julilla, doch er wusste, dass sie die wichtigste Patronin seines Herrn war. Er zuckte die Achseln und ließ die Zwergin ein.

»Aglaia«, sagte Ovidius, als er sie sah, und ihr Herz zog sich zusammen. Sie war sich plötzlich gewiss, dass er ihr nie wieder einen Spitznamen geben würde. Nicht nach dem Ende dieses Gesprächs. Seine Augen waren leicht gerötet, als habe auch er geweint, und man konnte erkennen, dass er sich heute noch nicht rasiert hatte, doch als er sie begrüßte, zauberte er ein kleines wehmütiges Lächeln auf seine Züge.

»Die Herrin Julilla wurde verhaftet«, sagte sie hastig, weil sie nicht wusste, wie sie die Nachricht verschönern sollte. Da der Pförtner Praetorianer erwähnt hatte, wusste er es wahrscheinlich schon. »Ich werde versuchen, bei der Herrin Livia vorzusprechen, aber ich weiß nicht, ob man mich dort wieder fortlässt. Deswegen wollte ich dich warnen und dir sagen, dass ...«

Ihre vorbereitete Rede ließ sie im Stich, obwohl sie in der Zeit, die sie im Korb verbracht hatte, an kaum etwas anderes denken konnte. Was für einen Sinn hatte es jetzt noch, ihm zu sagen, dass sie den ersten Brief, der ihn belastete, auf ausdrückliches Geheiß von Julilla geschrieben hatte? Ganz gleich, was er für Julilla empfand, es würde seinem Kummer nur Bitterkeit beimengen und ihm nicht helfen. Ihm zu sagen, dass er mittlerweile nur noch der Begünstigung verdächtigt wurde, würde es für ihn nicht erträglicher machen.

»Es tut mir Leid, Publius Ovidius«, sagte sie schließlich und erinnerte sich, wie er ihr in diesem Raum geraten hatte, alles auf den Venuswurf zu setzen.

»Nun, auf diese Weise habe ich erfahren, dass der Princeps meine Werke liest«, entgegnete er mit einer etwas verzerrten Imitation seines alten, leichtherzigen Tons. »Sogar acht Jahre alte Werke. Mir wurde befohlen, mich umgehend an die freundliche See zu begeben, weil meine *Liebeskunst* zum Ehebruch verführt.«

»Freundliche See?«, wiederholte sie, um nichts über den

447

Rest sagen zu müssen, bis ihr aufging, dass er vom Titel seines erfolgreichsten Buches sprach.

»So nennen die Griechen dieses Meer, Pontos Euxinos, an der äußersten Grenze des Reiches. Es soll kalt dort sein, Aglaia. Sehr kalt.« Mit einer müden Geste bedeckte er seine Augen. »Venus ist wirklich die eigenwilligste unter den Göttinnen. Die Liebe lässt uns Dinge glauben, die wir sonst nie glauben würden. Ein Irrtum«, murmelte er. »Es war nichts als ein Irrtum ...«

Sie wusste nicht, ob er sich auf die Beschuldigung wegen seines Buches bezog oder auf das, was ihn mit Julilla verbunden hatte. Mittlerweile war es ihr gleich.

»Aber du ... du wirst dort nicht allein sein, Herr«, sagte sie vorsichtig. »Deine Gemahlin wird dich begleiten, nicht wahr?«

Er schüttelte den Kopf. »Arme Fabia«, sagte er. »Das kann ich ihr nicht antun. Sie hat es nicht verdient, ihr Heim zu verlieren.«

Andromeda biss sich auf die Lippen. »Man kann sich ein neues Heim schaffen, immer wieder. Das habe ich gelernt im letzten Jahr, und ich habe es auch von dir gelernt.«

»Von der Unterwelt in die Elysischen Gefilde, ja«, sagte er. »Aber ich fürchte, für mich geht es jetzt zu den Zyklopen, und selbst der große Odysseus hat es dort nicht ausgehalten.«

Sie wusste nicht, was sie sonst noch sagen sollte.

Er bedeutete ihr, näher zu kommen. »Ich habe meinem Verleger Brutus zweimal deinetwegen geschrieben«, sagte er, »und er erinnert sich noch an dich. Versuch dein Glück dort, kleiner Vogel. Kehr nicht mehr auf den Palatin zurück.«

»Aber ich muss«, protestierte sie. Es platzte förmlich aus ihr heraus, dass Arellius angezeigt worden sei, und es gelte, Livia und den Princeps von dessen Unschuld zu überzeugen.

»Wahrheit ist in solchen Fällen gewöhnlich ein ungebetener Gast«, murmelte er. »Du bist eine gute Freundin.«

Mehr denn je kam sie sich als schuldige Verräterin vor, bis ihr einfiel, dass er von Julillas Verschwörung, der Gefahr für die Legionäre in Germanien und für alle Angehörigen des Haushalts zumindest etwas geahnt haben musste, nach dem, was sie belauscht hatte.

»Weißt du, ob die Herrin Agrippina und die Herrin Marcia ebenfalls verhaftet worden sind?«, fragte sie etwas weniger schuldbewusst.

Er betrachtete sie sehr genau. »Soweit ich weiß, befinden sie sich auf dem Weg nach Germanien«, entgegnete er dann langsam. »Es gibt keinen Grund, warum sie ihre Reise nicht fortsetzen sollten … oder ist dir einer bekannt?«

Wusste er es? Wusste er es nicht? War es eine ernsthafte Frage, oder versuchte er herauszufinden, ob sie ihm etwas verschwieg? Waren Kämpfe in Germanien für ihn nicht wirklicher als der Trojanische Krieg, von dem er hin und wieder erzählte? *Geschichten sind wirklich für ihn,* dachte Andromeda, *genauso wie Bilder es für Arellius sind. Er sieht keinen Unterschied zwischen einem wirklichen Sklaven und einem Verliebten. Warum sollte es für ihn einen Unterschied zwischen Toten aus einem alten Gedicht und Toten irgendwo in Germanien geben, wenn er doch keine von beiden je mit eigenen Augen sah? Zwischen Sklaven, die ein Held namens Odysseus bei seiner Rückkehr tötete, weil sie seinen Feinden geholfen hatten, und Sklaven, die gefoltert werden, nur weil sie Julilla gehören?*

Sie stand direkt vor ihm, und doch schien es ihr, als befände er sich bereits auf einem Boot, das mit jedem Wimpernschlag weiter von dem Ufer forttrieb, an dem sie sich befand. »Nein«, sagte sie traurig, und errichtete ihren eigenen Zaun aus Worten um sich, wie es ein guter Gaukler immer tun sollte. »Nein, mir ist kein Grund bekannt. Die

Oberfläche, das ist mein Gebiet, und zu Grund und Boden bin ich nie gesunken.«

»Auf dem Grund lauern Ungeheuer«, sagte er ernst. »Bleib lieber obenauf. Und lächle zum Abschied, willst du das für mich tun? Du hast ein so hübsches Lächeln, Andromeda.«

Obwohl sie vermutete, dass er sie und ihresgleichen für genauso unwirklich wie die Legionen am Rhein befand, konnte sie nicht anders: Ihre Lippen weiteten sich, und sie lächelte.

»Heil dir und leb wohl«, sagte sie und gebrauchte zum ersten Mal den Gruß, der nur freien römischen Bürgern zustand, »Publius Ovidius Naso.«

~

Es gab noch jemanden, den sie auf dem Esquilin besuchen wollte. Als Freigelassener von Aemilius Paullus war Lycus ein Klient der Aemilier. Es war durchaus möglich, dass er bereits von Julillas Ungnade erfahren hatte. Wenn sie sich bei Lycus im Haus der Drei Delphine blicken ließ, war er vielleicht imstande und ließ sie sofort hinauswerfen. Aber in seinem eigenen Haus, bei seiner Familie, wo er als angesehener Bürger gelten wollte, würde er sie zumindest anhören.

Wie sich herausstellte, hatte Andromeda richtig vermutet: Es hatte sich bereits bis zu ihm herumgesprochen, dass es einen neuen Skandal um die Familie des Princeps gab. Nur über die genaue Natur des Skandals stritt man sich noch.

»Silanus, wie?«, bemerkte er. »Hätte ich nicht gedacht. Der hatte eigentlich immer ganz andere Wünsche.«

»Ein Verleumder hat Arellius beschuldigt«, sagte sie, ohne darauf einzugehen. Inmitten all der Katastrophen irritierte es sie, dass offenbar jedem außer ihr bekannt gewesen war, dass Silanus Männer bevorzugte. »Er ist noch in der Villa. Kannst du nicht Linus oder Gaius hinschicken, um ihn zu holen, bevor die Praetorianer es tun? Mit einem Pferd wäre …«

»Nein«, unterbrach er sie sofort. »Ganz bestimmt nicht. Arellius ist mein guter Freund, aber es war genug, ihm all die Jahre Obdach zu gewähren. Ich lege mich nicht mit der Obrigkeit an seinetwegen. Aemilius Paullus muss ich unterstützen, schließlich ist das meine Pflicht als sein Klient, und damit setze ich mich schon genug in die Nesseln, wenn er sich nicht bald von seiner Frau scheiden lässt.«

Sie machte noch einige Versuche, die auf taube Ohren stießen. Wie es schien, blieb wirklich nur noch ein Weg übrig.

~

Livia empfing sie nicht in ihren eigenen Räumen, sondern in dem Zimmer mit den Masken. Die Fenster waren verhängt worden, um Hitze und Gestank der Stadt fern zu halten, und überall standen frische Blumen. Andromeda war bereits zu erschöpft, um sich wegen ihrer eigenen Erscheinung zu schämen.

»Herrin«, sagte sie und kniete nieder, die Hand erhoben, wie man nur vor Göttern und Herrschenden flehte, »es war mir eine Ehre, dir behilflich zu sein, doch ich muss dich warnen. Es sind noch mehr Versuche im Gang, dich zu täuschen.«

Die alte Frau, die auf einer Ruheliege lag und eine Schriftrolle studierte, blickte kaum auf. »Titus Metellus versucht ganz gewiss, mich über seine Fähigkeiten zu täuschen«, sagte sie mit ihrer sanften Stimme. »Es war ihm nämlich befohlen worden, niemanden aus dem Haus zu lassen, und man sollte meinen, zumindest des Hörens sei er mächtig.«

»Er will ungedingt noch mehr Namen vorlegen, um dich zu beeindrucken, ganz gleich, ob sie stimmen. Aber er wagt es auch nicht, sich die Sprösslinge edler Familien zum Feind zu machen, also hat er sich einen schlichten alten Mann ausgewählt, der keinen Patron hat. Arellius ist unschuldig, Herrin.«

»Nun, das mag schon sein«, sagte Livia ruhig, »obwohl er in jedem Fall schuldig an den Gesetzen des guten Geschmacks wurde, durch seine entsetzliche Eitelkeit. Wirklich, welcher vernünftige Mensch beharrt denn darauf, Frauen auf die Wände zu malen, mit denen er geschlafen hat? Was sich Julilla dabei gedacht hat, ihn wieder aus der Versenkung zu holen, weiß ich nicht. Aber ich glaube dir ohne Weiteres, dass sie ihn nicht mit dem kleinen Finger angerührt hat. Unsere Julilla ist eitel, und welchen zweifelhaften Reiz Arellius in früheren Jahren auch besessen haben mag, er hat ihn längst verloren.«

»Dann hat man ihn nicht verhaftet?«

Livia schüttelte den Kopf. »Das war nicht nötig. Ich fürchte, der Princeps hat die Nachricht, dass eine weitere Julia ihn enttäuscht hat, gar nicht gut aufgenommen. Er hat befohlen, die Villa in Baiae völlig zu zerstören. Euer Reisezug war noch keine Stunde fort, als die Soldaten eintrafen, die diese Aufgabe übernommen hatten. Laut den Berichten versuchte Arellius sie aufzuhalten, und erlitt dabei einen Herzschlag. Er soll etwas über seine Wand geschrien haben.«

Andromeda hörte alles, doch sie wollte es nicht verstehen. Sie sah Arellius vor sich, murrend, betrunken, eifrig, glücklich. Sie spürte seine zu großen Finger um ihre Hand, als er mit ihr zu der Badeanstalt ging, hörte seine Erklärungen über die unterschiedlichen Schattierungen von Rot und die Art, wie man erkennen musste, ob Indigo mit Kreide oder Taubendreck angereichert worden war. Sie sah ihn sehr behutsam, sehr vorsichtig Helenas Kinn in die Hand nehmen, um die Tonstrix auch im Profil zeichnen zu können. Er durfte nicht tot sein! Er war ihr Freund – und erst in diesem

Moment begriff sie, dass sie ihn zu dem Vater gemacht hatte, welcher der abgearbeitete Mann auf den Feldern nie gewesen war, der sich der kleinen Unnatur schämte, die seine Frau zur Welt gebracht hatte.

Livia sprach weiter, doch erst nach einer Weile drangen ihre Worte wieder zu Andromeda. »… Erklärung?«

Ihre Augen brannten, aber sie würde es sich nie verzeihen, wenn sie vor dieser Frau in Tränen ausbrach. »Verzeih, Herrin. Ich … ich bin hungrig, denn ich habe den ganzen Tag noch nichts gegessen. Deswegen ist mir gerade schwindlig geworden. Was hast du gesagt?«

»Ich habe dich gefragt, ob du mir eine Erklärung für die allgemeine Reiselust bieten kannst, die meine Familie erfasst hat«, wiederholte Livia kühl. »Dass Agrippina und Marcia zu ihren Ehemännern zurückkehren, ist durchaus verständlich, aber ich finde es eigenartig, dass mein Sohn Tiberius ausgerechnet jetzt glaubt, Grenzfestungen bei den Germanen inspizieren zu müssen.«

Tiberius.

Es war ein eigenartiges Gefühl, mit einem Mal alles zu durchschauen. Andromeda hatte sie erst einmal erlebt, die Gewissheit, alle Steinchen in einem Mosaik zusammentragen zu können.

Conopas arbeitete nicht für Livia und nicht für Julilla. Er hatte nie aufgehört, für Tiberius zu arbeiten. Die Zukunft, das war der Mann, der Augustus als Herr des Römischen Reiches nachfolgen wollte und anders als Julilla und ihre Geschwister sowohl die Geduld als auch die Mittel dazu besaß. Es war Tiberius gewesen, den Conopas an dem letzten Tag der Lemuria im Haus des Augustus besucht hatte. Selbstverständlich hatte Conopas sich ebenfalls zusammengereimt, was Julilla und ihre Schwestern planten, oder er hatte entsprechende Gespräche belauscht. Nur hatte er es nicht Livia gemeldet, sondern Tiberius. Dem Mann, der früher einmal die Legionen in Germanien befehligt hatte. Wenn tatsächlich ein Aufstand losbrach, dann würde es nicht Quinctilius Varus sein, der ihn niederschlug, und auch nicht Agrippinas Mann, sondern Tiberius. Es blieb Augustus danach gar nichts anderes übrig, als ihn endgültig als seinen Nachfolger zu bestätigen.

Julilla glaubte, dass Conopas Tiberius hassen musste, aber Julilla war nie eine Sklavin gewesen. Wenn Sklaven nur für diejenigen arbeiteten, die sie liebten, mahlte in der Welt kaum eine Getreidemühle das Korn. Conopas arbeitete für denjenigen, der am Ende als Sieger dastehen würde.

Was hatte es ihn gekostet? Wie lange hatte er seine Gefühle abtöten müssen, um dies tun zu können?

»Oh«, sagte Andromeda mit geweiteten Augen und so kindlich wie möglich. »O wirklich? Vielleicht will er nicht dabei sein, wenn seine Stieftochter verurteilt wird. Er hat gewiss so ein großes Herz wie du, Herrin.«

Livia machte ein abgestoßenes Gesicht, klatschte in die Hände und befahl, die Zwergin in den Haushalt von Vipsania Julilla zurückbringen zu lassen.

II.

Stichus verprügelte sie, weil sie weggelaufen war und weil Titus Metellus es sonst von einem seiner Soldaten hätte erledigen lassen. Andromeda war ihm fast dankbar dafür. Es bot ihr die Entschuldigung, zu weinen und ihre Trauer herauszuschreien. Die Tränen brachen aus ihr hervor, um Arellius, um alles, was sie falsch gemacht hatte, um Bilder und Gedichte, um Menschen und Verwandlungen, die nicht stattfanden. Am Ende schickte sie Stichus peinlich berührt fort, und sie verkroch sich in dem winzigen Zimmer, das sie mit Conopas teilte. Wo er steckte, wusste sie nicht; vielleicht war er ebenfalls bestraft worden. Auf dem Bauch liegend schlief sie schließlich ein.

Es war dunkel, heiß und stickig, und jemand war über sie gebeugt, als sie plötzlich aufwachte. Sie musste sich im Schlaf umgedreht haben, obwohl Rücken und Hintern immer noch brannten. Ihre Hand fuhr nach oben, um sich vor dem nächsten Schlag zu schützen, und wurde mit einem festen Griff abgefangen.

»Ich habe dir gesagt, dass es keinen Sinn hat, zu Livia zu gehen«, flüsterte Conopas. »Du hättest fortbleiben sollen. Keiner von ihnen hätte sich darum gekümmert, was jetzt noch aus dir wird, und du hättest frei sein können. Ich dachte, das wolltest du.«

»Du hast Arellius genannt, weil du wusstest, dass er bereits tot war«, sagte sie in die Dunkelheit hinein und spürte seine Bartstoppeln an ihrem verschwollenen Gesicht kratzen, als er sich neben sie legte.

»Was für ein Tag«, sagte er. »Du läufst freiwillig in die Höhle des Löwen und nimmst auf einmal das Beste von mir an. Das sind zwei Dinge, die du lieber nicht tun solltest, Tertia.«

»Ich weiß nicht, ob ich das Beste annehme. Aber ich nehme an«, entgegnete sie und ließ ihre Hand in der seinen. Eine Weile sprach er nicht, und ihre schläfrige Benommenheit machte die Trauer, die sie fühlte, von einem Schwert in ihrem Herzen zu einem Mantel, der alles abdeckte. Sie hoffte, dass der Tod für Arellius wirklich so schnell gekommen war, wie Livia behauptet hatte, dass er sich von einem Moment auf den anderen in Charons Boot befand, während …

»Conopas«, sagte sie verstört und setzte sich auf, mit einem Mal hellwach, »was haben sie mit der Leiche gemacht?«

»Ich weiß es nicht«, sagte er, und sie war überzeugt, dass er log, zum ersten Mal, seit sie ihn kannte. Mit Sicherheit verweste das, was von Arellius geblieben war, jetzt noch in der Sonne von Baiae, ohne Begräbniszug, ohne Wein, der für ihn ins Feuer gegossen wurde, es sei denn, dass der Vilicus, die Vilica oder einer der Bauern der Umgebung sich die Mühe machte, die Leiche zu verbrennen. Der Gedanke an die Vilica brachte sie auf die übrigen Knechte und Mägde in der Villa. Die Freien und Freigelassenen unter ihnen waren bestimmt geflohen, als die Soldaten ihr Zerstörungswerk begannen, aber die Sklaven warteten genauso auf ihr Schicksal wie diejenigen hier. Ihr Körper war steif und schmerzte. Sie biss die Zähne zusammen und rappelte sich auf.

»Wenn du jetzt nach Baiae laufen willst, werde ich dich selbst bei dem Centurio melden«, sagte er. »Außerdem wirst du dort nichts als Rauch und Ruinen finden, selbst wenn es dir irgendwie gelingt, dorthin zu kommen. Die Befehle aus Rom waren sehr gründlich.«

Dann war Arellius gewiss das Opfer der gleichen Flammen geworden, die sein Werk verzehrt hatten. Es war eine bessere Vorstellung als die, die sie gerade eben heimgesucht hatte, doch Conopas irrte sich, was ihr Anliegen betraf.

»Ich will nicht fortlaufen«, entgegnete sie. »Ich will noch einmal in die Heizung, um Julillas Zimmer zu erreichen, ohne von den Soldaten gesehen zu werden.«

»Bei allen Göttern und ihren Hinterteilen, warum?«

»Um zu verhindern, dass wir alle gefoltert und gekreuzigt werden«, sagte sie. Conopas stieß einen gereizten, ungläubigen Laut aus, doch er folgte ihr. Da sie ohne seine Hilfe große Schwierigkeiten gehabt hätte, die Steinplatte in Julillas Zimmer anzuheben, die sie aus dem Heizungsschacht entkommen ließ, war sie ihm dankbar dafür.

Auch so dauerte es lange genug, um dafür zu sorgen, dass eine hellwache Julilla sie empfing. Ihre Herrin hielt eine brennende Öllampe in der Hand, und das Licht malte unsichere Schatten auf ihr Gesicht, die sie älter wirken ließen. Zum ersten Mal konnte Andromeda die leichte Wölbung des Bauches erkennen, die sich gegen die dünne Tunika abzeichnete.

»Falls das ein Mord- oder Ausbruchsversuch sein soll, bin ich gerührt wegen der Mühe«, sagte Julilla trocken.

»Herrin«, begann Andromeda ohne weitere Einleitung, »deine Schwestern sind immer noch frei, aber dein Stiefvater Tiberius befindet sich ebenfalls auf dem Weg nach Germanien, und wenn du nicht gestehst, dann wird er sie an Ort und Stelle in Gewahrsam nehmen. Das wird das vollständige Ende deiner Familie sein. Wenn du gestehst, dann wird er dich zurückholen, sobald er selbst Caesar ist, und niemandem sonst geschieht etwas.«

Hinter ihr gab Conopas keinen protestierenden Ton von sich. Heute war er der beste Verbündete, den man sich vorstellen konnte. Julillas Blick glitt von Andromeda zu ihm und wieder zurück.

»Ihr habt mich an Livia verraten«, sagte sie, nicht anklagend, sondern resignierend, als träfe sie eine längst erkannte Feststellung.

»An Tiberius«, sagte Andromeda, denn es kam alles darauf an, dass Julilla ihr den Vorschlag mit dem Handel glaubte. Sie hätte gefleht, das Geständnis zum Wohl der Sklaven abzulegen, aber obwohl sie Julilla nicht für völlig mitleidlos hielt, glaubte sie immer noch, dass ihre Herrin nicht im Traum daran dachte, sich selbst zu verdammen, nur um ihre Dienerschaft vor Folterung oder Tod zu retten. Hoffnung dagegen war der verführerischste aller Gründe. Der eine, letzte Wurf, auf den man noch einmal alles setzte.

»Und warum sollte ich Tiberius trauen?«, fragte Julilla bitter.

»Man kann ihn hassen und ihm dennoch vertrauen«, sagte Conopas unerwartet. »Er hält seine Versprechen, Herrin.«

Ihre Mundwinkel krümmten sich in einer Grimasse nach unten, und die Stille zwischen ihnen wurde schwer.

»Und er hat einen Sohn, aus dem beim besten Willen kein Princeps werden kann«, fügte Conopas hinzu. »Damit bleiben ihm nur sein Neffe Germanicus und die Kinder deiner Schwester Agrippina als Erben, ganz zu schweigen davon, dass Rom und er Germanicus als Feldherrn brauchen werden. Falls du Germanicus und Agrippina nicht durch ein mangelndes Geständnis in Verdacht bringst, in eine Verschwörung verwickelt zu sein, und Tiberius so zwingst, gegen sie vorzugehen.«

Er weiß es, dachte Andromeda. *Oder er ahnt es zumindest. Deswegen hat er mir geholfen.*

Kraftlos ließ sich Julilla auf dem breiten Stuhl nieder, auf dem sie sonst saß, wenn die Tonstrix sie frisierte.

»Mein Großvater«, sagte sie, »mein Großvater wollte, dass ich mich beweise. Er hat mich dazu herausgefordert. Er, nicht Livia. Ich kann nicht glauben, dass er … nein, das wäre zu grausam, selbst für ihn.«

»Dein Großvater ist ein Gott, Herrin«, sagte Conopas. »Wir Sterbliche können die Handlungen der Götter nicht nachvollziehen.«

Julilla schien ihn nicht zu hören. Sie starrte ins Nichts. »Natürlich«, murmelte sie. »Ich hätte es wissen müssen. Nach dem Tod von Gaius und Lucius hat er seine Entscheidung getroffen, aber ihm war selbstverständlich klar, dass Postumus Anhänger hatte. Dass wir, keiner von uns, Tiberius als nächsten Caesar hinnähmen. Er hat einen neuen Bürgerkrieg vorhergesehen. Und um das zu verhindern, musste er eine Reihe von Nachfolgern auslöschen. Alle von uns. Deswegen sitzt Postumus auf seiner Insel. Deswegen wollte er, dass ich etwas tue, das ihm eine Entschuldigung gibt, auch mich zu verbannen. Alles, was er will, ist eine friedliche Nachfolge, ein einziger Kandidat. Alles für Rom. Bis mein Kind aufwächst, kann er nicht mehr warten. Dazu ist er viel zu alt. Und darum wählte er Tiberius.« Sie lachte auf, ein raues, gequältes Gelächter, in dem kein Funken Heiterkeit lag. »O Vater des Vaterlands, wie groß und opferbereit bist du.«

In Andromedas Erinnerung tauchten die Geschichten auf, mit denen sie aufgewachsen war: Der erste Brutus, derjenige, der die Könige aus Rom vertrieben hatte, tötete seine Söhne, als die Sicherheit der Stadt es verlangte. Und vor ihm hatte Romulus seinen Bruder Remus um Roms willen getötet. *Kein Preis ist zu hoch für das Wohl des Vaterlands,* sagte die Stimme ihrer Mutter, die wiedergab, was sie von ihrer Mutter gehört hatte. Arellius hatte geglaubt, dass der Princeps seinen eigenen Tod heraufbeschwören wollte, aber ihr Freund hatte sich geirrt. Er hatte den Überdruss und die Ohnmacht, die er selbst zu diesem Zeitpunkt empfand, wie eine Farbe genommen und auf das Gesicht des Princeps gemalt, doch das Porträt stimmte nicht.

Es war etwas Großes, seine eigene Familie für den Frieden im Land zu opfern. Aber die Größe war die eines Gottes ohne jede Menschlichkeit. Andromeda dachte an den alten Mann, wie er Julillas Hand hielt, und fragte sich, ob er damals schon gewusst hatte, dass er sie in die Verdammung treiben wollte. Julillas Bereitwilligkeit, Menschen für ihren eigenen Ehrgeiz zu opfern, hatte sie zornig genug gemacht, um den unwiderruflichen Schritt zum Verrat zu gehen, doch Julillas Ehrgeiz war klein und menschlich, und sie konnte ihn verstehen. Es war ihr unmöglich, einen Gott zu begreifen, der keine Menschen mehr sah, sondern nur noch einen Staat. Conopas hatte Recht.

»Nein«, sagte Julilla, »nein«, immer wieder, tastend, suchend, als setze sie die Mosaiksteine einer Wirklichkeit, die sie zu spät erkannte, mit einem Entsetzen zusammen, das Andromeda nie an ihr gehört hatte. »Er wird es nicht leben lassen. Er kann nicht! Und wenn er tausendmal erklärt, der Vater sei nicht mein Ehemann, dann ist es immer noch sein Urenkel, ein Julier, und ein Rivale für Tiberius und seine Nachkommen.« Sie klammerte sich an die Lehne ihres Stuhls und versank erneut in Schweigen.

»Also gut«, sagte sie schließlich zu Andromeda, »ein Handel. Aber nicht mit Tiberius. Ich werde mich schuldig bekennen – aber *du* schwörst mir, dass du mein Kind retten wirst, wenn es zur Welt kommt.« Das Entsetzen in ihrer Stimme sprang auf Andromeda über, und sie musste sich bemühen, nicht davon fortgerissen zu werden. Die ausgesetzten Kinder in der Subura fielen ihr ein, die von den Ratten gefunden wurden. Ganz gewiss konnte der Princeps das nicht für einen Säugling seiner Familie wollen? Selbst wenn Julilla in allen anderen Punkten Recht hatte, dann hatte er doch niemanden aus seiner Familie getötet. Verbannt, für den Rest ihres Lebens ihrer Freiheit beraubt. Aber nicht getötet.

Es spielt keine Rolle, ob Julilla Recht hat, erkannte sie. *Du*

bist hier, um zu verhindern, dass noch jemand für die Ent-
scheidung zahlen muss, die du getroffen hast, als du den
zweiten Brief schriebst. Um zu retten, statt zu zerstören.
Denk daran, nur daran. Alles Weitere wird sich finden.
»Ich schwöre es«, sagte sie leise.

»Sieh zu, dass du diesen Schwur hältst«, entgegnete Julilla
sehr kalt und sehr bestimmt. »Du bist immer noch mein Eigentum, und du wirst nicht freigelassen werden, bis mein
Kind geboren und in Sicherheit ist. Wenn es stirbt, dann
sorge ich dafür, dass ihr beide ihm nachfolgt.«

≈

Das Urteil für Vipsania Julilla lautete auf bewachte Verbannung, was niemanden überraschte. Das Schicksal ihres Lieb-
habers Decius Junius Silanus dagegen sorgte für einige Verwirrung, weil er nicht verbannt, sondern ins Exil geschickt
wurde, eine Unterscheidung des Gesetzes, die es ihm ermöglichte, sein Eigentum und seine Bürgerrechte zu behalten.
Sein jüngerer Bruder behauptete zu vorgerückter Stunde,
dass Tiberius sich für Silanus verwandt habe, doch niemand
konnte das glauben. Warum sollte sich das menschenfeind-
liche Warzengesicht ausgerechnet für den Geliebten seiner
Stieftochter verwenden?

Ganz und gar befremdete es die Klatschmäuler, dass Julillas Gemahl, Lucius Aemilius Paullus, ebenfalls ins Exil geschickt wurde. Schließlich war er der Leidtragende. Ein paar
böse Zungen wiesen darauf hin, dass dergleichen nur erklär-
lich sei, wenn auch Aemilius Paullus die Ehe gebrochen
habe, doch das ergab so wenig Sinn wie die Vorstellung von
Tiberius als Beschützer von Silanus. Schließlich hatte es den
Princeps nie gekümmert, mit wem die Männer seiner Familie ins Bett gingen, solange sie es diskret taten.

Vipsania Julillas eigene Verbannung ließ noch auf sich

warten, ihrer Schwangerschaft wegen. Man war allgemein gerührt, dass der Princeps sie nicht der Gefahr einer Fehlgeburt aussetzen wollte, trotz ihres üblen Verhaltens. »Er nennt sie, ihre Mutter und ihren Bruder seine drei Eitergeschwüre«, sagte einer der Männer, die das Haus des Aemilius am Palatin auch weiterhin bewachten, zu seinem Kameraden, der darüber lachte. »Solche Geschwüre hätte ich auch gern. Nicht als Verwandte natürlich. Wer zieht sich schon die Sandalen an, die jeder bepinkelt hat? Aber so als Zeitvertreib ...«

Bis sich die Stunde von Julillas Niederkunft näherte, hatte die Stadt längst ein anderes Gesprächsthema. Zuerst wollte niemand die Gerüchte glauben, die sich wie ein Lauffeuer verbreiteten. Man hatte schon von gelegentlichen Niederlagen in Scharmützeln gehört, aber nicht mehr viele waren alt genug, sich daran zu erinnern, dass römische Legionen eine richtige Schlacht verlieren konnten. Niemand, nicht einmal die Alten, hatten erlebt, dass Barbaren drei ganze Legionen aufrieben und samt ihres Legaten vollständig umbrachten! Es konnte nicht sein. Jemand übertrieb. Bald würden Meldungen des Legaten Quinctilius Varus eintreffen, die das Missverständnis aufdecken und zurechtrücken würden. Niemand, und ganz gewiss keine germanischen Barbaren, vernichteten römische Legionen.

Als keine neuen Meldungen kamen, erinnerte sich mit einem Mal jeder an die Kimbern und Teutonen, die vor einem Jahrhundert Rom bedroht hatten, bis sie von Gaius Marius besiegt worden waren. Ein neuer Marius musste her, das war offensichtlich, aber der Princeps war viel zu alt, um den Oberbefehl zu übernehmen, und die jungen Mitglieder seiner Familie waren tot oder verbannt, bis auf den mit Agrippina verheirateten Sohn des Drusus, Germanicus, und Tiberius, die sich beide bereits jenseits der Alpen befanden.

Man konnte nur hoffen, dass einer von beiden die Barbaren aufhielt und bestrafte.

»Und die Handelswege sichert«, sagte Aemilius Lycus, der auch am germanischen Pelzhandel beteiligt war und sich in diesen Tagen öfter in seinem Bordell blicken ließ, um sich über seine Befürchtungen hinwegzuhelfen. »Vergesst die Handelswege nicht.« Seines Patrons beraubt zu sein bedeutete, dass er nun doch die gesetzlichen Gebühren zahlen musste, was er ohne weitere Verzögerung tat. Er wusste, wann das Spiel vorbei war. Garküche und Bordell zu verkaufen wäre ihm nie eingefallen; Beteiligungen am Handel kamen und gingen, auch für das Theater gab es gute und schlechte Zeiten, doch auf Unterhaltung und Essen wollten die Menschen zum Glück nie verzichten. »Bauch und Schwanz«, sagte er philosophisch zu Mopsus, »auf die beiden kannst du dich immer verlassen.«

Sein alter Freund Arellius hätte ihn mit einer zynischen Bemerkung zu einem amüsanten verbalen Schlagabtausch eingeladen, doch Mopsus nickte nur stumm. Lycus vermisste Arellius, was ihn allerdings nicht davon abhielt, einige der Wandtäfelungen des Bordells für hohe Summen zu verkaufen. Es gab nicht mehr viele Werke des Arellius in dieser Welt, und gewisse Senatoren waren bereit, Beträchtliches dafür zu zahlen. Die Zwergin, die ihm einmal gehört hatte, war dumm oder unverschämt genug, um zu fragen, ob sie eines der Bilder umsonst haben könnte, zur Erinnerung für sich und eine Freundin. Sie fragte nicht zweimal.

Lycus hielt es nicht für ausgeschlossen, dass die Zwergin auf dem Palatin ein wenig verrückt geworden war. Als er einmal das Forum Boarium besuchte, sah er sie am Tiberufer herumstreichen, da, wo gelegentlich Säuglingsleichen lagen. Sie hielt einen Korb in der Hand, der neben ihr seltsam groß wirkte, und legte zu Lycus' Ekel erst eines der toten Bälger hinein, dann wieder hinaus. Wenn sie ihm noch gehört hätte, dann wäre sie dafür verprügelt worden, aber sie befand sich immer noch im Besitz der Herrin Julilla, und alles in allem war er nicht unglücklich darüber. Über seltene Missgeburten sollten die Leute lachen. Dann zahlten sie auch Geld. Niemand lachte über Zwerge, wenn sie Kinderleichen sammelten.

Es war ein abwechslungsreiches Jahr für ihn gewesen, seit er das kleine Ding erworben hatte, und wenn ihm die Germanen nicht den Gewinn verdarben, dann stand er jetzt sogar etwas besser da als früher. Man würde sehen, was die Zukunft brachte.

~

Die Hebamme, die Vipsania Julilla entband, hätte früher von einer solchen Ehre nur geträumt; jetzt wünschte sie sich, der Befehl wäre nie erteilt worden. Es gab keinen Vater, der das Kind vom Boden aufheben und damit anerkennen würde, wenn es erst da war, wie es die Tradition gebot. Und sie wusste nur zu gut, wie die Befehle des Soldaten lauteten, der vor dem Zimmer Wache hielt, in dem Vipsania Julilla auf und ab ging, wenn sie sich nicht, von zweien ihrer Sklavinnen gestützt, in Wehen krümmte. Es war eine Schande. Eine arme Frau, die ihr Kind aussetzte, konnte meistens nicht anders. Aber für den Sprössling der ersten Familie des Reichs hätte es ein anderes Willkommen geben sollen.

Der Zwergin, die Vipsania Julilla gehörte, hatte die Hebamme streng verboten, sich blicken zu lassen. Missgeburten in der Nähe von entbindenden Frauen bedeuteten Unglück. Aber das Mädchen war hartnäckig und tauchte wieder und wieder auf. Schließlich befahl Julilla, man möge sie einlassen, und die Hebamme sagte sich, dass es in diesem Fall keinen Unterschied mehr machte. Die Kleine hatte einen Korb dabei, aus dem sie eine Schriftrolle zog.

»Der Buchhändler Brutus schickt dir seine Grüße, Herrin«, sagte sie. »Er meint, der Vortrag eines neuen Werkes, das er verkauft, könne dir deine schwere Stunde lindern.« Von beruhigenden Geschichten während der Wehen hatte die Hebamme schon gehört, aber in der Regel handelte es sich um aufmunternde Erzählungen, die von weiblichen Verwandten kamen. Einmal mehr wurde ihr bewusst, warum sie dieser Geburt lieber nicht beigewohnt hätte. Die Mutter Julillas befand sich in der Verbannung, in Rhegium, wie es hieß, um das Leben ihrer Schwestern musste sie derzeit der Barbaren wegen bangen, und der Herrin Livia konnte man natürlich nicht zumuten, dass sie die Geburt eines Bastards mit ihrer Gegenwart würdigte.

»Lies es mir vor«, sagte Julilla und hustete, als habe sie sich verschluckt. Eine ihrer Sklavinnen gab ihr erneut zu trinken, während die Zwergin mit ihrem Vortrag begann. Lustig war die Geschichte ganz und gar nicht, und ungeeignet für eine Entbindung. Als das Mädchen »Die letzte Verwandlung« ankündigte, hatte die Hebamme zumindest auf etwas Spannendes gehofft, aber nein, es ging um den Tod des göttlichen Julius, und jeder wusste, was damals geschehen war. Mit den Ausschmückungen konnte sie nicht viel anfangen. Nach dem, was die Zwergin dort vortrug, bat die Göttin Venus um das Leben ihres Nachfahren und wollte ihn retten, wie sie ihren Sohn Aeneas gerettet hatte.

»Willst du allein, o Tochter, das unüberwindliche Schicksal meistern?«, deklamierte das Mädchen, was die Antwort des höchsten Gottes auf diese Bitte sein sollte. Die Hebamme massierte Julillas Bauch und fragte sich, was das mit einer Verwandlung zu tun hatte. Die langatmige Erklärung darüber, wie das Opfer des göttlichen Julius nötig war, um die Größe seines Adoptivsohns, des Princeps Augustus, und des Römischen Reichs durch ihn zu ermöglichen, war auch nicht viel besser. Erst zum Schluss, als Venus die Seele des toten Caesar nahm und sie zu einem Stern machte, verstand sie den Titel.

»Sterne«, sagte Julilla. »Nur er hat auf den Einfall kommen können, dass wir zu *Sternen* werden!«

Sie redete wirres Zeug, aber das war bei ihrem Zustand verständlich. Das Kind kam, Kopf voraus, ein rundum gesundes Kind, das nur ein wenig wimmerte. Die Hebamme durchtrennte die Nabelschnur und hob die Hand, um es der Tradition gemäß zum Schreien zu bringen, als ihr wieder die besonderen Umstände bewusst wurden.

»Lass mich es der Wache übergeben«, sagte die Zwergin. »Gleich jetzt, bevor sie es sieht und hört. Es ist besser so.«

Es war ihr zuwider, doch die Kleine hatte Recht. Als sie dem Mädchen zögernd den Säugling in die Hände drückte, fing Julilla an zu weinen, und die Hebamme wandte sich ihr zu. »Es ist besser so«, wiederholte sie hilflos. Die beiden Sklavinnen, die ihre Herrin stützten, sprachen ebenfalls beruhigend auf sie ein, doch Julilla schluchzte nur noch lauter. Es dauerte eine ganze Weile, bis die Hebamme den Kopf wieder frei hatte. Da war die Zwergin bereits verschwunden.

III.

Seit dem Tod ihrer Tochter hatte Brutus seine Frau Sergia nicht mehr glücklich erlebt. Ruhig, gewiss, dankbar für kleine Geschenke, die er ihr brachte, oder für den ersten Regen nach dem langen, heißen Sommer des letzten Jahres. Aber nicht glücklich. Wenn sie das Bett miteinander teilten, dann hätte sie genauso gut am anderen Ende der Welt sein können. Er hatte sich schon fast damit abgefunden, ihr Lächeln verloren zu geben, als die Zwergin, die er seines Freundes Ovidius wegen hin und wieder beschäftigte, ihm ihren Vorschlag machte.

Er hatte keine Versprechungen gegeben. Einen der zahllosen Säuglinge zu adoptieren, die niemand wollte, mochte eine edle Geste sein, doch seine Gemahlin, die früher immer darauf geachtet hatte, dass ihre Tochter Junia nicht mit den verlausten Straßenjungen spielte, sah das möglicherweise anders. Trotzdem war es einen Versuch wert.

Sergia und er waren gerade dabei, sich auf den Weg zu den Agrippa-Bädern zu machen, als das Mädchen, das einmal ihre Tochter verkörpert hatte, hereinkam, einen großen Weidenkorb vor sich hertragend. Es war nicht so, dass sie Junia ähnlich sah, doch ihre Bewegungen gemahnten manchmal immer noch an seine verstorbene Tochter, wie damals auf dem Begräbniszug, und Brutus bemerkte, wie seine Gattin unwillkürlich wegschaute. Sergia tat das jedes Mal, wenn sie die Zwergin sah, und deswegen achtete er für gewöhnlich darauf, dass die Kleine in der Buchhandlung blieb.

Diesmal ging sie jedoch geradewegs auf Sergia zu und kniete vor ihr nieder. »Herrin«, sagte sie sehr eindringlich, »die Götter selbst haben ein Geschenk für dich und bitten dich um deine Hilfe.«

Aus dem Korb drang ein deutliches Wimmern, und er wusste, was sich darin befand. Sergia war bei den ersten Worten zusammengezuckt, doch als sie das Wimmern hörte, weiteten sich ihre Augen. Sie nahm der Zwergin den Korb ab. Brutus hielt den Atem an, als sie den Deckel zurückschlug.

»Oh«, sagte sie. »Oh!«

Das Mädchen blieb auf den Knien und rührte sich nicht.

Sergia biss sich auf die Lippen. Dann nahm sie den Säugling in ihre Arme, und der Korb fiel unbeachtet auf den Boden. Es war ein neugeborenes Kind, so viel war deutlich, mit den roten Flecken, die erst nach einem Tag verblassten, mit einem kleinen Schopf aus schwarzem Haar. Das Leinen, in das es gehüllt war, glich nicht im mindesten der groben Wolle, mit denen sich die Armen gewöhnlich bedeckten, und Brutus warf der Zwergin einen argwöhnischen Blick zu, den sie ruhig erwiderte. Das Kind spürte offenbar die neue Aufmerksamkeit. Aus dem Wimmern wurde ein Schreien.

»Sie hat Hunger«, sagte das Mädchen.

»Du meine Güte, ja«, rief Sergia. »Das arme Ding. Wir haben noch etwas Milch im Haus ...« Ihre Worte verklangen, während sie bereits zu der Vorratskammer eilte. Brutus wagte nicht, das Gefühl beim Namen zu nennen, das langsam in ihm aufwallte. Erleichterung und Freude waren zu einfache Bezeichnungen, jetzt, da ihm die unsägliche Last endlich von den Schultern glitt. Ovidius hätte gewusst, wie man es beschreiben sollte, dachte er wehmütig, doch Ovidius war fort und fristete sein Dasein an den Gestaden des Schwarzen Meers.

Die Zwergin setzte sich auf ihre Fersen zurück und erhob

sich langsam. Er schenkte ihr ein Lächeln. Sie stellte sich bei dem Kopieren von Büchern wirklich nicht viel schlechter an als seine anderen Gehilfen, auch wenn sie noch etwas langsamer schrieb. Er zog es für gewöhnlich vor, seine eigenen Sklaven zu beschäftigen, doch in diesem Moment entschied er, dass er sich die höheren Kosten auch auf Dauer leisten konnte.

»Das hast du gut gemacht ...«, begann er, und hielt inne. Ovidius hatte ihr jedes Mal einen anderen Namen gegeben, und er wusste bestimmt, dass die Zwergin nicht Proserpina hieß, oder Iris, oder Aglaia. Doch ihr wirklicher Name, den sie ihm genannt hatte, fiel ihm nicht ein. Sie bemerkte seine Verlegenheit und erwiderte, ohne zu zögern: »Ich bin Vipsania Tertia, Herr.«

∼

Der Tempel der Venus Genetrix auf dem Forum barg zwei Gemälde, die der göttliche Julius selbst als Weihgeschenke gestiftet hatte, einen Ajax und eine Medea. Arellius hatte den Ajax als eines von Apelles' geringeren Werken bezeichnet, aber die Medea in den höchsten Tönen gelobt. »Ihre Augen verfolgen dich überall«, hatte er gesagt.

Sie stand vor dem Bild in seiner Nische und stellte fest, dass Medea den grünen, ruhelosen Blick von Julilla hatte. Trotzdem fühlte sie sich nicht verfolgt. Nachdenklich betrachtete sie Medea, und dann das kleine Bild in ihren Händen, das eine andere Frau zeigte, die sie nie gesehen hatte und nie kennen lernen würde.

»Sie hat es dir wohl zum Abschied gegeben«, sagte Conopas, der hinter ihr aufgetaucht war.

»Zurückgegeben«, entgegnete sie und nickte. Arellius wäre froh zu wissen, dass ausgerechnet dieses eine Porträt der Zerstörung entgangen war. Aber sie konnte es nicht länger bei sich behalten. Mit dem heutigen Tag wollte sie ein neues Leben anfangen und die Vergangenheit hinter sich lassen. Es Helena zu geben war ihr als Erstes in den Sinn gekommen, doch sie wusste nicht, ob Helena das Bild der Frau, durch die sie ihre Mutter verloren hatte, wirklich schätzen würde.

Auch für die Tonstrix hatte ein neues Leben begonnen. Julilla hatte sie ebenfalls freigelassen. Weil es auf einer einsamen Insel keine Anlässe für kunstvolle Frisuren gab, sagte der zynische Teil in Tertia; weil sie schließlich erkannt hatte, dass Helena ein unbedrohtes Dasein frei von der julischen Familie verdiente, hoffte die ewige Träumerin in ihr. In jedem Fall brauchte sich Helena um ihr Auskommen nicht zu sorgen: Terentilla hatte sie sofort angestellt. Nein, mit Sicherheit schadete es mehr, als es nützte, Helena, die Arellius' Namen seit der Nachricht seines Todes nicht mehr ausgesprochen hatte, mit ausgerechnet diesem Bild zu belasten.

Ihre Fingerspitzen glitten über die feinen, zarten Linien, die sein Pinsel vor langer Zeit gezogen hatte, und dankten ihm für die Freundschaft, die er dem Mädchen Andromeda geschenkt hatte. Dann stellte sie es neben den übrigen Weihgeschenken ab. Wenn die Julier wirklich von der Göttin Venus selbst abstammten, dann war es hier am besten aufgehoben. Ein Weihgeschenk zu zerstören oder zu stehlen war ein undenkbarer Frevel, und die Priester würden seinen Wert erkennen.

»Mein eigenes Geschenk war etwas weniger bunt«, kommentierte Conopas, und sie drehte sich zu ihm um. Auf dem Kopf trug er eine Filzkappe. Er grinste schief.

»Sei gegrüßt, Vipsanius Conopas«, sagte sie mit gespieltem Ernst, dann umarmte sie ihn. Wenn man ihr prophezeit hätte, dass sie sich einmal für Conopas freuen könnte, dann hätte sie das betreffende Orakel für verrückt erklärt. Dass er Julilla als Gegenleistung für sein Schweigen, was das Kind betraf, um seine Freiheit gebeten hatte, überraschte sie nicht;

Conopas wusste, dass er für Tiberius keinen Nutzen mehr hatte, sobald Julilla aus dem Spiel war, und im Fall von Julillas mangelndem Geständnis mit dem Rest der Sklaven gefoltert und gekreuzigt worden wäre. Dankbarkeit durfte man bei Göttern nicht erwarten.

»O nein«, entgegnete er. »Conopas ist Vergangenheit. Er ist ein Sklave geblieben. Vor dir steht Vipsanius Primus.«

Sie musste lachen, und er nutzte ihre kameradschaftliche Umarmung aus, um sie in den Hintern zu kneifen. Sofort machte sie sich los und versetzte ihm einen Rippenstoß.

»Komm schon«, sagte er. »Um der alten Zeiten willen.«

Mit einem Schlag wurde sie ernst. »In den alten Zeiten«, sagte sie, »war ich ihr Eigentum, und deines, und ich habe dich gehasst. Jetzt bin ich frei und deine Freundin. Ist das nicht besser?«

Er schnitt eine Grimasse. »Meine liebe, hochverehrte und immens freie Freundin Vipsania die Dritte«, erwiderte er und ahmte die getragene Sprechweise edler Römer nach, »Männer verstehst du immer noch nicht. Sonst wüsstest du, dass wir beides haben wollen. Außerdem darf ich dich darauf aufmerksam machen, dass du dich im Tempel der Venus befindest, nicht dem der Vesta, und dass Venus es ganz und gar nicht schätzt, wenn man ihre Gaben vernachlässigt.«

Es gab so vieles, was sie ihn fragen wollte. Ob er vielleicht doch immer noch für Tiberius arbeitete, stand dabei an erster Stelle. Es gab auch einiges, was sie zu erzählen hatte. Jeden Tag während der Woche, in der die Geburt von Julillas Kind erwartet wurde, am Forum Boarium nach einer geeigneten Kinderleiche zu suchen, die noch nicht von den Ratten angefressen und frisch genug war, um von einem Soldaten als das Neugeborene Julillas akzeptiert zu werden, war wie ein ständiger Gang durch die Unterwelt gewesen. Manchmal bildete sie sich ein, der Leichengeruch hafte immer noch an ihren Händen. Doch es war ein Frühlingstag, und es schien ihr, als habe sie es wirklich geschafft, ihre Vergangenheit abzustreifen. Also schloss sie kurz die Augen, zählte bis drei und sagte dann: »Aber nur ein paar Schritte von hier befindet sich der Tempel der Vesta, selbst wenn er verschlossen ist. Wenn du mich einholen kannst, bevor ich dort ankomme ...«

Blitzschnell drehte sie sich um und begann zu rennen. Ob er ihr folgte, wusste sie nicht. Sie wusste nur, dass die Luft, die sie atmete, die Sonne, die ihr ins Gesicht schien, selbst die Menschen, die ihr schimpfend auswichen, zu der neuen Welt einer freien Frau gehörten.

ANHANG

Die Welt
von Tanja Kinkels

VENUSWURF

Stammbaum der Julisch-Claudischen Kaiserdynastie

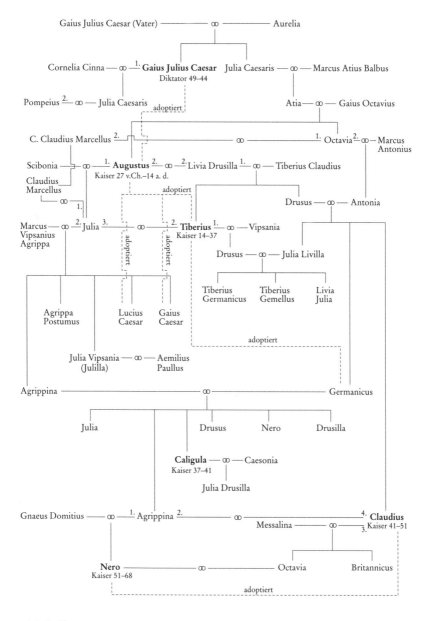

1., 2., 3. = Ehe

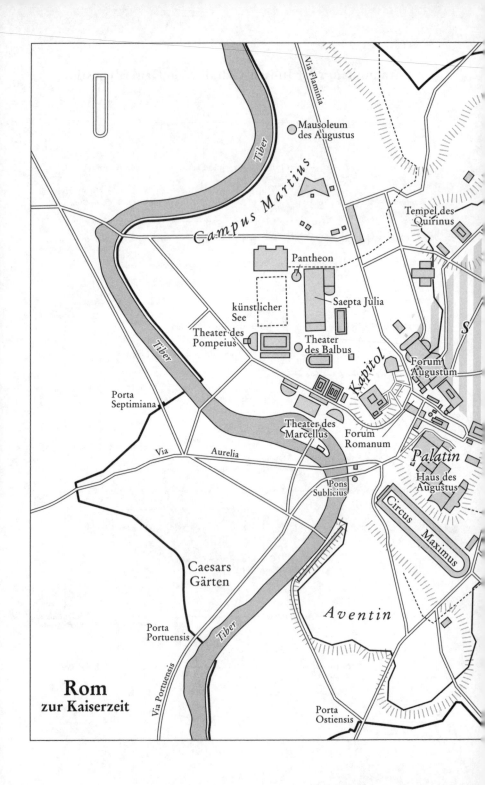

Mausoleum
des Augustus

Via Flaminia

Tempel des
Quirinus

Campus Martius

Tiber

Pantheon

künstlicher
See

Saepta Julia

Theater des
Pompeius

Theater
des Balbus

Kapitol

Forum
Augustum

Porta
Septimiana

Tiber

Theater des
Marcellus

Forum
Romanum

Palatin

Via

Aurelia

Haus des
Augustus

Pons
Sublicius

Circus Maximus

Caesars
Gärten

Aventin

Porta
Portuensis

Tiber

Via Portuensis

Rom
zur Kaiserzeit

Porta
Ostiensis

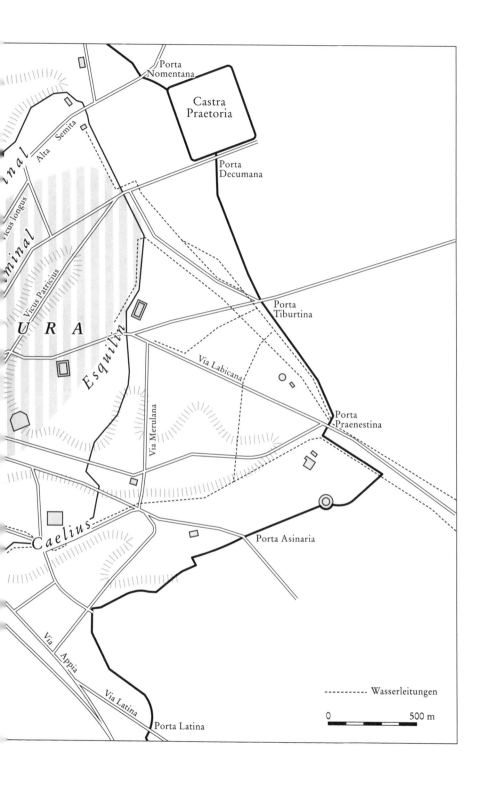

Porta
Nomentana

Castra
Praetoria

Porta
Decumana

Alta Semita

Vicus longus

Vicus Patricius

U R A

Esquilin

Via Labicana

Porta
Tiburtina

Via Merulana

Porta
Praenestina

Caelius

Porta Asinaria

Via Appia

Via Latina

Porta Latina

0   500 m

Pandataria = Verbannungsort Julias
Planosa = Verbannungsort Julillas
Tomis = Verbannungsort Ovidius'

Senatorische Provinzen

Kaiserliche Provinzen

Erwerbungen des Augustus

Klientelstaaten

Das Reich des Augustus

0   500 km

Regnum Bospori
14 n.. Chr.

Schwarzes Meer

...mium

Tomis
(Constanța)

Moesia
29 v. Chr.

Artaxata
(Jerewan)

Bithynia et Pontus

Cappadocia
ab 20 v. Chr.

Armenia
ab 20 v. Chr.

(Istanbul)
Byzantium

Galatia

Macedonia

Pergamum

Asia

25 v. Chr.

Regnum
Parthorum

Antiochia
(Antakya)

Athenae
(Athen)

Syria

Achaea
27 v. Chr.

Cyprus

ab 27 v. Chr.

Hierosolyma
(Jerusalem)

e   l   m   e   e   r

Judaea
6 n. Chr.

Cyrene

Alexandria

Cyrene

Aegyptus
30 v. Chr.

◇ Legionslager unter Augustus

△ Kolonien des Augustus außerhalb Italiens

Die Welt
von Tanja Kinkels

VENUSWURF

Einige Vergleichszahlen
zur Größe Roms und des Römischen Reiches

Zur Zeitenwende soll es etwa 300 Millionen Menschen
auf unserer Erde gegeben haben. Die Schätzungen für die
Bevölkerungen des Römischen Reiches im Jahre null liegen bei etwa 50 Millionen; dies entspricht 17 Prozent der
damaligen Weltbevölkerung. Zum Vergleich: Die Weltbevölkerung liegt 2005 bei 6.396 Milliarden, Europa hat davon mit 700 Millionen Einwohnern einen Anteil von 11
Prozent.

Nördlich der Alpen waren bei Christi Geburt Orte mit mehr
als dreitausend Bewohnern nahezu unbekannt. Das so oft be-
sungene Troja hatte wohl kaum mehr als siebentausend Einwohner. Die griechischen Stadtstaaten wie Athen, Korinth und
Sparta brachten es zu ihren Blütezeiten jeweils auf weniger als
fünfzigtausend Einwohner, Karthago – welches Rom lange
trotzte – auf etwa hunderttausend, das mächtige Babylon auf
dreihundertfünfzigtausend. Im Vergleich dazu war das Rom,
über das Augustus herrschte, ein Gigant: Es gilt – nach Theben
in der Pharaonischen Blütezeit – als zweite Stadt der Erde, die

über eine Million Einwohner hatte. Ihm kam von der Bevölkerungsgröße nur das ägyptische Alexandria nahe.

Alexander der Große eroberte mit etwa fünfzigtausend Soldaten die damalige bekannte Welt. Augustus hatte nur knapp dreihundert Jahre später bereits ein stehendes Heer von etwa hundertfünfzigtausend römischen Legionären; hinzu kam etwa die gleiche Zahl an Hilfstruppen aus den Provinzen.

Währungen und Preise

Durch Überlieferungen ist uns heute noch der Betrag bekannt, den man in Rom für verschiedene Waren und Dienstleistungen ausgeben musste – was Historikern und Romanautoren gleichermaßen fehlt, sind Aufzeichnungen über den konkreten Gegenwert, der die Kaufkraft nachvollziehbar macht. Hinzu kommt, dass die Inflation damals nicht geringer war als heute und es innerhalb von dreißig Jahren gewaltige Verschiebungen sowohl bei der Preisgestaltung als auch bei der Kaufkraft geben konnte.
Folgende Münzen und Währungseinheiten sind überliefert:

As   = 4 Viertel-Asse
Sesterze = 4 Asse
Denar   = 4 Sesterzen
Aureus   = 25 Denare
Talent   = 24.000 Sesterzen – 6.000 Denare – 240 Aurei

Unter Augustus wurde das römische Währungssystem neu organisiert. Die Münzen aus Gold, Silber, Messing und Kupfer wurden erstmals in festen Gewichts- und Wertrelationen geprägt, so dass die Berechnungen aus der Zeit des Augustus wohl die mit der größten Wahrscheinlichkeit sind:

1 As   11 g Kupfer
1 Sesterze 25 g Messing
1 Denar   4 g Silber
1 Aureus 8 g Gold

Um ein Gefühl für die Preise und Kaufkraft im alten Rom zu entwickeln, greifen Historiker und Autoren meist auf eigene Berechnungen oder unterschiedliche Werte aus verschiedenen Forschungen zurück. Tanja Kinkel hat bei ihrer Recherche zu *Venuswurf* zahlreiche Modelle geprüft und für ihren Roman ein Wertesystem zusammengestellt, das dem modernen Leser das Preisgefüge im alten Rom wie folgt verdeutlichen kann.

Durchschnittliche Preise zu Zeiten des Augustus und die vergleichbare Kaufkraft in Euro:

1 Keramik-Trinkgefäß	2 Asse	€ 0,25
1 Schoppen Wein	2 Asse	€ 0,25
1 einfache Hauptmahlzeit	2 Asse	€ 0,25
1 Kilogramm Dinkelmehl	2 Asse	€ 0,25
1 Kilogramm Weizenmehl	1,25 Sesterzen	€ 0,62
Tagesbedarf an Lebensmitteln für eine Person in bescheidenen Verhältnissen	2 Sesterzen	€ 1
1 Prostituierte in einemGasthaus für die ganze Nacht	2 Sesterzen	€ 1
1 Pfauenei	20 Sesterzen	€ 10
1 Pfau	200 Sesterzen	€ 100
1 Maultier	500 Sesterzen	€ 250
1 Rind	800 Sesterzen	€ 400

Monatsmiete für einen durchschnittlichen Raum	20 Sesterzen	€ 10
Monatsmiete für eine große Wohnung	600 Sesterzen	€ 300
Preis eines durchschnittlichen Stadthauses	ab 150.000 Sesterzen	€ 75.000
Preis eines durchschnittlichen Weinguts	ab 500.000 Sesterzen	€ 250.000
1 »normaler« Sklave	2.000 Sesterzen	€ 1.000
1 »hübsche« Sklavin	8.000–24.000 Sesterzen	€ 4.000– € 12.000
1 Meerbarbe, 4 – 5 Pfund	12.000 Sesterzen	€ 6.000
1 hellhäutiger Sklave mit besonderen Kenntnissen (z.B. Verwalter)	100.000 Sesterzen	€ 50.000
1 Tunika	15 Sesterzen	€ 7,50
1 kg ungefärbte Seide	100.000 Sesterzen	€ 50.000
Jahresverdienst eines Lehrers	800 Sesterzen	€ 400
Jahressold eines Legionärs (etwa die Hälfte wurde einbehalten für Kleidung und Verpflegung)	900 Sesterzen	€ 450
Jahressold eines Centurio	14.000 Sesterzen	€ 7.000
Von Piraten für Caesar gefordertes Lösegeld	1.200.000 Sesterzen	€ 600.000

Essen in Rom zu Zeiten von *Venuswurf*

Nur wohlhabende Römer konnten sich eine eigene Küche leisten. In den üblichen Miethäusern, den *Insulas* (Holzbauten mit bis zu sechs Stockwerken) war offenes Feuer verboten. Die Menschen, die dort wohnten, waren daher auf Garküchen angewiesen, wenn sie warmes Essen haben wollten. Schon aus diesem Grund waren die Essgewohnheiten der Menschen unterschiedlich. Während die einfachen Bürger zweimal am Tag aßen (morgens und abends), kannten die wohlhabenderen drei Mahlzeiten: *Ientaculum* (Frühstück) zwischen sieben und neun Uhr, *Prandium* (Mittagessen) gegen zwölf Uhr und *Cena* (die Hauptmahlzeit des Tages) ab fünfzehn Uhr. Bis zu diesem Zeitpunkt hatte die Oberklasse bereits alle Verpflichtungen des Tages erledigt und suchte nach Gesellschaft und Zerstreuung mit Verwandten und Freunden. Die *Cena* dauerte oft bis spät in die Nacht und bot, im Gegensatz zu Frühstück und Mittagessen, auch warme Speisen.

Ein üblicher Speiseplan sah in der damaligen Zeit ungefähr so aus:

- *Frühstück:* Brot und Wasser, etwas Öl, eventuell Zwiebeln und ein Stück Käse; bei den Wohlhabenderen auch Eier, Käse und Honig, dazu Milch, Kräuterquark und Obst.
- *Mittag:* Hauptsächlich Obst und Gemüse, man verwendete aber auch die Reste der warmen Hauptmahlzeit des Vortags, etwa kaltes Fleisch oder Fisch.
- *Hauptmahlzeit:* Bei den Armen gab es *Puls*, einen Getreidebrei aus Dinkelmehl, Wasser, Salz und Fett. Etwas besser Gestellte aßen ihren Puls mit Honig, Käse und Eiern, gelegentlich kam auch Schweinefleisch oder Fisch dazu. Ganz anders sah ein Menü bei den Reichen aus – eine überlieferte Speisefolge listet Wachteleier,

Schafskäse in Olivenöl, Artischocken, Huhn auf parthische Art, Zucchini auf brindisische Art, Wildschwein, Datteln aus Jericho und Pfirsich Patina auf.

Egal ob arm oder reich – Römer schworen auf *Garum*, um ihre Speisen zu würzen. Es war damals so bekannt und beliebt wie heute ein Universalwürzmittel wie Maggi oder Ketchup und wurde sogar als Medizin für Verdauungsbeschwerden verwendet. Wenn Sie den Geschmack nachempfinden möchten, greifen Sie zu thailändischer Fischsauce; diese kommt dem Garum heute wohl am nächsten.

Wenn Sie die besondere Würze näher am Original und (auf eigene Gefahr) selbst herstellen möchten, besorgen Sie sich zweihundert Gramm eingelegte Sardellen – wahlweise können Sie die Fische auch selbst über Nacht salzen und mehrere Monate in die Sonne stellen –, mischen Sie diese mit einem halben Liter harzigen Wein, einem guten Schuss Honig und jeder Menge Liebstöckel. Passieren Sie die Mischung durch ein Sieb. Wenn Sie dann eine hässlich-graue Flüssigkeit mit grünen Punkten vor sich haben, sind Sie sehr nah am Original. Guten Appetit!

Sklaven

Ohne Sklaven wäre das Römische Imperium nicht denkbar gewesen. Man darf nicht vergessen: Rom wurde von Bauern und Hirten gegründet; erst die späteren kriegerischen Erfolge und der damit einhergehende, nahezu ununterbrochene Strom von Sklaven schufen die Voraussetzung für die wirtschaftliche und damit einhergehende militärische Expansion. Caesar machte in seinen gallischen Feldzügen bis zu einer Million Kriegsgefangene; der Großteil von ihnen wurde als Sklaven verkauft. Im Rom Caesars waren wohlhabende Bürger mit über fünftausend Sklaven keine Seltenheit.

Auf dem größten Sklavenmarkt der damaligen Zeit auf der Insel Delos im östlichen Mittelmeer wurden täglich sechs- bis zehntausend Sklaven gehandelt. Um die Zeitenwende haben allein in Italien schätzungsweise drei Millionen Sklaven als rechtlose, billige Arbeitskräfte gelebt. In Rom war jeder vierte Mensch ein Sklave. Auf diese Weise entstand dort eine erste multikulturelle Gesellschaft, die stark von griechisch sprechenden Sklaven aus dem östlichen Mittelmeerraum geprägt wurde.

Außer der in *Venuswurf* beschriebenen Möglichkeit, dass ein Vater seine Kinder als Sklaven verkauft, gab es noch fünf weitere Wege, zum Sklaven zu werden:

- durch Kriegsgefangenschaft
- durch finanzielle Verschuldung
- als Strafe für besondere Verbrechen
- man verkaufte sich selbst
- man wurde als Kind von Sklaveneltern geboren.

Die Tätigkeitsbereiche für Sklaven waren weit gefächert: Sie dienten als Landarbeiter, Dienstboten aller Art, Ammen, Gaukler, Tänzerinnen, Huren und Gladiatoren – aber auch als Bibliothekare, Ärzte und Lehrer.

Grundsätzlich muss man zwischen Haussklaven und Feldsklaven unterscheiden. Haussklaven dienten nicht nur dazu, ihrem Besitzer das Leben zu erleichtern, sondern auch, um den Reichtum ihrer Eigentümer nach außen zu vermitteln. Der Reichtum und die Vermögensklasse waren das alleinige und entscheidende Kriterium für jegliches Ansehen, die Besetzung von öffentlichen Ämtern daher zunächst eine Frage des Vermögens, nicht der Eignung. Die finanzielle Voraussetzung, in einen anderen Stand zu wechseln – beispielsweise in den Ritterstand oder den Senatorenrang –, wurde alle fünf Jahre durch einen Schätzer überprüft.

Haussklaven hatten oft nur einen sehr begrenzten Aufgabenbereich – so ist überliefert, dass es Sklaven gab, die lediglich dazu bestimmt waren, ihre Besitzer bei deren seltenen Spaziergängen auf Unebenheiten im Straßenbelag aufmerksam zu machen. Solchen Sklaven ging es oft besser als freien, aber verarmten Bauern und Handwerkern, die den immer neuen jungen, kräftigen und billigen Arbeitssklaven auf die Dauer nichts entgegensetzen konnten.

Feldsklaven wurden, anders als Haussklaven, geschunden, ihre Arbeitskraft auf brutalste Art und Weise bis zu ihrem gewöhnlich sehr frühen Tode ausgenutzt. Ohne sie wäre die Versorgung der immensen römischen Stadtbevölkerung mit Lebensmitteln und anderen Verbrauchsgütern kaum sicherzustellen gewesen. Ihr Dasein auf den Feldern – oder auch in Minen, Steinbrüchen, Ziegeleien oder beim Straßenbau – diente ausschließlich der Gewinnmaximierung ihrer Inhaber und stand fortlaufend unter massivem Druck der Aufseher, welche Widerstand oder Flucht grundsätzlich mit dem Tode bestraften.

Feldsklaven hatten in der Regel keine Möglichkeit, ihre Freiheit zu erlangen – etwas, auf das Haussklaven durchaus hoffen konnten. Diese hatten beispielsweise die Möglichkeit, Geld anzusparen, um sich – natürlich nur mit dem Einverständnis ihrer Besitzer – bei diesen freizukaufen. Auch war es nicht ungewöhnlich, wenn verdienten Sklaven zur Belohnung die Freiheit geschenkt wurde. Vollwertiger römischer Bürger, also jemand, der für Ämter wählbar war, konnte aber erst der Sohn eines freigelassenen Sklaven werden.